Cassandra Brooke

SUCHE MANN, BIETE KLEID

Cassandra Brooke

SUCHE MANN, BIETE KLEID

Aus dem Englischen von
Barbara Heller

Droemer Knaur

Originaltitel: The Outfit
Originalverlag: Pocket Books

Dieses Buch wurde auf chlor- und säurefreiem Papier gedruckt.
Die Folie des Schutzumschlages sowie die Einschweißfolie sind
PE-Folien und biologisch abbaubar.

Satz: Ventura Publisher im Verlag
Umschlaggestaltung: Agentur ZERO, München
Umschlagfoto: Transglobe Agency, Hamburg
Druck und Bindung: Clausen & Bosse, Leck
Printed in Germany
ISBN 3-426-19380-9

5 4 3 2 1

Für Anne

Angelas Ideen, Gails Know-how und Carolines Beziehungen – was sollte da noch schiefgehen? Es sei denn …

1 CAROLINE

Es war der unverwechselbare Klang des Herbstes. Er schwang über die hohen viktorianischen Häuser an der Grünanlage und – kaum abgeschwächt – über die weniger günstig gelegenen Häuser in den ruhigen Straßen, die zu den Eisenbahngeleisen hinabführten. Möglicherweise hörten ihn auch die Leute, die jenseits der Bahnlinie wohnten, und vielleicht sogar die Pendler im Rush-hour-Stau, wenn sie nicht gerade Verkehrsfunk hörten oder per Autotelefon erklärten, warum sie an diesem Morgen wie üblich zu spät zur Arbeit kommen würden.

Es war ein Klang, der uns allen kundtat, daß das ruhige Dahinfließen des Londoner Augusts endlich zu Ende war; daß man das Trauma des Familienurlaubs in Marbella oder auf Korfu dankbar vergessen konnte; daß es schon bald heiße Maronen geben würde, rauchende Feuer in den Gärten und Brombeerensammeln auf dem alten Friedhof; daß unsere Kinder mit Stöcken Kastanien von den Bäumen schlagen und die Tage bis Weihnachten zählen würden. Es war ein beruhigender, vertrauter Klang, den wir, wäre er ausgeblieben, schmerzlich vermißt hätten, kaum weniger, als wenn der Septembermond nicht aufgehen oder der Morgenchor der Vogelstimmen nie wieder ertönen würde.

Für mich war es inzwischen wirklich wie ein Morgenchor. Er gehörte zu meinem Leben, und ich öffnete das Küchenfenster, um ihn besser hören zu können. Da war er, kein Zweifel. Klar und deutlich brauste er trotz der Entfernung und des Windes über die Gärten zu mir herüber. Er mochte nicht ganz so melodisch sein wie Nachtigallengesang, aber er hatte die gleiche abfallende Tonlage, die gleiche ans Herz greifende Wirkung. Noch beruhigender war, daß er sich stets gleichblieb und seine Botschaft unmißverständlich war.

»Samantha ... beweg ... deinen ... verdammten ... Hintern ... und ... steig ... ein!«

Das war Caroline. Wir brachten abwechselnd die Kinder zur Schule, nachdem alle anderen Mütter rings um die Grünanlage mittlerweile von diesem Schreckensexperiment Abstand genommen und ihre eigenen weniger geräuschvollen Regelungen getroffen hatten. Ich aber war in der Gegend noch relativ neu und hatte keine Antwort parat gehabt, als ich eines Tages an der Haustür mit der Forderung konfrontiert wurde: »Angela, du kannst montags, mittwochs und freitags fahren, ich übernehme Dienstag und Donnerstag«, ein Abkommen, das mir nicht besonders fair erschien.

Caroline hatte etwas Unwiderstehliches an sich. Nach ein paar Wochen war ich zu dem Schluß gekommen, daß es ihre unerschütterliche Überzeugung sein mußte, alles, was sie zufällig gerade wollte, hätten auch alle anderen zu wollen, und wenn sie protestierten, dann seien sie eben Ignoranten oder unausstehliche Egoisten.

Ich schaffte es, in keiner der beiden Kategorien zu landen – durch simples Nachgeben. Das machte das Leben sehr viel einfacher. Außerdem war ich ein ganzes Stück jünger als Caroline. Alles, was ich lernte, hatte sie schon vor langer Zeit gelernt, und zwar besser als ich. Das ließ sie mich auch deutlich spüren. Besonders aufreibend am Umgang mit Caroline war, daß ihre überwältigende Selbstgerechtigkeit mit einer Unschuld einherging, für die Wordsworth auf die höchsten Berge geklettert wäre. Und es war Unschuld in ihrer tödlichsten Form: Caroline war unfähig zu lügen – sie sah keinen Sinn darin oder wußte vielleicht auch gar nicht, was Lügen ist. Was sie auch fühlte – sie ließ es andere fühlen; was sie auch wußte – sie ließ es andere wissen. War sie selbst das Objekt, dann konnte diese unverblümte Ehrlichkeit schockierend sein oder auch äußerst amüsant; ging es um andere, war sie die zärtlichste Umarmung oder – weit häufiger – ein Messerstich. Ich hatte schon bemerkt, daß es in mehreren Häusern an der Grünanlage schwerverletzte Bewohner gab, die vielleicht nie wieder ganz genesen

würden. Ralph, mein Mann, nannte die Gegend inzwischen nur noch »Klein-Bosnien«.
Auch ich selbst leckte mir bereits ein paar kleinere Wunden.
»Angela, die letzte Frau mit einem Busen wie deinem, die ich gesehen habe, hatte Silikon drin. Du auch?« (Das war bei unserer zweiten Begegnung.)
»Eigentlich steh ich mehr auf Fellatio, du nicht? Aber Patrick hat immer Angst, ich beiß ihm sein Ding ab.« (Das war eine Woche später bei einer Tasse Kaffee.)
»Das ist doch Quatsch – natürlich masturbiert der Papst. Das tut doch jeder.« (Das war bei unserer ersten Dinnerparty in der Nachbarschaft; die Gastgeber waren sehr schüchterne Leute und, wie sich herausstellte, zum Katholizismus konvertiert.)
Da alle sie fürchteten, redeten alle über sie. Klatsch konnte man es nicht nennen, denn es gab keine Geheimnisse herumzutratschen. Es war mehr ein Verbreiten der neuesten Fakten: daß sich über ihrem Gasboiler Wespen eingenistet hätten und daß in solchen Fällen – das habe sie ganz richtig verstanden – Paraffin helfe; sie habe nur gedacht, da es ja Paraffin sei, müsse man es anzünden; daß sie zum Dinner bei den Armstrongs gewesen sei, sich betrunken habe und eingeschlafen sei; um Mitternacht sei sie dann wieder aufgewacht, habe allen gedankt, daß sie gekommen seien, und sich für das Essen entschuldigt.
Das Leben an der Grünanlage war, wie ich sehr bald merkte, entweder ein Leben mit oder ein Leben ohne Caroline. Sie war unsere Unheilsgöttin, unser schwarzes Gewissen. Sie gab den Ton an. Leute, mit denen sie nicht redete, waren gestorben. Leute, mit denen sie redete, waren möglicherweise ebenfalls gestorben.
Wäre sie ein fürchterlicher Snob gewesen, hätte man sie einfach ignorieren oder sogar über sie lachen können. Doch ihre Vorlieben und Abneigungen waren auf exzentrische Weise demokratisch. Der Buchmacher wurde zum Dinner eingeladen, der Tory-Peer zwei Häuser weiter niemals und der Pfarrer – sie nannte ihn beiläufig »Pfarrer Arschkriecher« – erst recht nicht. Sie registrierte zwar den ästhetischen Unterschied zwischen ih-

rer eigenen und den anderen prachtvollen Villen aus dem neunzehnten Jahrhundert auf der einen Seite der Grünanlage und den neo-georgianischen Terrassen-Zweckbauten, in denen wir hausten, auf der anderen, aber sie wäre nie auf die Idee gekommen, aus so banalen Gründen zu jemandem auf- oder auf jemanden herabzublicken. Letzteres tat sie, wenn überhaupt, aus ganz anderen, oft verblüffenden Gründen und stets aus schwindelerregender moralischer Höhe.

Durch den Schulfahrdienst lernte ich Caroline näher kennen. »Sie gefallen mir«, erklärte sie eines Morgens ziemlich streng. Sie stand neben der geöffneten Autotür und wartete ungewöhnlich geduldig auf meine Tochter Rachel. Ihre eigene Tochter Samantha kauerte bereits wie ein wütendes Frettchen auf dem Rücksitz. Der Wagen stand mehr oder weniger in der Mitte der Straße, zusammen mit einer stetig wachsenden Zahl weiterer Wagen, die sich daran vorbeizuschlängeln suchten. Doch Caroline schien nichts davon zu merken.

»Ich kann ja auf dem Rückweg auf eine Tasse Kaffee reinschauen«, rief sie noch, als sie sich an der Spitze einer Karawane schimpfender Pendler in Bewegung setzte. Eine Antwort wartete sie gar nicht erst ab.

Gegen halb neun kam sie zurück, stellte den Wagen ungefähr an der gleichen Stelle ab wie vorher und trat ein. Ich hatte Caroline noch nie genauer betrachtet. Wenn ihre finstere Miene sich aufhellte, dann war sie eine hübsche Frau: blond, elegant, meiner Schätzung nach um die fünfunddreißig, also sieben oder acht Jahre älter als ich. Sie trug eine zugeknöpfte Reitjacke und dazu Jeans, die eng genug waren, um ihre äußerst wohlgeformten Beine zur Geltung zu bringen. Sie machte sich nicht die Mühe zu lächeln.

Ich beobachtete sie, wie ihre Blicke unser Dreizimmerhäuschen mit dem handtuchgroßen Garten taxierten, und in diesem Moment schien alles, was Mißfallen erregen konnte, wie ein Leuchtfeuer ins Auge zu springen: die Kutschenlaterne, die Poster, die billigen Drucke, der Axminsterteppich. Draußen präsentierte sich das schauerliche Vogelbad mit den Amoretten,

ein Geschenk von Ralphs Mutter, im schönsten Sonnenschein. Quer durch die Aussicht auf die Mülltonnen zog sich ein Spinnwebfaden.
Carolines Haus war im Vergleich dazu mit unbekümmerter Selbstverständlichkeit prachtvoll und mit Erbstücken geschmückt: dunklen, zweifellos schrecklich wertvollen Gemälden, rasselnden Uhren von ehrfurchtgebietendem Alter, Messingverzierungen an allen Ecken und Enden und zahllosen anderen Erinnerungsstücken an Wohlleben und privilegierten Stand ihrer Vorfahren. Alles war reich, aber nicht neureich, und verwies auf eine Familie von notorischer Langlebigkeit. Eine der gerahmten sepiabraunen Fotografien auf dem Kaminsims zeigte einen Byronschen Gentleman in goldbetreßter Uniform. »Der war aus Montenegro«, hatte Caroline beiläufig erklärt, als ich das Bild betrachtete. »Mein Ur-Urgroßvater.« Ich fragte, ob er General gewesen sei. »Nein«, erwiderte sie im gleichen gelangweilten Tonfall, »König.«
Auf unserem Kaminsims gab es nur unbezahlte Rechnungen und eine Postkarte aus Guernsey. Ich glaubte schon, Caroline würde nie mehr aufhören, sich umzusehen. Mein Leben wurde einer strengen Prüfung unterzogen.
»Ziemlich klein«, meinte sie schließlich, »aber ihr seid ja nur zu dritt.« Sie selbst hatte noch zwei ältere Kinder, die ein standesgemäßes Internat besuchten. Dann drehte sie sich plötzlich zu mir um. »Gott, ist der Kaffee gut. Wie machst du den nur, Angela?«
Ich erklärte verdutzt, ich würde heißes Wasser auf gemahlene Kaffeebohnen gießen. Caroline warf mir einen ungläubigen Blick zu und wechselte das Thema.
»Wie schaffst du's nur, deine Figur zu halten? Ich mache Diät, und alles, was ich kriege, ist ein Rettungsring.« Zum Beweis hob sie ihre Bluse hoch. Es war ein sehr dünner Rettungsring. »Gräßlich! Ich hasse das! Und für die Titten sind drei Kinder Gift, wart's ab!« Und ohne selbst abzuwarten, fügte sie hinzu: »Ist Ralph gut im Bett?«
Ich verschluckte mich fast und bejahte.

»Beneidenswert«, fuhr sie fort. »Patrick ist das Letzte. Wäre ich auf ihn angewiesen, ich würde verhungern.« Dann lachte sie plötzlich. »Seinem Vater gehört fast ganz Rutland, und Rutland ist nicht zufällig die kleinste Grafschaft Englands. Wo kommst du her?«

»Aus Ipswich.«

Caroline schien überrascht.

»Wo ist denn das?«

»In Suffolk.«

Sie machte ein nachdenkliches Gesicht.

»Ah!« sagte sie dann, und ihr Blick wanderte aus dem Fenster. »Suffolk! Natürlich! Davon hat, glaub ich, ziemlich viel einem Ex-Lover von mir gehört. Oder war's Norfolk?«

Ein anschwellendes Hupkonzert von draußen unterbrach ihre Überlegungen.

»Ich muß gehen«, erklärte sie. »Um zehn stellt sich ein neuer Gärtner bei uns vor. Hoffentlich versteht er was von Reben.«

Die Haustür fiel krachend ins Schloß. Ich hörte noch, wie Caroline den Mann beschimpfte, der die letzte Viertelstunde versucht hatte, seinen Wagen an ihrem vorbeizumanövrieren. In diesem Moment kam Ralph die Treppe herunter. Er wirkte abgespannt. Er hatte seine Rolle für ein Stück im Royal Court gelernt. Ich lächelte.

»Caroline wollte wissen, ob du gut im Bett bist.«

Ralphs Miene hellte sich auf.

»Und was hast du gesagt?«

»Daß du's bist.«

»Gott sei Dank!«

»Patrick anscheinend nicht.«

Ralph schenkte sich Kaffee ein.

»Kein Wunder. Da kann er ja gleich einen Rottweiler vögeln.«

Eines Tages stellte ich fest, daß ich keine Angst mehr vor Caroline hatte. Ich mochte sie, weil sie abscheulich war – und amüsant, während die meisten anderen Leute an der Grünanlage nett waren – und langweilig. Die Kaffeestündchen nach der Fahrt zur Schule wurden zur Gewohnheit. Sie fanden bei mir oder bei Caroline statt, je nachdem, wer Samantha und Rachel zur Schule gebracht hatte, oder – öfter noch – je nach Carolines Laune. Wenn es warm genug war, saßen wir im Garten, entweder auf meinem Fleckchen Gras zwischen den Dahlien oder unter Carolines Weinpergola, unter der sie vornehm oben ohne liegen konnte, wenn sie wollte – »was ich jetzt aber nur noch selten tue, seitdem die Schwerkraft ihren Tribut fordert«, rief sie lachend. »Du bist so jung – einfach gräßlich«, setzte sie hinzu. Ralph war jetzt fast ständig bei den Proben – zum Glück hatte er ein Engagement –, und Patrick hatte in der City zu tun, wie Caroline gelangweilt erklärte. Sie schien nicht so genau zu wissen, was ihr Mann machte, und es war deutlich zu erkennen, daß sie das Geld, das er verdiente, nicht brauchte. Wir dagegen brauchten jeden Penny – den Ralph meistens nicht verdiente.

Was mich zu Caroline hinzog, war vermutlich der absurde Kontrast zwischen ihrem Leben und meinem, zwischen unseren Erwartungen. Und umgekehrt besaß ich vielleicht für Caroline den Reiz der Neuheit. Hin und wieder ließ sie eine Bemerkung über ihre Familie fallen. »Marine, seit zig Generationen«, erklärte sie in ihrem üblichen schleppenden Tonfall. »Ständig auf See, der ganze Verein. Sind nur an Land gegangen, um sich fortzupflanzen – wie die Pinguine. Und nicht mal da konnten sie die Marine vergessen. Mein Vater war Admiral; hat sich immer durch Signale mit uns verständigt, die er an einer Fahnenstange im Garten hochzog. Als ich Debütantin des Jahres wurde, hat er signalisiert: ›Steche in See – volle Kraft achteraus‹. Dann ist er für ein halbes Jahr verschwunden.« Sie lachte.

»Und du?« fragte sie unvermittelt. »Als ich Debütantin des Jahres war, was hast du da gemacht?«

Ich sagte, ich hätte in den für die Mädchen an meiner Schule üblichen fünf undefinierbaren Fächern Mittlere Reife gemacht und dann bei einer Bank gearbeitet.

»Bei einer Bank!« Caroline schien verblüfft. »Bei einer Handelsbank? Bei welcher? Lazard's?«

Jetzt mußte ich lachen.
»Nein. Bei irgendeiner eben. In Ipswich.«
Caroline kam aus dem Staunen nicht heraus. Ich begriff, daß sie wahrscheinlich noch nie jemanden kennengelernt hatte, der bei einer Bank arbeitete, es sei denn durch Panzerglas hindurch.
»Du lieber Himmel!« rief sie. »Und wie waren die Leute in dieser Bank?«
Es klang, als spräche sie von Alcatraz.
Ich erklärte ihr, daß man die Mädchen dort eingestellt hatte, weil sie so wie ich Mittlere Reife in fünf Fächern hatten, und die Männer, weil sie sich mit Zahlen auskannten; »und nicht nur mit Zahlen, wenn du verstehst, was ich meine«, fügte ich hinzu. Das gefiel ihr. Zwischen Caroline und mir war eine gewisse Vertrautheit entstanden; ein paar Wochen zuvor hätte ich so etwas noch nicht zu sagen gewagt. Ich erzählte ihr sogar von dem stellvertretenden Filialleiter, der mich eines Tages in sein Büro gerufen und mich gefragt hatte, ob ich wisse, was es bedeute, wenn ein Mann eine lange Nase habe. Er hatte mir auch gleich gezeigt, was es bedeutete.
Caroline stieß einen entzückten Aufschrei aus.
»Das gibt's doch nicht! Und was hast du gemacht?«
Da ich bis dahin noch nie einen Männerschwanz gesehen hätte, sagte ich, hätte ich nicht die leiseste Ahnung gehabt, ob er groß oder klein gewesen sei. Jedenfalls habe mir der Anblick nicht besonders zugesagt, und ich hätte die Finger davon gelassen – ebenso wie von allen anderen. Auf diese Weise sei meine Unschuld unversehrt geblieben – wenn auch nicht immer meine Kleidung.
Caroline strahlte.
»Herrgott, du gefällst mir wirklich. Du bist fast so vulgär wie ich. Überleg mal: Mich haben sie beim Queen-Charlotte-Ball begrapscht und dich in einer Bank. Herrlich! Wie warst du damals? Ich war ein ausgemachtes Miststück. Und ich bin's heute noch.«
Ich versuchte mich zu erinnern, wie ich mit sechzehn oder sieb-

zehn gewesen war. Ich hätte eine lange dunkle Mähne gehabt, sagte ich, und eine Figur, nach der die Leute sich umgedreht hätten. Den Männern sei die Spucke weggeblieben, den Frauen sei die Galle hochgekommen. Man hätte mich behandelt, als röche ich geradezu nach Sünde. Und dabei hätte ich vermutlich, wenn überhaupt nach irgend etwas, nach billigem Parfüm gerochen und nach Unschuld.

Caroline gab ein weiteres entzücktes Schnauben von sich.

»Ich wollte auch immer so gern nach Sünde riechen. Aber dazu muß man den Mund halten, und ich hab permanent geredet. Also, weiter! Was war dann?«

Irgendwie wirkte Carolines Direktheit ansteckend.

»Meine Eltern sind bei einem Autounfall ums Leben gekommen«, erzählte ich, »auf der Rückfahrt von einem Ball im Rotary Club. Da hab ich erst gemerkt, daß ich sie liebe.«

Totenstille trat ein. Caroline sah mich nur an. Dann legte sie mir mit leisem Druck die Hand auf den Arm.

»Mein Gott!« Mehr brachte sie nicht heraus. Sie sah aus, als hätte ich sie geohrfeigt, und unbewußt hatte ich das vermutlich auch getan. Ich machte mir klar, daß Caroline wahrscheinlich noch nie in ihrem ganzen Leben allein gewesen war, daß sie nie in der Situation gewesen war, nichts oder niemanden zu haben. Alles, was ich je gehabt hatte, war mein Zuhause gewesen, und plötzlich war ich dort allein zurückgeblieben.

Sie fragte mich, wo das gewesen sei. Ich erzählte ihr von unserer Doppelhaushälfte in Ipswich, am Ende einer jener gewundenen Vorortstraßen, die sich den Anschein von Dorfstraßen geben. Die Häuser sahen alle genau gleich aus und trugen wohlriechende Namen: Rosenwinkel, Fliederhag, Schlehenlaube und so weiter. Das Nachbarhaus hieß Bougain-Villa, was ich nie verstanden hatte. Unseres war auf den Namen Lindenquell getauft, was ich ebenfalls nicht verstanden hatte, weil es dort weit und breit keine Linde, geschweige denn einen Quell gab. Und in der Zeit, als ich meine Eltern haßte, hatte ich es nur Lindenqual genannt. Doch nachdem sie gestorben waren, liebte ich es plötzlich ebenso wie sie. Wahrscheinlich weil es das einzige war, was mir von ihnen geblieben war. Es war unser gemeinsames Heim gewesen. Als ich allein dort lebte, stellte ich mir vor, wie alles hätte sein können, und versank in Trauer. Ich war achtzehn.

Caroline starrte mich noch immer ungläubig an.

»Das muß man sich mal vorstellen«, sagte sie nach einer Weile. »In dem Alter hab ich in Wilton Crest gewohnt, bin in Davos skigefahren, hab Fuchsjagden geritten und mit Rockstars geschlafen.«

Ich lächelte.

»Aber dann hab ich aufgeholt«, versicherte ich ihr. »Irgendwann fand ich, ich hätte genug getrauert und geliebt. Ich verkaufte Lindenquell, steckte das Geld ein und ging nach London. Ich hatte meinen Notgroschen und wußte, jetzt fängt das Leben an.«

»Und wann hat es angefangen?«

»Ach, ungefähr nach einer Woche.«

Wir mußten beide lachen.

Wir gingen quer durch die Grünanlage. Es war der erste klirrend kalte Wintermorgen. Das lange Gras unter unseren Füßen war steifgefroren, und die Blätter fielen wie Glasscherben von den Bäumen. Caroline trug ein langes schwarzes Kapuzencape, in dem sie aussah wie Doktor Schiwagos Lara.

»Bill Gibb, stimmt's?«

Allmählich fand ich heraus, wie ich Caroline aufziehen konnte. Das war etwas, woran sie nicht gewöhnt war. Sie sah mich überrascht an.

»Wie hast du das erraten?«

»Ich hatte selbst mal eins. Ein gelbes.«

Es war klar, was Caroline dachte: Wie zum Teufel kann sich jemand wie du ein Bill-Gibb-Cape leisten? Ich traute ihr zu, daß sie es auch laut aussprach, aber diesmal verließ ihre Ehrlichkeit sie ausnahmsweise, und sie sagte nur: »Tatsächlich? Und was ist daraus geworden?«, was für ihre Verhältnisse sehr gemäßigt war.

»Ich mußte es verkaufen.«
Jetzt war die Ehrlichkeit auf meiner Seite.
Caroline hatte sichtlich Mühe, das alles zu begreifen und mit ihrem Bild von mir in Einklang zu bringen, dem Bild der naiven jungen Frau eines nicht sehr erfolgreichen Schauspielers, die in einem bescheidenen Haus in einer Terrassenanlage wohnte und einen alten VW-Käfer fuhr.
»Okay, jetzt bin ich dran mit Raten«, sagte sie. »Du hast Ralph Merton geheiratet, als er im Fernsehen noch der Superstar war. Und irgendwann war er's dann nicht mehr.«
Sie wirkte sehr mit sich zufrieden, wie sie da in der Eiseskälte stand und mit der Stiefelspitze gegen ein hartgefrorenes Grasbüschel stieß. Dann schlug sie ihre Kapuze zurück und sah mich fragend an.
»Und wie kam es, daß du ihn geheiratet hast?« fragte sie. »Ausgerechnet du!« fügte sie – vielleicht ungewollt taktlos – noch hinzu.
»Ich hab geniest.«
Sie verdrehte die Augen zum Himmel.
»Komm, Angela!«
»Doch, wirklich. Ich hab ihn vollgeniest.«
Das war die Wahrheit. Kaum in London angelangt, hatte ich einen Job in einer Boutique in Chelsea gefunden. Und eines Tages war Ralph hereingekommen. Ich hatte ihn natürlich sofort erkannt. Im Fernsehen lief seit Jahren diese dramatische Herz-Schmerz-Serie, und Ralph war der Held – ein unglaublich gut und gefährlich aussehender Held. Er war der Traum jedes Mädchens, das ich kannte, und ständig erschienen in der Regenbogenpresse Fotos von ihm, mit einer halbnackten Mieze im Arm, auf irgendeinem Empfang. »Guten Morgen, Mr. Merton«, sagte ich. »Kann ich Ihnen helfen?« Die anderen Verkäuferinnen waren gerade beschäftigt und durchbohrten mich mit Blicken. Ich hatte irgend etwas Enganliegendes an und fragte mich, ob er merkte, wie mein Bauch zitterte, obwohl er sich vermutlich nicht gerade besonders für meinen Bauch interessierte. Alle möglichen wilden Wesen schwirrten in mir herum.

Und dann nieste ich. Ich fand kein Papiertaschentuch. Ich nieste noch einmal – und noch einmal. Es war furchtbar. Tränen liefen mir aus den Augen, ich sah nichts mehr, und bestimmt zerfloß meine Wimperntusche. Ich sah schrecklich aus. Dann tauchte plötzlich dieses Taschentuch auf, ganz sanft in meine Hand gedrückt. Ich gluckste ein unverständliches »Danke«, beseitigte die Bescherung und versuchte mich gelassen zu geben. Er lachte. »Behalten Sie's«, sagte er – »für nächstes Mal.« Und dann, als wäre es die größte Selbstverständlichkeit: »Es könnte ja ein nächstes Mal geben – heute abend beim Dinner?«
So war das. Erst eine Woche war ich hier – ich, das rotbackige Mädchen aus Ipswich. Er war längst gegangen, als ich immer noch dastand, in einer Hand sein Taschentuch, in der anderen einen Zettel mit der Adresse eines Restaurants – *in seiner Handschrift!* Wow! Ich schwebte nach Hause in mein möbliertes Zimmer und sagte mir: »Angela, du bist drauf und dran, deine Unschuld an den attraktivsten Mann Englands zu verlieren.« Ich war gespannt, ob Champagner und Rosen an seinem Bett stehen würden.
»Mein Gott, wie kitschig!« schnaubte Caroline. »Die reinste Seifenoper!« Dann, in gereiztem Ton: »Und weiter?«
Sie wurde noch gereizter, als ich sagte: »Na ja, wir sind eben ins Bett gegangen.«
Sie schnalzte mit der Zunge.
»Du bist unmöglich, Angela! Was hat er denn gesagt?«
»Er hat mich gefragt, wo ich diesen Körper herhabe. Und ich war so durcheinander, daß ich gesagt habe: ›Aus Ipswich.‹ Da mußte er lachen. Ich konnte ja schließlich nicht ›Von Marks & Spencer‹ sagen, oder?«
Jetzt grinste Caroline vergnügt.
»Du bist wirklich zum Schießen! Ich bin froh, daß ich dich kennengelernt habe.«
Da erzählte ich ihr, daß eine Verkäuferin in der Boutique steif und fest behauptet habe, der Schwanz eines Mannes enthalte keinen einzigen Muskel, und als ich in Ralphs Bett lag, sei mir das wieder eingefallen und ich hätte gedacht: Du lieber Him-

mel, wenn das kein Muskel ist, was ist es dann? Ich erzählte, wie ich am nächsten Morgen nach Hause gegangen war, mit einem so strahlenden Lächeln, daß die Leute sich nach mir umdrehten. Das Leuchten des ganzen Sommers schien auf mir zu liegen – bis ich mir sagte: »Angela, du hast dich benommen wie ein Sechziger-Jahre-Blumenkind, und dabei haben wir jetzt die finsteren, gefährlichen Achtziger. Was ist, wenn du schwanger bist? Was ist, wenn er eine Geschlechtskrankheit hat? Oder noch Schlimmeres.« Der Gedanke daran wischte mein Lächeln fort. Nächstes Mal würde ich vorsichtiger sein – vorausgesetzt natürlich, es gab ein nächstes Mal. »Ralph Merton«, hatte ich gesagt, »hoffentlich hattest du einen guten One-night-stand. Gut, daß ich nicht in dich verliebt bin.«

Aber es gab ein nächstes Mal. Und ein übernächstes. Und ein überübernächstes. Abends aßen wir in Restaurants, in denen Ralph nicht erkannt zu werden glaubte. Das behauptete er jedenfalls. Er wurde immer erkannt, und meistens waren die Blicke ebenso unverhohlen wie die Dekolletés, die ich allerdings mühelos übertrumpfte. Irgendwie machte mich das alles ziemlich an, und dann gingen wir nach Hause und liebten uns, daß sich die Balken bogen.

Dann zog ich mit ihm zusammen. Bald sah man mich überall, in jedem Boulevardblatt: »Ralph Mertons neue Liebe, die neunzehnjährige Schönheit Angela Blake.« Einige waren direkter: »Busenwunder Angela angelt sich Sexprotz Ralph« oder »Ralph Mertons Kurvengirl aus Ipswich« und einmal nur »Angela – wow!« Mit jeder Story wurden meine Maße maßloser. Ich wurde ständig fotografiert: bei Premieren, bei Galaabenden und Pferderennen, bei Tramp und im Gavroche, auf Yachten, in Ferraris und bei Dreharbeiten, überall und mit jedem, der jemand war. Ich wurde in Kleidern von Bruce Oldfield, Mary Quant, den Emmanuelles und Caroline Charles fotografiert, einmal auch (heimlich von irgendwelchen Paparazzi) ohne alles. Modedesigner warfen mir ihre Kreationen nur so nach, Modellagenturen ihre Angebote und Ralphs frühere Geliebte ihre Beleidigungen.

Das alles war herrlich, verwirrend und unwirklich. Ich lebte wie in einem Traum.

»Und dann hab ich ihn geheiratet.«

»Wo?« wollte Caroline wissen.

»Auf dem Standesamt von Battersea.«

»Genial! Ich hab in der Kapelle des Oberhauses geheiratet.«

Von Patrick redete sie selten, außer um ihn gemäßigt grob zu kritisieren – gemäßigt für Carolines Verhältnisse. Er spiele zuviel. Er trinke zuviel. Er gehe lächerlich früh ins Bett, und dann sei er zu besoffen, um noch einen hochzukriegen – und wenn, dann merke man den Unterschied kaum. Um die Kinder kümmere er sich überhaupt nicht, allenfalls nehme er sie einmal zu einem Pferderennen mit. Die Wochenenden verbringe er mit seinen alten Freunden auf dem Golfplatz. Er sei ein Faulenzer. Er sei ein Banause. Er sei *langweilig*.

Ich fand ihn überhaupt nicht langweilig, vielleicht weil er mich mochte. Er war amüsant, auf seine eitle, weichliche Art ziemlich gutaussehend und völlig immun gegen Carolines Sticheleien, die er geradezu provozierte. Seine Welt war ein Club ehemaliger Etonschüler, der ihm gute Dienste leistete: Es gab immer einen früheren Schulkameraden, der ihm die nötigen Türen öffnete, und sein zweifellos beträchtliches Gehalt schien so mühelos zu fließen wie Wasser aus dem Wasserhahn. Ebenso mühelos schöpfte er aus einem Fundus skurriler Geschichten über die Großen des Landes, und diese Anekdoten erreichten ihn vermutlich über dieselben Etonschen Kanäle wie seine diversen Direktorenposten. Meiner Schätzung nach war er Mitte Vierzig, doch sein Gesicht war faltenlos, weder von Schmerz noch von Streß gezeichnet, und sein Haar war schön gelockt. Man konnte sich gar nicht vorstellen, daß der Honorable Patrick Uppingham je alt werden würde – oder auch nur erwachsen, wie Ralph unliebenswürdig meinte.

Aber ein Banause war er zweifellos. In dieser Hinsicht hatte Eton bei ihm keine Spuren hinterlassen, was ihn jedoch nicht im geringsten störte. Einmal gab Caroline eine Dinnerparty mit

leicht intellektuellem Einschlag, zu der sie aus irgendeinem Grund auch Ralph und mich eingeladen hatte. Nach einiger Zeit drehte sich die Unterhaltung nur noch um die neuesten Romane, die uns gefallen oder nicht gefallen hatten, so lange, bis es schien, als würden wir nie mehr von diesem Thema loskommen und über andere Dinge reden können. Ralph ereiferte sich gerade über Garcia Márquez, als Patrick einen Edelstein ins trübe Wasser warf.
»Ich glaub, ich hab auch mal ein Buch gelesen«, meinte er nachdenklich.
Caroline hatte die Geistesgegenwart, ihm nicht zu widersprechen, und der Abend war gerettet.
Ich fragte mich, ob sie überhaupt Zuneigung füreinander empfanden. Ihr Leben war ein Schauspiel, und ich stellte mir vor, daß sie noch am Altar in der Kapelle des Oberhauses dafür geprobt hatten. Vielleicht genügte ihnen das.
Ralph war kein Mensch, der leicht neidisch wurde, aber es fiel ihm schwer, das reiche, sorgenfreie Leben anderer mitanzusehen, das er selbst einmal genossen und dann wieder verloren hatte. Er war zwölf Jahre älter als ich, und schon jetzt betrachtete er das Herannahen seines vierzigsten Geburtstages mit stoischer Düsterkeit. Der Grund war nicht nur, daß man ihm keine erotisch-romantischen Fernsehrollen mehr anbot. Es wurde ihm immer mehr bewußt, daß er nur einer unter vielen nicht mehr ganz jungen Schauspielern auf einem überfüllten Marktplatz war – zwar besser aussehend als viele andere, aber nicht nennenswert begabter – und daß sein Riesenerfolg von einst vermutlich eher phänomenalem Glück als phänomenalem Talent zuzuschreiben war.
Er wirkte müde. Die Fältchen um seine Augen verrieten Skepsis – es waren keine Lachfältchen mehr.
Ich fragte mich oft, ob seine Treue zu mir die Glut in ihm hatte erlöschen lassen. Ralphs Leidenschaften brannten auf der Sparflamme der mittleren Jahre.
»Bist du glücklich mit ihm?« fragte Caroline.
Diesmal saßen wir bei mir zu Hause. Es schneite. Dieses Jahr

würden wir endlich einmal weiße Weihnachten haben. Die Ferien hatten angefangen, und Rachel und Samantha bauten in der Grünanlage einen Schneemann. Es schien Unstimmigkeiten über die Plazierung der Rübe zu geben, was ich Carolines Einfluß zuschrieb. Wir hörten das Geschrei der beiden und sahen ab und zu zwischen den Bäumen einen blonden oder einen dunklen Schopf auftauchen.
»Ja«, sagte ich, »ich bin glücklich. Sieht man das nicht?«
Caroline war in Forscherlaune.
»In Schwarz siehst du verboten sexy aus. Hast du Affären?«
Ich schüttelte den Kopf. Das schien mir unverbindlicher als ein hörbares Nein, auch wenn das Nein zutraf. Aber es traf auch zu, daß ich hin und wieder daran gedacht hatte, wenn auch nur ganz abstrakt und ungefährlich. Ich konnte mir gar nicht vorstellen, Ralph untreu zu sein, mit all den Lügen zu leben, dem Schmerz, dem Gefühl des Verrats. Es war mehr der Gedanke, daß ich bisher in meinem ganzen Leben nur einen einzigen Mann gehabt hatte. Mußte ein Mensch nicht mehr Erfahrung sammeln? Konnte ich nicht bitteschön meine ungelebte Jugend wiederhaben, ohne daß jemand es merkte?
»Hach! Ihr immer mit eurer Treue!« war Carolines Reaktion. Am liebsten hätte sie mir nicht geglaubt. »Wird dir das nicht langweilig?«
Ich spürte, daß sie auf dem Kriegspfad war, und brachte mich in Sicherheit.
»Nein, nie!« erklärte ich lapidar.
»O Gott, wie konnte ich dich nur interessant finden!«
Manchmal war Caroline einfach schrecklich – herzlos und destruktiv. Sie war viel zu sehr in ihr privilegiertes Leben eingesponnen, um zu verstehen, daß manche Leute einfach ums Überleben kämpfen und deshalb zusammenhalten müssen, daß der gemeinsame Kampf sie einander näherbringt. Träume und Wünsche treten dann in den Hintergrund, Vertrauen ist wichtiger. Mein Leben mit Ralph hatte sich – nach den wenigen goldenen Jahren – mehr und mehr in dieser Richtung entwickelt.
Beim nächsten Mal war sie sehr viel aufgekratzter. Es war ein

paar Tage vor Weihnachten, und sie hatte eine Schar Kinder zu einer Party am anderen Ende von Richmond Park gefahren. Ich hatte sie im Verdacht, daß sie hinter den Kulissen einen zur Brust genommen hatte, während im Wohnzimmer der Nikolaus die Kinder ins Gebet nahm.

Jedenfalls kam sie bei Einbruch der Dunkelheit zurück, begleitet von zwei Polizisten und aufgeregtem Stimmengewirr. Rachel stürzte ins Haus, die Augen strahlend aufgerissen. Samanthas Mum sei gegen die Parktore geknallt, berichtete sie atemlos. »Gleich zweimal! Sie wollten gerade zumachen, und da ist sie noch durchgefahren. Klasse war das, Mum! Wie Räuber und Gendarm, aber in echt! Und wir haben geschrien: ›Tempo, Mrs. Uppingham! Schneller, schneller!‹ Am anderen Tor war noch ein Polizeiauto, und denen ist sie auch noch reingefahren. Wir sind mit hundertdreißig Sachen durch den Roehampton Lane, Mami!«

Ich sah schon kommen, daß ich die Kinder nach den Ferien montags, dienstags, mittwochs, donnerstags und freitags zur Schule würde fahren müssen. Welche Strafe stand auf gewaltsames Eindringen in einen königlichen Park? Und für wie lange wurde einem heutzutage der Führerschein entzogen?

Aber ich hatte Caroline wie so oft unterschätzt. Als ich mich vorsichtig auf die Straße wagte, sah ich gerade noch, wie der Polizist den Strafzettel zerriß.

»Das darf aber nicht wieder vorkommen, Mrs. Uppingham«, hörte ich ihn sagen. Es war die Stimme eines Mannes, der sich geschlagen gibt. »Wenn nächstes Mal ein Kind krank wird, rufen Sie lieber einen Krankenwagen.«

Carolines eine Hand lag hingebungsvoll auf seinem Arm, mit der anderen wischte sie sich eine Träne fort.

»Ach, war das schön«, sagte sie und warf ihren Mantel auf den Küchentisch. »So ein netter Mensch!«

Die anderen Kinder mußten anscheinend allein durch die hereinbrechende Dunkelheit nach Hause gehen.

Wir machten eine Flasche Wein auf, und Caroline ließ sich in einen Sessel fallen.

»Ach, Gott!« rief sie. »Ich bin wirklich eine Rabenmutter.« Sie schwieg einen Moment, nippte an ihrem Wein und dachte über ihre Worte nach. »Aber vielleicht sind wir das alle. Außer dir. Du bist bestimmt eine furchtbar gute Mutter. Wenn überhaupt jemand, dann du.« Es klang, als wäre das ein Makel. Dann seufzte sie theatralisch, was bei ihr gewöhnlich der Auftakt zu einer gewichtigen Erklärung war. Da kam sie auch schon: »Ja, wir sind alle schlechte Eltern. Unterschichtkinder kriegen ein paar hinter die Ohren und werden zu Kriminellen, Oberschichtkinder werden ins Internat gesteckt und ebenfalls zu Kriminellen. Kein Wunder, daß sie uns später hassen.«

Ich sagte, das sei alles Blödsinn, worauf sie ganz erfreut aussah. Dann wechselte sie das Thema, wie immer, wenn man sie provozierte.

»Bereust du's nicht, daß du so jung geheiratet hast?«

»In mancher Beziehung schon«, erwiderte ich vorsichtig.

»Daß du noch nie einen Liebhaber gehabt hast! Schon erstaunlich.«

Damit waren wir wieder beim Thema. Ich wünschte, sie würde von etwas anderem reden – allmählich fühlte ich mich in dieser Hinsicht wie eine Mißgeburt.

»Und dabei könntest du an jedem Finger zehn haben. Du hast Köpfchen, du siehst toll aus, und du hast eine Figur, für die ein Mann sterben würde. Patrick jedenfalls, wie du weißt. Manchmal wünschte ich, er würde es tun.« Caroline lachte und schenkte sich Wein nach. »Aber ich kann ihn nicht empfehlen. Es ist, als würde man mit einem Wettschein schlafen und schon vorher wissen, daß das Pferd verliert.« Dann wurde sie für einen Augenblick ernst. »Komisch, was, mit einem Mann namens Uppingham verheiratet zu sein. Ich hab mir oft gedacht, er sollte besser Halfwayuppingham heißen. Meinst du, er läßt seinen Namen ändern, wenn ich ihn ganz lieb darum bitte?«

Ich kannte diese ehelichen Liebenswürdigkeiten inzwischen schon und lächelte nur. Carolines Blick wanderte ziellos im Zimmer umher und blieb dann an einem Foto von Ralph aus seiner Zeit als Fernsehstar hängen.

»Toll sah der aus!« rief sie. Dann setzte sie – ungewohnt taktvoll – hinzu: »Das tut er natürlich immer noch. Aber Berühmtheit hat eben so was Erotisches, findest du nicht? Wenn man weiß, daß ein Mann nur mit den Fingern zu schnippen braucht ...«

Wem sagte sie das! Ich hatte die Frauen ja förmlich verscheuchen müssen.

Caroline fuhr fort, das Foto zu betrachten.

»Was ist denn schiefgegangen?« fragte sie plötzlich.

Ich lachte nur.

»Alles. Seine Serie ist abgesetzt worden – das ist schiefgegangen.«

Caroline schien verblüfft. Sie sah den Zusammenhang nicht. Mir wurde klar, daß Geld für sie etwas war, was man entweder hatte oder nicht hatte, und wenn man es hatte, dann hatte man es auf Dauer: Es wurde in Aktien, Häusern, Grundstücken, Familienstiftungen oder Lebensversicherungen angelegt, und nichts außer einer marxistischen Revolution konnte ihm etwas anhaben, außer daß Erbschafts- und sonstige Steuern ein bißchen daran knabberten.

Ich versuchte es ihr zu erklären. Ich erzählte ihr, daß ich anfangs geglaubt hatte, Ralph würde nur so mit Angeboten überhäuft werden, so wie Sean Connery nach 007, was aber keineswegs der Fall war. Ralph hatte mir wehmütig auseinandergesetzt, daß ein Schauspieler, der so lange mit einer Rolle identifiziert werde, schließlich mit ihr verschmelze. Er werde nur noch so gesehen, und wenn er versuche, ein anderer zu sein, nehme man es ihm nicht ab. Er werde behandelt, als wäre er gestorben, bis die Leute das eines Tages tatsächlich glaubten. Jetzt, fünf oder sechs Jahre später, sprach Ralph seiner schönen Stimme wegen nur noch gelegentlich den Text zu Fernsehwerbespots. In letzter Zeit hatte man ihm hier und da kleinere Bühnenrollen angeboten. Offensichtlich war er lange genug tot gewesen, um Anspruch auf eine kleine Auferstehung zu haben.

»Aber Gespenster werden nicht besonders gut bezahlt«, sagte ich. »Und sie haben keine Gewerkschaft.«

Ich glaube nicht, daß Caroline viel von Gewerkschaften wußte, außer daß sie dazu neigten, lästige Streiks zu inszenieren.
»Was ist denn mit Hollywood?« tippte sie vorsichtig an.
Es klang, als sei das ein Hotel, in dem man sich jederzeit ein Zimmer nehmen konnte, ohne jemals dafür zu bezahlen. Ich klärte sie darüber auf, daß man nicht einfach nach Hollywood ging, sondern daß man nach Hollywood geholt wurde. Und – tja! – das war nun einmal nicht geschehen. Und würde auch bestimmt nicht mehr geschehen.
Wie immer ließ sie mich verwirrt zurück. Es war, als würde man wegen eines Verbrechens, das man nicht begangen hat, vor Gericht gestellt, um dann während der Verhandlung zu merken, daß man es doch begangen hat. Es lag an ihren harmlos gestellten Suggestivfragen, die scheinbar so leicht zu beantworten waren. Versuchte man es jedoch, schienen die eigenen Worte plötzlich nicht mehr wahr zu sein. War ich glücklich? Warum hatte ich keine Affären? Was war schiefgelaufen?
Ralphs Stück sollte am Neujahrstag Premiere haben. Ich sah ihn immer seltener. Die Abende verbrachte ich allein, den größten Teil des Tages ebenfalls: Nur Rachel stürmte ab und zu herein, bevor sie wieder mit ihren Freunden spielen ging. Und was tat ich? Carolines Worte klangen mir im Ohr: »Mein Gott, du bist so jung!« Ich war achtundzwanzig. Aber ich fühlte mich nicht jung. Ich kam mir überflüssig vor.

Wenn Caroline anrief, war es immer, als hätte man augenblicklich zur Stelle zu sein, um ihr die Warterei zu ersparen. Ihr Tonfall war eine Vorladung.
»Angela!«
Es war Januar. Der Schnee war geschmolzen, und London genoß wieder einmal einen Nicht-Winter. Es herrschte nicht einmal Frost. Unser Jasmin stand in voller Blüte, und ein paar Schneeglöckchen waren auch schon da. Die Leute gingen ohne Mantel.
»Angela, ich mach einen Garagenflohmarkt.«
Warum sie ihren Garagenflohmarkt mitten im Januar abhalten

wollte, fragte ich nicht. Sie wolle eine Menge alter Kleider loswerden, erklärte sie; sie brauche Platz in ihren Schränken, und außerdem sei sie für die meisten Sachen zu fett. Das nahm ich ihr nicht ab: Caroline glaubte ständig, dick zu werden. Ich vermutete hinter ihrem Plan eher einen jener frenetischen Energieausbrüche, die sie gelegentlich überkamen und alles ringsum niederwalzten.

»Könntest du rüberkommen und mir helfen?«

Ich weiß nicht, was ich mir unter einer »Menge alter Kleider« vorgestellt hatte, wahrscheinlich Pullover mit durchgewetzten Ellenbogen, ausgefranste Jeans und Patricks ausrangierte Hemden. Was ich aber ganz bestimmt nicht erwartet hatte, waren Gucci-Lederstiefel, Jean-Muir-Kleider und Lanvin-Kostüme. Als ich kam, türmte sich ein anderthalb Meter hoher Berg von Kleidern auf einem Tapeziertisch, und es kamen immer mehr dazu. Ich überschlug kurz, was das alles gekostet haben mochte, und mußte schlucken.

»Caroline, du bist verrückt«, sagte ich.

Sie überhörte es.

»Ich kann nicht auch noch Preisschilder dranmachen«, erklärte sie. »Jedes Stück kostet zehn Pfund. Könntest du in ein paar Läden Zettel aushängen? Für nächsten Samstag vormittag. Ach ja, und an ein paar Bäumen rings um die Grünanlage. Patrick hat ein Kopiergerät, da geht das ganz schnell.«

Dann war sie wieder fort und holte einen weiteren Kleiderstapel.

Ich musterte die Gucci-Stiefel. Sie waren ein Traum: violettes Leder und Wildleder, schmal und weich. Ich probierte sie an.

»Kann ich die als Honorar haben?« fragte ich Caroline, als sie zurückkam.

Sie warf mir einen verächtlichen Blick zu.

»Du kannst dir nehmen, was du willst.«

Ich suchte mir noch einen regenbogenfarbenen Paul-Costello-Blazer und ein Seidentuch von Yves Saint-Laurent aus. Ich mußte lachen. Es war noch gar nicht so lange her, da hatten die Modedesigner mir solche Sachen förmlich nachgeworfen, nur um der Ehre willen, daß man »Ralph Mertons Kurvengirl aus Ipswich« in ihren Kreationen sah. Jetzt wurden sie mir wieder nachgeworfen.

Ich schrieb die Zettel. Ich hängte sie in mehreren Läden aus. Ich pinnte sie an Bäume. Ich verdiente mir mein Honorar. Und – ich hätte es mir denken können – Caroline erwartete von mir, daß ich den größten Teil des Samstagvormittags in der Garage stand und ihre Sachen verkaufte. Für sie selbst war es etwas zu kühl, und leicht verkatert war sie außerdem. Und ich trug ihre violetten Gucci-Stiefel.

»Um Himmels willen, Angela, wieso hab ich die bloß weggegeben?« rief sie mit einem grimmigen Blick auf meine Beine, als sie wieder aus dem Haus kam. »Ich muß verrückt gewesen sein. Die sehen toll aus an dir.«

Das taten sie wirklich. Caroline konnte sie höchstens zweimal getragen haben.

Bis zum Mittag war fast alles verkauft, das meiste an eine Frau mit einer wilden roten Mähne, die kein Wort sagte und nur von Zeit zu Zeit ein Kleid, ein Kostüm oder ein Paar Schuhe auf den immer weiter anwachsenden Stapel legte, den ich für sie bewachte. Endlich trat sie zurück, sah mich streng an und zog ein Bündel Zwanzigpfundnoten hervor.

»Hier, bitte, Darling«, sagte sie mit einem kräftigen irischen Akzent. »Sie sind verrückt. Das Zeug ist viel mehr wert. Sie müssen noch viel lernen.«

Sie gab mir ihre Karte. *The Designers Emporium*, stand darauf, *Abigail O'Connor – Geschäftsführerin,* eine Adresse in Knightsbridge und eine Telefonnummer.

»Schauen Sie rein, wenn Sie mal wieder was loswerden wollen. Könnte aber auch so ganz interessant für Sie sein. Da lernt man allerhand über das Leben, sag ich Ihnen.« Sie lachte und warf ihr Haar zurück. »So, Darling, helfen Sie mir tragen?«

Caroline tauchte gerade rechtzeitig wieder auf, um den Inhalt ihres Kleiderschranks in der Heckklappe eines Transporters verschwinden zu sehen. Ich zeigte ihr die Karte, und sie schnaubte.

»Soll das heißen, daß mich gerade ein Textilhai ausgenommen hat?«
Die Irin streckte den Kopf aus dem Wagenfenster. Ihre Miene verriet unmißverständlich, was sie von Caroline hielt.
»Selber schuld, wenn Sie so verdammt dämlich sind und die Klamotten für einen Apfel und ein Ei verkaufen!«
Dann fuhr sie davon. Caroline schnaubte erneut.
»Ein fürchterliches Weib!«
Ich lachte. Denn ich hatte eine Idee. Eine phantastische Idee.

2 ABIGAIL

Immer wenn ich eine Idee hatte, mußte sie sich dem Badetest unterziehen. Ich lag genüßlich in der Wanne und forderte sie dazu heraus, sich zu behaupten. Und es war keine geringe Herausforderung, denn die unmittelbare Wirkung eines Bades bestand darin, daß meine Gedanken aufs schönste und betörendste abgelenkt wurden.

Die erste dieser Ablenkungen war schamlos narzißtischer Natur: Ich bewunderte meinen Körper. Ich hatte lange Beine, schmale Hüften, und meine Brüste erhoben sich stolz über den Badeschaum – wenn ich auch ahnte, daß sie eines Tages wie durchweichte Seeanemonen in den Fluten driften würden. Aber noch war es nicht soweit – zum Glück. Als nächstes stellte ich mir vor, es wären fremde Augen, die meinen Körper bewunderten, und ich muß gestehen, daß es nicht allzu häufig Augen waren, die vor der anglikanischen Kirche Gnade gefunden hätten. Aber man ist in seinen Träumereien nun mal promiskuitiv, und die Umarmung des Wassers hat etwas an sich, was an die Berührung fremder Hände denken läßt. Ein warmes Bad ist etwas ungemein Erotisches.

Von diesen körperlichen schweifte mein Geist zu höheren Dingen – nicht sehr viel höheren vielleicht, aber zumindest stärker zukunftsorientierten: meinem Leben. Was fing ich damit an? Wie kam ich damit zurecht? Wohin führte es mich? In der Willenlosigkeit eines warmen Bades war es so einfach, Unternehmungen zu planen, vor denen ich sofort wieder zurückschrecken würde, wenn ich nur einen Fuß vor die Tür setzte. Das wußte ich natürlich ganz genau. Trotzdem schwirrten mir jedesmal, wenn ich mich im Wasser aalte, solche Pläne durch den Kopf. Ich wollte eine Sprache lernen, Jura studieren, einen Roman schreiben, eine Heimindustrie aufbauen, mich für

wohltätige Zwecke engagieren, die großen Philosophen lesen und so weiter.
Da diese Gedanken keinem schlüssigen Muster folgten, geschweige denn irgendeiner Überzeugung, hielten sie sich meist nicht länger als das Badewasser. Ich hörte sie förmlich fortgurgeln. Doch diesmal war es anders. Es war am Abend nach Carolines Flohmarkt. Meine Gucci-Stiefel standen wie eine Trophäe da – mein Honorar. Ich trocknete mich ab, zog mir Jeans und einen Pullover an und verkündete den vier Wänden unseres Badezimmers: »Hausfrau und Mutter sein ist *nicht* genug.« Die Bestimmtheit, mit der ich diesen Ausspruch tat, überzeugte mich noch von etwas anderem, etwas wesentlich Wichtigerem: daß meine Idee richtig war – goldrichtig!
Sie hatte den Badetest bestanden.

Ich betrachtete die Karte. *The Designers Emporium* stand darauf, *Abigail O'Connor – Geschäftsführerin.* Ich zerbrach mir den Kopf, was ich sagen sollte. Die beste Strategie war vielleicht, sie einfach an ihre Einladung zu erinnern und dann zu improvisieren. Ich wollte mir keine voreiligen Hoffnungen machen; vielleicht war das Ganze ja ein großer Fehler.
Nachdem ich also eine Weile geschwankt hatte, wählte ich die Nummer. Ein Mann war am Apparat – so etwas Ähnliches zumindest: Seine Zischlaute zischten wie Schlangen durch die Leitung. O Gott, die Sorte Laden ist das, dachte ich. Aber ich gab nicht auf.
»Könnte ich bitte Mrs. O'Connor sprechen?« (Ich ging davon aus, daß sie eine Mrs. war.)
Weitere Zischlaute folgten.
»Wass ssoll ich ihr ssagen, wer am Apparat isst?«
Ich erwiderte, sie würde meinen Namen nicht kennen, aber ich hätte ihr kürzlich eine Menge Kleider verkauft.
»Sssekunde bitte.«
Eine lange Pause trat ein, und dann drang eine geräuschvolle irische Stimme an mein Ohr.
»Haben Sie wieder mal einen Dachboden entrümpelt?«

Ich verneinte lachend und sagte, es seien nicht meine Kleider gewesen; ich hätte sie für eine Freundin verkauft.
»Ah ja, ich weiß. Die reiche Zicke, die so die Nase über mich gerümpft hat. Die Sorte kenn ich: Geld wie Heu, aber keine Manieren.«
Das schien mir eine ziemlich treffende Beschreibung, aber ich äußerte mich nicht dazu. Ich erklärte, ich würde gern ihre Einladung annehmen und mich ein bißchen in ihrem Laden umsehen.
»Aber selbstverständlich! Kommen Sie nur und spielen Sie Mäuschen«, forderte Abigail mich vergnügt auf. »Wenn Sie Glück haben, werden Sie ein paar ganz erstaunliche Dinge sehen. Aber tun Sie mir den Gefallen und lachen Sie um Himmels willen nicht laut los, okay? Das darf nur ich.«
Es folgte ein kehliges Lachen. Im Hintergrund hörte ich die Zischlaute auf eine Kundin einzischen. Ich schlug Mittwoch vor, und wir einigten uns auf halb elf.
Ich beschloß, Ralph nichts davon zu sagen und Caroline schon gar nicht. Rachel verbrachte die letzte Ferienwoche bei einer Freundin, so daß ich mir Zeit lassen konnte. Ich war unsinnig aufgeregt. Ich sagte mir, noch bescheidener könne ein Abenteuer ja wohl kaum sein, und trotzdem kam es mir vor wie ein Riesenschritt nach vorn für das gesamte weibliche Geschlecht – oder zumindest für eine seiner Vertreterinnen.
Und noch etwas tat ich. Ich rief bei der Bausparkasse an. Fast zehn Jahre hatte mein Notgroschen – das Geld, das ich für Lindenquell bekommen hatte – dort gelegen. Ich hatte es ein wenig im Auge behalten und mitverfolgt, wie es nach und nach mehr wurde. Ich wußte, daß ich es eines Tages brauchen würde. Ralph hatte nicht zugelassen, daß ich es für »uns« ausgab – ob aus Stolz oder aus Großzügigkeit, war mir nie so ganz klar gewesen. Es sei allein mein Geld, beharrte er, wenn ich in Krisenzeiten anbot, darauf zurückzugreifen. Er hatte es nie ausgesprochen, aber ich glaube, er betrachtete es als meine »Rente«, weil er wußte, daß er mir kaum etwas hinterlassen würde, wenn er als erster starb. Und so hatte ich es behalten.

Man nannte mir die genaue Summe, und ich notierte sie in meinem Tagebuch. Dann fuhr ich mit dem Bus in die Stadt. Ich kam mir vor, als würde ich die Schule schwänzen.
Abigail hatte gesagt, ich könne den Laden nicht verfehlen; er sei »gegenüber dem Karfunkel«. Ich sah sofort, was sie meinte: die Außentreppe eines von einem postmodernen Architekten »verschönerten« Dreißiger-Jahre-Wohnblocks, eine rundum verglaste Wendeltreppe, die sich sechs Stockwerke emporschraubte und einer gigantischen Injektionsspritze glich. Vor meinem inneren Auge sah ich Menschen dort hinaufgespritzt werden und hatte dann die vergnügliche Vision eines Highlanders, der sich über sechs Stockwerke abmüht, das Geheimnis zu wahren, was ein Schotte unter seinem Kilt anhat. Caroline, die nach eigenem Bekunden Unterhosen im Sommer unerträglich fand, wäre in ernste Schwierigkeiten geraten.
Und da war es, genau gegenüber. Das Designers Emporium. Ich ging hinein. Abigail winkte mir zu und gab mir ein Zeichen, näherzukommen. Sie war mit einer Kundin beschäftigt, die die »Botschaftergattin« förmlich vor sich hertrug und eine sündhaft teure Scheußlichkeit gebracht hatte. Abigail schüttelte das Kleidungsstück aus und reichte es einem jungen Mann – es mußte der mit den Zischlauten sein –, der es mit Daumen und Zeigefinger entgegennahm, als würde er eine Kirsche von einer Obsttorte picken. Abigail redete währenddessen ununterbrochen, eilte hierhin und dorthin, griff nach einem Quittungsblock, suchte einen Kugelschreiber, trank einen Schluck Kaffee, und die ganze Zeit schien die wilde Flut ihres roten Haares ein Eigenleben zu führen. Ich saß unauffällig an einer Seite des Tisches und bewunderte das Schauspiel.
Mindestens eine Stunde schaute ich einfach nur zu. Hin und wieder beugte sich Abigail im Vorübergehen zu mir herab und ließ eine Bemerkung über eine Kundin fallen: von wem sie sich gerade scheiden lasse, wessen Geliebte sie sei, wer in welchen Finanzskandal verwickelt sei. Sie hätte die ideale Klatschkolumnistin abgegeben. Von der Einrichtung her wirkte das Designers Emporium allerdings eher wie eine bessere chemische

Reinigung. Schmucklose Metallkleiderständer zogen sich die Wände entlang, und grelles Neonlicht verbannte alle Schatten. »Gedämpftes Licht ist totaler Quatsch«, erklärte Abigail. »Man muß Flecken und Zigarettenlöcher sehen können.«
Erst wenn man einen Blick auf die Designer-Etiketten warf, wußte man, wo man sich befand. Alle waren sie da: Bruce Oldfield, Bill Gibb, die Emmanuelles, Caroline Charles, Jean Muir, Lanvin, Joseph, Chrissie Clyne, Chanel, Yves Saint-Laurent, Paul Costello, Umberto Ginochetti. Ich mußte lächeln. Es waren zum großen Teil dieselben Designer, die mir in meinen Jugendtagen als Ralph Mertons blauäugige Freundin unentwegt ihre Kreationen aufgenötigt hatten. Und jetzt saß ich hier in verwaschenen Jeans.
Der Verkäufer, mit dem ich am Telefon gesprochen hatte, hieß Timothy. Er flatterte aufgeregt hin und her und war wie alle Schwulen lieb und nett zu mir. Abigail behandelte ihn wie einen Schoßhund. »Sei doch so lieb und bedien die alte Kuh da«, flüsterte sie und gab ihm einen Klaps aufs Hinterteil, woraufhin er kicherte. Dann winkte sie mich in den hinteren Teil des Ladens, wo eine Kaffeemaschine stand. »Noch keine Schreckschrauben heute«, erklärte sie, und es klang enttäuscht. »Wenn Madeleine kommt, stups ich Sie an. Das ist die schlimmste von allen. Ihr Mann hat sie gerade verlassen, und jetzt lechzt sie nach der nächsten Schlacht.«
Das Geschäft sei eine ganz einfache Sache, erklärte Abigail. Es gebe jede Menge reiche Zicken – »wie diese Freundin von Ihnen« –, die sich Designer-Kleidung kauften, sich aber natürlich nicht öfter als zweimal darin sehen lassen könnten. Die Frage sei also, wohin mit dem verdammten Plunder, der soviel Platz wegnehme. Nicht das Geld sei das Problem, sondern der Platz. »Also bringen sie die Sachen zu mir. Wenn sie Platz brauchen – den können sie haben. Zwei Monate: Verkauf oder Rückgabe. Ich nehme zwanzig Prozent. Oft kommen sie überhaupt nicht wieder: vielleicht inzwischen auf Hawaii oder geschieden.«
Abigail lachte und warf ihre rote Mähne zurück, ohne Timothy aus den Augen zu lassen, der eine Pantomime um die »alte

Kuh« aufführte. Sie hatte ein Jean-Muir-Kleid anprobiert, das einer halb so alten Frau geschmeichelt hätte.
Die Preise seien lächerlich niedrig, fuhr Abigail fort. Die Kundinnen wüßten, daß sie hier ein höchstens zwei- oder dreimal getragenes Sechshundert-Pfund-Kostüm von Joseph für achtzig oder neunzig Pfund bekämen. Jeder glaubte dann, ihr Mann sei ein Krösus oder sie hätten einen Liebhaber bei der Mafia – oder im Vatikan.
»Ein Jahrmarkt der Eitelkeit – was anderes ist das hier nicht. Da kann nichts schiefgehen.«
Sie lachte erneut, setzte dann ihre Kaffeetasse ab und rauschte quer durch den Raum, um eine atemberaubende Stabheuschrecke – ganz Augen und Beine – zu begrüßen, die mit einem Päckchen in der Hand in der halb geöffneten Tür stand. Abigail nahm es ihr wortlos ab, öffnete es und hielt ein fließendes Etwas aus schwarzer Seide hoch.
»Schlimmes Kind«, hörte ich sie sagen. »Aber laß es hier, Darling. Ich weiß jemanden dafür. So an die hundert Leute.«
Die Fata Morgana entschwebte mit einem scheuen Nicken, und Abigail kam mit dem Kleid zurück.
»Man kann's ihnen ja nicht verdenken«, sagte sie und legte ein kleines Etikett vor mir auf den Tisch. Der Name eines sehr bekannten jungen Modeschöpfers stand darauf. »Als Models dürfen sie die Sachen natürlich nicht verkaufen. Aber was soll man machen, wenn man sechzehn oder siebzehn ist und gerade erst anfängt? Man macht das Etikett ab. In ein paar Jahren ist das Kind eine halbe Million wert, und dann sehen wir sie hier nie wieder, da können Sie Gift drauf nehmen.«
Das Telefon klingelte, wie schon den ganzen Vormittag von Zeit zu Zeit. Abigail schlug ihren High-Society-Tonfall an – »The Emporium« – und zwinkerte mir zu. Dann wurde ihre Stimme spitzer, und sie schnitt eine Grimasse. »Nein, nicht direkt«, sagte sie. »Lady Fortescue ist tot.« Sie verdrehte die Augen. »Nein, nicht daß ich wüßte ... Das könnte unangenehm werden ... Gut, wenn Sie darauf bestehen.«
Sie legte den Hörer auf und streckte zwei Finger hoch.

»Meine Chefin, diese Zimtzicke. Wer schmeißt den Laden eigentlich, sie oder ich?« Sie schien ziemlich aufgebracht und schüttelte sich, als wollte sie auf diese Weise ihre Fassung wiedergewinnen. »Die kann mich mal!«
Die »alte Kuh« war gegangen – ohne das Jean-Muir-Kleid. Timothy machte sich vor dem Spiegel zurecht. Es war fast ein Uhr und höchste Zeit, daß ich zur Sache kam.
»Darf ich Sie zum Lunch einladen, Abigail?«
Sie schien überrascht.
»Das ist doch nicht nötig.«
»Ich möchte es aber gern.«
»Okay«, sagte sie nach kurzem Zögern. »Halt für 'ne Stunde die Festung, Darling«, rief sie Timothy zu. »Und daß du ja nichts kaufst. Wir sind bei Luigi, falls Prinzessin Di mit ihrem Hochzeitskleid vorbeikommt.«
»Ich muß aufpassen, daß ich nicht zuviel trinke«, setzte sie leise hinzu. »Also, kommen Sie.« Sie gab mir meinen Mantel.
Es dauerte sehr viel länger als eine Stunde, und Abigail trank doch zuviel. Und ich auch. Aber als wir gegen drei Uhr das Restaurant verließen, hatte ich eine Menge über sie erfahren. Und mehr noch: Ich hatte eine Freundin gewonnen. Und noch etwas. Meine Idee hatte Gestalt angenommen; ein Projekt war daraus geworden. Plötzlich tat sich ein neues Leben vor mir auf.
»Sagen Sie doch Gail zu mir«, forderte Abigail mich auf, als der Kellner uns zu einem Fenstertisch am anderen Ende des Raumes führte. »Abigail nennt mich nur meine Chefin, diese Zimtzicke.«
Sie war eine etwas füllige Person, und wie bei vielen Frauen mit diesem irischen Haar und dem irischen Teint war ihr Alter schwer zu schätzen. Ich tippte auf Anfang Vierzig. Sie sah aus wie jemand, der sein Leben auf einem windgepeitschten Bauernhof verbracht hat, und die Art, wie ihre Kleider sie umhüllten, erweckte die Vorstellung, daß der Wind noch immer wehte.
Doch das stimmte nicht. Sie sei in Wicklow geboren und auf-

gewachsen, erzählte sie, während sie mir zuschaute, wie ich den Frascati einschenkte. »Aber was kann man in Wicklow schon machen? Verdammt wenig.« Also war sie nach Liverpool gegangen, wie alle es taten, hatte irgendeinen Trottel geheiratet, wie alle es taten, und sich wieder scheiden lassen, wie alle es taten. Doch Liverpool befand sich damals noch im Beatles-Fieber, und es gab jede Menge Jobs: Man konnte T-Shirts, Poster, Bettwäsche mit Beatles-Songs darauf und anderen Kram an all die Dummköpfe verkaufen, die ehrfürchtig hierher gepilgert kamen, ganz wild darauf, den Schweißgeruch des Cavern Club zu atmen.

»Ich hab Ringos Unterschrift gefälscht und die Fotos für zwanzig Pfund das Stück verhökert«, sagte Gail und löffelte ihre zweite Avocado aus. »Und Storys hab ich erzählt – die letzten Sachen! Ich würde sie alle kennen, hab ich behauptet, sei bei vielen von ihren Gigs dabeigewesen. Daß ich sie alle gevögelt hätte, hab ich nicht gesagt, ich bin schließlich Irin und hatte noch meinen Ehering am Finger – da hätte man mir das vielleicht nicht abgenommen. Aber ich hab trotzdem ganz schön abgesahnt. Und dann hab ich wieder geheiratet. Aus Liebe diesmal, ich dumme Gans.«

Sie genoß es, ihre Lebensgeschichte zu erzählen, so wie sie es bestimmt schon -zigmal getan hatte. Ehemann Nummer zwei sei ein Einbrecher gewesen, berichtete sie sachlich, aber kein besonders guter, denn er sei dauernd geschnappt und eingesperrt worden.

»Ich hab's nicht so mit dem Alleinsein«, erklärte Gail. »Das war das Problem, verstehen Sie? Ich hab ihn geliebt und alles, aber er war ja nie da! Hundertmal hab ich ihm gesagt, er soll seinen Job richtig lernen oder sich einen anderen suchen. Aber er dachte gar nicht dran, der gottverfluchte Dickschädel. Schließlich hab ich ihn verlassen. Ich glaub, er sitzt heute noch. Er schickt mir Weihnachtskarten aus dem Knast – jedesmal aus einem anderen. Ich hab gar nicht gewußt, daß es so viele gibt. X-mal hab ich ihm schon gesagt, er soll einen Gefängnisführer schreiben.«

Wir waren bereits bei *Ossobuco alla milanese* und Barolo angelangt, als sie mir von London und ihrem jetzigen Ehemann erzählte. Vom Beatles-T-Shirt-Verkauf war sie in die anspruchsvolleren Sphären der Wäscheabteilung von Dickins and Jones in der Oxford Street gelangt und dann in die Damenmodenabteilung, »wenn man das bei Dickins and Jones so nennen kann«. Sie lachte und verschüttete Barolo über ihre Bluse. Das *Ossobuco alla milanese* war inzwischen fast verschwunden.

»Mode war meine Leidenschaft, warum, weiß der liebe Gott – bei meiner Figur. Essen ist eben auch meine Leidenschaft, das ist das Problem. Und Weintrinken auch.«

Sie sah mir mit hoffnungsvollen Blicken zu, wie ich die Gläser nachfüllte.

»Und dann kam Rick. Schon was Besonderes, seinen Zukünftigen bei Dickins and Jones kennenzulernen. Wer weiß, was er da gemacht hat. Sachen geklaut wahrscheinlich. Und ich steh auf Diebe, schon immer. Jedenfalls war da so ein kleiner Kerl und hat an den Pelzen rumgefingert. Ich hab ihm gesagt, was er mit seinen Fingern machen kann, und da fing er an, frech zu werden. Der typische Eastender. Helles Bürschchen. Und clever – dem fällt immer was ein. Hat von allem und jedem ein bißchen gemacht und auch ein bißchen gesessen. Nicht schon wieder, dachte ich. Und jünger als ich ist er auch – vier Jahre. Meine Haare gefielen ihm, hat er gesagt. Und ich: ›Bloß gut, daß Ihre mir nicht gefallen – Sie haben ja kaum welche.‹ Da wußte ich noch nicht, was er statt dessen hat.«

Sie holte Luft, aber nur um zu lachen.

Beim Zabaione kam sie dann schließlich auf das Secondhandgeschäft zu sprechen. Es sei vor acht oder neun Jahren gewesen. Rick habe sie da hineingebracht, durch einen Bekannten, mit dem er »Geschäfte machte«. Gail schnitt eine Grimasse und überließ die Natur dieser »Geschäfte« meiner Phantasie.

»Da war eine Frau, verstehen Sie, die brauchte eine Geschäftsführerin für ihren Laden. Nicht den« – Gail machte eine Kopfbewegung in Richtung Emporium – »einen anderen, in Fulham. Die totale Bruchbude. Aber manchmal hatte sie gute Sa-

chen, und ich hab 'ne Menge gelernt. Eines Tages kam diese andere Lady rein. Furchtbar affig und in einer Wolke von Parfüm. Wollte wissen, was ich verdiene, und hat mir dann 'ne Menge mehr geboten, wenn ich für sie arbeite. Und das tu ich jetzt noch. Mitgefangen, mitgehangen.«
Sie machte eine Pause und löffelte den letzten Rest Zabaione. »Und eine reiche Zicke ist sie außerdem, meine Chefin.«
Gail rülpste.
»Herr im Himmel, ich bin stockbesoffen.« Sie wischte sich mit endgültiger Geste den Mund ab und betrachtete den letzten Tropfen Barolo in ihrem Glas. »So, jetzt kennst du die Lebensgeschichte von Abigail O'Connor«, fuhr sie fort. »Seit ich wieder verheiratet bin, heiße ich übrigens Faith, aber ich benutze den Namen nicht.« Sie lachte heiser. »Rick auch nicht, und deshalb nenne ich ihn ›Ye of Little Faith‹, den Kleingläubigen. Das hat er nicht so gern, weil es klingt, als hätte er da, wo's drauf ankommt, nichts zu bieten, was aber nicht stimmt. Und jetzt erzähl mir von dir.«
Es war halb drei. Wir hatten zwei Flaschen Wein geleert, und die Kaffeetasse in meiner Hand schwankte ein wenig. Eineinhalb Stunden hatte mein Plan in meinem Kopf gewartet, und jetzt war er völlig durchweicht. Auf der Rechnung sah ich, daß ich soeben 60 Pfund ausgegeben hatte, die ich mir nicht annähernd leisten konnte. Wenn ich es nicht schaffte, mein Gehirn etwas auszuwringen, dann hatte ich das Geld verpulvert, um der Lebens- und den Liebesgeschichten von Abigail Faith, geborener O'Connor, zu lauschen, und außer Spesen wäre nichts gewesen.
»Ich bin verheiratet, und ich möchte arbeiten«, sagte ich. Knapper hätte man es wohl kaum formulieren können. Gail sah mich erschrocken an.
»Du und die Hälfte der Menschheit, Darling, nur daß du ein ganzes Stück hübscher bist als die meisten anderen. Und weiter?«
Ich fühlte mich verunsichert und brachte keinen Ton mehr heraus. Wie sollte ich ihr sagen, daß ich bisher nur bei einer Bank

und in einer Boutique gearbeitet hatte, vor Jahren einmal, daß ich aber seit frühester Jugend wußte, ich würde eines Tages über irgend etwas stolpern, etwas Ausgefallenes, was ich unbedingt machen wollte? Und daß ich es jetzt gefunden hatte: daß ich ein Geschäft für An- und Verkauf von Designerkleidung aufmachen wollte.
Dann dachte ich: Wieso soll ich nicht genau das sagen?
Und das tat ich.
Gail sah mich noch erschrockener an.
»Herr im Himmel! Eine Lady wie du! Wieso denn?«
Ich versicherte ihr, ich sei keineswegs eine Lady und ich wisse eigentlich gar nicht, warum ich es wolle, sondern nur, daß ich es wolle. Die Idee war mir ganz plötzlich gekommen, als ich an dem Wochenende die Sachen für den Garagenflohmarkt zurechtgelegt und als Caroline gesagt hatte, sie könne nicht auch noch Preisschilder dranmachen. Jedes Stück koste zehn Pfund, und damit basta. Es mußte doch Hunderte von Frauen wie Caroline geben, hatte ich mir gedacht: verwöhnt und gelangweilt. Dagegen könnte man doch etwas tun! Und dann war Gail gekommen und hatte gesagt: »Sie sind verrückt. Sie müssen noch viel lernen.« Und ich wollte lernen. Ich wollte gute Arbeit leisten. Ich wollte das Kribbeln des Erfolgs spüren. Ich wollte ein richtiges Leben, außerhalb unseres gemütlichen kleinen Hauses an der Grünanlage, in dem der Erfolg vor langer Zeit mit der Sonne untergegangen war und nicht geneigt schien, wieder aufzugehen.
Das alles sagte ich Gail. Es sprudelte nur so aus mir heraus. Und ich fühlte mich prächtig dabei.
»Und deshalb hab ich dich zum Essen eingeladen: weil ich es schön fände, wenn du mit mir zusammenarbeiten würdest.« Ich winkte dem Kellner und bestellte noch zwei Kaffee und zwei Brandy. Zum Teufel mit der Rechnung! »Wir könnten zusammen einen Laden aufmachen, als Partner. Du verstehst genug vom Geschäft, und ich hab genug Geld für einen kurzfristigen Pachtvertrag. Den Gewinn teilen wir uns, das Risiko auch. Was hältst du davon?«

Ich wunderte mich über mich selbst. Angela Merton, dachte ich, mit dir ist was passiert. Das ist nicht nur der Wein.
Jetzt sah Gail mich erstaunt an.
»Donnerwetter!« rief sie.
Dann schwieg sie eine Weile und betrachtete nachdenklich ihren Brandy. Sie nippte daran, schwenkte ihn im Glas und sah dann wieder zu mir auf. Diesmal hatte ihr Blick etwas Verschmitztes.
»Donnerwetter noch mal!«
Wieder schwenkte sie ihren Brandy im Glas. Plötzlich legte sie den Kopf zurück und leerte das Glas in einem Zug. Sie blinzelte und gab ein lautes »Aaaah!« von sich, als wollte sie das Feuer löschen. Dann lachte sie.
»Warum nicht?« sagte sie. »Ja – warum eigentlich nicht? Du gefällst mir.«
Eine Flut von mächtigen Gefühlen schwemmte mich an diesem Nachmittag nach Hause. Ich war ein neuer Mensch. War es möglich, daß man mit achtundzwanzig Jahren neu geboren wurde? Die ganze Zeit dachte ich darüber nach, was für Wege mein Leben bisher genommen hatte und daß sie mir alle durch Zufall oder durch irgendwelche anderen Umstände aufgezwungen worden waren. Als erstes waren mir meine Eltern aufgezwungen worden. Dann die Schule. Dann die Bank. Und was mir bei der Bank am meisten aufgezwungen worden war, das waren grapschende Männerhände und ein allzeit bereiter stellvertretender Filialleiter gewesen. Dann kamen der plötzliche Tod meiner Eltern und der Verkauf von Lindenquell. Eine bewußte Entscheidung meinerseits war das kaum zu nennen, denn wer konnte von einem achtzehnjährigen Mädchen schon erwarten, daß es allein in einem Vorort-Legohaus am Ende der Welt lebte? Die nächste Station war London gewesen, mit einer ähnlichen Abfolge zufälliger Ereignisse. Ich war in die Boutique geschlittert, weil es regnete. Ich war in Ralphs Bett geschlittert, weil einem hübschen Mädchen ja kaum etwas anders übrigbleibt, wenn Romeo winkt. Ich war in die Ehe mit ihm geschlittert, weil er mich darum gebeten und ich mich zu ge-

schmeichelt gefühlt hatte, um nein zu sagen. Und ich war schwanger geworden, weil ich nicht aufgepaßt hatte.
Ich war nicht gerade ein Paradebeispiel emanzipierter Weiblichkeit, fand ich.
Aber jetzt! Jetzt fing ein neues Leben an. Einen Secondhandshop zu betreiben war zwar nicht gerade das glanzvollste aller Ziele, aber der Laden würde mir gehören. Und auch mein Leben würde mir gehören. Ich war dafür verantwortlich. Ich war der Boß.
Ich war zwar mehr als nur leicht beschwipst, als ich an diesem milden Winternachmittag durch Knightsbridge wanderte, aber das Lächeln auf meinem Gesicht hatte damit nichts zu tun. Jedenfalls nicht viel. Ich hätte Bäume ausreißen können. Zu meiner Überraschung fühlte ich mich dadurch auf eine unbestimmte Art unglaublich sexy, und irgendwie muß sich das durch optische Signale kundgetan haben, denn fast alle Männer, an denen ich vorüberkam, sahen mich mit Augen wie glühende Kohlen an. Angela Merton, versuchte ich mich zur Ordnung zu rufen, du bist Ehefrau und Mutter, also benimm dich! Aber ich konnte nur lachen, und der smarte junge Mann, der mir am Eingang zur U-Bahn-Station gerade zugezwinkert hatte, zwinkerte mir ein zweites Mal zu. Mit etwas mehr Mut und etwas weniger Vernunft hätte ich schnurstracks mit ihm ins Bett gehen können, und dann hätten wir stundenlang gevögelt; doch als mir das klar wurde, saß ich bereits wohlbehalten in der U-Bahn. Um jeden weiteren Gedanken in dieser Richtung auszuschalten, vertiefte ich mich in den *Evening Standard*.
Es stand nichts darin, was mir besonders interessant erschienen wäre. Eine Gefängnismeuterei in Bristol. Weitere Eiertänze des Finanzministers. Die x-te aberwitzige Erklärung des Papstes zum Priesteramt für Frauen. Ein magersüchtiges Model, in Heathrow fotografiert. Klatsch aus den königlichen Kinderzimmern. Eine Lawine in Chamonix. Ein Windhund mit guten Gewinnchancen.
Dann fiel mein Blick auf die Immobilieninserate. Ich überflog eine Rubrik mit dem Titel »Geschäftsobjekte – Pacht«, aber

die Angebote schienen völlig ungeeignet: »Canary Wharf: 2300 qm Bürofläche«, »Bermondsey: Lagerhaus in Ufernähe«, »Tankstelle/Ausstellungsraum, Nähe Autobahn M25«. Die Preise lagen bei mehreren Millionen, VB. Ich wollte schon umblättern und meinen Ärger am Papst auslassen, als mein Blick an einer fettgedruckten Zahl hängenblieb. Es war genau die Summe, die man mir am Morgen bei der Bausparkasse genannt hatte. Ein so auffälliges Zusammentreffen konnte man nicht einfach ignorieren, und so las ich weiter. »Pimlico Square, London-Südwest: Ladenlokal«, stand da, »7 m Front, Souterrain mit rückw. Ausgang. Pacht 7 Jahre. Sofort frei.« Es folgte die Telefonnummer einer mir völlig unbekannten Maklerfirma, deren Name – Anstruther and Pratt – von *Private Eye* hätte erfunden sein können. Ich faltete die Zeitung sorgfältig zusammen und steckte sie in meine Tasche.
Es dämmerte bereits, als ich durch die Grünanlage nach Hause ging. Nebelschleier zogen über dem Boden vom Fluß herauf, und ab und zu warf mir ein später Hundespaziergänger einen Blick zu. Im Sommer, meinte Caroline, sei es hier wie auf einem Hundezüchtertreffen. Alles gehe mit gesenkten Köpfen, um den Hundehaufen auszuweichen. Caroline haßte Hunde fast so sehr wie deren Besitzer. Allerdings gab es kaum etwas, was sie nicht haßte, wenn sie es darauf anlegte. Daß ich eine Katze hatte, verzieh sie mir noch. Ich sah jetzt die strahlend hell erleuchteten, vorhanglosen Fenster ihres Hauses, deren Licht auf den dunkelblauen Mercedes fiel, den sie – ich war mir ziemlich sicher – so nahe an der Straßenmitte geparkt hatte, wie es ihr in der Eile nur möglich gewesen war.
In unserem kleinen Haus brannte kein Licht, aber die Katze sprang auf den Zaun, als ich näherkam, und balancierte mit einem wie Pampasgras hochgereckten Schwanz schwankend darauf entlang. Sie war ungehalten und hungrig und flitzte, als ich die Tür aufschloß, vor mir hinein. Sie war ein Perserkatzenmischling, und Ralph hatte sie ursprünglich Farah nennen wollen, nach der letzten Frau des Schahs, in die er mit fünfzehn unsterblich verliebt gewesen sei, wie er behauptete. Ich hatte

eingewendet, das sei ein ziemlich alberner Grund, und wenn es schon ein persischer Name sein müsse, dann doch wenigstens ein passender: Alles deute schließlich darauf hin, daß es eine ungewöhnlich große Katze sei. Also versuchten wir es mit Fatima, aber Ralph behauptete steif und fest, das sei ägyptisch und nicht persisch. Am Ende einigten wir uns auf Fatwa, was sich als grauenvoll passend herausstellte, da sie innerhalb kürzester Zeit im ganzen Umkreis eine Schreckensherrschaft von koranischer Unbarmherzigkeit errichtete. Sie führte in der Nachbarschaft ein nahezu ebenso grausames Regiment wie Caroline, und vielleicht war das der Grund, weshalb Caroline sie mochte – neben der Tatsache, daß es in der Gegend kaum einen Hund gab, der ihren Krallen bisher entgangen war. Ob dänische Dogge oder Chihuahua – für Fatwa war das alles eins: Sie riß sie in Stücke. Das machte sie nicht gerade beliebt, außer bei Caroline, aber es sorgte dafür, daß die Praxis des Tierarztes florierte, und zum Dank hatte er uns zu Weihnachten eine schöne Flasche roten Bordeaux überreicht.

Jetzt schnurrte Fatwa, zweifellos bei der Vorstellung, ihr Whiskas sei gehackter Bluthund.

Auf dem Küchentisch lag ein Zettel, mit dem Ralph mich auf eine Kritik seines Stückes im Royal Court hinwies. Es waren zehn Zeilen, in denen er nicht erwähnt wurde. Das machte mich traurig. In unseren ersten Jahren, als er noch der König des Bildschirms gewesen war, hatte er für die Kritiker nur Verachtung übriggehabt. »Kastraten« hatte er sie genannt, »impotente Opportunisten«. Heute stürzte er sich begierig auf die Zeitungen und versuchte, nicht unglücklich auszusehen.

Sonst stand nichts auf dem Zettel, nicht einmal ein »X« als Unterschrift. Aber ich machte mir nichts daraus – oder doch? Schauspieler, so hatte ich festgestellt, gingen mit ihrem Beruf um wie stolze Kapitäne mit einem Schiff unter vollen Segeln. Sinkt das Schiff, klammern sie sich verzweifelt an ein Floß. Ralph hatte über die Schauspielerei nie nachgedacht. Er praktizierte sie einfach, und Ruhm, Geld und Frauen flossen ihm nur so zu. Jetzt dachte er ständig darüber nach, so intensiv, daß er sogar das »X« vergaß. Doch, ich machte mir etwas daraus, aber ich hatte Verständnis dafür.

Das Haus war kalt und leer. Ich machte Feuer im Kamin. Dann rief ich Gail an, las ihr die Anzeige im *Evening Standard* vor und fragte sie, was sie davon halte.

»Es ist dein Geld, Darling«, sagte sie. »Schau's dir an. Und danke für die Einladung zum Lunch.« Sie war kurz angebunden, und ich war enttäuscht. Ich hätte mir gewünscht, daß sie vor Begeisterung überschäumte. Ich hätte mir gewünscht, daß es nichts Wichtigeres in ihrem Leben gab als meinen Plan. Und plötzlich hatte ich Angst, es würde nichts daraus werden, und ich würde alles verlieren. »Ich muß Schluß machen«, sagte sie noch, und dann, ganz leise: »Sorry, aber meine Chefin, diese Zimtzicke, ist da. Ruf morgen noch mal an. Und viel Glück!« Ich fühlte mich gleich viel besser.

Also rief ich die Maklerfirma Anstruther and Pratt an. Ich war gespannt, wen von den beiden ich an die Strippe bekommen würde und ob nicht Anstruther derjenige mit dem Brett vor dem Kopf war und Pratt der mit den abstrusen Ideen. Aber es meldete sich eine Frau, die sich haargenau anhörte wie eine dieser übereifrigen, roboterhaften Wetterberichtssprecherinnen im Fernsehen. »Was kann ich für Sie tuuun?« Ich sagte, ich riefe wegen der Anzeige im *Standard* an. Sie wußte nichts davon. Dann folgte eine Serie von »Moment bitteee«, während sie andere Anrufe entgegennahm, und schließlich ein »Hören Sie? Ich verbindeee. Wie war der Name, bitteee?« Mir war inzwischen nicht mehr sehr kooperativ zumute, und ich sagte: »Was spielt das für eine Rolle?« Eine kurze Pause trat ein, dann hörte ich ein weiteres »Moment bitteee« – sie nahm einen weiteren Anruf entgegen –, gefolgt von einem »Sorry, wie war noch mal Ihr Nameee?« »Mutter Teresa«, versetzte ich scharf. »Moment bitteee.« Erneute Pause, dann die gedehnte Frage eines Mannes: »Was kann ich für Sie tun, Mrs. Teresa?«

Aber mein Humor hatte mich verlassen, und ich sagte nur, ich interessierte mich für das Objekt am Pimlico Square und ob ich es mir vielleicht ansehen könne.

Wir trafen eine geschäftsmäßige Verabredung für zehn Uhr am nächsten Tag in seinem Büro in der Ebury Street. Er werde mich dann über alle weiteren Einzelheiten informieren und mir anschließend den Laden am Pimlico Square zeigen – persönlich, wie er mir versicherte. Seine Stimme nahm einen wärmeren Klang an, drang näher an mein Ohr. Telefonische Verführung ist eine unterschätzte Kunst. Er genoß es offensichtlich, Frauen auf Besichtigungen zu begleiten und dabei vielleicht auch stellvertretend Liebesnester auszukundschaften.

Jetzt war es an mir zu fragen: »Und wie ist bitte Ihr Name?«

»Anstruther. Keith Anstruther.«

Aha, der Boß! dachte ich. Dann kann ja nichts mehr schiefgehen.

»Übrigens«, setzte ich hinzu, »mein Name ist nicht Teresa, sondern Angela Merton.«

»Ich freue mich darauf, Sie kennenzulernen, Miss Merton.« Es klang, als sei von einem Rendezvous die Rede.

»Nicht schlecht, wie du flirtest«, sagte Caroline. »Kaum hast du einen Immobilienmakler an der Strippe, kriegt er schon feuchte Hosen. Ich könnte so was nicht, ich weiß gar nicht, wie man das macht. Ich sage einfach, was ich will, und entweder will ich's dann nicht mehr, oder ich krieg's nicht.«

Ich hatte gar nicht die Absicht gehabt, Caroline von meinem Plan zu erzählen, aber nachdem ich mit Mr. Anstruther gesprochen hatte, war ich in Panik geraten. Wie fing man so etwas um Himmels willen an? Welche Fragen mußte man stellen? Worauf mußte man achten? Gail hätte es natürlich gewußt, aber sie würde morgen nicht dabeisein. Und Caroline war genau die richtige Begleitung. Sie fürchtete sich vor nichts. Sie würde es drei Meilen gegen den Wind riechen, wenn etwas an der Sache faul war. Und sie würde den armen Mann wahrscheinlich in Angst und Schrecken versetzen. Sie würde mein Rottweiler sein.

»Kommst du mit?«

Sie schien verwirrt.

»Wieso?«
»Um mir die Hand zu halten.«
Wenn Caroline schwieg, war das eine Zusage. In negativen Dingen war ihre Zunge geübter – ein Instrument, geschärft zum Töten, so ähnlich wie Fatwas Krallen.
»Was willst du denn um alles in der Welt mit einem *Laden?*«
Die Art, wie sie »Laden« sagte, irritierte mich: Sie grenzte damit ihre soziale Stellung gegen meine ab. Leute wie Caroline betrieben keine Läden, sie waren allenfalls Aktionäre der Unternehmen, die Läden besaßen, bauten, belieferten oder versicherten. Leute wie ich dagegen betrieben sie, auch wenn das eindeutig ein unseliges Überbleibsel meiner Erziehung war, das ich wirklich längst hätte ablegen müssen. Doch da Caroline mich als ihre Freundin und sich selbst ungern als Snob betrachtete, zog sie es vor, daß Ganze einer exzentrischen Laune meinerseits zuzuschreiben, und für exzentrische Launen hatte sie etwas übrig. Sie waren das Salz in der Suppe eines langweiligen Lebens. Ihre häufigste Klage über die Menschen ihrer Umgebung galt deren Festgefahrenheit. Sie alle hatten den richtigen Beruf, die richtigen Kinder, den richtigen Partner oder den falschen, was noch schlimmer war, weil sie dann ständig jammerten oder aber von Schuldbewußtsein bestimmte Affären hatten, über die in der Nachbarschaft geklatscht wurde. Es war alles so halbherzig und geschmacklos. Wenn Patrick eine Affäre hatte, dann verliebte er sich wenigstens richtig, was Caroline freute, weil sie es ihm gar nicht zugetraut hatte. Ihr Zusammenleben hatte dadurch sehr gewonnen.
(Irgendwann würde ich sie einmal fragen, ob sie je selbst verliebt gewesen sei oder ob sie sich immer viel zu schnell in ihre Leidenschaften hinein- und wieder herausgestürzt habe, um deren Glut überhaupt zu spüren.)
»Sag schon, was willst du denn mit einem Laden?« wiederholte sie ihre Frage. »Du meinst, so richtig hinterm Ladentisch stehen und Sachen verkaufen?«
Es klang ungläubig.
»Ich will ein eigenes Geschäft haben«, erwiderte ich. »Ich will

aus dem Haus. Ich will nicht mehr nur dasitzen und zuschauen, wie Rachel groß wird, und warten, bis Ralph nach Hause kommt und sich beklagt, weil an dem Abend nur siebzehn chipsmampfende Halbstarke im Publikum gesessen haben und das Stück nächste Woche abgesetzt wird.«

Caroline lächelte.

»Und was willst du in deinem Laden verkaufen? Antiquitäten?« Sie lachte. »Oder Süßigkeiten?«

»Kleider«, sagte ich. »Secondhandkleider.«

»Eine Art Oxfam-Laden also?«

»Nein.« Ich erklärte es ihr. »Designerkleider. Wie die, die du letzte Woche rausgeschmissen hast.«

»Und die diese gräßliche Irin gekauft hat«, sagte sie mit mißbilligender Miene.

Ich nickte. Daß Gail meine Partnerin werden sollte, verschwieg ich.

Caroline zuckte leicht die Schultern.

»Aha.«

Das hieß, daß das Thema sie zwar langweilte, daß sie meine kleine Verrücktheit aber mit Freuden mitmachen würde. Sie reichte mir ein Begrüßungsglas Wein, ging dann ans Telefon und gab einer Freundin Anweisung, am nächsten Tag für Samantha zu kochen, die Wäsche hereinzuholen und die Putzfrau zu bezahlen.

Sie legte auf und brach plötzlich in ein bezauberndes Lachen aus.

»Himmel, das könnte ja echt Spaß machen, Angela. Darf ich dann ab und zu mal kommen und bei dir bedienen?«

Sie schien es ernst zu meinen: Marie-Antoinette, die gern Milchmädchen in Versailles spielen wollte. Bei der Vorstellung krümmte ich mich vor Lachen.

»Natürlich«, sagte ich.

Am nächsten Morgen war ich überrascht, daß sie sich für das Treffen mit Mr. Anstruther so elegant angezogen hatte. Sie werde mich hinfahren, verkündete sie, und danach würden wir in Chelsea essen gehen – sie lade mich ein! Vorher habe sie jedoch noch ein paar Anrufe zu erledigen. Ich wartete eine Stunde, und dann fuhren wir endlich los, in zügigem Tempo die Omnibustrassen entlang und unter Mißachtung mehrerer Durchfahrt-verboten-Schilder in Richtung Ebury Street. Kurz vor dem Ziel griff sie ins Handschuhfach und gab mir eine kleine Karte.

»Behindertenausweis« stand darauf.

»Nein, das ist die falsche.« Sie entriß sie mir wieder. »Die da ist besser.«

»Arzt im Dienst«, las ich.

»Steck sie an die Windschutzscheibe«, sagte sie und parkte etwa einen Meter neben einem gelben Doppelstreifen. Sie hielt sich nicht weiter damit auf, den Wagen abzuschließen.

Ich hatte immer angenommen, Caroline könne nicht lügen, aber jetzt merkte ich, daß ich mich gründlich getäuscht hatte. Sie log nur nicht aus dem gleichen Grund wie die meisten anderen Leute; nämlich um sich aus der Affäre zu ziehen. Sie log gezielt, um zu erreichen, daß der Lebenskampf sich ihren Wünschen unterordnete. Und sie log, daß sich die Balken bogen.

Wir kamen nur eine halbe Stunde zu spät.

Caroline war geradezu beängstigend höflich zu Mr. Anstruther, wenn auch erst, nachdem sie herausgefunden hatte, daß er nicht mit jenem Anstruther verwandt war, der mit ihrem Mann Patrick in Eton gewesen war. Er suchte die Unterlagen über das Objekt heraus, und während wir sie sorgfältig studierten, studierte er sorgfältig meinen Busen und dann meinen Ehering. Er hatte breite haarige Hände und roch nach Rasierwasser.

»Und das ist die Summe, die Sie haben wollen?« fragte Caroline nach einer Weile.

Der Mann nickte.

»Aha«, sagte sie.

Mr. Anstruther warf einen Blick auf seine Armbanduhr und schlug vor, zum Pimlico Square zu gehen; der Besitzer des Ladens erwarte uns. Caroline schlug den Kragen ihres Pelzmantels hoch und marschierte vor uns her, als sei ihr das Ziel wohlbekannt. Der weiße Turm der Pimlico-Kirche glänzte in der

Wintersonne. Wir kamen an einem Haus vorbei, an dem ein Schild verkündete, daß Mozart 1764 – im Alter von acht Jahren! – hier seine erste Symphonie komponiert hatte. Doch Caroline hatte es nicht bemerkt. Sie schaute in die andere Richtung, zu einem vornehm aussehenden Lebensmittelgeschäft.

»Herrliche weiße Trüffeln haben die«, verkündete sie laut, als würde ich täglich Trüffeln kaufen.

Dann zog ein anderer Laden ihre Blicke auf sich. »Designerkleider-Verleih« stand auf dem Schild, und darüber in großen Lettern der Name des Geschäfts: »One Night Stand«.

Caroline lachte.

»So etwas hab ich mir schon immer gewünscht«, rief sie über die Schulter zurück. »Sie nicht auch, Mr. Anstruther?« Sie wartete, bis wir sie eingeholt hatten, und Mr. Anstruther hüstelte verlegen. »Tja, Angela, so kannst du deinen Laden jetzt nicht mehr nennen. Ein Jammer, nicht wahr, Mr. Anstruther?«

Der Rottweiler kam in Übung.

Der Eigentümer des Ladens war ein kleiner, verschlagen aussehender Mann, dessen wenige wohlpomadisierte Haare einen Kreis um seine Glatze beschrieben, bevor sie über seiner Stirn zur Ruhe kamen. Anstruther stellte ihn als »Mr. Harben« vor. Ich sah, wie Caroline ihn taxierte, fast so wie Fatwa, wenn sie sich zusammenkauerte, um einen vorbeispazierenden Spaniel zu attackieren. Der Laden war grau und leer. Er war jedoch groß genug, und während ich mich umsah, füllte er sich vor meinem aufgeregten inneren Auge bereits mit Kleiderständern, wie ich sie im Emporium gesehen hatte, und durch die Tür strömten staunenswerte Kleiderkreationen herein und hinaus. Ich hatte auch schon einen Namen dafür: Outfit. Ich fühlte mich bereits als die Besitzerin des Ladens. Und Gail würde geschäftig darin hin und her eilen, schwatzend und lachend, selbstsicher und geschäftsmäßig, ihr rotes Haar in permanentem Aufruhr. Ich hörte sie förmlich: »Das Geschäft läuft, Angela, Darling. Verdammt gut sogar!« Ich konnte es kaum erwarten. Alles würde gutgehen.

Unterdessen fuhr Caroline mit dem Finger über das Regal unter dem Fenster.

»Hat wohl lange leergestanden, Mr. Harben«, begann sie ruhig. »Muß schwer sein bei der Rezession für Leute wie Sie.«

Harben lachte verächtlich und begann wichtigtuerisch zu erklären, daß der Laden leergeräumt worden sei, damit man gewisse »Renovierungen« durchführen und ihn dann in einem »Topzustand« anbieten könne.

Caroline sah ihn mit ausdrucksloser Miene an.

»Das erklärt natürlich auch die Kritzeleien«, sagte sie ebenso ausdruckslos und wischte mit dem Finger den Staub von einem bleistiftgeschriebenen Wort neben dem Fenster. »Eier« lautete es.

Anstruther wurde erneut von Hustenreiz geplagt.

Caroline fuhr fort, den Raum gründlich zu inspizieren. Dann trat sie einen Schritt zurück, um einen besseren Überblick zu haben, und stampfte dabei mit dem Absatz kräftig auf eine der Dielen, die prompt einbrach. Caroline blieb ganz ruhig.

»Der Boden muß natürlich neu gemacht werden«, sagte sie, ohne den Eigentümer eines Blickes zu würdigen.

Nur Gucci-Stiefel, dachte ich, konnten einen solchen Schaden anrichten.

Ein unbehagliches Schweigen trat ein.

»Doch, das könnte ganz nett werden hier«, fuhr Caroline besänftigend fort, »wenn es erst einmal in einem Topzustand ist. Vielleicht sollten wir dann noch mal wiederkommen, Angela – in vier Wochen oder so.« Sie wandte sich mit ausdrucksloser Miene Harben zu. »Oder wär's Ihnen lieber, wir bringen das selbst in Ordnung? Käme billiger und ginge schneller. Fünf- bis sechstausend, schätze ich, mehr nicht. Ziehen Sie's einfach vom Preis ab.«

Sie wartete Harbens Antwort gar nicht erst ab, sondern erklärte, sie wolle sich das Souterrain und den rückwärtigen Ausgang ansehen. Ich selbst gab mich wieder lächelnd meinen Träumereien hin, und zwei bedrückte Männer bezogen an der Treppe Posten.

Lange brauchten sie nicht zu warten. Caroline tauchte postwendend wieder auf, in der einen Hand eine tote Maus, in der anderen ein benutztes Kondom. Wortlos überreichte sie Harben die Maus und Anstruther das Kondom.

»Ein Fenster ist zerbrochen, und das Schloß ist kaputt«, sagte sie und wischte sich sorgfältig die Hände ab. »Da unten war jemand drin, und ich kann mir nicht vorstellen, daß es jemand vom Gesundheitsamt war – Sie, Mr. Harben? Das müßten Sie doch wissen.«

Anstruther fing an loszupoltern, aber da legte Caroline mir bereits den Arm um die Schulter und dirigierte mich zur Tür.

»Komm, Angela, wir gehen, das ist die reinste Müllkippe hier. Da kriegen wir auch was sehr viel Besseres. Wir haben ja noch den Termin in Chelsea.« Sie warf Mr. Harben über die Schulter einen letzten Blick zu und fügte dann hinzu: »Zwanzig Riesen weniger, dann könnte man darüber reden. Andererseits ist die Pachtfrist doch ziemlich kurz.«

Sie setzte sich in Marsch. Die beiden Männer folgten uns. Es hatte angefangen zu nieseln, und der Regen glänzte auf Mr. Harbens Glatze. Er eilte uns nach und murmelte einen Betrag, der um zehntausend Pfund unter der ursprünglich geforderten Summe lag.

Caroline tat so, als hätte sie nichts gehört, und ging weiter. Als wir den Kleiderverleih namens One Night Stand passierten, blickte sie zu dem Schild auf.

»Jetzt wissen wir wenigstens, wo sie's treiben, was, Mr. Anstruther?« sagte sie lachend. »Haben Sie Ihre Trophäe noch?«

Mr. Anstruthers Husten hatte sich inzwischen zu einem ernsten Leiden gesteigert. Er schien ganz vergessen zu haben, daß er das Kondom noch in der Hand hielt, und ließ es schnell in einen Müllbehälter fallen. Harben war seine Maus, wie ich bemerkte, bereits losgeworden. Er war naß und aufgeregt.

Caroline nahm meinen Arm, und wir marschierten zügig weiter. Hinter uns hörten wir Mr. Harben und den Makler hastig beratschlagen. Dann eilte Anstruther uns nach und setzte uns auseinander, daß Mr. Harben bereit sei, weitere fünftausend

Pfund nachzulassen, wenn wir die Sache innerhalb von zwei Wochen über die Bühne bringen könnten.
Entweder hörte Caroline wirklich nichts, oder sie stellte sich taub. Sie war wieder beim Thema weiße Trüffeln. Jetzt sei die richtige Zeit dafür, und wir müßten unbedingt welche kaufen; in ein paar Wochen sei es zu spät. Dann drehte sie sich plötzlich zu den beiden Männern um, als hätte sie etwas vergessen, und sagte in gelassenem, charmantem Ton:
»Dann bleibt es also dabei, Mr. Harben? Zwanzigtausend Nachlaß – und das Gesundheitsamt lassen wir aus dem Spiel, einverstanden? Das würde die Sache nur verzögern, und Sie wollen ja bestimmt keinen unnötigen Ärger. So etwas kostet nur Geld und Nerven.«
Sie schüttelte den beiden Männern herzlich die Hand, wandte sich dann jäh ab und schaute auf die Uhr.
»Wir müssen uns beeilen, Angela.«
Und wir gingen weiter durch den Regen, zu Carolines Wagen. Ich wagte nicht zurückzublicken. Es war mir ein bißchen peinlich, daß ich kein Wort gesagt hatte, aber wie hätte ich es mit einer solchen Glanznummer aufnehmen sollen? Caroline machte jetzt Vorschläge für unseren Lunch: »Du weißt doch – unser Termin in Chelsea«, lachte sie. Irgendwo hinter uns ertönte Mr. Harbens Stimme, gerade laut genug, daß wir es hören konnten:
»Dragoner!«
Caroline drehte sich halb um. »Kunststück bei Ihnen, Mr. Harben«, sagte sie mit gewinnendem Lächeln. »Sie hören morgen von uns, Mr. Anstruther.«
Sie wandte sich wieder mir zu.
»Ich fand die Räume toll, Angela, und du?« sagte sie leise.
»Würdest du sie nehmen?«
»Zu dem Preis höchstwahrscheinlich«, erwiderte ich.

Dann ging alles unglaublich schnell. Am Nachmittag des nächsten Tages besichtigte Gail den Laden, befand ihn für geeignet (besonders den Preis) und nahm alles weitere in die Hand.

Nach der Vorstellung, die Caroline Mr. Anstruther gegeben hatte, war ich froh, nichts mehr mit ihm zu tun zu haben. Inzwischen war auch, wie Gail mir am Abend telefonisch berichtete, Mr. Pratt zuständig – sie sprach den Namen aus, als hätte er wirklich ein Brett vorm Kopf.

In den folgenden Wochen schien Gail all den Papierkrieg und die Laufereien, die mit der Eröffnung eines Geschäfts verbunden sind, mühelos zu bewältigen – wobei Rick etwas nachgeholfen hatte, wie sie mit vielsagendem Lächeln erklärte. Rick war der geborene Gauner: Er wußte, welche Fäden man ziehen, welche Leute man schmieren, welche Tricks man anwenden mußte. Ich stellte wohlweislich nicht allzu viele Fragen und besorgte nur hier und da eine Flasche Whisky oder eine Kiste Zigarren, wenn Gail andeutete, daß solche Dinge gern gesehen wären – von wem, fragte ich nicht.

Ralph war überrascht und verwirrt, als ich ihm alles erzählte. Ich merkte, daß er nie auch nur mit einem einzigen Gedanken an die Möglichkeit gedacht hatte, daß ich aus meinem Leben etwas machen könnte. Es stellte sich heraus, daß mein Laden einen Tag nach der letzten Vorstellung seines Stückes aufmachen würde, und ich fragte mich, ob das etwas zu bedeuten habe.

Rachel dagegen war ganz aufgeregt. Ob ich ihr Puppenkleider mitbringen könne, wollte sie wissen. Ich versprach es ihr.

Und Caroline war wieder ganz die alte. Sie fluchte, weil sie Ersatz für den Schulfahrdienst finden mußte, und warf mir vor, ich ließe sie im Stich. Jetzt, wo sie durch den Laden Unannehmlichkeiten hatte, war er zur Schnapsidee geworden. Doch dann fanden wir einen Kompromiß: Ralph oder ich würden die Kinder morgens zur Schule fahren, Caroline würde sie nachmittags abholen. Sie schien gekränkt, daß die Lösung so einfach war.

»Hach!« schnaubte sie.

Aber dank Caroline hatte ich jetzt von meinem Notgroschen noch etwas übrig und konnte es mir leisten, den Laden anständig auszustatten.

»Es kann losgehen, Darling«, verkündete Gail und legte die

Karteikarten sämtlicher Kunden des Emporium vor mich hin. »Es geht doch nichts über einen anständigen Diebstahl zum Einstand«, sagte sie vergnügt. »Ich war ja schließlich nicht umsonst mit einem Einbrecher verheiratet. Jetzt kann die Planung losgehen.«

Als erstes aber brachte sie eine Flasche uralten Champagner zum Vorschein.

»Ich frage Rick nie, wo er die Sachen herhat«, sagte sie. »Komm, trinken wir auf das Outfit.«

3 SHOP-WARMING

»Eröffnungsfeier können wir's nicht nennen, Darling; wir haben ja noch kein Stück Inventar.«

Gail lehnte sich breit über den Tisch, der halb unter einer Flut von Einladungskarten verschwand, die am Morgen aus der Druckerei gekommen waren. Sie gab mir eine.

»Deswegen hab ich's auch ›Shop-warming‹ genannt«, fuhr sie fort. »Wie bei einer House-warming-Party, wenn außer dem Bett noch nichts in der Wohnung steht und man trotzdem gern möchte, daß die Leute vorbeischauen und was zu trinken mitbringen.«

Aber welche Leute? Gail hatte mich fast die ganze letzte Woche, während wir weiße Farbe an Wände und Decke klatschten, die Fenster putzten und den neuen Boden bohnerten, über »die Kundschaft« aufgeklärt. Sie genoß es in vollen Zügen, mich zu belehren.

»Eins muß man sich in dieser Branche klarmachen«, erklärte sie, energisch mit dem Pinsel fuchtelnd. »Die Frauen, die etwas verkaufen, und die Frauen, die etwas kaufen, sind meistens dieselben; je mehr Leute man dazu kriegt, ihre Klamotten zu bringen, desto mehr Klamotten wird man los – ist doch logisch, oder? Für uns bedeutet das Kohle und noch mehr Champagner, Darling, und darum geht's doch schließlich bei der ganzen Sache.«

Was wir also bräuchten, ereiferte sie sich, sei eine Einstandsparty, mit möglichst vielen Frauen in Kleidern, die die anderen Frauen bewunderten und unbedingt haben wollten. Und umgekehrt.

»Und dann kommt die Sache in Gang. ›Designer-Inzest‹ hat eine Kundin von mir das mal genannt. Und eine andere hat immer von ›textiler Vergewaltigung‹ geredet.«

Gail fiel vor Lachen schier von der Leiter. Die ganze Zeit schwang sie ihren Pinsel wie einen Dirigentenstab, und am Abend sah ihr Haar aus, als sei den ganzen Nachmittag ein Möwenschwarm über ihr gekreist.
Wir brauchten fast zwei Tage, um alle Einladungen an die Kundinnen zu verschicken, die sie dem Emporium wegzuschnappen gedachte. Es war nicht damit getan, daß Gail die Anrede und ich die Adresse schrieb. Sie bestand darauf, jede Karte mit einem persönlichen Schnörkel zu versehen, von »Wir hoffen, gnädige Frau, Sie bald in unserem neuen Etablissement begrüßen zu dürfen«, bis hin zu »Endlich bin ich weg von der alten Hexe – wie wär's mit einem Drink mit meiner hübschen neuen Partnerin und mir?«
»Herr im Himmel, wenn die alle kommen, müssen wir auf den Hof ausweichen. Ein Glück, daß nebenan eine Weinhandlung ist.«
Es gab auch Gäste, die wir durch Mund-zu-Mund-Propaganda einladen mußten. Rick wollte einigen von seinen »Geschäftsfreunden« Bescheid sagen, und Ralph wurde beauftragt, eine Auswahl von Fernsehgrößen mitzubringen – bevorzugt männliche »oder solche, die wenigstens so tun«, damit kein Frauenüberschuß entstand und die Leute das Gefühl hatten, sich in illusterer Gesellschaft zu bewegen. Vorsichtig erwähnte ich Caroline, die mit jedem, der etwas darstellte, entweder verwandt sei oder höchstwahrscheinlich irgendwann einmal geschlafen habe. Gail meinte, das klinge vielversprechend, und in größerer Gesellschaft könne sie Caroline vielleicht ertragen. Und Patrick mußte natürlich überredet werden, in der City seine Netze nach Goldfischen auszuwerfen.
Ich übernahm es, den Weinhändler einzuladen, in der Hoffnung auf einen Sonderpreis für seinen Champagner, und auch unseren anderen Nachbarn, den Antiquitätenhändler, der ein grober Klotz sei, wie Gail sagte, aber man wolle sich seine Nachbarn ja nicht zu Feinden machen, nicht wahr, und vielleicht werde der Anblick von ein paar lasziven Models seine Stimmung weicher und seinen Schwanz härter machen – wenn

er überhaupt einen habe. Ich schlug vor, auch den Inhaber der Wohnung über uns einzuladen – »aus diplomatischen Gründen«, sagte ich, »und auch, weil er ein bekannter Fotograf ist, den wir vielleicht einmal gebrauchen könnten.« Die anderen Gründe behielt ich für mich – daß ich bereits in den Genuß einiger glühender Blicke gekommen war und daß er gefährlich interessant aussah. Auf jeden Fall würde das Ganze für mich, da ich fast niemanden kannte, eine ziemliche Tortur werden, und ich wollte, daß wenigstens ein gutaussehender Fremder da war, mit dem ich flirten konnte.
Dann war da noch Renato, der Besitzer des Restaurants Trevi auf der anderen Seite des Platzes. Er sah nicht nur gut aus, er war ein Prachtexemplar. Gail und ich hatten uns angewöhnt, mittags auf einen Teller Pasta zu ihm hinüberzugehen, und er hatte uns rasch ins Herz geschlossen. Gail mit ihren katholischen Instinkten behauptete steif und fest, daß er als Liebhaber ein hoffnungsloser Fall sein müsse, weil er beim Vögeln nur sein eigenes Spiegelbild vor sich sehe. Außerdem sei er Witwer und ganz vernarrt in seine ätherische Tochter, die uns manchmal bediente. Gail war überzeugt, daß jeder in die Jungfräulichkeit verliebte Italiener einen Altar dem Bett vorziehe.
Aber welches seine Vorlieben auch sein mochten – Renato hatte zugesagt, große Mengen Nudelsalat, Salami, Oliven und dergleichen mehr zu liefern. Ich war für ihn inzwischen »Angela, mein Engel«, und soweit es mich betraf, wäre ich vollauf damit zufrieden gewesen, die Heilige Maria zu sein, solange sein italienischer Charme sich nur mir zuwandte. Das machte immerhin zwei Männer, mit denen ich flirten konnte. So sah die Sache schon besser aus.
Ich merkte, daß meine Überlegungen zu dieser Party nicht rein geschäftsmäßiger Natur waren. Aber das Leben mit einem teilzeitbeschäftigten Ehemann hatte in den letzten Jahren nicht allzuviel geboten, was die Stimmung hätte heben können, und schließlich war ich noch »so gräßlich jung, verdammt noch mal!«, wie Caroline unermüdlich betonte.
Und außerdem finanzierte ich die ganze Sache. Die Party wür-

de den letzten Rest meines Geldes verschlingen, soviel war sicher. Ich hoffte nur, Gail wußte, was sie tat. Manchmal wachte ich nachts angstschlotternd auf, und wenn ich Rachel in die Arme nahm, dann mit der stummen Bitte um Verzeihung, falls sich herausstellen sollte, daß ich unsere kleine Sicherheit um einer selbstsüchtigen Laune willen verschleudert hatte.

»Wann darf ich denn deinen Laden mal sehen, Mum?«

»Bald, Schatz, sehr bald.«

»Ist er so groß wie der Waitrose-Supermarkt?«

»Nein, Schatz.«

»Verkauft ihr auch Mars-Schokoeisriegel?«

»Leider nicht, Schatz.«

Rachels Begeisterung für meine Aktivitäten gab mir mehr Mut als alles andere. Irgendwo tief in meinem Innern hatte wohl immer die Überzeugung gelauert, daß außerfamiliär investierte Energien der Liebe zu meiner Tochter und meiner Fürsorge für sie Abbruch tun könnten. Jetzt wußte ich, daß es nicht so war – ganz im Gegenteil.

Auch andere Dinge überraschten mich. Ich hatte immer geglaubt, alles, was ich an Vorzügen besitzen mochte, sei überwiegend physischer Natur. Doch sosehr es mir auch schmeichelte, daß man mich um meinen Körper beneidete, so oft wünschte ich mir, man würde mich auch um meinen Geist beneiden, zumal mein Körper ja nicht ewig so bleiben und ich in nicht allzu ferner Zeit ein seniles Wrack sein würde.

Jetzt aber fragte ich mich plötzlich: War das alles möglicherweise nichts anderes als ein Triumph sozialer Programmierung? Hatte mein Körper mich die ganze Zeit irregeführt, und hinter seinen Rundungen steckte noch mehr? Konnte man Kurven *und* Köpfchen haben?

Einen ersten Hinweis auf diese Möglichkeit lieferte Gail.

»Angela, wo nimmst du nur all die Ideen her?«

Verwundert fragte ich sie, was sie meine.

»Na, allein schon der Laden«, sagte sie. »Schau ihn dir doch an!«

Sie hatte recht. Der Laden nahm Charakter an, und das war

weitgehend mein Werk. Die ausgefalleneren Details gingen auf mein Konto. So hatte mir ein Künstler, den ich flüchtig kannte, ein Ladenschild gemalt, das selbst Gail überrascht hatte. Die Idee stammte von mir. Das Schild drehte sich wie ein Wetterhahn. Auf der einen Seite zog sich der Name – Outfit – wie eine wunderschöne Kette um Schultern und Oberkörper einer jungen Frau, die im Begriff stand, den Reißverschluß ihres Kleides zu öffnen. Auf der anderen Seite hatte sie ihn bereits geöffnet. Die Wirkung war wohl ziemlich provozierend, denn die Leute blieben stehen und betrachteten das Schild, und das bewies seinen Erfolg. Das einzig Beunruhigende war, daß der Künstler das Kompliment meines Auftrags damit erwidert hatte, daß er mich selbst dargestellt hatte.

»Vielleicht denken die Leute, das ist eine Striptease-Show, Gail«, meinte ich ängstlich.

»Na, manchmal ist es ja auch eine!« erwiderte sie lachend. »Aber keine Angst! Mit der Gewerbeaufsicht können sie dir nicht kommen.«

Dann war noch die Beleuchtungsfrage zu klären. Kahles Neonlicht wie im Emporium wollte ich nicht, auch auf die Gefahr hin, daß wir ein paar Zigarettenlöcher übersehen würden. Ich wollte Klasse, ohne allerdings recht zu wissen, was Klasse sei. Aber in Chelsea hatte ich ein Geschäft entdeckt, in dem es imitiertes Tiffanyglas gab, und das hatte es mir angetan. In einem Anfall von Selbstvertrauen, über den ich selbst staunte, hatte ich den Besitzer überredet, uns kostenlos einen Satz hinreißender Wandleuchten zu überlassen, wenn wir dafür mit einem kleinen Schild auf das Geschenk hinwiesen.

»Alle Achtung, ganz schön gerissen!« war Gails Kommentar.

Aber mein größter Triumph war die Espressomaschine. Wir waren uns einig, daß der gesellschaftliche Aspekt des Outfit außerordentlich wichtig war und daß das gesellschaftliche Leben sich während der Arbeitszeit weitgehend aufs Kaffeetrinken konzentrierte – echten Kaffee natürlich. Wenn wir länger geöffnet hatten und irgendwann zur Flasche griffen, war das etwas ganz anderes. Im Normalfall aber wollten wir jeder

Kundin einen Espresso oder Cappuccino anbieten, wenn sie es wünschte, und Gail konnte dann so lange auf sie einreden, bis sie etwas sehr viel Teureres kaufte, als sie beabsichtigt hatte.
»Eine Tasse Cappuccino kostet uns fünfundzwanzig Pence, aber wert ist sie oft das Hundertfache, glaub mir«, versicherte Gail. »Gut angelegtes Geld!«
Das war ja alles schön und gut, aber inzwischen war ich, wenn ich das Haushaltsgeld nicht angriff, bei meinen letzten fünfzig Pfund angelangt, und Espressomaschinen kosteten, wie sich herausstellte, fast soviel wie ein neues Auto.
Wieder staunte ich über mich selbst. Ich war schon fast soweit, mich mit Pulverkaffee oder einem dieser Glaszylinder zu begnügen, bei denen man den Preßfilter hinunterdrückt, bis einem der heiße Kaffee in die Augen spritzt, als ich merkte, daß auf der anderen Seite des Platzes ein Café leergeräumt wurde. Renato hatte mir die Geschichte erzählt. Der italienische Besitzer hatte jahrelang seine Bilanzen frisiert und es dann vorgezogen, sich aus dem Staub zu machen, anstatt wegen Einkommensteuerhinterziehung vor Gericht gestellt zu werden. Sein Pachtvertrag war ohnehin fast abgelaufen, und es gab nicht viel, was er hatte zurücklassen müssen.
Und dieses wenige stand draußen auf dem Bürgersteig, wartete auf den Container und stach mir in die Augen.
Ich warf im Vorübergehen einen Blick darauf – und da entdeckte ich sie! Eine tadellose Espressomaschine, in der Morgensonne golden und silbern schimmernd. Sie stand einfach so da. Sie sah aus wie der Kühler eines Wagens, den James Dean in *Denn sie wissen nicht, was sie tun* hätte fahren können. Sie war phantastisch. Ein Meisterwerk. Ob sie noch funktionierte? Ich lief die Straße hinab ins Trevi und rief nach Renato.
Er eilte aus dem hinteren Teil das Restaurants herbei und wischte sich besorgt die Hände.
»Was ist denn los, Angela, mein Engel? Gibt's Schwierigkeiten?«
»Kommen Sie, schnell!« rief ich atemlos und packte ihn am Arm. Ich zeigte ihm die Espressomaschine.

»Renato, ich brauche Ihren fachkundigen Rat! Meinen Sie, sie funktioniert noch?«
Er schien einen Moment perplex, sah mich dann an und hob beide Hände.
»Aber natürlich, mein Engel, noch ewig!«
Das genügte. Die beiden Männer, die das Café ausräumten, hatten mit verständnislosen Mienen zugeschaut. Ich zog eine Zehnpfundnote hervor, und beim Anblick des Geldes begriffen sie augenblicklich.
»Wohin, Süße?«
Ich zeigte auf die andere Seite des Platzes. Sie hievten sich die Maschine auf die Schultern, und wir zogen im Gänsemarsch durch den Mittagsverkehr.
»Da sind wir, Gail«, verkündete ich triumphierend.
»Herr im Himmel! Nicht schon wieder! Das verdammte Ding gehört ins Museum!«
Aber Renato hatte recht gehabt. Rick half ein bißchen nach, und die Maschine funktionierte. Am Tag vor dem Shop-warming tranken wir unseren ersten Espresso.
Am nächsten Morgen erlebte ich noch einen letzten persönlichen Triumph. Mir war übel vor Aufregung, und um mich abzulenken, nahm ich von der U-Bahn-Station einen anderen Weg zum Pimlico Square als sonst. Ich wollte weglaufen. Ich wollte nur noch Hausfrau und Mutter sein. Ich wollte mit den anderen Müttern gemütliche Vormittagsplauderstündchen abhalten. Ich wollte mir einen kleinen Hund zulegen und ihn in der Grünanlage ausführen.
Und plötzlich war sie da. *In* einem Container diesmal. Erst sah ich nur ihre Arme zwischen Umzugskartons vorstehen. Dann das Gesicht. Dann den Rumpf. Sie schien nicht beschädigt. Die Nähte waren alle noch intakt. Und sie war wirklich schön.
Ich hob sie aus dem Container und ging mit meiner Schneiderpuppe zuversichtlich weiter.
»Wie wär's mit dieser Dame hier für's Schaufenster?« fragte ich Gail, als ich mich rückwärts durch die Tür schob.
Gail sagte nichts, sah mich nur an und nickte resigniert.

»Anziehen können wir sie noch nicht«, sagte ich. »Aber ich habe eine Butler-and-Wilson-Kette – alles Herzen und Amoretten – und einen Slip mit BH von Janet Reger, enorm sexy; hab ich von Ralph zum Geburtstag bekommen. Wie wär's damit?«
Ich glaube, Gail wußte, daß sie eine wirkliche Partnerin gefunden hatte.

Ralph war erstaunlich guter Laune, und ich fragte mich, ob ich an seiner Stelle ebensoviel Haltung gezeigt hätte. Sein Stück war am Abend zuvor zum letzten Mal gespielt worden, er hatte keine Ahnung, wann er wieder ein Engagement bekommen würde und ob überhaupt, und jetzt machte er sich fertig, um mit seiner Frau auszugehen und ihren Karrierestart zu feiern. Ich konnte mich natürlich auch täuschen: Vielleicht war er gar nicht so ruhig und gelassen, sondern freute sich auf einen Abend im Kreise attraktiver Frauen, von denen sich einige bestimmt noch erinnern würden, wie sie einst nach dem smarten Ralph Merton geschmachtet und inständig gehofft hatten, er möge eines Tages in einem Raum voll Menschen ein Auge auf sie werfen. Heute würden sie ihre Chance bekommen. Ich empfand einen Funken Stolz bei dem Gedanken daran – den Stolz von früher – und sogar einen Funken Eifersucht bei der Erinnerung an damals, als Ralphs Anwesenheit auf einer Party wie ein Fliegenfänger gewirkt hatte und ich die Frauen gleichsam von ihm hatte abklauben müssen – wobei er sich allerdings nicht übermäßig kooperativ gezeigt hatte.
Vielleicht war er einfach froh, den alten Zauber wieder auffrischen zu können. Er sah jedenfalls verboten gut aus in seinem dunkelblauen Armani-Anzug und dem weißen Hemd, das so weit offenstand, daß man die griechische Münze zwischen seinen Brusthaaren sah. Sie war wie eine Art Seezeichen, ein Garant dafür, daß man, wenn man durch den unsichtbaren Wald weiter nach unten vordrang, schließlich auf seinen Schwanz stoßen würde, der mich immer erregt hatte. Wieso »hatte«? Tat er das nicht immer noch? Ich war mir nicht sicher. Fast zehn Jahre waren vergangen seit meinem Niesanfall bei unserer er-

sten Begegnung in der Boutique in Chelsea, als er mich angelacht und sofort gewußt hatte, daß ich noch am selben Abend mit ihm ins Bett gehen würde – denn wer sagte schon nein zu Ralph Merton?

Ich fragte mich oft, was passiert wäre, wenn ich ihn erst jetzt kennengelernt hätte, und es beunruhigte mich, daß ich auch darauf keine Antwort wußte. Ich hörte Caroline förmlich: »Wie willst du das je rauskriegen? Dir fehlt doch jeder Vergleich.« Und sie würde – nicht besonders liebenswürdig – hinzufügen: »Stell dir mal vor, wie das für *ihn* sein muß: Jahrelang hat er alle Frauen dieser Welt gehabt, und jetzt hat er nur noch dich.«

Rachel sah mir beim Anziehen zu. Ihr Gesicht zeigte den neugierigen Ausdruck des kleinen Mädchens, das sich vorstellt, es wäre erwachsen, und herauszufinden versucht, wie man sich dabei fühlt. In ihre Träumerei versunken, schien sie sich für einen Augenblick wirklich in die Erwachsene zu verwandeln, die sie eines Tages sein würde. Ich war erschüttert. Mein Kind war nicht mehr da. Wer war dieses schöne Wesen, aus dessen Augen plötzlich soviel Weisheit und Erfahrung sprachen? Doch dann verschwand das Trugbild wieder.

»Iiii! Was schmierst du dir denn da ins Gesicht, Mami?«

Ich sagte, wenn sie mir zuschauen wolle, dann solle sie lieber den Mund halten. Also saß sie still in der Schlafzimmerecke und sagte nichts mehr, bis ich meine Worte bereute, weil ich gern gewußt hätte, was sie dachte. In ein paar Stunden würden sie und Samantha kichernd die Köpfe zusammenstecken, denn Carolines Au-pair-Mädchen hatte ihre vergeblichen Versuche, die beiden früh ins Bett zu bekommen, längst aufgegeben.

Ich hatte über diesen Abend lange nachgedacht. Was wollte ich sein? Die kultivierte Gastgeberin? (Ich bezweifelte, daß ich das konnte.) Die schönste Frau des Abends? (Nicht neben den atemberaubenden Models, die ebenfalls dasein würden.) Die Frau in Schwarz – elegant und geheimnisvoll? (Das schon eher.) Ich hatte mich immer an Schwarz gehalten, wenn ich mir meiner Sache nicht sicher war, und das war im Augenblick eindeutig der Fall. Gail hatte mir ihren letzten kleinen Diebstahl aus dem Emporium zum Geschenk gemacht. »Genau das Richtige für dich«, hatte sie gesagt. Es war ein schwarzes Joseph-Kostüm mit einem sehr engen kurzen Rock und einer Jacke, die mit einem einzigen Knopf in der Taille geschlossen wurde, so daß sie sich um die Brust bauschte – »nicht nötig bei dir«, hatte Gail lachend hinzugefügt. Darunter trug ich ein sehr knappes schwarzes T-Shirt und schließlich noch schwarze Strumpfhosen und Wildlederschuhe mit hohen Absätzen.

Rachels Gesichtsausdruck verriet mir, daß ich ihr allmählich besser gefiel. Sie sah auf ihre Beine hinab, um sich zu vergewissern, daß sie eines Tages ebenso schön sein würden wie meine. Mit sieben lernte sie die sanfte Kunst der Eitelkeit. Ich bezweifelte, daß ihre Lehrer in der Schule sie je so aufmerksam erlebt hatten.

Ihre Konzentration auf ihre Rolle als zukünftige Lolita wurde durch wilde Schmerzensschreie unterbrochen, die von der Straße hereindrangen. Einen Moment lang sah Rachel erschrocken aus, doch dann zuckte sie nur die Schultern. Fatwas Safaris unter der Hundepopulation unseres Viertels waren für sie – wie für uns alle – nichts Neues. Ich fragte mich, wer das heißgeliebte Opfer wohl diesmal sein mochte. Doch wenigstens der Tierarzt würde seine Freude daran haben.

Dann streckte Ralph den Kopf zur Tür herein, verblüfft – wie alle Männer –, wie Frauen es fertigbringen, so lange zum Anziehen zu brauchen.

»Toll siehst du aus«, brachte er heraus, verdarb dann aber alles wieder, als er hinzusetzte: »Wie immer.«

Ich sagte, es werde noch eine ganze Weile dauern und er solle sich doch inzwischen einen Drink machen. Die Idee schien ihm zu gefallen, und er schloß die Tür wieder.

Ich entschied mich für ein dramatisches Augen-Make-up – doppelt aufgetragene Wimperntusche. Meine Augen sind ohnehin sehr dunkel, und mit diesen enormen Wimpern, fand ich, sah ich aus wie Medea. Wenn es denn der gefährliche Blick sein soll, dachte ich, nur zu! Ich suchte meinen grellsten Lippenstift

heraus – Cherry bold nannte er sich – und ließ mein Haar locker auf die Schultern fallen, schwarz auf schwarz. Nun, Angela? Wen wirst du heute verschlingen?
Ein Problem war der Schmuck. Die besten Stücke hatte ich verkauft, und die Butler-and-Wilson-Kette war der Schneiderpuppe im Schaufenster versprochen. Da fiel mir der indische Plunder ein, den ich einmal irgendwo nicht weit von der Tottenham Court Road erstanden hatte. Die silbernen Ohrringe bestanden aus einer Unmenge winziger baumelnder Glöckchen. Genau das Richtige! Bei jeder Bewegung würde ich klingeln wie eine orientalische Gebetsglocke.
Und schließlich – das Parfüm. Ich hatte keines! Caroline würde zweifellos in einer Wolke sündhaft teuren Paloma-Picasso-Dufts erscheinen, den man nur in New York bekam. Zwecklos, mit ihr konkurrieren zu wollen. Doch wieder kam Indien mir zu Hilfe. Moschus! Paßte das zu Tempelglocken? Oder zu Medea? Wahrscheinlich nicht. Aber egal: Indischer Moschus war angesagt.
»Du stinkst, Mum!« lautete Rachels Verdikt.
Sie hielt sich die Nase zu, stand auf und verließ das Zimmer.

Ich wußte, daß die Götter es gut mit uns meinten, als die Wolken während der Fahrt nach und nach in den Abend fortglitten und eine späte Sonne an den Platanen des Pimlico Square, die noch gestern winterlich kahl gewesen waren, kleine grüne Punkte aufleuchten ließ. London im April war plötzlich wie London im Juni. Also konnten wir, wenn es drinnen zu voll wurde, ins Freie ausweichen, denn an der Rückseite des Ladens lag ein ringsum geschlossener Hof mit Holzbänken und einer kleinen Rasenfläche, den die Anwohner als gemeinsamen Garten benutzten. Ich hoffte, sie würden sich durch uns nicht gestört fühlen. »Die können mich mal«, hatte Gail ihren Standpunkt dargelegt. »Das ist genauso unser Hof wie ihrer.« Und zur Bekräftigung hatte sie auf der Stelle Rick angerufen, um ihn zu fragen, wo wir ein Kohlenbecken zum Kastanienrösten ausleihen könnten.

»Eigentlich ist es ja nicht ganz die richtige Jahreszeit, um Kastanien zu rösten«, wagte ich einzuwenden.
Gail warf mir einen gönnerhaften Blick zu.
»Genau, Darling. Deshalb wird Rick auch kaum Probleme haben, ein Kohlenbecken aufzutreiben.«
»Und die Eßkastanien?«
»Hör zu! Für Rick ist nichts saisonabhängig. Er wird schon welche finden.«
Das tat er auch. Und ebenso den Brennstoff. Und die Zange. Und die kleinen braunen Tütchen. Ich stellte keine Fragen. Rick erbot sich sogar, die Kastanien zu rösten, und behauptete, er habe das als Kind sehr oft gemacht, vor den Theatern Londons, wenn er als Ladendieb gerade Flaute hatte. Ich hatte Rick allmählich ins Herz geschlossen. Er war der Typ des edlen Räubers, den man sich an seiner Seite wünscht, so wie ein zahmes Wiesel in der Wohnung.
Als Ralph und ich eintrafen, hatte Gail fast alles vorbereitet. Unseren Tisch bedeckte ein weißes Tuch, auf dem in Reih und Glied die Champagnergläser standen. Dahinter klirrte in einer riesigen Zinkwanne das Eis. Auf einem Tisch daneben standen die Salate und Salamis, die Renato getreulich geliefert hatte, mit dem Versprechen, herüberzukommen und mitzufeiern, wenn es in seinem Restaurant ein wenig ruhiger würde.
Es war kurz vor sieben. Durch das Hoffenster sah ich, wie Rick sich in der Abenddämmerung mit dem Kohlenbecken zu schaffen machte. Er hatte ein paar Lampions mitgebracht, und in ihrem Licht bemerkte ich, daß er alle Bänke beschlagnahmt und in wärmendem Abstand vom Feuer aufgestellt hatte.
»Es kann losgehen«, verkündete Gail und klatschte in die Hände. »Verdammt, jetzt brauch ich einen Drink!«
Und sie öffnete schwungvoll die erste Flasche Champagner.
»Auf uns und das Vermögen, das wir machen werden«, sagte sie und hob ihr Glas. Und dabei fältelten sich die vielfarbigen Schals, die sie auf geheimnisvolle Weise zu einem Kleid gewunden hatte, wie Sonnenuntergang auf rauher See.
Dann kamen die ersten Gäste.

Ungefähr eine Stunde lang war es nichts weiter als eine Party, die ich finanzierte, und ich wünschte mir zunehmend, ich hätte es nicht getan.
»Das ist Angela Merton, meine Partnerin.«
»Das ist Angela Merton, meine Partnerin.«
»Das ist Angela Merton, meine Partnerin.«
Nach einiger Zeit hatte der Champagner Gails Zunge im Griff.
»Das ist Angela. Sie ist nicht nur schön, sondern auch clever.«
»Das ist Angela. Pech für dich, Darling, sie ist verheiratet.«
»Das ist Angela. Tolle Frau, aber nicht für dich, Darling; sie steht auf Männer.«
Gail kannte alle, umarmte alle, stellte mich allen vor, schleppte mich von einem zum anderen, bis ich mir vorkam wie ein Gegenstand, der ganz schnell weitergereicht werden muß, bevor die Musik aufhört. In einem Augenblick war es eine Botschaftersgattin aus Mexiko, im nächsten eine Lady aus Knightsbridge mit einem Gesicht wie eine afrikanische Maske, dann ein argentinischer Polospieler mit einem seelenvollen Wesen an seiner Seite, das nicht seine Tochter war, dann eine Lady Soundso, die auf mich einredete, ohne auch nur ein einziges Mal ihr Lächeln abzusetzen, dann ein Model von solcher Vollkommenheit, daß ich mir daneben wie eine Pennerin vorkam.
Und plötzlich Caroline, die sich so aufreizend insiderhaft benahm, als wäre sie hier zu Hause. Sie stand bei einer Gruppe von Gästen und drehte sich halb zu mir um.
»Ich wußte gar nicht, daß du die Leute hier alle kennst, Angela«, sagte sie überrascht und wandte sich sofort wieder ab.
Sie trug unglaublich enge Jeans, braune Wildlederstiefel, die bis zu den Knien reichten, und ein cremefarbenes, in der Taille geknotetes Seidenhemd – Carolines Vorstellung von »etwas Einfachem«, wenn man von ihrem goldenen Halsreif absah, an dem ein Rubin prangte, mit dem man vermutlich die Staatsverschuldung hätte tilgen können.
»Ich kenn sie gar nicht«, wehrte ich ab, aber sie hörte schon nicht mehr zu.
Ralph hatte ich aus den Augen verloren, nur hin und wieder

erhaschte ich einen flüchtigen Blick auf ihn, am anderen Ende des Raumes, mit einer Frau, die alt genug war, um sich noch zu erinnern, wie berühmt er gewesen war. Ich kam mir gemein vor, so etwas zu denken.
Und da war Patrick, von dem sich Caroline so schnell wie möglich abgesetzt hatte. Ich sah, wie er mit einem Ausdruck kindlichen Erstaunens und Entzückens mit einem gertenschlanken Model plauderte und ab und zu vergeblich versuchte, seine Augen von ihrem spärlich bekleideten Anblick loszureißen.
Und Renato. Er schob sich durch die Menge und gab mir einen opernhaften Kuß, nur um sofort von Gail am Arm gepackt und in einem Wirbel fliegender Haare und Regenbogenschals eilig entführt zu werden.
Ich sagte mir immer wieder, daß das alles zum »Geschäft« gehöre, daß es der Anfang meiner Karriere sei, daß all die Leute nur deshalb hier seien, weil ich eine glänzende Idee gehabt hatte. Ab und zu aber ergriff mich Panik, wenn ich mich umschaute und den Rest meines kleinen Notgroschens in sechzig oder siebzig Kehlen verschwinden sah, mit keinem anderen Ergebnis als einem stetig steigenden Lärmpegel.
»Ich hasse Partys«, sagte ich zu mir selbst.
Ich löste mich aus der Menge, stellte mich ans Fenster und starrte geistesabwesend auf die Schneiderpuppe, die ich aus dem Container gerettet hatte und die jetzt mit meinem Janet-Reger-Slip und dem dazugehörigen BH bekleidet war. Plötzlich hörte ich hinter mir eine leise Stimme.
»Wem *die* wohl gehören?«
Erschrocken fuhr ich herum und erblickte den Fotografen aus dem ersten Stock, den ich eingeladen hatte. Er sah belustigt aus.
»Mir«, sagte ich.
Er sah mich einen Augenblick an, und seine Mundwinkel kräuselten sich leicht. Dann betrachtete er die Schneiderpuppe und dann wieder mich. Ein kurzes, spannungsgeladenes Schweigen trat ein. Sein Blick zog die Schneiderpuppe aus – und damit mich –, und als er mich wieder ansah, fühlte ich mich nackt.

»Ich bin Josh Kelvin«, sagte er.
»Und ich bin Angela Merton.«
Er nickte.
»Ich weiß, ich hab Sie schon gesehen.«
Ich lachte, und die Glöckchen an meinen Ohrringen klingelten.
»Und jetzt haben Sie auch meine Unterwäsche gesehen.«
Noch bevor ich den Satz beendet hatte, wußte ich, daß ich es besser nicht gesagt hätte. Aber es war ein Spiel, mit dem er angefangen hatte, und in diesem Moment spielte ich nur allzu gern mit. Ich wußte nicht, wie die Regeln des Spiels lauteten, wie man gewann oder verlor, und ob ich in Wirklichkeit nicht mit dem Feuer spielte. Doch während ich dort stand, medeaschwarz, nicht allzuweit von meinem Mann entfernt, so daß ich mich sicher fühlen konnte, wußte ich, daß ich es genoß, auch wenn es ein Spiel mit dem Feuer war. Ich fühlte mich plötzlich unglaublich lebendig. Immerhin war dieser Abend der Anfang meines neuen Lebens. Und ich trank Champagner.
»Vielleicht könnte ich Sie gelegentlich einmal fotografieren«, sagte er. »Mit Ihren Ohrringen«, fügte er lächelnd hinzu.
(Sollte ich das Spiel fortsetzen oder nicht? Und als er »mit Ihren Ohrringen« gesagt hatte, hatte er da nicht *»nur* mit Ihren Ohrringen« gemeint? Mein Magen machte einen Satz.)
»Vielleicht«, erwiderte ich und wußte ganz genau, daß meine Augen ja gesagt hatten und daß auch er es wußte.
Er war kein auffallend gutaussehender Mann, aber bei einem Typ wie ihm dachte man nicht in solchen Begriffen. Ich schätzte ihn auf etwa vierzig, doch sein scharfgeschnittenes, kantiges Gesicht ließ ihn möglicherweise älter erscheinen, als er war. Er hatte dichtes dunkles Haar und trug einen weiten schwarzen Pullover ohne ein Hemd darunter, so daß an seinem Halsansatz eine lange Narbe sichtbar wurde. Ich erinnerte mich, gelesen zu haben, daß er in Beirut durch ein Schrapnell verwundet worden war. Damals mußte mir sein Name zum ersten Mal begegnet sein, und von da an war er mir ständig begegnet. »Foto: Josh Kelvin.« »Ein Sonderbeitrag von Josh Kelvin.« »Josh Kelvin wieder auf den Falklandinseln.« Er schien überall mitzumi-

schen, ab und zu sogar in der Mode. Als ich Caroline erzählt hatte, wer über unserem neuen Laden wohnte, hatte sie nach einer Illustrierten gegriffen und gesagt: »Der Mann schert sich einen Dreck um Kleider. Kleider ausziehen – das ist alles, was ihn interessiert. Das merkt man sofort.«

Ja, ich merkte es. Die Frage war im Moment nur: Wollte ich, daß er mir meine auszog?

Angela, sagte ich zu mir selbst, du hast zuviel Champagner getrunken.

Und das hatten, wie ich feststellte, eine Menge Leute. Josh wurde von einer räuberischen Hexe entführt, und von Ralph war weit und breit nichts mehr zu sehen. Viele Gäste waren in den Hof hinausgegangen und aßen im Schein der Laternen heiße Maronen. Ich wollte mich ihnen anschließen, aber die schmale Treppe zum Souterrain und der Hinterausgang waren blockiert. Man lachte, man scherzte, man prostete sich zu.

Ich reckte mich auf Zehenspitzen hoch, um zu sehen, was dort vor sich ging, als plötzlich Gail neben mir stand. Sie legte den Arm um mich.

»Hab ich's dir nicht gesagt, Darling? Es ist genauso gekommen«, sagte sie mir laut ins Ohr, um den Lärm zu übertönen.

»Was ist wie gekommen?«

»Der Umkleideraum. Gerammelt voll. Man kann sich kaum noch umdrehen da drin.«

Eine einzelne Frau habe damit angefangen, erläuterte Gail. »Eine alte Kundin, furchtbar eitel und eine ausgewachsene Säuferin.« Sie hatte ihre Augen quer durch den Raum auf eine andere Frau geheftet und war dann schnurstracks auf sie zugegangen – »soweit sie überhaupt noch schnurstracks gehen konnte«. Dann hatte sie erklärt, sie finde das Kostüm, das die andere trug, einfach hinreißend und sei so neidisch darauf, daß es ihr den ganzen Abend verderbe. Die andere hatte erst etwas verdutzt dreingesehen, dann aber gestanden, daß sie von dem Kostüm schon lange die Nase voll habe und das ihres Gegenübers tausendmal schöner finde.

»Also beschlossen sie zu tauschen – gleich an Ort und Stelle.

Und jetzt machen es alle. Jahrmarkt der Eitelkeit, Darling. Schau dir das an!«
Das tat ich. Ich traute meinen Augen nicht. Da waren sie – Damen der Gesellschaft, Diplomatengattinnen, Schauspielerinnen, Redakteure von Modezeitschriften, Kostümbildner, reiche Schnepfen von unbestimmbarem Alter und weiß der Himmel wer noch alles. Und alle quetschten sich in den engen Umkleideraum hinein oder aus ihm heraus, zogen Reißverschlüsse auf und zu, schwenkten Kleidungsstücke, schrien sich die Seele aus dem Leib und stolperten umher, angestrengt bemüht, sowohl Champagnergläser als auch Röcke festzuhalten. Manche warteten gar nicht erst, bis im Umkleideraum ein Platz frei wurde, sondern zogen sich gleich im Flur oder auf der Treppe bis auf die Unterwäsche aus. »Probier das mal an, Chloe, ich hab ungefähr deine Größe.« »Das kann ich dir nicht geben, ich hab keinen BH an.« Einige kümmerte nicht einmal das: Was man an einem Rivierastrand entblößen konnte, brauchte man in einem Souterrain am Pimlico Square nicht zu verstecken.
Du lieber Himmel, sagte ich zu mir selbst, ich eröffne ein ehrbares Geschäft, und schon findet darin ein Bacchanal statt.
Den Männern gingen die Augen über; sie konnten ihr Glück kaum fassen. Einige machten mit, schlau genug, sich zu sagen, daß es ja eine Menge Unisex-Kleidungsstücke gibt, besonders solche, die der Haut am nächsten sind. Ein schwunghafter Tauschhandel mit Unterhemden war im Gange. Ich entdeckte Patrick, der sich abmühte, ein winziges T-Shirt über seinen nackten Oberkörper zu streifen. Neben ihm bewunderte das Model, von dem er es bekommen hatte, unbekümmert ihren eigenen Oberkörper, ehe sie ihre Blöße mit seinem magentaroten Samtblazer verhüllte. Caroline sah mit steinerner Miene zu: Sie hatte ihm die Jacke zu Weihnachten geschenkt und vierhundert Pfund dafür bezahlt, wie sie mir erzählt hatte. Die schweigsame Gestalt neben ihr, die mir als der Botschafter eines eher orthodoxen Golfstaates vorgestellt worden war, erstickte fast vor Verblüffung. Den Champagner habe sein Blick die ganze Zeit gemieden, versicherte Gail mir, aber soviel

Schönheit gedachte er anscheinend nicht zu meiden. So etwas gab es am Persischen Golf nicht. Vielleicht hatte er das Gefühl, geradewegs zwischen die Seiten der Satanischen Verse geraten zu sein. Ich fragte mich, was seine Frau machte. Bestimmt stand bereits eine dringende Pilgerfahrt nach Mekka auf dem Programm.

»Ist das immer so?« fragte ich Gail, mehr als nur leicht perplex.

»Wenn man Glück hat, ja«, erwiderte sie, mit vollem Munde Eßkastanien kauend. »Kleider machen die Leute ganz verrückt. Sie vergessen sich selbst, schlüpfen in eine andere Haut – wie du siehst.« Sie lachte auf. »Der Champagner hilft da natürlich auch.«

Inzwischen standen wir an der offenen Tür zum Hof. Rick kauerte noch immer über dem Kohlenbecken – eine Silhouette, die sich gegen den Schein des Feuers abhob – und verteilte Tütchen mit heißen Maronen an andere Silhouetten, die sich, ihrer Form nach zu schließen, in unterschiedlichen Stadien der Entblößung befanden.

Plötzlich zuckte ein Blitzlicht auf. Dann noch eines. Wieder lachte Gail auf.

»Aha! Besser, man geht mit Spaß in die Geschichte ein als gar nicht, was?«

Damit ergriff sie den Arm eines jungen Mann in einem gepflegten Anzug, der sich zusammen mit dem Fotografen einen Weg ins Haus bahnte.

»Angela, das ist Conor. Er hat versprochen, uns berühmt zu machen, stimmt's, Darling?«

O Gott, dachte ich, die Presse! Daher das Tonbandgerät, das ich neben einem Champagnerglas hatte stehen sehen, während ich mich mit Josh Kelvin unterhalten hatte. Wir würden also in die Klatschspalten kommen. Der Abend geriet völlig außer Kontrolle, und wer weiß, was für Schrecken mir morgen aus den Boulevardzeitungen anspringen würden.

»Wir brauchen das, Darling, glaub mir«, versicherte Gail, als Conor gegangen war. »Die Leute werden in Scharen kommen.«

Dann war sie fort, und ihr rotes Haar und die Regenbogenschals tanzten durch den Feuerschein des Kohlenbeckens, während sie, mit beiden Händen eine Champagnerflasche umklammernd, von Gast zu Gast flatterte und ihr Lachen in dem lampionbeschienenen Hof widerhallte. Selbst wenn ich mir anfangs hätte merken können, wer die einzelnen Gäste waren – jetzt konnte ich es nicht mehr, weil so viele von ihnen ganz andere oder fast gar keine Kleider mehr trugen. Patrick hatte sich in das winzige T-Shirt hinein- und wieder herausgezwängt und suchte jetzt seinen Samtblazer. Aber das Mädchen war nicht mehr da. Ich hörte Carolines Stimme über dem Tumult: »Verdammter Idiot! Wie kann man nur so dämlich sein! Soll ich dich vielleicht so mit nach Hause nehmen?« Doch der Erbe der kleinsten Grafschaft Englands schien sie nicht zu hören. Er hielt das T-Shirt des Mädchens in der Hand wie ein Liebespfand, die Augen so fern von Rutland wie von der Vorstandssitzung, die er am nächsten Morgen zweifellos verpassen würde.

Ich war durch das ganze transvestitische Spektakel so verwirrt, daß es mich völlig unbeeindruckt ließ, als plötzlich zwei Polizisten in Uniform auftauchten. Erst als ich von neuem Carolines Stimme hörte, wurde mir klar, daß es tatsächlich Polizisten waren.

»Wie bitte – eine Orgie?« fragte sie entrüstet. Neugierige sammelten sich ringsum. »Es interessiert mich nicht, wer sich beschwert hat. Sehen Sie nicht, daß wir Kleider für Oxfam sammeln? Das hier ist eine ehrenwerte Veranstaltung, mit Genehmigung des Polizeipräsidenten, der zufällig mein Vater ist. Wie wäre es jetzt, Officer, wenn Sie und Ihr Kollege im Interesse der Wohltätigkeit ein Glas Champagner mit mir trinken würden? Angela, bring noch zwei Gläser.«

Als schließlich zwei äußerst aufgekratzte Polizisten das Lokal verließen, war das auch für andere Gäste das Signal zum Aufbruch, und sie zogen ab, manche sogar noch in den Kleidern, in denen sie gekommen waren. Es gelang mir nicht, die Frau des Botschafters ausfindig zu machen, aber ich erhaschte einen kurzen Blick auf Josh, als er aus dem Hof in das Licht des Hintereingangs trat. Eine junge Blondine war bei ihm, und als er stehenblieb, um ihr den Vortritt zu lassen, lotste er sie mit der Hand auf der rechten Hinterbacke ihrer Jeans behutsam durch die Tür. »Ein wahrer Gentleman«, sagte ich mißmutig zu mir selbst. Ich sah seine Hand zu dem Streifen nackter Haut in ihrer Taille aufwärtsgleiten, und dann war er fort.

Ich fand, es war höchste Zeit zu gehen. Gail sagte, sie und Rick würden abschließen und wir würden uns am nächsten Morgen sehen – »nicht zu früh«, setzte sie hinzu. Ihre Regenbogenschals sahen inzwischen aus, als hätte der Regen die Schlacht gewonnen, wobei ich allerdings vermutete, daß es eher Champagner war. Dann sah ich mich nach Ralph um und entdeckte ihn schließlich in einem dunklen Winkel des Hofes. Er sah mich ebenfalls, aber nicht rechtzeitig genug, um seine Hand aus einer lose sitzenden Bluse zu nehmen.

Aha, dachte ich, ein denkwürdiger Abend, in jeder Beziehung. Ralph zog es vor zu schweigen, und aus nicht unähnlichen Gründen tat ich das gleiche. Auf der Rückfahrt wurden meine Befürchtungen, ins Röhrchen blasen zu müssen, von einem Gefühl verdrängt, das ich nicht für möglich gehalten hatte: dem Gefühl, doppelt eifersüchtig zu sein. Es war schmerzhaft, absurd und seltsam erotisch. In dieser Nacht liebten wir uns im Schein des Aprilmondes, mit silberblauen, schwer atmenden Leibern. Es war wie früher, auch wenn ich nicht hätte schwören können, daß es die ganze Zeit Ralph war, der in meiner Phantasie tief in mir war; und vielleicht war es auch nicht nur mein Körper, der diese wunderbare Lust in ihm entfachte.

Gemeinsam schliefen wir ein und träumten jeder seinen eigenen Traum.

4 PIMLICO SQUARE

Der nächste Morgen empfing mich mit einer Wahrheit wie ein Donnerschlag: Außer dem Haushaltsgeld für diesen Monat und dem Busgeld für diesen Tag besaß ich keinen Penny mehr. Ralph war arbeitslos, der Wagen drohte seinen Geist aufzugeben, das Dach war undicht, und die Waschmaschine wandte sich einem neuen Betätigungsfeld als Reißwolf zu. Hinzu kam, daß es bis zu Rachels Geburtstag keine vier Wochen mehr waren und sie mir jetzt schon ständig in den Ohren lag: »Samantha hat eine neue Halskette, mit so schönen Glitzerdingern dran. Krieg ich auch so eine, Mami?«

Und noch während ich mir diese Katastrophen aufzählte, hörte ich, wie der Briefträger einen weiteren Stapel davon durch den Briefschlitz warf; Rechnungen, so hatte ich festgestellt, landen mit einem ganz besonderen kleinen Plumps auf der Fußmatte. Und obendrein regnete es.

Ich wollte diesen Tag am liebsten überspringen.

Ich stupste Ralph an. Er wandte verschlafen den Kopf und gab dabei einige wenig ansprechende Laute von sich. Fatwa sprang auf das Bett und attackierte seine Füße.

»Au, verdammtes Mistvieh!«

Ich stand auf Fatwas Seite.

»Geschieht dir recht, weil du gestern abend diese Frau betatscht hast. Wer war das überhaupt?«

»Keine Ahnung. Ich war blau. Tut mir leid.«

Das hob meine Stimmung auch nicht gerade. Er hätte ruhig etwas Ritterliches sagen können, wie etwa: »Die arme Frau – eine Kastanie war ihr in die Bluse gefallen, und ich mußte ihr suchen helfen.« Dann hätte ich ihm eine Ohrfeige versetzt und gelacht. Das wäre der alte Ralph gewesen, der Ralph, den ich geheiratet hatte.

Ich lag im Bett und kam mir vor wie eine Heuchlerin. Was Ralph auf der Party getan hatte, war schließlich nichts gegen das, was ich mit Josh Kelvin zu tun erwogen hatte. Das machte mir Sorgen – nicht so sehr, wie es hätte sollen, zugegeben, und auf keinen Fall so sehr wie die Tatsache, daß wir restlos pleite waren. Das waren *wirkliche* Sorgen, und ich schauderte bei dem Gedanken daran. Ich hatte alles für eine exzentrische Laune verpulvert, und jetzt war es zu spät. Warum hatte ich das nur getan? Warum, warum, warum?

Es war kein guter Tagesanfang.

Gail hatte »nicht zu früh« gesagt – ein Glück! Ralph war nicht in der Verfassung, die Kinder zur Schule zu bringen, und Samantha war noch nicht fertig, als ich bei Caroline klingelte. In ihrem Vorgarten lag inmitten von Glassplittern ein zerbrochener Blumentopf. Als ich aufblickte, sah ich, woher er gekommen war. Erregte Stimmen drangen durch das zerbrochene Fenster, begleitet von dem T-Shirt, das Patrick gegen seinen Samtblazer eingetauscht hatte. Es senkte sich wie ein kleines Leichentuch über die verstümmelte Geranie. Weiteres Gezeter folgte. Der Hurrikan Caroline machte keinerlei Anstalten abzuflauen.

Es dauerte über eine halbe Stunde, bis Samantha endlich erschien.

»Mummy ist wütend«, erklärte sie vergnügt. Sie war froh, einmal nicht selbst die Zielscheibe zu sein. »Und Daddy ist verletzt«, fügte sie hinzu.

Es war zehn Uhr, als ich endlich den Bus bestieg. Ich hatte das Gefühl, daß der Tag bereits jetzt die schlimmsten Erwartungen erfüllte.

Aber als ich am Pimlico Square ankam, hatte es aufgehört zu regnen, und das junge Grün der Platanen glänzte wie poliert im nassen Sonnenlicht. Renato stand in der Tür des Trevi und winkte mir zu.

»An-gel! An-gel! Tolle Party. Und Sie – so schön!«

Gleich fühlte ich mich noch ein bißchen besser. Ich winkte zurück und warf ihm eine Kußhand zu.

Der Platz war voller als sonst. Auf beiden Seiten hatten sich Staus gebildet, und man hörte heftiges Hupen und Schimpfen. Dann sah ich die Ursache. Ein Stück weiter vorn parkten Autos in zweiter Reihe, zum Teil mit geöffneten Türen und Heckklappen. Eine Politesse, deren wasserstoffblondes Haar wie Zuckerwatte unter ihrer Mütze hervorquoll, kritzelte mit ernster Miene Autonummern auf ihren Block und steckte Strafzettel unter die Scheibenwischer, wovon jedoch keiner der Fahrer auch nur im geringsten Notiz nahm. Sie waren viel zu sehr damit beschäftigt, ganze Stapel von irgend etwas auszuladen und über den Bürgersteig zu tragen.

Ich begriff noch immer nicht. Erst als ich Gail an der offenen Tür unseres Ladens stehen sah, wurde mir alles klar. Sie wollten alle ins Outfit, und was sie da anschleppten, waren Kleider. Es waren größtenteils Frauen, aber auch einige Männer, unter anderem mehrere uniformierte Chauffeure. Jetzt erkannte ich auch einzelne Gäste von gestern abend wieder.

Gail strahlte, als sie mich sah, und zwinkerte mir aufgeregt zu.

»Volltreffer, Darling«, flüsterte sie. »Das geht schon über eine Stunde so.«

Im Innern sah es aus wie auf einem Wohltätigkeitsbasar. Wohin ich auch schaute, überall türmten sich gefährlich schwankende Kleiderberge. Gail eilte zwischen ihnen hin und her, über sie hinweg, durch sie hindurch, warf einen Blick auf jedes neue Stück, wies hin und wieder auch eines zurück und riß in einem Wirbel von Scherzen und Small talk Quittungen von ihrem Block, die sie jedem in die Hand drückte, der ihr über den Weg lief. Es ging zu wie in einem Tollhaus. Ich stand völlig entgeistert da.

»Häng sie auf, häng sie einfach auf, irgendwohin erst mal«, rief sie mir mit fliegender Mähne zu. »Heilige Maria, Mutter Gottes, und das bei meinem Kater!«

Um ein Uhr räumte sie schließlich einen Durchgang zur Tür frei und hängte einen Zettel auf: »Mittagspause bis 14.00 Uhr.«

»Ich bin halb verhungert«, erklärte sie, »und getrunken hab ich auch seit Ewigkeiten nichts mehr. Renato ruft.«
»Da muß ich anschreiben lassen«, sagte ich. »Ich bin total pleite.«
»Ich lad dich ein, Darling. Übrigens hast du gestern deinen Slip und den BH vergessen. Zehn Leute wollten die Sachen schon kaufen.«
Damit rauschte sie mit wehendem Haar und einem irischen Lied auf den Lippen die Straße hinab. Für eine Frau mit einem Kater, fand ich, hatte sie die Kondition eines Ochsen. Ich trabte in ihrem Kielwasser dahin, noch ganz benommen von den Ereignissen der vergangenen Stunde. Ich hoffte, Gail würde eine Weile ruhig über ihrer Minestrone sitzen und mir genau Bericht erstatten.
Und ich wünschte auch, Gail hätte den Slip und den BH verkauft, dann hätte ich wenigstens etwas Geld in der Tasche gehabt.
Wir saßen an einem kleinen Tisch am Fenster. Renato bediente uns – und speziell mich – mit jener angenehm überspitzten Galanterie, die er in vielen Jahren des Umgangs mit Gästen, die er nicht mochte und denen er deshalb zuviel berechnete, und solchen, die er mochte und denen er deshalb zuwenig berechnete, zur Perfektion entwickelt hatte. Renato war der Prototyp des italienischen Demokraten: Er war sich seiner Prioritäten sicher, und attraktive Frauen standen bei ihm unumstritten an erster Stelle. Und dafür war ich ihm gerade jetzt, abgebrannt und durcheinander, wie ich war, besonders dankbar.
Renato führte die geschlossenen Fingerspitzen an die Lippen, als wollte er eine ganz kleine Erdbeere in den Mund stecken, und warf mir eine Kußhand zu.
»Bella Angela!« Seine ätherische Tochter, die hinter ihm an der Kasse saß, warf ihr Haar zurück, und ihre Lippen deuteten ein Lächeln an, das bestätigte, wem die reine Liebe ihres Vaters galt. Renato glättete das Tischtuch und schaute erst Gail und dann mich an. »Speziell für Sie«, sagte er und berührte leicht meine Schulter, »habe ich heute …«

Ich bestellte Pilzrisotto und grünen Salat. Gail langte sehr viel kräftiger zu.
Und dann, als sie etwas im Magen hatte, begann sie zu berichten.
Wir hätten es genau richtig gemacht, versicherte sie mir. Sie könne zwar nicht sagen, wie und warum, aber nach über zehn Jahren in der Branche habe sie einen Riecher dafür. Es sei immer ein gutes Zeichen, wenn die Kunden so hereinströmten wie heute morgen. Das bedeute, daß etwas in der Luft liege, eine gewisse Unruhe, und für das Geschäft gebe es nichts Besseres als Unruhe. Ich müsse bedenken, wie promiskuitiv diese Welt sei, betonte Gail. Die meisten dieser Frauen langweilten sich, nicht nur mit ihren Ehemännern – was natürlich auch oft der Fall sei –, sondern auch mit sich selbst. Sie sehnten sich nach Abwechslung. Die wenigsten könnten es sich leisten oder hätten den Mut, ihren Ehemann zu wechseln, aber sie könnten immerhin ihr Aussehen verändern, ihr Lebensgefühl, das Bild, das sie der Außenwelt vermittelten. Man biete ihnen eine Party wie die gestrige, und schon flammten alle diese Wünsche wieder auf. Am nächsten Morgen wachten sie auf, schauten sich ihre Garderobe an und könnten es kaum erwarten, alles hinauszuwerfen und einen ganz neuen Anfang zu machen. Neue Kleider seien eine Art Liebesaffärenersatz.
»Aber heute nachmittag werden nicht mehr viele kommen, du wirst sehen«, fuhr Gail fort, faßte den Wein ins Auge und hielt es dann für klüger zu verzichten. »Jetzt warten sie erst mal ab.«
»Und was warten sie ab?«
Gails Vorsatz geriet ins Wanken. Sie schenkte sich noch ein halbes Glas ein, betrachtete es wehmütig und füllte dann die andere Hälfte auf.
»Daß ich sie anrufe, Darling.« Sie hob das Glas, warf herausfordernd ihre Mähne zurück und trank es aus. Dann sah sie mich über den Rand hinweg an. »Und ihnen sage, daß sie ohne dieses und jenes nicht mehr leben können. Ich kenne sie, verstehst du? Ich weiß, was sie wollen. Ich weiß, was sie gern sein

wollen.« Sie lachte. »Deswegen müssen wir heute nachmittag alles genau durchsehen – jetzt gleich!«
Sie sah hastig auf die Uhr und erhob sich. Ohne auf Renato zu warten, durchquerte sie den Raum und reichte der ätherischen Tochter eine Kreditkarte, die das Mädchen mit engelsgleichem Lächeln entgegennahm.
Unterdessen trat Renato zu mir.
»Das war bestimmt Ihr Mann gestern abend, An-gel«, sagte er vertraulich. »Ich hab's an Ihrem Blick gemerkt.« Ich war überrascht und irgendwie erfreut. »Ich hab ihn gleich erkannt«, setzte er hinzu, »ein sehr guter Fotograf.«
Ich schluckte und murmelte irgend etwas Unverbindliches. Gail nahm meinen Arm.
»Also morgen, wenn wir richtig anfangen«, erklärte sie, während wir den Platz überquerten, »werd ich den ganzen Tag am Telefon hängen, wahrscheinlich auch noch am Abend. Und dann …«
Sie brach mitten im Satz ab. Direkt vor dem Laden parkte ein alter Rolls-Royce.
»Herr im Himmel!« rief sie. »Das ist diese gräßliche Herzogin. Ich hab mich geirrt, Darling; es fängt heute schon an.«
Wenn das so war, schloß ich mit unendlicher Erleichterung, dann würde ich morgen vielleicht den Bus bezahlen können, ohne das Haushaltsgeld anzapfen zu müssen. Und bei diesem Gedanken empfand ich tiefe Dankbarkeit dafür, daß es auf der Welt Herzoginnen gab, die so arm oder vielleicht auch nur so geizig waren, daß sie ihre Designerkleider secondhand kauften.
Mit abrufbereitem Lächeln folgte ich Gail in den Laden und brachte einen imaginären Toast auf die Armut der herrschenden Klasse Englands aus.

In dieser ersten Woche nahmen wir zwanzigtausend Pfund ein. Das ergab nach Abzug der zwanzig Prozent Provision, die wir berechneten, einen Reingewinn von viertausend Pfund. Ich konnte es erst glauben, als ich mir selbst einen Scheck über meine Hälfte ausschrieb. Am Samstagmorgen rannte ich den ganzen Weg zur Barclays Bank in der High Street, um den Scheck so schnell wie möglich einzureichen, für den Fall, daß er platzte – bis mir einfiel, daß er das gar nicht konnte. Die Leute in der Warteschlange sahen mich mißbilligend an, als sie mich lachend und außer Atem dort stehen sahen. In einer Bank lacht man schließlich nicht. Wäre die Panzerglasscheibe nicht gewesen, ich hätte den pickeligen Angestellten, der mich bediente, abgeküßt.

Auf dem Rückweg kaufte ich für Rachel die Kette, die sie sich so sehr wünschte, und für Ralph ein Sommerhemd, das die Düsternis seines vierzigsten Geburtstages hoffentlich ein wenig aufhellen würde.

Dann schaute ich bei Caroline vorbei. Das hätte ich besser nicht tun sollen. Ich erzählte ihr die Neuigkeit, doch sie verzog keine Miene.

»Ich kann mir nicht vorstellen, daß mit der Art von Geschäft wirklich Geld zu machen ist«, sagte sie wegwerfend.

Am liebsten hätte ich zurückgeschossen: »Verwöhntes Luder, du hast in deinem ganzen Leben noch keinen Penny selbst verdient.« Aber ich biß mir auf die Zunge und sagte nur ziemlich lahm: »Wer weiß?«

Caroline lag mit grimmigem Gesicht auf dem Sofa, ringsum verstreut die Überreste ihrer Samstagmorgenlektüre, deren Zustand erkennen ließ, daß sie ihr nicht sonderlich behagt hatte. Ich merkte, daß das, was sie beschäftigte, in Kürze aus ihr herausbrechen würde, und die Frage war nur, ob ich zum Zeitpunkt der Explosion noch anwesend sein wollte oder nicht. Ich hatte mich gerade für letzteres entschieden, als sie ein Hochglanzmagazin vom Boden aufhob, es mit einem vernichtenden Blick bedachte und mir zuwarf.

»Patrick, dieser Scheißkerl – da, schau dir das an!«

Das tat ich. Unter einer ziemlich anzüglichen Überschrift war eine ganze Seite voll Fotos, und auf eines von ihnen tippte Carolines Finger. Es war eine Aufnahme von unserer Shop-warming-Party und zeigte das reizende Mädchen, auf das Patrick

den ganzen Abend eingeredet hatte. Das Blitzlicht hatte sie getroffen, als sie gerade Patricks Samtblazer zuknöpfte, und sie sah aus wie ein Stück aberwitzig köstlichen Konfekts.
»Hattest du die Presse eingeladen?« fuhr Caroline mich an, »oder war das diese fürchterliche Irin?«
Aber ich hörte gar nicht richtig zu. Neben dem Stein des Anstoßes zeigte ein anderes Foto Josh Kelvin mit einem Mädchen, das seinem Blick alles darbot, was es nur darzubieten hatte, und das war eine ganze Menge. Noch nackter aber war dieser Blick selbst: Mit genau dem gleichen Blick hatte er mich angesehen.
Ich kam mir dumm vor, kindisch, ich war wütend auf mich selbst und fühlte mich lächerlich unglücklich. Mein Gott, ich war achtundzwanzig, verheiratet und Mutter einer Tochter! Was gab ich mich mit Phantasien über einen Mann ab, mit dem ich mich ein einziges Mal auf einer Party unterhalten hatte, von dem ich absolut nichts wußte, außer daß er alles zu vögeln schien, was einen Rock anhatte und ihm unter die Finger kam. Es war absurd. Es war unwürdig. Es mußte ein Ende haben. »Ich liebe meinen Mann«, rief ich mich selbst zur Ordnung.
Caroline streckte die Hand aus, nahm die Zeitschrift und bedachte sie mit einem letzten finsteren Blick. Dann sah sie genauer hin.
»Ist das nicht dein Fotografenfreund?«
Ich murmelte irgend etwas und stand auf, um zu gehen.
»Ganz schon häßlich!« fuhr sie fort. »Aber im Bett soll er phantastisch sein. Ich meine, Amanda hätte mir erzählt ... oder war's Harriet?«
Oh Caroline, was für einen Spezialkurs hast du mitgemacht? Weißt du, was du da anrichtest?
»Wie kommt's, daß du's nicht selbst weißt?« fragte ich verärgert.
Sie sah mich scharf an. Ich ging.
Ich hatte längst vergessen, wie gut der Tag begonnen hatte.

Wochenlang wollte ich mir nicht eingestehen, daß das Outfit hervorragend lief. Ich sagte mir, das Ganze sei nur ein Strohfeuer, es könne unmöglich so weitergehen. Bald würden die Leute alle Designerkleider besitzen, die sie sich je erträumen konnten, und eine große Leere würde sich in unserem Laden breitmachen.

Vielleicht klammerte ich mich auch deshalb so an meinen Pessimismus, weil ich wollte, daß Gail mir immer von neuem versicherte, es sei alles bestens. Sie schien das zu verstehen und schlug einen fröhlich-gönnerhaften Ton an.

»Du bist viel zu naiv«, sagte sie immer wieder. »Verstehst du denn nicht? Das sind Frauen, die nie genug kriegen.« Sie lachte heiser. »Und das bestimmt nicht nur, was Kleider anbelangt. Was mich, ehrlich gesagt, nicht weiter wundert, wenn ich mir ihre Ehemänner anschaue. Aber der Punkt ist: Sie haben Freundinnen. Sie reden miteinander; die meisten haben sowieso nichts anderes zu tun. Sie unterhalten sich über Kleider genauso wie über Männer. Darum dreht sich ihr ganzes Leben, glaub mir.«

Mit der Zeit glaubte ich ihr wirklich. Es dauerte eine Weile, aber dann tat ich es.

Und plötzlich schwebte ich in den Wolken. Ich hatte Geld auf der Bank. Es war herrlich, und ich war glücklich. Am Morgen stand ich singend auf. Ich sang beim Kochen. Ich sang sogar bei der Hausarbeit. Ralph wunderte sich. Rachel stand vor einem Rätsel. Caroline meinte, es sei ein klarer Fall, daß ich einen Liebhaber hätte, und höchste Zeit sei es außerdem.

Ich verbot mir, über mein Glück nachzudenken, aus Angst, es könnte mich verlassen.

Bald nahm das Leben im Outfit einen gleichmäßigen Rhythmus an, in dessen Mittelpunkt meine wunderbare Espressomaschine stand, die jetzt einen großen Teil des Tages hinten im Laden zischte und blubberte. Im Handumdrehen war sie eine Art Wallfahrtsort geworden – mehr Reliquie als Relikt, wie ich fand. Versagte sie einmal den Dienst, erschien wie durch ein Wunder Rick, beäugte sie mit seinem Wieselblick und flitzte dann davon, um eine Stunde später mit dem nötigen Ersatzteil wieder aufzutauchen. Ich wartete nur darauf, daß ihn nach einem dieser Beutezüge ein wütender Cafébesitzer und mehrere Polizisten bis in den Laden hinein verfolgen würden, doch dieser Fall trat nie ein, und ich stellte nie irgendwelche Fragen. Rick warf mir dann nur einen altmodischen Blick zu und schob sich die Mütze in den Nacken.

»Alles klar, Mädels?« fragte er. »Ich muß los. Hab noch was zu erledigen.«

Auch das war eine Frage, die ich ihm nie stellte: was er »zu erledigen« habe. Und Gail, die es vermutlich wußte, wahrte das Geheimnis mustergültig.

Nicht ganz so mustergültig war sie in anderer Hinsicht, vor allem, was unsere Kundinnen anbelangte. Die meisten waren, wie sich herausstellte, alles andere als die verwöhnten Dummchen, als die Gail sie gern hinstellte. Als ich ihr das vorwarf, verteidigte sie sich gar nicht erst, sondern gab vergnügt zu, daß ihr das Reden sehr viel mehr am Herzen liege als die Wahrheit – das müsse ich doch längst gemerkt haben. Und dazu lachte sie in aller Liebenswürdigkeit.

Unsere Stammkunden waren natürlich größtenteils Frauen, und sie waren so verschiedenartig wie die Kundschaft jedes anderen Geschäftes auch. Da gab es Arzt- und Rechtsanwaltsgattinnen, Schauspielerinnen, Hochschuldozentinnen, reiche Ladies, Sekretärinnen, Verkäuferinnen, Frauen ausländischer Diplomaten, geschiedene Frauen aller Art und jeden Alters, Geliebte mit und ohne die Kreditkarten ihrer Liebhaber. Es gab gepflegte junge Damen der gehobenen Mittelschicht, Mannequins, Parlamentarierinnen, Kommissionsdrachen, Förderinnen ehrenwerter Zwecke, Fernsehmoderatorinnen, Damen der Gesellschaft, Stewardessen, Künstlerinnen, Tänzerinnen; Callgirls, Mädchen, die wie Männer aussahen, Mädchen, die Männer waren, und Mädchen, die die Männer haßten.

Es kamen auch echte Männer, viele von ihnen Nachbarn: der Schneider von gegenüber, ein paar Antiquitätenhändler, ein Immobilienmakler (zum Glück weder Mr. Anstruther noch Mr.

Pratt!) und mehrere Inhaber umliegender Wohnungen, die Tag für Tag den Kaffeeduft durch ihre offenen Fenster schnupperten und eines Tages nicht mehr widerstehen konnten, der Nase nachzugehen.

Dann gab es noch die Männer, die in Begleitung ihrer Frauen kamen. Sie waren die dankbarsten Nutznießer meiner Kaffeemaschine, denn auf diese Weise hatten sie, während um sie her ein hingebungsvolles An- und Ausziehen stattfand, wenigstens etwas zu tun. Manche begleiteten ihre Frauen, weil sie sie so sehr liebten, daß sie das Vergnügen der Entdeckung eines phantastischen Lanvin-Kostüms mit ihnen teilen wollten, egal, wie kostümiert die Frau darin aussah.

Andere begleiteten ihre Frauen, weil sie sie haßten und aufpassen wollten, daß sie nicht zuviel Geld ausgaben, ein Fall, der dank Gails Bemühungen dennoch regelmäßig eintrat.

Und es gab Männer, die anderer Leute Frauen begleiteten. Wenn das der Fall war, merkte ich es sofort, denn sie waren die einzigen, die die angebotene Tasse Kaffee ablehnten, wahrscheinlich um nicht in ein Gespräch gezogen zu werden, in dessen Verlauf sich hätte herausstellen können, wer sie waren und was sie hier eigentlich wollten.

Aber mit Abstand die leidenschaftlichsten Kaffeetrinker waren die Geschäftsführer, angeschleppt von ihrer Sekretärin oder Assistentin, ihrem Betthäschen oder sonst einer hinreißenden Nymphe, die zufällig gerade ihre Libido und ihren Kontostand reizte. Auch sie waren leicht zu erkennen. Sie kamen forschfröhlich hereingeschlendert, als wären sie auf dem Golfplatz, und redeten von ihrer Geliebten mit lauter Stimme in der dritten Person, wie gute Onkel, die ihre hübschen kleinen Nichten oder Patentöchter nach der Schule zu einem Einkaufsbummel ausführen. Sie waren auch die Geschwätzigsten von allen und setzten Gail oder mich, während sie ihren Cappuccino schlürften und verstohlen lüsterne Blicke in Richtung Umkleideraum warfen, einem Sperrfeuer von Artigkeiten und durchsichtigen Lügen aus.

Nachdem sie bezahlt hatten, notierte Gail sorgfältig ihre Namen, um mich dann mit dem Ellenbogen anzustoßen, wenn ihre Frauen bei uns auftauchten. Und manchmal kamen diese Frauen mit anderen Männern, deren Frauen ebenfalls zu unseren Kundinnen gehörten.

»Du siehst, das Ganze ist ein nettes kleines Karussell, Darling«, sagte sie. »Kleidertausch, Partnertausch, und das Geschäft läuft wie geschmiert: Wir schlagen zwei Fliegen mit einer Klappe, genau wie sie.«

Unsere treuesten Kunden waren die Fensterputzer, die sich allerdings mehr für meinen Kaffee interessierten als für unsere Fenster, mit Ausnahme des kleinen Souterrainfensters, durch das man in den Umkleideraum sehen konnte. Anscheinend mußte es ganz besonders häufig geputzt werden – bis Gail eine Milchglasscheibe einsetzen ließ, die dann sonderbarerweise kaum noch geputzt werden mußte.

Natürlich kamen auch Freunde. Von Zeit zu Zeit erschien Patrick in einer verlängerten City-Mittagspause – das erste Mal von Caroline herbeordert, um seinen Samtblazer aufzuspüren, was für ihn hieß, das Mädchen aufzuspüren, das ihn entführt hatte, später dann aus eigenem Antrieb, um zu plaudern und mit mir zu flirten.

Renato erschien regelmäßiger und brachte kleine Geschenke mit, gewöhnlich in Form von ekelerregenden italienischen Kuchen, die seine Mutter, wie er beteuerte, besonders schätzte. Nicht einmal unsere zahme Gartenamsel rührte sie an, wenn ich sie mit nach Hause nahm.

Auch Rick kam oft vorbei und brachte jedesmal Geschenke mit: Ringe, Anhänger, Armbanduhren, einen Seidenschal. Es handelte sich allerdings eher um Leihgaben als um Geschenke, denn sie hatten die Angewohnheit, nach wenigen Tagen wieder zu verschwinden. Gail stellte wortlos eine Schublade für diese Dinge zur Verfügung, sichtlich erfreut, daß unser Laden zum Dank für die vielen Dienste, die Rick uns leistete, als »Schlupfwinkel« benutzt wurde. Ich hoffte nur, sie wußte, was sie tat, und drückte beide Augen zu.

Unser exotischster Besucher war Dante Horowitz – ein merkwürdiger Name für einen Mann und erst recht für einen Modeschöpfer, wenn auch nicht annähernd so merkwürdig wie seine Kreationen. Er war halb Italiener und halb Russe, hatte ein Gesicht wie Iwan der Schreckliche und war eine Berühmtheit in der Welt des modernen Designs, wie Gail mir in einem fast ehrfurchtsvollen Ton, den ich an ihr noch nie gehört hatte, versicherte. Seine Kundschaft bestand hauptsächlich aus Popsängern und Rockstars, mit Einsprengseln von Hollywood-Hautevolee. Sie alle, sagte Gail, seien ganz wild darauf, das Auge der Kamera auf sich zu lenken, ein Ziel, das zumindest keine von Dantes Kreationen verfehlt haben könne.

Von Zeit zu Zeit aber trieb Dante es zu weit: Dem Walhall seiner Phantasie entsprangen Schöpfungen, die nicht einmal die kühnsten seiner Kunden tragen mochten. Und dann kam er zu uns. Gail hatte ein paar Kundinnen, die einfach alles trugen. Dantes erster Auftritt im Outfit fand etwa einen Monat nach der Eröffnung statt. Er rauschte herein, gewährte Gail ein hoheitsvolles Nicken, sah sich um und rauschte wieder hinaus. Das mache er immer so, erklärte mir Gail; auf diese Weise kündige er an, daß er zurückzukehren gedenke – »eine Art kurzes Vorspiel. Mach dich auf was gefaßt!«

Am nächsten Tag kam er wieder. Er ließ den Chauffeur mit seinem Lamborghini draußen warten und schritt mit einem großen Paket, das aussah, als enthielte es ein königliches Hochzeitskleid, in den Laden.

Gail war zum Mittagessen gegangen. Ich war allein, und der Laden war ausnahmsweise leer. Dante richtete seine Adleraugen auf mich und befahl mir mit einer ausladenden Geste, das Paket zu öffnen. Das tat ich. Es enthielt drei Kleider. Ich nahm sie mit willfähriger Sorgfalt aus dem Seidenpapier, und er behielt mich währenddessen streng im Auge und gab dabei seltsam grummelnde Laute von sich. Ich legte die Kleider eines nach dem anderen auf den Tisch. Sie waren leichter als Spinnengewebe, mit denen sie auch sonst einige Ähnlichkeit hatten: Alle drei waren aus Seide, und alle drei waren durchsichtig.

»Gefallen sie Ihnen?« fragte er herausfordernd. »Dann ziehen Sie eins an. Das da.«
Und er ergriff das spinnwebähnlichste von den dreien, eine Art grauen Dunst, der über seinem Arm in der Luft schwebte. Ich mußte schlucken und murmelte irgend etwas davon, daß ich dazu in den Umkleideraum hinunter müsse. Dante schnippte wegwerfend mit den Fingern.
»Ach, was. Es ist doch niemand da.«
(Außer ihm.)
»Schnell! Ich muß es sehen.«
(Was sehen? In erster Linie ja wohl mich.)
Also tat ich es. Ich drehte ihm den Rücken zu, zog so gelassen wie nur möglich den Reißverschluß meines Kleides auf und streifte mir grauen Dunst im Wert von tausend Pfund über Kopf und Schultern. Aber da blieb er nicht. Das Kleid war nicht nur durchsichtig, es war auch oben ohne. Ich war heilfroh, daß ich einen BH anhatte.
Doch Dante dachte anders darüber.
»Unmöglich. Ziehen Sie ihn aus!«
Wieder mußte ich schlucken. Okay, dachte ich, ich bin schließlich keine Pfarrerstochter, und später werde ich eine interessante Story zu erzählen haben. Caroline war bestimmt noch nie von einem weltberühmten Modedesigner um einen Striptease gebeten worden, schon gar nicht mitten in einem Laden. Ich hakte meinen BH auf und ließ ihn zu Boden fallen.
Im selben Moment kam Josh herein.
Es hat in meinem Leben Augenblicke gegeben, in denen ich alles dafür gegeben hätte, wenn ich die Uhr hätte zurückdrehen und alles anders machen können. Und das war so ein Augenblick. Ich war wie betäubt. Ich schloß die Augen, wahrscheinlich nur für wenige Sekunden, aber als ich sie wieder aufschlug, war Josh fort.
»Genau!« rief Dante und fuhr sich mit krallenartigen Fingern durchs Haar. »Ich hatte recht, Madonna nicht.« Dann schmolz die Eisdecke für einen Augenblick. »Steht Ihnen gut. Sie haben die richtige Haut dafür. Behalten Sie's.«

Ja, unbedingt, dachte ich. Das hab ich mir schon immer gewünscht: ein Spinnengewebe oben ohne – das ideale Kleid für einen zwanglosen Abend mit Nachbarn, ein Abendessen mit Ralphs Mutter, einen ruhigen Spaziergang durch die Grünanlage, einen Elternabend in Rachels Schule oder sogar für eine Taufe. Perfekt! Ach, Mr. Horowitz, wie hatte ich nur so lange ohne Sie leben können?
»Ich schenk's Ihnen«, sagte er streng.
Ich versuchte, meine Brüste hinter meinen Händen und meine Verwirrung hinter einem Lächeln zu verbergen, und bedankte mich. Dann bedankte ich mich noch einmal, weil ich sonst nichts zu sagen wußte. Daraufhin gab er ein weiteres Grummeln von sich, sah theatralisch auf die Uhr, schritt hinaus und ließ mich mit grauem Dunst nur teilweise bekleidet und einem hohen Dauersummton im Kopf zurück.
Der Lamborghini röhrte davon. Ich packte meine Kleider und stürzte in den Umkleideraum. Ein paar Sekunden später schwebte ein Spinnengewebe im Wert von tausend Pfund zu Boden.
Gail war noch nicht zurück, als ich wieder nach oben kam, und der Laden war leer. Ich hatte fast gehofft, er würde es nicht sein, denn dann hätte ich mir gar nicht erst zu überlegen brauchen, ob ich tun sollte, worauf ich brannte: Josh anrufen. Ich suchte seine Nummer heraus und legte die Hand auf den Hörer. Sollte ich es wagen? Ich hatte ihn seit unserem »Shop-warming« vor über einem Monat nicht mehr zu Gesicht bekommen. Und was um alles in der Welt sollte ich sagen? Ich spielte ein paar Möglichkeiten durch.
(Forsch-fröhlich) »Schade, daß Sie nicht bleiben konnten. Ich wollte mal sehen, ob das Kleid für uns in Frage kommt.«
(Zerknirscht) »Ach, Josh, es ist furchtbar. Das ist mir ja so peinlich! Was soll ich jetzt bloß machen? Hoffentlich dachten Sie nicht ...«
(Cool) »Tja, letztes Mal haben Sie nur meinen BH gesehen, und jetzt haben Sie mich gesehen, ohne BH.«
(Ehrlich) »Was soll ich Ihnen jetzt bloß sagen? Laden Sie mich

um Himmels willen zum Lunch ein oder zu irgend etwas anderem – egal, was!«

Dann begann sich meine reichlich angeschlagene Würde langsam wieder aufzurappeln, und plötzlich wußte ich, daß ich gar nichts tun würde. Im selben Augenblick kam Gail zurück, und kurz darauf trat eine Kundin ein. Da ich nicht den geringsten Appetit verspürte, blieb ich im Laden und half Gail, ein paar Kostüme herauszuholen, ein Joseph, ein Caroline Charles und ein Jean Muir. Die Frau würde in allen dreien schrecklich aussehen, aber sie trug sie wild entschlossen in den Umkleideraum hinunter, und ich ließ mich erschöpft in einen Sessel fallen.

»Was ist los, Darling?« fragte Gail. »Irgendwelche Katastrophen?«

»Nein, nein, nur ein paar Peinlichkeiten.«

Und ich zeigte ihr die drei Kleider, die Dante Horowitz dagelassen hatte. Gail hielt eines nach dem anderen hoch und brach in schallendes Gelachter aus.

»Also, ein paar von unseren Kundinnen würden sich nicht gerade darum reißen, könnte ich mir vorstellen«, sagte sie. »Die Frage ist: Wer *würde* sich drum reißen? Prinzessin Michael? Wohl kaum, was meinst du? Janet Street-Porter? Schon eher.« Wieder lachte sie herzhaft und strich sich das Haar aus den Augen. »Aber du würdest hübsch drin aussehen, Angela. Probier doch mal eins an.«

Ich sah sie an.

»Schon geschehen«, sagte ich.

Es kam nicht oft vor, daß es Gail die Sprache verschlug.

»Wie bitte?«

Ich erzählte ihr von meiner intimen kleinen Szene mit Dante Horowitz, und ihre Augen wurden groß wie Untertassen.

»Und dann hat er's mir auch noch geschenkt.«

Ich hielt das graue Spinnengewebe hoch.

Gail schaute erst das Spinnengewebe und dann mich an.

»Heilige Maria, Mutter Gottes!« rief sie. »Geschenkt hat er dir das? Die alte Tunte?«

Jetzt verschlug es mir die Sprache.

»Tunte? Du meinst …?«
Gail mußte lachen.
»Dante Horowitz! Hast du das nicht gewußt?« Sie lächelte ironisch. »Darling, deine Möpse interessieren Dante nicht mehr als ein Haufen Steckrüben in einer Schubkarre. Nichts für ungut, aber so ist es nun mal. Du brauchst dir also keine grauen Haare wachsen zu lassen. Wirklich nicht!«
Von Josh, dessen Blick nicht gerade ausgesehen hatte, als würde er zwei Steckrüben in einer Schubkarre betrachten, sagte ich nichts.
Ich war gerade dabei, Quittungen auszuschreiben, als er den Laden betrat. Gail war mit einer Kundin im Umkleideraum.
»Diesmal erwische ich Sie ja allein«, sagte er. »*Und* angezogen.«
Seine Mundwinkel kräuselten sich belustigt, so wie ich es von der Party her in Erinnerung hatte. Sein wettergegerbtes Gesicht war tief gebräunt, und seine Jeans und das offene Hemd sahen aus, als wären sie mit ihm um den Erdball gereist und irgendwann zu einem Teil von ihm geworden.
»Sie waren verreist?« fragte ich und hoffte nur, es würde nicht zu sehr nach »Gut, daß Sie wieder da sind« klingen. »Wo waren Sie denn?«
»Angola.« So, wie er es sagte, hätte es auch der nächste Badeort am Meer sein können. Er verzog das Gesicht. »Nicht zu empfehlen. Kaum besser als Somalia. Und Sie?«
Na, gut, dachte ich, das Spielchen kann ich auch spielen.
»Pimlico Square«, sagte ich.
Die Mundwinkel zuckten erneut, und er lachte.
»Ganz schön exotisch. Und was für Überraschungen man da erleben kann!«
Ich fragte mich, ob er mich in Verlegenheit bringen oder ob er mir kleine Botschaften übermitteln wollte, für den Fall, daß ich glaubte, er sei nur auf einen kurzen Plausch hereingekommen. Während ich eine Tasse Kaffee für ihn machte, ging er lässig auf und ab, betrachtete die Kleider an den Ständern und ebenso ausgiebig mich selbst. Wieder bemerkte ich die lange Narbe

an seinem Halsansatz, die sich hell von der sonnengebräunten Haut abhob, und mir wurde bewußt, wie straff und muskulös sein Körper war – was er zweifellos auch beabsichtigt hatte. Ich verwünschte ihn für die Selbstsicherheit, mit der er mich auf diese Art ansah, völlig unbefangen, mit Bedacht seine wenigen Worte wählend, während sein Gesicht soviel mehr sagte. Es war, als würde sich ein Panther anschleichen.
Ich verwünschte ihn, weil es mir gefiel.
Er nahm den Kaffee und ließ sich auf der Tischkante nieder. Sein Blick registrierte die Quittungen, die ich ausgestellt hatte, den Inhalt meiner Umhängetasche, den Blazer, der über meiner Stuhllehne hing, den Zettel, auf dem ich notiert hatte, was ich auf dem Heimweg im Supermarkt einkaufen mußte. Ich wurde gründlich inspiziert.
Er trank den Kaffee aus und reichte mir die leere Tasse.
»Übrigens, wegen der Fotos«, sagte er plötzlich. Er schien meine Überraschung zu bemerken, denn er fuhr lächelnd fort: »Ich hatte Sie neulich gefragt, wissen Sie noch?«
Ich war nur deshalb überrascht, weil er sich noch daran erinnerte. Ich sagte irgend etwas Unbestimmtes wie »Ach, ja!« und konzentrierte mich dann ganz darauf, seine Tasse zu spülen.
»Ich habe eine Idee dazu«, erklärte er, »und ich würde gern mit Ihnen darüber reden.«
Wenn ich ehrlich gewesen wäre, hätte ich wahrscheinlich gesagt: »Du lieber Himmel, Josh Kelvin, ich hatte in den letzten Wochen alle möglichen Ideen, und wenn es auch nur annähernd die gleichen sind wie deine, dann sitze ich jetzt ganz schön in der Tinte!«
Statt dessen sagte ich: »Ach, ja?«
Vielleicht irritierte ihn das, denn er stand auf und ging mit der trägen Nonchalance, mit der er alles zu tun schien, zur Tür. Dann hielt er inne.
»Vielleicht hätten Sie Lust, auf einen Drink bei mir hereinzuschauen, bevor Sie gehen?«
Die Geschwindigkeit, mit der das Gehirn arbeitet, setzt mich immer wieder in Erstaunen. In dem Sekundenbruchteil, der

dieser Einladung folgte, hatte ich bereits entschieden, daß Rachel heute abend bestimmt lieber etwas aus einem Schnellimbiß essen würde, und Ralph vermutlich ebenfalls. Ich wollte gerade »Ja, sehr gern« sagen, als hinter mir Gails forsche Stimme ertönte:

»Hat da jemand was von einem Drink gesagt? Herrgott, ich könnte wirklich einen gebrauchen.«

Ich hatte gehofft, sie mit Blicken zum Schweigen bringen zu können, aber es war bereits zu spät.

»Aber natürlich, warum kommen Sie nicht beide?« schlug Josh höflich vor. »Sie brauchen nur zu klingeln.«

Vielleicht lieferte meine Miene Gails klugem, irischem Blick an diesem Nachmittag doch ein paar Hinweise auf meinen Ärger. Ich fragte mich, ob sie es absichtlich getan hatte. Die ältere Frau, die sich nicht ins Abseits drängen lassen will? Schwer zu sagen. Zum Glück hatten wir zuviel zu tun, um darüber zu reden. Um halb sechs waren immer noch drei Kundinnen im Laden. Die letzte ging um zehn vor sechs, von Gail kräftig dazu ermuntert.

»Hör mal, Darling«, sagte sie müde, »wir brauchen eine Verkäuferin. Wir schaffen's nicht mehr allein. Und jetzt schließen wir ab und gehen erst mal bei Mr. Kelvin einen heben.«

Ich hätte ihr am liebsten die Augen ausgekratzt.

Als Gail vor mir die Treppe hinaufging, stellte ich mit Befriedigung fest, daß sie fleckige Beine hatte. Ich sagte mir, daß Josh Kelvin ganz bestimmt nicht scharf darauf sein würde, diese Beine genauer zu erforschen. Sehr gut! Trotzdem wäre es ganz hilfreich gewesen, wenn sie gestolpert wäre und sich einen oder auch beide Knöchel verstaucht hätte. Ein Trick aus meiner Schulzeit fiel mir ein: Wollte der andere einen Schritt tun, schob man unmerklich einen Fuß dazwischen, so daß der Fuß des Opfers daran hängenblieb und es der Länge nach hinschlug. Dann tat es mir wieder leid. »Angela Merton«, rief ich mich selbst zur Ordnung, »du bist kein Schulkind mehr.«

Joshs Wohnungstür war angelehnt. »Komme sofort«, rief eine

Stimme, wahrscheinlich aus der Küche, gefolgt vom Knallen eines Korkens.
Wir betraten eine warme, exotische Wohnung. Es war das folkloristische Paradies eines Weltenbummlers: Kelims an den Wänden, afrikanische Masken, australische Rindenmalereien, Kalebassen, Navajo-Keramik und im Fenster eine vollbusige indische Skulptur, die mich etwas zu penetrant an mich selbst in dem grauen Spinnengewebe von heute mittag erinnerte. Alle möglichen Nippsachen waren auf niedrigen Tischen arrangiert, deren Lampen einen rötlichen Schein auf arabische Polster und einen riesigen Perserteppich warfen. Das Ganze erinnerte mich an ein viktorianisches Gemälde mit dem Titel *Der Harem,* das ich bei Caroline gesehen hatte.
Und genau das, dachte ich, ist diese Wohnung bestimmt auch. Ich erwartete jeden Moment einen Sklaven mit Turban und einem Tablett voll Köstlichkeiten und betörenden Parfüms eintreten zu sehen, und ich verfluchte Gail dafür, daß sie mitgekommen war.
Josh erschien mit einer Fasche und drei Gläsern, die er auf einen der niedrigen Tische stellte. Dabei warf er mir einen Blick zu und lächelte kaum wahrnehmbar. Wieder verfluchte ich Gail.
»Cheers!« sagte sie und hob ihr Glas.
Ich tat wortlos das gleiche. Fröhliche Trinksprüche waren das letzte, wonach mir jetzt der Sinn stand.
Dann fing Gail an zu schwatzen: Sie erzählte Geschichten, lachte, imitierte Leute, schwelgte in Klatsch und Tratsch und fand ein Thema nach dem anderen, mit dem sie ihren Charme spielen lassen und Josh bezaubern konnte. Ich war weniger eifersüchtig als vielmehr geistesabwesend. Es war, als würde ich auf einem Floß aufs Meer hinaustreiben.
Ich ließ meine Blicke schweifen. Auf einem Tisch in meiner Nähe lag ein Stapel Schwarzweißfotografien, und ich streckte die Hand danach aus.
»Darf ich?« fragte ich – mein bislang einziger Gesprächsbeitrag an diesem Abend.

»Natürlich«, sagte Josh und wandte sich mir zu.

Dann legte Gail von neuem los und drängte sich mit ihrem Geschnatter in den Mittelpunkt. Josh überließ mich der Betrachtung seiner Fotos. Teilweise zumindest, denn ab und zu warf er einen verstohlenen Blick in meine Richtung, und seine Augen wanderten von den Fotos zu meinem Gesicht und wieder zurück, als wollte er meine Gedanken ergründen. Und auf halbem Wege begegneten sich unsere Blicke. Es waren spannungsgeladene Momente: Josh versuchte meine Gedanken zu lesen, während ich mit Hilfe seiner Bilder die seinen zu lesen versuchte, und das alles in dem Schweigen, das Gails Geplauder uns auferlegte. Es war wie eine geheime Verbindung, und ich genoß sie.

Es waren Fotos aus Afrika, aus großer Nähe aufgenommen und sehr intensiv – so intensiv, daß ich mich dabei ertappte, wie ich sie ein Stück von mir weghielt. Ein paarmal blieb mir fast die Luft weg. Eine sterbende alte Frau war da zu sehen, auf deren Haut Insekten krabbelten, und eine junge Frau, fast noch ein Kind, die einen Säugling stillte und nur noch einen Arm hatte. Ein junger Mann in einer kugelsicheren US-Weste schwang grinsend eine Kalaschnikow, hinter ihm, gerade noch sichtbar, ein Leichenhaufen. Ein Foto zeigte einen fetten, schwitzenden General mit einem Stab in der Hand und einem höhnischen Grinsen im Gesicht.

Wieder sah Josh zu mir herüber. Ohne ein Wort zu sagen, legte er einen weiteren Stapel Fotos vor mich hin. Gail redete weiter: Die irischen Geschichten strömten wie ein Wasserfall.

Der zweite Stapel enthielt ausschließlich Bilder von Frauen, alle in London aufgenommen, wie es schien. Ein Mädchen ließ einen Drachen steigen. Eine Frau schrubbte eine Treppe. Eine Prostituierte stand halb im Schatten eines Hauseingangs. Eine Bardame lachte durch Zigarettenrauch hindurch. Eine Trauernde weinte an einem Grab. Ein Mannequin stöckelte über einen Laufsteg.

Alle diese Bilder besaßen die gleiche außerordentliche Intensität. Es war, als würde Josh jede dieser Frauen gut kennen, und

mehr noch, als hätte er ihre Gedanken fotografiert, ihre Geheimnisse, und würde mir damit zugleich die seinen offenbaren. Ich hatte nicht gewußt, daß Fotos eine solche Wirkung haben konnten. Einen Moment lang dachte ich an Ralph, der Schauspieler war, um ein anderer zu werden. Josh dagegen wurde, wenn er fotografierte, er selbst. Ich wußte nicht, wohin dieser Gedanke führte, aber er faszinierte und verwirrte mich.
Das letzte Bild ließ mich schaudern. Es mußte versehentlich in den Stapel geraten sein und zeigte eine junge Frau, die nackt auf einem Bett lag. Sie war schön und sah den Fotografen mit einem ganz leisen Lächeln an. Bei ihrem Anblick wußte ich sofort, was unmittelbar davor gesagt worden war und was unmittelbar danach geschehen würde. Ich wollte das Gesicht des Fotografen sehen.
Ich schaute auf und sah in Joshs Gesicht – und ich begriff.
Unwillkürlich schloß ich die Augen.
Dann merkte ich, daß es im Zimmer still war. Gail hatte aufgehört zu reden und starrte uns beide an. Josh schenkte Wein nach. Ich legte die Hand über mein Glas und schüttelte den Kopf.
»Ich muß gehen«, sagte ich und stand hastig auf. Gail folgte meinem Beispiel.
Josh ließ ihr den Vortritt.
»Wir reden ein andermal über meine Idee«, sagte er leise und hielt mir die Tür auf. »Es geht um ein Buch. Ein paar von den Bildern, die Sie gesehen haben, sind dafür gedacht.«
Er drückte mir leicht die Hand, und ich ging.
Angela, sagte ich zu mir selbst, während die Tür sich schloß, mit was für einem Feuer spielst du da?
Aber ich wußte die Antwort genau.
»Sei vorsichtig«, sagte Gail, als wir ins Freie traten, und sah mich von der Seite an. »Bitte, sei vorsichtig.«
Die Bäume auf dem Platz standen in voller Pracht. Renato winkte mir durch ein Fenster des Trevi zu. Ich ging zur U-Bahn-Station, überlegte es mir dann aber anders und winkte ein Taxi heran. So etwas konnte ich mir jetzt leisten. Ich lehnte

mich zurück und ließ London an mir vorüberziehen. Das Wasser wirkte ruhig und friedlich, als wir den Fluß überquerten – so, wie ich selbst mich fühlte, in dem Bewußtsein, daß ich meine moralischen Barrieren gerade ein gutes Stück von dem sicheren, schmalen Pfad, auf dem ich seit so vielen Jahren wandelte, fortgerückt hatte.
Als ich die Haustür öffnete, blickte Ralph lächelnd auf. »Überstunden gemacht?«
Ich konnte nicht gleich antworten. Das war genau die Frage, die Ehefrauen ihren Männern stellen, wenn sie mit ihren Sekretärinnen geschäkert haben. Es war ein Schock. Doch dann erwiderte ich sein Lächeln und gab ihm auch genau die Antwort, die Männer in solchen Fällen geben: »Ja, Darling.«

Da Rachel ein paar Tage schulfrei hatte, nahm auch ich mir zwei Tage frei. Gail wies meine Bedenken zurück und versicherte, Rick werde mit Vergnügen für mich einspringen, und sie selbst brauche demnächst ebenfalls zwei freie Tage. Das Derby stehe bevor, und sie habe es in den letzten fünfzehn Jahren kein einziges Mal verpaßt. Sie gewinne immer, behauptete sie, und den folgenden Tag müsse sie gleichfalls freinehmen, um ihren Kater auszukurieren.
»Wir brauchen unbedingt eine Vollzeitverkäuferin, Darling«, fügte sie hinzu. »Vielleicht kann ich Timothy abwerben. Er versteht es glänzend mit den Ladies. Ein Mann mit seiner Überzeugungskraft stellt keine Bedrohung dar, verstehst du? Sie ziehen sich bedenkenlos vor ihm aus. Wetten, er weiß genausoviel über die weibliche Anatomie wie Bill Wyman. Oder dein Fotografenfreund da oben. Wie ist er eigentlich?«
Sie hängte ein paar Kostüme auf, die gerade hereingekommen waren, und warf mir einen ihrer Seitenblicke zu.
»Er will mich fotografieren.«
»Und ob er das will. Das hab ich an seinem Blick gesehen.« Sie kicherte.
»Für ein Buch«, erklärte ich.
»Ja, ja, natürlich, Darling.«

Sie lachte in sich hinein, und damit war unser Gespräch beendet. Ich kam mir irgendwie dumm vor.
Ich nahm also zwei Tage frei, doch Rachel schien gar nichts davon zu merken. So sah ich mich vor die Frage gestellt, was ich tun sollte. Was machten Hausfrauen den ganzen Tag? Was hatte ich früher gemacht? Und vor allem: Was machten die arbeitslosen Ehemänner dieser Hausfrauen?
Ich erkannte, daß Zeit etwas Dehnbares ist.
»Soll ich was einkaufen?« fragte Ralph.
»Ein paar Lammkoteletts könnten wir gebrauchen. Aber ich kann auch selbst rasch gehen, wenn ich mit Bügeln fertig bin.«
»Nein, nein«, beharrte er, »ich geh schon.«
Er brauchte zwei Stunden.
»Man glaubt gar nicht, was für Preisunterschiede es zwischen den einzelnen Läden gibt«, erklärte er, als er zurückkam.
Das wußte ich nur zu gut, aber ich hatte keine zwei Stunden gebraucht, um es herauszufinden.
»Ich hol mir noch die Abendzeitung«, sagte er ein wenig später.
»Soll ich auch gleich die Sachen aus der Reinigung mitbringen?«
Ich sah von meiner Bügelarbeit auf.
»Wenn du willst ... Aber das hat noch Zeit.«
Er tat es trotzdem. Und um sechs Uhr gab es im *Evening Standard* nicht mehr die kleinste ungelesene Meldung. Ralph hätte mir genau sagen können, welcher Zweijährige beim Apprentices' Cup in Pontefract die größten Gewinnchancen hatte und wie das Wetter in Albanien war.
Danach war es Zeit für einen Drink. Früher hatte Ralph einen wunderbaren Weinkeller gehabt. Jetzt stürzte er sich auf die Restposten bei Wine Rack und versuchte möglichst lang mit einer Flasche auszukommen.
»Wir könnten uns auch eine ganze Kiste leisten«, sagte ich mit einem Blick auf die fast leere Flasche Vin de Pays des Côtes de Gascogne.
Doch Ralph hatte seinen Stolz und gab keine Antwort. Ich

nahm mir vor, morgen bei Oddbins eine mitzunehmen – zum Teufel mit Ralphs Stolz.

Ab und zu las er auch, mehr um die Stunden auszufüllen als seinen Geist, wie ich bemerkte. Gelegentlich rief jemand an, aber nie sein Agent. Danach trat jedesmal ein langes Schweigen ein. Ich wünschte, er wäre jemanden besuchen gegangen, damit er aus dem Haus und aus sich selbst herauskam. Das Problem war, daß Ralph früher nie Zeit für Freunde gehabt hatte; jetzt hatte er nur noch Zeit, und die hing wie ein Todesurteil über unserem Haus.

Es machte mich traurig – und es erschütterte mich – mitanzusehen, was ein Mann alles unternahm, um die langen Stunden abzukürzen. Es war eine solche Verschwendung. Wo das Problem lag, war mir völlig klar. Ralph war Schauspieler, aber er durfte es nicht sein. Doch er war sanft und geduldig. Oft sagte er mir, daß er mich liebe. Wir schliefen auch miteinander – ein bißchen. Wir gingen früh zu Bett, Ralph, um den Tag abzukürzen, und ich, um nicht allein zu sein. Aber dann konnte ich nicht schlafen. Ich lag wach und lauschte den Geräuschen der Nacht – den Betrunkenen, die aus dem Pub kamen, dem fernen Lärm einer Party, dem plötzlichen Schrei eines von Fatwas Opfern.

Und ich wünschte mir, am Morgen wieder zur Arbeit gehen zu können.

Auch am zweiten Tag brauste Rachel im Volvo einer strahlenden Mutter – einer von vielen – davon, und ich beschloß, Caroline zu besuchen. Sie freute sich, mich zu sehen, und wir setzten uns in den Garten. Es war wie in alten Zeiten, nur konnte ich mir jetzt nicht mehr vorstellen, daß ich das früher jeden Tag getan hatte.

Sie war in ihrer üblichen angeregt grollenden Stimmung und sah müde aus, wie es bei Leuten, die nichts zu tun haben, häufig der Fall ist. Sie beklagte sich über Patrick, über das Internat ihrer Kinder, über die Hunde der Nachbarn, über alles, was ihr gerade in den Sinn kam.

»Wie bringst du es nur fertig, so entsetzlich glücklich auszusehen?« fragte sie trübsinnig. »Liegt es an deinem Liebhaber? Warum willst du mir nicht sagen, wer es ist und wie er ist? Das ist das einzige, was ich an dir nicht mag: Du bist so verdammt verschwiegen.«

Ich hatte mir angewöhnt, Carolines kleine Phantasien einfach zu ignorieren. Es machte keinen Unterschied, ob ich ihr widersprach oder nicht – Caroline glaubte, was sie glauben wollte, und daran gab es dann nichts mehr zu rütteln.

»Männer langweilen mich«, fuhr sie fort. »Ich werde Lesbierin. Läßt du mich ein bißchen an dir üben?«

»Ich glaube nicht, daß die Männer dich langweilen, Caroline«, erwiderte ich. »Ich glaube, du langweilst dich einfach.«

Sie sah mich scharf an, und ich dachte, sie würde wütend werden. Aber sie stützte nur das Kinn in die Hände und verzog das Gesicht. Dann sah sie mich erneut an.

»Natürlich langweile ich mich. Und wie!« Sie seufzte. »Ich langweile mich zu Tode. Ich bin eine reiche Zicke, die nichts zu tun hat. Ist dir klar, Angela, daß ich noch nicht mal einen Job bei Woolworth kriegen würde? Was hab ich schon gelernt auf meinem Mädchenpensionat? Mittlere Reife in einem Fach mehr als Prinzessin Di, das ist alles, was ich vorzuweisen habe. Man hat mir nie etwas Brauchbares beigebracht, außer wie man lächelt und was man zur Henley-Regatta trägt. Und jetzt hab ich den Erben der kleinsten Grafschaft Englands auf dem Hals, mit dem entsprechenden Schwanz.«

Sie mußte lachen.

»Du fehlst mir, Angela! So hab ich seit Monaten mit niemandem mehr reden können.«

Plötzlich hellte sich ihre Miene auf, und sie sprang auf.

»Ich hab's!« rief sie. »Ich hab eine Idee. Ich könnte doch für dich arbeiten!«

5 PARTNER

Fast eine Woche lang zermarterte ich mir das Hirn, wie ich zu Caroline nein sagen konnte, ohne mir für alle Ewigkeit ihren Zorn zuzuziehen. Frühmorgens schlenderte ich in der Grünanlage auf und ab, um in der Natur Inspiration zu finden und mögliche Varianten durchzuspielen.

1 »Caroline, das ist wahnsinnig lieb von dir, aber meinst du nicht, Samantha braucht dich nötiger?« (Das würde nicht funktionieren, denn Samantha wäre entzückt, mit dem Au-pair-Mädchen allein zu sein und endlich einmal etwas Ruhe und Frieden zu haben.)
2 »Caroline, wir könnten dir gar nicht soviel bezahlen, wie du wert bist.« (Das schien eine vielversprechende Strategie, bis Caroline damit herausrückte, daß sie gar nicht die Absicht habe, Geld für ihre Dienste zu nehmen.)
3 »Die meisten von unseren Kundinnen sind einfach unerträglich.« (Was natürlich nicht stimmte. Die einzig unerträglichen waren Carolines Freundinnen.)
4 »Caroline [diese Version mußte mit einem schelmischen Lächeln vorgebracht werden], glaubst du wirklich, daß sich die Erbin von halb Rutland als Angestellte in einem engen kleinen Secondhandgeschäft sehen lassen sollte?« (Aber als ich es damit versuchte, warf sie mir den Ball zurück: »Das ist doch lächerlich, Angela. Wo könnte man besser für die kleinste Grafschaft Englands üben als im kleinsten Laden Londons?«)

Schließlich kam ich ohne Umschweife zur Sache.
»Sieh mal, Caroline, du müßtest mit Gail zusammenarbeiten, und du weißt doch, daß du sie nicht leiden kannst.«

Caroline sah mich erstaunt an.
»Wie kommst du denn darauf, Angela? Ich liebe die Iren. Ich bin mit irischen Dienstboten aufgewachsen, und sie waren wunderbar!«
Da gab ich auf.
Als nächstes mußte ich es Gail beibringen.
»Würde es dir was ausmachen, wenn sie es einfach mal probiert?« bat ich. »Sie hält es garantiert nicht länger als einen halben Tag aus. Und ich wär damit aus dem Schneider.«
Wir schlossen den Laden für eine Stunde und gingen zu Renato.
»Herr im Himmel!« rief Gail kopfschüttelnd und stocherte trübselig in ihrer Lasagne. »Was tu ich nicht alles für dich!« Sie nahm einen riesigen Schluck Chianti. »Aber eins sag ich dir, Darling«, fuhr sie fort und fuchtelte bedrohlich mit der Gabel, »ein böses Wort von dieser Schnepfe, und du siehst mich nie wieder. Dann kannst du den verdammten Laden allein schmeißen.«
»Du hast doch gesagt, wir brauchen eine Verkäuferin«, erinnerte ich sie hoffnungsvoll. »Und ich hab eine, die uns keinen Penny kostet. So übel kann das doch nicht sein.«
Sie warf mir einen vernichtenden Blick zu.
»Und ob es das kann!«
Ich fürchtete den Tag, für den Caroline ihr Erscheinen angekündigt hatte. In den Tagen davor sorgte Gails Schweigen für Hochspannung, während wir darauf warteten, daß der Orkan losbrach.
Er kam am Montagmorgen in nicht ganz unbekannter Form. Etwa um zehn Uhr hörten wir von der Straße her den Lärm einer wütenden Auseinandersetzung. Die männliche Stimme erkannte ich: Es war der Antiquitätenhändler, der sein Geschäft neben dem Weinhändler hatte, und sein Gezeter drehte sich im wesentlichen darum, daß irgendeine unmögliche Person ihm seinen Parkplatz weggeschnappt hatte. Ob die Frau noch nie etwas von einer Anwohner-Parkerlaubnis gehört habe. Warum sie nicht mit dem Bus führen, diese Vorort-Idioten, wenn sie

zum Einkaufen in die Stadt kämen. Man werde ja sehen, was die Polizei dazu zu sagen habe.
Eine zweite männliche Stimme fiel ein, die des Weinhändlers selbst, der mir auf den Champagner für unser Shop-warming einen so erklecklichen Rabatt eingeräumt hatte. Im Moment hörte er sich allerdings nicht besonders freundlich an. Was die Frau glaube, was das hier sei? Ein Campingplatz? Eine Parklücke genüge ihr wohl nicht, es müßten zwei sein! Wie er an seine Lieferungen kommen solle, wenn dieser große rote Anhänger die halbe Straße blockiere?
Noch mehr Männer schienen sich eingefunden zu haben, und es ertönte ein allgemeiner Protestchor, der jedoch plötzlich von einer weiteren Stimme, die höher und erheblich lauter war als alle anderen, wie mit einem Messer abgeschnitten wurde.
»Verpißt euch! Ihr seht doch, daß ich hier arbeite!«
Damit war der Fall erledigt. Sekunden später flog die Tür auf, und Caroline rauschte herein.
»Proletenpack. Kennst du die?«
Gail war bereits nach unten geflohen, und ich fürchtete, sie würde durch den Hinterausgang verschwinden. Ich selbst suchte bei der Espressomaschine Zuflucht.
»Willkommen, Caroline!« sagte ich. »Alles in Ordnung?«
Sie gab keine Antwort und drehte sich zur Tür um.
»Ich glaub, du mußt mir mal helfen. Bist du allein? Wo ist denn diese Wie-heißt-sie-doch-gleich?«
Ich folgte ihr nach draußen, den Blick von den dräuenden Mienen des Antiquitäten- und des Weinhändlers abgewandt. Der dunkelblaue Mercedes war schräg geparkt. Die eine Hälfte blockierte zwei Parkplätze, die andere den Bürgersteig, und in die Straßenmitte ragte ein Anhänger, der mit einem Seil an der Stoßstange befestigt war. Ein Ende des Seils baumelte unter dem Anhänger, das andere unter der Stoßstange.
»Hier!« verkündete Caroline und schlug die Plane zurück. »Ich hab euch was mitgebracht.«
Das hatte sie in der Tat. Bis Gail sich überwunden hatte, wieder aus dem Souterrain aufzutauchen, hatten Caroline und ich ein

schwarzes Samtkostüm mit Bruce-Oldfield-Etikett auf dem Tisch ausgebreitet, ein bis zur Hüfte geschlitztes mitternachtsblaues Chiffonkleid von Versace, einen Esteba-Tweedblazer, cremefarbene Leggings mit Pulli und Kaschmirschal von Joseph, ein marineblaues Jean-Muir-Kostüm und ein Ballkleid von Hartnell, das wie der Nachthimmel mit Perlen bestickt war.

»Heilige Maria, Mutter Gottes«, brachte Gail mit Mühe heraus. »Und für wen sind die?«

Caroline, die ein Stirnrunzeln einem Lächeln stets vorzog, bedachte Gail mit einem ganz besonderen Runzeln.

»Für Sie«, sagte sie.

Bis zu diesem Augenblick war Gails Gesicht eine Gewitterwolke gewesen. Als sie aus dem Souterrain wieder nach oben kam, war mir sofort klar gewesen, daß sie es auf eine alles entscheidende Kraftprobe mit Caroline anlegen würde. Sie würde keinen Zweifel daran lassen, wer hier das Sagen hatte, und die »verwöhnte Zicke« würde binnen einer Stunde wieder draußen sein. Ihr Gesicht sprach Bände. Ihre Hände sprachen Bände. Sogar ihr Gang sprach Bände, als sie die Treppe heraufkam.

Aber sie hatte Caroline unterschätzt, genau wie ich. Jenes herablassend-gelangweilte »Ich könnte doch für dich arbeiten!« war alles andere gewesen als das, wofür ich es gehalten hatte. Caroline kam nicht zu uns, weil sie sich langweilte. Sie kam, um Spuren zu hinterlassen. Das tat sie im Leben immer, und dazu war das Leben ja auch da: damit Caroline Spuren darin hinterließ. Im Augenblick war Gail diejenige, mit der sie fertig werden mußte, und sie hatte gründlich darüber nachgedacht, wie sie es anstellen sollte. Sie war wie ein Boxer, der lange genug auf einem Schemel am Ring gesessen hat und jetzt darauf brennt, in die Seile zu steigen und loszudreschen. Dazu mußte er den ersten Treffer landen, wenn der Gegner noch nicht darauf gefaßt war. Und was konnte für eine geborene Straßenkämpferin wie Gail entwaffnender sein als ein Geschenk – ein Geschenk, wie nur Caroline es machen konnte? Da lag es, vor Gails Augen ausgebreitet, um von ihr bewundert zu werden.

Ende des Kampfes. Gails Miene sprach Bände.
Dies war, so wurde mir klar, Carolines Welt, und vermutlich war sie es schon seit dem Tag, als »Mummy« erstmals einen Topdesigner herbeizitiert hatte, um ihre Tochter zur strahlendsten jungen Schönheit des Jahres zu machen. Was wußten eine ehemalige Verkäuferin aus Wicklow und eine Ex-Bankangestellte aus Ipswich schon von Kleidern, die wirklich etwas darstellten! So etwas hatten sie einfach nicht im Blut.
Ich sah Gail an, daß sie sich darüber im klaren war, es aber nicht zugeben mochte. Mit übermenschlicher, zähneknirschender Anstrengung rang sie sich dazu durch, Caroline zu dulden, zumindest so lange, bis sich eine Gelegenheit ergab, sie zu Fall zu bringen.
Doch so weit kam es nicht.
Carolines Talente sprangen nicht ins Auge – mit Ausnahme ihrer Chuzpe, die jedermann geradezu erschreckend ins Auge sprang. Nachdem ihr Wagen an jenem ersten Morgen abgeschleppt worden war, erreichte sie mit Hilfe einer Serie wohlplazierter Telefonate, daß er am Spätnachmittag wieder zurückgebracht wurde, makellos sauber und wachspoliert, gerade rechtzeitig, um uns beide nach Hause zu bringen.
»Macht Spaß, hier zu arbeiten«, war ihr einziger Kommentar an diesem Tag.
Und tatsächlich lächelte sie.
Zu meiner Überraschung erschien sie am nächsten Tag wieder und an den folgenden Tagen auch.
Und das war nicht die einzige Überraschung. Morgens waren Gail und ich gewöhnlich ein gutes Stück früher da als Caroline. Am vierten oder fünften Tag aber fand ich sie bei meiner Ankunft bereits damit beschäftigt, Kleider umzuhängen. Sie summte vor sich hin, die Kaffeemaschine zischte und dampfte, und daneben lag ein Bündel Fünfzigpfundnoten.
»Ach, übrigens, ich hab Amanda überredet, das Hartwell-Ballkleid zu kaufen«, verkündete sie, ohne sich umzudrehen oder auch nur guten Morgen zu sagen. »Sie will übers Wochenende aufs Land, und da sie es vorher braucht, ist sie ganz früh vor-

beigekommen. Sie hatte nur Bargeld bei sich.« Caroline ging zur Kaffeemaschine, stellte sie ab und nahm das Geld. »Neu hat es, glaube ich, um die fünftausend gekostet. Ich hab es nur einmal getragen, also hab ich fünfzehnhundert dafür verlangt. Hier.«

Ich war wie vor den Kopf geschlagen. Ich dankte ihr, trug die Summe rasch in unser Verkaufsbuch ein und ging sofort zur Bank. Ich nahm den schnelleren Weg durch den Hinterausgang und hoffte inständig, nicht ausgerechnet an diesem Morgen überfallen zu werden. Ein großer Wagen parkte am Rand des Gemeinschaftsrasens, nicht weit von der Stelle, an der Rick bei unserem Shop-warming Kastanien geröstet hatte. Ich erkannte ihn sofort. Es war Carolines Mercedes. An der Windschutzscheibe prangte ein großer Aufkleber mit der Aufschrift »Fortescue Hausmeisterservice«.

»Sag mal, Caroline«, fragte ich, als ich zurückkam, »was hast du denn da an deinem Wagen?«

Sie würdigte mich kaum eines Blickes.

»Ach, das hat Rick für mich gedruckt, für die Zeit, bis ich meine Parkerlaubnis kriege.«

»Und wer ist Fortescue?«

»Keine Ahnung. Ich fand, es klingt ganz okay.«

Also hatte Caroline Rick bereits um den Finger gewickelt. Allmählich gewann ich den Eindruck, daß sie sich als ein Aktivposten für uns entpuppen würde.

Gail brauchte länger, um diesen Eindruck zu gewinnen. Seit Caroline bei uns war, hatten die beiden kaum ein Wort miteinander gewechselt. Ich hatte nicht gerade das Gefühl, daß Carolines selige Kindheitserinnerungen an irische Dienstboten wiederauflebten, aber zumindest behandelte sie Gail nicht, als gehörte sie dieser Kategorie an. Gail ihrerseits schien damit zufrieden, eine argwöhnische Distanz zu wahren, die hin und wieder durch ein anerkennendes Nicken überbrückt wurde, wenn Caroline mit einer besonders schwierigen Kundin umging, als hätte sie ihr Leben lang nichts anderes getan.

An einem Nachmittag der zweiten Woche gelang es Caroline,

Gails Vorbehalte vollends auszuräumen. Sie hatte noch keinen Tag gefehlt, und das einzige, worüber sie sich beklagte, war, daß sie dem neuen Au-pair-Mädchen für den Schul-Fahrdienst ein Auto würde kaufen müssen, bis sie herausfand, daß das Mädchen gar nicht Auto fahren konnte. Fast einen ganzen Vormittag hatte sie auf der Suche nach Ersatz zitternde Kandidatinnen interviewt und jede mit dem Mercedes rund um den Pimlico Square geschickt, um zu sehen, ob sie der Sache gewachsen war. Die meisten zogen schluchzend wieder ab, doch schließlich schnappte Caroline sich eine und bestand darauf, sie gleich mit nach Hause zu nehmen. Proteste in gebrochenem Englisch wurden vornehm ignoriert: Kündigen könne sie ihre bisherige Stelle morgen, wenn sie ihre Sachen hole. Wozu um Himmels willen sie ein Nachthemd brauche? Es klang, als sei von einer Windel die Rede.

An besagtem Nachmittag aber spielten sich keine derartigen Dramen ab. Das häusliche Leben an der Grünanlage hatte sich wieder beruhigt, und Caroline ebenfalls. Sie schenkte Gail sogar ein Lächeln, und Gail wußte nicht, was sie davon halten sollte.

Plötzlich betrat eine verschüchtert wirkende, etwa vierzigjährige Frau den Laden, die sich alle Mühe gab, nicht bemerkt zu werden, was auch nicht weiter schwierig war. Ich sah, wie Caroline sie musterte. Gail kannte die Frau gut genug, um sie in Ruhe zu lassen.

»Der Mann ist Staatssekretär – Wirtschaftsministerium«, flüsterte sie mir zu. »Gräßlicher Kerl. Sie sucht sich was Schwarzes aus, du wirst sehen, das düsterste, was wir haben.«

Gail behielt recht. Als die Frau wieder aus dem Umkleideraum auftauchte, war sie angezogen wie für eine Beerdigung – möglicherweise ihre eigene.

Caroline warf einen Blick auf sie und beschloß einzugreifen.

»Wer hat Ihnen denn um Himmels willen gesagt, sie müßten Schwarz tragen?« fragte sie laut. »Bestimmt Ihr Mann. Ein Vollidiot muß das sein. Ziehen Sie's wieder aus.«

Irgendwie brachte Caroline es fertig, daß es so klang, als würde

sie der Frau einen persönlichen Gefallen tun. Ich hörte, wie Gail mit den Zähnen zu knirschen begann. Doch die Frau des Staatssekretärs schien es gewöhnt zu sein, daß man so mit ihr umsprang, und lächelte dankbar.
»Was Sie brauchen, ist das hier«, fuhr Caroline fort und reichte ihr ein graukariertes Lanvin-Kostüm. Ich kannte es: Eine atemberaubend schöne Französin hatte es erst eine Woche zuvor gebracht. Ich glaubte, Caroline sei verrückt geworden. Der Rock war mindestens fünfzehn Zentimeter kürzer als alles, was die Frau des Staatssekretärs in ihrem ganzen Leben je getragen haben konnte. Für die Jacke brauchte man eine Wespentaille und einen festen Busen, und soweit ich es beurteilen konnte, besaß das unattraktive Wesen weder Taille noch Busen.
»Ziehen Sie's an!« beharrte Caroline.
Die Frau nahm wortlos das Kostüm und wandte sich zur Treppe, aber da kam Caroline erst richtig in Fahrt.
»Moment!« Sie stöberte in einem unserer Accessoires-Körbe und zog eine marineblaue Bluse hervor. »Die nehmen Sie auch mit.«
Ein Ausdruck des Staunens breitete sich über das Gesicht der Frau. Caroline wühlte bereits in dem anderen Korb, der Halstücher, Gürtel, Handschuhe und die verschiedensten anderen Accessoires enthielt. Sie hielt einen marineblauen Ledergürtel mit Silberschnalle hoch und betrachtete ihn kritisch.
»Ja! Den auch noch! Und jetzt probieren Sie alles an.«
Ich sah, daß Gail allmählich bereit war, einen Mord zu begehen, aber Caroline schien nichts davon zu merken. Sie blickte unverwandt nach der leeren Treppe, als hätte sie die Frau im Geiste bereits neu erschaffen und wartete darauf, ihr Werk zu bewundern. Es herrschte ein gespanntes Schweigen. Dann tauchte die Frau wieder auf. Ich konnte gar nicht glauben. daß sie es wirklich war: Sie wirkte zehn Jahre jünger und sah phantastisch aus. Wie hatte Caroline bloß erraten, daß unter ihrer Witwenkleidung unwahrscheinliche Beine und eine traumhafte Figur steckten? Ich sah zu Gail hinüber. Ihr Gesichtsausdruck erinnerte mich an den meines Mathematiklehrers, wenn der

Klassenhanswurst überraschend eine richtige Antwort gegeben hatte.
Wieder einmal hatte Caroline gewonnen.
Ich erkannte – und ich sah, daß auch Gail es widerwillig tat –, daß Caroline etwas begriffen hatte, was keiner von uns beiden klar gewesen war: daß man nicht nur etwas von Kleidern verstehen mußte, sondern auch davon, wie man ein komplettes Outfit zusammenstellte, so daß alles stimmte und die Kundin mit dem Gefühl davonging, verwandelt, ja gleichsam neugeboren zu sein. Wenn man den dankbaren Gesichtsausdruck der Frau sah, hätte man glauben können, daß sie in Lourdes ihre Krücken weggeworfen hatte.
Durch ihr erstes Wunder angefeuert, war Caroline nicht mehr zu bremsen.
»Gut!« sagte sie und rieb sich die Hände. »Sehr gut! Dann wollen wir mal weitersehen. Bald ist ja Ascot.«
Die Frau des Staatssekretärs sah ein wenig verwirrt drein, doch Caroline marschierte bereits auf die Haken an der Wand zu. Nach kurzer Überlegung schwang sie einen riesigen Hut herab.
»Ja, das ist der Richtige.«
Nachdem sie ihn der Frau aufgesetzt und zu ihrer Zufriedenheit zurechtgerückt hatte, trat sie einen Schritt zurück und nickte beifällig. Die Frau machte große Aschenputtelaugen.
Gail und ich waren nur noch reglose Zuschauer.
Caroline brummte zufrieden und nickte.
»So! Was jetzt?« überlegte sie. »Sie gehen doch bestimmt zum Ladies' Day nach Wimbledon?«
Die Frau schien etwas sagen zu wollen, doch Caroline stand bereits zwischen den Kleiderständern und zog mit Schwung ein gelb-weißes Leinenkostüm hervor.
»Das ist es. Caroline Charles, wie Sie sehen ... Und dazu den Hut hier. Nichts mit breiter Krempe – Sie sitzen doch bestimmt in der Royal Box. Sie möchten ja nicht dem Duke of Kent die Augen ausstechen, und die Fernsehkameras sollen doch sehen, daß Sie da sind.«
Ich sah kurz zu Gail hinüber und zwinkerte ihr zu, aber Gails

Augen waren zu weit aufgerissen, als daß sie hätte zurückzwinkern können.

»Und wie steht's mit Glyndbourne?« fragte Caroline. »Da brauchen Sie ein Abendkleid. Was nehmen wir denn da? Dieses Jahr keine langen Röcke – nur bis kurz übers Knie.«

Kurz darauf stieg eine verwirrte, schwer beladene Gestalt mit einem Pillbox-Hütchen auf dem Kopf die Treppe zum Umkleideraum hinab.

Caroline schlenderte zum Fenster und blickte, zufrieden vor sich hinsummend, auf die Straße hinaus.

Als die Frau, prächtig angetan für den Ladies' Day in Wimbledon, wieder erschien, leuchteten Carolines Augen auf.

»Halt, noch etwas – fast hätte ich's vergessen. Cheltenham: der Gold Cup! Was haben wir denn da für Sie? Halstücher – hm!« Sie beugte sich über den Accessoires-Korb und brachte ein Tuch nach dem anderen zum Vorschein wie aus dem Hut eines Zauberers, was er nach dem staunenden Blick der Frau zu schließen auch wirklich hätte sein können. Caroline skandierte die Designer-Namen wie beim Appell auf dem Kasernenhof: »Gucci. Dior. Hermes. Saint-Laurent ... Das hier könnte gehen, was meinen Sie?« Sie reichte es der Frau. »Und jetzt der Hut. Mal sehen ... O Gott, nein! Den nicht! Letztes Jahr hat man nichts anderes gesehen als breitkrempige Hüte ... Nein, ich fürchte, da ist nichts Passendes für Sie dabei. Kommen Sie nächste Woche wieder. Nachmittags paßt es mir am besten. Sagen wir Dienstag?«

Damit war die Vorstellung beendet. Caroline schien hochzufrieden mit sich. Sie wanderte nachdenklich auf und ab, während Gail die einzelnen Beträge zusammenrechnete und die Frau eifrig in ihren Kreditkarten kramte.

»Eine reizende Person – wer das wohl war?« meinte sie, nachdem sie die Frau des Staatssekretärs mitsamt ihren unvorhergesehenen Einkäufen in ein Taxi verfrachtet hatte. »Ihr Mann wird Augen machen«, fügte sie hinzu. »Aber das hat er auch verdient.« Sie lachte. »Wieviel haben wir eingenommen? Muß eine ganze Menge sein.«

Dann wandte sie sich mit ihrem bezauberndsten Lächeln an Gail und sagte: »Es macht wirklich Spaß, hier zu arbeiten. Vielen Dank!«
Also waren wir jetzt zu dritt.

Mehrere Wochen hatte ich von Josh nichts mehr gesehen oder gehört. Verschiedene Theorien hatten sich dem Badetest zu unterziehen.

1 Er war zu dem Schluß gekommen, daß ich ihm doch nicht gefiel.
2 Er respektierte meine Ehe.
3 Er wollte, daß ich ihm nachlief.
4 Er hatte keine Zeit.
5 Seine Frau war von irgendwoher zurückgekommen.
6 Seine derzeitige Geliebte hatte ihm mit Kastration gedroht.

Das machte sechs Bäder, und keine meiner Theorien bestand den Test.

1 Ich gefiel ihm garantiert – ein lüsterner Blick trügt nicht.
2 Männer wie Josh respektieren keine Ehe, auch nicht die eigene.
3 Sie finden es viel aufregender, einer Frau nachzulaufen als umgekehrt.
4 Hat man je ein sprungbereites männliches Wesen gesehen, das keine Zeit für Sex hat?
5 Die Ehefrau, falls er überhaupt eine hatte, war zweifellos eine von der desillusionierten oder der unterwürfigen Sorte und in beiden Fällen als Abschreckungsmittel für eine Libido auf der Pirsch höchst ungeeignet.
6 Ein Mann, der eine Schießerei in Beirut überlebt hatte, würde sich wohl kaum von einem Küchenmesser einschüchtern lassen.

Nein, es mußte einen anderen Grund geben. Inzwischen konnte ich kaum noch unterscheiden, ob ich gekränkt oder erleichtert war.

Ich kam zu dem Schluß, daß ich beides war. Während des siebten Bades versuchte ich herauszufinden, ob sich diese Gemütszustände gegenseitig aufhoben, aber auch das schlug fehl. Nicht nur mein Stolz war verletzt, sondern auch jener Bereich der Phantasie, der glitzernde Luftschlösser baut und ein Gefühl köstlich drohender Gefahr hinterläßt. Erleichterung empfand ich andererseits bei dem Gedanken, daß ich dieser köstlich drohenden Gefahr jetzt nicht mehr ins Auge zu sehen brauchte.

Nachdem ich mich abgetrocknet und wieder angezogen hatte, nahm ich in einer Aufwallung warmer, tränennaher Dankbarkeit erst Rachel und dann Ralph in die Arme.

Rachel reagierte mit einem »Was ist los, Mum, geht's dir nicht gut?«

Nein, es ging mir nicht gut. Am nächsten Tag aber klärte sich alles auf. Rachel kam mit der Morgenzeitung zum Frühstück. »Was sind denn Nazis?« wollte sie wissen und legte die Beilage des *Independent* vor mich hin. Ralph gab ihr eine wohlüberlegte Antwort, während ich einen Blick auf das Magazin warf. Die Titelseite zeigte einen Fackelzug durch das Brandenburger Tor: Demonstranten, die gegen rassistische Gewalt in der Ex-DDR protestierten. Das Bild hatte etwas Beunruhigendes – die starren Gesichter, der blendende Schein der Fackeln, die Geste des Mannes, der der Kamera am nächsten stand: Ich wußte sofort, daß Josh die Aufnahmen gemacht hatte.

Ich blätterte zu dem Bericht im Innern des Magazins und sah, daß ich recht gehabt hatte. Sechs Seiten mit Schwarzweißfotografien waren darin. Ein tätowierter Skinhead verprügelte einen schreienden Türken. Angehörige einer paramilitärischen Gruppe hoben in einem Bierkeller gehässig grinsend die Hand zum faschistischen Gruß. Menschen in Schlafanzügen flüchteten aus einem brennenden Wohnheim. Dann ein weiteres Foto von der Berliner Friedensdemonstration. Diesmal hatte die Kamera eine Frau eingefangen, die wie die junge Marlene Dietrich aussah. Sie hielt in phallischer Pose eine Fahne hoch und lächelte dem Fotografen schelmisch zu. Oh ja, Josh, dachte ich,

das sieht dir ähnlich. Wetten, du hast gelacht und »Ich bin ein Berliner« gerufen, damit sie zu dir herschaut.
Ich würde zu spät zur Arbeit kommen – heute war so ein Tag. Ralph mußte zum Vorsprechen. Er war nervös und wollte reden. Nicht daß Vorsprechtermine etwas Ungewöhnliches für ihn gewesen wären: Er hatte ständig welche. Bald würde er der größte Experte für abgelehnte Bewerbungen um miese Rollen sein. Doch diesmal schien es einen Hoffnungsschimmer zu geben, und es ging auch nicht um eine miese Rolle. Eine Wiederaufnahme von *Onkel Wanja* war geplant, eine Low-Budget-Aufführung, hatte sein Agent gesagt, was meiner (herzlosen) Meinung nach der Grund sein mußte, warum er Ralph für eine der Hauptrollen – den Doktor Astrow – vorgeschlagen hatte.
»Laurence Olivier hat ihn mal gespielt«, erklärte Ralph stolz.
Ich sagte nicht: »Aber bestimmt nicht für die gleiche Gage.«
Ich dachte nur: »Mein Gott, hoffentlich kriegt er die Rolle.« Das Geld war jetzt nicht mehr so wichtig. Es ging um Ralphs Gemütszustand.
Kaum hatte ich Ralph ein bißchen beruhigt, kam Rachel herein und erklärte, sie könne ihren Kassettenrecorder nicht finden. Am liebsten hätte ich »Ein Glück!« gesagt, doch statt dessen half ich ihr eine Viertelstunde lang suchen. Dann klingelte es, und vor der Tür stand tränenüberströmt die Nachbarin, die wir am wenigsten leiden konnten.
»Ihre Katze!« schluchzte sie. »Ihre fürchterliche Katze! Sie hat meinen süßen Marmaduke so zugerichtet, daß er mit zehn Stichen genäht werden mußte. Sie sollten sie einschläfern lassen!«
Ich war spät dran. Ich war nervös. Ich war nicht in mitfühlender Stimmung.
»Solange Sie Ihren Hund als Kindersatz behandeln, wird er nie lernen, sich zu wehren«, versetzte ich scharf.
Ich war nicht gerade stolz auf mich, ganz im Gegensatz zu Fatwa, die wohlig auf dem Sofa eingerollt lag.
Als ich endlich am Pimlico Square eintraf, waren alle meine Phantasien von Josh weit fort.
»Tut mir leid, Gail«, sagte ich, als ich in den Laden stürzte.

Köstlicher Kaffeeduft erfüllte den Raum, und ich fühlte mich gleich besser. Gail kicherte.
»Du auch, Darling? Caroline liegt mit Grippe im Bett – oder mit einem Mann. Ein Stück Zucker?«
»Tausend Dank!«
Der Laden war leer. Ich ließ mich mit meinem Cappuccino dankbar auf der Tischkante nieder und rührte braune Zuckerspiralen in die Sahne.
»Noch nichts los heute?« fragte ich.
»Nichts Besonderes. Nur ein Freund von dir war da«, erwiderte Gail mit spitzbübischer Miene. »Wie heißt er noch gleich? Er hat mir's gesagt, aber ich hab's vergessen.«
Ich war mittlerweile an Gails typisch irische Stimmungen gewöhnt. Die Vorstellung dauerte oft ziemlich lange.
»Aber egal, der Name tut nichts zur Sache. Sieht gar nicht schlecht aus, der Typ. Ein bißchen unrasiert für meinen Geschmack, aber es soll ja Frauen geben, die so was mögen – nicht mal so wenige, würd ich sagen, nach seinem Blick zu schließen und der Art, wie er geht: irgendwie aus dem Unterleib heraus, so wie Yul Brynner. Was war's noch mal, was ich dir sagen sollte? Irgendwas war's doch. Hach, mein Gedächtnis wird auch immer schlechter. Das kommt davon, wenn ich den ganzen Laden hier allein schmeißen muß, weil das verdammte Personal nicht pünktlich ist!«
Zum Glück wurde Gails Monolog durch die Ankunft einer Kundin unterbrochen.
»Hier, Darling!« sagte sie leise, während sie aufstand, um die Frau zu begrüßen. »Das hat er für dich hinterlassen.«
Und sie drückte mir einen zusammengefalteten Zettel in die Hand. Ich kam mir vor wie ein Schulmädchen, mit dem sich der Junge in der Reihe davor heimlich verabredet. Auf der Außenseite stand in energischen Buchstaben *Angela,* und ich fragte mich, ob Gail den Zettel gelesen hatte. Natürlich – was für eine Frage!
Ich faltete ihn auseinander. Nur wenige, eilig hingeworfene Zeilen standen darauf.

»Mögen Sie deutsche Würstchen? Wenn ja, essen Sie heute mittag welche mit mir? Ich will Sie sehen.«
Das war alles. Nichts davon, daß ich wochenlang kein Wort von ihm gehört hatte. Keine Entschuldigungen. Aber wieso auch? Ich versuchte mir einzureden, daß das alles ohnehin nicht von Bedeutung sei. Es war nichts anderes als ein Spiel. Und was sollte dieser Blödsinn mit den deutschen Würstchen? Ich mache mir nichts aus dem Zeug, und wenn, dann hätte ich sie jederzeit bei Marks & Spencer kaufen können.
Doch meine Worte verklangen, und eine andere, sehr viel vernehmlichere Stimme sagte:
»Vergiß doch die verdammten Würstchen, Angela. Du lieber Himmel, Mädchen, wahrscheinlich hat er sie gerade selbst bei Marks & Spencer gekauft. *Er will dich sehen,* darum geht es. Und jetzt ist die Frage: Was willst *du?*«
Die Antwort war lächerlich einfach. Ich wollte nichts lieber als ihn sehen. Vor Angst war mir ganz flau im Magen.
Ich rief ihn an und sagte ja.
Am anderen Ende trat ein kurzes Schweigen ein, dann sagte er nur: »Gut!« Und ich staunte, daß ein Mann mit einem einzigen Wort so viel ausdrücken kann.
Den Rest des Vormittags hatten Gail und ich zuviel zu tun, um reden zu können, und ich war froh darüber. In einer kurzen Pause sagte sie nur rasch: »Ich muß dir was sagen, Darling: Ich bin ja nicht gerade für meine Diskretion bekannt, aber bei dir mach ich eine Ausnahme. Bitte, sei vorsichtig!«
Sie hätte eine wunderbare Mutter Oberin abgegeben, fand ich. Aber sie hatte recht. Sie hatte völlig recht. Als ich bei Josh klingelte, war mir, als hätte ich eine Dynamitladung in meiner Umhängetasche. Ja, ich mußte sehr, sehr vorsichtig sein.
Der Türöffner summte, und die Haustür schnappte auf. Zwei Stockwerke hatte ich Zeit, mir genau zu überlegen, wie ich mich verhalten sollte. Bis zum ersten Stock war ich mir völlig sicher: Es würde ein ganz normaler Lunch werden, mit einem Freund, der mich unbedingt für ein Buch fotografieren wollte. Was war schon dabei? Gut, ich fühlte mich zu ihm hingezo-

gen – na und? Würden wir unser Leben lang allen Leuten aus dem Weg gehen, zu denen wir uns hingezogen fühlen, dann könnten wir ebensogut ins Kloster gehen oder auf eine einsame Insel ziehen.

Damit schien der Fall erledigt.

Doch auf dem Weg zum zweiten Stock kam mir ein unangenehmer Gedanke. Was hatte Gail mit »Sei vorsichtig« gemeint? »Paß auf, daß du nicht deine Ehe, deine Familie, dein künftiges Glück aufs Spiel setzt«? Oder »Laß dich nicht erwischen«? Oder aber »Sieh zu, daß er ein Kondom benutzt«?

Ich war beunruhigt und verwirrt. Ich war versucht, die Treppe wieder hinunterzulaufen, Josh vom Laden aus anzurufen und ihm zu sagen, daß ich zuviel zu tun hätte. Aber da ich bereits geklingelt hatte, ging das schlecht. Ich mußte die Sache durchziehen. Tritt ruhig und bestimmt auf, ermahnte ich mich. Würdevoll. Cool. Und vor allem: Laß dich zu nichts verführen.

Dennoch fuhr ich mir schnell noch mit dem Kamm durchs Haar und schüttelte es zurecht.

Mein Mund war trocken, und mein Herz klang, als wäre es an einen Verstärker angeschlossen. Warum hatte das Gehirn diese Dinge nicht besser unter Kontrolle?

Die Wohnungstür stand wie beim letzten Mal offen. Im Zimmer wimmelte es von Kameras, Objektiven und Stativen, und Josh stand braungebrannt und lächelnd in Hemdsärmeln dazwischen.

Manchmal können Sekunden in unserem Innern einen Ozean entstehen lassen, in dem wir auf der Suche nach dem rettenden Floß verzweifelt umherschwimmen. Das war ein solcher Moment. Was tat ich da, um Himmels willen? Ich war Ehefrau und Mutter, und ich war niemals untreu gewesen. Doch als ich in den Raum trat, war es, als würde ich in das Leben eines anderen Mannes treten. Ich fühlte mich schwach; ich fühlte mich nackt; ich fühlte mich ängstlich. Und aus diesem Chaos, in dem ich zu versinken drohte, löste sich ein einziges kleines Wort:

»Hallo!«

Es klang wie ein Quieken.

»Schön, daß Sie gekommen sind«, sagte Josh lachend. »Entschuldigen Sie das Durcheinander hier, aber ich bin erst heute nacht zurückgekommen.«
Und mit der entwaffnenden Nonchalance, mit der er alles zu tun schien, reichte er mir ein Glas Wein. Als ich es nahm, schwappte der Wein über, und er gab mir gelassen ein zweites Glas, das ich vorsichtig in beide Hände nahm, um nicht noch einmal etwas zu verschütten. Es war lächerlich, und ich sah mich nach etwas um, auf das ich mich konzentrieren konnte. Ich bemerkte, daß der Tisch für zwei gedeckt war, mit Baguette und einem langen Brie-Dreieck. Auf zwei Platten lag geräucherter Lachs in dünnen Scheiben, jede mit einer halben Limone garniert.
»Auf deutsche Würstchen hab ich doch lieber verzichtet«, sagte Josh. »Ich dachte, Sie hätten vielleicht keine Lust, den ganzen Nachmittag die Reste aus den Zähnen zu pulen.«
Er räumte die Kameras beiseite, und wir setzten uns und tranken den Wein. Ich begann mich wieder halbwegs normal zu fühlen. Vielleicht würde ich doch mit allem zurechtkommen. Er war höflich und aufmerksam, lehnte sich mit ausgestreckten Beinen zurück und sah mich an. Er redete; ich redete nicht viel. Das Buch gebe es wirklich, erklärte er, falls ich gedacht hätte, er habe es erfunden. Als Fotograf würde man gelegentlich von irgendeinem verrückten Verleger aus unerfindlichen Gründen beauftragt, einen Fotoband zusammenzustellen, von dem dann nach sechs Wochen die Remittenden verkauft würden. Ob es mir etwas ausmache, nach sechs Wochen als Remittende verkauft zu werden. Er lachte. »Frauen in London« – das sei die Grundidee, erläuterte er, sofern man es überhaupt eine Idee nennen könne. Aber die Arbeit mache Spaß – Menschen, die ihm auffielen, Menschen aller Art. Was ihm an mir aufgefallen war, sagte er nicht, und ich mußte unwillkürlich an das Aktfoto denken, das versehentlich zwischen die Fotos geraten war, die ich mir letztes Mal angesehen hatte. Ich überlegte, was ich sagen sollte, wenn er mich fragte, und wie es wäre, im Halbdunkel dieses Raumes nackt vor seiner Kamera zu liegen.

Aber er fragte nicht, und ich war froh, daß ich nicht antworten mußte. Er redete über das Reisen, über seine Tätigkeit als Fotograf – eine Flucht in eine schlechtere Welt, wie er es nannte. Sie ruiniere das Privatleben. Er sei einmal verheiratet gewesen, erzählte er fast achselzuckend und ließ das Thema wieder fallen. Mir wurde klar, daß er ein einsamer Mensch war. Seine Kameras sahen ihn häufiger als seine Freunde, wenn er überhaupt welche hatte. Und doch besaß er diese Leichtigkeit des Umgangs. Er gefiel mir, und ich verlor die Angst vor ihm. Ich fühlte mich der Situation gewachsen. Nichts war in Gefahr, und allmählich löste sich meine Zunge. Er lockte die Worte aus mir hervor. Ich sei verheiratet, nicht wahr, fragte er, und es war leicht, ja zu sagen. Ich erzählte von Ralph – natürlich habe er von ihm gehört, vor Jahren einmal. Ich erzählte sogar von der Boutique und davon, wie ich mich in Ralphs Bett geniest hatte. Wieder lachte er. Sein Gesicht strahlte Wärme aus, und er gefiel mir immer besser. Vielleicht würde ich Ralph von ihm erzählen. Vielleicht würde ich ihn sogar zum Essen einladen. Daran hätte Rachel ihren Spaß: Vielleicht machte er dann ein Foto von ihr, mit dem sie in der Schule prahlen konnte.

Ich saß da, trank meinen Wein und verstand gar nicht mehr, weshalb ich so durcheinander gewesen war. Alles war so leicht und selbstverständlich. Es war herrlich, einen Mann zum Freund zu haben. Warum auch nicht? Ich hatte ihn völlig falsch eingeschätzt, und mich selbst ebenso. Angela Merton, sagte ich zu mir selbst, du warst ein Esel.

Josh schaute auf die Uhr.

»Jetzt müssen wir aber essen. Erst lade ich Sie ein, und dann erzähle ich Ihnen meine ganze Lebensgeschichte.«

»Das ist doch schön«, sagte ich lächelnd.

Der Räucherlachs sah köstlich aus, und ich hatte einen Bärenhunger. Ja, alles war wunderbar und ganz normal. Ich genoß es, und es gab weit und breit nichts, weswegen ich mir hätte Sorgen machen müssen. Er rückte einen Stuhl für mich zurecht – und dann ... als ich mich setzte, ließ er ganz langsam seine Finger über meine Wirbelsäule gleiten.

Das war alles. Kein Wort – nur die Berührung seiner Hand. Beim vierten Wirbel trübte sich mein Blick. Beim zehnten fing ich an zu zittern. Beim achtzehnten gab ich flehentliche Laute von mir. Hätte Gott uns mehr als sechsundzwanzig gegeben, wäre ich im Himmel gelandet, auch wenn Er das anders gesehen hätte. Innerhalb weniger Sekunden hatte diese unsichtbare Hand meine schönsten Selbsttäuschungen beiseitegefegt, zusammen mit meinem Appetit, meinem Sprechvermögen und allen meinen ehrenhaften Vorsätzen. Noch einen Augenblick zuvor hatte ich nicht gewußt, was ich wollte, und jetzt wußte ich plötzlich alles. Nein, ich würde Ralph nicht von Josh erzählen und ihn auch nicht zum Essen einladen. Er würde mein köstliches, gefährliches Geheimnis sein.

Ich streckte die Hand aus und berührte sein Gesicht. Wir küßten uns. Er umfaßte meine Brüste. Meine Finger fuhren durch sein Haar. Dann trat ich auf Armeslänge zurück und sah ihn an. Es war so einfach, daß ich fast lachen mußte. Ich wollte ihn. Wir würden eine Affäre haben – keine Frage. Nicht jetzt sofort, dazu war nicht genug Zeit, und ich wollte Zeit haben. Ich wollte den Abend und die Nacht und den Morgen. Ich hatte keine Ahnung, wie ich das anstellen und was danach geschehen würde, und ich hatte auch nicht den Wunsch, darüber nachzudenken. Ich fühlte mich herrlich – herrlich lasterhaft und herrlich frei. Ich wollte Josh, und das genügte mir.

Und es genügte, ja zu sagen, als er mich fragte, ob ich bald einmal zum Dinner kommen werde, und ja zu sagen auf die Frage, ob ich dann bleiben könne.

Dann ging ich. Meine Hand glitt seinen Arm hinab, und auf der Treppe schaute ich zu ihm zurück, mit dem Versprechen eines Kusses. Ich kam mir leicht wie Luft vor.

»Angela«, sagte ich zu mir selbst, als ich auf die Straße trat, »du bist drauf und dran, ein Doppelleben zu führen.«

Ich hatte immer geglaubt, das Haupthindernis bei einem geplanten Ehebruch sei ein Berg von Schuldgefühlen. Aber so war es ganz und gar nicht. Ich war erschüttert, wie wenig schuldig

ich mich fühlte und wie leicht es mir fiel, eine ruhige, freundliche Heiterkeit auszustrahlen. Ich ging mit Rachel in den Zoo, ins Marionettentheater, zum Geigenunterricht, machte Bootsfahrten mit ihr, besuchte zahllose Schulveranstaltungen, las ihr endlos ihre Lieblingsgeschichten vor und organisierte raffinierte Sommerpicknicks auf dem Land. Vielleicht waren das alles ja verkappte Schuldgefühle, aber ich empfand es nicht so. Eine ganz neue, wunderbare Energie trieb mich durch Abende und Wochenenden, die ihren Ursprung, wie mir sehr wohl bewußt war, in meinem Unterleib zu haben schien.
Was Ralph anbelangte, so hätte unser Zusammenleben kaum harmonischer sein können. Jetzt, da ich allen Grund hatte, an meiner Liebe zu ihm zu zweifeln, fiel es mir wunderbar leicht, liebevoll zu ihm zu sein. An dem Tag, als er erfuhr, daß er die Rolle in *Onkel Wanja* bekommen würde, suchte ich rasch einen Babysitter und entführte ihn zu einem feudalen Dinner in Chelsea. Ich trug ein schamlos tief ausgeschnittenes Kleid, das Gail mir geradezu aufgedrängt hatte, ein Sonia-Reykel-Modell, schwarz, mit einem sehr kurzen, mit goldenen Schmetterlingen bedruckten Rock. Ein flatterhafteres Outfit hätte man sich kaum vorstellen können. Ralph bekam Raubtieraugen, fast so wie damals, als es mir ein Bedürfnis gewesen war, mich noch offenherziger zu präsentieren als die Miezen, die sich ständig um ihn scharten. Es machte mir auch keine Schuldgefühle, daß ich mir die ganze Zeit vorstellte, es wären nicht Ralphs, sondern Joshs Augen, die sich an meinem Anblick weideten, und daß ich mir vornahm, genau dieses Kleid an meinem ersten Abend mit Josh zu tragen – in seiner Wohnung, während er kochte und ich mich zu ihm beugte und ihn aufforderte, sich auf seine Crêpes Suzette zu konzentrieren.
Ralph schwor, er habe mich noch nie so schön gesehen, und ich schwor, ich sei noch selten so glücklich gewesen – was völlig der Wahrheit entsprach. Ich war lebendig. Ich glaube nicht, daß ich mich je zuvor so lebendig gefühlt hatte.
Vielleicht war ich ja auch ein ausgemachtes Luder – nicht weil ich es so gewollt hätte, sondern weil es in meinem Kopf Stim-

men gab, die sagten: »Das darfst du nicht«, und ich sie hartnäckig ignorierte und lieber auf jene anderen, eindringlicheren und verlockenderen Stimmen hörte, die mir sagten: »Los, Angela, nichts wie ran!«

Alles in allem war es eine seltsame Zeit des Übergangs und der Loslösung. Es fiel mir schwer, zu schlafen, und ebenso schwer, nicht zu lächeln.

Nein, Hindernisse in Form von Schuldgefühlen gab es nicht. Aber es gab äußere Hindernisse. Josh war drei Wochen fort – würde er ewig fort sein? Mir blieb nichts anderes übrig, als zu warten, bis er zurückkam und mich anrief. Vor seiner Abreise hatte er mir eine Halskette mit einem Aquamarinanhänger geschenkt, und seine Finger hatten den hellen Stein behutsam zwischen meine Brüste gelegt. Wann immer ich die Kette heimlich trug, spürte ich seine Hände. Und wenn ich sie wieder ablegte, hatte ich Angst, diese Hände nie wieder zu spüren, denn überall, wo er sich aufhielt, wurde geschossen. Ich ertappte mich dabei, daß ich mir wünschte, er hätte einen sichereren Job, als Landschaftsfotograf zum Beispiel. Aber wäre er dann so sexy gewesen?

Ein weiteres Hindernis – und das überraschte mich nicht – war Caroline. Vorsichtshalber sagte ich ihr nichts von Josh, aber da Caroline es stets einem Liebhaber zuschrieb, wenn jemand glücklich war, brauchte man ihr auch nichts zu sagen – außer, wer der Betreffende war. Hätte ich ihr von Josh erzählt, hätte ich ihren gottgegebenen Instinkt zur Taktlosigkeit vielleicht nie geweckt. Eines Morgens präsentierte sie sich in Hochform.

»Dieser Fotografenfreund von dir – ich hab ihn schon länger nicht mehr gesehen. Harriet sagt, er hat eine unheimlich hübsche Assistentin, die er immer mitnimmt, aber ich frage mich, woher sie das wissen will, wo er sie doch schon nach fünf Minuten wieder abserviert hat. Laut Amanda steht er sowieso nur auf One-night-stands. Ich auch, ziemlich sogar: Meinst du, er wäre interessiert? Ich müßte mich mal abends bei ihm einladen, um das herauszufinden. Ich versteh ein bißchen was von Fotografie, und er könnte mir zeigen, wo er arbeitet. Wenn einer schon eine Dunkelkammer hat, kann er sie schließlich auch sinnvoll nutzen, meinst du nicht auch, Angela? Dann kann ich dir sagen, wie er ist, für den Fall, daß du ihn selbst ausprobieren willst.«

Danke, Caroline!

Ein fabelhafter Montag morgen.

Gail, die alles wußte, ohne daß man es ihr sagen mußte, sah meine Gesichtsfarbe und drückte meinen Arm.

»Alles Quatsch, Darling«, flüsterte sie. »Er ist nicht so, glaub mir.«

Etwa fünf Sekunden lang war ich getröstet, dann begann ich mich zu fragen, woher zum Teufel sie das wußte.

Es war schlimm. Und ich hatte noch nicht einmal mit dem Mann geschlafen. Ich hatte das Gefühl, ich lief Gefahr, die längste unerfüllte Affäre Londons zu haben.

Carolines Interessen konzentrierten sich überraschenderweise mehr und mehr auf Renato.

Sie schwärme für gutaussehende Italiener, erklärte sie, man fühle sich einmalig gut mit ihnen. Am liebsten hätte ich gekontert, Renato werde innerhalb kürzester Zeit merken, daß Caroline meistens einmalig schrecklich sei, und ohnehin gehe er ganz in seinem Witwertum und der ewigen Jungfräulichkeit seiner Tochter auf. Seine Anziehungskraft auf Caroline rührte hauptsächlich daher, daß er sie immer »my lady« nannte; denn Renato war schnell damit bei der Hand, eine Kundin, die so wohlhabend war, daß sie bei jedem Lunch weiße Trüffeln bestellte, auch entsprechend zu belohnen. Als sie hörte, daß er in der Nähe von Siena ein Bauernhaus mit Weinberg besaß und jedes Jahr im August dort hinfuhr, war sie begeistert. Da es bis zum August nicht mehr lange hin war, ließ sie keine Gelegenheit aus, auf die Freuden anzuspielen, die sie ihm bereiten würde, wenn er sie dorthin einlud. Aber Renato schien nicht recht zu begreifen.

»Das wäre für my lady viel zu primitiv«, erklärte er eines Tages nach einem besonders deutlichen Wink.

»Primitiv!« schrie Caroline, als wir über den Pimlico Square zum Laden zurückgingen. »Genau das, was ich brauche! Sex zwischen Reben. Zermatschte Trauben überall auf meiner Haut. Schweiß. Wein aus Lederflaschen.« (Ich unterließ den Hinweis, daß Lederflaschen eine spanische Spezialität sind.) »Zikaden. Nachtigallen in der Abenddämmerung.« (Nicht im August, Caroline.) »O Gott, nackte Wollust in toskanischer Nacht!« (Ich unterließ auch den Hinweis, daß nackte Wollust im toskanischen August vor allem unter Touristen aus Londons Vororten stattfindet, begleitet von betrunkenem *O-sole-mio*-Gegröle.)

»Und was machst du mit Patrick?« fragte ich ungnädig.

Caroline warf mit einen erstaunten Blick zu.

»Mit Patrick?« Es klang, als hätte sie noch nie von ihm gehört. »Gar nichts. Ich mache nie etwas mit Patrick. Was soll ich denn noch mit ihm machen, jetzt, wo ich von Fellatio die Nase voll habe?«

»Und die Kinder?« beharrte ich.

Ein weiterer erstaunter Blick.

»Wofür hat man denn Kindermädchen? Die Kinder können in den Club Med, da haben sie sowieso mehr Spaß, und das Kindermädchen kann sich schwängern lassen. Das ist doch das Übliche im Club Med, oder?«

Sie schwieg nachdenklich, eine Hand an der Ladentür, und ihr Gesicht wurde plötzlich sanft.

»Weißt du, irgendwann würde ich gern einmal mit dir allein verreisen. Ich mag dich, und wir haben nie mehr Zeit zum Reden.« Ich war gerührt und drückte ihr die Hand. Sie lachte. »Wir könnten nach Herzenslust klatschen und über unsere Freunde herziehen, und nach einer Woche wären wir so richtig scharf und würden unsere Liebhaber nachkommen lassen. Wär das nicht herrlich? Komm, das machen wir! Warum eigentlich nicht?«

Carolines Phantasien wurden von einer Kundin unterbrochen, die auf deutsch und ziemlich nervös »Danke schön« sagte, als wir von der Tür zurücktraten, um sie durchzulassen. Sie war ganz in Februargrau gekleidet.

Caroline überraschte mich damit, daß sie sie in fließendem Deutsch ansprach. Die Frau begann stockend irgend etwas zu erklären, senkte vor Carolines kritischem Blick die Augen und spielte nervös mit ihren Fingern. Alles an ihr wirkte trist. Sie vermittelte einen so schmerzhaften Eindruck der Selbstverleugnung, daß ich den Wunsch verspürte, sie mit einem Zauberstab zu berühren und sie aus der Not des Sichtbarseins zu erlösen. Doch dann führte Caroline sie nach hinten und machte ihr eine Tasse Kaffee. Sie standen fünf oder zehn Minuten da, tranken ihren Kaffee und unterhielten sich. Die Frau entspannte sich allmählich. Dann lächelte sie. Und plötzlich sah sie schön aus. Schließlich begann Caroline, im Laden hin und her zu gehen und die Kleider an den Ständern zu mustern, während die Frau nervös neben der Kaffeemaschine stehenblieb und sie beobachtete. Nach einer Weile nickte Caroline zufrieden und nahm ein Kleid heraus. Ich warf Gail einen Blick zu, aber sie hatte die Augen geschlossen. Es war das Extravaganteste, was wir hatten: ein Bruce-Oldfield-Modell aus flammend orangefarbenem Seidenchiffon. Eine mexikanische Tänzerin hatte es gebracht, weil sie es sogar für sich selbst zu kurz gefunden hatte. Gail hatte ernsthafte Zweifel geäußert, ob wir es jemals loswerden würden.

Carolines Stimme aber verriet keine derartigen Zweifel.

»Das ist genau das Richtige!« sagte sie auf deutsch.

Die Deutsche duckte sich in ihr Februargrau und verschwand gehorsam in Richtung Umkleideraum. Caroline wandte sich Gail zu.

»Das wird die Royals ein bißchen aufmuntern. Sie ist die Frau des deutschen Botschafters, und nächste Woche findet in Windsor Castle ein offizieller Empfang statt.«

Der Laden füllte sich mit Kundinnen, die Gail und ich bedienten, während Caroline ungeduldig an der Treppe wartete. Fünf Minuten verstrichen. Zehn Minuten. Zwanzig. Schließlich rief Caroline etwas auf deutsch und ging in den Umkleideraum hinunter. Kurz darauf vernahm ich Laute, die mich stark an ihre morgendlichen Bemühungen erinnerten, Samantha in ihre

Schuluniform zu zwingen. Die anderen Kundinnen machten beunruhigte Gesichter, und Gail und ich versuchten so zu tun, als wäre nichts geschehen.

Aber es geschah etwas. Noch drängendere Laute drangen von unten herauf, und dann erschien auf der Treppe, das Gesicht noch vom Weinen gerötet, eine Gestalt, die ganz in Flammen gekleidet schien. Sie umzüngelten ihren Körper, wenn sie sich bewegte, liebkosten ihre Schultern, ihre Brüste, ihre Hüften, und schossen gerade tief genug herab, um den Saum eines der kürzesten Röcke zu streifen, die ich je gesehen hatte. Und darunter kam ein Paar erstaunlicher Beine zum Vorschein. Ich fragte mich, ob die gewaltsamen Laute daher gerührt hatten, daß Caroline sie auf einer Folterbank langgezogen hatte. Caroline folgte der Frau zufrieden lächelnd, über einem Arm das februargraue Kostüm, über dem anderen einen BH, einen Baumwollslip, einen Wollpullover, ein paar dicke Strümpfe, einen Hüftgürtel und mehrere andere furchterregende Wäschestücke.

»So!« rief sie. »Wie finden Sie's?«

Es war das erste Mal, daß in unserem Laden applaudiert wurde. Die Frau des deutschen Botschafters errötete vor ungewohnter Freude. Und Caroline zwinkerte mir überdeutlich zu.

»Herr im Himmel!« rief Gail und starrte die Erscheinung an. »Wenn das den deutschen Zinssatz nicht herunterbringt, was dann?

»Vielleicht bringt es ja etwas hoch – am deutschen Botschafter«, versetzte ich. Gail kicherte.

»Ja, wenn's in Windsor Castle wieder brennt, dann wissen wir, warum, Darling.«

Die Deutsche hüllte sich wieder in Februargrau und zog mit ihrem Paket ab. Der niedergeschlagene Gesichtsausdruck war zurückgekehrt, doch im Hinausgehen schenkte sie Caroline ein wissendes, dankbares Lächeln.

»Sie haßt ihren Mann«, sagte Caroline, als sie fort war.

»Das hat sie dir gesagt?« fragte ich.

Caroline warf mir einen ihrer gönnerhaften Blicke zu.
»Angela, so etwas merkt man einfach. Sie hat Angst vor ihm, weil sie Angst vor ihren eigenen Wünschen hat.«
Es überraschte und verwirrte mich immer wieder, wenn Caroline ihre Pfeile der Einsicht abschoß. Auch diesmal traf sie ins Schwarze. Drei Tage später kam die Frau wieder, um ein paar Accessoires zu kaufen. Sie trug ein leichtes Sommerkostüm, das ihre Figur betonte, und das dunkle Haar fiel attraktiv auf ihre Schultern herab. Ihre Augen strahlten, und als sie Caroline sah, eilte sie zu ihr und umarmte sie. Dann hob neben der Kaffeemaschine ein deutsches Geschnatter an, und von Zeit zu Zeit kam Caroline nach vorn, wühlte in einem der Accessoireskörbe und fügte dem kleinen Stapel auf dem Tisch ein weiteres Stück hinzu. Die meiste Zeit aber unterhielten die beiden sich angeregt und tranken Kaffee, so lange, bis es fast Zeit war, den Laden zu schließen. Dann sah die Frau plötzlich auf die Uhr und eilte ans Fenster. Ein großer, offiziell aussehender Mercedes war draußen vorgefahren. Nach einem letzten Kuß auf beide Wangen winkte sie Caroline und dann auch Gail und mir zum Abschied zu, ergriff ihre Einkäufe und rannte fast aus dem Laden. Caroline rief ihr auf deutsch etwas nach, und die Frau drehte sich mit einem mädchenhaften Lachen noch einmal zu ihr um. Ein Chauffeur in makellosem Silbergrau hielt ihr die Wagentür auf, und ich erhaschte einen kurzen Blick auf eine Gestalt im dunklen Anzug, die ihr die Pakete abnahm und sich dann vorbeugte, um sie zu küssen. Dann glitt das dunkle Fenster hoch.
»Tja, Caroline«, sagte ich, »du scheinst es wieder mal geschafft zu haben: Seine Exzellenz holt sie mit dem Botschaftswagen ab.«
Caroline lächelte verschwörerisch.
»Sieht ganz so aus. Es war der Botschaftswagen, stimmt. Aber nicht mehr derselbe Botschafter. Bei dem Empfang in Windsor Castle hat sie die Botschaft gewechselt. Das war der italienische.«
Gail warf ihr rotes Haar zurück und lachte heiser.

»Ist doch in Ordnung, Darling. Das ist der Gemeinsame Markt.«

Ich war noch ganz benommen.

»Wie machst du das nur, Caroline?« fragte ich.

Sie setzte eine Miene verblüffter Unschuld auf.

»Ich? Was hat das mit mir zu tun?« rief sie. »Ich höre zu, und die Frauen sagen mir, was los ist.« Dann wandte sie sich Gail zu. »Sie als gute Katholikin müßten das doch kennen«, fuhr sie fort. »Beichte nennt sich das.«

Ich sagte, ich hätte gedacht, dazu müsse man in so einer Flüsterbox sitzen, während der Priester sich einen runterholt und so tut, als gäbe er gute Ratschläge. Caroline lachte nur.

»Aber wir haben doch eine.« Sie zeigte auf die Espressomaschine. »Da! Da wird gebeichtet. Wer braucht dazu schon einen Priester?«

Gail klatschte begeistert in die Hände.

»Genau, Darling. Wer braucht schon einen verdammten Priester? Aber einen Namen, den bräuchten wir. Irgendwie muß unser privater Beichtstuhl ja heißen. Ich kann doch nicht zu unseren Kundinnen sagen: »Haben Sie schon bei Espresso gebeichtet, meine Liebe?«

»Okay, Gail«, sagte ich, »du als gute Katholikin suchst den Namen aus.«

Sie dachte kurz nach. Dann leuchteten ihre Augen auf.

»Gut«, verkündete sie mit gewichtiger Miene. »In der Klosterschule hab ich ein bißchen was von Geschichte mitgekriegt. Und ich erinnere mich dunkel, daß der berühmteste und grausamste Beichtvater aller Zeiten ein Spanier namens Torquemada war. Und die Maschine ist schon fast genauso alt. Wie wär's also mit Torquemada? Und jetzt«, setzte sie hinzu und öffnete das Schränkchen neben der Espressomaschine, »laßt uns verdammt noch mal endlich was trinken.«

Es blieb bei Torquemada. Wir feierten die Taufe mit einer ganzen Reihe von Drinks, und für den Heimweg nahmen Caroline und ich vorsichtshalber ein Taxi. Unterwegs brachten wir unter viel Gelächter einen imaginären Toast auf den spanischen

Großinquisitor aus, dessen feuriger Geist jetzt in einer Kaffeemaschine wohnte, die ich eines schönen Frühlingsmorgens am Pimlico Square aus einem Haufen Sperrmüll gerettet hatte.

Caroline stieg vor ihrer Villa aus, und ich ging auf etwas unsicheren Beinen durch die Grünanlage nach Hause. Das Leben schien mir wunderbar, und ich hatte das intensive Gefühl, daß sowohl das Wunderbare als auch das Absurde eben erst angefangen hatten.

Das Absurde hatte mit Torquemada zu tun, der seit fünfhundert Jahren tot war, das Wunder mit Josh Kelvin, der fünfhundert Meilen weit fort und, wie ich aufrichtig hoffte, sehr lebendig war.

Und irgendwo dazwischen, in einem labilen Gleichgewicht zwischen dem Wunderbaren und dem Absurden, lag mein reales, ganz normales Leben: mein Mann, meine Tochter, mein Heim, mein Geschäft.

Ralph las *Onkel Wanja*, und Rachel saß mit Fatwa auf dem Schoß vor dem Fernseher.

»Hallo, Mum, geht's dir gut?« fragte sie.

Ich war mir nicht so sicher.

6 TORQUEMADA

Daß wir eine Espressomaschine mit den Eigenschaften eines Beichtstuhls besaßen, würde uns niemand glauben, und das konnten wir auch nicht erwarten. Als sich der Spaß abgenutzt hatte, versuchten wir selbst nicht mehr daran zu glauben. Und doch – so sehr wir die Wirkung der Maschine auf unsere Kundinnen auch zu rationalisieren suchten, sowenig konnten wir leugnen, daß der vielversprechende Kaffeeduft die Frauen in den hinteren Teil des Ladens lockte, wo sie alsbald hemmungslos die privatesten Dinge preisgaben, als hätten sie noch nie Gelegenheit dazu gehabt. Binnen erstaunlich kurzer Zeit hatte Torquemada durch Verabreichung von Koffein kaum weniger schuldbeladene Geheimnisse entlockt als sein Namensvetter von der spanischen Inquisition durch mittelalterliche Folterwerkzeuge. Und in Anerkennung seiner unerwarteten spirituellen Funktionen war ich dazu übergegangen, seine Messing- und Chromfront hin und wieder ehrerbietig zu polieren, so daß Torquemada jetzt durch den ganzen Laden strahlte und die Kundinnen einlud, näherzutreten und ihre gequälten Seelen zu erleichtern. Und sie taten es, fast so, als könnten sie nicht anders, als wären sie verhext.

Ich stellte fest, daß kaum eine Frau zur Beichte kam, ohne zuvor ein neues Kleid oder Kostüm anprobiert zu haben. Wenn sie den Laden betraten, wirkten sie noch gehemmt und brachten kaum ein Wort heraus, aber sobald sie in neuer Gestalt aus dem Umkleideraum hervorkamen, gingen sie schnurstracks auf die Kaffeemaschine zu und rückten augenblicklich mit den erstaunlichsten Einzelheiten über ihr Leben heraus – über ihre Ehen, ihre Affären, ihre Kümmernisse, Sehnsüchte, Träume und Phantasien, über ihre Ängste und Enttäuschungen. Es war, als würden die Kleider, die sie sich aussuchten – oder die wir für sie aussuchten –, sie aus dem Gefängnis ihres Alltags befreien und sie drängen, den Trost des Beichtstuhls zu suchen. Mit diesen Kleidern schienen sie in eine neue Haut zu schlüpfen.

Eines verschlafenen Augustnachmittags kam Torquemadas große Stunde. Eine Frau, die Gail flüchtig kannte, betrat den Laden. Sie schien angespannt und erregt. Sie war etwa so alt wie Caroline – Mitte bis Ende Dreißig –, und ihr dunkles, streng nach hinten gekämmtes Haar gab ein Gesicht frei, das bis vor kurzem von einer sanften Schönheit gewesen sein mußte, jetzt aber verhärtet und ein wenig grimmig wirkte. Es war mehr eine Maske als ein Gesicht, wenn auch eine Maske, die verriet, was sich dahinter verbarg – Glück war es jedenfalls nicht. Die Frau gehörte zu jenen Menschen, bei deren Eintritt die Temperatur im Raum zu sinken scheint.

Gail ging zu ihr. Sie sprachen eine Weile leise miteinander und sahen dann sorgfältig mehrere Kleiderständer durch, bis Gail ein marineblaues Seidenkleid von Jean Muir hervorzog und es ihr gab. Die Frau betrachtete es unschlüssig und ging dann nach unten, wobei sie es ängstlich von sich weghielt, als könnte es explodieren.

Andere Kundinnen waren nicht im Laden, und Caroline war in Urlaub. Gail und ich waren allein. Gail trat zu mir und warf dabei einen Blick auf die Treppe.

»Darling, ich hab das Gefühl, das wird ein Fall für den Beichtstuhl«, sagte sie. »Wollen wir wetten, was es ist?« Sie verdrehte die Augen zum Himmel. »Wie wär's mit … Ehemann hat Freundin? Was anderes kann es gar nicht sein, so etwas sieht man einfach. Und bestimmt nicht die erste, so wie die Frau aussieht. Ehebruch in Serie! Nächste Woche kommt dann bestimmt die Freundin, schluchzend, weil der Mistkerl zu seiner Frau zurückgekehrt ist. Und du wirst sehen, als nächstes kreuzt der Mann der Freundin auf, mit einer Mieze, die er seine Nichte nennt. Ich sag dir, das ist ein verfluchtes Karussell. Man weiß immer schon vorher, was passiert.« Gail warf wieder einen Blick zur Treppe. »Und immer schaffen es die Frauen, daß sie Schuldgefühle kriegen, als wären sie dafür verantwortlich, daß ihre Männer dauernd fremdgehen. Also, was wäre die angemessene Buße?« Sie lachte. »Zwei Jean Muirs und ein Paul Costello, was meinst du? Immer noch besser als ein härenes Gewand.«

In diesem Augenblick trat eine Kundin ein. Als ich zu ihr ging, um sie zu bedienen, kam die traurig wirkende Frau aus dem Umkleideraum hervor. Die neue Kundin gehörte zu denen, die eine Ewigkeit brauchen, um nichts zu kaufen, und ich konnte nur aus dem Augenwinkel mitverfolgen, wie Gail Kaffee machte, das Kleid der Frau bewunderte und ihr ernst und konzentriert zuhörte.

Nach einer guten halben Stunde begleitete sie die Frau schließlich zur Tür, und der Laden war wieder leer.

Gail ließ sich in einen Sessel fallen.

»Herr im Himmel!« stöhnte sie. »Wenn jemals Frauen Priesterinnen werden dürfen, laß bloß nicht zu, daß ich ja sage, versprich mir das! Außerdem könnte ich das verdammte Beichtgeheimnis sowieso nicht wahren – in vierundzwanzig Stunden wüßte es die ganze Stadt ... Also: Willst du's hören?«

Natürlich wollte ich.

Sie lehnte sich bequem zurück. »Ich lag gar nicht so daneben. Rebecca heißt die Frau. Sie ist verheiratet. Okay! Drei Kinder. Der Mann ist irgendein juristisches As, Kronanwalt oder so. Reich jedenfalls, und das Geld ist ihm in den Schwanz gestiegen. Die Ehe ist seit Jahren im Eimer, vielleicht schon von Anfang an. Er hat Affären, sie hat keine – sagt sie jedenfalls. Das hat ihr nie was ausgemacht; so berauschend findet sie ihn sowieso nicht mehr. Sie lebt nur für die Kinder. Okay, so weit, so gut – bis der Kerl diese Cruella-de-Vil-Kreatur kennengelernt hat. Ein raffiniertes Luder. Nicht verheiratet, kein Geld, jede Menge Liebhaber – Pussypower satt. Hat den Kronanwalt fest im Griff. Verlangt die Scheidung. Sieht sich schon als die zukünftige Lady Soundso mit Villa in Hampstead, Haus auf dem Land und Häuschen in der Dordogne. Die Kinder können sehen, wo sie bleiben: Er kann sie ja ins Internat stecken. Highlife und Halleluja!«

Gail unterbrach sich, um eine Kundin zu bedienen, ließ sie

dann in den Accessoireskörben wühlen und machte es sich wieder in ihrem Sessel neben Torquemada bequem.
»So. Also, was tun? Es macht Rebecca zwar nichts aus, ihren Mann zu verlieren, aber sie will ihn nicht an ein Luder verlieren, das sich sein ganzes Geld unter den Nagel reißt und seine Kinder nicht mehr ins Haus läßt. Rebecca hätte dann die Gören rund um die Uhr am Hals. Da er ein gerissener Anwalt ist, wird er sie vor Gericht wahrscheinlich bis aufs Hemd ausziehen, während Cruella ihm sonstwas auszieht, damit er das auch ja tut. Rebecca landet in irgendeinem Vorort und lebt von der Hand in den Mund. Gott steh uns bei! Kommt dir das nicht irgendwie bekannt vor, Angela-Darling?«
Sie lachte und stand auf, lächelte der Kundin zu und packte ein paar Halstücher ein.
»Vielen Dank, Madam. Bitte beehren Sie uns bald wieder«, flötete sie.
Dann kam sie wieder nach hinten, fuhr sich mit einem abgenutzten Kamm durch das widerspenstige Haar, das daraufhin noch wilder aussah, und ließ sich schwer in einen Sessel fallen.
»›Was soll ich nur machen?‹ hat sie mich immer wieder gefragt, als ob ich das wüßte. Herr im Himmel, Angela, wenn deine verdammte Maschine doch außer Kaffee auch Antworten auf solche Fragen ausspucken würde! Aber egal; der Punkt ist, daß sie dieses Horrorwochenende vor sich hat, und zwar mitsamt ihrem juristischen Trottel von Ehemann. Irgendwas Feines auf dem Land, gut für seine Karriere, sagt sie. Heiliger Moses! Ich würde ihm seine Karriere sonstwohin stecken, hab ich zu ihr gesagt. Und jetzt soll ich noch jede Menge andere Klamotten für sie aussuchen – ein Kostüm für Spaziergänge in freier Natur, ein Tageskleid und weiß der Himmel was noch alles. Am Montag kommt sie wieder und holt die Sachen ab. Also wirklich! Und weißt du, warum sie das alles nur zu gern macht?«
Gails Augen wurden ganz rund vor ungläubigem Staunen. »Weil sie davon träumt, daß Cruella die Fotos in der Regenbogenpresse sieht und so stocksauer ist, daß sie ihren Kronanwalt zum Teufel jagt. Diese verdammte dumme Gans! Sie muß doch

wissen, daß die Cruellas dieser Erde wie Exocet-Raketen sind – wenn sie mal auf ein Ziel programmiert sind, bringt nichts mehr sie davon ab.«

Gail beruhigte sich wieder. Noch mehr Kundinnen kamen und beendeten unser Gespräch fürs erste. Ich dachte nicht mehr daran.

Sehr bald hatte ich andere Dinge im Kopf. Eines, um genau zu sein. Josh rief an. Es war an einem regnerischen Morgen, der Laden war voll, und der Anruf kam aus Mailand. Nun mag es ja durchaus passende Momente für telefonisches Liebesgeflüster geben – »Telekomm« nennt Caroline sie –, aber dies war kein passender Moment: Es schien mir wenig sinnvoll, daß jemand über halb Europa hinweg meine Brüste bewunderte, und da Josh den Rest meines Körpers erst noch erkunden mußte, begeisterte es mich auch nicht gerade, daß er ihn mir in allen Einzelheiten beschrieb. Ich fragte mich, wen er als Modell benutzte.

»Endlich weiß ich, wie es bei mir weitergeht«, sagte er, als er seine Anatomielektion beendet hatte. »Anfang nächster Woche komme ich zurück ... Ich vermisse dich.«

»*Du* warst doch vermißt«, erwiderte ich frostig.

Tatsache war jedoch, daß mein Magen in dem Moment, als ich Joshs Stimme hörte, seine wohlbekannten Übungen vollführt hatte, und wenn Josh meine Gedanken als Computerausdruck hätte sehen können, dann hätte sich das so gelesen: »O Gott, komm schnell zurück! Ich will dich!«

Aber ich war naßgeregnet, ich hatte keine Zeit, und ich war ziemlich aufgebracht. Wie sollte man ein Doppelleben führen, wenn die eine Hälfte darin bestand, daß man in einem blöden Laden saß und morgendliche Anrufe aus Mailand bekam – von einem Mann, der die Nacht höchstwahrscheinlich damit verbracht hatte, eine entgegenkommende Signorina zu vögeln. Vielleicht hatte sie eben erst das Zimmer verlassen, weil er erklärt hatte, er müsse dringend seine Frau anrufen, um sie zu beruhigen.

Ich kam zu dem Schluß, daß es viel schlimmer war, auf Frauen generell eifersüchtig zu sein als auf eine bestimmte Frau. Wenn Josh wirklich eine unheimlich hübsche Assistentin hatte, die er immer mitnahm, wie Caroline behauptete, dann hätte ich ihr wenigstens die Augen auskratzen können, wogegen es mir einige Mühe bereitet hätte, das gesamte weibliche Geschlecht zu blenden.

»Sehen wir uns Dienstag mittag?« fragte Josh.

Ich hätte gern meinen frostigen Ton beibehalten und »Vielleicht, wenn ich noch da bin« gesagt, aber ich tat es natürlich nicht.

»Sehr gern«, sagte ich. »Ich hab dich auch vermißt.«

Gail sah mich prüfend an, als ich den Hörer auflegte. Sie brachte eine Kundin zur Tür, kam dann zur Kaffeemaschine zurück und warf mir im Vorbeigehen wieder einen Blick zu.

»Glaub mir, Darling«, sagte sie und fuhr sich durch die Wolke ihres roten Haares, »der erste Ehebruch ist der schlimmste.«

Ich mußte lächeln. Das schien die ganze Sache etwas zurechtzurücken. Ich sagte mir, daß ich mich ja nicht unbedingt in einen Mann verlieben mußte, nur weil er mir unglaublich gut gefiel. Und ich mußte auch nicht unbedingt meinem Mann davon erzählen und ihm damit Kummer bereiten. Ein Doppelleben bedeutete ja nicht, daß sich das eine Leben mit dem anderen im Kriegszustand befinden mußte. Es gab doch so etwas wie friedliche Koexistenz, und die mußte ich erreichen. Die Männer waren damit schließlich seit Jahrhunderten ganz gut gefahren.

Und noch etwas anderes beschäftigte mich. Der Laden ging blendend, und wir verdienten Geld – eine ganze Menge sogar. Plötzlich sah ich mich in der Lage, mir alles mögliche leisten zu können. Der Filialleiter meiner Bank lud mich sogar zum Lunch ein und garnierte das *steak tartare* mit Angeboten für Investitionskredite, Anlageberatung, Rentenversicherungen und hochverzinste Konten »speziell für junge Führungskräfte« – womit er wohl mich meinte. Das »jung« sagte mir eher zu als die »Führungskraft«. Nachdem wir eine Flasche Nuits St. Georges geleert hatten, fühlte ich mich imstande, ihm zu erzählen, daß ich bisher nur einmal mit einem *stellvertretenden* Filialleiter aus gewesen sei, und zwar vor vielen Jahren in Ipswich. Wahrscheinlich war es ganz gut, daß ich den Cognac ablehnte, sonst hätte ich ihn auch noch mit den Ansichten seines Kollegen über Größe und Bedeutung von Männernasen beglückt. Vielleicht hätte ich ihm sogar dazu gratuliert, daß er der erste Bankangestellte war, mit dem ich privat zusammentraf, ohne daß er unter dem Tisch mit mir füßelte oder mein Dekolleté zu erforschen suchte, während er über »stille Reserven« dozierte. Aber ich dachte, ein solches Benehmen würde sich für eine »junge Führungskraft« nicht schicken, und lächelte nur liebenswürdig.

Mit der Zeit wurde mir auch klar, daß der Erfolg des Outfit zu einem gutem Teil der Wirtschaftskrise zuzuschreiben war. Die fetten Achtziger seien hart gewesen, sagte Gail. Damals sei soviel Geld in Aufsteigertaschen geflossen, daß Ehefrauen und Geliebte sich Designerkleider zu Dutzenden hätten leisten können – neue natürlich. Jetzt aber, nachdem der Südwesten Englands ordentlich eins auf den Deckel gekriegt habe, hätte sich die Lage im Secondhandbereich drastisch gebessert. Männer, mit deren Geschäften es abwärts ging und die verzweifelt versuchten, ihr Heim vor dem Zugriff der Hypothekenbank zu bewahren, hielten ihre Frauen und Geliebten kurz, erwarteten jedoch von ihnen, daß sie nach wie vor so elegant und strahlend aussahen, wie es Ehefrauen und Geliebten anstand. Und hier stieß Gails Botschaft auf offene Ohren: daß nämlich fünf oder sechs Designer-Outfits secondhand zum Preis von einem neuen zu haben waren.

»Es hat etwas ungemein Befriedigendes, Darling, Geld an Leuten zu verdienen, die ihres verloren haben«, erklärte Gail eines Tages in der Mittagspause.

Wir saßen im hinteren Teil des Ladens und verzehrten Räucherlachssandwiches. Rick war am Morgen mit dem Lachs und einem »Na, wie wär's damit?« hereingeschneit und mit einem fröhlichen »Nächste Woche Kaviar, wenn alles gutgeht« wieder abgezogen. Gail hatte wie üblich nichts gesagt, und ich hatte nichts gefragt. Ricks kleine Wunder nahm man besser kommentarlos hin, und wir aßen den Lachs rasch auf, für den Fall, daß die Polizei kam.

Wir waren nur zu zweit, Caroline war noch in Urlaub. Nachdem aus ihrem toskanischen Bacchanal mit Renato nichts geworden war, hatte sie sich mit einem schaurigen Ferienaufenthalt mit Patrick und den Kindern auf Sardinien begnügt und wurde – Gott steh uns bei! – nach einer Woche zurückerwartet. Carolines fegefeuerähnliche Urlaube wurden stets zweifach durchlitten, einmal von ihr selbst und ein weiteres Mal, wenn sie wutschnaubend zurückgekehrt war, von ihrer Umgebung. Rachel sollte nächste Woche ins Pfadfinderlager, und wenn Josh sich nicht angekündigt hätte, wäre ich versucht gewesen mitzufahren und dort auszuhelfen: kochen, abwaschen, Läuse bekämpfen, Latrinen reinigen – egal was, wenn ich es nur vermeiden konnte, in der Woche nach Carolines Rückkehr am Pimlico Square zu sein.

»Weißt du was, Darling«, sagte Gail, »irgendwie mag ich diese gräßliche Ziege. Die englische Oberschicht hat etwas, was man einfach bewundern muß, weil man sie darum beneidet, auch wenn es einem noch so gegen den Strich geht: die Großzügigkeit des absoluten Egoismus. Wie zum Teufel machen sie das? Ich würde das nie schaffen. Ich bin nicht egoistischer als jeder andere auch, und großzügig bin ich kein bißchen.«

»Herr Jesus!« rief sie aus. »Am Ende werde ich noch zur Intellektuellen!« Dann lachte sie. »Und dazu noch verdammt reich, wenn das Geschäft so weiterläuft.«

War es tatsächlich möglich, daß wir reich wurden? Ich konnte es kaum glauben. Trotzdem hegte ich die schönsten Phantasien, was ich tun würde, wenn es wirklich so wäre.

Was ich mir jetzt leisten konnte, auch ohne die Phantasie zu Hilfe zu nehmen, war ein Au-pair-Mädchen. Ich hätte mir nie träumen lassen, daß ich, was diesen vornehmen Luxus betraf, einmal mit Caroline gleichziehen würde. Ich konnte dem armen Wesen natürlich keine prunkvollen Suiten bieten, in denen es sich entspannen und Freunde bewirten konnte, aber Entspannung war auch in Carolines Haushalt eher Mangelware. Bei uns stand nur ein winziges Kabuff zur Verfügung, und ich hatte schon immer den Verdacht gehabt, daß es nur deshalb da war, weil der Idiot von Architekt plötzlich gemerkt hatte, daß noch unverplanter Raum übrig war, in den er dann schnell ein Fenster gestanzt hatte.

Das Mädchen, das mir von einer Agentur vermittelt wurde, war Portugiesin. Ich war etwas beklommen, als ich ihr das Zimmer zeigte: Sie war ziemlich stattlich, und ich bezweifelte, ob sie hineinpassen würde. Aber sie lächelte und sagte: »Very nice«, was mich wunderte, bis sich herausstellte, daß es die einzigen englischen Wörter waren, die sie kannte. Sie hieß Magdalena, und auf eine haarige Art war sie recht hübsch. Ich fragte mich, ob sie Ralph, der für Haare viel übrig hat, gefallen würde, und war etwas erschüttert, als ich merkte, daß mir das ziemlich egal war.

Rachel schloß sie sofort ins Herz und nahm sich vor, ihr mehr als nur »very nice« beizubringen, womit sie aber nicht übermäßig erfolgreich war. Sie nahm sich außerdem vor, das Herz des Mädchens für Fatwa zu gewinnen, was ebenso erfolglos blieb. Fatwa schien anzunehmen, die anglo-portugiesischen Beziehungen seien durch das Angebot einer ungefressenen Ratte zu verbessern, die sie vermutlich auf dem Komposthaufen aus dem Hinterhalt überfallen hatte. Hätte Magdalena, während ich die Leiche beseitigte, ihren hysterischen Anfall nur für einen Augenblick unterbrochen, hätte sie ihrem englischen Vokabular einen recht nützlichen Vulgärausdruck einverleiben können. Leider entwickelte sie soviel Angst vor Fatwa wie die Hunde in der Nachbarschaft, und eine Zeitlang fürchtete ich, sie könnte ein ähnliches Schicksal erleiden.

Aber wenigstens konnte Magdalena Auto fahren. Jetzt, da Ralph zu den Proben mußte, konnte sie den Schulfahrdienst übernehmen, und wenn einer von uns zu spät nach Hause kam, konnte sie für Rachel den Tee oder das Abendessen machen. Sie konnte auch – und ich schauderte bei dem Gedanken, daß dies meinen Entschluß, sie einzustellen, letztlich bestimmt hatte – die Stellung halten, wenn Ralph mit *Onkel Wanja* auf Tournee ging und ich mich entschloß, über Nacht fortzubleiben.

Mit einem Wort, ich hegte große Hoffnungen, daß Magdalena sich als der Schlüssel zu meinem Doppelleben erweisen würde, und gab mir Mühe, »very nice« zu ihr zu sein, damit sie uns nicht davonlief. So kam es, daß sie außer »very nice« als erstes »I love you« lernte, was mich natürlich freute, auch wenn ich befürchtete, daß sie dadurch, sobald sie die nahegelegene Diskothek entdeckte, in ernsthafte Schwierigkeiten geraten würde.

Ralph sah ich immer seltener. Wenn er spätabends von den Proben nach Hause kam, schlief ich gewöhnlich schon, und er schlief noch, wenn ich morgens in den Laden ging. Das reduzierte die ehelichen Riten auf ein spartanisches Minimum, mit dem Effekt, daß ich Josh um so mehr begehrte. An den Wochenenden war ich mit Rachel beschäftigt, und wenn Ralph und ich einmal Zeit für einen Drink oder einen Abendspaziergang den Treidelpfad entlang fanden, wollte er immer nur über *Onkel Wanja* reden, oder genauer, über sich selbst als *Onkel Wanja*.

»Eine phantastische Figur, dieser Astrow«, erklärte er, während ich dachte, wir würden den Sonnenuntergang über dem Fluß genießen. »Ich habe noch nie eine Rolle gespielt, mit der ich mich so restlos identifizieren konnte.«

Es war, als hätte Ralph, nachdem er über so viele Jahre seine Identität verloren hatte, sich als ein anderer wiederentdeckt.

Eine Zeitlang beunruhigte es mich, mit einem Mann verheiratet zu sein, den ich – so schien es mir – nicht mehr kannte.

Dann wurde mir klar, daß darin eine poetische Gerechtigkeit lag. Wenn wir uns liebten und Ralph sich dabei vorstellte, er sei ein anderer – nun ja, ich tat es auch!

Carolines Interpretation einer »Anwohner-Parkerlaubnis« beinhaltete, daß sie sich zur Anwohnerin machte, wo immer es ihr beliebte. Am Montagmorgen kündigte sie ihre Rückkehr aus dem Urlaub damit an, daß sie den Mercedes im Hof des

Polizeireviers auf der anderen Seite des Platzes parkte, weil sie, wie sie später erklärte, sonst nirgends eine Parklücke gefunden hatte. Der Polizist, der Caroline in den Laden folgte, meinte scherzhaft, der Wagen müßte ja nicht weit abgeschleppt werden, aber vielleicht wolle Mrs. Uppingham ihn doch lieber selbst entfernen, bevor *sie* es täten. »Behinderung polizeilicher Maßnahmen« war jedoch noch nie ein Begriff gewesen, mit dem Caroline viel hatte anfangen können, schon gar nicht nach einem Urlaub, in dem die Polizei nichts anderes getan hatte als sie zu behindern, indem sie darauf bestand, daß man selbst auf Sardinien Paß, Führerschein, Kreditkarten und Rückflugticket benötige. Auch ein Kirchenbesuch oben ohne hatte wenig Anklang gefunden, trotz Carolines Protesten, daß es ein heißer Tag und der Strand praktisch vor der Tür sei. Außerdem habe Gott als Schöpfer aller Dinge auch ihren Busen erschaffen, so daß dessen Anblick Ihn ja wohl kaum beleidigen könne.
Der *carabiniere* hatte Gottes Werk sorgfältig inspiziert, bevor er einräumte, daß der Allmächtige gute Arbeit geleistet habe. Bedauerlicherweise hatte der Pfarrer einen anderen Standpunkt vertreten, und der Friedensrichter ebenfalls. Aber wenigstens war die Gefängniszelle schön kühl gewesen, fast so kühl wie das Verhalten des britischen Konsuls. Man hatte Mrs. Uppingham dringend geraten, sich künftig von Sardinien fernzuhalten. Der Wagen wurde abgeschleppt.
Carolines Sonnenbräune verriet, daß in ihrem Urlaub weder Kirche noch Gefängnis allzuviel von ihrer Zeit beansprucht hatten. Das gleiche galt, wie sie erklärte, für Patrick und die Kinder. Ersterer hatte den örtlichen Golfplatz entdeckt, letztere eine Spielhalle. Das schwedische Au-pair-Mädchen war von jedem brünstigen männlichen Wesen an der Costa Smeralda mit Serenaden bedacht worden und hatte zahlreiche Heirats- und noch zahlreichere unsittliche Anträge gesammelt, von denen sie, sobald die Kinder im Bett waren, mehrere angenommen hatte. Caroline war in ihrer Einsamkeit von einem Formel-Eins-Fahrer aus Rom getröstet worden. Sie behauptete, er habe drei Eier gehabt, gab jedoch zu, daß sie sich in der Hitze des

Gefechts auch verzählt haben könne. »Rasanter Typ, kann ich euch sagen«, lachte sie. »Das war was anderes als die üblichen Zwanzig-Sekunden-Boxenstops.« Gleichwohl sei er, wie sie betonte, ein römischer Kavalier gewesen: Er sei höchstpersönlich bis nach Calgari gefahren, um den britischen Konsul zu holen.
»Nicht schlecht für eine Woche Urlaub«, fand ich.
Caroline war ein Mensch, der keinen Torquemada nötig hatte, um sich die dunklen Geheimnisse seines Lebens entreißen zu lassen. Sie waren für uns ein offenes Buch. Sie würzten einen ereignislosen Montagvormittag und überraschten mehrere Kundinnen, die noch nicht wußten, daß Caroline für niemanden die Stimme senkte.
Ihre Rückkehr war nicht die einzige, die mich an diesem Morgen beschäftigte. Jede halbe Stunde überlegte ich, in welchem Abschnitt des endlosen Himmels das kleine Flugzeug mit Josh darin sich gerade befinden mochte, und ich war froh, daß der August nicht die Zeit für Gewitter, vereiste Landeklappen oder Schwärme riesiger Vögel war und daß sich die arabischen Terroristen seit Lockerbie ruhig verhalten hatten. Dennoch lag mein Doppelleben ziemlich unsicher in den Händen der Alitalia.
Am Morgen, als Ralph und ich, was nur noch selten vorkam, zusammen frühstückten, war er ein wenig aus seinem *Onkel-Wanja*-Kokon hervorgekommen und hatte eine Passage aus dem Stück zitiert. »Eine Frau kann Freundin eines Mannes nur in dieser Reihenfolge werden: zuerst gute Bekannte, dann Geliebte, und dann Freundin.«
Ich zerbrach mir den Kopf darüber, warum gerade diese Passage ihn so faszinierte. Unter all den traurig-weisen Worten des Stückes schienen mir diese zu den weniger weisen zu gehören. Vielleicht fand Ralph, daß sie geradezu verblüffend zutrafen – auf ihn, auf uns beide. Ja, dachte ich, ich war seine Geliebte gewesen, und rückblickend erschienen mir diese Jahre als unsere besten – die Jahre, als ich noch jung und frisch gewesen war und wir uns amüsiert hatten. Aber wann war ich je eine »gute Bekannte« gewesen? Das paßte nicht auf mich. Und

jetzt – eine »Freundin«. War ich das? Ein Bild tauchte vor meinem inneren Auge auf: zwei Menschen, die zusammen alt werden und still am Feuer sitzen.
Ich hatte mein eigenes Feuer, und manchmal erschreckte es mich, wie heftig ich mir wünschte, daß es weiterbrannte.
Wieder hörte ich ein Flugzeug. Ich schaute aus dem Fenster, um zu sehen, ob »Alitalia« darauf stand, aber es war schon verschwunden.
Bis zum Mittag hatten sich Carolines Urlaubsbekenntnisse soweit erschöpft, daß sie ihre Aufmerksamkeit wieder ihrem Wagen zuwenden konnte. Ich bekam Gesprächsfetzen mehrerer eindringlicher Telefonate mit. Relativ häufig kamen darin Wendungen wie »Vandalen«, »Polizeikorruption« und »vor der Nase weggeklaut« vor, von denen keine sich viel um die Wahrheit zu scheren schien.
Kaum hatte sie den Hörer aufgelegt, klingelte das Telefon wieder. Caroline nahm ab und gab den Hörer wortlos an Gail weiter. »Das tut mir aber leid, Rebecca«, hörte ich Gail sagen, und dann: »Ich will sehen, was ich machen kann, Darling, ich ruf Sie zurück.«
Rebecca, so entsann ich mich, war die Frau, die zu dem vornehmen Wochenende sollte, mit ihrem Ehemann, der Cruella de Vil vögelte.
Gails Tonfall veränderte sich geradezu erschreckend, nachdem sie den Hörer aufgelegt hatte.
»Die blöde Kuh! Sie kann den verdammten Kram nicht abholen, weil ihre arme kleine Tochter Schnupfen hat. Da liegt das Zeug jetzt, fertig eingepackt, bestellt und nicht abgeholt!«
»Wie wär's mit einem Taxi?« schlug ich vor.
Gail sah mich an.
»Designerkleider für achthundert Pfund? Unmöglich!«
»Dann fahr ich mit. Wo wohnt sie denn?«
»Hampstead. Leinster Parade.«
Gails Miene verriet widerstrebende Dankbarkeit.
»Leinster Parade!« schaltete Caroline sich ein. »Aber da wohnt

doch Amanda, und ich bin mit ihr zum Mittagessen verabredet! Ich sag ihr, sie soll die Sachen vorbeibringen.«

Damit schien zumindest ein kleines Problem gelöst.

Aber der Name Amanda ging mir nicht aus dem Kopf. War sie nicht diejenige, die einen One-night-stand mit Josh gehabt hatte? Wie viele Amandas kannte Caroline? Ich würde den Teufel tun und sie danach fragen, aber ich war entschlossen, mir das Miststück sehr genau anzuschauen.

Ich wünschte, ich hätte es nicht getan. Ich wünschte, ich wäre nicht dagewesen. Amanda kam am frühen Nachmittag mit Caroline in den Laden. Sie war ungefähr einen Meter achtzig groß, das meiste davon Beine, und sie hatte eine wallende blonde Mähne und eine Sonnenbräune, die weitgehend an die Stelle ihrer Bluse trat. Caroline machte alles noch schlimmer, als sie darauf bestand, mich als eine Freundin von Josh Kelvin vorzustellen: »Du weißt doch, Darling, dieser Fotograf, der so sexy ist und der ... aber ich will dich nicht in Verlegenheit bringen! Angela hat viel für ihn übrig – erzähl ihr doch mal, was du mir erzählt hast, Amanda.«

Ich mußte schwer schlucken. Es mußte doch, dachte ich, eine Waffe geben, mit der Caroline zu bekämpfen war. Aber wo fand ich sie?

Amanda besaß wenigstens soviel Anstand, nichts zu sagen, aber das hatte sie mit dieser nahtlosen Bräune wohl auch nicht nötig. Sie trug nicht einmal einen Ehering. Ich verabscheute sie.

An diesem Abend war ich ziemlich unglücklich. Ralph war auf der Probe, Rachel im Pfadfinderlager. Magdalena war ausgegangen und sagte vermutlich zu jedermann: »I love you.« Es war ein warmer Spätsommerabend, und ich war allein. Ich schenkte mir ein Glas Wein ein und setzte mich in den Garten. Eine Fledermaus flatterte in der Dämmerung zwischen den Platanen hin und her, und irgendwo im Gebüsch der Nachbargärten wurde Fatwa von einer Amsel beschimpft. Ich wünschte mir, Josh würde anrufen und mir sagen, daß er mich nicht vergessen hätte. Aber selbst wenn das möglich gewesen wäre – was hätte ich schon sagen können? Daß ich ihn begehrte und

daß ich Angst hatte. Daß ich frei war und doch nicht frei war. Daß meine Ehe schal geworden war, ich mir aber beim besten Willen nicht vorstellen konnte, sie zu beenden. Daß eine Hälfte von mir ihm gehören sollte – aber nur diese eine Hälfte.
Aber welche? Ich mußte lachen und schenkte mir noch ein Glas ein. Die Hälfte, die voll Unruhe war und lichterloh brannte, die Hälfte, die noch jung war und die sich vielleicht viel zu sehr nach etwas sehnte, was ich im Grunde nie gehabt hatte und nicht einmal hätte beschreiben können. Ich wußte nur, daß es etwas damit zu tun hatte, sehr nah und voll Verlangen mit jemanden zusammenzusein. Es war die Hälfte, die eine heftige, berauschende Affäre mit Josh haben würde.
Und wenn Josh mir auch nur eine Hälfte von sich geben konnte? Wenn ich ihn mit einer anderen Frau teilen mußte, einer Frau wie Amanda – ganz Beine, Selbstbewußtsein und Sonnenbräune? Der Gedanke tat weh, aber was konnte ich erwarten, wenn ich selbst nicht mehr zu bieten hatte? Ach, zum Teufel! Es mußte doch eine Antwort auf diese Frage geben. Ich schenkte mir noch ein Glas Wein ein und starrte in den dunkler werdenden Himmel. Ja, natürlich gab es eine Antwort: Es war ein himmelweiter Unterschied, ob man sich einen Liebhaber zulegte, wenn man seinen Mann satt hatte, oder ob man diesen Liebhaber mit einer anderen Geliebten teilen mußte. Das war mir völlig klar.
Aber es war so ungefähr das einzige, was mir klar war, denn in diesem Moment begann der Wein wie Chloroform zu wirken. Die Bäume ringsum verschwammen im Dunkel, und die Fledermaus über mir schien sich ständig zu verdoppeln, um dann wieder eins zu werden – genau wie mein Doppelleben, fand ich.

Am nächsten Morgen stand Carolines dunkelblauer Mercedes wieder vor dem Laden und blockierte wie üblich zwei Parkplätze und einen Teil des Bürgersteigs. Wie sie ihn der Polizei entrissen hatte, wollte ich lieber nicht fragen, aber ich sah, daß er jetzt glänzte, daß die Delle im Kotflügel verschwunden und die Stoßstange wieder gerade war. An der Windschutzscheibe prangte ein Aufkleber des Oberhauses und am Rückfenster einer mit der Aufschrift »Stiftungsamt«. Da ging mir ein Licht auf. Natürlich! Caroline ließ den Wagen ganz gezielt immer dann abschleppen, wenn er dringend repariert und gewaschen werden mußte. Die Leute, die sie an höherer Stelle kannte, schienen in der Tat sehr hohe Posten zu bekleiden.

Sie erwähnte die Episode nie wieder. Statt dessen musterte sie mich eingehend von Kopf bis Fuß.

»Du meine Güte, Angela, wen willst du denn verführen?«

Vermutlich wechselte ich die Farbe. Ich wünschte, ich hätte einfach sagen können: »Sieh mal, Caroline, ich werde eine Affäre mit Josh haben. Es ist meine erste, und ich hab furchtbare Angst davor, aber ich sehne mich so sehr danach. Meine Ehe langweilt mich, und ich brauche jemanden, der ein bißchen Schwung in mein Leben bringt. Also versuch bitte, mich zu verstehen, und bring mich nicht jedesmal, wenn du den Mund aufmachst, in Verlegenheit. Ich bin heute mit ihm zum Mittagessen verabredet; ich bin fürchterlich nervös, und heute morgen hab ich über eine Stunde gebraucht, um zu entscheiden, was ich anziehen soll.«

Statt dessen sagte ich: »Ach, ich geh nur mit einem Freund zum Lunch.«

Natürlich glaubte sie mir nicht. »Ach, ja?« sagte sie.

Beim sechsten Versuch hatte ich mich für ein cremefarbenes Armani-Leinenkostüm entschieden, mit einem kurzen Rock, der demonstrieren sollte, daß nicht nur Amanda schöne Beine hatte, und einem weißen T-Shirt, extrem eng, ohne BH darunter: auf geschmackvolle Weise schamlos, wie ich fand, zumal meine Brustwarzen sehr dunkel sind und die weite Jacke zu der Sorte gehörte, die aussieht, als könnte sie jeden Moment herunterrutschen. Alles zusammen, so hoffte ich, würde Joshs Gedanken wunderbar konzentrieren und den Smalltalk auf ein Minimum reduzieren.

Den Vormittag über beobachtete Caroline mich argwöhnisch. Gail zeigte sich abwechselnd belustigt und mütterlich.

»Darling«, sagte sie leise, als Caroline gerade mit einer Kundin beschäftigt war, »falls es deine Nerven beruhigt: Du siehst phantastisch aus. Mit deiner Figur hätte Rick mich die längste Zeit gesehen. Was für ein Parfüm ist das?«
»Diorissimo.«
Sie lachte.
»Maiglöckchen, aha! Du willst ihn an das Landleben erinnern: Vögel, Bienen, Schmetterlinge ... Herr im Himmel, was bin ich vulgär. Und dabei hängst du deinen süßen Träumen nach!«
Das tat ich keineswegs.
Plötzlich ging die Tür auf, und die stolze Amanda trat ein. Einen Moment lang verließ mich der Mut, doch dann merkte ich, daß sie verheerend aussah. Ihre Augen lagen in tiefen Höhlen, und ihre Haut war fleckig. Sie sah sich blinzelnd um, als hätte sie vergessen, wo sie sich befand. Gail schien nichts von alledem wahrzunehmen und trabte munter auf sie zu.
»Haben Sie die Kleider bei Rebecca abgegeben?«
Amanda nickte nur.
»Ja, schon«, sagte sie stockend, »aber ich kann mir nicht vorstellen, daß Rebecca sie noch braucht.«
Caroline verabschiedete ihre Kundin und warf Amanda dabei einen scharfen Blick zu. Dann kam sie rasch heran.
»Was zum Teufel ist mit dir los?«
Wir standen zu dritt um Amanda herum. Plötzlich verzog sich ihr Gesicht zu einem erstaunten Lächeln.
»Eigentlich müßte ich ein kohlschwarzes Gewissen haben«, sagte sie und lachte beklommen. »Aber ich hab's nicht! Nicht die Bohne! Ich fühl mich herrlich!«
Dann kam die Geschichte heraus. Sie hatte die Kleider in der Tat abgegeben. Rebecca wohnte nur ein paar Häuser weiter, aber Amanda hatte sie noch nie gesehen. Sie verstanden sich auf Anhieb und begannen die Sachen, die Gail ausgesucht hatte, gemeinsam zu inspizieren. Rebecca probierte ein Stück nach dem anderen an, und dazwischen plünderte sie den Getränkeschrank. Die beiden verstreuten Abendkleider, Blusen, Röcke, Blazer, Gürtel, Halstücher und weiß der Himmel was noch al-

les über den ganzen Raum und tranken dazu ihre Bloody Marys. Beim zweiten Glas begann Rebecca sich über das bevorstehende Wochenende zu beklagen. Sie bereue es bitter, daß sie sich bereit erklärt habe mitzukommen, nur weil Angus, ihr Mann, dieses Schwein, der Meinung sei, es sei besser für seine Karriere, wenn seine Frau ihn begleite und nicht seine Geliebte. Warum zum Teufel Angus nicht auf ein zivilisierteres Miststück hereinfallen könne als ausgerechnet auf Cruella de Vil? Dann gäbe es keine Probleme, und sie, Rebecca, und seine neue Herzensdame könnten sich darüber einigen, wie die Geldfrage zu regeln sei, wer wann die Kinder nehme, wer das Haus bekomme, die Bilder, die Möbel und so weiter. Sie wäre froh, Angus los zu sein, und er und die Betreffende hätten ihren Segen. Sie könnten sogar Freundinnen werden, wenn sie verspreche, nicht von Angus zu reden.
Hätte sie zu dem verflixten Wochenende doch nie ja gesagt! Von ihr aus könne er jede Frau haben, die er wolle, nur nicht Cruella de Vil. Die Kleider gefielen ihr auch nicht besonders. Amanda würden sie viel besser stehen, mit ihren langen Beinen und der sonnengebräunten Haut. Ob sie sie nicht anprobieren wolle, wo sie schon einmal hier sei? Und ob sie nicht noch eine Bloody Mary wolle, wo sie schon einmal hier sei? Sie hätten das ganze Haus für sich allein. Die Kinder seien nicht da, und Angus komme immer erst spät von der Arbeit nach Hause, oder er verbringe ein erquickliches Dämmerstündchen mit der wohlgeformten Cruella.
»Also hab ich die Kleider anprobiert«, berichtete Amanda. »Nach zweieinhalb Bloody Marys war ich zu allem bereit.«
Sie zog ein Stück nach dem anderen an, und zwischen Bloody-Mary-Schlucken und improvisierten Dialogen spielte sie Rebeccas Horrorwochenende durch. Sie kleidete sich für das Frühstück an. Sie kleidete sich für den ländlichen Spaziergang und später für den Tee um. Sie machte charmant Konversation, und mit einem letzten Schluck schickte sie sich an, für das Dinner Toilette zu machen. Das Abendkleid war aus rosafarbenem Satin, enganliegend und hinten bis zur Taille ausgeschnitten.

Amanda entblößte sich bis auf ihren Slip, hievte sich das Kleid über den Kopf und fuhr mit einem Arm in den Ärmel. Der andere blieb stecken.
Die Bloody Marys und den Designer verfluchend, kämpfte sie mit dem Kleid, das ihr Gesicht vollständig verhüllte, so daß sie nichts mehr sehen konnte. Rebecca versuchte ihr zu helfen und fing an zu lachen. Das Lachen war ansteckend und schwoll immer mehr an. Die beiden standen hilflos da. Weder die eine noch die andere konnte sich noch zu irgend etwas aufraffen. Rebecca krümmte sich vor Lachen, Amanda fuchtelte kläglich über ihrem Kopf herum und hoffte, aus den Fenstern gegenüber nicht gesehen zu werden. Plötzlich spürte sie, wie ein sanfter sommerlicher Windhauch ihren nackten Oberkörper streifte. In der Annahme, Rebecca hätte das Fenster aufgemacht, wollte sie gerade »Mach's wieder zu, um Himmels willen!« nuscheln, als sie Rebecca nach Luft schnappen und dann »Schnell! Angus kommt!« zischen hörte.
Amanda zerrte ein letztes Mal verzweifelt an dem Kleid. Ein leises Reißen von Stoff war zu hören. Mühsam kämpfte sie ihr Gesicht frei und zog sich das Kleid, obgleich ihre Arme noch immer festsaßen, gerade noch rechtzeitig fast bis zur Taille herunter. Als sie erleichtert die Augen aufschlug, sah sie einen erstaunlich gutaussehenden Mann in der Tür stehen. Er lächelte entzückt – mit gutem Grund: Im selben Augenblick merkte Amanda, daß sie das Kleid verkehrt herum anhatte. Die elegante nackte Rückseite war jetzt die elegante nackte Vorderseite – und Amanda konnte sich nicht rühren. »Köstlich!« rief Caroline. »Einfach köstlich! Und dann? Erzähl weiter!«
Amanda lachte verlegen.
»Na ja, also, *ich* konnte mich ja nicht rühren, aber *er* konnte es. Und das tat er auch. Ich merkte, daß er nicht nur sehr schön war, sondern auch ein Mann von Erfahrung, denn er streckte mit einem umwerfenden Lächeln die Hand aus und fand seitlich an dem Kleid einen Reißverschluß, den ich gar nicht bemerkt hatte. ›Jetzt müßte es gehen‹, sagte er. ›Obwohl es mir so viel besser gefällt.‹«

Und das, erzählte Amanda, sei erst der Anfang gewesen. Sie habe sich umgedreht, um etwas zu Rebecca zu sagen, aber die sei verschwunden gewesen, der Himmel wisse, wohin. Vielleicht eine etwas ausgefallene Art, die Hand des Schicksals zu spüren, habe sie gedacht, aber Schicksal sei es gewesen. Es seien Laserstrahlen gewesen. Reine Laserstrahlen.

Und plötzlich sei ihr wieder in den Sinn gekommen, was Rebecca kurz zuvor gesagt hatte: wie sehr sie wünschte, Angus würde auf ein zivilisierteres Miststück hereinfallen.

»›Na gut‹, hab ich mir gesagt, ›ich bin ein zivilisiertes Miststück, also packen wir's an. Rebecca hat das Feld für mich geräumt – das Spiel kann losgehen.‹ Und es ging los. Wir blieben die Nacht zusammen – bei mir –, und er war himmlisch.« Sie lachte wieder. »Ich hab mir schon immer einen Mann gewünscht, der was von Reißverschlüssen versteht.«

»Und was ist mit Cruella de Vil?« fragte ich.

Amanda schien plötzlich befangen.

»Ach, das ist schon okay«, sagte sie. »Angus hat sie angerufen und ihr gesagt, sie soll Leine ziehen. Und als er weg war, hab ich Rebecca angerufen. Ich hatte furchtbare Angst, sie könnte es sich anders überlegt haben. Aber sie war begeistert. Sie war leise aus dem Zimmer gegangen und hatte das Beste gehofft. Übrigens kommt sie heute nachmittag vorbei und bringt die Kleider zurück. Es tut ihr leid, daß sie sie nicht tragen wird, aber sie hofft, ihr wißt es zu schätzen, daß sie ihr so viel bessere Dienste geleistet haben.«

Caroline sagte nichts, doch ihr Gesicht verriet reinste Wonne. Ich machte Amanda eine Tasse Kaffee und versetzte der Maschine einen anerkennenden Klaps, als wollte ich sagen: »Gut gemacht, Torquemada.«

Amanda trank ihren Kaffee und betrachtete im Spiegel ihre Sonnenbräune.

»Und ich werde ein altmodisches Wochenende auf dem Land verbringen«, sagte sie lachend. »Vielleicht sollte ich mein Abendkleid diesmal richtigherum anziehen, was meint ihr?«

Josh wartete oben an der Treppe. Einen Moment hatte ich das Gefühl, ihn kaum zu kennen. Dann hatte ich das Gefühl, ihn schon mein Leben lang zu kennen. Das T-Shirt und die Jeans, die mit ihm um die Welt gereist waren. Die nachlässig gekämmten dunklen Haare. Die lange Narbe über dem Schlüsselbein. Das wettergegerbte Gesicht. Das etwas spöttische Lächeln. Ich erschrak, als ich ihn dort stehen sah. Seine Blicke zogen mich aus. O Gott, dachte ich, es geht los.

Die Sprache des Schweigens war mächtiger als Worte, die unbeholfen und fremd gewesen wären. Als ich zu ihm trat, streckte er die Arme aus, und während seine Augen und Hände mich erforschten, fand meine Jacke mühelos den Weg zu Boden. Ich schloß die Augen, und meine Finger glitten durch sein Haar und über seinen Rücken. Unsere Kleider waren uns eine Qual, und wir umschlangen uns, ohne zu sprechen. Das war es, was ich wollte, was ich so sehr wollte!

»Wann kannst du bleiben?« murmelte er nach einer Weile.

»Morgen!«

»Und danach?«

»Bald wieder!«

Es kümmerte mich nicht, daß der leere Flur sah, was Joshs Hände und Lippen taten, und auch nachdem ich die Augen geöffnet hatte, dauerte es noch einen Moment, bis ich merkte, daß der Flur keineswegs leer war. Eine Frau stand darin.

Ich fuhr zusammen. Sie war kühl, schön und vollendet gekleidet. Ich war erhitzt, zerzaust und halbvollendet entkleidet. Und schlimmer noch: Sie zeigte mir ein selbstbewußtes Lächeln, als wüßte sie die Situation perfekt zu meistern und hätte darin viel Erfahrung.

Ich tat, was man mit zwei Händen nur tun kann, um meine Kleider in Ordnung zu bringen, und bückte mich nach meiner Jacke, die zu ihren Füßen lag. Doch sie kam mir zuvor, hob sie ruhig auf und gab sie mir mit demselben niederschmetternden Lächeln.

Aber ich wollte mich nicht geschlagen geben. Ich lächelte – verächtlich, wie ich hoffte – und wandte mich ab.

Josh sah die Frau an und verzog ärgerlich den Mund. »Na, da hast du dir ja den passenden Moment ausgesucht, Stella«, sagte er.

»Wenn du die Tür offenläßt …«, gab sie zurück und ging ins Zimmer. »Ich hab etwas vergessen.«

Ihr selbstsicheres Lächeln ärgerte mich.

»Was denn? Ihr Pessar vielleicht?« fragte ich und stolzierte auf die offene Tür zu. Josh packte mich am Arm.

»Angela – warte! Das ist meine Agentin, Stella Neale, eine uralte Freundin. Tut mir leid. Ich hatte nicht mit ihr gerechnet.«

»Schon gut«, sagte ich. »Für einen so vielbeschäftigten Mann muß die Terminplanung ein echtes Problem sein. Bis man da alle untergebracht hat … Auch die uralten Freunde …«

Stella überhörte meine Bemerkung und nahm in aller Ruhe einen Aktenordner vom Tisch. Als sie auf dem Weg zur Tür an mir vorüberkam, blieb sie kurz stehen und hielt den Ordner hoch.

»Keine Angst!« Ihre Stimme klang plötzlich ganz freundlich, und sie legte mir die Hand auf den Arm. »Ich *manage* Josh nur – ich *habe* nichts mit ihm.«

Dann lachte sie leise und ging.

Die Jacke noch in der Hand, sank ich in einen Sessel. Josh nahm sie mir ab, kniete dann vor mir nieder und ergriff meine Hände.

»Du kannst ja ganz schön austeilen«, sagte er.

Ich sah ihn nur an. Ich war noch immer wütend. Mein Gott, ich benahm mich wie Fatwa. Ich hatte gar nicht gewußt, daß ich dazu imstande war. Natürlich war das alles nur Tarnung. Eine Flut von Zweifeln und Schuldgefühlen hatte mich in diesen wenigen Augenblicken überschwemmt. Ich war eine verheiratete Frau, ich war Mutter, aber ich spielte wie ein Teenager mit dem Feuer und verbrannte mir bereits die Finger. Es war absurd, und das würde es immer sein. Plötzlich sehnte ich mich nach meinem sicheren, normalen Leben. Ich wollte keine Katzenkämpfe. Ich wollte nicht mehr hier sein. Ich wollte sogar mit Rachel im Pfadfinderlager sein.

Bei dem Gedanken mußte ich lachen. Josh hielt noch immer meine Hände und sah mich an.
Ich wünschte, er würde irgend etwas sagen. Statt dessen führte er meine Hände an die Lippen und küßte sie.
»Woran denkst du?« fragte er.
»Daran, daß ich lieber mit meiner Tochter im Pfadfinderlager in Frinton wäre, als so etwas noch einmal zu erleben.«
Jetzt lachte er.
»Und woran denkst *du?*« fragte ich.
Josh stand auf und schenkte zwei Gläser Wein ein.
»Willst du's wirklich wissen?«
»Ja!«
Er gab mir ein Glas.
»Ich sag's dir morgen.« Er ließ sich auf der Armlehne meines Sessels nieder und fuhr mir durchs Haar.
»Gemeiner Kerl!« Ich nahm seine Hand und zog sie auf meine Brust. »Ein ganz gemeiner Kerl bist du.«
Er lachte leise.
»Ich weiß.«
Ich legte meine Hand auf seine.
»Du willst mich ja nur deshalb morgen sehen, damit ich dir das Abendessen mache.«
»Genau!«
»Und wenn du am nächsten Morgen aufwachst, weißt du nicht einmal mehr meinen Namen.«
»Bestimmt nicht!«
»Und dann steigst du ins Flugzeug nach Rom, weil du Gina oder Marcella oder Sophia letzte Woche versprochen hast zu kommen.«
»Allen dreien!«
»Und auf dem Rückweg mußt du noch kurz in Mailand vorbei, weil Paola sich so nach dir sehnt.«
»Unbedingt!«
»Und dann gibt es da natürlich noch die liebe kleine Frau und die Kinder, die du auf dem Land versteckt hältst.«
»Genau!«

»Ganz zu schweigen von deiner hübschen kleinen Assistentin, die dich einfach phantastisch findet.«
»Ich fürchte, ja.«
»Nicht zu vergessen deine schöne Agentin, die uralte Freundin, nicht wahr?«
»Allerdings.«
Josh erhob sich und holte die Weinflasche.
»Stella und ich hatten tatsächlich mal eine Affäre«, sagte er, ohne sich nach mir umzudrehen.
Wieder fuhr ich zusammen.
»Wie bitte?«
»Zwei Affären, um genau zu sein.«
Ich trank rasch mein Glas aus.
»Gleichzeitig?«
Josh lachte und schenkte mir nach.
»Das ist schon eine Weile her.«
»Und was war zwischen den beiden Affären?« Ich war gespannt, was ich als nächstes hören würde.
»Da hat sie geheiratet.«
Ich sah ihn nur an und neigte den Kopf zur Seite.
»Ach so, natürlich!« sagte ich. »Das ist ja so üblich. Und dann?«
»Dann war sie wieder unverheiratet, und wir wurden Freunde. Sehr gute Freunde. Was beweist, daß Freundschaften haltbarer sein können als Ehen.«
»Und Affären? Sind die auch haltbarer als Ehen?«
Er lachte.
»Ganz entschieden!«
»Josh«, sagte ich und versuchte meine Gedanken halbwegs zu ordnen. »Was soll ich hier eigentlich? Du bist schrecklich!«
Er sah mich fragend an.
»Und du? Du bist schließlich verheiratet. Also, was willst du hier, wenn ich so schrecklich bin?«
Jetzt saß ich in der Falle.
»Ich weiß ja«, sagte ich. »Das Ganze ist wahrscheinlich ziemlich dumm von mir. Vielleicht sollten wir's lieber lassen.«

Einen furchtbaren Moment lang dachte ich, er würde zustimmen. Ich fragte mich, was ich dann tun würde. Doch zu meiner Erleichterung trat er zu mir und nahm mein Gesicht in seine Hände.

»Nein.«

Ich küßte ihn. Dann lächelte ich.

»Zwei Affären kannst du mit mir nicht haben. Wie du weißt, bin ich bereits verheiratet.«

Er lachte wieder.

»Dann werden wir beide Affären gleichzeitig haben.«

»Und wie lange?«

Josh stand wieder auf und setzte sein leeres Glas ab.

»Ein, zwei Wochen vielleicht. Bis ich zu Gina nach Rom und zu Paola nach Mailand zurück muß. Und an die liebe kleine Frau muß ich ja auch noch denken.«

Ich wollte ihm einen Tritt gegen das Schienbein versetzen, aber er wich geschickt aus. Dann hob er mich hoch, trug mich zur Tür und schaffte es auch noch, sie mit dem Fuß zuzuwerfen.

»Ich weiß, eigentlich macht man das andersherum«, sagte er. »Man trägt die Dame *ins* Haus und nicht *aus* dem Haus. Aber ich habe Hunger, und du auch. Es ist nichts zu essen da, und so lange, bis meine fabelhafte kleine Assistentin vom Einkaufen zurückkommt, können wir nicht warten.«

Damit trug er mich mit baumelnder Jacke die Treppe hinunter und auf die Straße hinaus, wobei er hin und wieder stehenblieb, um einen Kuß auf meine Brüste zu drücken. Ich sagte mir, daß es noch mehr Aufmerksamkeit erregen würde, wenn ich mich wehrte, und hoffte inständig, Caroline würde mich nicht sehen – oder der Weinhändler oder der Antiquitätenhändler oder Renato oder der Filialleiter der Bank, der mich eine »junge Führungskraft« genannt hatte. Nur Gail hätte begriffen und ihre Freude daran gehabt.

Auf der anderen Straßenseite setzte Josh mich ab, schob seinen Arm unter mein T-Shirt und führte mich in eine Weinstube, in der es, wie er mir versicherte, herrliche Tortillas gab.

Wir setzten uns an die Bar, und Josh bestellte zwei Gläser

weißen Rioja. Das Barmädchen warf uns einen Blick zu und lächelte wissend. Vermutlich konnte man uns am Gesicht ablesen, was wir waren oder bald sein würden. Ich betrachtete Josh über den Rand meines Glases hinweg und war grenzenlos glücklich. Es war jenes Glücksgefühl, das man dem Augenblick zuschreibt, obwohl man die ganze Zeit weiß, daß man alles andere als glücklich wäre, wenn es nur eine Sache des Augenblicks wäre. Die Stunden zwischen jetzt und morgen abend waren wie ein warmes Meer, auf dem ich trieb und dessen Strömung mich ans Ziel tragen würde.

Die Tortillas kamen und mit ihnen, wie aus dem Nichts, ein Mädchen. Sie war ungefähr sechzehn, strahlend, mit langen Haaren, die um ihre Schultern wippten, und einem aufreizenden Körper, der eher zufällig von ein paar Kleidungsstücken bedeckt schien, so als befände sie sich auf einer einsamen Insel und müßte sich mit Seegras behelfen. Josh sah überrascht und erfreut aus. Sie schlang ihm die Arme um den Hals, und er erwiderte ihre Umarmung.

»Hallo, Josh!« rief sie. »Das ist ja eine Überraschung! Ich wußte gar nicht, daß du zurück bist. Wie war's? Auf deiner Karte sah es wunderschön aus. Bleibt es dabei, daß ich am Wochenende zu dir komme?«

Ich hätte ihm am liebsten meinen Rioja ins Gesicht geschüttet. Aber ich tat es nicht, und ich war froh darüber.

»Angela«, sagte Josh und löste sich aus den Armen des Mädchens, »das ist meine Tochter Jessica.«

Ich lachte und umarmte ihn ebenfalls. Zum ersten Mal sah ich ihn fast verlegen. Ich bemerkte, daß Jessica mir einen anerkennenden Blick zuwarf und einen noch anerkennenderen auf meinen Ehering.

»Ich muß wieder los«, sagte sie. Sie schien belustigt und sah sehr hübsch aus. Sie küßte Josh flüchtig auf die Wange. »Ich freu mich schon. Ich ruf dich an, ja?«

Damit tänzelte sie durch die Bar davon, einem jungen Neandertaler entgegen, dessen Jeans den Tod von tausend Schnitten erlitten hatten.

»Noch mehr von der Sorte?« fragte ich.
Josh schüttelte den Kopf.
»Nein. Jessica ist meine einzige. Sie geht noch zur Schule – wenn es ihr gerade paßt.«
»Sie wohnt nicht bei dir?«
»Nein.«
Und damit stand ich vor der großen Frage.
»Bei deiner Frau?«
Eine Pause trat ein.
»Meine Frau ist tot.« Josh wich meinem Blick aus und schaute auf seine Hände hinab. »Krebs. Jessica war damals zwei. Sie lebt bei meiner Schwester.«
Nichts zu sagen kann schlimmer sein, als das Falsche zu sagen, und ich konnte nicht einmal das Falsche sagen. Ich legte meine Hände in seine. Er drückte sie sanft.
»Schon gut«, sagte er leise. »Das ist jetzt dreizehn Jahre her.« Dann lächelte er, und sein spöttischer Blick kehrte zurück. »Aber sonst ist das Leben eigentlich gar nicht so übel. Die Arbeit macht mir Spaß, außer wenn geschossen wird, und dann gibt es ja auch noch Gina in Rom und Paola in Mailand und eine Menge andere, von denen du nichts weißt. Irgendwann wirst du sie alle kennenlernen. Ich kann ja mal eine Party geben – Kelvins Haremsparty. Was hältst du davon? Meine hübsche kleine Assistentin kann alles arrangieren, während ich mit einem der Mädchen, von denen du nichts weißt, in LA bin.«
»Bitte!« sagte ich.
Er drückte erneut meine Hand, und seine Augen wanderten über mein T-Shirt.
»Du hast einen unwahrscheinlichen Körper«, sagte er. »Aber das brauch' ich dir ja nicht zu sagen. Benötigt er eine spezielle Behandlung?«
»Das will ich doch hoffen.«
Er lachte.
Ich schaute auf die Uhr. Es war halb drei.
»Josh, ich muß gehen.«

»Na gut, wenn du nur dieses T-Shirt nicht verkaufst ... Versprichst du mir das? Wenn du es morgen wieder anhast, bekommst du wahrscheinlich kein Abendessen. Und dabei wollte ich was ganz Besonderes für dich kochen.«
»Ich versprech's.«
Ich verriet ihm nicht, daß ich vorhatte, etwas sehr viel Offenherzigeres anzuziehen. Essen konnten wir ja zwischendurch.
An der Tür hielt ich inne. Ich wollte noch etwas sagen. Ich wollte noch sehr viel sagen, aber eines besonders dringend.
»Josh, fährst du bald wieder weg?«
Er sah mich nur kurz an und legte mir dann sanft den Arm um die Taille.
»Wie könnte ich?«
Diese drei kleinen Worte fielen wie ein Geschenk vom Himmel.

Der Nachmittag wäre irgendwo herrlich weit weg von mir vorübergeschwebt, wenn nicht eine ganze Kette seltsamer Ereignisse eingetreten wäre. Im Laden waren nur wenige Leute; irgendwie schien eine spätsommerliche Mattheit in der Luft zu liegen. Rick war vorbeigekommen, beleidigt, weil er einen Steuerbescheid bekommen hatte. Gail klagte, daß sie dringend Urlaub brauche, und Caroline klagte über den Urlaub, den sie hinter sich hatte. Alle drei sahen mich ab und zu scharf an. Wahrscheinlich hatte ich Josh in den Augen, und das merkte man.
Plötzlich flog die Tür auf, und Rebecca stürzte herein. Sie bringe die Kleider zurück, erklärte sie atemlos, und ob wir ihr Geld für das Taxi leihen könnten. Ich erkannte die niedergedrückte Frau kaum wieder, die so sehr über das verhaßte Wochenende mit ihrem Schwein von Ehemann gejammert hatte. Es war, als hätte ihr Gemüt ein Facelifting durchgemacht. Die braungebrannte Amanda schien an dem Schwein Wunder gewirkt zu haben, und Cruella de Vil war Vergangenheit.
»Ich bin frei! Ich bin frei!« rief sie, nachdem sie den Taxifahrer bezahlt und die Kleider auf einen Sessel gelegt hatte. Sie klatschte in die Hände und tanzte durch den Laden.

Dann hielt sie inne und sah mich an, dann Rick, dann Gail und schließlich Caroline.
»Also? Irgendwelche Vorschläge?« fragte sie und vollführte vor dem Spiegel eine kokette Drehung. Sie sah zehn Jahre jünger aus.
Caroline schaute noch immer mürrisch drein, und ihre Mundwinkel zeigten nach unten.
»Was für Vorschläge?« murrte sie.
»Was weiß ich? Jemand Reiches, jemand Freies, jemand Attraktives. Jemand, mit dem ich mich amüsieren kann.«
Ich war mir nicht sicher, wie ernst sie es meinte; vielleicht war es nur die Freude darüber, ihren Mann und Cruella auf einen Schlag losgeworden zu sein. Aber Caroline war nicht der Typ, der einer Herausforderung auswich, auch wenn es nur Spaß war. Sie sah Rebecca an. Dann verschwanden die Wolken von ihrem Gesicht, und ihre Augen blitzten.
»Gut!« sagte sie. »Mal sehen.«
Sie musterte Rebecca noch eine Weile, ging dann ruhig zum Ladentisch hinüber und nahm den Hörer ab. Wortlos tippte sie eine Nummer und warf einen Blick auf ihre Armbanduhr.
»Um diese Zeit müßte er dasein«, sagte sie mehr zu sich selbst. Ein Schweigen trat ein, und Caroline wandte uns den Rücken zu. »Hurlingham Club!« hörte ich sie sagen. »Könnten Sie bitte jemanden ausrufen lassen? Lionel ...« Den Nachnamen verstand ich nicht. »Sagen Sie ihm, Caroline Uppingham möchte ihn sprechen, es sei dringend.« Eine lange Pause folgte. Rebecca schien sich allmählich unbehaglich zu fühlen. Dann: »Lionel! ... Was spielt das schon für eine Rolle, ob du mitten in einem Match bist! Hör zu!« Wieder wandte Caroline uns den Rücken zu, so daß ich den Rest des Gesprächs nicht mitbekam. Nach einer Weile drehte sie sich wieder um, und bevor sie den Hörer auflegte, sagte sie laut: »Gut, Lionel! Um sieben bei Connaught. Du hast dort doch sowieso einen Tisch, oder? ... Ja, natürlich sag ich's ihr. Stell dich nicht so an!«
Ich erfuhr nie, wer Lionel war, weshalb er seine Nachmittage in Hurlingham Club verbrachte, um was für ein Match es sich

gehandelt hatte und weshalb er bei Connaught einen Tisch hatte, aber ich nahm an, daß er ein verflossener Liebhaber von Caroline war, und als solcher war er mit Sicherheit ein reicher Müßiggänger, der völlig unter Carolines Fuchtel stand. Zu den vielen Dingen, die ich inzwischen von ihr wußte, gehörte auch, daß sie ihre Männer als Preis für ihre Gunst auf ewig in Knechtschaft hielt. Alle schienen sie anzubeten, und alle gehorchten ihr. Wenn Caroline Uppingham entschied, daß Rebecca die richtige Frau für Lionel war, dann *war* Rebecca die richtige Frau für Lionel, und der Fall war erledigt.

Es war Rick, der das benommene Schweigen unterbrach, nachdem Rebecca gegangen war.

»Verflucht noch mal!« rief er. »Da blechen die Weiber bei der Partnervermittlung hundert Eier pro Termin, plus fünfundzwanzig für jeden aus dem Mund stinkenden alten Kotzbrocken, der mit ihnen ausgeht, und ihr hängt euch an die Strippe und macht das Ganze gratis. Das ist doch 'ne verdammte Goldmine, die ihr da habt, ihr drei.« Er zeigte auf Torquemada. »Euer Torkelmarder, oder wie ihr das Ding nennt, bringt sie zum Quatschen, Caroline kennt Gott und die Welt, und die Sache ist geritzt. Ehen anbahnen – kräftig absahnen. Jede Menge Kohle könntet ihr damit machen, und einen Riesenspaß hättet ihr noch dazu.«

Ich hatte Rick bis dahin noch nie mehr als sechs Worte am Stück sagen hören.

»Das ist doch Blödsinn, Rick« murmelte Gail, noch immer mit saurer Miene. »Bleib du lieber beim Ladendiebstahl.«

Caroline aber schien alles andere als sauer. Ihr Gesicht zeigte einen Ausdruck, den ich schon oft an ihr gesehen hatte. Genau diese Miene mußte sie aufgesetzt haben, wenn Nanny ihr gesagt hatte, wie gesund Spinat sei, wenn Mummy ihr einen vertrottelten Sproß aus altem Geschlecht zum Fraß vorgeworfen hatte oder als der Rektor in Eton ihr mitgeteilt hatte, daß sie die Anmeldefrist für ihren Sohn verpaßt hatte.

Es würde Ärger geben.

»Unsinn! Die Idee ist genial!« verkündete sie. Sie breitete die

Arme aus, um ein imaginäres Transparent zu entrollen. »Ich hab's! Outfit. Designermode – Designerpartner. Bei uns finden Sie beides.« Dann lachte sie. »Secondhand natürlich.«
Gail beobachtete Caroline. Ihr Gesicht nahm einen erstaunten Ausdruck an, und sie schüttelte die Flut ihres roten Haares.
»Herr im Himmel, du hast recht! Verdammt recht! Ich wollte mich schon immer gern als Kupplerin betätigen.« Sie ließ sich schwer auf der Tischkante nieder und sah Caroline todernst an. »Das sagt einem doch der gesunde Menschenverstand, oder, Darling?« fuhr sie fort. »Wenn man ein neues Haus kauft, braucht man für das alte einen Käufer, stimmt's? Ist doch logisch. Wieso ist da noch niemand drauf gekommen?«
Sie wandte sich mit einem Lächeln an mich.
»Angela, Darling, vielleicht kannst du deine Gedanken ja mal kurz aus dem Bett rausholen und einen Vorschlag für einen passenden Namen machen.«
Ich brauchte gar nicht weiter nachzudenken. Es kam wie aus der Pistole geschossen.
»Outfit Enterprises.«
Startete ich nicht gerade in mein eigenes Unternehmen?

7 ENTERPRISES

Ich schlief schlecht. Die ganze Zeit dachte ich, daß die Nacht vor dem ersten Seitensprung sehr viel Ähnlichkeit mit der Nacht vor der Hochzeit hat. Zwar nicht vor meiner eigenen, aber vor einer richtigen, altmodischen, in der die Braut in spe im Dunkeln lag, ganz mit der kommenden Nacht beschäftigt, halb ängstlich und halb überlegend, wie sie sich im Zweifelsfall aus der Affäre ziehen könnte und was passieren würde, wenn es ihr nicht gefiel.

Dann ermahnte ich mich, nicht so albern zu sein – natürlich würde es mir gefallen. Ich war nicht wie meine Eltern, die nach meiner Zeugung alsbald dankbar in getrennte Schlafzimmer gezogen waren. Mit Ralph zu schlafen hatte mir immer gefallen, bis auf die letzte Zeit, seit es zu einer ziemlich sporadischen mechanischen Übung geworden war, bei der Ralph an *Onkel Wanja* und ich an Josh dachte.

Es gab noch jede Menge andere Unterschiede. Zunächst einmal brach ich ein Gelübde, anstatt eines abzulegen. Und wenn das Ganze ein Reinfall wurde, konnte ich immer noch zurückkehren und das Gelübde mit unsichtbaren Nähten wieder zusammenflicken, so tun, als sei das Ganze nur ein Ausrutscher gewesen, ein unseliger Irrtum, der eben passieren kann, wenn man nicht gut genug aufpaßt. Ich mußte ja nicht mit meinem Irrtum zusammenleben. Ich brauchte ihn nicht einmal wiederzusehen, wenn ich nicht wollte. Laut Caroline war Josh ohnehin Spezialist für One-night-stands, und vielleicht würde es einfach einer mehr in seiner Sammlung werden. Danke und auf Wiedersehen!

Das war natürlich ebenfalls Unsinn, und das wußte ich auch. Aber wenn es so unwichtig war, wieso konnte ich dann nicht schlafen? Und warum gab ich mich diesen absurden Selbstgesprächen hin? Es war, als würde ich von einem gewissenhaften Sexberater ausgefragt, der nicht die leiseste Ahnung hatte, wer ich war und wie meine Situation aussah.

Die Uhr schlug zwei.

Und wie sah meine Situation aus? Nein, nicht schon wieder! Ich mußte abschalten. Ich mußte schlafen. Aber ich konnte nicht. Ich begehrte Josh, und mir wurde ganz übel, wenn ich daran dachte, wie sehr ich ihn begehrte. Aber um Himmels willen! Wenn ich jetzt nicht ein bißchen Schlaf fand, würde ich morgen abend nach dem ersten Glas Wein umkippen.

Schlaf, Angela! Um Gottes willen, schlaf!

Meine Versuche, den Schlaf herbeizuzwingen, machten mich immer wütender. Die Uhr schlug drei.

Zu meinem Erstaunen schlug sie fast unmittelbar danach schon wieder. Diesmal zählte ich acht Schläge. Ich öffnete ein Auge. Es war bereits hell. Ich wußte nicht, wo ich mich befand und ob der Abend mit Josh schon vorbei war. Meine Träume von ihm liefen noch zwischen mir und dem Tag um die Wette.

Ich blinzelte. Ralph schaute auf mich herab. Ich erschrak. Sah man mir meine Träume an? Hatte ich im Schlaf geredet? Panik erfaßte mich.

»Du warst sehr unruhig heute nacht«, sagte er, den Blick weiter auf mich gerichtet. »Ist irgend etwas nicht in Ordnung?«

Mein Mund war trocken.

»Wird wohl die Hitze sein«, murmelte ich.

Das entsprach wenigstens der Wahrheit.

Dann begann Ralph von *Onkel Wanja* zu reden. Er war aufgeregt. Bis zur Premiere waren es nur noch knapp zwei Wochen. Ab Ende November war ein Theater im Westend gemietet, und für die Zwischenzeit war eine kleine Tournee geplant, die in Brighton beginnen sollte. Ralph ging auf und ab und redete. Inzwischen war ich hellwach und versuchte, zuzuhören und Interesse zu zeigen. Er war überzeugt, daß er am Anfang einer zweiten Karriere stand. Von jetzt an würde alles wunderbar sein. Es hieß bereits, daß seit Laurence Olivier niemand mehr den Astrow so intelligent gespielt habe. Ich gab anerkennende Laute von mir. Ja, natürlich würde ich zur Premiere kommen, sagte ich. Und wie es danach mit einem späten Dinner wäre? Ich würde auch in seinem Hotel übernachten. Am Morgen dann Frühstück in unserem Zimmer mit Blick aufs Meer. Ob ihm das gefallen würde?

Ralph lachte.

»Das klingt ja richtig nach Seitensprung. Eine Nacht in einem Hotel in Brighton.« Ich zuckte zusammen und schwieg.

Es war schon spät, und ich zog mich rasch an. Magdalena machte gerade das Frühstück, und ich wünschte, sie hätte es nicht getan: Ich wollte, daß der Tag mit halbgeschlossenen Augen und sanften Flüsterlauten anfing. Sie sang irgendein schreckliches portugiesisches Lied. Was konnte ich tun, damit sie nicht so glücklich war? Zu allem Überfluß hatte sie auch noch ihr Herz für Porridge entdeckt – ein schwerwiegender Fehler. Ich weiß nicht, wie sie es anstellte, aber es sah immer aus wie eine tote Qualle. Ich schauderte, als sie es vor uns hinstellte. Normalerweise mußte sich nur Rachel damit herumschlagen, aber jetzt, da Rachel im Pfadfinderlager war, hatte Magdalena beschlossen, daß Ralph und ich statt ihrer zu leiden hätten. Ralph war zu höflich, um etwas zu sagen, und ich fühlte mich zu schwach. Außerdem hatte ich Angst, das Mädchen zu kränken, weil sie dann womöglich beleidigt abziehen und den Schlüssel zu meinem Doppelleben mitnehmen würde.

Ich versuchte meine Gedanken zu ordnen. Mein Alibi für heute nacht war nur eine halbe Lüge – oder eine Dreiviertellüge. Das Stückchen Wahrheit bestand darin, daß ein berühmter Designer in seinem Haus in Canterbury eine private Modenschau veranstaltete, zu der man nur auf Einladung gelangte. Ich gehörte zu den Privilegierten. Die Einladung war durch Boten im Laden abgegeben worden, und ich hatte sofort den Namen des Mannes wiedererkannt, der eines Tages mit einem Gesicht wie Iwan der Schreckliche ins Outfit marschiert war und mich dazu gebracht hatte, ein Spinnengewebe oben ohne anzuziehen, das er mir dann aus unerfindlichen Gründen auch noch geschenkt hatte. Und genau in diesem Augenblick hatte Josh den Kopf zur Tür hereingestreckt. Meine Verlegenheit war unauslöschlich in mein Gedächtnis eingebrannt, ebenso wie der Name des Mannes: Dante Horowitz.

Das Stückchen Unwahrheit bestand darin, daß ich Ralph gesagt hatte, die Veranstaltung sei am späten Abend, so daß ich in Canterbury übernachten müsse. In Wirklichkeit fand sie am Vormittag statt. Ich war spät dran und ziemlich nervös, betrachtete Magdalenas tote Qualle und zermarterte mir das Hirn, wie ich sie Fatwa schmackhaft machen konnte.

»Ich weiß noch nicht, wo ich übernachten werde, Darling«, sagte ich kühl. »Also hat es wohl wenig Zweck, dich anzurufen – du kommst ja erst spät von der Probe zurück. Wir sehen uns dann morgen abend.«

Ich war erschüttert, wie mühelos ich log.

Ralph nickte nur. Seine Gedanken waren bereits völlig von *Onkel Wanja* absorbiert.

Dann ging ich nach oben, um zu packen. Ich nahm mein Super-Verführungs-Outfit aus den Schrank, das ich vor ein paar Wochen an Ralph ausprobiert hatte – mit so durchschlagendem Erfolg, daß es unsere Ehe beinahe zu neuem Leben erweckt hätte. Es war das Sonia-Reykel-Kleid mit dem winzigen, mit goldenen Schmetterlingen bedruckten Rock, das Gail mir aufgenötigt hatte und das mit knapper Not meinen Nabel bedeckte. Gail hatte natürlich genau gewußt, warum sie es mir geschenkt hatte, und ebenso genau hatte sie gewußt, daß ich es heute abend tragen würde, wenn auch nicht sehr lange. Erst gestern hatte sie erklärt, sie hätte sich schon immer als Kupplerin betätigen wollen, und offensichtlich wollte sie mit mir den Anfang machen. All das schien ihren wiederholten Warnungen, ich solle vorsichtig sein, zu widersprechen.

Ich hatte auch nicht die Absicht, vorsichtig zu sein, und das wußte Gail.

Vielleicht hatte sie nur gemeint, ich solle mir nicht weh tun lassen. Aber wie konnte man bei einer Affäre vorsichtig sein, außer indem man nichts Gleichwertiges zurückgab? Einen Menschen zu begehren war etwas anderes als ein Wertpapierportefeuille zu besitzen, bei dem man Dividenden kassierte, ohne das Kapital anzugreifen. Aber wie auch immer: Ich war kein Teenager mehr, ich war keine Anfängerin, und ich würde mich Josh nicht an den Hals werfen und sagen: »Nimm mich, mach mit mir, was du willst, liebe mich, oder ich bring mich um.« Ich war fast neunundzwanzig, ich hatte einen Ehemann, ich hatte eine Tochter. Ich hatte ein Leben – ein Leben, das auf wunderbare Weise vollständiger sein würde, wenn ich einen Liebhaber hatte, der mich zärtlich lieben, mich begehren, mich vögeln und mit mir lachen würde. Ein Doppelleben ohne Schuldgefühle, ohne Vorwürfe, ohne gespaltene Loyalitäten. Josh geben, was Joshs war ... Warum nicht?

»Aber wie zum Teufel willst du das anstellen, Angela?« fragte ich mich.

Ich wußte es nicht, und ich wollte es auch nicht wissen. Heute schwebte ich in den Wolken.

Mit diesem Gedanken nahm ich das graue Spinnengewebe aus dem Schrank, das Dante Horowitz mir geschenkt hatte. Ich hatte nie den Mut gehabt, es zu tragen. Aber vielleicht ... vielleicht ... wenn das Sonia-Reykel-Kleid mit den goldenen Schmetterlingen die Vorarbeit geleistet hatte, konnte ich mich beim Kaffee oder Brandy ja kurz ins Badezimmer zurückziehen und das Spinnengewebe und nichts sonst über mich herabschweben lassen. Und ich würde seine Hände spüren, die das Spinnengewebe ganz sachte beiseite schoben und zu Boden gleiten ließen. Und die dann seine eigenen Kleider zu Boden gleiten ließen. Und dann ... nun ja!

Ich legte das hauchzarte Gebilde auf die anderen Sachen und verschloß den Koffer. Ich lächelte. Unwillkürlich mußte ich daran denken, daß ich außer Ralphs Schwanz und dem, was aus dem Hosenschlitz des stellvertretenden Filialleiters hervorgeschaut hatte, noch keinen Männerschwanz gesehen hatte. Ich war mit achtzehn vom Markt gefegt worden, und mehr war nicht gewesen. War ich da jetzt, mit fast neunundzwanzig, nicht im Nachteil? Es war äußerst unfair, wenn ich es recht bedachte. Männer sehen ständig Frauenbrüste, an jedem Obenohne-Strand, in jedem Revolverblatt, in jedem Schreibwarenschaufenster, in jeder Modereklame. Aber nirgends ein Schwanz in Sicht, geschweige denn ein erigierter. Waren die Männer einfach zu prüde? Oder nur ängstlich darauf bedacht, die Realität hinter einem phallischen Mythos zu verstecken, in der Hoffnung, man würde, wenn man im Dunkeln mit ihnen zusammen war, den Unterschied nicht merken?

Die ganze Fahrt über die M25 war ich mit meinen Spekulationen über Joshs Anatomie beschäftigt, und zwar so intensiv, daß ich die Abfahrt nach Canterbury verpaßte und geradewegs in den Blackwall-Tunnel eintauchte. Das, so fand ich, trieb die Freudsche Symbolik denn doch zu weit. Entschlossen verbannte ich die Dinge der Nacht aus meinen Gedanken und konzentrierte mich auf die näherliegenden Dinge des Tages. Auf Canterbury!

Ich hatte keine Ahnung, was ich dort sollte. Ich ging nie zu Modeschauen, und ohne die Notwendigkeit eines Alibis wäre ich auch zu dieser nicht gegangen. Auf der Rückseite der Einladung befand sich ein kleiner Plan, so daß es nicht schwer war, Horowitz' Haus zu finden. Es lag in einem Dorf nicht weit von der Stadt und nannte sich Altes Pfarrhaus. Von außen sah es auch entsprechend verwinkelt und düster aus, und als ich durch das Tor fuhr, stellte ich mir vor, ich wäre der »alte Pfarrer«, der wehmütig zurückkehrt, um zu sehen, was die neuen Bewohner machen.

Bald merkte ich, daß der Pfarrer hier ein paar erstaunliche Dinge über seine neuen Schäflein erfahren hätte. An der Tür wurde ich förmlich begrüßt, von einem Mann, der bis auf eine Maske vor dem Gesicht und eine blaue Schleife um den Schwanz splitternackt war. Nanu, dachte ich, eigentlich hatte ich nicht erwartet, schon so früh am Tag einen zu sehen. Kein Wunder, daß man hier »nur auf Einladung« hineinkam. Aber Einladung wozu? Die Neugier gewann die Oberhand über meinen Drang, auf der Stelle kehrtzumachen und die Flucht zu ergreifen.

»Angela«, sagte ich entschlossen zu mir selbst, »sei kein Feigling! Das alles ist Teil der bunten Vielfalt des Lebens.«

Also nahm ich all meinen Mut zusammen, begrüßte den Mann mit der Schleife um den Schwanz und fand mich im »Salon« wieder. Ich war inzwischen auf alles gefaßt und ziemlich enttäuscht, daß dort keine römische Orgie im Gange war und alle Anwesenden zumindest etwas Kleiderähnliches anhatten, auch wenn der Pfarrer es vielleicht nicht so genannt hätte. Aber es war auch keine konventionelle Modenschau, bei der die Mannequins vor den Augen stämmiger, auf zerbrechlichen goldenen Stühlen sitzender Ladies über den Laufsteg trippeln. Fenster und Wände waren vom Boden bis zur Decke mit schwarzem Stoff verhüllt, und irgendwo hinter dieser Schwärze drang aus versteckten Lautsprechern eine Kakophonie von Dschungelschreien im Wechsel mit verzweifelten Keuchlauten, die ebensogut von einem Missionar auf der Flucht vor einem Kannibalenstamm wie von einem Liebespaar beim ultimativen Orgasmus hätten stammen können – schwer zu sagen, was es war. Die Beleuchtung war ganz oben an den schwarzen Wänden angebracht und so programmiert, daß sie von Zeit zu Zeit fast völlig erlosch, dann plötzlich grell aufblitzte – grün, rot, eisblau, indigoblau, gespenstisch weiß – und danach wieder für eine Weile in ihren Normalzustand zurückkehrte. Der ganze Raum war von Moschusduft erfüllt.

Inmitten dieser bühnenhaften Szenerie drängten sich, schweigend umherwandernd und mit Champagnergläsern zwischen den langen Fingern, Leute diversen Geschlechts, die sich selbst und einander in den zahlreichen hohen Spiegeln betrachteten. Wohin ich auch blickte, ich sah mich in zehnfacher Ausführung und je nach Laune der Beleuchtung in unterschiedlichen Farben. Die Männer waren weit in der Überzahl und ausnahmslos geschminkt und parfümiert. Vage erkannte ich einige bekannte Designer. Die Frauen, die ziellos im Raum umherschweiften, ähnelten Stabheuschrecken mit Brustwarzen. Das mußten die Models sein. Sie flatterten und huschten durch die parfümierte Menge wie magersüchtige Gespenster und blickten mit riesigen, leeren Augen um sich, während die jungen Männer einander anblickten und Händchen hielten. Die Models zeigten alle

eine gewisse Familienähnlichkeit. Die berühmten Horowitz-Spinnengewebe umschwebten sie, als hätte das Stroboskoplicht die Spinnen aufgeschreckt.
Ich versteckte mich hinter meinem Champagner, fühlte mich wie die Urmutter eines anderen Planeten und lächelte hin und wieder.
Niemand erwiderte mein Lächeln. Niemand schien meine Anwesenheit auch nur zu bemerken, worüber ich ganz froh war. Ein Gespräch wäre vielleicht nicht ganz einfach gewesen.
Es war ein seltsames Gefühl, unsichtbar zu sein, und nach fünf oder zehn Minuten begann ich es auf eine merkwürdige Art zu genießen. Da bemerkte ich, daß vom anderen Ende des Raumes her ein Augenpaar auf mich gerichtet war. Die messianische Wildheit dieses Gesichts erlaubte keinen Zweifel: Es war Dante Horowitz, der Maestro persönlich. Ich schwankte noch, ob ich zu ihm gehen und »Hallo!« sagen sollte, als ich sah, daß er sich in Bewegung setzte und sich, Stabheuschrecken und parfümierte junge Männer beiseite fegend, durch die Menge auf mich zuschlängelte. Er wirkte genauso wie damals, als er in den Laden gekommen war, und instinktiv wußte ich, was er im Sinn hatte. Kein Zweifel: Er wollte eine Wiederholung meiner Entkleidungsdarbietung. Ich sollte sein Tanzbär sein. Er griff sogar schon nach dem Kleid, das er mir zugedacht hatte, und hielt es behutsam hoch, so daß es wie durchsichtiger Sommernebel im Stroboskoplicht wehte.
Mit der anderen Hand winkte er mir zu.
Mir blieb nur eines. Ich duckte mich. Und ich ergriff die Flucht. Die Stabheuschrecken verfolgten meinen Abgang mit ihren großen, leeren Augen. Der Mann an der Tür band sorgsam seine Schleife, das maskierte Gesicht tief über den nackten Bauch gebeugt.
Plötzlich erschien mir alles so unerhört grotesk, daß ich in Lachen ausbrach. Ich klopfte dem Mann auf die nackte Schulter. »Gut, daß kein Clip dran ist!« sagte ich und zog ein bißchen an der Schleife.
Der Mann hob die Maske und zeigte mir eine gekränkte Mie-

ne. Irgendwie kam mir das Gesicht bekannt vor, und ich lächelte sicherheitshalber. Dann eilte ich von dannen, bevor Mr. Horowitz mich mit seinem Sommernebel verfolgen konnte. Ich wagte nicht zurückzuschauen.

Es war Mittag. Ich fuhr in die Stadt, ging auf der Suche nach Normalität in den Souvenirshop der Kathedrale und kaufte für Rachel ein T-Shirt mit einem Bild von Chaucers Canterbury-Pilgern. Dante Horowitz, so dachte ich, hätte gut zu dieser Gesellschaft gepaßt. Dann setzte ich mich in die Kathedrale und lauschte der Orgel, die das Kirchenschiff mit Bachschen Klängen erfüllte. Noch ein paar Jahre in der Kleiderbranche, und ich würde mich vielleicht sogar Gott zuwenden.

Der Nachmittag verstrich nur langsam. Ich machte einen Schaufensterbummel. Ich kaufte mir ein paar Taschenbücher. Ich ging in ein Museum. Ich trank Tee und aß dazu Scones mit Himbeermarmelade. Ungefähr um halb fünf machte ich mich auf den Rückweg nach London. Ich wollte unbedingt Gail noch antreffen. Sie hatte versprochen, auf mich zu warten – ich würde bestimmt einen starken Drink brauchen, hatte sie gemeint. Ein Drink sei vor dem ersten Seitensprung sehr wichtig. Er beruhige die Nerven, unterdrücke die Schuldgefühle und steigere die Libido. »Ich möchte mal wissen, wie Abstinenzler damit klarkommen. Vielleicht sind sie deshalb immer so verdammt selbstgerecht«, setzte sie hinzu.

Die ganze Fahrt über fragte ich mich, was Josh wohl denken mochte.

»Na«, sagte Gail, als ich den Laden betrat, »wie war's?«

»Komisch«, war alles, was ich darauf zu sagen wußte.

Sie schüttelte heftig ihre rote Mähne und lachte.

»Ich weiß. Die Männer sehen alle aus wie Mädchen und die Mädchen wie Jungen. Cadogan war bestimmt auch da.«

»Wer?«

»Der an der Tür. Da steht er immer. Dantes Liebhaber – ›Dantes Inferno‹ wird er genannt. Parlamentsmitglied – daher die Maske. Vertritt einen feudalen Wahlkreis und nimmt seine Mitgliedschaft ziemlich wörtlich, wenn ich mich recht erinnere.

Waschechter Tory natürlich. Bow Group, wie du vielleicht bemerkt hast. Er hatte doch die Schleife um? Richtige Farbe und alles? Ein dankbarer Wähler soll sie ihm mal geschenkt haben; ich frag mich nur, wofür er dankbar war.«

Sie konnte nicht länger an sich halten und brach in schallendes Gelächter aus. Ich sah sie verwundert an.

»Gail, jetzt brauch ich den Drink«, sagte ich.

Es war sieben Uhr, ein warmer Septemberabend. Es war seltsam, in den Umkleideraum hinunterzugehen, in dem normalerweise unsere Kundinnen verschwanden, um ihr Aussehen und manchmal auch – so schien es zunehmend – ihr Leben zu verändern. Ich verfolgte im Spiegel meine eigene Verwandlung und fragte mich, wie sehr sich auch mein Leben wandeln würde. Von jetzt an würde ich mit einem Geheimnis leben müssen. Ich grübelte darüber nach, weshalb mich das nicht weiter störte. Dann wurde mir klar, daß ich bereits seit vielen Jahren mit einem Geheimnis lebte, daß mein Leben mit Ralph unvollständig war und immer unvollständiger wurde. Vielleicht war es von Anfang an so gewesen. Ich hatte den Glanz, der ihn umgab, geheiratet, nicht den Mann selbst, und er hatte nicht mich geheiratet, sondern eine willfährige Geliebte. Nicht daß ich ihn unbedingt hätte verlassen wollen; wir waren Freunde, wir hatten Rachel, wir kannten einander, wir hatten viel zusammen erlebt. Gewohnheiten binden. Aber ich brauchte mehr – ich wollte die elektrische Ladung, ohne die das Leben grau ist. O Josh, bring Licht in mein Dunkel!

Es ist schon seltsam, daß entscheidende Momente im Leben manchmal fast unbemerkt verstreichen. An diesem Tag erkannte ich vermutlich, daß meine Ehe am Ende war – ich hatte nur nicht den Mut, es mir einzugestehen. Ich erkannte, daß alles, was davon noch übrig war, ab jetzt nur noch ein hohles Echo sein konnte, dem ich aus Angst vor der Stille, die darauf folgen würde, vielleicht noch nachlauschte. Aber ich brachte den Mut nicht auf.

Ein warmer Lufthauch streifte meine nackten Schultern. Ich war gespannt, ob wir heute nacht die Fenster offenlassen würden. Ein warmer Lufthauch und das Mondlicht. Sein Körper und meiner, die einander erforschten. Ich schauderte.

Ich betrachtete mich noch einmal in meinem schwarzen Sonia-Reykel-Kleid. Wenn ich schon mit Geheimnissen leben würde, überlegte ich, dann trug ich es besser nicht allzu oft. Das einzige Geheimnis war, wie es dem Kleid gelang, nicht herunterzurutschen. Aber zumindest würde mich niemand für eine Stabheuschrecke halten.

Es war fast halb acht – meine Geisterstunde. Ich schüttelte mein Haar locker über die Schultern – mein Hexenlook. So war es gut. Ich war nervös; die Schmetterlinge auf meinem Rock schienen aus meinem Bauch entschlüpft zu sein. Ich mußte lächeln. Ein paar Tupfer »Joy« von Jean Patou, ein letzter Blick in den Spiegel, für den Fall, daß ich in den vergangenen zwei Minuten Pickel bekommen hatte, und dann war ich fertig.

»Jesus, Maria und Josef!« rief Gail aus. Sie starrte mich an und verzog das Gesicht. »Also, ich weiß nicht ... Als deine Mutter Gott um ein Kind gebeten hat, da muß sie um eine doppelte Portion gebeten haben!«

Schlüsselklirrend folgte sie mir zur Tür, schaltete die Alarmanlage ein und schloß hinter uns ab. Dann sah sie mich noch einmal an.

»Also, ich kann nur sagen, Darling, du bist die beste Ehebruch-Reklame, die ich je gesehen habe.«

Ich wartete noch, bis sie um die Ecke gebogen war, und drückte dann auf die Klingel. Mit meinem Koffer in der Hand tat ich meine Absichten vermutlich dem ganzen Pimlico Square kund. Ich warf einen Blick zum Trevi hinüber und war froh, daß Renato nicht am Fenster stand.

Unangekündigt sprang die Tür auf. Es war soweit! Ich trat ein und schaute nach oben. Josh stand auf dem Treppenabsatz und sah zu mir herab. Er trug schwarze Jeans und ein weites Hemd mit offenem Kragen. Die lange Narbe an seinem Hals verlor sich im Dickicht der dunklen Brustbehaarung. Mein Gott, wie sexy! Er lehnte lässig am Geländer und lächelte. Wie schaffte

er es nur, so verdammt locker zu sein? Übung, vermutete ich. Wie viele Frauen hatte er schon per Türdrücker eingelassen und ihnen schweigend entgegengeblickt, als wären sie der Zimmerservice? »*Tarte aux pommes* hatten Sie heute abend bestellt, nicht wahr, Mr. Kelvin?«
Die Treppe schien endlos. Ich fühlte mich, als wären alle meine goldenen Schmetterlinge in meinen Bauch zurückgekehrt und würden dort einen wilden Tanz aufführen. Ich wußte, daß Josh mich beobachtete. Was blieb ihm anderes übrig, bei einem solchen Kleid?
Endlich war ich oben. Ich hielt inne. Die Schmetterlinge nicht. Mit Mühe hob ich den Blick, und das leise Lächeln auf Joshs Gesicht erlosch. Wortlos streckte er die Hand aus, nahm meinen Koffer und geleitete mich höflich in die Wohnung. Dann schloß er die Tür und nahm meine Hände. Seine Augen weiteten sich, und er sah mich einen Moment lang an; dann ließ er meine Hände los, und seine Finger glitten leicht wie Federn über meinen Hals und meine Schultern und in mein Dekolleté hinab. Mein Mund war trocken, und die Schmetterlinge waren inzwischen völlig außer Rand und Band.
Er schaute mich nur an, und seine Hände legten sich um meine Hüften.
»Ja«, war alles, was er sagte, ganz leise, so als sei jedes weitere Wort zuviel. »Ja.« Ich staunte, daß ein einziges kleines Wort soviel ausdrücken, so beruhigend wirken konnte. »Ja, hier sind wir ...«, bedeutete es, »endlich ... allein ... Du bist schön ... und begehrenswert ... und ich will mit dir schlafen, bevor wir irgend etwas sagen ... Ja.«
»Ja«, wiederholte ich.
Ich schloß die Augen. Er zog mich an sich und küßte mich. Dann hob er mich hoch und trug mich ins Schlafzimmer. Der Raum war dämmrig. Vom offenen Fenster her wehte ein schwacher Lufthauch. Mein Kleid glitt zu Boden, und der Lufthauch berührte meinen nackten Körper. Das gleiche taten seine Hände, seine Lippen; und meine Hände, meine Lippen berührten seinen Körper. Nie zuvor hatte ich ein solches Verlangen ge-

spürt – es überraschte und verwirrte mich. Es war, als wäre ich bisher nie wirklich wach gewesen. Ich küßte jeden Zoll von ihm, begehrte jeden Zoll von ihm. Und ich sank mit ihm auf das Bett, und wir liebten uns, und die warme Nacht streichelte unsere Körper. Wir schwelgten im Dunkel und im Mondlicht, und es war gleichsam die erste Nacht meines wirklichen Lebens. Dann schliefen wir, einer im Atem des anderen, erwachten wieder, und wieder war die Nacht nur noch Berührung und Verlangen. Er war mein Geliebter, und alles war neu.

Irgendwo schlug es Mitternacht. Joshs Kopf lag zwischen meinen Brüsten. Er regte sich und stöhnte leise.

»Ich wollte dir doch etwas Nahrhaftes anbieten«, murmelte er.

Ich strich über seinen Rücken.

»Das hast du getan«, flüsterte ich.

Dann trat Stille ein, gefolgt von einem leisen Lachen.

»Dann ist es gut.«

Er hob den Kopf, umfaßte meine Brüste, und seine Zunge legte sich um eine Brustwarze, dann um die andere.

»Wie wär's mit einem Mitternachtsimbiß?« fragte er leise. »Er wartet schon auf dich.« Er blickte auf mich herab. Gegen das Fenster sah ich nur den Umriß seines Kopfes. »Was hältst du davon?«

Ich streichelte sein Gesicht.

»Ich laß mich überraschen.«

Er stand behutsam auf.

»Warte hier.«

Er ging leise ins Wohnzimmer. Eine Tür wurde geöffnet, und dann war aus einem weiter entfernten Raum das gedämpfte Hin und Her von Schritten zu hören.

Nach einer Weile rief er leise: »Okay!«

Ich stand auf. Durch eine Tür am anderen Ende des Wohnzimmers fiel ein Lichtstreifen. Vorsichtig bewegte ich mich zwischen den Möbeln hindurch darauf zu. Ich hatte nicht gewußt, daß es noch einen weiteren Raum gab.

Ich blieb einen Moment still an der Tür stehen und nahm den Anblick, der sich mir bot, in mich auf. Im weichen Licht stand unser Mitternachtsimbiß. Flackernde dunkelgrüne Kerzen erleuchteten einen mit silbernem Besteck und schlanken Gläsern gedeckten Mahagonitisch. In der Mitte lag auf einer Porzellanplatte ein Lachs, in seiner ganzen Länge mit dünnen Gurkenscheiben belegt und ringsum sorgfältig mit gelben Paprikaringen garniert. Auf einer Seite stand eine Schüssel aus Ölbaumholz mit grünem und rotem Salat, auf der anderen eine Schale mit Mayonnaise, mit Dillbüscheln verziert. Eine Glasschüssel neben dem Weinkühler war bis zum Rand mit Pfirsichen gefüllt.

Aus dem Dunkel am anderen Ende des Raumes war das Knallen eines Sektkorkens zu hören. Josh trat an den Tisch und stellte die Flasche in den Weinkühler.

Er drehte sich um, und seine Augen wanderten über mich hin. »Ich liebe deinen Körper im Kerzenlicht.«

»Und ich deinen.« Schweißperlen glänzten noch an seinem Hals und seinen Schultern. Sein Körper war kräftig und muskulös. Zum ersten Mal sah ich ihn nackt bei Licht. »Und ich bin glücklich«, fügte ich hinzu.

Er lächelte und nahm zwei Gläser.

»Durstig auch?«

Er schenkte den Champagner ein und gab mir ein Glas. Ich sah ihn über den Rand hinweg an, und er hob sein Glas.

»Du siehst unverschämt sexy aus.«

»Schön!« sagte ich und hob mein Glas ebenfalls. »Und jetzt müssen Sie mir sagen, Mr. Kelvin, wann Sie zuletzt nackt mit einer Frau diniert haben.«

Er setzte eine überraschte Miene auf.

»Oh, das mache ich ständig, Mrs. Merton. Bevorzugt um Mitternacht.«

»Ekel!«

Er lachte.

Dann forderte er mich mit einer Handbewegung auf, Platz zu nehmen, und wir begannen zu essen. Plötzlich erschien es uns viel zu förmlich, Messer und Gabel zu benutzen, und wir nahmen die Finger. Ich leckte seine ab, er meine. Dann küßten wir uns und tranken vom Champagner des anderen. Reife Pfirsiche ohne ein Stück Stoff am Leib zu essen war die reine Wollust. Der Saft tropfte an mir herab, und Josh beugte sich zu mir, um ihn von meinen Brüsten zu lecken. Ich schauderte.

»Du hast das alles ganz genau geplant, nicht wahr?« fragte ich atemlos.

»Natürlich!«

Josh lehnte sich zurück, und sein Gesicht zeigte den belustigten Ausdruck, den ich schon bei unserer ersten Begegnung bemerkt hatte.

»Ich hab mir auch was für dich ausgedacht«, sagte ich.

Er beugte sich vor und stützte das Kinn in die Hände.

»Ich kann's kaum erwarten.«

»Du mußt aber.«

Ich strich mit dem Finger über die dunkle Narbe an seinem Hals und küßte ihn. Dann stand ich auf und ging ins Schlafzimmer zurück. Ich nahm Dante Horowitz' graues Spinnengewebe aus meinem Koffer und ließ es über mich herabschweben. Hätte ich ein paar Leberflecke auf der Haut gehabt, es hätte sie nur knapp bedeckt.

Ich ging zurück ins Kerzenlicht.

»Weißt du noch?« fragte ich und beobachtete sein Gesicht. »Diesmal ist es für dich. Ich werde deine Spinnenfrau sein. Hoffentlich hast du keine Angst vor Spinnen.«

Einen Moment lang sah er überrascht aus. Dann war es, als hätte ich einen Schalter an ihm betätigt. Er erhob sich, und das gleiche tat – stramm wie ein Gardesoldat – sein Schwanz.

»Josh«, sagte ich lachend, als er auf mich zukam, »der letzte, den ich gesehen habe, hatte eine blaue Schleife umgebunden. Aber ich schwör dir, so hat er nicht vor mir salutiert!«

Josh umfaßte mich wortlos. Das Spinnengewebe sank zu Boden, und ich ebenfalls. Nach Champagner und Pfirsich duftend, liebten wir uns im Kerzenlicht.

Outfit Enterprises war eine jener Ideen, die man genial findet, solange man stockbetrunken ist; am nächsten Morgen sind sie nur noch peinlich. Außerdem hatte mein eigenes Unternehmen sie ganz aus meinem Kopf verdrängt.

Aus Carolines Kopf hatte nichts sie verdrängt, ganz im Gegenteil: Sie hatte sich noch weiter darin ausgebreitet. Caroline war es leid, mit ihrem Leben absolut nichts anzufangen, und brannte jetzt darauf, die Welt zu organisieren – zumindest den Teil der Welt, der regelmäßig den Weg in unseren Laden fand.

So sehr war sie in Gedanken damit beschäftigt, daß sie gar nicht wahrzunehmen schien, wie verschlafen und zerzaust ich war, als ich am nächsten Morgen etwas wackelig die Treppe von Joshs Wohnung herunterkam und meinen Koffer diskret hinter Torquemada versteckte. Da sie das letzte Jahr jeden kleinsten Stimmungswechsel meinerseits einem neuen Liebhaber zugeschrieben hatte, war ich zutiefst dankbar, daß sie diesmal abgelenkt war. Es amüsierte mich, daß sie jetzt, da ich tatsächlich einen Liebhaber hatte, nichts davon merkte. Sie glühte vor schöpferischem Mutwillen.

»Komm, Angela«, sagte sie munter, »was zum Teufel ist denn heute mit dir los? Jetzt spuck schon eine von deinen genialen Ideen aus.«

Ich konnte es nicht. Weit davon entfernt, Pläne für den Umbau der Ehen anderer Frauen auszuhecken, war ich viel zu sehr mit meiner eigenen beschäftigt und damit, was nach meinem ersten atemberaubenden Seitensprung wohl so davon übrigbleiben mochte. Wie würde es sein, wenn ich heute abend nach Hause ging? Was sollte ich Ralph sagen? Würde er auf den ersten Blick sehen, daß ich die ganze Nacht von einem anderen Mann bis zum Wahnsinn gevögelt worden war? Und wenn dies der Anfang meines Doppellebens war, wie sollte ich die beiden Teile säuberlich voneinander getrennt halten?

Und von meinen eigenen Sorgen ganz abgesehen, erschien mir die Outfit-Enterprises-Idee trivial und vollkommen verrückt. Es war genau die Art von manipulativem Spiel, an dem jemand wie Caroline Gefallen finden mußte, jemand, der das Leben anderer Frauen stets besser im Griff zu haben glaubte als diese Frauen selbst. Ihre geniale Fähigkeit, passende Kleider auszu-

suchen, ließ sie glauben, daß sie mit der gleichen Genialität auch passende Liebhaber und Geliebte aussuchen konnte.
»Überlegt doch mal«, tönte sie in einer Pause zwischen zwei Kundinnen. »Zu uns kommen jede Menge unglückliche Frauen, die alles dafür geben würden, ihren Mann der richtigen Frau anzudrehen, wenn ihnen nur jemand sagen würde, wie sie es anstellen sollen. Sie brauchen doch nur einen Vorwand. Also liefern wir ihnen den besten Vorwand, den es gibt: Wir besorgen ihren Männern eine andere Frau. Was haben wir schon zu verlieren?«
Die Frau eines bekannten Methodistenpfarrers, die zwischen den Kleiderständern still nach einem Kostüm für die reiferen Jahre gesucht hatte, wandte sich erstaunt um. Caroline schien sie nicht zu bemerken.
»Mein Gott!« fuhr sie fort. Beim Klang dieses vertrauten Wortes begann die Frau genauer hinzuhören. Caroline kam in Fahrt. »Man heiratet zwischen zwanzig und dreißig. Es kann also passieren, daß man beim Aufwachen sechzig Jahre lang dasselbe Gesicht vor sich hat! Schöne Aussichten! Erzählt mir nicht, irgendein Mann hätte genug Saft, um das durchzustehen; also ist es doch nur vernünftig, wenn man ihn vor Ablauf des Verfallsdatums weiterreicht, findet ihr nicht? Dann kann man einen neuen Anfang machen. Ach, herrlich!« Sie lächelte verträumt. »Stellt euch mal vor! Ausreiß-Wochenenden zum Testen von Ersatz. Das Leben beginnt im Holiday Inn.«
Sie mußte lachen. Die Pfarrersfrau mußte nicht lachen. Dann sah Caroline uns beide plötzlich scharf an.
»Der Haken ist nur: Mit wem tut sich der Ehemann zusammen? Bekanntlich ist ja nie genug Geld da, um zwei Familien zu unterhalten, und die erste Frau kommt immer am schlechtesten weg. Und daß irgendein raffiniertes Biest ihm den letzten Penny abknöpft, ist schließlich das letzte, was man will. Also« – Caroline stieß wie ein Abgeordneter am Rednerpult den Finger auf den Ladentisch – »muß die Richtige für ihn gefunden werden. Das ist die Lösung, stimmt's? Die perfekte Scheidung!«

Sie vollführte eine schwungvoll triumphierende Geste und drehte sich um, um den imaginären Applaus des vermeintlich leeren Ladens entgegenzunehmen. Vor ihr stand die Frau des Methodistenpfarrers, mit Augen rund wie Murmeln und einem Unterkiefer, der wie ein zerrissenes Kleidungsstück herabhing. Caroline starrte sie an, und einen Moment lang schien es, als wollten sich auf den bleichen Lippen der Frau Worte formen. Dann klappte der Unterkiefer wieder hoch. Sie schüttelte sich leicht, zwinkerte und marschierte hinaus.

Ein paar Sekunden herrschte Schweigen. Gail und ich sahen uns nur an.

»Tja, Darling«, sagte Gail schließlich, »da geht eine, die wir nicht auf unserer Liste haben werden.«

Caroline zuckte nur die Schultern.

Am Spätnachmittag geschah etwas, bei dem ich mich fragte, ob Caroline es bewußt inszeniert hatte, um die Richtigkeit ihrer These zu beweisen. Eine nervös wirkende Frau in den Vierzigern betrat den Laden und begann sich zwischen den Kleiderständern umzusehen, als hoffte sie, nicht bemerkt zu werden – was auch nicht weiter schwierig gewesen wäre. Sie trug herbstlichen Tweed, und herbstlich wirkte auch ihre ganze Erscheinung. Ihr Haar hatte sie seiner graumelierten Farbe überlassen, und jegliches Make-up hatte *sie* schon vor langer Zeit *ver*lassen. Ich hatte den Verdacht, ihr Mann desgleichen.

Da Caroline und ich mit anderen Kundinnen beschäftigt waren, nahm Gail sich ihrer an. Nach einiger Zeit war ein Kleidungsstück für sie gefunden, das nicht ganz so an die schottischen Highlands erinnerte, und Gail redete ihr gut zu, nach unten zu gehen und es anzuprobieren. Nachdem sie, deutlich weniger niedergedrückt wirkend, wieder aufgetaucht war, nahm sie die angebotene Tasse Kaffee an und ließ sich mit Gail neben Torquemada im hinteren Teil des Ladens nieder.

Erst als es schon fast Zeit war, den Laden zu schließen, und sie noch immer dort saß, wurde ich auf die beiden aufmerksam. Gails rotes Haar war noch aufgelöster als sonst – immer ein Zeichen, daß Torquemada ein besonders strapaziöses Geheimnis entlockt hatte. Das Gesicht der Frau glänzte von vergessenen Tränen, und schließlich ging sie nach unten, um wieder in ihren herbstlichen Tweed zu schlüpfen. Kurz darauf verließ sie mit dem Kostüm, das Gail für sie gefunden hatte, den Laden. Gail seufzte.

»Noch so ein Fall, nur etwas schlimmer als sonst.«

Caroline witterte Klatsch, verschloß die Tür von innen und ließ sich mit baumelnden Beinen und einem Glas Wein in der Hand auf dem Ladentisch nieder.

»Und?«

»Die arme Frau.« Gail schüttelte den Kopf.

Sie hatte recht: Es war die bekannte Geschichte, nur schlimmer. Die Frau war mit einem Physikprofessor verheiratet, der für den Nobelpreis nominiert war. Nachdem sie jahrelang den Lebensunterhalt verdient hatte, schien er sich ganz nach oben gekämpft zu haben. Sie hatte ihre eigene Arbeitsstelle in der Forschung aufgegeben, Schreibarbeiten übernommen und die vier Kinder großgezogen, von denen eines geistig behindert war. Er hatte ein bißchen herumgevögelt, wie ehrgeizige Männer das eben so tun. Es hatte sie geschmerzt, aber sie hatte damit leben können, weil er sie wenigstens rücksichtsvoll behandelt hatte. Jetzt aber hatte er sich unsterblich in eine zwanzigjährige Studentin verliebt, durch die er sich, wie er sagte, wie Robert Redford fühlte. Er war wieder jung. Er stand am Beginn eines neuen Lebens. Die Welt lag ihm zu Füßen.

»Und die Studentin auch, wenn sie nicht gerade in seinem Bett lag«, setzte Gail lachend hinzu.

»Er hatte natürlich schreckliche Schuldgefühle«, fuhr sie fort, »›aber manchmal gibt es für einen Mann eben kein Zurück‹, und das ganze Gelaber. ›Du warst mir eine gute Frau, Darling, aber es gibt Dinge, die größer sind als wir.‹« Gail legte die linke Hand aufs Herz und imitierte den Physikprofessor, so wie sie sich ihn vorstellte. »›Ja, du warst eine wunderbare Frau, und – glaub mir – es tut mir weh, dich so leiden zu sehen. Wirklich. Und du sollst wissen, daß wir immer Freunde bleiben werden. Aber ich darf diese Chance einfach nicht verpassen. Sie gibt

meinem Leben und auch meiner Arbeit neue Dimensionen.‹«
Gail schniefte laut. »Kommt euch dieser verdammte Blödsinn nicht irgendwie bekannt vor? Zum Kotzen!«
Jedenfalls, fuhr sie fort, hatte das Schicksal beschlossen, daß der Professor mit seiner fabelhaften Mieze zusammenziehen mußte, sie heiraten, vielleicht eine neue Familie gründen. Vor ihm lag das gelobte Land.
»Toll, was? Herr im Himmel, und vor der Frau liegt ein Jammertal. Die Ärmste! Eigentlich wäre sie ja froh, wenn der Mistkerl sich in seiner eigenen Quantentheorie auflösen würde – scheint ein langweiliger Stiesel zu sein. Aber ein Professorengehalt – auch wenn dieser blöde Nobelpreis dazukommt – reicht auf keinen Fall für zwei Haushalte und wer weiß wie viele Kinder. Und außerdem – ihr glaubt es nicht …« Gail schüttelte ihr Haar sehr heftig. »Wißt ihr, was die Frau rausgekriegt hat? Daß die Puppe es im letzten Jahr mit der halben männlichen Belegschaft des physikalischen Instituts getrieben hat.«
»Fällt alles unter Forschung«, sagte ich. »Das machen Physiker doch: schwarze Löcher erforschen.«
Caroline sah ganz schockiert aus.
»Also hör mal, Angela!«
Dann lachte sie.
»So schwarz wohl auch wieder nicht. Überall Eingang-Schilder und Flutlicht!«
Gail sah uns beide streng an.
»Zwei Gören mit schmutziger Phantasie, was anderes seid ihr nicht«, sagte sie und mußte sich ein Lächeln verkneifen.
Dann schenkte sie sich ein Glas Wein ein.
»Also, was sagt der Kaffeesatz?« fuhr sie fort. »Daß das Luder den Nobelpreis heiratet und sich als Lady Soundso aufplustert, so lange, bis der Reiz der Neuheit weg ist. In fünf Jahren hat sie dann das letzte aus seinem Geldbeutel und seiner Potenz herausgeholt und tauscht ihn gegen ein jüngeres Modell aus. Schwierigkeiten wird sie dabei nicht haben: Ihr Onkel ist Scheidungsanwalt. Das heißt, dem Prof wird nachgewiesen, daß er Alkoholprobleme hat und zur Gewalttätigkeit neigt, daß er das

Au-pair-Mädchen begrapscht, den Hund mißhandelt und weiß Gott was noch alles. Sie kriegt das Haus, das Sorgerecht für die Kinder und einen Unterhalt, der seine gesamte Pension auffrißt. Und Frauchen Nummer eins sitzt in einem Reihenhäuschen in Balham, mit einem geistig behinderten Teenager, einem Haufen Schreibarbeit, einer chronischen Depression und einer Hypothek. Tja, Mädels, so ist das! Das Paradies auf Erden!«

Schweigen trat ein. Gail begann die Rechnungen wegzuräumen. Und Caroline schwang sich vom Ladentisch.

»Klarer Fall, was? Da wär sie mit dem alten Mistkerl immer noch besser dran gewesen. Wenigstens war er nett zu sich selber *und* zu ihr.«

»Eigentlich«, sagte ich, »ist es wie im Secondhandgeschäft. Man kauft ein Kleid, weil man es toll findet, und wenn man genug davon hat, wirft man es nicht einfach weg, damit irgend jemand es aufliest, sondern bringt es hierher, und wir finden die richtige Abnehmerin dafür. Richtige Paßform, richtiger Stil. Wieso sollte es mit Ehemännern nicht genauso sein? Richtige Paßform, richtiger Stil.«

Ich lachte. Caroline sah mich mit einem halben Lächeln an.

»Aber, aber, Angela!«

Dann breitete sich ein spitzbübischer Ausdruck über ihr Gesicht.

»Das ist überhaupt *die* Idee!« rief sie. »Outfit Enterprises! Unsere erste Kundin! Wie wär's damit?«

Gail kippte den letzten Schluck Wein hinunter und sah Caroline mißtrauisch an, warf einen Blick auf ihre Armbanduhr und nahm ihren Mantel.

»Ihr seid total verrückt, ihr beide. Ich gehe.«

Vielleicht waren wir wirklich verrückt. Und doch: Plötzlich fand ich die Idee nicht mehr trivial. Sie schien sogar mehr als einleuchtend.

»Schwesterlich zusammenhalten, das ist es doch! Im Sexualleben der Männer ein Wörtchen mitreden, genauso wie die Männer seit eh und je in unserem ein Wörtchen mitreden.«

Gail blieb an der Tür stehen. Dann drehte sie sich um und grinste.

»Schwesterlich? Ach, so ist das! Herr im Himmel, da können wir uns ja gleich die Barmherzigen Schwestern nennen. Ich bin katholisch, wie ihr wißt.«

Wir schlossen ab und gingen. Ich hoffte inständig, Caroline würde sich einen Kommentar zu meinem Koffer verkneifen, aber sie war ohnehin viel zu beschäftigt.

»Das wird ein Riesenspaß, Angela. Ein Chaos gibt das. Das totale Chaos!«

Beim Anfahren beugte sie sich aus dem Fenster.

»Wir müssen uns mal treffen und die Sache planen«, rief sie. »Kommt doch mal abends vorbei, dann schmettern wir einen.«

Bei dem Wort »schmettern« ging der Rest des Satzes in einem metallischen Scheppern am Wagen vor ihr unter. Caroline schien nichts zu bemerken und brauste, den Kotflügel des anderen Autos im Schlepptau, über die rote Ampel davon.

Ich fuhr todmüde nach Hause. Es war eine lange Nacht gewesen und ein langer Tag. Und mir war ziemlich mulmig. Würde »zu Hause« noch dasselbe sein?

An diesem Spätsommerabend war es in der Grünanlage schon herbstlich feucht. Die Schwalben flogen tief über den Kastanienbäumen – ein Hinweis auf Regen. Mein Nachbar, der Werbefachmann, ging mit einem großen Blumenstrauß für seine unglückliche Frau auf seine Haustür zu – ein Hinweis auf ein schlechtes Gewissen. Über das Kricketfeld hinkte ein dreibeiniger Hund – ein Hinweis auf Fatwa. Ich erwartete fast, das fehlende Bein als Geschenk auf der Fußmatte vorzufinden. Statt dessen lag dort eine Karte von Rachel, übersprudelnd von den Freuden des Pfadfinderlagers und unterschrieben mit der Zeichnung eines lächelnden Gesichts und tausend Küssen.

Mein Gott! Nächste Woche fing der Schulfahrdienst wieder an. Mir wurde klar, daß ein ganzes Jahr vergangen war, seit Caroline sich in mein Leben eingemischt hatte. Und in dieser Zeit hatte ich mir ein blühendes Geschäft und einen blühenden

Liebhaber zugelegt. Caroline war zwar weder für das eine noch für das andere verantwortlich, aber ohne sie hätte ich beides nicht getan. Sie hatte mir den Mut gegeben, den sicheren Hafen meines Lebens zu verlassen, etwas zu riskieren, die Kurve zu kratzen, wie sie es einmal lachend ausgedrückt hatte: »Du hast doch welche, Schätzchen – nütz sie aus!«

Ich badete, zog mir Jeans und ein T-Shirt an und überredete Magdalena auszugehen, bevor sie mir irgend etwas Portugiesisches kochen konnte. Dann machte ich mir ein Käseomelette, öffnete eine Flasche Wein und begann mir eine offizielle Version für den gestrigen Abend zurechtzulegen, für den Fall, daß Ralph Fragen stellte. Ich spielte sie im Kopf mehrmals durch und mußte lächeln bei dem Gedanken, daß ich, während Ralph probte, das gleiche tat.

Ich überlegte noch, ob ich ihm von dem Parlamentsmitglied mit der blauen Schleife um den Schwanz erzählen sollte, als er ins Zimmer trat. Er hatte kaum einen Blick für mich. Er wirkte besorgt und angespannt, und ich bezweifelte, ob er überhaupt noch wußte, daß ich weggewesen war.

»Hallo, Darling!« sagte ich mechanisch.

Er gab eine Art Stöhnen von sich, in dem Schmerz mitschwang, und sagte dann nur: »Hallo.« Kein »Darling«. Kein »Schön, dich zu sehen«. Kein »Komm, laß dich umarmen«. Kein »Ich hab dich vermißt«. Er hatte mich offenbar nicht vermißt und hätte es, wenn ich nicht dagewesen wäre, auch jetzt nicht getan. Und vielleicht auch morgen nicht, und übermorgen und überübermorgen auch nicht. Mein Gott, dachte ich, wenn er *Macbeth* spielen würde, dann würde er jetzt jeden Augenblick daraus zitieren.

Statt dessen sagte er: »Da ist eine Passage in der verdammten Rolle, die ich einfach nicht in den Griff kriege. Das macht mich rasend!«

Er wirkte plötzlich gealtert, seine Augen waren müde, und aller Mutwille war daraus verschwunden. Sein Gesicht war faltig, aber es waren keine Lachfalten.

»Erzähl!« forderte ich ihn auf.

»Es ist ganz am Anfang des Stücks. Astrow spricht mit der alten Kinderfrau. Sie sagt ihm, daß er einmal jung und hübsch gewesen und jetzt alt geworden ist. Und daß er zuviel trinke.
Darauf ich: ›Ja ... In den zehn Jahren bin ich ein anderer Mensch geworden‹, aber irgendwie krieg ich den Tonfall nicht richtig hin.«
Ich murmelte, daß die Zeile doch nicht schwer zu verstehen sei, daß ich aber, da ich keine Schauspielerin sei, die Vielschichtigkeit des Problems vielleicht nicht erfaßte. Aber Ralph hörte gar nicht zu. In seine düstere Stimmung versunken, ging er kopfschüttelnd auf und ab. Er nahm das Glas Wein, das ich ihm mechanisch eingeschenkt hatte. Ich schnitt mir selbst eine Grimasse und dachte: »Mein Gott, wie langweilig.« Ich wollte sagen: »Um Himmels willen, Ralph, ist doch egal, wie du die blöde Zeile sprichst. Die Leute werden schon verstehen, was du meinst. Du sagst doch nur, daß du in zehn Jahren ein anderer Mensch geworden bist, und das ist ja nun nicht gerade ein Gedanke, für den Aristoteles sich besonders hätte anstrengen müssen.«
Doch dann ging mir ein Licht auf. Natürlich! Ralph spielte nicht den Astrow, er spielte sich selbst. Es stimmte: Wir beide waren jetzt fast auf den Tag genau zehn Jahre zusammen, und in diesen zehn Jahren war Ralph in der Tat ein anderer Mensch geworden. Ein wesentlich langweiligerer. Kein Wunder, daß ihm die Zeile im Hals steckenblieb.
Ich begann mich zu fragen, ob ich Ralph jemals wirklich etwas bedeutet hatte und ob seine einzige wahre Liebe nicht vielmehr ihm selbst galt, dem, was er auf die Rollen projizierte, die er spielte. Ralph, in sich selbst verliebt, vor dem Spiegel Gesichter schneidend: Wenn ich zufällig zwischen ihm und dem Spiegel stand, bekam ich von dieser Liebe etwas ab. So lange, bis ich beiseite trat – dann war ich plötzlich nicht mehr da.
Aber war das nicht ein schrecklich unfairer Gedanke? Ich betrachtete Ralph und versuchte den Mann zu sehen, den ich geliebt hatte, mit dem ich mein Leben verbringen, mit dem ich

hatte alt werden wollen. Vielleicht war er ja noch da, und in Wirklichkeit hatte *ich* mich verändert. Zum ersten Mal spürte ich Gewissensbisse. Mein Kopf schwelgte noch in meiner Nacht mit Josh. Mein Körper lag noch bei ihm. Ich spürte, daß eine antimagnetische Wirkung von mir ausging, die Ralph abstieß.

»Soll ich dir was zu essen machen?« fragte ich vorsichtig.

»›In den zehn Jahren bin ich ein anderer Mensch geworden!‹« rief er mit gehetztem Blick und rang die Hände. »Klingt es so besser?«

Nein, ich war nicht die einzige, die sich verändert hatte.

»Es klingt völlig in Ordnung, Darling. Möchtest du was zu essen?«

»›In den zehn Jahren bin ich ein anderer Mensch geworden!‹« wiederholte er, trauriger diesmal.

So kann das ja noch lange weitergehen, dachte ich. Ich schenkte mir noch ein Glas Wein ein und suchte Zuflucht bei der Abendzeitung. Und zwischen den Zeilen der neuesten Ausflüchte des Außenministers in Sachen Bosnien hörte ich Joshs Stimme: »Ich liebe deinen Körper im Kerzenlicht.«

So wurde ich zur Mittagspausengeliebten.

Ich fragte mich zwar, was Josh abends trieb, hoffte aber, daß er, wenn ich mittags anspruchsvoll genug war, abends nicht mehr allzuviel anstellen konnte. Ganz sicher war ich mir da, wenn ich an Joshs Appetit dachte, allerdings nicht – er schien permanent in der Vertikalen zu sein, während ich mich mehr oder weniger permanent in der Horizontalen befand. Nachmittags schaute ich immer wieder aus dem Ladenfenster, um zu sehen, was für attraktive Blondinen auf seine Haustür zutrippelten und bei ihm klingelten. Jetzt, da er zu Hause Modeaufnahmen machte, gab es davon ziemlich viele, und ich versuchte meine Eifersucht damit zu bekämpfen, daß ich ihn unter seiner Geschäftsnummer anrief. Das hätte ich nicht tun sollen. Er hörte sich ärgerlich an.

»Ich arbeite, Sweetheart. Nein, ich *arbeite!*«

Also rief ich nicht mehr an und versuchte, ihm zu vertrauen.
Das alles rief in Gail die Irin auf den Plan. Sie war abwechselnd Komplizin und Mutter Oberin. Sogar ihre Sprache wurde zur Karikatur ihrer Wicklow-Herkunft.
»Heilige Mutter Gottes, Darling, wie soll ich verdammt noch mal einer alten Schachtel Kleider verkaufen, wenn du da oben rumhopst wie verrückt und ich so tun muß, als wär's der verfluchte Klempner?«
Caroline beschäftigte sich immer intensiver mit Outfit Enterprises und merkte noch immer nichts. Sie beschwerte sich nur, daß ich nicht mehr mit ihr auf eine Mittagspausenpasta ins Trevi kam.
»Machst du eine Abmagerungskur oder was, Angela? Ist doch albern, bei deiner Figur!«
Ich meinte, sie solle froh sein, daß sie Renato jetzt endlich für sich allein habe, aber sie schnitt nur eine Grimasse. Seit ihrem fehlgeschlagenen Versuch, zu einer Sommerlustbarkeit zwischen Rebstöcken auf sein toskanisches Gut eingeladen zu werden, hatte sie Renato als potentiellen Liebhaber abgeschrieben. Das behauptete sie zumindest.
»Was ist denn aus dem Formel-Eins-Fahrer aus Rom geworden?« erkundigte ich mich. »Dem mit den drei Eiern?«
Sie warf mir einen wütenden Blick zu. Vermutlich hatte er weiter seine Runden gedreht oder einen anderen Boxenstop eingelegt.
»Angela, du hast doch heute abend Zeit«, sagte sie, ohne auf meine Nachfrage nach dem Rennfahrer mit den drei Eiern einzugehen. »Wir müssen über Outfit Enterprises reden. Was wir machen wollen und wie wir's machen wollen. Komm so um sieben«, ordnete sie an.
Ich war schon länger nicht mehr bei Caroline gewesen. Patrick, so erklärte sie, würde bei irgendeiner Sauferei in der City sein, Ralph, so wußte ich, hatte Generalprobe und würde erst spät nach Hause kommen. Magdalena versprach, Rachel ein portugiesisches Nationalgericht vorzusetzen, das sie uns schon seit Wochen angedroht hatte – *Teckweh* nannte sie es.

»Ich mache *Teckweh*«, verkündete sie mit leuchtenden Augen. In Rachels Interesse wollte ich wissen, worum genau es sich dabei handle, doch Magdalena breitete nur die Arme aus und lächelte wie die Sonne, woraus ich schloß, daß es von allem und jedem etwas enthielt – eine Art portugiesischer Paella, so stellte ich mir vor, gewürzt mit Portugiesischer Galeere, einer giftigen Qualle, wenn ich mich recht erinnerte. Im Geiste verfaßte ich bereits eine Entschuldigung, die ich Rachel, wenn sie völlig wiederhergestellt sein würde, in die Schule mitgeben würde. Ich gab Magdalena Geld für ein paar späte Einkäufe. Rachel werde ihr die Sachen nach Hause tragen helfen, versicherte sie. Wer weiß, in welchem Zustand ich die Küche später vorfinden würde.

Caroline öffnete die Tür, ohne das Telefongespräch zu unterbrechen, das sie auf ihrem Handy führte. Ich stand da und schaute in den Garten hinaus, während sie eine Serie von Befehlen erteilte. Da die Läden an diesem Abend länger geöffnet hatten, stellte ich mir am anderen Ende der Leitung eine unterwürfige Verkäuferin vor.

Endlich verrieten erste Anzeichen, daß Caroline das arme Mädchen für heute genug gestraft hatte.

»Ich muß Schluß machen, Mummy!« sagte sie laut. »Ich bin mitten in einem Müttertreffen.«

Während sie das sagte, fiel mein Blick auf einen Notizblock, der auf dem Wohnzimmertisch lag. »Puffmütter-Treffen« hatte sie in großen roten Buchstaben daraufgekritzelt.

»So! Also, womit fangen wir an?« fragte sie, ging ins Zimmer und gab mir einen Wodka-Tonic, der mir fast die Schuhe auszog.

»Wir fangen damit an, Caroline«, sagte ich, »daß wir nicht mehr als ein Glas trinken, bis wir etwas zu Papier gebracht haben.«

»Hach! Bist du mit deinen Liebhabern auch so pingelig?« gab sie beleidigt zurück.

Ich lachte. Caroline sank in einen Sessel und kippte das halbe Glas hinunter.

»Also, schieß los.«
Ich versuchte zusammenzufassen, wie weit wir bisher gediehen waren. Wie viele Frauen es gab, die sich danach sehnten, ihren Mann an die Richtige weiterzugeben. Sie mußten sicher sein, daß die Neue Verständnis für ihre Bedürfnisse hatte und nett zu den Kindern war, daß sie ihnen nicht die Tür verschloß oder ihnen ihren Vater entzog. Es sollte nach Möglichkeit ein liebes, freundliches Wesen sein, das die Kinder auch einmal für eine Woche zu sich nahm, wenn die Ex-Frau auf die Yacht von Richard Gere eingeladen wurde. Mit anderen Worten: Zwischen den beiden Frauen mußte eine Art Komplizenschaft entstehen.
»Das wäre so die Idealvorstellung«, sagte ich. »Wie klingt das bis jetzt?«
Caroline kippte sich ihren restlichen Wodka-Tonic hinter die Binde und stand auf, um sich einen neuen einzuschenken.
»Phantastisch!« rief sie und schwenkte die Flasche hoch über dem Kopf, um sie dann auf ihr Glas niedersausen zu lassen.
»Und wen krieg ich?«
Ich sah, daß unsere Besprechung nicht einfach werden würde.
»Caroline, du gehörst zur Firmenleitung, nicht zur Kundschaft. Und die Firmenleitung klaut keine Sachen aus dem Schaufenster.«
Sie sah mich wütend an.
»Scheiße! Dann trete ich zurück.«
»Das wirst du verdammt noch mal nicht tun. Wir brauchen dich.«
Noch während ich das sagte, begann ich mich zu fragen, ob es stimmte. Dennoch fuhr ich fort:
»Als erstes müssen wir eine Liste aufstellen. Dank Torquemada haben wir ja bereits jede Menge Kandidatinnen. Die müssen wir dann – ganz diskret – einzeln ansprechen. Okay?«
(Ich konnte mir Carolines besondere Art von Diskretion schon vorstellen: »Also: Wann haben Sie zuletzt mit ihrem Mann gevögelt? In der Wahlnacht? Du lieber Himmel! Sie möchten also, daß er Leine zieht, hab ich recht? Auf was steht er? Auf

Blonde? Brünette? Puppen? Dicke? Dünne? Das wissen Sie nicht? Allmächtiger! Ist er denn gut im Bett? Sie erinnern sich nicht. Können Sie sich's vorstellen? Aber egal – vergessen Sie's. Das macht fünfzig Pfund. Und im Erfolgsfall noch einmal fünfhundert. Die nächste bitte!«

Doch Caroline war zu sehr mit ihrem Wodka-Tonic beschäftigt, um mehr zu tun als nur zu nicken. Sie war inzwischen beim dritten Glas angelangt.

»Dann machen wir die Sache publik«, fuhr ich beherzt fort. »Unter Freunden. Und Freunden von Freunden. Per Schneeballsystem. Genau wie beim Outfit. Vielleicht da und dort eine taktvolle kleine Karte ... Einen Namen brauchen wir auch noch dafür. Was meinst du? Irgend etwas harmlos Klingendes, zum Beispiel ›Neue Horizonte‹. Wie findest du das?«

Caroline nahm einen tiefen Schluck von ihrem Drink und stotterte:

»›Neue Horizontalen‹! Perfekt! ›*Nackte* Horizontalen‹!« Sie hickste entzückt und begann ihr Glas hin und her zu schwenken, als wäre es ein Kinderdrachen im Wind. »O Gott, Angela, ich hab einen in der Krone. Das ist deine Schuld.«

Allmählich gewann ich den Eindruck, ich wäre besser zu Hause geblieben und hätte mir mit Rachel Magdalenas *Teckweh* geteilt. Ich beschloß, einen letzten Versuch zu wagen, in der Hoffnung, daß wenigstens ein Teil meiner Ausführungen Carolines Kater überstehen würde. Sie war inzwischen bei ihrem vierten Mega-Wodka angelangt, und auf dem Notizblock stand noch immer nichts außer der einsamen Überschrift »Puffmütter-Treffen«.

»Also: Wir haben die nötigen Gespräche geführt, und wir haben unsere Kundschaft, okay? Als nächstes müssen wir so viel wie möglich über die Ehemänner in Erfahrung bringen, damit wir die richtige Ersatzfrau für sie finden können. Und das bedeutet, daß wir uns noch einmal eingehend mit jeder Frau unterhalten müssen, um genau festzuhalten, was ihr Mann mag – Gewohnheiten, Eigenheiten, Phantasien und so weiter.«

Caroline schüttelte heftig den Kopf. Der Wodka geriet gleichfalls in Bewegung und spritzte auf ihren Ärmel.
»Nein, nein, nein nein, nein!« Carolines Zeigefinger machte einen entschlossenen Versuch, in meine Richtung zu deuten. »Wenn man sich über die Ehemänner informieren will, dann gibt's nur eins.« (Die letzten drei Worte klangen wie ein Bienenschwarm.) »Man muß sie testen!« Der Zeigefinger beschrieb eine abfallende Spirale und landete auf ihrem Unterleib. »Und das ... ist mein Job, Angela.« Mein Name schien ihr Schwierigkeiten zu bereiten. »Verbraucherforschung. Und der Chef-Testpilot bin ich, Angela. Ich laß sie alle fliegen! Im Cockpit!« Sie hickste lautstark und spülte den Schluckauf hinunter. »Verdammt, Angela, warum kann ich nicht mehr artikudingsbums? Hups!« Sie stand auf, schwankte unsicher zu dem Tablett mit den Getränken und stieß gegen das Sofa. »Ogottogott! Du hast mich betrunken gemacht, Angela. Warumhastdudasgetan?« Dann breitete sich ein Ausdruck der Verblüffung über ihr Gesicht, und ihr Zeigefinger wanderte wieder in meine Richtung. »Du weißt ja, Angela, ich bin die Erbin der kleinsten Grafschaft Englands. Vielleicht ... vielleicht ... find ich ja eine größere.«
Nach einem erneuten gewaltigen Schluckauf lachte sie.
»Genialeidee! Absolutgenial! Morgenfangwiran.«
In diesem Augenblick streckte Carolines Tochter Samantha den Kopf zur Tür herein.
»Kannst du mir bei den Mathehausaufgaben helfen, Mum?«
Sie sah ihre Mutter kurz an und warf mir dann den wissenden Blick eines Mädchens zu, das sehr viel älter ist als neun.
»War wohl Fehlanzeige«, sagte sie und zog sich zurück. Das war mein Stichwort, und ich stand auf. Caroline folgte meinem Beispiel und stützte sich dabei an den Wänden ab. Ihr leeres Glas winkte mich zur Tür.
»Also, morgenfangwiran, Angelala! Okay?«
Von der anderen Straßenseite schaute ich noch einmal zurück und winkte der schräg im Türrahmen hängenden Gestalt zu. Es war schon fast dunkel, und zwischen den Bäumen der Grün-

anlage flatterten Fledermäuse. Von fern war der Schrei einer Eule zu hören. Ralphs Wagen stand nicht vor der Tür.

»Und, wie war das *Teckweh*?« fragte ich und schloß leise die Haustür hinter mir.

Rachel hob den Kopf von denselben Mathematikhausaufgaben.

»Ziemlich mies«, sagte sie grinsend.

8 CUPIDO

Als Caroline in den Laden stolziert kam, war es selbst für einen Montagmorgen spät. Sie warf zwei Kundinnen, die sich zwischen den Kleiderständern umsahen, einen gebieterischen Blick zu und trat dann, ein Blatt Papier schwenkend, zu Gail und mir.

»Soll das ein Witz sein?« rief sie mit durchdringender Stimme. »Wer von euch beiden war das?« Sie starrte mich zornig an. »Bestimmt du, Angela. Typisch deine Art. Aber du kannst mich mal!«

Schnaubend knallte sie das Blatt vor mir auf den Tisch. Die beiden Kundinnen erstarrten.

»Wovon redest du überhaupt?« fragte ich aufgebracht. »Was ist denn das?«

Und ich griff nach dem Stein des Anstoßes. Gail hielt die Flut ihres roten Haares mit der Hand zurück, beugte sich vor und warf einen Blick darauf. Dann lachte sie.

»Caroline, Darling«, sagte sie, richtete sich wieder auf und stemmte wie eine Waschfrau ihre Hände in die Hüften. »Glaubst du im Ernst, irgend jemand, der dich kennt, würde eine Briefmarke verschwenden, um dir einen Wisch über ein ›Eheanbahnungsinstitut‹ namens ›Seelenfreunde‹ zu schicken? Jeder weiß doch, daß du keine Seele hast.« Sie nahm das Blatt in die Hand und überflog es. »Und außerdem, Darling«, fuhr sie fort, »sieh mal, was da steht: ›Menschen von zweifelhaftem Charakter oder fragwürdigen Motiven werden nicht aufgenommen.‹ Also kommt das für dich sowieso nicht in Frage.« Sie las weiter, sah dann erneut zu Caroline auf und schüttelte den Kopf. »Klarer Fall, du hättest dir nur die Mühe machen müssen, den Text genau zu lesen. Hör zu: ›Wir schicken unseren Fragebogen an alle Einwohner mit gleicher Postleitzahl, in der Hoffnung, auf diese Weise Menschen zu erreichen, die sich über unsere Sendung freuen.‹ Verdammt schwache Hoffnung, was dich betrifft.«

Jetzt schien Caroline beleidigt. Ihre Wutanfälle waren dazu da, Unterwerfung herbeizuführen und nicht etwa Kritik, geschweige denn Spott. Es wurmte sie noch immer, daß Gail, die in ihren Augen so unbestreitbar der Klasse der Dienstboten angehörte, es ablehnte, sich entsprechend zu verhalten. Sie beschloß, ihren Ärger wieder auf mich umzuleiten.

»Kannst du mir sagen, du schlaues Kind, wieso wir eine Partnervermittlung gründen sollen, wenn Leute wie die hier so was längst machen?« Sie schnappte sich das Blatt und knallte es von neuem auf den Tisch. »›Seelenfreunde‹«, knurrte sie. »Das ist doch kompletter Blödsinn!« Sie blickte auf und sah mich lachen, erwog einen zweiten Wutanfall und beließ es dann bei einem frostigen Lächeln. »Kompletter Blödsinn ist das, weiter nichts! Aber vielleicht brauch ich so was ja. Wenn man mit Patrick zusammenlebt ...«

Gail hatte sich aus dem Kampfgebiet entfernt, um den beiden Kundinnen zu helfen, die mit gesenkten Köpfen noch immer argwöhnisch zwischen den Kleiderständern wühlten und so taten, als hörten sie nicht zu. Caroline seufzte, schenkte sich eine Tasse Kaffee ein und ließ sich schwer auf der Tischkante nieder.

»Du lieber Himmel! Montagmorgen!« seufzte sie. »Außerdem hat mir irgend so ein Scheißkerl meinen Parkplatz weggeschnappt.« Caroline betrachtete den ganzen Pimlico Square als ihren Parkplatz, einschließlich der Zebrastreifen. Ihr Blick wanderte mißbilligend zu den Kundinnen hinüber und kehrte dann zu dem beleidigenden Blatt Papier zurück. »Also, was machen wir jetzt, Angela? Du hast wohl heute deinen schweigsamen Tag. Was ist an Outfit Enterprises so anders als an dieser Sache da? Kannst du mir das erklären?«

Ich überflog die Seelenfreunde-Reklame, während Caroline ungeduldig mit den Beinen baumelte, mit den Fingern auf die Tischplatte trommelte und nur darauf wartete, wieder loslegen zu können.

Bereits nach dreißig Sekunden war mir so sonnenklar, was an Outfit Enterprises anders war, daß ich kaum wußte, was ich sagen sollte. Erst vor wenigen Tagen hatte Caroline uns einen Vortrag über die Notwendigkeit der perfekten Scheidung für unglückliche Ehefrauen gehalten, und jetzt schien dieser Gedanke aus ihrem Kopf wie weggeblasen. Aber so war es oft bei ihr. Plötzlich konnte ihr wieder einfallen, daß sie in nur einem Fach mehr Mittlere Reife hatte als Prinzessin Di, und das mußte dann als Entschuldigung herhalten, wenn sie etwas absolut nicht begriff. Es eröffnete ihr ungeahnte Möglichkeiten, über irgendeine Ungerechtigkeit zu wüten, die die böse Welt ihr angetan habe, bis man sie schließlich – in der Regel gereizt brüllend – über den wahren Sachverhalt in Kenntnis setzte. Bis dahin waren alle außer Caroline mit den Nerven restlos am Ende. Carolines Gesicht aber erstrahlte plötzlich im sanftesten Lächeln, und im treuherzigsten Ton der Welt sagte sie: »Ach so! Jetzt versteh ich. Aber warum schreist du denn so?« Und hinterher fand sie es himmlisch.

Genauso war es an diesem Montagmorgen.

»Caroline«, sagte ich, »sieh mal!« Ich hielt ihr die Seelenfreunde-Reklame vor die Nase und zeigte auf den Abschnitt Persönlichkeitsprofil. Ihr Blick fiel auf die Rubrik »Beruf«. Sie lachte.

»Verkäuferin, unbezahlt.«

»Nein, das mein ich nicht.«

»Mein Gewicht? – Keine Angaben.«

»Nein, Caroline – hier!«

»Du meinst, ob ich männlich oder weiblich bin?«

»Weiter unten!«

Sie las die nächste Zeile vor.

»›Alleinstehend/geschieden/getrennt lebend/verwitwet‹?«

»Genau!« Endlich kamen wir der Sache näher. »Das einzige, was fehlt, ist ›verheiratet‹. Überleg doch mal. Es gibt Dutzende von Agenturen für Leute, die *nicht* verheiratet sind, es aber gern wären. Bei den Leuten, denen wir helfen wollen, ist es genau umgekehrt: Die Frauen *sind* verheiratet, wären es aber gern nicht mehr. Sie wünschen sich nichts sehnlicher als eine

passende Ersatzfrau, die ihnen ihren gräßlichen Mann abnimmt.«
Caroline machte große Augen.
»Jetzt versteh' ich!« sagte sie. »Natürlich! Entschuldige, aber manchmal sitz ich wirklich auf der Leitung.« Was noch sehr euphemistisch ausgedrückt war.
Mein Hauptsorge war nun, daß Caroline den Rest des Tages damit zubringen würde, jede Kundin, die hereinkam, zu fragen, ob sie ihr Scheusal von Mann loswerden wolle und dabei Hilfe brauche. Ich sah, wie genau sie die Frauen taxierte, sobald sie den Laden betraten. Aber ausnahmsweise legte das Taktgefühl ihr diesmal Zügel an.
An diesem Abend verließ ich den Laden vor ihr. Auf der Verkehrsinsel in der Mitte des Pimlico Square zog etwas meine Aufmerksamkeit auf sich. Carolines dunkelblauer Mercedes stand dort, säuberlich zwischen der Damen- und der Herrentoilette geparkt, so daß er beide Eingänge versperrte. Mehrere Polizisten interessierten sich für das Phänomen, beäugten den Wagen von Zeit zu Zeit näher und machten sich Notizen. Ich trat möglichst unauffällig näher. Außen an der Windschutzscheibe war mit Klebestreifen ein vergilbtes Schild befestigt, auf dem in großen Lettern »Polizei ist bereits benachrichtigt« stand. Die Polizisten schienen sich jedoch mehr für das Wageninnere zu interessieren, und ich warf im Vorbeischlendern einen Blick hinein. Das Handschuhfach stand weit offen, und auf dem Beifahrersitz lag ein Wust von weiteren Schildern mit ähnlich nützlichen Aufschriften, von denen ich in der Kürze der Zeit jedoch nur wenige lesen konnte. Obenauf lag »Arzt im Dienst«, daneben »Fahrer körperbehindert« und »Fortescue Hausmeisterservice«. Teilweise verdeckt war »Bombenräumkommando«. Und auf dem Boden lagen »Stadtverwaltung – Schädlingsbekämpfung« sowie gegen den Schalthebel gelehnt »Weltkirchenrat – Lettische Delegation«.
Alle diese Schilder waren mir wohlvertraut, ebenso wie der Anblick des Abschleppwagens, der sich durch den Berufsverkehr auf uns zu schlängelte.

Outfit Enterprises lief mit verblüffendem Tempo an, so rasant, daß ich kaum Zeit fand, über mein eigenes Leben nachzudenken, geschweige denn über mein Doppelleben. Manchmal, wenn ich in der Abenddämmerung nach Hause fuhr, dachte ich erstaunt daran zurück, daß ich noch vor weniger als einem Jahr eine treue, verarmte Hausfrau und Mutter gewesen war, deren geistiger Horizont nicht über den Schulfahrdienst und die Sonderangebote im Supermarkt hinausreichte. Hausfrau und Mutter war ich zwar auch jetzt noch, aber die Treue war mit ebensolcher Leichtigkeit von mir abgeglitten wie Dante Horowitz' Spinnengewebe, und die Verarmung schien ebenso mühelos den gleichen Weg zu gehen, je mehr Opfer von John Majors Rezession in den Laden drängten, um ihren Kleiderstaat gegen erschwinglichere Klamotten einzutauschen.

Was den geistigen Horizont anbelangte, so glaubte ich manchmal die Hand meines Rotariervaters zu spüren, die sich aus dem Grab emporstreckte, um meine Augen gegen die ringsum glitzernden Versuchungen abzuschirmen. Eine Tochter mit einem Liebhaber zu haben wäre im Lindenquell schon schwer genug zu verkraften gewesen. Ich versuchte mir das Gesicht meines Vaters vorzustellen. Und doch amüsierte mich der Gedanke, daß in seinem lebenslangen Statusstreben mein Ehebruch für ihn weniger schlimm gewesen wäre als die Tatsache, daß seine Tochter sich dazu hergab, in einem Laden Secondhandkleider zu verhökern. Wenigstens, so sagte ich mir, brachte ich ihn nicht öffentlich in Verruf, indem ich diese unaussprechlichen Dinge in Ipswich tat.

Trotzdem wünschte ich, er wäre noch am Leben. Er war zu früh gestorben. Es war nicht genug Zeit geblieben, hinter all seiner Wohlanständigkeit einen wirklichen Vater zu entdecken. Hatte ich diese Wohlanständigkeit in Frage gestellt, hatte er mich fortgeschickt. Und dann hatte ein betrunkener Lastwagenfahrer auf der A12 *ihn* für immer fortgeschickt.

Ich dachte lieber nicht darüber nach, was er von Outfit Enterprises gehalten hätte. Das zumindest würde ich nie erklären müssen.

Es war Rick, der uns auf Trab brachte, und zwar ziemlich plötzlich. Ich hatte gedacht, es würde mindestens eine Woche dauern, bis eine geeignete Druckmaschine von der Ladefläche eines Lasters fiel, so daß er unsere neuen Karten drucken konnte. Aber um Punkt neun am nächsten Morgen stand er mit einem staatlichen Postsack über der Schulter im Laden.

»Hier, Schätzchen«, sagte er und stellte den Sack auf den Tisch. »Fünfhundert Stück. Bütten. ›Königlicher Hoflieferant‹ hab ich lieber weggelassen, aber die goldene Schrift, dachte ich, würde euch gefallen. Okay, Mädels?«

Und da waren die neuen Karten. »Neue Horizonte« – das Gold hob sich gegen ein helles Horizontblau ab. Der Text hatte uns am meisten Kopfzerbrechen bereitet. Tagelang hatten wir beim Lunch im Trevi darüber gebrütet. Wie konnten wir mit einem einzigen knappen Satz die Frauen ehebrecherischer oder anderweitig unzulänglicher Männer ansprechen, ohne daß es (wenn der Text zu milde war) nach Eheberatung oder (wenn er zu unverblümt war) nach ein paar alten Schlampen klang?

Caroline war uns keine große Hilfe gewesen.

»Ich hab's«, verkündete sie in einer Mittagspause und stieß die Gabel in ihren Prosciutto. »Hört zu – ist mir gestern abend im Theater eingefallen. Es sind nur fünf Wörter: ›Zeit für den nächsten Akt‹.«

Gail und ich sahen uns an.

»Nein, Caroline!« riefen wir unisono.

»Ihr meint, es ist zu subtil?«

»Das vielleicht nicht gerade, Caroline.«

Sie schien einen Moment gekränkt, doch dann begann sie mit vollem Mund zu lachen.

»Wie wär's dann mit ›Szenenwechsel‹?« prustete sie.

»Schon besser«, sagte ich. »Nur ein bißchen kurz.«

»Wie Patrick«, murmelte Caroline.

Es sah ganz so aus, als würde auch dieses Puffmütter-Treffen aus dem Ruder laufen.

»Der Witz bei der Werbung«, schaltete Gail sich mit ernster

Miene ein, »ist, daß man nur die Zielgruppe anspricht, die man erreichen möchte, und sonst niemanden.«

»Dann schieß los«, sagte ich mißtrauisch. »Du bist dran.«

Gail leerte ihr Weinglas und sah sich um.

»Wie wär's mit ›Einen anderen lieben und ehren‹«, schlug sie vor.

Caroline verzog das Gesicht.

»Nein, bloß nichts mit diesen dämlichen Ehegelübden. Wer will schon daran erinnert werden?«

Aber mich erinnerten sie an etwas. Plötzlich kam mir eine Idee.

»Vielleicht hat Gail recht«, sagte ich. »Die Ehegelübde. Moment, wie gehen die noch? ... Heißt es da nicht, bis daß der Tod euch scheidet? Ich hab's! Ganz einfach! Wir brauchen das nur zu ergänzen: ›Bis daß der Tod euch scheidet? Lieber gleich!‹ Wie findet ihr das?«

Ein paar Sekunden herrschte Schweigen. Dann breitete sich ein Lächeln über Carolines und Gails Gesicht.

»Sie hat's mal wieder getroffen«, sagte Gail und schenkte uns Wein nach.

Und so stand es auf unseren Karten. »Neue Horizonte« in verlockend sommerlicher, rosenumrankten Schrift. Ein bißchen übertrieben, fand ich, aber auf jeden Fall ein erfreulicher Anblick. Und darunter »Bis daß der Tod euch scheidet? Lieber gleich!« In goldenen Lettern – etwas bombastisch, gemessen an der Unverblümtheit der Aussage. Aber der Effekt war zweifellos erstaunlich. Und am unteren Rand »Outfit Enterprises« mit unserer Adresse und Telefonnummer; diskreter und geschäftsmäßiger ging es kaum noch. Wir standen um den Postsack und bewunderten die Karten. Rick hatte hervorragende Arbeit geleistet.

»Heirate einen Dieb, und du bekommst einen Künstler«, sagte Gail neckisch.

Rick lehnte es kategorisch ab, Geld für seine Arbeit zu nehmen. Er hatte seine Berufsehre, und inzwischen hatten wir gelernt, sie zu respektieren.

Anfangs hatte ich noch Hemmungen, die kleinen blauen Karten zu verteilen. Eine legte ich jedoch auf Joshs verstreute Kleider, nachdem wir uns in einer langen herbstlichen Mittagspause geliebt hatten. Hinter »Neue Horizonte« hatte ich »erforsche sie mit mir« gekritzelt – ein bißchen dreist, wie ich dann fand, aber ich liebte nun einmal unsere mittäglichen Freuden nach Wein und Räucherlachs und hatte meine Zurückhaltung ganz aufgegeben. Ich liebte Joshs Körper und die Dinge, die er mit meinem Körper machte, und danach schwebte ich wie im Traum durch den Nachmittag, von Gail mit einem wissenden Lächeln und von Caroline mit einem Stirnrunzeln beobachtet. Weshalb sie nicht Verdacht schöpfte, war mir ein Rätsel.

Und wohin das alles führen würde, war mir ebenfalls ein Rätsel. Ich lebte im Jetzt, und jeder neue Tag war nur eine Erweiterung des Jetzt. Zwei Leben schienen besser als eines.

Gail teilte meine Skrupel wegen der Karten nicht. Sie steckte sie einfach wie kleine Zeitbomben in die Taschen jedes Kleidungsstücks, das wir verkauften. Kundinnen, die sie besonders gut kannte, oder solchen, die vor Torquemada bereits tränenreiche Beichten abgelegt hatten, drückte sie mit einem munteren »Ein neuer Geschäftszweig von uns – vielleicht interessiert es Sie, Darling« eine Karte in die Hand.

Caroline dagegen hielt sich weder mit Worten noch mit Skrupeln auf. Sie plazierte einfach einen Stapel Karten neben dem Mantelständer nahe der Tür und zwei weitere im Umkleideraum und in der Toilette. Ein paar Karten legte sie fächerförmig vor Torquemada aus. Jeden Morgen überprüfte sie, wie viele am Tag zuvor verschwunden waren.

»Wenn das so weitergeht, müssen wir bald neue drucken«, erklärte sie.

Das Echo traf uns unvorbereitet. Selbst Caroline, die jede Ehe als ein Joch betrachtete, das die Frau sehnlichst abzuschütteln wünschte, war überrascht.

»Ich wußte, daß ich recht hatte«, sagte sie. »Aber ich wußte nicht, daß ich *so* recht hatte.«

Anfangs bissen nur wenige Kundinnen an. Sie kauften einen billigen Schal oder Gürtel und benutzten den Kauf als Vorwand, um unauffällig in den hinteren Teil des Ladens zu schlüpfen, wo sie uns nervös beiseite nahmen und fragten: »Meinen Sie wirklich, Sie können mir helfen?« Doch die Tage vergingen, es wurden immer mehr, und schließlich kamen sie in hellen Scharen, wie herbstliche Zugvogelschwärme. Wir sahen an ihren Gesichtern, was in ihnen vorging. Noch nie in der langen Zeit, seit Torquemada uns seine unschätzbaren Dienste leistete, hatte er soviel Kaffee hervorgesprudelt und -gezischt. Unsere Leistungs- und Koffeinreserven wurden bis zum äußersten beansprucht.

Wir hörten zu.

Wir führten Gespräche.

Wir machten Notizen.

Wir legten Akten an.

Wir führten Listen.

Und nach Ladenschluß hatten wir eilige Puffmütter-Konferenzen, in denen wir berieten, wie wir das Ganze im Griff behalten sollten. Wichtige Entscheidungen mußten getroffen werden, und sie mußten rasch getroffen werden.

Das dringendste Problem war die Raumfrage. Sehr bald stellte sich heraus, daß wir in unseren Räumen nicht zwei Geschäfte gleichzeitig führen konnten, zumal man nie genau wußte, welche Kundinnen welche Dienste wünschten. So konnte es nicht ausbleiben, daß wir Fehler machten. Die Frau eines bekannten Tory-Peers, die in den Laden kam, um ihn loszuwerden, war völlig entgeistert, als Caroline sie fragte, wen ihr Mann auf dem letzten Parteitag in Brighton gevögelt habe. Caroline aber blieb auch, nachdem die Frau hinausstolziert war, völlig unbeeindruckt. Da sie selbst genau wisse, wen der Mann in Brighton gevögelt habe, beharrte sie, habe sie mit Fug und Recht annehmen können, daß die dumme Pute aus diesem Grund gekommen sei.

Wir sahen ein, daß wir, um weitere Mißverständnisse zu vermeiden, dringend neue Räume brauchten. Und diese Dringlichkeit nahm, je mehr sich die Existenz der Neuen Horizonte herumsprach, von Tag zu Tag zu. Innerhalb kürzester Zeit kamen auf jede Kundin, die erpicht darauf war, sich von ihrem Lanvin-Kleid zu trennen, drei weitere, die noch erpichter darauf waren, sich von ihren Ehemännern zu trennen.

Da landete ich einen Coup. Der Antiquitätenhändler von nebenan hatte schon immer ein Faible für mich gehabt: Die Art, wie er die geschwungenen Beine eines Queen-Anne-Spieltisches streichelte, ließ keinen Zweifel daran, was er als nächstes zu streicheln hoffte. Trotzdem mochte ich ihn und schaute gelegentlich auf eine Tasse Kaffee bei ihm herein, wobei ich meine eigenen Beine wohlweislich übereinandergeschlagen hielt.

Eines Tages verließ ich den Laden spät und traf ihn an, als er gerade seine Tür abschloß. Als ich ihn grüßte, merkte ich, daß sein Gesicht aschfahl war. Ich fragte ihn, ob ihm nicht gut sei. Er zögerte, und plötzlich bemerkte ich Tränen in seinen Augen. Ein geradezu lächerlicher Beschützerinstinkt erwachte in mir, und ich legte den Arm um ihn, worauf er fast zusammenbrach. Dann sprudelte er seine Geschichte hervor. Er stehe am Rande des Ruins, erklärte er. Der Antiquitätenhandel liege darnieder – die Amerikaner kauften nichts, die Europäer fanden London zu teuer, und die Japaner verstünden ohnehin nichts von Möbeln, da man in Japan ja auf dem Boden sitze. Und obendrein habe der Mann, der seinen Pachtvertrag habe übernehmen wollen, seine Zusage heute morgen zurückgezogen. Der arme Mann war verzweifelt.

»Wie lange läuft denn der Vertrag?« fragte ich.

»Das ist es ja gerade. Nur drei Jahre. Zu kurz, als daß es sich für irgend jemanden lohnen würde.«

Für uns vielleicht doch, dachte ich.

»Vielleicht könnten wir ihn übernehmen«, sagte ich vorsichtig. Ein Büro für Outfit Enterprises gleich nebenan, das war genau das, was wir brauchten.

Er starrte mich ungläubig an. Dann hellte sich sein Gesicht auf und nahm einen verwirrten, eifrigen Ausdruck an. Ich fragte ihn nach dem Preis, den er mir stotternd nannte, um ihn gleich darauf zu reduzieren. Panik malte sich auf seinen Zügen bei dem Gedanken, daß ich nein sagen könnte.

Ich sagte nicht nein. In der Annahme, daß wir uns die Summe wahrscheinlich würden leisten können, sagte ich ja, vorausgesetzt natürlich, so setzte ich ruhig hinzu, daß meine Partnerinnen der gleichen Meinung seien. Ich erkannte mich kaum wieder, als ich so redete; ich kam mir vor wie ein Konzernchef. So wurde gleich auf dem Bürgersteig ein Gentlemen's Agreement getroffen, und wir kamen überein, die Sache, wenn alles in Ordnung gehe, möglichst rasch über die Bühne zu bringen. Dann ging er mit großen Schritten davon, noch immer ein wenig perplex, aber ab und zu vergnügt seinen zusammengerollten Regenschirm schwenkend.

Nicht zum ersten Mal kam mir der Gedanke, daß uns – wie Leichenbestattern in Zeiten der Pest – John Majors Rezession sehr zustatten kam, auch wenn ich mich in diesem Moment mehr wie ein Pirat auf hoher See als wie ein Leichenbestatter fühlte.

Die Nachricht von meinem Coup rief am nächsten Morgen unterschiedliche Reaktionen hervor. Caroline, die sich noch nie für juristischen Kleinkram interessiert hatte, wollte sofort einziehen.

»Wir können Rick doch bitten, die Wand durchzubrechen. Dann bräuchten wir nicht zu warten, bis wir den Schlüssel bekommen.«

Gail hatte einen Kater und bat sich Bedenkzeit aus.

»Nur nichts überstürzen! Verdammte Amateure seid ihr, alle beide. Erst mal: Wie kriegen wir unser Geld wieder rein? Könnt ihr mir das sagen? Herr im Himmel, das soll ein Geschäft werden, und wir wissen noch nicht mal, wieviel wir verlangen wollen!«

Das sah selbst Caroline ein, und wir beschlossen, das Lunch zu einer Puffmütter-Sonderkonferenz umzufunktionieren. Um ein Uhr schlossen wir den Laden ab und gingen ins Trevi hinüber. Beim Anblick unserer verschwörerischen Mienen gab Renato uns einen ruhigen Tisch in einer Ecke. Gails Kater hatte sich inzwischen in heftigen Durst verwandelt, und Renato stellte vorsorglich als erstes eine Flasche Chianti vor sie hin. Caroline war ungewöhnlich gut gelaunt. Am Morgen hatte sie eine Einladung zu einem Wochenende in Monte Carlo erhalten, von ihrem italienischen Rennfahrer, der nach dem Grand Prix von Monaco bestimmt gut geölt sein würde, wie sie hoffnungsvoll meinte, wobei sie sich großzügig von Gails Chianti bediente. Ich selbst hatte vor, mit Josh einen Abend bei Kerzenlicht zu verbringen. Mit Magdalena hatte ich vereinbart, daß sie für Rachel ihr berühmtes portugiesisches *Teckweh* kochen würde, das meiner hungrigen Tochter besser zu schmecken schien als alles, was ich selbst mir je für sie ausdenken mochte.

Keine von uns dreien hatte die leiseste Ahnung, in welchem Rahmen sich unsere Gebühren bewegen sollten, und die Seelenfreunde anzurufen und um Rat zu fragen schien uns unklug. Natürlich mußten wir auf einer Aufnahmegebühr bestehen, die jedoch so gering sein mußte, daß sie niemanden abschreckte, aber doch ausreichend, um unsere Kosten zu decken, falls unsere Bemühungen fehlschlugen. Wir hatten bereits über achtzig potentielle Kunden in unseren Akten und waren uns darin einig, daß zweihundert Pfund in etwa angemessen seien. Als Gails Chiantiflasche zur Neige ging, erhöhten wir auf zweihundertfünfzig. Diese erste Zahlung war für das Vorgespräch mit der Ehefrau bestimmt, plus das darauffolgende eingehende Interview, in dem die spezifischen Vorlieben, Eigenheiten und Schwächen des Ehemannes ermittelt werden mußten, Einstellungen und so weiter, bis hin zu seinem Geschmack in puncto Socken und Unterwäsche. Auch den nächsten Schritt mußte die Summe abdecken, nämlich die Erstellung einer Auswahlliste potentieller Kandidatinnen und die heiklen Sondierungen, durch die wir herausfinden mußten, ob diese Kandidatinnen bereit waren, sich auf ein solches Abenteuer einzulassen. Und hinzu kam das Wichtigste von allem: Das Treffen der Noch-Ehefrau mit den wenigen Auserwählten, unter denen sie dann ihre bevorzugte Nachfolgerin aussuchen mußte.

Alles in allem schienen zweihundertfünfzig Pfund geradezu ein Schleuderpreis für dieses Angebot.

Und dann der Knackpunkt: Was sollten wir bei erfolgreicher … verlangen? Wir wußten nicht einmal wie wir es nennen sollten.

»›Partnertausch‹«, schlug ich vor.

Das wurde jedoch für abgedroschen und anrüchig befunden, ähnlich den Aktivitäten gewisser Pfarrersfamilien in Londoner Vororten, über die man hin und wieder in der Regenbogenpresse las.

Caroline war mehr für »Schwanztausch«, was sie dann zu »männliche Organverpflanzung« verfeinerte. Ich setzte eine ausdruckslose Miene auf, und Gail schüttelte den Kopf.

»Nein, Darling, etwas Dezenteres, verdammt noch mal.«

»Okay«, sagte ich. »Wie wär's dann mit ›Organverlagerung‹?«

Gail machte ein nachdenkliches Gesicht.

»Schon besser. Allmählich treffen wir den Ton. Dann faltete sie fromm die Hände und lächelte verschmitzt. »Ich hab's: ›eheliche Umstrukturierung‹. Das klingt nach Achtung vor dem heiligen Stand der Ehe, versteht ihr, und das ist sehr wichtig.« Sie strich sich eine Haarsträhne aus dem Gesicht und setzte eine weise Miene auf. »Das ist eine einfache Lektion, die ich im Leben gelernt habe: Wer etwas Schlimmes plant, muß Gott an seiner Seite wissen.«

Was sollten wir also für die »eheliche Umstrukturierung«, wie wir es zu nennen beschlossen, berechnen?

Caroline nannte augenblicklich eine Summe, die die Staatsverschuldung um einiges reduziert hätte, und Gail und ich legten postwendend unser Veto ein. Ich schlug vor, den Betrag an das Einkommen des Ehemannes zu koppeln, was aber, da dieses nicht zu ermitteln war, für undurchführbar befunden wurde; man konnte sich bei keinem Mann darauf verlassen, daß er sein Einkommen ehrlich angab, und zu den – bekanntlich ohnehin frisierten – Steuererklärungen hatten wir keinen Zugang..

Eine Pause trat ein, und dann fand Gail erneut die Lösung.

»Also, es gibt nur eine Möglichkeit. Wir nehmen einfach einen Prozentsatz der Abfindung.«

Heureka! Das war eine wunderbar demokratische Lösung.

Frauen, denen vom Gericht nur eine geringe Summe zugesprochen wurde, würden auch nur wenig an uns zahlen, während diejenigen, die reichlich bedacht wurden, unseren Säckel füllen würden.

Blieb nur noch die Frage, wie hoch der Prozentsatz sein sollte. Ich schlug aufs Geratewohl zwei Prozent vor. Caroline schnaubte, erklärte, wir seien kein Wohltätigkeitsverein und erhöhte auf fünfzig Prozent. Gail war für zehn, und schließlich einigten wir uns auf fünf.

Damit war unser Mittagspausenjob erledigt.

Es war zwei Uhr – Zeit, den Laden wieder aufzumachen. Wir standen auf und bezahlten bei einem lächelnden Renato die Rechnung. Diverse Gruppen von Männern verfolgten uns mit ihren Blicken, als wir das Restaurant verließen. Was sie sich wohl vorgestellt haben mochten, was drei Frauen beim Lunch und einer Flasche Chianti so ernsthaft zu besprechen hatten – eine wild aussehende Rothaarige, eine tadellos gekleidete Blondine und eine lächelnde Dunkelhaarige? Wenn sie gewußt hätten, daß dieses Lächeln, das sie natürlich auf sich selbst bezogen, nur dem Gedanken galt, daß einige ihrer Frauen schon sehr bald unsere Kundinnen sein konnten!

»Ob die Leute glauben werden, daß wir die Männer hassen?« fragte ich nervös, als wir den Platz überquerten.

Gail war noch in ihrer weisen Stimmung. Sie warf mir einen Blick zu und lächelte spöttisch.

»Darling, wenn man Feministin ist, glaubt immer jemand, daß man die Männer haßt.«

Sie hatte recht. Ich dachte darüber nach, weshalb ich die Frage gestellt hatte und was für eine Art von Beruhigung ich erwartet hatte. In meinem ganzen Leben war es mir nie passiert, daß ich die Männer gehaßt hatte, nicht einmal die Filialleiter, die mir ihren Piephahn zeigten, oder die stinkenden Betrunkenen, die mir in der U-Bahn in den Po kniffen. Trotzdem war mir bewußt, daß es in meinem Kopf eine Nebelzone gab und daß irgendwo in diesem Nebel ein gewisses Unbehagen verborgen lag. Es hatte etwas mit Ralph zu tun und auch mit Josh. Es hatte mit meinen Gefühlen für den Mann zu tun, mit dem ich zusammenlebte, den ich aber nicht mehr begehrte, und mit meinen Gefühlen für den Mann, mit dem ich nicht zusammenlebte, den ich aber mit jeder Faser meines Körpers begehrte. Und vielleicht hatte es auch mit allen möglichen Emotionen zu tun, mit denen ich nicht umzugehen wußte: daß die eine Hälfte meines Doppellebens aus Sicherheit und Leere bestand, die andere aus Risiko und Lust. Viel einfacher wäre es gewesen, wenn ich den einen lieben und den anderen hätte hassen können. Aber weder »Haß« noch »Liebe« waren die richtigen Worte – es gab nur »Gleichgültigkeit« und »Verlangen«. Man konnte einen Mann, der einem gleichgültig war, nicht hassen. Und andererseits: Mußte man den Mann, den man begehrte, unbedingt lieben? Ich wußte es nicht. Vielleicht wollte ich es auch gar nicht wissen. Ich wußte nur, daß eine Art Hunger in mir war. Und das wußte ich nur zu gut! Mein Körper bebte – mitten auf dem Pimlico Square! –, als ich an meinen Abend mit Josh dachte. Ich fühlte mich schwach. Ich war voll Freude. Ich lächelte.

»Was grinst du denn so?« fragte Caroline ärgerlich. Sie ärgerte sich immer, wenn ich glücklich war. Dann sagte sie schroff: »Was meinst du damit, ›Ob die Leute glauben werden, daß wir die Männer hassen‹? Natürlich werden sie das glauben, warum auch nicht? Ich finde es herrlich, die Männer zu hassen – es ist unheimlich sexy! Ein Riesenkrach und dann 'ne gute Nummer: Es gibt nichts Besseres. Das ist ja das Schlimme an Patrick: Er läßt sich auf keinen Krach ein, und im Bett ist er eine Null.« Sie schwieg eine Weile und sagte dann sehnsüchtig: »Mein Gott, ich kann's kaum erwarten bis zum Wochenende!«

Jetzt lächelte Caroline, und Gail warf uns beiden einen verständnisvoll-listigen Blick zu. Wir überquerten die Straße, und Caroline schloß die Tür ihres Wagens mit der Energie einer Frau auf, die sich in Gedanken bereits an ihrem Rennfahrer mit den drei Eiern weidete.

Vielleicht war es die Aussicht auf ihr Formel-Eins-Wochenende in Monte Carlo, die sie zu weiterer Aktivität ansporte. Gail und ich hatten uns bereits damit abgefunden, daß wir mit Outfit Enterprises im hinteren Teil des Ladens würden weiterwursteln müssen, bis wir endlich über die Räume nebenan verfügen konnten. Es würde, wie die Anwälte uns gesagt hatten, noch mindestens einen Monat dauern. Aber irgendwie würden wir es schon schaffen. Doch Caroline, vielleicht in Gedanken noch bei ihrem Rennfahrer, rief: »Das geht mir auf die Eier!« und rauschte aus dem Laden.

Sie blieb keine halbe Stunde fort. Um fünf kam sie vergnügt zurück. Ohne drei Kundinnen, die auf Bedienung warteten, eines Blickes zu würdigen, ging sie schnurstracks zum Telefon, blätterte in den Gelben Seiten und tippte eine Nummer.

»Ist dort Pickfords?« hörte ich sie nach einer Weile sagen. »Gut. Ich brauche einen großen Transporter, morgen früh um neun. Pimlico Square.« Sie nannte die Hausnummer des Ladens nebenan. »Auf den Namen Uppingham … Ach, was! Ich zahle mit der American Express Gold Card. Und seien Sie pünktlich.«

Sie legte den Hörer auf.

»Das wär's«, sagte sie. »Wir können einziehen.«

Ich ließ eine Kundin stehen, die in einem der Körbe nach einem Halstuch suchte.

»Was meinst du damit?« fragte ich verblüfft.

»Daß wir einziehen können«, wiederholte sie. »Morgen!«

Dann berichtete sie. Es hätte nicht einfacher sein können. Sie war zu dem Antiquitätenhändler gegangen, hatte einen Blick auf seine Bestände geworfen und sie kurzerhand gekauft.

»Ich brauche ein paar gute Möbel«, sagte sie.

Der Wohnungsschlüssel, den Josh mir gegeben hatte, war mir so kostbar erschienen, als öffnete er mir eine geheime Tür zu seinem Leben. Er hatte ihn, als ich eines Tages am frühen Nachmittag fortging, mit einem Lächeln in den Ausschnitt meiner Bluse gleiten lassen. »Heb ihn gut auf«, hatte er gesagt, und ich hatte ihn bis zum Abend zwischen meinen Brüsten getragen und mir vorgestellt, es seien seine Hände.

Aber die geheime Tür zu Joshs Leben erwies sich als ein zweischneidiges Schwert. Bis jetzt war ich immer nur auf Verabredung zu ihm gekommen. Ich hatte mir nie Gedanken darüber zu machen brauchen, ob der Zeitpunkt günstig war oder ob Josh zu tun hatte, ob er Besuch hatte oder ob er überhaupt zu Hause war. Jetzt aber tauchten alle diese Fragen auf, sobald ich mich entschloß, ihn aufzusuchen. Ich erkannte, daß mein Schlüssel mir nicht nur eine geheime Tür zu seinem Leben öffnete, sondern auch eine Tür zu seinem geheimen Leben.
Plötzlich kam ich mir wie ein Eindringling vor. Als ich den Schlüssel zum ersten Mal benutzte – nachdem ich den ganzen Nachmittag Mut gefaßt hatte –, lagen überall in der Wohnung Frauenkleider verstreut. An einer Stehlampe baumelte ein T-Shirt, auf dem Couchtisch lag ein Minirock und neben einer halboffenen Tür ein paar zarte Spitzenhöschen. Hier hatte eine Frau sich hastig ausgezogen. Ich erstarrte. Dann hörte ich aus dem Badezimmer ein vergnügtes Summen. Hol's der Teufel! dachte ich; ich mußte wissen, was los war, und zwar sofort.
Ich streckte den Kopf durch die Tür. Einen Moment lang sah ich durch den Dampf hindurch nur ein unglaublich hübsches dunkelhaariges Mädchen, das in der Badewanne ausgestreckt lag, mit den Füßen an den Wasserhähnen spielte und mit den Fingern auf dem Rand der Wanne trommelte. Sie hörte auf zu summen, als sie mich sah, machte aber keine Anstalten, sich zu bedecken.
»Hallo!« sagte sie und wand sich das Badewasser aus dem Haar. »Sie sind Angela, nicht wahr? Dad ist gerade Wein holen gegangen.« Sie kicherte. »Er ist wütend, weil ich nicht in der Schule bin.«
Ich murmelte ein »Hallo, Jessica« und zog mich ins Wohnzimmer zurück. Das Summen setzte wieder ein, und kurz darauf kam Josh zurück.
Ein paar Tage später versuchte ich es wieder. Diesmal fand ich die Wohnungstür offen, und am Fenster stand eine Frau im Tweedkostüm, mit haarspraystarrem Haar und einem großen Klemmbrett in der Hand. Geräusche von nebenan verrieten

mir, daß Josh noch in seinem Studio arbeitete. Ich lächelte schwach und wollte mich gerade still mit einer Zeitschrift auf das Sofa setzen, als die gesprayte Frau mich anfuhr: »Ziehen Sie sich aus, Sie sind spät dran!« Mit diesen Worten öffnete sie einen großen Koffer, nahm ein rosa Nachthemd heraus und warf es mir zu. »Ziehen Sie das an!« befahl sie. Dann sah sie mich scharf an. »Ein bißchen alt sind Sie. Und viel zuviel Busen. Hat wohl wenig Zweck.«

Ich war empört. Doch dann dachte ich an Marilyn Monroe und warf ihr das rosa Nachthemd zurück.

»Behalten Sie's«, sagte ich zuckersüß. »Im Bett trage ich nur Chanel Nummer fünf.«

Josh entschuldigte sich tausendmal, daß die Fotosession für eine Nachthemdenreklame so lange gedauert habe. Und während ein magersüchtiges Model in genau dem gleichen rosa Nachthemd ins Zimmer trat, stellte er mich der gesprayten Frau vor.

Danach war ich nahe daran gewesen, den Schlüssel zurückzugeben.

Beim nächsten Mal war es nicht viel angenehmer gewesen. Die Wohnungstür war zwar geschlossen und keine gesprayte Frau da, dafür aber Joshs Agentin Stella Neale. Sie stand mit einem Stapel Fotos unter dem Arm und einem Besitzerlächeln im Gesicht neben dem Couchtisch. Ich erinnerte mich, daß Josh mit ihr nicht nur eine, sondern gleich zwei Affären gehabt hatte, und ich erinnerte mich auch, daß ich bei unserer ersten Begegnung nicht gerade höflich zu ihr gewesen war.

Josh arbeitete wieder im Studio nebenan. Ich hörte, wie er einem Model – einem anderen diesmal – Anweisungen gab: »Den Kopf etwas zurück. Gut so! Mach die Augen zu und dann schnell wieder auf – jetzt! Sehr schön!«

Ich wollte wissen, ob das Mädchen hübsch war. Ich wollte wissen, was sie anhatte. Ich wollte wissen, ob sie überhaupt etwas anhatte. Aber ich sah nichts. Stella lächelte. Ich wollte sie gernhaben, weil die beiden Affären dadurch an Gewicht verloren hätten.

»Kontaktlinsen«, flüsterte sie vernehmlich. Einen Moment war ich verwirrt, dann wurde mir klar, daß es um Werbefotos für Kontaktlinsen ging. In diesem Fall war es zumindest unwahrscheinlich, daß das Mädchen nackt war. Ich erwiderte Stellas Lächeln. Sie war sehr elegant, und ich schätzte sie auf Ende Dreißig. Mit meinem neuerworbenen professionellen Blick taxierte ich ihre Designerkleider und fragte mich, ob sie an mir genauso gut aussehen würden.

Sie schaute auf die Uhr.

»Es wird nicht mehr lange dauern«, sagte sie. »Dann haben Sie ihn für sich allein.«

Sie sagte es in einem so komplizenhaften Ton, daß ich errötete. Redete Josh mit ihr über mich? Was sagte er? Was sagte sie? Ich wünschte mir nichts sehnlicher, als sie zu fragen, wie es mit Josh als Liebhaber gewesen sei, warum es zu Ende gegangen sei und warum gleich zweimal. Aber ich konnte es nicht, und so standen wir nur nebeneinander, den Blick auf die halboffene Tür gerichtet, und hörten zu, wie Josh seine Talente auf eine so eintönige Angelegenheit wie Kontaktlinsen verwandte.

»Wissen Sie, warum er diese Jobs annimmt?« fragte Stella leise, ohne den Kopf zu wenden.

»Wegen des Geldes?«

Sie lächelte, und jetzt sah sie mich an. Sie hatte schöne Augen, und ich dachte daran, wie oft Josh in diese Augen geblickt haben mußte. Zum Teufel mit ihr!

Sie schüttelte den Kopf.

»Ihretwegen«, sagte sie.

Wieder errötete ich. Ich versuchte zu verstehen, was sie meinte, und dann begriff ich: Er tat es, damit er nicht reisen mußte, damit er in meiner Nähe sein konnte. Ich sah Stella dankbar an. Ich weiß nicht, wofür ich ihr dankbar war, aber es schien mir, als wäre sie mein Schutzengel, als machte sie mir Josh zum Geschenk und gebe mir ihren Segen dazu. Als reiche sie ihn an mich weiter. Und in diesem Moment trat er ein. Ich wollte die Arme um ihn schlingen, doch da Stella neben mir stand und das Model noch im Zimmer nebenan war, konnte ich nur da-

stehen und wünschen, die beiden würden gehen. Ich betrachtete die Narbe an seinem Hals und wollte sie küssen. Ich wollte ihn berühren.
Josh half dem Model in den Mantel und begleitete es zur Treppe.
»Hat er Sie noch nicht fotografiert?« wandte sich Stella an mich.
Ich schüttelte den Kopf.
»Aber er hat es vor, für ein Buch.«
Sie lächelte belustigt.
»Und das glauben Sie?« Sie schaute zur Tür. Josh redete im Treppenhaus noch mit dem Model. »Also, wenn es dieses Buch gäbe, Darling, dann wüßte ich es.«
Jetzt war ich noch verwirrter.
»Anzunehmen«, sagte ich kläglich. »Sie als seine Agentin ...«
Sie sah mich nur an.
»Ich kenne Josh ziemlich gut«, setzte sie hinzu.
Ich wollte, daß sie mir alles sagte, was er ihr von mir erzählt hatte. Ich wollte alles wissen, was sie gesagt hatte. Ich wollte sie sogar fragen, was ich tun sollte. Aber es blieb keine Zeit, irgend etwas zu sagen. Josh kam zurück, und ein paar Minuten später ging Stella. Josh küßte mich. Ich wollte ihn so gern so vieles fragen, aber ich konnte nicht.
Warum war ich so durcheinander? Der Gedanke, daß ich Josh lieben könnte, erschreckte mich. Mit dieser Verletzlichkeit hatte ich nicht gerechnet. Ich hatte mein Doppelleben mit der Vorstellung begonnen, daß ich mich teilen könnte, Josh geben, was Josh gehörte ... Ralph geben, was Ralph gehörte ... Plötzlich aber geriet alles gefährlich aus dem Gleichgewicht. Es erschütterte mich, daß Josh Auslandsaufträge ablehnte, um in meiner Nähe zu sein – er machte mir damit ein Geschenk, das ich nicht würde erwidern können. Ich war verheiratet, und ich hatte eine Tochter. Wie lange würde es so weitergehen? Irgendwann würde er meiner überdrüssig werden – mit Sicherheit. Bald würde er eine andere Frau finden, die seine Zeit ausfüllte, die seine Nächte ausfüllte. Wie lange würde es noch dauern?

Ich fuhr beunruhigt und traurig nach Hause. Unter den Straßenlaternen der Grünanlage glänzte naßgoldenes Herbstlaub. In Carolines Zimmer brannte Licht: Sie schien von ihrem langen Wochenende mit dem Rennfahrer zurück zu sein. Mit welcher Leichtigkeit sie diese Dinge trotz aller Zornesausbrüche und Wutanfälle handhabte! Sie besaß eine Sicherheit, die mir fehlte. Vielleicht besaß sie auch eine Ehrlichkeit, die mir fehlte. Ich spielte ein Spiel, bei dem ich nur verlieren konnte. Allmählich wünschte ich, es wäre wirklich nur ein Spiel, dann hätte ich es einfach beenden können. Das Spielbrett zusammenklappen. Die Steine wegpacken. Leb wohl, Josh!
Aber so war es nicht. Ich schloß die Haustür auf. Rachel sah lächelnd auf.
»Daddy hat angerufen. Er hat ein Zimmer in Brighton reserviert.« Sie warf ihr dunkles Haar zurück und sah mich an. »Wieso müßt ihr denn nach Brighton, Mum?«
»Wegen Daddys Theaterstück«, erwiderte ich und merkte selbst, wie wenig begeistert es klang. In wenigen Tagen würde Ralph Premiere haben, und ich würde den Abend mit ihm verbringen müssen – ein spätes Dinner in einem Hotel in Brighton. Es beunruhigte mich, wie wenig ich mich darauf freute.
»Wird Daddy berühmt?« wollte Rachel wissen.
»Vielleicht, Darling.«
»Ooooh!«

Um elf Uhr war Carolines gesamtes antikes Mobiliar auf den Transporter verladen. Die letzten zwei Stunden hatten Gail und ich fasziniert mitverfolgt, was sich nebenan abspielte. Keine von uns wagte Caroline zu fragen, was sie für die Sachen bezahlt hatte. Wir gingen davon aus, daß sie – wie hätte es bei ihr anders sein können – mit dem beinahe-bankrotten Antiquitätenhändler grausam geschachert hatte, und als wir sahen, wie die prunkvollen Raritäten auf den Wagen gehievt wurden, waren wir uns darin einig, daß sie trotzdem noch ein Vermögen losgeworden sein mußte.

»Ein verfluchtes Museum hat sie sich da eingehandelt«, war Gails Kommentar, als ein herrlich geschnitzter venezianischer Thron langsam auf die Ladefläche gehoben wurde. »Vielleicht hält Patrick sich für einen Dogen.«

Ich dachte an unsere Bauernküchenstühle, die ich in unseren kargen Zeiten für fünf Pfund in Clapham erstanden hatte, und fragte mich, ob ich es je wieder wagen konnte, Caroline zu uns einzuladen.

Ich hätte zu gern gewußt, was sie mit all den Sachen vorhatte. Auf den venezianischen Thron folgte ein Objekt, das wie ein mittelalterliches Folterwerkzeug aussah, in Wirklichkeit aber ein viktorianischer Hosenspanner war. Dann kamen Stühle, achtzehntes Jahrhundert, chinesischer Stil, wie Caroline erläuterte. Sie wirkten so zerbrechlich, daß eine von Carolines lebhafteren Dinnerpartys sie, wie ich mir unschwer vorstellen konnte, im Handumdrehen zu Eßstäbchen zerkleinern würde. Das nächste war ein Satinholz-Nähtisch. Ich mußte lächeln, als ich ihn sah. Der Gedanke, daß Caroline, die noch nie in ihrem Leben auch nur einen Knopf angenäht hatte, einen Nähtisch besaß, erheiterte mich.

Endlich zog der Transporter ab – und wir zogen ein. Plötzlich hatten wir Platz. Platz in Hülle und Fülle. Ursprünglich hatten wir vorgehabt, die Wand zwischen den beiden Läden durchzubrechen, beschlossen aber dann mit Rücksicht auf die Kosten und die Privatsphäre, es nicht zu tun. Man konnte ja schließlich ohne weiteres eine Tür weiter oder, wenn Diskretion geboten war, durch den Hof gehen und die Hintertür benutzen. Wir ließen eine direkte Telefonleitung legen, und das genügte. Wir waren uns auch darin einig, daß wir mit der roten Velourstapete des Antiquitätenhändlers würden leben können. Gail fand, sie wirke vornehm. Sie überredete Rick, den Namen des Antiquitätenhändlers mit »Outfit Enterprises« zu übermalen, wozu er erst bereit war, als ich ihm die Idee eines Ladenschildes mit einer zu unserem Secondhand-Schild passenden bildlichen Darstellung ausgetrieben hatte. Es sei schon schlimm genug, erklärte ich ihm, Tag für Tag ein Porträt meiner selbst ansehen zu müssen, auf dem ich den Reißverschluß meines Kleides öffnete. Ein weiteres Porträt als nackte, aus den Wogen winkende Sirene, wie es Rick als Blickfang für unseren neuen Geschäftszweig vorschwebte, könne ich nicht akzeptieren.

»Aber ich würde erstklassige Arbeit liefern! Echt!«

Gail sah schockiert aus und rief ihren Mann streng zur Ordnung.

»Herr im Himmel, Rick, wir sind doch keine Callgirl-Agentur! Wir sind absolut ehrbare Ehebrecher!«

Rick schnappte ein und begann zu murren. Wir machten einen großen Fehler, meinte er. Wir schöpften unser Potential nicht aus. Jede Menge Kohle könne man da machen, und wir wollten ehrbar sein! So könne man keine Geschäfte machen. Er habe eine geniale Idee – ob wir sie hören wollten? Ich dachte: »Nein« und sagte »Ja.« Ich wollte Rick nicht noch einmal enttäuschen. Er blickte von der Höhe seiner Leiter auf uns herab und räusperte sich.

»Also: Ihr habt doch diese ganze Nobelkundschaft – massenweise, hab ich recht?«

Ja, Rick.

»Typen, die was darstellen, nicht einfach irgendwelche Miezen oder alten Schachteln. Filmstars, Rockstars. Bischöfe. Große Namen. Persönlichkeiten. Okay?«

Ja, Rick.

»Und Sexkanonen sind sie auch, stimmt's?«

Ein paar vielleicht, Rick, ja! Bei den Bischöfen weiß man nicht so recht.

»Wichser sind es jedenfalls keine. Vögeln gern rum. Super-Zuchthengste. Hab ich recht?«

Irgendwie schon, Rick.

»Wollen, daß jeder weiß, was sie zu bieten haben. Stimmt doch, oder?«

Vielleicht, Rick.

»Okay! Das ist der Punkt. Wir machen's für sie publik.«

Aha! Und wie?

Rick legte den Pinsel beiseite und machte ein ernstes Gesicht.

»Ganz einfach! Also, hört zu: Solche Typen, die sind verdammt eitel. Okay. Aber jede Mieze können sie nun mal nicht haben. Keine Zeit. Also, was machen wir? Wir bringen sie dazu, daß sie sich von ihrer Erektion einen Abguß machen lassen, und den verkaufen wir dann als Dildo. Begrenzte Auflage. Das wird *der* Renner, sag ich euch. ›Infit Enterprises‹ nennen wir's. Gebongt?«

Ein verblüfftes Schweigen folgte, das Gail schließlich unterbrach.

»Herr im Himmel, Rick, wie oft hab ich dir schon gesagt, du sollst beim Ladendiebstahl bleiben?«

An diesem Nachmittag schaute ich von Zeit zu Zeit unruhig aus dem Fenster, um zu sehen, ob das Ladenschild, das Rick malte, sich nicht in eine graphische Darstellung seiner genialen Idee verwandelte. Aber so düster und verdrießlich er auch blieb – er hielt sich strikt an seine Buchstaben.

Zum Glück erwies sich Rick, nachdem er erst einmal von seinen Phantasien abgebracht war, als ebenso unbezahlbar wie bemerkenswert schlau. Wir besaßen bereits -zig Akten über Frauen, die positiv auf die Neuen Horizonte reagiert hatten. Als nächstes mußten diese Frauen eingehender über die Männer befragt werden, die sie loswerden wollten. Das würde sich vermutlich als weit aufwendiger erweisen und mit Sicherheit ein sehr viel ausgeklügelteres System der Datenerfassung erfordern als ein paar hingekritzelte und eilig zwischen Aktendeckel geschobene Notizen.

Wir sahen einander ratlos an. Rick aber, der sich mittlerweile zum Lieferanten jeglicher Büroausstattung, die wir benötigen würden, ernannt hatte, hatte die Lösung schon parat.

»Ihr braucht einen Computer, Mädels, das ist es.«

Er hatte natürlich völlig recht. Einen Computer! Genau das brauchten wir. Mir sank der Mut. Wer um alles in der Welt sollte das Ding bedienen? Alles, was ich von Computern wußte, war, daß sie die Kluft zwischen den Generationen deutlicher markierten als irgend etwas sonst. Wieso konnte beispielsweise Rachel mit ihren knapp neun Jahren sie in der

Schule benutzen und das »babyleicht« finden, während es mir mit meinen fast neunundzwanzig vorgekommen wäre, als müßte ich eine Concorde steuern? Ich schauderte bei dem Gedanken, daß Heiraten und Scheidungen von meinem Computer-Analphabetismus abhängen würden.
Caroline teilte meine Ängste nicht, wenn auch mehr aus Unwissenheit als aus Erfahrung. Alles, was sie von der Materie wisse, erklärte sie gelangweilt, sei, daß sie etwas mit Software zu tun habe, und davon habe sie offen gestanden durch ihr Zusammenleben mit Patrick schon mehr als genug.
Sie kam also wohl kaum in Frage.
Gail war in dieser Hinsicht alles in allem etwas cleverer. Sie behauptete, ein bißchen etwas von Computern zu verstehen, aber sie sei nun einmal Irin, und das sei keine sehr zuverlässige Qualifikation für den Umgang mit Hochtechnologie. Sie warnte uns: Wir könnten es bereuen. Es wäre doch äußerst ungünstig, nicht wahr, wenn irgendeine hochgestellte Tory-Lady aus den Shires die Aufnahmegebühr bezahlte, weil sie ihren Ehemann loswerden wollte, und der Computer ihn dann mit einer lesbischen Ringerin verkuppelte.
Aber noch ehe wir ihre Ausreden widerlegen konnten, fand Gail selbst die Lösung. Ein Neffe von ihr, sagte sie, sei der totale Computerfreak. Erst zwanzig. Keine besondere Ausbildung, aber er habe mehr Ahnung von der Sache als irgend jemand sonst. Außerdem sei er zur Zeit arbeitslos. Sie schlug vor, ihn einzustellen. Kosten würde uns das nicht viel; er würde froh sein, Erfahrung sammeln zu können. Und wir drei allein würden auf keinen Fall in der Lage sein, einen Laden *und* eine Agentur zu führen und dazu noch die ganze Computerarbeit zu machen. Wir würden platzen, und das Geschäft ebenfalls.
Sie hatte natürlich recht. Ich war ungeheuer erleichtert. Und Gail ging ans Telefon, um den arbeitslosen Neffen anzurufen.
Die nächsten Tage glichen einem Countdown. Im Laden lief das Geschäft normal weiter, als stünde nichts Neues an, aber nebenan herrschte eine angeregte Spannung. Rick lieferte einen nagelneuen Macintosh-Computer und entschuldigte sich, weil

wir den halben Preis dafür zahlen mußten. Er wisse, daß er uns im Stich gelassen habe, sagte er, aber manchmal ließen ihn eben seine eigenen Quellen im Stich. Wenn wir ihm nur mehr Zeit gelassen hätten! Es werde nicht wieder vorkommen, versprach er.

Und am nächsten Morgen lieferte Gail den Neffen. Er war groß. Er war zweimal so irisch wie Gail. Und er hatte ihr rotes Haar, nur etwas länger. Es schaukelte um seine Schultern wie eine wilde goldene Mähne. Und – Herr im Himmel! – er sah gut aus. Gail stellte ihn mit kühlem Stolz vor.

»Das ist Eamonn. Der Junge ist in Ordnung, auch wenn er wie ein Penner aussieht.«

Das tat er nicht. Er sah phantastisch aus.

Eamonn drückte uns die Hand mit der verhaltenen Arroganz eines jungen Mannes, der weiß, daß die Hand, die er drückt, zittert. Meine tat es jedenfalls. Ich kam mir alt vor. Seine Augen registrierten mein Alter, meine Figur und meine Gedanken.

Caroline wurde in seiner Gegenwart unsäglich albern und hinterher verdrießlich.

»Angela, du bist viel zu jung für einen jugendlichen Liebhaber. Aber ich nicht. Gail, ist er noch Jungfrau?«

Gail lächelte.

»In meiner Familie gibt es keine Jungfrauen, Caroline.«

Doch dann begann der Laden sich mit Kundinnen zu füllen, und Caroline wurde von ihren Verführungsplänen abgelenkt. Ich bemerkte aber, daß sie in jeder Pause ein erstaunliches Interesse für den neuen Computer an den Tag legte und daß reichliche Mengen Kaffee ihren Weg nach nebenan fanden.

»Wo wohnt Eamonn eigentlich?« fragte sie beiläufig, als wir im Begriff waren, den Laden abzuschließen. Gail sagte, er habe ein möbliertes Zimmer irgendwo in Balham. Caroline verzog verächtlich das Gesicht. »Wird wohl nicht allzu komfortabel sein. Sag ihm, bei uns stehen jede Menge Zimmer leer – falls er Lust hat.«

»Lust wozu?« fragte ich lächelnd.

Caroline überhörte meine Frage.

Gail hatte nicht zuviel versprochen. Eamonns Computerkenntnisse erwiesen sich als ebenso beeindruckend wie sein Anblick, wenn er vor dem Bildschirm saß. In den ersten Tagen machten wir Schichtarbeit: Zwei von uns blieben im Laden, während die dritte mit Eamonn die Daten über unsere Kundinnen durchging. Dann ließen wir ihn damit allein, nur Caroline wanderte immer wieder mit einer Tasse Kaffee in der Hand zu ihm hinüber.

»Ich hab ihn für's Wochenende eingeladen«, erklärte sie nach einem dieser Besuche. »Muß ja schrecklich einsam sein in Balham, so ganz allein.«

Gail sah mich wissend an.

»Ich kann mir nicht vorstellen, daß Eamonn allzu oft allein ist«, sagte sie.

Und wie zum Beweis kam er kurz darauf in den Laden, als Gail gerade mit einem Lanvin-Model beschäftigt war, das ein Kleid gebracht hatte. Bis zu diesem Moment hatte das Mädchen mürrisch dreingeblickt, doch jetzt weiteten sich ihre Augen plötzlich, die Lippen wurden feucht, und eine hübsche Hand warf herausfordernd das dunkle Haar zurück. Sie zappelte wie ein Insekt an einem Fliegenfänger. Carolines Miene verdüsterte sich, und zu allem Übel warf Eamonn dem Mädchen auch noch einen lässigen Blick zu, als wollte er sagen: »Okay, aber bitte hinten anstellen, Puppe.«

Dann wandte er sich uns zu. Er sei fertig, sagte er, ohne das Mädchen weiter zu beachten, als es den Laden verließ. Alle Daten seien eingegeben, und was wir als nächstes vorhätten.

An diesem Abend blieben wir alle vier noch lange da. Der Moment war gekommen, da wir mit unserem neuen Geschäftszweig Ernst machen mußten. Und auch der Moment, da ich allen Ernstes aussteigen wollte. Es wurde mir zuviel. Ich hatte mein eigenes Leben – mein eigenes Doppelleben. Wie konnte ich mich da noch in das Leben so vieler anderer Menschen einmischen? Designerkleider zu kaufen und zu verkaufen war eine Sache; es machte Spaß, es war eine befriedigende Tätigkeit, und die Menschen, mit deren Sorgen und Nöten ich konfrontiert wurde, waren kaum mehr als Zugvögel. Sich aber mit Ehepartnern zu beschäftigen, mit der Auflösung von Ehen, sich mit unglücklichen Frauen zu verschwören, um sie von ihren Ehemännern zu befreien, war etwas ganz anderes, und allmählich wünschte ich, wir wären nie auf die Idee gekommen.

Ich faßte Mut und sagte Gail leise, wie mir zumute war. Sie sah mich an. Dann drückte sie meine Hand und schenkte mir ihr weises Lächeln.

»Du brauchst dir nicht wie eine Suffragette vorzukommen, Darling«, sagte sie. »Wir kämpfen nicht für irgendeine verdammte Sache. Wir bieten eine Dienstleistung an, das ist alles. Wenn es klappt, okay, wenn nicht, ist es auch kein Beinbruch. Aber wir sollten's wenigstens probieren.«

An diesem Abend machten wir Pläne für Phase zwei. Ab Montag wollten wir mit unseren Kundinnen Termine für die intensiven Interviews über ihre Ehemänner vereinbaren. Sie sollten ein Foto mitbringen und alles, was uns sonst noch helfen konnte, uns ein Bild von dem Betreffenden zu machen. Vor allem mußten sie eine große Portion Ehrlichkeit mitbringen. Am Anfang würde Torquemada helfen, wie er es immer tat, und für die schmerzlicheren Momente mußte ein großzügiger Alkoholvorrat bereitgehalten werden. Rick hatte auch schon daran gedacht und einen riesigen Getränkeschrank aufgestellt. Auf einer der Glastüren hatte ich die Aufschrift *Royal Garden Hotel* entdeckt. Ich hatte den Verdacht, daß der Inhalt aus derselben Quelle stammte.

Solange eine von uns nebenan zu tun hatte, sollte Eamonn im Laden aushelfen. Später würde er dann die Informationen in seinen geliebten Computer eingeben. Er schien darüber hocherfreut und auch mit der Materie erstaunlich gut vertraut.

»Datenprofile – das ist es, was wir brauchen«, erklärte er. »So etwas ist jetzt ›in‹. Bei Scotland Yard arbeiten sie auch damit.«

Es klang wunderbar professionell. Schon fielen viele meiner Zweifel von mir ab. Unser Computer würde wahre Wunder an psychologischer Analyse vollbringen. Ich konnte es kaum erwarten, ihn in Aktion zu sehen.

»Wie wollen wir ihn denn nennen?« fragte ich. »Wir können doch nicht immer ›unser Computer‹ sagen, und ›Mackintosh‹ klingt so nach Regenmantel.«
Caroline meinte, es müsse ein Name sein, der zu seiner Funktion als Briefkastentante paßte.
»Warum nennen wir ihn nicht ›Frau Barbara‹?«
»Zu bieder«, wandte ich ein.
Gail schnalzte mißbilligend mit der Zunge.
»Nein, nein, nein! Ihr habt aber auch keinerlei Sinn für Romantik!« Sie gab dem Computer einen leichten Klaps. »Ist euch nicht klar, daß sich durch dieses kleine Wesen Tausende verlieben könnten?«
Caroline und ich sahen sie überrascht an.
»Wie würdest du ihn denn nennen?« wollte ich wissen.
Gail deutete mit zierlicher Gebärde Pfeil und Bogen an.
»Klarer Fall, Darling: Wir müssen ihn ›Cupido‹ nennen.«

9 GEBURTSTAGE

Was zum Teufel zog man zu einer Premiere in Brighton an? War es Eitelkeit oder sklavische Abhängigkeit, die Frauen veranlaßte, sich über solche Dinge das Hirn zu zermartern, während ihre Männer einfach den ewig gleichen alten Anzug aus dem Schrank holten?

Außerdem hatte ich noch ungefähr achtzig Kilometer zu fahren und war schon jetzt spät dran.

»Es ist eine altmodische Aufführung«, hatte Ralph mir am Telefon gesagt. »Nichts mit Tschechow in Jeans. *Onkel Wanja*, so wie er sein muß«, hatte er gewichtig hinzugefügt.

Aber wie würde das Publikum sein? So altmodisch wie die Aufführung oder das Gegenteil? Jugendlicher Glamour oder Hörgeräte? Ralph war keine große Hilfe gewesen. Alles, was er zu sagen wußte, war, daß Laurence Olivier in Hove gelebt habe, nicht weit von Brighton. Seit Wochen hatte sich Ralphs Denken ausschließlich auf die Herausforderung konzentriert, in die Fußstapfen des großen Mannes zu treten. Ich konnte mir nicht helfen, aber ich fand diesen Vergleich ziemlich tollkühn für einen Schauspieler, der nichts anderes vorzuweisen hatte als eine zehn Jahre zurückliegende Herz-Schmerz-Fernsehserie, ein halbes Dutzend kleiner Rollen und ein Stück im Royal Court, das nach vier Vorstellungen abgesetzt worden war. Aber ich sprach es nicht aus. Ich hielt Ralph die Daumen, befürchtete jedoch, daß die Enttäuschung das Aus für ihn bedeuten würde.

Doch nichts von alledem half mir bei der Entscheidung, was ich anziehen sollte. Schließlich faßte ich ein paar eilige Entschlüsse. Auf keinen Fall Dante Horowitz' graues Spinnengewebe: Ich wollte ja nicht, daß Wanja mitten im Satz steckenblieb. Und auch nicht das marineblaue Hemdblusenkleid von British Home Stores, das ich zu den Elternabenden in Rachels

Schule trug, weil es meinen Brustumfang verschleierte und mir damit eine Chance gab, von Rachels Lehrern ernst genommen zu werden. Schließlich entschied ich mich für etwas, was – wie ich hoffte – in der Mitte zwischen beidem lag: ein Bruce-Oldfield-Kostüm aus dunkelrosa Seide mit kurzem Rock und taillierter Jacke, offen getragen über dem, was Gail ein Bustier zu nennen pflegte. *Eine* etwas gewagte Konzession mußte der Frau eines Stars schließlich gestattet sein, und das Bustier war eine: mit seinen vielerlei Pinktönen wirkte es wie ein Buntglasfenster, auf dessen linken Flügel direkt über der Brustwarze eine goldene Biene gestickt war. Ich hatte das Kostüm erst einmal getragen, für Josh, der es mir mit den Worten »Wo die Bien', saug ich mich ein« postwendend ausgezogen hatte. Herrlich, einen literarisch gebildeten Liebhaber zu haben!

Na denn, Brighton, dachte ich, als ich das Hotelzimmer verließ, mal sehen, was du dazu sagst.

Es war ein stürmischer Oktoberabend, und im Foyer des Theaters sah man Pelze. Meine Eintrittskarte lag in einem Umschlag mit Ralphs Handschrift für mich bereit. Ich hatte halb erwartet, auch eine Nachricht von ihm vorzufinden, aber es war keine darin. Dann dachte ich daran, wie aufgeregt er sein mußte, und fand mich selbstsüchtig. Ich weiß nicht, was ich sonst noch empfand. Ich wußte nur, daß ich Ralph Erfolg wünschte! Er setzte alles auf diese Aufführung – zuviel vielleicht nach all den Jahren des Wartens. Mein Gott, wie ich das Leben eines Schauspielers verabscheut hätte! Er war Sklave von Launen und Moden und konnte selbst nichts in Bewegung setzen – nur warten, warten, warten auf den Glücksfall, der vielleicht nie kam.

Als ich durch die Sitzreihe zu meinem Platz ging, ertönte die Klingel. Mehrere Augenpaare hefteten sich groß auf die goldene Biene.

Dann erloschen die Lichter.

Der Vorhang hob sich und gab den Blick auf meinen Mann frei. Schmuck anzusehen in seinen viktorianisch wirkenden Kleidern, schritt er, einen eleganten Spazierstock schwingend, in einem Park auf und ab. Das Schwarz und Silber seines An-

zugs paßte zu der gemalten Birkenallee der Kulisse. Er sah gut aus.
»Schönes Bühnenbild«, flüsterte die Dame neben mir ihrem Nachbarn zu. »Und das ist Ralph Merton. Erinnerst du dich noch an ihn? Wie sehr er sich verändert hat!«
Das hatte er in der Tat. Das Foto im Programmheft zeigte ihn allerdings noch so, wie ich ihn kennengelernt hatte. Der strahlende Sexprotz Ralph Merton. Es war ein Schock, als er mich wieder mit diesem verschmitzten halben Lächeln ansah, wie an dem Tag in der Boutique, als ich bei seinem Eintritt zu zittern angefangen und ihn gleich darauf vollgeniest hatte. Es war lange her, seit ich dieses Lächeln zuletzt gesehen hatte, und es machte mir bewußt, wie sehr auch ich mich verändert hatte.
Er sah nicht nur gut aus, er war auch gut. Elegant. Die Art, wie er sich bewegte. Und die Stimme, tief und klangvoll, mit einem traurig-ironischen Unterton, der verriet, daß er nicht ganz die Wahrheit sagte. Die Art, wie er gleich zu Beginn mit den Worten »Nein. Ich trinke nicht jeden Tag Wodka« die alte Kinderfrau fortwinkte, so daß man fast sicher war, daß er es doch tat. Wie geschickt er das vermittelte! Ja, Ralph, so muß es sein, dachte ich. Genauso muß es sein. Und ich entspannte mich.
Ich spürte, daß sich in dem Schweigen ringsum die Aufmerksamkeit, wann immer er die Bühne betrat, auf ihn konzentrierte. Stolz stieg in mir auf. Dann ließ ich mich nach und nach von dem Stück einhüllen. Es war, als wäre ich in einem Raum, in dem sich Menschen unterhielten, deren Worte ich teilweise hörte, teilweise aber auch nicht, weil meine eigenen Gedanken ihre Stimmen dämpften. Ich hätte einen miserablen Kritiker abgegeben. Meine Gedanken folgten ihren eigenen Pfaden und kehrten nur hin und wieder auf den Hauptweg zurück.
Lange begriff ich nicht, was in meinem Kopf vorging. Auch in der Pause war ich noch verwirrt. In der Bar hörte ich die Leute darüber reden, wie gut die Aufführung sei, wie hervorragend der Astrow gespielt werde, daß es kein Wunder sei, wenn das

Stück im Londoner Westend aufgeführt werde. Wieder empfand ich Stolz.

Dann fügte sich das Bild allmählich zusammen. Die ganzen letzten Wochen hatte Ralph von der Rolle des Astrow gesprochen, hatte mir gesagt, wie stark er sich auf sie eingestellt habe, wie sehr er sich mit ihr identifiziere. Und als ich ihn jetzt spielen sah, war es, als wäre er tatsächlich Astrow.

Wieder und wieder hörte ich das gleiche, in etwas anderen Worten.

»Wie soll man da nicht alt werden?«

»... mein Gehirn ist noch in Ordnung, aber meine Sinne sind irgendwie abgestumpft. Ich will nichts, ich brauche nichts, ich liebe niemanden.«

»Und dann habe ich mein eigenes philosophisches System, und ihr alle, Brüder, ihr seid dann für mich so klein, Käfer ... Mikroben.«

»... Ich liebe die Menschen nicht ... Ich liebe schon lange niemanden mehr.«

»Ich sage: meine Zeit ist abgelaufen, für mich ist es zu spät ... Ich bin alt ... und ich glaube, ich kann mich an keinen Menschen mehr binden. Ich liebe niemanden und ... werde auch niemanden mehr lieben. Was mich noch ergreift, das ist Schönheit. Ihr gegenüber bin ich nicht gleichgültig.«

Immer wieder liefen die Worte wie ein Endlosband in meinem Kopf ab. Mein eigener Mann sagte mir, wer er war, was er geworden war. Es war, als wäre Ralph ein Bauchredner und Astrow seine Puppe. Fast erwartete ich, einen Stab unter Astrows Jackett hervorstehen zu sehen, gehalten von Ralphs Hand, die Kopf- und Mundbewegungen steuerte. Es war unglaublich, und es war eine Offenbarung. War dies wirklich der Mann, in den ich mich vor Jahren verliebt, der mich aus einer Boutique in Chelsea herausgeholt, der seine goldenen und dann die langen grauen Tage mit mir geteilt hatte? Ich begann zu verstehen, was die Jahre des Mißerfolgs bewirkt hatten: Unter der Oberfläche seiner Ungezwungenheit und seines Charmes hatten sie ihm die Fähigkeit geraubt, an andere zu denken. Damals hatte seine extreme Ichbezogenheit begonnen. »Ich liebe niemanden und ... werde auch niemanden mehr lieben.« Schauspieler sind nur die Rollen, die sie spielen, und wenn es keine Rollen gibt, was sind sie dann? Stumme Hülsen, die vergeblich auf ihr eigenes Echo lauschen.

O Ralph, wie sehr hast du immer einen Platz an der Sonne gebraucht! Vielleicht hast du ihn jetzt wiedergefunden. Und wenn es so ist, lieber Mann, werde ich dir dann noch etwas bedeuten? Und wirst du mir je wieder etwas bedeuten? Denn auch ich habe mich verändert. Ich bin nicht mehr der errötende Teenager, der dich vollgeniest hat. Unsere Sternbilder haben sich voneinander fort bewegt.

Der Vorhang fiel, und ich hörte mich klatschen. Der Beifall wollte kein Ende nehmen. Ralph lächelte, verbeugte sich, hielt die Kollegen an den Händen, trat vor, als sich der Vorhang zum dritten, vierten, fünften Mal hob. Die Zuschauer waren aufgestanden. Sie jubelten. Sie jubelten Ralph zu. Und ich erinnerte mich, daß er mir gesagt hatte, wenn man das Publikum in Brighton dazu bringe, wach zu bleiben und sogar zu klatschen, dann habe man gewonnen.

Alles würde gut werden für Ralph. Ich wußte es. Er hatte seinen Platz an der Sonne wiedergefunden.

Ich ging zum Bühneneingang. Eine aufgeregte Menge hatte sich dort versammelt, darunter auch viele junge Leute. Ich dachte daran, in seine Garderobe zu gehen, ließ es dann aber. Ich hielt mich im Hintergrund, und ungefähr nach einer Viertelstunde kam er. Er lächelte, war liebenswürdig. Die Leute drängten heran und baten ihn, seinen Namen auf ihre Programme zu schreiben. Zwei Mädchen hingen förmlich an seinem Hals. Er legte den Arm um die eine und kritzelte etwas auf ihr Programm. Ich dachte an Astrows Worte: »Was mich noch ergreift, das ist Schönheit. Ihr gegenüber bin ich nicht gleichgültig.« Ja, er war der lebende Beweis dafür. Es war genau wie früher, als die Miezen wie Kletten an ihm geklebt hatten.

Nur ich war nicht mehr so wie früher. Damals hatte ich die Kletten abgezupft, jetzt stand ich tatenlos daneben. Ralph schien mich noch nicht gesehen zu haben. Ich beobachtete ihn. Ich beobachtete ihn, wie er lächelte, sich anhimmeln ließ, seine Gunst verteilte – und, soweit ich sah, auch seine Telefonnummer im Hotel. Morgen würde ich ja nicht mehr da sein, und dann konnte er genießen, wen immer er wollte. Kleine Sonnenstrahlen, die das Bett mit ihm teilten.

Immer wieder gingen mir die gleichen Worte durch den Kopf »Ich sage: meine Zeit ist abgelaufen, für mich ist es zu spät … ich kann mich an keinen Menschen mehr binden.« Aber man brauchte sich ja nicht unbedingt an jemanden zu binden, nicht wahr, um ein wenig Bewunderung und hin und wieder eine besondere Gunst zu genießen. Kleine Sonnenstrahlen kommen und gehen. Ich mußte über das unbeabsichtigte Wortspiel lächeln.

Als er mich sah, schob er sich durch die Menge und gab mir einen Kuß, der sehr viel weniger intensiv war, als der, den er soeben einer drallen kleinen Blondine gegeben hatte. Aber er war so glücklich. Ich sagte ihm, wie phantastisch er gewesen sei, wie stolz ich auf ihn sei, wie tapfer er all die Jahre durchgehalten habe und daß für ihn jetzt alles gut werden würde.

Ralph gab keine Antwort. Er strahlte nur. Er war völlig versunken, geblendet von den Strahlen der Sonne.

Dann schlossen wir uns den anderen Schauspielern an, und der Rest des Abends ging in einer Flut von Wein und Schmeicheleien unter. Triumphe wurden von neuem durchlebt, alte Witze von neuem erzählt. Kurz nach Mitternacht verließen wir schließlich das Restaurant und wankten durch kühle, leere Straßen ins Hotel zurück. Ralph fiel ins Bett und war sofort weg. Ich selbst glitt mit unbehaglichen Gedanken in den Schlaf hinüber.

Am nächsten Morgen ließ ich das Frühstück auf unser Zimmer mit Seeblick bringen, während Ralph in seine Kleider schlüpfte und davoneilte, um die Morgenzeitungen zu holen. Als er zurückkam, warf er sie aufs Bett und starrte sie einen Augenblick ängstlich an. Er sah aus wie ein Verbrecher auf der Anklagebank, der auf das Urteil der Jury wartet.

»Okay, machen wir uns auf das Schlimmste gefaßt«, sagte er. Er schlug den *Guardian* auf. Nichts. Ralph stöhnte.

»Idioten!«

Ich versuchte ihm zu erklären, daß der *Guardian* die Nachrichten immer gern einen Tag später bringe, wenn sie sich etwas gesetzt hätten. Aber Ralph ließ sich nicht trösten und betrachtete niedergeschlagen die anderen Zeitungen auf dem Bett. Ich nahm den *Independent* und schlug das Feuilleton auf. Und da war es. Eine Lobeshymne.

Dann den *Daily Mail*. Eine Lobeshymne.

Die *Times*. Eine Lobeshymne.

Den *Telegraph*. Eine Super-Lobeshymne.

Mehrere Zeitungen brachten Fotos von Ralph. Er habe alle anderen an die Wand gespielt. Man verglich ihn sogar mit Laurence Olivier.

Ich gab ihm eine Zeitung nach der anderen.

»Ich freu mich so für dich«, sagte ich. »Das ist das schönste Geburtstagsgeschenk, das du mir machen konntest.«

Ralph blickte auf.

»Dein Geburtstag!« Er sah ganz erschrocken aus. »Den hab ich total vergessen. Wann ist er noch mal?«

»Morgen.«

»Ach ja, natürlich!«

Ralph vertiefte sich wieder in die Zeitungen. Und in dem kurzen Schweigen kamen mir Astrows Worte von gestern abend wieder in den Sinn: »Unsere Lage, deine wie meine, ist hoffnungslos.«

Zu Hause empfing Magdalena mich mit zwei Neuigkeiten. Fatwa war am Morgen blutüberströmt ins Haus gekommen, kurze Zeit später gefolgt von einer hysterischen Hundebesitzerin mit einem übel zugerichteten Fellbündel auf dem Arm. Nach wiederholtem »Miessis Merton iest niecht da« von seiten Magdalenas hatte Rachel die Geistesgegenwart besessen, den Tierarzt anzurufen, der an solch lukrative Notfälle gewöhnt war und herbeieilte, um der Dame zu versichern, daß Spaniels ohne Schwanz oft sehr viel besser aussahen als mit, wie Rachel mir später grinsend erzählte.

Die zweite Nachricht war, daß ich Gail im »Ladden« anrufen sollte. Also rief ich im »Ladden« an und bekam Caroline an die Strippe. Sie verlieh ihrem Unwillen darüber Ausdruck, daß ich mir den Tag freigenommen hatte, und reichte den Hörer dann widerstrebend an Gail weiter, die so leise sprach, daß ich sie kaum verstand.

»Darling, ein gewisser Herr möchte dich morgen unbedingt zu einem Geburtstagsfrühstück einladen. Ich habe keine Ahnung, wer er ist, aber du sollst um acht Uhr dasein. Es tut ihm leid, daß er dir nichts Genaueres sagen kann.« Dann fügte sie in einem dezidierteren Flüsterton hinzu: »Warum erzählst du Caroline nicht endlich von deinem Liebhaber, verdammt noch mal – diese Geheimistuerei bringt mich noch um.« Sie räusperte sich und sagte dann in normaler Lautstärke: »Übrigens, die ›eheliche Umstrukturierung‹ läuft glänzend. Ein halbes Dutzend Interviews haben wir schon. Und Cupido macht seine Sache fabelhaft.«

Ich legte den Hörer auf und dachte über meine eigene »eheliche Umstrukturierung« nach. Was hatte es zu bedeuten, wenn der Liebhaber an den Geburtstag dachte und der Ehemann nicht? Rachel hatte mir eine wunderschöne Karte gemalt – in der Schule, wie sie mir erklärte. Sie war über und über voller Sterne und zeigte eine Reihe vampirartiger Wesen, die jedoch Engel darstellten, wie Rachel mir versicherte.

Ich gab ihr einen dicken Kuß und versprach ihr für den Abend ein besonderes Essen, das ich bereits vorbereitet hatte – nachdem ich einen erbitterten Kampf gegen Magdalena gewonnen hatte, die mir zu diesem Anlaß ein besonderes *Teckweh* servieren wollte. »In Portugal an Geburtstag iemer *Teckweh*«, beharrte sie. Und an jedem anderen Tag anscheinend ebenfalls. Kriegten die Portugiesen nie genug von ihrem Nationalgericht? Dann dachte ich an den Berufsverkehr, stieg eilig ins Auto und fuhr zum Pimlico Square. Mein Gott, dachte ich, da trete ich mein dreißigstes Lebensjahr an und komme mir vor wie ein schulschwänzender Teenager. Bald werde ich meinen Arbeitstag mit einem Champagnerschwips anfangen.

Ich schloß Joshs Wohnungstür auf und war gespannt, was für eine Überraschung er für mich vorbereitet hatte. Aber das Zimmer war leer, und weder von ihm noch von irgendeiner Überraschung war eine Spur zu sehen. Ich blieb stehen.

»Josh!« rief ich beunruhigt.

Aus dem Schlafzimmer drangen Geräusche. Dann ging die Tür auf, und er kam mit einer großen Aktentasche unter dem Arm heraus. Ich mußte blinzeln. Er trug einen eleganten dunklen Anzug mit einer violetten Fliege, und aus der Brusttasche schaute ein sauber gefaltetes Einstecktuch hervor.

»Alles Gute zum Geburtstag!« sagte er ziemlich förmlich.

Ich sah ihn an. Ich sah die Aktentasche an. Dann sah ich wieder ihn an. Sollte das ein Witz sein?

»Mußt du irgendwohin, Josh?« fragte ich.

»Allerdings! Mit dir! Eine Last-minute-Idee.« Ein Lächeln breitete sich über sein Gesicht. »Bist du bereit?«

Ich nickte verwirrt. Warum in aller Welt hatte er sich zum Frühstück feingemacht? Er folgte mir die Treppe hinunter und auf die Straße. Dann führte er mich über den leeren Platz.

Ich hatte gar nicht gewußt, daß Josh einen Jaguar-Sportwagen besaß. Mir wurde klar, daß ich ihn mir nie woanders als in seiner Londoner Wohnung vorgestellt hatte. Und jetzt war da ein Mann, der die Welt bereiste. Eigentlich gab es, was Josh betraf, furchtbar viele Dinge, die ich nicht wußte, und das war ziemlich aufregend. Er zeigte wortlos auf den Wagen, und ich stieg ein. Noch immer schweigend warf er die Aktentasche auf den Rücksitz und ließ den Motor an. Dann warf er mir einen Seitenblick zu und strich mit der Hand über mein Bein. Wir fuhren gegen den morgendlichen Stoßverkehr in Richtung Chiswick, dann über den Fluß und auf die M3. Es war ein milder Herbsttag, und Josh ließ das Dach zurückgleiten, so daß mir der Wind ins Haar fuhr. Die Bäume waren herbstlich bronzefarben und golden, und am Himmel schwebten ein paar zarte Federwolken. Ich legte den Kopf zurück, sah sie vorüberziehen und genoß das erregende Gefühl, gekidnappt worden zu sein. Josh wirkte in seinem dunklen Anzug ernst und ungeheuer elegant, und sein Gesicht zeigte das spöttische Lächeln eines Mannes, der ein Geheimnis hat.

Nach einer Weile brach ich das Schweigen.

»Hast du nicht ›Frühstück‹ gesagt, Josh?«

Wieder warf er mir einen Seitenblick zu und nickte.

»Ja, aber ich meinte ein Frühstück mit Baguette.«

Ich beschloß, keine weiteren Fragen zu stellen, und wir fuhren schweigend weiter. Irgendwo in der Nähe von Basingstoke bogen wir von der Autobahn ab, und ich begann nach ländlichen Hotels Ausschau zu halten. Dafür, daß wir nur frühstücken wollten, fand ich die Fahrt schrecklich lang, auch wenn es mein Geburtstag war. Allmählich machte ich mir auch wegen des Ladens Sorgen – ich würde viel zu spät zurückkommen. Es war schon fast neun. Sollte ich Gail anrufen? Ich sah, daß Josh ein Autotelefon hatte.

Er hatte meinen Blick verfolgt und lachte leise.

»Keine Sorge«, sagte er, »es ist alles geregelt.«

»Du meinst, du hast Gail Bescheid gesagt?«

»Natürlich!«

Auf seinem Gesicht lag noch immer ein leises Lächeln. Wir fuhren an mehreren Hotels vorbei, die in Frage zu kommen schienen. Zwei- oder dreimal verlangsamte Josh die Fahrt, schüttelte dann den Kopf und fuhr mit einem gemurmelten »Nein, das ist wohl nicht das Richtige« weiter.

Als er schließlich von der Straße abbog, war weit und breit kein Hotel zu sehen, nur zwischen den Bäumen am Ende des Weges eine Art Wellblechscheune.

»Schon besser«, sagte Josh vergnügt. »Hier sind wir richtig. Das Dach ist zwar etwas undicht, aber es wird ja heute nicht regnen.«

Das spöttische Lächeln wurde breiter.

Der Weg führte an der Scheune entlang, und ich sah, daß dahinter eine weite freie Fläche war. Dann fuhren wir über holpriges Gras, und der Jaguar kam fast zum Stehen. Ich sah Josh

an. Wir bogen um die Ecke der Scheune, ich schaute nach vorn – und mußte schlucken. Es war ein Flugplatz.
Die nächste halbe Stunde war ich zu durcheinander, um genau zu registrieren, was geschah. Männer in Overalls tauchten auf, die Josh zu kennen schien. Er ging mit ihnen fort und nahm seine Aktentasche mit. Dabei wandte er sich um und zeigte lässig auf ein kleines gelbes Flugzeug, das mit der Nase in der Luft und dünnen Streben unter den Flügeln im Gras stand. Ich starrte es erschrocken an. Keine zehn Pferde würden mich in das verdammte Ding kriegen. Heute ist mein Geburtstag, dachte ich, und nicht mein Todestag.
Dann kam Josh zurück. Er merkte, wie blaß ich geworden war, und nahm meine Hände.
»Du brauchst keine Angst zu haben«, sagte er. »Du wirst es herrlich finden, das versprech ich dir.«
Versprechen! Wie konnte man so etwas versprechen?
»Angst? Aber wovor denn?« sagte ich. »Es sieht toll aus.«
Erneut riskierte ich einen Blick auf den winzigen gelben Schmetterling. Er sah aus, als könnte er beim leisesten Windstoß in seine Einzelteile zerfallen. Die Räder wirkten ungefähr so stabil wie bei dem Fahrzeug, das Rachel und ich letztes Jahr für unsere Guy-Fawkes-Puppe zusammengebastelt hatten.
»Du wirst staunen, wie bequem es ist«, sagte Josh.
Zweifellos. Das Cockpit hatte die Größe eines Hamsterkäfigs. Von einem der Flügel hing ein Stück Schnur herab, und am Heck flatterte irgend etwas.
»Und man hat einen sensationellen Blick.«
Ja, natürlich. Nur daß ich im Moment alles dafür gegeben hätte, wenn mir solche Sensationen erspart geblieben wären. Ich wünschte mir nichts sehnlicher, als nach Hause zu fahren.
»Du brauchst auch keine Angst zu haben, daß dir schlecht wird, es ist ein wunderbar windstiller Tag.«
Du lieber Himmel, mir war schon jetzt schlecht, und dabei stand ich noch auf festem Boden.
»Sehr angetan scheinst du nicht zu sein …«
Ich zwang mich zu einem Lächeln. Nein, ich würde Josh sein

Geburtstagsgeschenk nicht verderben, und wenn es mich umbringen würde – was ich allerdings befürchtete.

»Doch, doch, Josh!« beteuerte ich. »Sehr sogar. Ich bin doch schon x-mal geflogen.«

Aber noch nie in einem Gehäuse aus Papier und Schnur. Ich drehte mich um. Der kleine gelbe Schmetterling reckte die Nase in die Sonne. Er schien auf uns zu warten. Ich mußte schlucken.

»Josh, es ist herrlich, wirklich!« Und ich schlang die Arme um ihn. Ich hoffte, er würde nicht merken, wie ich zitterte, oder er würde es meinem Verlangen nach ihm zuschreiben. »Sagst du mir jetzt, wohin wir fliegen?«

Er öffnete das Cockpit und half mir beim Einsteigen.

»Kommt nicht in Frage! Aber eins kann ich dir verraten: Es ist in Frankreich.« Er lachte. »Hab ich dir nicht gesagt, es wird ein Frühstück mit Baguette?«

Sobald ich im Cockpit saß, machte ich die gleiche Feststellung, die mich jedesmal in Erstaunen setzt, wenn ich in einen Mini Cooper einsteige: Von innen war es doppelt so groß wie von außen. Ich schnallte mich neben Josh an. An seinem Kopf waren jetzt alle möglichen Gegenstände befestigt, darunter einer, der wie eine vor seinem Mund schwebende Zahnbürste aussah. Auf den beiden Sitzen hinter uns lagen Land- und Fliegerkarten. Ich sah mich nervös nach Fallschirm, Schlauchboot, Schwimmweste, Feuerlöscher, Sauerstoffmaske, Beruhigungstabletten, einer Flasche Gin und sonstigen potentiellen Lebensrettern um, aber ich konnte nichts von alledem entdecken. Dann sprang der Motor an, der Propeller begann zögernd zu rotieren und wurde schließlich so schnell, daß ich ihn nicht mehr sah. War er bereits abgefallen? Die Maschine setzte sich in Bewegung, und ich schloß die Augen. Mein Leben schien ein so kleines, zerbrechliches Etwas! Ich fragte mich, ob ich mich nicht noch in aller Eile Gott zuwenden konnte und er meine Bekehrung noch rechtzeitig registrieren würde, um mir zu Hilfe zu kommen.

Ich hielt die Augen geschlossen, bis ich überrascht feststellte, daß ich nicht tot war. Um ganz sicherzugehen, faßte ich Mut und öffnete für den Bruchteil einer Sekunde ein Auge. Nachdem das geschafft war, wurde ich neugierig. Da ich nicht tot war, sollte ich vielleicht versuchen, den Flug zu genießen. Ich öffnete also beide Augen und sah mich um.

Es war, als hätte mich jemand mit einem Zauberstab berührt und ich wäre in einem himmlischen Traum erwacht.

Josh wandte den Kopf.

»Alles in Ordnung?«

Ich nickte. Es war mehr als in Ordnung. Nach dem Schrecken und der Erleichterung kam ich allmählich in Hochstimmung. Es war wie im Märchen: wir beide allein, schwerelos über den Wolken schwebend. Ich wollte lachen. Ich wollte singen. Ich wollte das Flugzeug am Himmel parken und Josh lieben. Ich dachte daran, was gestern um die gleiche Zeit gewesen war: ein unwillkommenes Frühstück in einem Hotel in Brighton, mit einem Ehemann, der meinen Geburtstag vergessen hatte. Ich schaute nach unten; vielleicht waren wir gerade über Brighton. Aber ich sah nur die gezackte Küstenlinie und das Meer mit den kleinen weißen Tupfern. Vorsichtig legte ich Josh die Hand aufs Knie; ich wußte ja nicht, ob man das bei einem Piloten durfte. Aber er lächelte und legte den Arm um mich. Dann beugte er sich zu mir herüber und knöpfte meine Bluse auf.

»Keine Angst, hier kann uns niemand sehen«, sagte er.

Ich hatte viel mehr Angst wegen des Flugzeugs. Konnte es von selbst fliegen? Ich sah schon die Schlagzeilen in der Boulevardpresse: »Mutter oben ohne in Ärmelkanal gestürzt.« Ich sehnte mich danach, meine Hand auf seinen Schwanz zu legen. Wenn ein Autopilot vorhanden war, konnte der sich ja um den Steuerknüppel kümmern, wahrend ich mich mit dem Pendant aus Fleisch und Blut vergnügte. Inzwischen erforschten Joshs Hände mich wie Braille – meine Brüste, meinen Bauch, die Region zwischen meinen Beinen. Großer Gott! Ich erschauerte tief und kam; und im Rausch des Orgasmus schlug ich die Augen auf und sah den Himmel seitwärts kippen, bis die Wolken unter mir und das Meer über mir waren.

»War ich das?« fragte ich atemlos, nachdem der Himmel an seinen Platz zurückgekehrt war und das Flugzeug wieder richtig herum in der Luft lag.
Josh lachte.
»Natürlich! Sex kann ungeahnte Kräfte freisetzen. Simple Aerodynamik.« Er beugte sich zu mir und küßte mich. »Alles Gute zum Geburtstag, Darling!«
Ich umarmte ihn. Mein Herzklopfen übertönte das Motorengeräusch.
»Hast du deshalb fliegen gelernt? Damit deine Damen Loopings drehen?«
Er lächelte.
»Das beste Mittel gegen die Angst vorm Fliegen.«
Ich ließ meine Hand in sein Hemd gleiten und grub ihm die Fingernägel in den Rücken.
»Ekel! Ich will dich.«
Ich wollte sagen: »Ich will dich immer.«
Er sah mich an.
»Ich will dich immer«, sagte er wie ein Echo auf meine Gedanken. »Und das weißt du auch.« Und dann, als hätte er zuviel gesagt, deutete er nach unten: »Sieh mal! Vielleicht solltest du dich ein bißchen zurechtmachen – wir sind gleich da.«
Er betätigte ein paar Schalter, und das Motorengeräusch veränderte sich. Ich merkte, daß wir an Höhe verloren. Josh sprach ein paar französische Worte in das Funksprechgerät, und dann hörte ich das Knistern einer anderen Stimme. Aus dem Fenster sah ich fast auf gleicher Höhe mit uns die Kliffe der französischen Küste. Die Sonne schien auf spitze Dächer, und auf der Küstenstraße unter uns fuhren Spielzeugautos.
»Wo sind wir, Josh?« fragte ich, während ich meine Bluse vollends zuknöpfte und meinen Rock glattzog.
»In Le Touquet.«
Jetzt waren wir auf gleicher Höhe mit den Bäumen und Häusern zu beiden Seiten. Wir sanken. Wir schwebten im Gleitflug. Wir sanken weiter. Mein Magen krampfte sich zusammen. Ein leichter Stoß, dann noch einer. Wenigstens gab es hier eine rich-

tige Landebahn und sogar einen Mann mit zwei Tischtennisschlägern, der uns hereinwinkte. Mein Magen beruhigte sich wieder. Ich sah auf die Uhr: elf Uhr – Mittag nach französischer Zeit.

Ich war aufgeregt wie ein Kind. Ich konnte es kaum glauben. Wir waren in Frankreich!

»O Gott, Josh!« rief ich. »Mein Paß! Ich bin illegal eingereist, und das an meinem Geburtstag!«

Josh gab keine Antwort. Er war damit beschäftigt, diverse Schalter zu betätigen. Der Propeller kam zum Stillstand, und das Motorengeräusch erstarb. Josh schob das Dach zurück. Die Sonne strömte herein. Dann sah er mich an, kramte in seiner Tasche und brachte eine kleine Brieftasche zum Vorschein. Er öffnete sie und nahm eine Karte heraus, auf der fettgedruckt »Presse« stand. Dann steckte er sie wieder weg und lächelte.

»Außerdem«, sagte er, »ist der Flughafenleiter ein Freund von mir. Ich sag ihm einfach, du bist meine Geliebte. Das versteht er bestimmt.«

Ich lachte.

»Komisch, was? Ich glaube, ich bin tatsächlich deine Geliebte.«

»Dann muß ich dich vielleicht auch so behandeln.«

Und mit erstaunlicher Kraft faßte Josh mich um die Taille und hob mich aus dem Flugzeug. Mein Gott, wie routiniert das alles wirkte: Er mußte jede Menge Frauen aus Flugzeugen gehoben haben.

Wir standen auf der Rollbahn. Josh holte seine Aktentasche und seine Karten aus der Maschine.

»Aber du bist viel mehr als eine Geliebte«, sagte er leise. »Du bist meine Liebe.«

Es war ein Schock. Es war das erste Mal, daß einer von uns das Wort aussprach. Da stand ich mitten auf einem Flugplatz, und ein Mann sagte zu mir: »Du bist meine Liebe« – es war, als hätten wir eine Reise gemacht, von der wir nicht mehr zurückkehren konnten. Ich wollte etwas erwidern, irgendwelche dummen Worte, die aus dem Herzen kamen, aber mir fiel

nichts ein. Ich drückte nur Joshs Hand. Er legte den Arm um mich.
»Dann wollen wir mal sehen«, sagte er ruhig, als wir auf den Terminal zugingen. Wie konnte er nur so gelassen bleiben?
Auf einem Schild stand *Douane*. Josh führte mich zu einem kleineren Schild mit der Aufschrift *Passage interdit*. Er zeigte dem Polizisten seinen Presseausweis und nannte einen Namen. Das mürrische Gesicht des Polizisten nahm schlagartig einen respektvollen Ausdruck an, und er tippte eine Nummer in sein Mobiltelefon. Er sagte ein paar Worte und reichte das Gerät dann an Josh weiter, der munter auf französisch zu parlieren begann. Ich verstand kein Wort. Dann gab er das Telefon dem Beamten zurück, der es wieder an seinem Revers festhakte und uns fragend ansah.
Irgendwo über uns ging eine Tür auf, und eilige Schritte näherten sich. Am oberen Ende der Treppe erschien, blinzelnd und über das ganze Gesicht lächelnd, ein beleibter, etwa fünfzigjähriger Mann. Josh umarmte ihn und stellte mich als *ma collègue* vor. Wenigstens war ich nicht *ma maîtresse*. Der Herr sei der Flughafenleiter, erklärte er, ein langjähriger Freund von ihm. »Wir sind gleich wieder da«, setzte er ernst hinzu, und die beiden entfernten sich ein Stück in Richtung Tür. Ich nahm an, es gehe um meinen Paß, und begann mich unbekümmert – so hoffte ich zumindest – umzusehen.
Das Gespräch dauerte nicht lange, und ich bekam kaum etwas davon mit. Ein paar Worte schnappte ich jedoch auf, besonders eines, das der Flughafenleiter ziemlich häufig gebrachte: *Milord!* Mehrere Male hörte ich *»Bien sûr, milord!«*, und als sie wieder zu mir traten: *»A votre service, milord!«*
Josh forderte mich durch ein Kopfnicken auf mitzukommen, und wir gingen um den Terminal herum zu einem eisernen Tor, das auf einen Privatparkplatz führte. Ein gewichtig aussehender Citroën glänzte im Sonnenlicht, und oben an der Windschutzscheibe entdeckte ich die Aufschrift *»Officiel«*. Der Flughafenleiter führte uns zu dem Wagen und zog die Schlüssel aus der Tasche.

»Bon voyage!« sagte er, händigte Josh mit einem kurzen Gruß die Schlüssel aus und bedachte mich dabei mit einem anerkennenden Lächeln und meine Beine mit einem noch anerkennenderen Blick. Ich stieg ein, sank in die Polster zurück, und wir fuhren los.

»Josh«, sagte ich, als wir den Flughafen verließen, »kannst du mir erklären, was das alles zu bedeuten hatte?«

Er sah mich aus dem Augenwinkel an.

»Später vielleicht«, erwiderte er. »Jetzt hast du noch Geburtstag, und Geburtstage müssen voller Überraschungen sein.«

Ich widersprach nicht. Immerhin gehörten zu diesen Überraschungen bereits ein Flug nach Frankreich und ein Orgasmus über den Wolken. Ich war gespannt, was als nächstes passieren würde.

Eine halbe Stunde später wußte ich es. Josh bog in eine Nebenstraße ein und fuhr an einer langen Mauer entlang, die zu einem Herrensitz zu gehören schien. Nach einer Weile kamen wir zu einer hochherrschaftlichen, von zwei liegenden steinernen Göttinnen flankierten Einfahrt. Auf knirschendem Kies gelangten wir in einen weiten Park, dessen Fahrweg uns zwischen uralten Bäumen hindurch in sanften Kurven zu einem *château* führte. Am Eingang prangten wie Wappenschilder zahlreiche gastronomische Ehrenplaketten. Zwei livrierte Lakaien öffneten gleichzeitig die Wagentüren, und ein Mann führte uns mit so selbstverständlicher Würde durch die reich geschmückte Eingangshalle, daß ich unwillkürlich einen Blick auf sein Revers warf, um zu sehen, ob er das Band der Ehrenlegion trug.

Am Eingang zum Speisesaal wandte sich der Mann zu uns um. *»Un grand plaisir, Monsieur Kelvin ... et madame.«* Ich registrierte die kleine Pause vor *»et madame«*, die gerade lange genug war, um anzudeuten, daß ich für *Monsieur Kelvin* mehr sein könnte als nur *madame*. O Gott, wie ich diese versteckten Hinweise der Franzosen liebte! Ich fühlte mich nicht wie eine Geliebte, sondern wie eine Königin.

Man führte uns zu einem Tisch am Fenster. Vorhänge fielen

links und rechts von uns herab, als säßen wir auf einem Thron. Vor dem Fenster äste Damwild auf endlosen Fluren. Ein Pfau zog seine Schleppe über den gepflegten englischen Rasen. Aus einer Brunnenschale senkte sich ein Wasserschleier in ein Steinbassin. In der Ferne erhob sich auf einer steinernen Säule ein Standbild in heroischer Pose.

Ich versuchte, alles in mich aufzunehmen. Dann sah ich wieder Josh an und faßte nach seiner Hand.

»Ich weiß nicht, was ich sagen soll.«

Er lachte. »Daß es dir hier gefällt – hoffe ich.« Der *maitre d'* stellte zwei Champagnergläser vor uns hin. »Hast du schon einmal echten Krug getrunken?«

Natürlich nicht. Ich hatte überhaupt noch nie davon gehört. Ich versuchte, mich möglichst damenhaft und gelassen zu geben, und der *maitre d'* verbeugte sich erneut.

»Bon anniversaire, madame.«

Das hatte Josh ihnen also auch gesagt. Oder er brachte jede Geliebte an ihrem Geburtstag hierher, und man hatte das System diskret durchschaut. Ich fragte mich, ob sie vorher auch alle einen Orgasmus am Himmel hatten, wollte die Antwort aber lieber nicht wissen – zumindest nicht jetzt.

Der Lunch nahm seinen Gang. Es war ein majestätisches, gemessenes Zeremoniell. Wir aßen *foie gras* mit Trüffeln. Wir aßen Steinbutt. Wir aßen Reh. Wir aßen frische Pilze. Zwischen den einzelnen Gängen aßen wir Häppchen von Weiß-der-Himmel-was, die köstlich schmeckten und mir Appetit auf den nächsten Gang machten. Wir aßen ein Soufflé aus frischen Ananas. Und zu alldem tranken wir eine Flasche Wein, die mit gralsgleicher Feierlichkeit kredenzt wurde: ein *premier cru*, wie Josh erklärte, von einem berühmten *château*, von dem ich nie zuvor gehört hatte.

Es war halb vier, als wir uns schließlich erhoben. Mir drehte sich der Kopf vom Wein und von den Fragen, die mir auf der Zunge lagen.

»Danke für den wunderschönen Geburtstag«, war alles, was ich sagen konnte.

Und auf dem ganzen Rückflug schwebte ich in einem Traum. Der winzige Flugplatz bei Basingstoke erschien mir ganz unwirklich, als wir dort landeten. Aber da war die Wellblechscheune, da waren die Männer in ihren Overalls, und da war auch der Jaguar, genau an der Stelle, wo wir ihn geparkt hatten.

»Josh, jetzt erklär mir bitte«, brachte ich schließlich hervor, als wir losfuhren. »Das Flugzeug, das *château*, der Wagen, das mit dem *milord* ... Ich meine ... Sag es mir einfach, ja?«

Er lachte leise.

»Das ist alles ganz einfach. Du wirst vielleicht enttäuscht sein ... Das Flugzeug habe ich mir von einem Freund geliehen. Ich benutze es manchmal für meine Arbeit – nicht sehr oft. Das *château* hab ich aus dem *Guide Michelin* – ich war zum ersten Mal dort. Und der Wagen – nun ja! Der Flughafenleiter glaubt nun mal, ich sei Lord Snowdon, und das kann ganz hilfreich sein. Ich mag ihm seine Illusionen nicht rauben, und wie man sieht, sind sie sehr nützlich. Nein, die ganze Idee ist mir gestern morgen gekommen, und da hab ich mich hingesetzt und ein bißchen herumtelefoniert.«

»O Josh!« lachte ich. »Ich liebe dich!«

Ich liebe dich! Es war mir so herausgerutscht. Und bis zu diesem Augenblick, als ich mich selbst es sagen hörte, war ich mir nicht sicher gewesen, ob es stimmte.

Wieder zu Hause, sagte Rachel das gleiche zu mir.

»Mummy, ich hab dich lieb!«

Ich hatte nicht gewußt, wie weh solche Worte tun können. Plötzlich erschien mir mein Doppelleben qualvoll. Mit zitternden Fingern und nach einem längeren Kampf mit dem Klebeband packte ich Rachels Geschenk aus. Es war eine bunte Plastik-Geldkassette mit einem kleinen Schlüssel und einem Glöckchen. Für den Laden, erklärte Rachel, damit ich etwas hätte, wo ich das Geld hineintun könne.

Ich nahm sie in die Arme. Dann wandte ich mich ab.

»Warum weinst du denn, Mummy?« fragte sie.

Eamonn wurde mit seinem traumhaften Instinkt für Computer immer unersetzlicher und sah sich mittlerweile voll Stolz als außerordentliches Verwaltungsratsmitglied von Outfit Enterprises registriert. Nur Caroline war nicht restlos begeistert, da sich ihr Bild von ihm durch sein Verhalten als ihr Wochenendgast vorübergehend getrübt hatte. Sie behandelte ihn seitdem ziemlich hochnäsig, und Eamonn selbst wirkte ein wenig bedrückt.

Gail wartete, bis Caroline nach nebenan gegangen war, um mich dann mit dem Bericht zu erheitern, den Eamonn ihr von den Ereignissen an dem besagten Wochenende geliefert hatte.

»Und du mußt mir glauben, Darling«, sagte sie. »Ich will auf der Stelle tot umfallen, wenn jemand aus meiner Familie nicht die Wahrheit sagt.«

Ich meinte gehört zu haben, daß kein Ire je einen kleinen Bären gesehen habe, und hoffte, Gail würde nichts dergleichen tun.

Eamonn, so erzählte sie, habe sich am frühen Samstagabend in dem großen Haus eingefunden, mehr als überwältigt von der Gästesuite, in die er geführt wurde, von der Größe des Doppelbettes und vor allem von den schnauzbärtigen Ahnen, die von allen Wänden auf ihn herabblickten. Eamonn sei jedoch, wie Gail versicherte, ein anpassungsfähiger Junge und habe seinen einzigen Anzug und seine besten Manieren mitgebracht. Sofern er einen Verdacht gehegt habe, welche Art von Dank von ihm erwartet wurde, habe er ihn wohlweislich für sich behalten. Gegen das Alter der Gastgeberin habe er keine Einwände gehabt, und ohnedies sei Eamonn kein Mensch, der nein sage, wenn man ihm ein gutes Angebot mache.

Beim Dinner waren sie nur zu dritt gewesen: Caroline, Eamonn und dann noch Patrick, der bereits halb betrunken war. Ein mürrisches Dienstmädchen war ebenfalls anwesend. Eamonn fand sich vor einer ganzen Batterie unterschiedlicher Gläser wieder und hatte keinen blassen Schimmer, welches er wofür benutzen mußte. Da er schon beim Champagner einen Fehler gemacht hatte, beugte sich Caroline, um weitere Peinlichkeiten zu vermeiden, zu ihm herüber und schenkte ihm den roten Bordeaux ein, was wirklich reizend von ihr war. Allerdings trug sie eine so weite Bluse, daß sie sie fast mit einschenkte, zusammen mit dem größten Teil dessen, was darunter war.

»Das war natürlich genau das Richtige, Darling«, sagte Gail. »Was ein schöner Busen ist, braucht man Eamonn nicht zweimal zu sagen. Aber der Junge ist ja kein Mönch, und die Natur reagiert nun mal auf schöne Dinge, nicht wahr? Und so saß mein Neffe plötzlich mit einer Riesenerektion beim Dinner und wußte nicht, wohin damit.« Gail machte eine Pause, um sich eine Träne fortzuwischen. »Das Problem war – ach Gott, der arme Junge – also, verstehst du, beim Umziehen war ihm ein kleines Mißgeschick passiert; und sein Slip war eins von diesen knappen Dingern, die nicht für solche Notfälle gedacht sind. Er stand unter Streß, um es mal so zu sagen.« Jetzt bog sich Gail vor Lachen. »Heilige Maria, Mutter Gottes, kannst du dir die Szene vorstellen, Darling? Eamonn, der sich mit seiner Serviette zu bedecken versucht, und Caroline, die nichts zu sehen versucht und den Wein über den ganzen Tisch verschüttet. Und Patrick, der halb eingenickt ist und von allem nichts mitkriegt.«

Gail machte eine Pause, faßte sich wieder und hielt sich mit beiden Händen den Bauch.

»Aber das war erst der Anfang, Darling«, fuhr sie fort und warf einen Blick zur Tür, für den Fall, daß Caroline genau in diesem Moment wieder aufzutauchen beliebte. »Der arme Eamonn hoffte inständig, das Essen würde bald zu Ende sein. Sein Schwanz war jetzt wieder schlaff wie ein Wurm, und die Unterhaltung floß nur noch spärlich dahin. Und plötzlich, nach dem Käse und dem Sorbet, wachte Patrick auf, schüttelte sich und erklärte, er werde jetzt mit Eamonn ins Pub gehen. Also zogen sie los. Caroline machte ein langes Gesicht, das Mädchen räumte den Tisch ab, und Eamonn verschwand rasch nach oben, zog sich eine andere Hose an und war froh, seinen Kummer in einem anständigen Bier ertränken zu können.«

Das Pub war genau das richtige Tonikum. Es war die Sorte

Pub, wo man nicht alle Tage so schöne junge Männer zu Gesicht bekommt, und das freundlichste Gesicht zeigte ihm ein ganz besonders dralles Barmädchen, das ihm ständig durchs Haar fuhr und ihm demonstrierte, daß Caroline nicht die einzige Frau weit und breit war, die ihm zuliebe einen gesunden Körper zur Schau stellen konnte.

»Und wieder ging es aufwärts. Diesmal hielt wenigstens der Reißverschluß, Darling, wenn auch nicht allzu lange.« Gail warf erneut einen Blick zur Tür. Als der Laden dicht machte, zog Patrick ab, ließ Eamonn bei dem Mädchen zurück und sagte ihm augenzwinkernd, daß er die Haustür offen lassen werde. Eamonn ist kein Dummkopf, und zwei Auferstehungen an einem Abend sind einfach zuviel für einen jungen Mann. Was macht er also? Was würde jeder junge Mann tun? Er nimmt das Mädchen mit. Er hatte ja das große Doppelbett, und die Haustür war nicht abgeschlossen. Den Rest kannst du dir denken, Darling ... Nein, kannst du nicht, denn um Mitternacht kam Caroline auf Zehenspitzen in sein Zimmer, erfreut, daß noch Licht brannte, aber nicht ganz so erfreut, einen auf und ab hopsenden weiblichen Oberkörper zu erblicken und den guten Eamonn mehr oder weniger in dem gleichen Zustand, der sie beim Dinner so erregt hatte – nur daß diesmal keine Serviette ihn bedeckte, sondern eine ziemlich füllige Bedienung vom Rose and Crown.«

An diesem dramatischen Höhepunkt von Gails Geschichte betraten zwei Kundinnen den Laden, und ich stellte mir Caroline vor, in den Anblick einer Szene versunken, die geradewegs aus dem Kamasutra zu stammen schien.

»Armer Kerl«, fuhr Gail mit leiser Stimme fort, nachdem sie die Kundinnen zwischen den Kleiderständern sich selbst überlassen hatte. »Zwischen dem Auf und Ab des Mädchens erhaschte er einen Blick auf die Frau, die da mit offenem Mund und hervorquellenden Augen an der Tür stand. Es war eine grauenvolle Situation, aber so kurz vor dem Höhepunkt hatte er nicht den Nerv, sich groß darüber Gedanken zu machen, und beim dritten Anlauf, sozusagen, bekam er seine von der

Natur vorgesehene Belohnung. Das Mädchen ebenfalls, nur stieß sie dabei so spitze Schreie aus, daß Caroline die Tür hinter sich zuknallte. Es war ein Wunder, Darling, daß die Alarmanlage nicht losging.«

Da die beiden Kundinnen sich jetzt nach Hilfe umsahen, wurde Gails Bericht von neuem unterbrochen. Als sie endlich gegangen waren, schenkte Gail sich in aller Ruhe eine Tasse Kaffee ein und ließ sich auf der Tischkante nieder.

»Armer Eamonn!« wiederholte sie. »Du mußt ihn dir vorstellen, ganz klein und vor Scham schier im Boden versunken. Was sollte er tun? Er beschloß zu warten, bis alles ruhig war, dann brachte er das Mädchen schnell hinaus – nicht sehr galant von ihm, muß man sagen – und ging kreuzunglücklich ins Bett. Bei Tagesanbruch wollte er sich aus dem Haus stehlen und vielleicht mit dem ersten Flugzeug nach Irland abreisen.

Aber er hatte nicht mit Caroline gerechnet«, fuhr Gail fort. »Als er die Treppe hinunterschlich, rief sie aus der Küche ›Frühstück, Eamonn?‹ Er setzte sich an den Tisch, müde und ein bißchen verkatert, und versuchte, ihr nicht in die Augen zu schauen. Sie hatte sich eine Schürze umgebunden, auf dem Herd stand eine Pfanne, und es gab Eier und Speck, Würstchen, Tomaten und das ganze blöde Zeug. Eamonn wurde ganz schlecht bei dem Anblick. Und Caroline lächelte liebenswürdig. ›Champignons, Eamonn? Toast?‹ Er konnte nur nicken. ›War das Bett bequem? Haben Sie gut geschlafen?‹ Inzwischen brutzelte und zischte es auf dem Herd, und schließlich stellte sie einen dampfenden vollgehäuften Teller vor ihn hin. ›Schön, daß Sie einen so gesunden Appetit haben – ein kräftiger junger Mann wie Sie muß seine Energiereserven schon auffüllen‹, fuhr sie fort, immer noch liebenswürdig lächelnd ... und kippte ihm das ganze Zeug in den Schoß. ›Ich weiß, Sie mögen's heiß‹, setzte sie hinzu, ohne ihr Lächeln auch nur eine Sekunde abzusetzen.«

Gail schüttelte staunend den Kopf.

»Tolle Frau«, sagte sie, »das muß man ihr schon lassen. Sie lachte. »Und weißt du was?« fuhr sie fort. »Es war Eamonns

Geburtstag, sein einundzwanzigster! Der Tag, an dem er ein Mann wurde.«
Caroline spielte nur einmal kurz auf den Vorfall an. Ein paar Tage später meinte sie belustigt, daß sie, so komisch es auch klingen möge, bis dahin noch nie einem Paar beim Vögeln zugesehen habe. Ein besonders ansprechendes Schauspiel sei es nicht gewesen: mehr Abrackern als Lust. Es habe ausgesehen, als wüßten die beiden nicht recht, was sie mit dem Rest ihres Körpers anfangen sollten, was ein Jammer sei, aber Können erwerbe man nun einmal durch Übung, nicht wahr? Sie ließ keinen Zweifel daran, daß sie selbst es besser gemacht hätte. Schade, daß Eamonn es für nötig befunden habe, an einen öffentlichen Ort zu gehen, wo doch zu Hause ein ungleich besserer Service zur Verfügung gestanden hätte. Sie zuckte die Schultern.
»Aber er ist doch noch so jung, Darling«, verteidigte Gail ihren Neffen, etwas indigniert, da die Familienehre auf dem Spiel stand.
»Eben«, erwiderte Caroline. »Deswegen wollte ich ihn ja.«
Eamonn seinerseits war ziemlich still geworden, beschäftigte sich eifrig mit seinem Computer und gab die Stapel von Notizen ein, die wir während der Interviews gemacht hatten. Caroline arbeitete ganz unbeteiligt mit ihm zusammen, aber ich registrierte, daß er sich seinen Kaffee jetzt selbst holen mußte.
Doch eines Nachmittags veränderte sich die Atmosphäre.
»So, das war das letzte Interview!« verkündete Caroline und trat mit großen Schritten in den Laden. Zum Glück waren keine Kundinnen da, so daß niemand hören konnte, was sie uns zweifellos gleich sagen würde. »Hier ist das Resultat!« verkündete sie und schwang einen Aktendeckel mit Blättern, die Eamonn gerade ausgedruckt hatte. »Kaum zu glauben, wirklich, was manche Frauen für Wünsche haben. Und ihre Männer erst! Ich hab gar nicht gewußt, was für ein konventionelles Leben ich führe.«
Du lieber Himmel! dachte ich. Wenn Caroline konventionell ist, was bin dann ich?

Sie lachte. Ich hatte sie selten so glücklich gesehen. In den letzten Wochen hatte sie die Rolle der Chefinterviewerin übernommen. Gail blieb im allgemeinen lieber im Laden, und ich mit meiner kriselnden Ehe drückte mich gern davor, andere Frauen über ihre Ehen auszufragen. Nicht so Caroline. Sie war in ihrem Element, und zu meiner Überraschung schien sie ihre Sache wirklich gut zu machen. Ihr angeborener Scharfsinn lockte Antworten auf Fragen hervor, die niemand sonst zu stellen gewagt hätte. Ein stetiger Fluß aufgewühlter Frauen strömte zu uns in den Laden, die nach einem Gespräch mit Caroline eine stärkende Tasse Kaffee benötigten und voll des Lobes über diese Frau waren, die tiefer in ihr Leben eingedrungen sei als alle Analytiker und Psychotherapeuten, bei denen sie sich jahrelang für teures Geld ausgeweint hätten.

»Und hier ist die Liste der notorisch untreuen Ehemänner«, fuhr sie fort und zog mehrere Blätter aus der Mappe. »Wollt ihr sie hören?«

Natürlich wollten wir.

Caroline warf sich in der Mitte des leeren Ladens in Ausruferpose und hielt sich die Blätter vor die Nase.

»Also, los geht's, in beliebiger Reihenfolge. Angehörige der Regierung Ihrer Majestät: drei. Darunter ein Staatsminister mit besonderer Zuständigkeit für innere Angelegenheiten – wenigstens ein Glücklicher, der Arbeit und Vergnügen verbinden kann.« Caroline lachte anzüglich. Dann fuhr sie fort: »Sonstige Parlamentsmitglieder: zwölf. Acht Tories, drei Labourabgeordnete und ein sehr liberaler Demokrat – was das ist, brauch ich euch ja nicht zu sagen. Dann Peers: drei. Ziemlich wenig, sollte man meinen, aber die meisten sind wahrscheinlich ziemlich alt. Richter: acht. Ich hätte eigentlich gedacht, sie wären noch älter, ihr nicht auch? Aber vielleicht gibt es ja Bezirksrichter, die sich in Macclesfield betätigen. Und jetzt kommt's. BBC-Führungsetage: vier. Alles nur, um das Niveau zu halten, nehm ich an. Ihr würdet nie drauf kommen, wer der Oberschurke ist. Wenn wir das an die Boulevardpresse verkaufen, sind wir gemachte Leute.«

Caroline überflog die Liste.
»Dann jede Menge Langweiler. Diverse Geschäftsleute: zwölf. Handelsbankdirektoren, Börsenmakler und so weiter: sechzehn. Immobilienmakler: sechs. Ständige Unterstaatssekretäre: drei. Ständig oben wohl eher, auf ihren Sekretärinnen. Ärzte: fünf. Beerdigungsunternehmer: einer. Du meine Güte, wer möchte schon eine Affäre mit einem Beerdigungsunternehmer haben? Vielleicht ist er nekrophil – wie sollen wir für den bloß die richtige Partnerin finden?« Caroline kicherte und räusperte sich dann. »Universitätsdozenten: vier. Leiter von karitativen Organisationen: zwei. Klingt alles furchtbar spießig, was? Und jetzt, hier – Schrotthändler: zwei. Boxmanager: einer. Schwimmlehrer: sechs. Warum Schwimmlehrer wohl so scharf sind? Wahrscheinlich wegen der vielen nackten Haut. Immerhin bringen sie gut entwickelten Mädchen das Brustschwimmen bei. Mit Samanthas Schwimmstunden ist ab sofort Schluß.«
Caroline nahm ein anderes Blatt.
»Dann kommen noch Krethi und Plethi: zehn.« Sie kicherte. »Auch nicht gerade wenig.« Sie schwieg einen Moment und ließ den Blick über das Blatt wandern. Ihre Augen leuchteten auf.
»Und hier der Gipfel – Bischöfe: zwei. Erinnert ihr euch an den, der so gegen Frauen im Priesteramt gewettert hat? Da ist er! Er hat zwei Geliebte, eine auf der Isle of Wight, die andere auf der Isle of Man – so kommen sie sich wenigstens nicht ins Gehege. Und jetzt … ihr glaubt es nicht … Erzbischöfe: einer.« Sie sah uns triumphierend an. Gail stöhnte.
»Herr im Himmel, hoffentlich Anglikanische Kirche. Wenn es der Erzbischof von Dublin ist, könnt ihr's vergessen.«
»Nein, der nicht«, sagte Caroline kokett; sie genoß es, uns im dunkeln zu lassen. »Also: Das macht vierundachtzig herumvögelnde Ehemänner, die ihre Frauen unglücklich machen«, schloß sie und schob die Blätter in die Mappe zurück. »Nicht schlecht für den Anfang.«
Gail pfiff leise durch die Zähne.

»Verdammte Nobelkundschaft, die wir da haben. Und was für Dreckskerle in diesem Land das Sagen haben!« Ich dachte schon, als nächstes würde sie sagen, daß so etwas in Irland nicht vorkommen könne. Doch dann hellte sich ihre Miene auf. »Wenn wir nur für die Hälfte von denen die Richtige finden, sind wir Millionäre.«

Das war also unsere erste Liste, und ich fühlte mich, als wären wir im Besitz einer Ladung Dynamit. Der Gedanke, sie über Nacht im Laden zu lassen, jagte mir Angst ein. Ein Einbruch, und Watergate wäre ein Klacks dagegen. Da Gail täglich nach Ladenschluß zum Nachttresor der Bank ging, hatten wir uns nie einen Safe angeschafft. Aber das hier war etwas anderes.

»Wie schnell können wir einen Safe bekommen, Gail?« fragte ich.

Gail antwortete gar nicht erst, sondern griff sofort zum Telefonhörer.

»Rick-Darling«, sagte sie, »wir brauchen einen Safe ... Nein, nein, einen kleinen, nur für ein paar Papiere und eine Diskette.« Eine Pause trat ein, dann nickte sie. »Okay! In einer Stunde.« Sie wandte sich mir zu. »Rick kennt sich aus mit Safes; er hat schließlich genug davon geknackt.«

Sie lachte. Ich fragte mich oft, was passieren würde, wenn er geschnappt würde, und ob wir dann ebenfalls dran wären. Und ich beschloß, darauf zu bauen, daß irgendein Verwandter von Caroline uns aus der Patsche helfen werde.

Der Safe kam wie versprochen, herangeschafft von Rick und einem tätowierten Rauhbein, das zweifellos auch bei der Beschaffung geholfen hatte. Der Laden war zu diesem Zeitpunkt voll von Kundinnen, und einige von ihnen bedachten die beiden Männer mit argwöhnischen Blicken. Für die Portokasse, beruhigte ich sie. Wir stellten den Safe im hinteren Teil des Enterprises-Büros ab und vereinbarten mit Rick, daß er ihn am nächsten Morgen in die Wand einmauern würde.

Eamonn blickte von seinem Computer auf, als wir in den Laden zurück wollten, und drückte uns einen weiteren Stapel Papiere in die Hand.

»Hier sind die beiden Listen von den Frauen. Ich hab sie eben ausgedruckt.«

Das war der zweite Teil des Unternehmens. Die Liste glücklicher Schürzenjäger hatten wir bereits; jetzt kam die der unglücklichen Frauen und eine weitere Liste jener Frauen, die bereit waren, die Schürzenjäger zu übernehmen. Eine Reihe von Ehefrauen hatte sich in beide Listen eintragen lassen, zweifellos in der Hoffnung, beim nächsten Mal mehr Glück zu haben. Nur eines hatten sie gemeinsam: Die Affären ihrer Männer und die Vorstellung, daß sie eines Tages zugunsten irgendeines Luders, das sich alles unter den Nagel riß, abserviert würden, machten ihnen das Leben zur Hölle. Alle hatten die Idee, sich mit uns zusammenzutun, um die richtige Nachfolgerin zu finden, sofort aufgegriffen. Sie alle waren zahlende Mitglieder unseres Ordens der Barmherzigen Schwestern, wie Gail es beharrlich nannte. Unsere Botschaft war angekommen: »Neue Horizonte. Bis daß der Tod euch scheidet? Lieber gleich!« Ich war stolz darauf.

Wir kamen tatsächlich ins Geschäft. Es wurde ernst. Jetzt galt es, die Teile zusammenzufügen.

»Und hier muß Cupido groß rauskommen«, sagte ich.

Caroline schaute verdutzt drein.

»Aber es bringt nichts, wenn der Computer einfach nur Informationen über Leute ausspuckt«, fuhr ich fort. »Wir müssen Cupido richtig programmieren.«

»Und was zum Teufel willst du damit sagen?« fragte Caroline.

»Man muß ihm Fragen stellen.«

Carolines Gesicht nahm einen verächtlichen Ausdruck an.

»So was Albernes! Willst du ihn etwa fragen, was er zum Lunch gegessen hat?«

Ich sah Schwierigkeiten voraus und versuchte nicht allzu gereizt auszusehen. Gail kam mir zu Hilfe.

»Solche Fragen doch nicht, verdammt noch mal. Man läßt ihn was suchen.«

Doch Caroline war nicht von ihrem Gedankengang abzubringen.

»Du meinst, man schickt ihn auf einen Spaziergang?«
Ich schaute weg. Gail schlug sich mit der Handfläche gegen die Stirn.
»Hör zu, Caroline-Darling.« Sie gab sich Mühe, ruhig zu bleiben. »Ein Computer ist dazu da, Informationen zu sortieren. Man sagt ihm, wonach er suchen soll. Wenn wir so eine arme Frau mit einem von diesen verdammten Mistkerlen zusammenbringen wollen, dann müssen wir erst mal wissen, ob er die Sorte Arschloch ist, die auf Blondinen steht oder auf große Titten, ob er die Missionarsstellung bevorzugt, Schaukeln am Kronleuchter, Schwedische Massage oder was sonst noch alles. Man braucht ein *Kriterium* – verdammt großes Wort für meine Verhältnisse.«
Endlich schien Caroline zu begreifen.
»Okay«, sagte sie. »Und wie machen wir das?«
Mit vereinten Kräften erklärten wir ihr, was ein Datenprofil sei: eine Auflistung der wichtigsten Merkmale einer Person. Die Frauen hätten uns ja bereits die Hauptursachen für das Scheitern ihrer Ehen genannt und uns gesagt, welche Wünsche ihrer Männer sie einfach nicht teilen oder erfüllen konnten. Diese Unvereinbarkeit habe oft ganz einfache Ursachen: ein oder zwei Persönlichkeitsunterschiede, die jedoch unüberbrückbar seien. Irgend etwas beispielsweise, was der Mann besonders möge, die Frau aber nicht. Etwas, wonach er sich sehne, was sie ihm aber nicht geben könne. Es könne auch etwas so Simples wie eine Leidenschaft für Golf oder indische Currygerichte sein.
Wir glaubten, unsere Sache ganz gut gemacht zu haben. Caroline schwieg eine Weile und blätterte in unseren umfangreichen Notizen über vierundachtzig Ehemänner, die wir im Visier hatten. Dann sah sie auf und gab uns durch ein Nicken zu verstehen, daß ihr jetzt alles klar sei.
»Oraler Sex!« verkündete sie. Ich wollte schon schlucken, merkte dann jedoch, daß das in diesem speziellen Fall nicht ganz das Richtige gewesen wäre, und unterdrückte ein Lächeln. »Ja!« fuhr Caroline fort. »Oraler Sex! Achtundvierzig

von den Ehemännern wollen oralen Sex.« Sie sah Gail und mich an und schien hochzufrieden mit sich. »Die Sache ist ganz einfach: Wir müssen nur achtundvierzig Frauen finden, die das gleiche wollen.«

Gail hatte die Augen geschlossen. Ich wandte vorsichtig ein, daß das möglicherweise nicht ausreiche und man noch andere männliche Vorlieben in Betracht ziehen müsse, was Caroline zu einer weiteren längeren Nachforschung in ihren Papieren veranlaßte. Ab und zu kritzelte sie etwas auf einen Block.

»Okay!« sagte sie schließlich. Hört zu: Sechzehn Ehemänner bestehen auf der Missionarsstellung. Fünf treiben's gern in der Badewanne. Sieben tun's nie am Tag des Herrn. Sechs können nur, wenn sie betrunken sind. Vier können nie, weil sie ständig betrunken sind. Drei verkleiden sich gern als Pfarrer. Zwei lassen ihre Frauen urinieren ...«

Gail stieß einen kleinen Schrei aus.

»Verdammt noch mal, Caroline, kannst du nicht *einmal* ernst bleiben?«

Ich hätte Caroline gern gefragt, ob auf ihrer Liste auch Loopings in fünfzehnhundert Metern Höhe zu finden seien. Statt dessen erklärte ich ruhig, daß sexuelle Neigungen bei einem Datenprofil vielleicht nicht das allein Ausschlaggebende seien und daß beispielsweise Ochsenschwanzsuppe eine ebenso große Rolle spielen könne wie der Schwanz selbst.

Gail lachte. Caroline runzelte die Stirn. Zum Glück kamen in diesem Moment zwei Kundinnen herein, die unsere Besprechung abrupt beendeten.

Als wir an diesem Abend den Laden abschlossen, wartete Gail, bis Carolines Aufmerksamkeit von der Strafzettelsammlung an der Windschutzscheibe ihres Mercedes in Anspruch genommen war, und wandte sich dann mit einem müden Lächeln an mich.

»Laß uns die Notizen morgen in Ruhe durchgehen, ja, Darling? Caroline geht zu einem Lunch im Unterhaus, bestimmt mit einem Parlamentsmitglied aus unserer Liste. Wir sortieren aus, was wirklich wichtig ist – nur wir beide –, und dann kann

Eamonn weitermachen. Je schneller wir es schaffen, desto besser.«

Das bedeutete, daß ich Josh morgen nicht sehen würde, aber dieses eine Mal beschloß ich, mein Doppelleben zurückzustellen. Und wer weiß – wenn ich Ordnung in das Durcheinander der Ehen anderer Frauen brachte, dann würde mir das vielleicht helfen, auch Ordnung in das Durcheinander meiner eigenen Ehe zu bringen.

»Und dann geht es ans Mixen und Kombinieren«, sagte Gail. Sie lachte. »Das machen wir im Laden ja jeden Tag, Darling, nicht wahr? Wir mixen die Kleider der Leute und kombinieren sie neu. Der einzige Unterschied ist, daß wir das jetzt mit dem Leben anderer Leute machen. Herr im Himmel! Wohin soll das bloß führen?«

10 MIXEN UND KOMBINIEREN

Am nächsten Tag hängte Gail einen Zettel an die Tür: »Wegen Inventur geschlossen«. Zu dritt gingen wir durch den Hintereingang in das kleine Büro, das wir vom Hauptraum der Outfit Enterprises abgeteilt hatten. Dies war Cupidos Reich, und hier hatte Eamonn wochenlang vor seinem geliebten Computer gesessen und dessen magische Kräfte auf die Masse der Daten einwirken lassen, mit der wir ihn gefüttert hatten. Wir hofften, daß es uns, da wir Caroline wohlweislich ferngehalten hatten, gelungen war, Cupido richtig zu programmieren. In Kürze würden wir es wissen. Eamonn hatte seine Listen passender Paarungen sorgfältig geordnet, in einem Berg von Aktendeckeln, von denen jeder mit dem Namen eines von uns anvisierten Ehemannes versehen war.

Ich war überrascht, wie sehr ich mich an diese Art von Unternehmen gewöhnt hatte. Meine anfänglichen Vorbehalte hatten sich in Luft aufgelöst. Die Aussicht, anderer Leute Leben in Ordnung zu bringen, erschien mir sehr viel befriedigender als der Versuch, mein eigenes Leben in Ordnung zu bringen. Vielleicht war es ja nur Ersatzbefriedigung, aber ich war vergnügt und kam mir ziemlich gerissen vor.

Eamonns Aktendeckel lagen vor uns auf dem Tisch. Aus Neugier begann ich die obersten durchzublättern und entdeckte dabei die Namen einer ganzen Reihe von Persönlichkeiten des öffentlichen Lebens.

»Eine Art Schwarzbuch«, stellte ich fest.

Das gefiel Caroline, und sie griff sich gierig einen anderen Aktenstapel.

Eamonn fühlte sich bemüßigt, uns, bevor wir einen Blick hin-

einwarfen, zu erklären, daß es Probleme gegeben habe. Es hatte sich gezeigt, daß Cupido nicht unfehlbar war. So war es ihm nicht gelungen, unter unseren Kundinnen eine passende Partnerin für einen Richter am Obersten Gerichtshof zu finden, der erst dann ejakulieren konnte, wenn er von der ersten bis zur letzten Zeile »Horatius an der Brücke« deklamiert hatte. Man würde in einer einschlägigen Literaturzeitschrift inserieren müssen, was aber zu gelehrten Mißverständnissen führen konnte und außerdem einen eklatanten Vertrauensbruch bedeutet hätte. Umgekehrt konnte man Cupidos Profil eines millionenschweren Rockstars mit einem Palazzo in der Toskana, Dauerplätzen in Wimbledon und einer Vorliebe für gute Weine mindestens die Hälfte aller Frauen in unseren Akten zuordnen.
»Okay«, sagte ich, »für den Rockstar können wir eine Münze werfen, und Seine Ehren lassen wir weiter hochaufgerichtet an der Brücke stehen. Und was ist mit dem Rest?«
Caroline wurde ganz aufgeregt.
»Der Rest wird gevögelt!« rief sie. »Wie alt ist der Rockstar? Wo ist denn seine Akte?« Da es mit Renatos toskanischem Bauernhaus nicht geklappt hatte, hoffte sie offenbar, in dem Palazzo zum Zuge zu kommen. »Ich hab schon seit fast zwanzig Jahren mit keinem Rockstar mehr geschlafen«, setzte sie wehmütig hinzu und machte ein langes Gesicht. »Mein Gott, man wird alt!«
Bevor Caroline sentimental werden konnte, brachte Gail Kaffee und schlug vor, daß wir die Akten unter uns aufteilten. Jede aussichtslos scheinende Paarung sollte ausgesondert und jede, die unmittelbare Aufmerksamkeit erforderte, besonders gekennzeichnet werden.
Sie verteilte die Aktendeckel. Es seien nicht ganz so viele wie erwartet, erläuterte sie. Mehr als ein Viertel der Ehemänner hätte sich als absolut unvermittelbar erwiesen, darunter eben auch der Richter, der gern den Horatius deklamierte, während er zugange war. Ihre Profile wurden also beiseite gelegt, zumindest so lange, bis wir Nachschub an Frauen bekamen; anderenfalls sahen wir uns genötigt, den enttäuschten Ehefrauen ihre

Aufnahmegebühr zurückzuerstatten. Auf jede von uns dreien kamen zwanzig Akten; Eamonn wurde ungeachtet seiner jüngsten athletischen Darbietungen mit dem Barmädchen in Carolines Haus mangels Erfahrung ausgeschlossen.

Es war ein seltsamer Vormittag. Während ich mich durch die Papiere arbeitete, breiteten sich vor mir die unwahrscheinlichsten Freuden und Absurditäten im Leben dieser Menschen aus: in ihren Akten zu lesen war, als würde man in ihren Seelen lesen. Ich war fasziniert. Natürlich kannte niemand diese Männer besser als ihre Frauen – das verstand sich von selbst. Vermutlich wären sie entsetzt gewesen, wenn sie erfahren hätten, wieviel ihre Frauen wußten – und wieviel *wir* jetzt wußten. Es rührte mich an zu entdecken, wie sehr die Frauen sie einmal geliebt hatten. Hätten sie es nicht getan, hätten sie sie nicht so gut gekannt. Eine tragische Ironie lag darin. Erst die kompromißlose Loslösung toter Liebe hatte uns diese Porträts geliefert. Es verging fast eine Stunde, bis eine von uns sprach. Es war wie bei einem Geduldsspiel. Gails Haar fiel wallend über ihre Schultern, als sie so über ihre Akten gebeugt saß und hin und wieder einen Ausruf der Überraschung von sich gab. Caroline brach ab und zu in Lachen aus. Jede von uns legte von Zeit zu Zeit eine Akte beiseite. Ich suchte drei Paarungen heraus, die mir geradezu gottgewollt erschienen. Gail schien das gleiche zu tun. Caroline hatte nur eine gefunden.

Schließlich wandte sie sich mit ihrem Aktendeckel in der Hand an uns.

»Also!« erklärte sie. »Ihr beide habt doch den Computer programmiert. Jetzt hört mal zu.«

Caroline schlug den Aktendeckel auf. Eamonn nahm keine Notiz davon und blätterte weiter in seinem Sexmagazin.

»Da haben wir den stellvertretenden Leiter des Kirchenfunks«, verkündete sie. »Er ist zweiundvierzig, mag Cricket, Bergwandern und Schiller. Hat zahlreiche bibelkundliche Untersuchungen veröffentlicht, darunter eine über die theologische Bedeutung der Schlange in der Schöpfungsgeschichte. Raucht nicht und trinkt nicht. Förderer eines Jugendclubs in Ealing. Betätigt sich regelmäßig als Laienprediger. Strikter Gegner liturgischer Gewänder. Hat seit fünf Jahren nicht mehr mit seiner Frau geschlafen. Verdacht auf gelegentliche Seitensprünge bei ökumenischen Tagungen. Derzeitige Freundin: eine Mathematiklehrerin an einer Gesamtschule.«

Caroline hielt inne und sah mit einem dünnen Lächeln zu uns auf.

»Und hier – nach Cupidos Meinung – die ideale Frau für diesen frommen Herrn: eine Striptease-Tänzerin, die ihre Nummer mit einer fünf Meter langen Boa constrictor garniert!«

Gails Augen durchbohrten erst mich, dann Caroline.

»Fabelhaft, was? Ein Triumph der Programmierung! Herzlichen Glückwunsch euch beiden. Das kommt davon, wenn man etwas hinter meinem Rücken macht.«

Sie schnaubte und wandte sich dann hilfesuchend an Eamonn, der noch immer still über seinem Sexmagazin saß.

»Eamonn!«

Eamonn hob den Blick von dem doppelseitigen Bild in der Mitte der Zeitschrift und schob sich lässig das Haar aus den Augen.

»Was ist?«

Caroline funkelte ihn wütend an.

»Was heißt ›Was ist‹? Sie haben doch gehört, was ich gesagt habe! Oder waren Sie zu sehr damit beschäftigt, die Titten da vollzusabbern?«

Eamonn nickte träge.

»Doch, doch, ich hab schon zugehört.«

Seine Augen kehrten zu den Titten zurück. Caroline wedelte gereizt mit der Hand und warf Eamonn den Aktendeckel vor die Nase.

»Dann erklären Sie mir das bitte! Erklären Sie mir, wie diese beiden dämlichen Ziegen es geschafft haben, unseren Computer so zu programmieren, daß so etwas dabei herauskommt!«

Eamonn legte widerstrebend das Sexmagazin beiseite.

»Yeah! Kein Problem.«

Er nahm die Akte und begann darin zu blättern, zog währenddessen einen Apfel aus der Tasche und biß hinein. Carolines Blick verfinsterte sich zusehends. Hätte sie eine Pfanne Speck und Eier zur Hand gehabt, sie hätte sie ihm zweifelsohne in den Schoß gekippt. Gail zwinkerte mir zu. Caroline zahlte es ihm heim.

»Ist doch okay«, sagte er schließlich, ohne aufzublicken. »Die Boa constrictor – also, der Typ hat doch ein Buch über Schlangen geschrieben, und wenn man die Schöpfungsgeschichte mal wegläßt, dann ist das genau der Punkt, den der Computer aufgegriffen hat.« Ein verblüffter Ausdruck trat auf Carolines Gesicht. Eamonn las weiter. »Außerdem ist er ein strikter Gegner von Gewändern. Na, sie doch auch – immerhin ist sie Stripperin.« Eine weitere Pause trat ein. Carolines Finger begannen kraftlos zu zucken. »Und er liebt Schiller. Und hier steht doch, das Mädchen beschreibt sich selbst als eine ›etwas schillernde Figur‹. Also!« Eamonn warf Caroline einen gönnerhaften Blick zu. »Computer können keine Fehler machen, verstehen Sie, Mrs. Uppingham? Sie stellen Verbindungen her. Daß sie den Unterschied zwischen Schiller und schillern erkennen, kann man nicht von ihnen erwarten.«

Carolines Reaktion überraschte mich. Sie legte die Hände an die Schläfen, sah uns der Reihe nach an – und lachte.

»Eigentlich«, sagte sie dann, »ist eine Striptease-Künstlerin mit einer Boa constrictor genau die Richtige für einen Laienprediger. Bücher über die Schlange im Garten Eden schreibt man ja nicht ohne Versuchungsphantasien, oder?« Caroline stand auf und schob die Hände in die Taschen ihrer Jeans. »Also, worauf warten wir noch? Bringen wir sie zusammen! Der Kirchenfunk wird nicht mehr das sein, was er vorher war.«

Gail sah Caroline entrüstet an.

»Ihr Protestanten seid doch alle gleich«, sagte sie. »Verdammte Heuchler!«

Dann kam ich an die Reihe. Etwas so Schillerndes hatte ich nicht zu bieten. Meine drei Auserwählten waren vergleichsweise schlicht und einfach. Eine feministische Verlegerin, eine Sportlehrerin an einer Londoner Mädchenschule und ein unge-

heuer attraktives Ex-Model. Und diese drei schienen perfekt zu einem Staatssekretär im Umweltministerium, einem Boxpromoter und einem erfolgreichen Scheidungsanwalt zu passen.
Gails Auswahl klang sehr viel weniger überzeugend. Weder Caroline noch ich konnten uns für Cupidos Kombination eines führenden Schönheitschirurgen mit einer pockennarbigen indischen Kellnerin und eines Arktisforschers mit einer Speiseeisvertreterin erwärmen. Und war für die hochkarätige Meeresbiologin der Beikoch eines Fish-and-chip-Restaurants in Battersea wirklich der ideale Lebenspartner?
Offensichtlich benötigte Cupido noch eine gewisse Feinabstimmung, auch wenn Gail uns als bigotte, dünkelhafte Angelsachsen beschimpfte, die für die Schönheit der Wege Gottes keinerlei Gespür hätten.
»Was zum Teufel hat Gott damit zu tun?« entgegnete Caroline scharf.
»Heiden seid ihr, alle beide«, gab Gail nicht minder scharf zurück und sah verärgert drein.
Ich fragte mich, was das wiederum damit zu tun hatte. Wann immer Gail um eine Antwort verlegen war, so hatte ich festgestellt, holte sie ihren Katholizismus aus der Mottenkiste.
Um die Mittagszeit erklärten wir die »Inventur« schließlich für beendet und machten den Laden wieder auf. Bis dahin hatten wir es geschafft, uns darauf zu einigen, was als nächstes zu tun sei. Für jeden vielversprechenden Ehemann hatte Cupido uns eine Auswahlliste passender Frauen geliefert, die wir natürlich alle bereits interviewt hatten. Jetzt mußten wir diese Liste der Noch-Ehefrau vorlegen, die dann ihre Wünsche äußern und die Frau kennenlernen mußte, die möglicherweise ihren Platz im ehelichen Bett einnehmen würde – oder eher, wie Caroline meinte, den Platz der Geliebten im außerehelichen Bett. Verstanden sich die beiden Frauen, lag der nächste Schritt wieder bei uns: Wir mußten einen Plan entwickeln, wie der Ehemann die auserkorene Nachfolgerin seiner Frau kennenlernen sollte. Dann konnten wir nur noch die Daumen drücken, daß Cupido das Richtige getroffen hatte.

Unser größtes Problem, so meinte ich, sei folgendes: Wie zum Teufel sollten wir vorgehen, ohne daß der Ehemann Verdacht schöpfte? Gail teilte meine Bedenken, während Caroline es völlig unerheblich fand, ob der Ehemann Verdacht schöpfte oder nicht.

»Verdammt noch mal«, sagte sie grimmig, »das sind doch alles Schürzenjäger. Wenn ihnen eine Frau in ihr lüsternes Auge sticht, die ihnen Appetit macht, dann fragen sie bestimmt nicht, was sie da zu suchen hat. Du lieber Himmel, wenn Robert Redford bei mir zu Hause aufkreuzen würde, glaubt ihr, ich würde erst mal überlegen, ob es sich um ein Geburtstagsgeschenk von Patrick handelt?«

»Nein, Darling«, sagte Gail, »natürlich nicht. Du würdest ihn um ein Autogramm bitten, nicht wahr?«

An dieser Stelle brachen wir die Sitzung ab. Wir mußten uns jetzt für drei Testfälle entscheiden. Die Frage war nur: für welche?

Den ganzen Nachmittag hatten wir im Laden zu tun. Für weitere Beratungen war keine Gelegenheit, aber von Zeit zu Zeit nickte eine von uns den anderen verständnisinnig zu und schlüpfte rasch nach nebenan, um einen Blick in unsere Akten zu werfen. Diese angeregte Verschwörung des Schweigens füllte mehrere Stunden aus. Im Laden waren wir damit beschäftigt, Kleider zu kombinieren, in unseren Köpfen damit, Männer mit neuen Frauen zu kombinieren. Erst als wir um kurz vor sechs den Laden schlossen, konnten wir uns endlich wieder zusammensetzen und weiter beratschlagen.

Gail schlug diplomatisch vor, jede von uns solle einen Testfall auswählen.

Caroline entschied sich für ein Parlamentsmitglied – ich hatte sie im Verdacht, es sei der Mann, mit dem sie zum Lunch gewesen war, und zog ihre Motive in Zweifel. Aber sie hatte eine ausgezeichnete Idee, wie wir ihn mit der erwählten Dame – wer immer es sein würde – zusammenbringen konnten. Es mußte bei einem Essen in seinem Wahlkreis geschehen, das mit Hilfe der Ehefrau leicht zu arrangieren sein würde.

Zum Glück sei er nicht Abgeordneter der Hebriden, fügte Caroline hinzu.

Ich wählte einen Schauspieler des National Theatre aus. In seiner Akte hatte ich gelesen, daß er an chronischen Rückenschmerzen als Folge einer allzu engagierten Darstellung des Koriolan litt. Die erste Frau auf unserer Auswahlliste war zufällig Physiotherapeutin. Phantastisch! dachte ich. In solchen Fällen gab es nichts Besseres als konkrete Handarbeit; das würde eine Menge unbeholfener Präliminarien überflüssig machen.

Gail suchte einen Fernsehnachrichtensprecher aus. Sein Gesicht verriet, was seine Akte bestätigte: daß er gutes Essen liebte. Cupido hatte eine Frau für ihn vorgesehen, die einen Lunchservice für Konferenzen in der City betrieb. Wir wußten auch, daß der Mann nächsten Monat Geburtstag hatte. Gail hatte keine Zweifel, daß seine Frau nur zu gern eine feudale Party für ihn geben würde, ohne natürlich zu verraten, daß sein eigentliches Geburtstagsgeschenk die Küchenchefin war.

Damit stand unser Aktionsplan fest. Dafür, daß wir Amateure waren, fanden wir, hatten wir hervorragende Arbeit geleistet.

»Allmählich sieht das Ganze wie eine militärische Kampagne aus«, meinte Gail vergnügt.

»Dann sollten wir's vielleicht Operation MK nennen«, schlug ich vor. »Mixen und Kombinieren!«

Wenig später übernahm Torquemada eine neue Rolle. Zusätzlich zu seinen Aufgaben als Beichtstuhl half er uns jetzt, drei Ehefrauen mit ihren potentiellen Nachfolgerinnen zusammenzubringen. Ich hatte befürchtet, daß diese Begegnungen von jeweils zwei Frauen in der totalen Katastrophe enden und sie einander vom ersten Augenblick an hassen würden. Doch weit gefehlt: In allen drei Fällen sprang der Funke sofort über. Zwischen dem Kaufen und Verkaufen von Kleidern schnappte ich – ganz diskret – genug auf, um beruhigt zu sein, daß Cupido seine Sache wunderbar gemacht hatte und daß wir genau die richtige Wahl getroffen hatten.

Nach einem ersten Plausch zum Kennenlernen bei einer Tasse

Kaffee führte die Ehefrau ihre Nachfolgerin zu einem vertraulicheren Gespräch nach nebenan ins Enterprises-Büro, das wir inzwischen zu einem behaglichen Raum umgestaltet hatten, in dem wir auch Drinks anbieten konnten. Das Ganze erinnerte mich stark an das Tamtam bei einem Hausverkauf: Die Besitzer präsentieren stolz die Schokoladenseiten einer Sache, die sie in Wirklichkeit so schnell wie möglich loswerden wollen – das schöne Schlafzimmer, das elegante Treppenhaus, die Einbauküche, die einwandfreie Gas-, Strom- und Wasserversorgung, den Garten, der im Frühling so schön geblüht hat. Und natürlich wurde – ebenfalls wie beim Verkauf eines Hauses – alles, was Schrott war, sorgfältig verborgen; man wollte einen potentiellen Käufer ja nicht in diesem frühen Stadium abschrecken.

Und dann, als die drei alles entscheidenden Begegnungen näherrückten, schlug Carolines große Stunde.

»Wir müssen die Frauen haargenau so anziehen, wie die Männer es mögen«, erklärte sie mit Nachdruck. »Was nützt es, wenn alles perfekt paßt, nur nicht das Aussehen? Die Männer würden sie vielleicht gar nicht bemerken.«

Da wir aus den Beständen unseres Ladens schöpfen konnten, sahen wir darin kein Problem: Unsere Kleiderständer konnten Outfits für alle nur denkbaren Geschmäcker liefern.

Aber es war weit weniger einfach als erwartet. Als wir unsere Akten konsultierten, um herauszufinden, was die idealen Partnerinnen dieser Ehemänner anziehen sollten, stellte sich heraus, daß in diesem Punkt vor allem männliche Phantasien am Werk gewesen waren. Wie um alles in der Welt sollte beispielsweise die elegante, kultivierte Dame, die wir für das Parlamentsmitglied vorgesehen hatten, in einem durchsichtigen Nachthemd zu einem Wahlkreisessen gehen? Nicht weniger unangemessen war die Vorstellung eines Fernsehsprechers, dessen Geburtstagsdinner von einer Köchin in einem Balenciaga-Ballkleid und mit Diamanten im Haar zubereitet wurde. Bei dem Schauspieler lagen die Dinge einfacher – hier mußte nur ein Rücken massiert und geknetet werden. Aber auch in diesem Fall überstieg die Aussicht, daß unsere Physiotherapeutin ihr Handwerk in einem Badeanzug oben ohne ausübte, selbst Carolines exotische Phantasie.

»Also, ich werde tun, was ich kann«, sagte sie lachend. »Nehmen wir uns eine nach der anderen vor.«

Als erstes beanspruchte das Parlamentsmitglied Carolines Fähigkeiten. Es war ein forscher Vierziger, der bei der nächsten Kabinettsumbildung für einen Ministerposten vorgesehen war und zur Zeit eine heiße Affäre mit seiner ehrgeizigen Privatsekretärin hatte. Sie mußte aus dem Feld geschlagen werden, koste es, was es wolle.

Die Frau des Parlamentsmitgliedes hatte bereits unzählige Wahlkreisessen veranstaltet, so daß es von dieser Seite keine Probleme gab. Es war ein Wahlkreis im Süden Londons. Ein Saal wurde gemietet, die Getreuen zusammengetrommelt, und ein Staatssekretär erklärte sich bereit, die Begrüßungsansprache zu halten, wobei er nur am Rande auf Arbeitslosigkeit, Maastricht, den Staatlichen Gesundheitsdienst, obligatorische Aufnahmeprüfungen an Schulen und die Hausbrandbesteuerung eingehen würde, in aller Ausführlichkeit aber auf populäre Themen wie Drogenmißbrauch und Recht und Ordnung. Die potentielle Nachfolgerin der Gattin war eine junge Frau namens Rowena, die schnell in das Organisationskomitee gewählt wurde und damit Anspruch auf einen Platz auf dem Podium und – noch wichtiger – auf Teilnahme an dem informellen »geselligen Beisammensein mit Ihrem Abgeordneten« im Anschluß an die Hauptveranstaltung hatte. Die Ehefrau versicherte uns, daß es noch keiner Frau Probleme bereitet habe, mit ihrem Mann gesellig beisammenzusein, wenn sie es darauf angelegt habe; es sei also anzunehmen, daß mit Carolines Hilfe alles gutgehen werde. Sie selbst werde sich diskret im Hintergrund halten und habe bereits dafür gesorgt, daß die Geliebte ihres Mannes nicht anwesend sein werde. Wie, verriet sie nicht. Carolines Bewährungsprobe kam zwei Tage vor dem großen Ereignis. Mit der Nachfolgerin der Ehefrau vereinbarten wir, daß sie um ein Uhr zu uns kommen solle, wenn wir den Laden wie immer für eine Stunde schlossen. Gail und ich blieben ebenfalls da, für den Fall, daß wir gebraucht wurden. Auch die Ehefrau war als Beraterin anwesend. Caroline hatte ihre Hausaufgaben gemacht, das Datenprofil des Ehemannes studiert und entschieden, daß den Phantasien des Mannes von einem durchsichtigen Nachthemd ein Versace-Kleid am nächsten kam, das ein italienisches Model vor einer Woche gebracht hatte, weil es ihrem Freund peinlich war, in der Öffentlichkeit mit ihr gesehen zu werden. Caroline hielt das Kleid stolz hoch, um es uns zu zeigen – Dante Horowitz' graue Spinnengewebe waren die reinsten Nonnengewänder dagegen. Wäre es ein Fischernetz gewesen, die Fische wären alle durchgeschlüpft. Das Verhältnis von leerem Raum und Stoff betrug in etwa drei zu eins.

»Verflucht noch mal, Caroline«, sagte Gail entsetzt, »das kann die Frau doch nicht zu einer Tory-Veranstaltung tragen!«

Caroline schnalzte mit der Zunge und machte ein böses Gesicht.

»Und warum nicht, bitte schön?« Sie griff nach der Akte des Parlamentsmitgliedes. »Die Ehefrau sagt doch, ihr Mann träumt von einer intelligenten, erfolgreichen Frau mit dunklem Haar, festem Busen und schönen Beinen; und schlangengleich bewegen soll sie sich auch. Stimmt' s nicht?« Die Ehefrau nickte. »Na, also! Rowena ist Diplomchemikerin und hat einen hochbezahlten Posten in der Forschungsabteilung einer Pharmafirma. Sie ist schön. Sie wirkt exotisch, sie hat phantastische Beine. Und wenn sie sich wegen des Busens Sorgen macht – ihr Haar ist lang genug, um ihn zu verhüllen – zumindest während der Veranstaltung. Was will man mehr?«

Ich schloß die Augen. Vor meinem geistigen Auge sah ich, wie Rowena, in einen Polizistenmantel gehüllt, eilig vom Podium geführt und Outfit Enterprises unter einem Hagel von Anklagen wegen Erregung öffentlichen Ärgernisses schleunigst geschlossen wurde.

In diesem Moment kam Rowena in den Laden. Gail und ich zogen uns nach hinten zurück und begannen die Sandwiches zu essen, die Renato uns freundlicherweise gemacht hatte.

»Sie ist wunderschön«, sagte ich leise. »Warum ist sie so wild darauf, dieses blöde Parlamentsmitglied zu heiraten?«
Gail zuckte die Schultern.
»Du weißt doch, was Cupido herausgefunden hat, Darling. Sie haben die gleichen Interessen. Sie sieht aus wie *sein* Traum, und vielleicht ist er auch *ihr* Traum. Britisches Establishment immerhin, beste Gesellschaft. Sie selbst hat zwar Köpfchen und sieht gut aus, aber ihr Vater ist ein zypriotischer Kellner. Eine Außenseiterin, die Insiderin sein will. Ziemlich verbreitet, so was, oder?«
Caroline und die Ehefrau führten Rowena jetzt in den Umkleideraum. Gail und ich vertilgten den Rest unserer Sandwiches und warteten gespannt. Wenn Caroline die Frau überreden kann, das Kleid zu tragen, dachte ich, dann ist sie ein noch größeres Genie, als ich geahnt habe.
Die Stille unten schien endlos. Wir schauten auf unsere Uhren. Draußen auf dem Bürgersteig drückten Kundinnen die Nasen an die Tür und schauten auf *ihre* Uhren. Wir taten so, als sähen wir sie nicht, und machten Kaffee. Plötzlich drang von unten ein erstickter Schrei herauf, gefolgt von einem zweiten, sehr viel schrilleren Schrei. Ich sah Gail an und schnitt eine Grimasse, während Gail sich durchs Haar fuhr und den Blick senkte. Jetzt hörten wir Carolines Stimme – überredend, insistierend, unnachgiebig. Es war die Stimme unbeirrbarer Autorität, genau der Ton, den ich so oft gehört hatte, wenn Caroline Samantha ins Bett schickte, egal, ob es mitten in ihrer Lieblingssendung war. Soviel ich wußte, hatte Caroline noch keine dieser Schlachten je verloren. Gail aber sah mich kläglich an.
»Herr im Himmel, das gibt eine Katastrophe, Darling.«
Ich schüttelte den Kopf.
»Wart's ab!«
Ich hatte mich nicht geirrt. Zehn Minuten später hörten wir die Tür des Umkleideraums aufgehen. Caroline und die Ehefrau kamen die Treppe herauf, und ein kleines Stück hinter ihnen Rowena. Ihre Hände umklammerten das Geländer, als

drohte sie zu stürzen, und ihr Gesicht zeigte genau den gleichen wilden und dankbaren Ausdruck, den ich auf Jahrmärkten so oft an Frauen gesehen hatte, die gerade zum ersten und wohl auch zum letzten Mal die Achterbahn verließen.

»Sie sieht absolut umwerfend aus«, verkündete Caroline. »Nicht wahr?« wandte sie sich energisch an die perplex nickende Ehefrau. »Und ihr Haar hat genau die richtige Länge. Sie müssen nur dran denken, auf keinen Fall den Kopf zu schütteln«, ermahnte sie Rowena und lächelte ihr aufmunternd zu.

Sie hat's mal wieder geschafft, dachte ich.

Caroline schlug das Versace-Kleid vorsichtig in Seidenpapier ein und legte es in eine Tragetasche. Dann nahm sie die diversen Accessoires, die sie zu dem Kleid ausgesucht hatte, tat sie in eine zweite Tragetasche und drückte Rowena beides in die Hand.

»Sehr schön! Wir sehen uns dann übermorgen«, sagte sie in beruhigendem Ton. »Und jetzt ein Taxi für Sie beide.«

Rowena murmelte ein paar Dankesworte, lächelte Gail und mir verwirrt zu und folgte Caroline und der Ehefrau auf die Straße hinaus. Wir hörten Carolines Stimme über den Platz schallen.

»Taxi.«

Kurz darauf kam sie zurück. Sie schüttelte den Kopf.

»Du lieber Himmel! Jetzt brauch ich 'nen Drink«, sagte sie und ließ sich schwer in einen Sessel fallen. »Das war knapp.« Sie schloß einen Moment die Augen. »Man denkt doch, Rowena sei eine moderne Frau von Welt«, fuhr sie fort. »Aber wißt ihr, was sie mir verschwiegen hat?« Caroline sah uns forschend an. »Also, erstens sind ihre Leute keine griechischen Zyprioten, sondern türkische, und zweitens ist sie moslemisch erzogen worden. Streng moslemisch!« Sie kicherte und öffnete den Getränkeschrank. »Also, ich kann nur sagen«, fuhr sie fort, »ich hab wieder etwas dazugelernt.« Sie lächelte verschmitzt. »Ich weiß jetzt, wie ein fundamentalistischer BH aussieht!«

Gail machte große Augen.

»Du meinst, sie hat das verdammte Ding allen Ernstes ausgezogen?«
Caroline lachte:
»Nein! *Ich* hab's ihr ausgezogen! Mit der Metallsäge!«
Ich schüttelte den Kopf.
»Und das soll unser erster Testfall sein«, sagte ich skeptisch. »Du wirst doch nicht im Ernst behaupten wollen, daß das gutgeht, Caroline!«
Sie sah mich erstaunt an.
»Wieso denn nicht? Natürlich geht das gut«, gab sie ärgerlich zurück. »Die zwei passen perfekt zusammen. Der BH war das einzige, was von Rowenas Fundamentalismus noch übrig war, und wenn es möglich wäre, ihn zu verbrennen, würde sie das jetzt bestimmt tun. Und was das Parlamentsmitglied betrifft: Seine Geliebte-Sekretärin ist binnen zwei Minuten abserviert, das garantier ich euch.« Ihr Gesicht nahm einen koketten Ausdruck an. »Ich geh ja schließlich nicht umsonst zum Lunch ins Unterhaus.«

Wenn Caroline einen Treffer landete, dann tat sie es mit Glanz und Gloria. Eine Woche, nachdem sie Rowena in die Mangel genommen hatte, schob Gail ein Boulevardblatt vor mich hin, als ich am Morgen in den Laden kam.
»Was sagst du dazu, Darling?«
Die Klatschspalte zeigte ein Foto des Tory-Parlamentsmitgliedes mit der schönen Rowena im Arm und darüber die Schlagzeile: Ehefrau reicht Scheidung ein.
»Ging schnell, was?« kicherte Gail.
Ich las den Artikel des Klatschkolumnisten und war im Bilde. Rowena war mit ihrem dunklen, fast bis zur Taille reichenden Haar die Zierde des Podiums gewesen. Die Rede des Parlamentsmitgliedes über offenes Regieren war von vielsagenden Blicken auf das offene Kleid der jungen Dame in seiner Nähe begleitet gewesen. Bei dem geselligen Beisammensein hatte er ihr reichlich Komplimente über ihr Haar, ihr bezauberndes Kleid und vieles andere mehr gemacht, und wenig später hatte

man die beiden zusammen fortgehen sehen, um sich – wie der Kolumnist es dezent formulierte – »besser kennenzulernen«. Die Ehefrau, so fügte er hinzu, habe die Situation dem Vernehmen nach voll erfaßt und die entsprechenden rechtlichen Schritte eingeleitet.

Es schien keinen Zweifel zu geben, auch wenn ich zunächst noch an einen glücklichen Zufall glaubte oder an eine Art schwarzer Magie, die Caroline bei ihrem Lunch im Unterhaus ausgeübt hatte. Eine Woche später aber brachte eine andere Zeitung die Story eines gewissen Schauspielers am National Theatre, der sich unsterblich in seine Physiotherapeutin verliebt habe. Es hieß, die Dame habe wahre Wunder gewirkt: Sie habe seinen Rücken repariert und zugleich seine Ehe ruiniert.

Caroline hatte die ganze Woche kaum ein Wort geredet, doch jetzt nahm ihr Gesicht allmählich einen unmäßig selbstzufriedenen Ausdruck an. Am folgenden Montag stellte Eamonn vom Enterprises-Büro einen Anruf für sie durch. Der Laden war zu diesem Zeitpunkt ziemlich voll, was Caroline jedoch nicht im geringsten störte.

»Übers Wochenende zusammen weggefahren, sagen Sie?« fragte sie laut. »Wohin? … Nach Paris! … Ins Meurice. Gut! Ja, ich hab ihr gesagt, sie soll darauf bestehen. Die Betten sind riesig, und das Personal ist sehr diskret. Ich war selbst schon oft dort.« Die meisten Kundinnen hatten die Kleiderständer inzwischen vergessen und standen mit großen Augen da. Für Caroline schienen sie Luft zu sein. »Sie meinen also, mit der Scheidung gibt es keine Probleme … Die Presse hat schon davon Wind bekommen? Na ja, er ist eben ziemlich bekannt! Herzlichen Glückwunsch jedenfalls. Kommen Sie doch auf einen Drink vorbei … Ja, heute paßt es. Irgendwann nach sechs, wenn diese dämlichen Kundinnen weg sind.«

Ihren Gesichtern nach zu schließen, hatten die dämlichen Kundinnen jedoch nicht die Absicht zu gehen. Caroline legte den Hörer auf.

»Muß eine tolle Geburtstagsparty gewesen sein«, strahlte sie.

»Aller guten Dinge sind drei. Nicht schlecht für den Anfang, was?«
Dann begann sie zu bedienen, als wäre nichts gewesen. Mit einemmal war sie ganz Liebenswürdigkeit und Charme.
Wir hatten uns inzwischen darüber geeinigt, wie wir unsere Aufgaben am besten unter uns aufteilen konnten. Bei allen drei Testfällen hatte ich die Organisation übernommen, was eine ganze Reihe delikater Operationen erfordert hatte. Caroline hatte sich um den gesellschaftlichen Teil gekümmert und dafür gesorgt, daß die Frauen erschienen, wann und wo sie erscheinen sollten, und daß sie genauso aussahen, wie sie aussehen sollten. Gail hielt sich lieber im Hintergrund, betrieb zusammen mit Eamonn den Laden und nahm die Flut von Anrufen entgegen, die im Enterprises-Büro eingingen.
»Angela«, sagte sie eines Nachmittags zu mir, »die Sache kommt in Schwung. Ich versteh das nicht.« Sie wirkte erschöpft. »Achtundzwanzig Anrufe an einem einzigen Tag. Das ist doch Wahnsinn! Wir brauchen mehr Personal.«
Mit dem, was unsere drei Testfälle uns bereits eingebracht hatten, glaubten wir uns eine Empfangssekretärin leisten zu können, und eine nahegelegene Stellenvermittlung beschaffte uns auch sofort eine. Zwei Tage später kam sie. Sie hieß Karen, stammte aus Orpington, und ihr Minirock brachte es fertig, Eamonn von seinen Sexmagazinen abzulenken. Außerdem fing er an, ein ganz besonders widerliches Rasierwasser zu benutzen, so lange, bis Gail Einspruch erhob.
»Herr im Himmel, Eamonn!« sagte sie leise, damit Karen es nicht hörte. »Wie soll man mit den Leuten ernsthaft über Scheidung reden, wenn es hier stinkt wie in einem verdammten Puff?«
Eamonn bedachte Gail mit einem Blick, wie junge Männer ihn für ihre spießigen Tanten übrig haben, aber wenigstens ließ er das Rasierwasser von da an weg.
Doch trotz der Empfangssekretärin wurden unsere Kapazitäten bis zum äußersten beansprucht. Ich hatte immer weniger Zeit für Josh, und das machte mir Kummer. Die Tage, als ich seine

Mittagspausengeliebte gewesen war, wann immer ich es gewollt hatte, erschienen mir wie ein verlorenes Paradies. Mein Geburtstagsflug nach Frankreich war nur noch eine schöne Erinnerung. Ich war nahe daran gewesen, mich in Josh zu verlieben, doch als mir das klar wurde, war ich erschrocken zurückgewichen. Ich hatte angefangen, mich hinter meiner Arbeit zu verschanzen. Meine Ausreden, weshalb ich ihn nicht sehen konnte, waren zugleich Ausreden für meine Weigerung, mir meine Gefühle für ihn einzugestehen. Als ich zum ersten Mal mit ihm geschlafen hatte, hatte ich einen Liebhaber im Sinn gehabt, nicht einen Mann, den ich lieben würde. Das verwirrte und erschreckte mich. Ich hatte Angst, ihn zu verlieren, und ebensoviel Angst, mein bisheriges Leben aus den Angeln zu heben, um mit ihm zusammensein zu können. Mehr als alles andere band Rachel mich an dieses Leben. Wie konnte ich ihr diesen Schmerz zufügen? Um nicht darüber nachdenken zu müssen, stürzte ich mich in die Arbeit. Ich versteckte mich hinter den zerbrochenen Ehen anderer Frauen, um nicht dem Zerbrechen meiner eigenen ins Auge schauen zu müssen.

Außerdem liebte ich meine Arbeit. Ich liebte die Hektik dieses Unternehmens, das, wie ich anerkennen mußte, ein Erfolg war. Nach den drei Testfällen flaute das Geschäft nicht etwa ab, wie ich halbwegs erwartet hatte, sondern es boomte. Kundinnen strömten herein, Scheidungen strömten heraus. »Bis daß der Tod euch scheidet? Lieber gleich!« – die Botschaft war angekommen.

Auch bei der Presse. Eines Morgens rief Gails Freund Conor an, der in so leuchtenden Farben über unser Shop-warming berichtet hatte, und kündigte seinen Besuch an.

»Ich finde, du solltest ihn zum Lunch ausführen, Darling«, schlug Gail vor.

Ich protestierte: Ich hätte keine Ahnung, wie man mit der Presse reden müsse. Warum sie es nicht selbst tue, schließlich kenne sie den Mann, im Gegensatz zu mir.

»Unsinn!« widersprach Gail entschieden. »Ich bin Irin. Conor glaubt mir kein Wort, und er muß es ja wissen: Er ist selbst Ire.

Außerdem«, lachte sie, »würde ich mich wahrscheinlich betrinken und fürchterlich indiskret werden. Und Caroline würde auch indiskret werden, ob betrunken oder nicht. Nein, da mußt du ran, Darling. Du hast auch das Gesicht und die Figur dazu. Er wird entzückt sein.«
Sie behielt recht. Er war entzückt. Und ich ebenfalls. Während des Lunchs merkte ich, daß ein Gespräch mit einem Klatschkolumnisten irgendwann selbst in Klatsch ausartet. Weit davon entfernt, mit meinen Äußerungen besonders zurückhaltend zu sein, sprudelte ich alles mögliche hervor, was ich nie hätte sagen dürfen. Ich erzählte ihm sogar äußerst indiskrete Dinge aus meinem eigenen Leben: wie ich in einer Bank gearbeitet hatte, deren stellvertretender Leiter mir seinen Piephahn gezeigt hatte; wie ich in einer Boutique in Chelsea meinen Mann kennengelernt und ihn vollgeniest hatte; wie mir bei Carolines Garagenflohmarkt die Idee zu unserem Laden gekommen sei. Nur unter Aufbietung aller Kräfte konnte ich mich daran hindern, ihm von Josh und meinem Orgasmus während eines Loopings über dem Ärmelkanal zu erzählen.
»Um Himmels willen, Angela!« rief ich mich gegen Ende einer Flasche Chablis zur Ordnung. »Halt deine große Klappe!«
Dann merkte ich, daß Conor im Gegensatz zu den meisten Männern, mit denen ich je zum Lunch aus gewesen war, nicht nur zum Schein plauderte, während er in Wirklichkeit überlegte, wie er mir möglichst schnell an die Wäsche konnte. Er wollte wirklich, daß ich ihm etwas erzählte, das war sein Beruf, und in meiner verhängnisvollen Erleichterung darüber, daß er mich nicht verführen wollte, tat ich ihm dankbar den Gefallen. Das ist es wohl, dachte ich, was einen guten Journalisten ausmacht. Beim Kaffee unterbreitete er mir schließlich ein geschäftliches Angebot, so vorsichtig formuliert, daß es kaum als solches zu erkennen war. Vielleicht, so schlug er vor, könnten wir ihm hin und wieder einen Wink geben, wenn eine prominente Scheidung oder – um meine eigenen Worte zu gebrauchen – eine interessante »eheliche Umstrukturierung« anstehe. Bei diesem Ausdruck lachte er. Von Bezahlung könne natürlich keine Rede

sein, erklärte er, das wäre schließlich unfein, nicht wahr? Aber es wäre ihm ein leichtes, »parallel dazu«, wie er sich ausdrückte, einen Artikel über das Outfit zu schreiben, ohne daß zwischen den beiden Storys ein Zusammenhang erkennbar sei. Jeder Klatschspaltenleser werde jedoch wissen, was Sache sei und was das eine mit dem anderen zu tun habe. Dieser »Subtext« habe eine weit größere Wirkung als die Story selbst und reduziere die Zahl der Verleumdungsklagen natürlich drastisch. Ob das, ganz unter uns, ein annehmbares Arrangement sei, fragte er selbstsicher lächelnd. Dann bedankte er sich für den Lunch, setzte seine professionelle Miene ab und sagte, er wünschte, jede Frau, die er interviewe, wäre so begehrenswert wie ich.

Als ich Gail von dem Angebot erzählte, stieß sie einen Freudenschrei aus. Dann wurde sie wieder ernst.

»Darling, wir müssen extrem vorsichtig sein. Und das heißt, kein Sterbenswörtchen zu Caroline.«

Ich hatte zu diesem Zeitpunkt noch keine Ahnung, wie wertvoll es sein konnte, wenn man einen Klatschkolumnisten auf seiner Seite hatte. Doch als der Winter einzog und unser Unternehmen weiter expandierte, bemerkte ich in Conors Kolumne immer wieder kleine Hinweise auf uns. Es erschien ein Foto von einem unserer Scheidungskandidaten mit seiner strahlenden neuen Begleiterin und neben dem Klatsch und Tratsch über die beiden ein kleinerer, kursiv gedruckter Artikel über die trauernde Ex-Frau in spe, die sich am Pimlico Square in einem phantastischen Laden namens Outfit, in dem man zur Zeit alle Welt sehe, mit Kleiderkäufen tröste.

Enterprises selbst wurde nie erwähnt. Wir waren, wie Conor es genannt hatte, der »Subtext«. Wir waren Geister beim Scheidungsbankett, und jeder, der die Kolumne las, schien zu wissen, daß wir anwesend waren. Durch Dinge, die man uns immer wieder sagte, wurde mir bewußt, daß unsere bescheidene kleine Agentur Prestige gewann, ja sogar einen gewissen Nimbus. Ihre Existenz sprach sich herum, und es kamen alle möglichen neuen Kundinnen. Sie taten so, als wollten sie sich zwischen den Kleiderständern umsehen, und wenn sie nach einer

Weile dankbar die angebotene Tasse Kaffee annahmen, fiel ihr Blick alsbald auf unsere diskret gegen Torquemada gelehnte »Neue Horizonte«-Karte. Sie nahmen sie mit gespielter Überraschung und einem »Ach, das ist ja interessant!« in die Hand, und binnen weniger Minuten saßen sie mit Caroline nebenan und zerrissen ihre Ehen in der Luft. Danach ging Eamonn an die Arbeit, und im Handumdrehen tauchten sie in Conors Klatschkolumne auf, mit Leidensmiene, aber sich über das Scheitern ihrer zwanzigjährigen Ehen mit dem Kauf eines entzückenden Lanvin-Kleides in diesem phantastischen kleinen Laden am Pimlico Square hinwegtröstend. Der Name brauchte gar nicht mehr erwähnt zu werden. Man wußte Bescheid.

Allmählich kamen wir uns vor wie Alchimisten – so als besäßen wir eine Zauberformel, mit deren Hilfe wir anderer Leute Privatleben in Ordnung brachten. Es wurde sogar vermutet – Caroline brachte diesen Leckerbissen von einer Dinnerparty mit –, daß wir insgeheim von mehreren führenden Londoner Psychiatern beraten würden. Wie sonst, so hatte man gemunkelt, sei unser phänomenaler Erfolg zu erklären?

Ja, wie? Wir wußten es selbst nicht. Aber wir dementierten nichts. Unser Schweigen war Gold. Wir lächelten nur, und unser Lächeln wurde als ein Ja interpretiert.

Natürlich war es kinderleicht zu lächeln. Auf welche Art hätten wir sonst unser Erstaunen darüber zum Ausdruck bringen sollen, daß uns ein solcher Ruhm zuteil geworden war, dank der gemeinsamen Bemühungen einer Kaffeemaschine, eines Computers und der Kombinationsgabe dreier Frauen, die viel von Designerkleidern und ein wenig von der menschlichen Natur verstanden?

Allmählich kam es mir vor, als lebten wir inmitten eines menschlichen Kaleidoskops. Das Leben aller Leute um uns herum schien sich ständig zu verändern, auch mein eigenes, wenn auch weniger dramatisch. Ralphs Tournee mit *Onkel Wanja* war inzwischen zu Ende, und das Stück sollte demnächst im Westend aufgeführt werden. Es war seltsam, ihn wieder zu Hause zu haben. In den vergangenen Monaten hatte ich mich daran gewöhnt, daß dieses »zu Hause« nur aus Rachel, Magdalena und mir bestand, und Fatwa, die – nicht selten blutbefleckt – ihre eigenen Wege ging. Und immer hing der durchdringende Geruch von *Teckweh* in der Küche, wenn ich abends zurückkam. Aber jetzt war auch Ralph da, und plötzlich schien er nicht mehr dazuzugehören. Er war wie ein Fremder für mich, ein Fremder, mit dem man sich problemlos unterhalten, mit dem man problemlos zusammensein konnte. Wir stritten uns nie. Wir stellten keinerlei Ansprüche aneinander. Es war, als hätte die Zeit der Trennung uns von etwas befreit, von persönlichen Spannungen, von den Gewohnheiten und Verpflichtungen der Liebe. Jetzt *waren* wir nur noch. Wir existierten wie zwei Möbelstücke unter einem Dach.

»Hast du Lust, mit mir zu schlafen?« fragte Ralph mich manchmal. Genausogut hätte er mir einen Keks anbieten können.

»Danke, Darling, heute nicht«, hörte ich mich antworten. Und wir drehten uns voneinander weg. Es war kalt, und er trug einen Schlafanzug. Ich starrte an die Decke.

Manchmal lag ich nachts wach und stellte mir vor, Josh sei in mir. Mein Körper gehörte ihm, aber ich war nicht bei ihm. In diesen langen Stunden versuchte ich mir darüber klar zu werden, was ich tun sollte. Doch bevor ich die Antwort fand, schlief ich jedesmal ein.

Und am nächsten Morgen frühstückten wir zusammen.

Josh hatte wieder angefangen zu reisen. Er sagte, es habe nichts mit mir zu tun; er könne es sich einfach nicht leisten, solche Aufträge abzulehnen – er müsse das Schulgeld für Jessica bezahlen, neue Kameras kaufen und weiß der Himmel was noch. Aber es hatte etwas mit mir zu tun – ich war mir ganz sicher. Er war auf mich zugegangen, und ich war zurückgewichen. Josh war nicht der Typ, der seine Wünsche offen äußerte – er verriet sie durch Taten: meinen Geburtstagsflug nach Frankreich, die Tatsache, daß er mir seinen Wohnungsschlüssel gegeben und Werbeaufträge angenommen hatte, um nicht von mir getrennt sein zu müssen. Er wußte genau, daß ich begriff; auch das war eine Art Subtext. Aber ich hatte nicht reagiert und ihn damit zurückgewiesen. Daraufhin hatte er sich ein Stück zurückgezogen. Ich spürte, daß er sich Raum schuf, daß er in sein altes Leben zurückkehrte. Er war frei, ich war es nicht – so einfach war das. Ich versuchte, nicht eifersüchtig zu sein. Welches Recht hatte ich schon auf seine Loyalität? In seiner Wohnung hinterließ er Zettel für mich, auf denen er mir mitteilte, wann er wiederkommen würde. Oft wußte ich nicht einmal, wo er war, nur einmal sah ich in der Zeitung Bilder aus Sarajewo. Leidende Gesichter blickten mich an. Es waren Fotos von Josh, und ich erschrak. Er war in Gefahr, und ich war bei Ralph. Ich versuchte das Absurde an der Situation zu sehen. Josh und Ralph waren wie die Figuren eines Wetterhäuschens: War einer drinnen, war der andere draußen.

»Ich bin daran gewöhnt, allein zu sein«, sagte er eines Tages in der Mittagspause, als er wieder zurück war. Wir hatten uns geliebt. Er lag auf den Ellenbogen gestützt, seine Hand ruhte auf meiner Brust, und er sah mich lächelnd an.

Ich fragte mich, was »allein« in Sarajewo bedeutete. Wie konnte man allein sein, wenn einen an jeder Straßenecke ein Heckenschütze im Visier hatte?

Eines Morgens war er nicht da, als ich in seine Wohnung kam. Er hatte mich nicht erwartet und keine Nachricht hinterlassen. Ich ging ins Schlafzimmer und fand das Bett zerwühlt. In den Kissen waren zwei Mulden, und neben dem Bett lag ein BH auf dem Boden. Mir wurde übel.

Und ich wußte nicht einmal, wo er war.

Wenn es das war, was Josh unter »allein sein« verstand, dann ertrug ich es nicht, ihn weiter zu sehen. Zugleich aber hörte ich seine Stimme, nicht vorwurfsvoll, sondern erschreckend ehrlich: »Du bist mit deinem Mann zusammen, Angela.«

Es war ein furchtbarer Tag. Ich sah, was ich vielleicht bereits verloren hatte.

Jeder andere Abend wäre mir lieber gewesen, um zu Ralphs Premiere im Westend zu gehen. Ich tat es aus falscher Loyalität. Ralph hatte mir einen der besten Plätze besorgt, und das Theater war brechend voll. Es schien sich herumgesprochen zu haben, daß dies eine Aufführung sei, die man auf keinen Fall verpassen dürfe. Männer, die ich kaum kannte, kamen vor Beginn der Vorstellung auf mich zu und sagten mir Nettigkeiten über Ralph, um mich dann von Kopf bis Fuß zu mustern und mir Nettigkeiten über mich selbst zu sagen. Sie waren ausnahmslos vom Fach: Theateragenten, Kritiker, Regisseure – Leute, die uns jahrelang peinlich gemieden hatten. Jetzt aber lächelten sie, ließen Andeutungen fallen, gaben zu verstehen, daß Ralphs Zukunft in ihren schwitzenden Händen lag. Ich hätte ihnen am liebsten meine Hände um den Hals gelegt und zugedrückt.

»Ja, nicht wahr, er hat phantastische Kritiken bekommen«, stimmte ich drei- oder viermal zu.

Ich ging zu meinem Platz. Das Programmheft war sehr viel prächtiger als in Brighton, doch nach einem Blick auf Ralphs Foto, das ihn in demselben jugendlichen Charme zeigte wie dort, klappte ich es wieder zu. Eine schräg vor mir sitzende Frau zog meine Blicke auf sich. Sie war etwa so alt wie ich, vielleicht ein wenig älter, unglaublich schlank und ohne nennenswerten Busen. Ein Glorienschein von blonden Locken umrahmte ein Puppengesicht, in dem zwei so riesige blaue Augen saßen, daß ich mich fragte, ob sie sich automatisch schlossen, wenn die Frau sich hinlegte. Sie schien allein zu sein.

Erst als der Vorhang sich hob, begann mir etwas zu dämmern. Hatte ich die Frau nicht schon irgendwo gesehen? Ich überlegte. Vielleicht im Laden? Sie sah aus, als könnte sie Model sein. Nein, im Laden war es wohl nicht gewesen. Ich ging die möglichen Alternativen durch. Beim Friseur? In Renatos Restaurant? In Rachels Schule? Auch hier lautete die Antwort nein.

Ich konzentrierte mich auf das Stück. Ralph war phantastisch, keine Frage, ungleich brillanter als in Brighton. Er war leidenschaftlich. Er war traurig. Er war bewegend. Das Publikum ließ sich von seiner Darstellung mitreißen – ich spürte die Spannung im Dunkel ringsum. Ich beobachtete ihn, wie gekonnt er seinen Text sprach und seine Stimme modulierte, bis sie fast hypnotisch wirkte. Die Worte waren mir inzwischen so vertraut, daß ich mich dabei ertappte, wie ich sie mitsprach. »... ich glaube, ich kann mich an keinen Menschen mehr binden. Ich liebe niemanden und werde auch niemanden mehr lieben. Was mich noch ergreift, das ist Schönheit. Ihr gegenüber bin ich nicht gleichgültig.«

Da fiel bei mir der Groschen. Natürlich! Brighton! Dort hatte ich die Frau gesehen. Sie hatte in der Reihe vor mir gesessen, genau wie heute. Und sie war allein gewesen. Und sie hatte am Bühneneingang gestanden – auch daran erinnerte ich mich. Sie hatte nicht zu den Frauen gehört, die Ralph umdrängt hatten, als er erschien, die ihn berührt und ihn um ein Autogramm gebeten hatten. Sie hatte sich abseits gehalten, allein, beobachtend. Nun ja, dachte ich, vielleicht war sie ja ein einsames Theatergroupie, das für Ralph schwärmte. Solche Frauen hatte es immer gegeben: Sie beteten ihn aus der Ferne an. Aber beteten sie ihn auch von einem der besten Plätze des Hauses aus an? Von der Sitzreihe, die zweifellos dem Ensemble vorbehalten war? Nein!

Andere Erinnerungen tauchten auf, Kleinigkeiten, auf die ich damals nicht geachtet hatte. Jetzt wurden sie zu Teilen eines Puzzles, das sich zusammenfügte. Leise geführte Telefongespräche, wenn ich einmal zu Hause blieb, weil Rachel sich nicht wohlfühlte. Parfümgeruch an Ralphs Kleidern, den ich auf einen Gutenachtkuß der Hauptdarstellerin nach den Proben zurückgeführt hatte. Und auch die Stunden, die er gebraucht hatte, um Schweinekoteletts zu kaufen. Jetzt hatte ich das Puzzlestück vor mir, das das Bild abzurunden schien.

Ich wußte nicht, was ich denken sollte. Ich wußte nicht, was ich fühlen sollte. Ich starrte die Frau im Halbdunkel an. Alles, was ich erkennen konnte, war der Glorienschein ihres blonden Haares. War es möglich? War es tatsächlich möglich, daß sie mit Ralph eine Affäre hatte?

Und wenn es so war, wie fand ich das? Mein Kopf war in diesem Moment wie ein Spielautomat, dessen Bilder vor meinen Augen durcheinanderwirbelten, während ich darauf wartete, bei welcher Kombination sie zum Stillstand kommen würden.

Es dauerte eine Weile, bis sie zum Stillstand kamen. Und plötzlich wußte ich es. Ja, ich war eifersüchtig – aber nur ein bißchen. Ein schändlich kleines bißchen. Und ich war fasziniert – fasziniert von der Vorstellung, daß Ralph gar nicht der Mann war, für den ich ihn immer gehalten hatte, daß vielleicht auch er ein Doppelleben führte. Vor allem aber – und es war eine Offenbarung und ein Schock – war ich ungeheuer erleichtert. Es war, als wären Ketten von mir abgefallen.
Aber Moment, sagte ich zu mir selbst, nichts überstürzen. Zunächst galt es herauszufinden, ob ich recht hatte.
Ich dachte daran, nach der Vorstellung auf die Frau zuzugehen und mich ihr unter falschem Namen vorzustellen. »Entschuldigen Sie, aber ich glaube, wir sind uns schon einmal begegnet.«
Aber wie zum Teufel sollte es dann weitergehen? Ich konnte ja nicht sagen: »Kennen Sie Ralph Merton, und würden Sie mir bitte sagen, ob Sie eine Affäre mit ihm haben?« Sehr viel besser war es da schon, im Foyer geradewegs auf sie zuzusteuern und sie mit einem »Hi! Ich bin Angela Merton. Vögeln Sie meinen Mann?« zu konfrontieren. Wenn ich mich aber irrte und sie nur eine glücklich mit einem Versicherungsvertreter in Epsom verheiratete Theaterangestellte war?
Nein. Ich mußte mir etwas Besseres einfallen lassen.
Nach der Vorstellung wartete ich auf Ralph. Er schwebte in den Wolken. Es hatte donnernden Applaus gegeben. Wieder und wieder hatte er sich verbeugt. Man hatte ihm zugejubelt. Am Bühneneingang sah ich die Frau mit dem blonden Glorienschein wieder, aber sie wartete nur, bis Ralph erschien, und ging dann weg. Vielleicht hatte sie gewußt, daß die Frau ihres Liebhabers dasein würde, und wollte nur Vergleiche ziehen. Ich stellte erfreut fest, daß sie älter war, als ich gedacht hatte. Und sie hatte unschöne Beine. *Und* keinen Busen. Mein Eifersuchtsfunke erlosch wieder.
Es war spät, und wir fuhren nach Hause. Ralphs Euphorie hielt die ganze Fahrt über an. Ich machte ihm ein Omelett, und dann sank er mit einem »Gute Nacht, Darling« ins Bett. Ich blieb

noch eine Weile auf. Das Haus war still und dunkel. Ich betrachtete die vertrauten Gegenstände um mich herum. Mein Gott, dachte ich, mein Mann hat eine Affäre, und ich bin froh darüber! Was soll ich tun?

Am nächsten Morgen erwachte ich mit einem Plan. Ralph schlief noch halb, als ich aus dem Haus ging. In der Grünanlage war alles steifgefroren, und an der Windschutzscheibe hatten sich Eisblumen gebildet. Ich drehte die Heizung auf, schaltete den Klassiksender mit Paul Gambaccini ein und fädelte mich in den Berufsverkehr ein.

Der Plan war einfach. Es gab nur ein einziges kleines Problem: Ich mußte ungestört telefonieren können. Und ich mußte mindestens bis zum Mittag warten, bis das Theaterbüro öffnete.

Um halb eins schlug ich Karen vor, heute früher zum Lunch zu gehen, und Eamonn flüsterte ich zu, er könne sie ja begleiten. Er war seit so vielen Wochen in ihren Minirock vernarrt, daß ich ihn nicht lange zu überreden brauchte. Jetzt hatte ich das Enterprises-Büro für mich allein. Ich überzeugte mich, daß sowohl Gail als auch Caroline im Laden zu tun hatten, und rief dann im Theater an. Ich ließ mich mit dem Leiter verbinden. Nach einer langen Pause ertönte am anderen Ende ein ziemlich ungnädiges »Ja!«

Jetzt kam mein großer Auftritt. Ich kehrte die Gattin des Stars heraus.

»Tut mir leid, wenn ich Sie störe«, sagte ich. »Ich bin Ralph Mertons Frau. Anscheinend hat es gestern abend ein kleines Mißverständnis mit den Karten gegeben. Könnten Sie mir wohl sagen, wie viele Karten mein Mann für die Vorstellung hat zurücklegen lassen?«

Der Mann murmelte eine Entschuldigung und bat mich, einen Moment zu warten. Es kam mir wie eine endlose Reihe von Momenten vor, und ich schaute ängstlich zur Tür, wo jeden Moment Caroline auftauchen konnte, oder auch Karen, empört, weil Eamonn sie im Pub betatscht hatte. Endlich hörte ich Atmen und dann wieder die Stimme: »Sind Sie noch da, Mrs. Merton?« Darauf wieder Atmen.

»Gestern abend … Hm … Ah, hier. Ja … Karten für Mr. Merton«, fuhr die Stimme fort. »Hm … Nur zwei, Madam.«
Zwei! Aha!
»Würden Sie mir bitte auch sagen, für wen die Karten reserviert waren?«
Erneutes Atmen.
»Hm! Eine für Sie, Madam, und die andere für Mr. Mertons Kusine, hat er, glaube ich, gesagt.«
Ralph hat keine Kusine, zumindest hatte er nie eine erwähnt.
»Haben Sie zufällig den Namen der Dame?« fragte ich mit leichtem Ton.
»Hm, ja. Der muß hier irgendwo stehen. Ja – eine Mrs. Heather Claridge. Darf ich fragen, Madam, um was für ein Mißverständnis es sich handelt? Soll ich Mr. Merton etwas ausrichten?«
»Nein, nein, ich will ihn nicht stören«, erwiderte ich eilig. »Es ist nicht so wichtig. Ich kann das selbst in Ordnung bringen, bemühen Sie sich nicht. Vielen herzlichen Dank!«
Und da Caroline in der Tür erschien, legte ich rasch auf.
»Aha, stiehlt sich davon, um mit ihrem Liebhaber zu telefonieren«, sagte sie vorwurfsvoll. »Wann sagst du mir endlich, wer es ist?«
Ich lächelte.
»Na gut«, erwiderte ich zuckersüß, »es ist ein Rennfahrer, der aber nur zwei Eier hat. Genügt das fürs erste?«
Sie runzelte die Stirn. Dann lachte sie.
»Weißt du, was ich heute nachmittag mache, Angela?« fragte sie.
»Was denn?« erkundigte ich mich lahm, in Gedanken eher bei dem, was die puppenhafte Mrs. Claridge mit ihren Nachmittagen anfing.
»Ich gebe Patrick in den Computer ein. Ich möchte doch mal wissen, wie die ideale Frau für ihn aussehen müßte. Und dazu brauche ich Cupido.«
Ich war nahe daran, sie zu fragen, weshalb sie nach fünfzehn Ehejahren plötzlich diese Information benötige, aber ich wollte

das Gespräch nicht weiter ausdehnen. Ich hatte Dringenderes zu erledigen.

»Es gibt nur ein Problem«, fuhr sie fort und machte es sich in einem Sessel bequem. »Und da brauche ich deinen Rat.«

»Um was geht es denn?« fragte ich überrascht. Es war das erste Mal, daß ich sie jemanden um Rat bitten hörte. Sie beugte sich vor und sah mich eindringlich an.

»Um seinen Schwanz! Ich weiß ja, man soll die Wahrheit sagen, aber muß ich Cupido wirklich verraten, daß er nur zehn Zentimeter lang ist? Dann müßte sein Ideal doch eine Zwergin oder eine Pygmäenfrau sein, nicht wahr?«

Ich konnte nur lachen. Caroline sah mich strafend an.

»Caroline«, sagte ich und versuchte, wieder ernst zu werden. »Vielleicht solltest du ihn gar nicht erwähnen. Laß ihn einfach weg.«

Sie mußte lächeln.

»Das tu ich doch schon.«

Ich verließ sie und ging in den Laden zurück. In meinem Kopf schwirrte eine gewisse rauschgoldhaarige Blondine mit großen blauen Augen und nichtvorhandenem Busen herum. Wie um alles in der Welt sollte ich herausbekommen, wer diese Mrs. Heather Claridge war?

11 ADULTERY-TOURS

Die einzige, mit der ich reden konnte, war Gail. Sie war die geborene Komplizin; für sie waren die Winkelzüge des menschlichen Herzens das Salz in der Suppe des Lebens. Außerdem war sie die einzige Freundin, die von Josh wußte. Und wenn in ihren Äußerungen manchmal ein wenig Neid mitschwang, weil ich einen festen Liebhaber hatte, zu dem ich nur eine Treppe höher zu gehen brauchte, so waren sie doch niemals boshaft. Da sie ein gutes Stück älter war als ich, zog sie sich gern hinter die Weisheit der eheerfahrenen Frau zurück und genoß meine Abenteuer indirekt mit. Ich war mir sicher, daß die Idee, Ralphs kleine Bewunderin aufzuspüren, ihre Abenteuerlust reizen würde. Vielleicht konnte sie mir sogar behilflich sein.

Ich wartete, bis Caroline sich eines Tages frei nahm, um Weihnachtseinkäufe zu erledigen, und lud Gail zum Lunch ein. Das Enterprises-Geschäft flaute ein wenig ab – vorübergehend nur, wie Gail mir versicherte: Kurz vor dem Fest der Liebe seien die Leute nicht so scharf auf Scheidungen. Aber warte bis nach Neujahr, fügte sie kichernd hinzu, als könnte sie in diesen Dingen auf einen reichen Erfahrungsschatz zurückblicken. Wir ließen den Laden also in Eamonns Obhut und hofften nur, er würde nicht die Gelegenheit nutzen und ihn für eine Stunde schließen, um die miniberockte Karen zu einem schnellen »Mixen und Kombinieren« in den Umkleideraum zu entführen.

Renato begrüßte uns hocherfreut und führte uns zu einem Tisch am Fenster. Von hier hatten wir einen guten Blick auf Carolines Mercedes, der auf einem gelben Doppelstreifen im Regen glänzte. Nachdem ihre Schildersammlung auf richterliche Anordnung beschlagnahmt worden war, hatte sie sich für eine einfallsreichere Lösung entschieden: Rick hatte ihr falsche Parkkrallen gebastelt. Sie waren zwar nur aus Pappe, aber sie

paßten genau auf die Räder und sahen in ihrem hellgelben Gewand hinreichend nach Strafe aus, um dem beifälligen Blick vorüberschlendernder Polizisten standhalten zu können.
»Wo ist denn unsere Lady heute?« erkundigte sich Renato, reichte uns die Speise- und Weinkarte und bedachte mich dabei mit einem anerkennenden Blick.
»Einkaufen«, erwiderte Gail, ohne den Blick von der Weinkarte zu heben. »Wenn Sie also eine Explosion bei Harrods hören, war's nicht die IRA.«
»Schlimm, diese Leute!« sagte Renato, dem die Ironie entgangen war.
Gail blickte von der Weinkarte auf und sah ihn tadelnd an. Renato hörte auf zu lächeln und wandte sich mir zu.
»Heute habe ich etwas ganz Besonderes, Angel: einen Greco.« Er deutete auf den Namen in der Weinkarte, der meinem Ausschnitt am nächsten war. »Wird bei Rom angebaut. Ein Onkel von mir.«
Ich versuchte mich zu erinnern, wie viele Onkel Renato schon erwähnt hatte, seit wir hierherkamen.
Ich bestellte den Greco und dachte daran zurück, wie ich Gail zum ersten Mal in ein italienisches Restaurant eingeladen hatte. Damals war das Outfit nicht mehr gewesen als eine keimende Idee in meinem Kopf. Gail hatte mir von ihrem Leben erzählt, und ich hatte mir ein Herz gefaßt und sie gefragt, ob sie meine Partnerin werden wolle. Erstaunlich, was alles seit jenem Tag im letzten Winter geschehen war. Konnte man in nur einem Jahr ein anderer Mensch werden? Damals hatte ich einen Ehemann und den Schulfahrdienst gehabt, jetzt hatte ich ein Geschäft, einen Liebhaber und eine bröckelnde Ehe. Manchmal hatte ich das Gefühl, ich sei vom Weg abgekommen, doch alles in allem fühlte ich mich befreit.
Das Risotto kam, und aus Gewohnheit unterhielten wir uns darüber, wie der Laden lief und ob Enterprises tatsächlich expandieren würde, wie es so stark den Anschein hatte. Gail kippte anerkennend ihr erstes Glas Wein hinunter und sah mich dann über den Tisch hinweg verschmitzt an.

»Also, Darling, du hast mich doch nicht hierher eingeladen, um mit mir über Secondhandkleider zu reden, oder? Was ist los?«

Ich schüttelte den Kopf.

»Was ist denn? Ärger mit Ralph oder Ärger mit Josh?«

Ich lächelte matt.

»Beides. Aber hauptsächlich Ärger mit Ralph. Ich glaube, er hat eine Affäre.«

Gail riß die Augen auf.

»Heilige Maria, Mutter Gottes!« Sie schenkte sich ein zweites Glas ein. »Dann habt ihr also beide eine – hast du ein Glück!«

Einen Moment lang ärgerte ich mich.

»Glück? Wieso Glück?«

Gail lachte.

»Nein, so war's nicht gemeint, ehrlich. Natürlich bist du verletzt und so weiter, Eifersucht ist wirklich etwas Schreckliches.« Noch immer lachend tätschelte sie meinen Arm. »Aber im Ernst, Darling: So ganz überraschend kann das für dich doch nicht sein, oder? Da treibst du's eine Treppe höher, daß die Lampen an den Wänden flackern und die Kunden denken, es wär ein Erdbeben, und dein armer lieber Ehemann sitzt zu Hause und lernt seinen Text. Also wirklich! Das kann man ja wohl nicht gerade demokratisch nennen!«

Wenn von Sex oder Katholizismus die Rede war, nahm Gails Irentum stets eine karikaturistische Note an.

»Aber du *glaubst* doch nur, daß er eine Affäre hat, hast du gesagt«, fuhr sie in ihrem normalen Tonfall fort.

Ich erzählte ihr von der Frau im Theater. Daß ich sie bereits bei der Premiere in Brighton gesehen hätte. Daß sie am Bühneneingang gestanden habe – beide Male. Daß ich im Theater angerufen hätte und man mir gesagt habe, Ralph habe zwei Karten reservieren lassen, eine für mich und eine für eine andere Frau.

»Eine verheiratete Frau!« ergänzte ich und wußte nicht recht, ob das die Sache besser oder schlimmer machte. »Heather Claridge heißt sie.« Ich sah Gail über den Tisch hinweg an. »Die Frage ist jetzt, wie ich etwas über sie erfahren kann.«

Gail sah einen Moment lang belustigt drein und spielte mit ihrem leeren Glas.
»Claridge? Vielleicht ist sie mit dem Hotel verheiratet; das würde die Sache erleichtern.«
»Vielen Dank, Gail«, sagte ich. »Trink doch noch was.«
Ich schenkte ihr nach, und sie betrachtete dankbar ihr Glas.
»Weißt du was?« sagte sie plötzlich, und ihre Miene hellte sich auf. »Ich glaube, mein Schatz kann das für dich erledigen.«
Ich war zu verblüfft, um etwas sagen zu können, und Gail wandte ihre Aufmerksamkeit wieder ihrem Weinglas zu. Ich fragte lieber nicht, durch welche spezielle Form von Ladendiebstahl Rick an Informationen über Mrs. Heather Claridge herankommen könne. Ich würde ihm vertrauen und mich in Geduld fassen.
Wir beendeten unseren Lunch, und ich winkte Renato herbei, um zu bezahlen. Der Regen war zum Wolkenbruch geworden, und da wir zu zweit nur einen kleinen Regenschirm hatten, rannten wir, so schnell wir konnten. Mitten auf dem Platz ließ mich ein seltsamer Anblick innehalten, und zu Gails Ärger bestand ich darauf, im strömenden Regen stehenzubleiben, um zu sehen, worum es sich handelte. Im Nu war mir alles klar.
»Sieh mal, Gail! Sieh doch!«
Sie wandte widerstrebend den Kopf, und von der Wolke ihres roten Haares rann das Wasser.
»Herr im Himmel!« war alles, was sie herausbrachte.
Dann brachen wir in Lachen aus. Um Carolines Wagen hatten sich mehrere Hüter des Gesetzes versammelt. Sie beäugten verwirrt die Räder des Mercedes, von denen durchweichte gelbliche Gegenstände herabhingen, die einmal Ähnlichkeit mit Parkkrallen gehabt hatten.

Ich hatte mich daran gewöhnt, ein Geheimnis vor Ralph zu haben. Jetzt aber hatte ich zwei Geheimnisse vor ihm, und das war eine unbequeme Last. Ein Teil von mir hätte nichts lieber getan als ihn mit der Frage »Hast du eine Affäre?« konfrontiert. Doch wenn er mir dann in die Augen schaute und »Ja, allerdings« antwortete, würde ich mich verpflichtet fühlen, »Ich auch« zu sagen, und was wäre dann? Irgendwann würde die Zeit der Ehrlichkeit kommen, nur jetzt noch nicht.

Erwiderte er aber aufrichtig erschrocken »Natürlich nicht!«, und es stellte sich heraus, daß er tatsächlich eine liebe Kusine hatte, von der ich nur noch nie gehört hatte, dann war das sehr viel schlimmer. Dann hätte ich die Rolle der eifersüchtig spionierenden Ehefrau gespielt und ihm einen völlig falschen Eindruck von dem vermittelt, was in mir vorging.

Ich konnte nicht länger die Augen davor verschließen, daß meine Ehe am Ende war. Lange Zeit hatte ich mich von dem Instinkt leiten lassen, nicht an die Dinge zu rühren, im Vertrauen darauf, daß meine Unentschlossenheit mich irgendwie retten würde, egal, was letzten Endes dabei herauskommen würde. Plötzlich aber, seit Heather Claridge aufgetaucht war, schien alles zu drängen. Was für einen Sinn hatte es, nicht an die Dinge zu rühren, wenn das Schiff bereits sank? War es nicht besser, nach einem Rettungsring zu greifen und ins Wasser zu springen? Wie lange würde Josh noch warten? Ich wußte, daß er mich liebte, aber die Uhr der Liebe konnte schon sehr bald abgelaufen sein. Josh hatte nichts Tragisch-Romantisches an sich: Wenn er es leid war, allein zu leben und seine Einsamkeit hin und wieder mit einem One-night-stand zu würzen, dann war es ohne weiteres möglich, daß er sich mit einer anderen Frau zusammentat, einer Frau, die sich nicht immer weiter an das Wrack ihrer Ehe klammerte. Und ich würde in die langen mittleren Jahre hinübergleiten und mir sagen: »Hätte ich doch nur …«, genauso wie die vielen traurigen Frauen, denen ich täglich im Laden begegnete.

So wollte ich nicht sein. *So würde ich verdammt noch mal nicht werden.*

Doch immer wenn ich mich zu diesem tapferen Entschluß durchgerungen hatte, sah ich ein kleines Gesicht zu mir aufblicken und hörte Rachels zitternde Stimme: »Hab ich dann keine Mummy und keinen Daddy mehr?«

Das zerriß mir das Herz.
Josh war geradezu aufreizend verständnisvoll. Ich wünschte, er wäre wütend geworden, hätte egoistisch sein Recht gefordert oder sich aufs Bitten verlegt. Dann wären wenigstens meine Alternativen klar gewesen: War ich bereit, das Risiko einzugehen und Rachels Leben aus den Angeln zu heben, oder nicht? Aber er war ganz meiner Meinung.
»Du hast völlig recht. Natürlich ist Rachels Glück wichtig.«
Und er sagte es so sachlich, als würde im Grunde nichts davon berührt, als hätte ich irgend etwas nicht begriffen und es gäbe eine ganz einfache Lösung, an die ich bisher nur noch nicht gedacht hatte. Dann machte er alles noch schlimmer, indem er meine Bluse aufknöpfte und meine Brüste streichelte. Und ich begehrte ihn mit jeder Faser, und anstatt in Tränen auszubrechen, stöhnte ich nur und zog ihn zu Boden.
»Ich liebe dich, Josh«, stieß ich etwas atemlos hervor. »Ich liebe dich, und ich will dich.«
Dann war er in mir, riesenhaft, und ich vergaß alles andere.
»Wir schaffen es schon«, sagte er danach, wenn wir dalagen und an die Decke starrten.
Wie es gehen sollte, sagte er nicht. Manchmal fragte ich mich, ob ihm die Situation nicht ganz gelegen kam. Er hatte eine willige Geliebte, die nur seinen Körper begehrte und sonst keine Ansprüche an ihn stellte. War es nicht das, was alle Männer wollten? Sex und Freiheit. Ein Leben voll Lust und Rückzug. Das Wort »Liebe« konnte man ja hin und wieder einmal flüstern, um die Träume der Frau zu versüßen und die Affäre in Gang zu halten. »Frauen lieben Sex als Mittel, Männer lieben Sex als Zweck«, hatte Gail einmal erklärt, allerdings bevor sie Caroline kennenlernte.
»Glaubst du wirklich, wir schaffen es?« fragte ich zögernd.
Josh lachte.
»Ich weiß es.«
Aber wie konnte er es wissen? Ich liebte einen Mann voller Geheimnisse. Und dann, wie zum Beweis, wechselte er das Thema, legte sich aufs Bett und sah mir beim Ankleiden zu.

»Ich hab ein Wochenendhaus gekauft«, sagte er eines Tages in der Mittagspause.
Ich blinzelte.
»Du hast was?«
»In Cornwall. Mit Blick aufs Meer. Es wird dir gefallen.«
»Josh! …« Was sollte ich dazu sagen? Ich gab eine banale Antwort: »War bestimmt ganz schön teuer.«
Er lachte, stand auf und zog sich den weiten Pullover über, den er angehabt hatte, als ich auf der Eröffnungsparty des Outfit zum ersten Mal mit ihm gesprochen hatte. Damals war ich neugierig gewesen, wie der Körper darunter aussah.
»Nicht besonders«, sagte er. »Nach diesen albernen Werbeaufnahmen, dachte ich, hätte ich eine Belohnung verdient.«
Ich war gekränkt. Ich hatte gehofft, ich sei die Belohnung. Und zu allem Übel wußte ich genau, daß ich es auch hätte sein können. Ich fragte mich, wen er nach Cornwall mitnehmen, wen er bei Sonnenuntergang mit Blick aufs Meer lieben würde. Josh ahnte wohl, was in mir vorging, und nahm mich in die Arme. Ich kuschelte mich an den schwarzen Pullover.
»Ich laufe nicht weg«, sagte er leise und strich mir übers Haar. Oder würde er es doch tun? Ich wollte ihn so sehr. Ich wollte ein Leben mit ihm. Etwas an seiner sanften Art gab mir ein Gefühl der Sicherheit, daß doch noch alles gutgehen würde und daß er – hinter diesen Augen, die mich anlachten – wußte, wie. Dann wechselte er erneut das Thema.
»Ich habe gehört, Ralph hat eine große Fernsehrolle bekommen.« Josh sprach so selten von Ralph, daß ich erschrak.
»Woher weißt du das?«
Er lächelte.
»Von Stella Neale. Als Agentin weiß sie so ziemlich alles.«
Ich nickte. Es stimmte. Erst gestern hatte Ralph den Anruf bekommen. Es war nicht nur eine große Rolle, es war eine gigantische Rolle. Die Serie konnte, wenn sie ankam, jahrelang laufen. Es konnte wieder werden wie früher, nur daß diesmal »Ralph Mertons Kurvengirl aus Ipswich« nicht mehr an seinem Arm hängen würde.

Plötzlich war es, als hätte ich ihn bereits verlassen.
»Wir werden mit Rachel reden, ja?« sagte ich. »Und sie wird es verkraften, meinst du nicht?«
Josh küßte mich. Dann lächelte er.
»Ich wüßte nicht, warum nicht.«

In der Vorweihnachtszeit wurden alle Kapazitäten von Outfit Enterprises von Caroline mit Beschlag belegt. Ich hatte es nicht weiter ernst genommen, als sie ihre Absicht bekundet hatte, Patrick in den Computer einzugeben, um die ideale Frau für ihn zu finden. Aber ich hatte mich gründlich geirrt. Mit keiner unserer Kundinnen, sagte sie, habe sie soviel Arbeit gehabt wie mit ihm. Aber sie kenne Patrick so gut, daß es eine wunderbare Aufgabe sei, Cupido mit allen wichtigen Informationen zu füttern. Eamonn leistete ihr, wie sie freudig anerkannte, unschätzbare Dienste, als es darum ging, aus der Masse der Daten jene Gewohnheiten und Persönlichkeitsmerkmale herauszufiltern, mit deren Hilfe Patricks Traumfrau ermittelt werden sollte.
»Ein gefährliches Spiel, das sie da treibt«, lautete Gails Urteil. Wir waren allein im Laden und hörten von nebenan Carolines durchdringende Stimme. Sie schien auf etwas zu bestehen, was Eamonn für unwichtig hielt. »Egal, wer Patricks Traumfrau ist – Caroline wird das arme Ding umbringen.«
Ich schüttelte den Kopf.
»Sie sagt, sie will ihm das Mädchen zu Weihnachten schenken.«
Gail lächelte überrascht.
»Wahrscheinlich als Schmuck für die Christbaumspitze. Oder in seinem Geschenkestrumpf.«
»Dann kann er sie ja im Bett auspacken«, sagte ich.
Eine Kundin trat ein und schnitt Gails Lachen ab.
Man wußte nie so recht, wie ernst es Caroline mit ihren fixen Ideen war. Sie sei überzeugt, so sagte sie immer wieder, daß ihre Ehe mit Patrick eine einzige Katastrophe sei; vielleicht sei sie das von Anfang an gewesen, aber in letzter Zeit sei es ihr besonders deutlich geworden. Die Beschäftigung mit den Eheka-

tastrophen so vieler anderer Frauen habe ihr die Augen für ihre eigene geöffnet. Vielleicht habe auch ihr Abenteuer mit dem römischen Rennfahrer mit den drei Eiern etwas damit zu tun. Jedenfalls, so räumte sie großmütig ein, sei es im Grunde nicht Patricks Schuld. Es gebe bestimmt jede Menge Frauen, die sich glücklich schätzen würden, den Erben der kleinsten Grafschaft Englands zu heiraten, auch wenn sein Schwanz entsprechende Proportionen aufweise. Sie sei einfach die völlig falsche Frau für ihn. Es tue ihr schrecklich leid, daß sie ihn all die Jahre so schlecht behandelt habe, wo er doch wirklich nichts dafür könne, und jetzt wolle sie vergangenes Unrecht wiedergutmachen und ihm eine Frau schenken, die ihn lieben und ehren werde.

Das alles sagte sie mir, als wir an einem Sonntagnachmittag durch die mit Rauhreif überzogene Grünanlage schlenderten.

»Und die Kinder?« fragte ich und dachte dabei an Rachel und meine eigene bröckelnde Ehe.

Caroline sah mich erstaunt an und brach einen steifgefrorenen Farnwedel ab, als sei das die einzig richtige Art, mit solch dummen Fragen umzugehen.

»Die Kinder? Was haben denn die Kinder damit zu tun? Die meiste Zeit sind sie ja sowieso im Internat – zum Glück! Und danach gehen sie aus dem Haus.«

Ich glaubte ihr kein Wort. Caroline hing mit unerschütterlicher Liebe an ihren Kindern, nur hätte die Notwendigkeit, sich jetzt mit ihren Bedürfnissen befassen zu müssen, die klaren Gewässer ihrer Argumentation getrübt.

»Sex!« rief sie. Mehrere Damen, die in einiger Entfernung ihre Hunde spazierenführten, stolperten über ihre Leinen. »Das ist im Grunde wie mit dem Essen, findest du nicht? Du würdest doch auch nicht jeden Tag das gleiche wollen, noch dazu, wenn die Portion so spärlich ist.« Sie lachte, blieb dann stehen und sah mich an. »Doch, du vielleicht schon, Angela. Du gehörst zur treuen Sorte. Wetten, du hast noch nie mehr als einen Liebhaber auf einmal gehabt?«

Wenn Caroline ihre Behauptungen über mich aufstellte, erwartete sie keine Antwort. Sie wurden einfach ihrem Vorrat an »Wahrheiten« einverleibt, und wenn ich zu einem späteren Zeitpunkt protestierte und ihr sagte, sie hätte völlig danebengelegen, dann sah sie mich an und erklärte entrüstet: »Aber Angela, das hast du mir doch letzte Woche selbst gesagt!« Bei alldem fragte ich mich, wie sie mein Leben eigentlich sah. Irgendwann würde ich mich mit ihr hinsetzen, ihr einen großen Wodka-Tonic in die Hand drücken und sie danach fragen müssen.

Caroline ließ den Farnwedel wie einen Golfschläger durch die Luft sausen.

»Der beste Liebhaber, den ich je hatte, war Parlamentsmitglied mit Wahlkreis Maidenhead«, fuhr sie wehmütig fort. Ich bemerkte, daß zwei der Hundespaziergängerinnen abrupt eine andere Richtung einschlugen. »Als verheiratete Frau fand ich es doch ziemlich peinlich, daß es ausgerechnet Maidenhead war. ›Howard‹, habe ich immer zu ihm gesagt, ›kannst du dir nicht einen passenderen Wahlkreis zulegen, um Himmels willen? Laycock oder Nether Wallop oder so?‹ Dann wurde er Fraktionschef. Man fand, das sei die gerechte Strafe für meinen Ehebruch, und danach war ich Patrick eine Zeitlang treu. Er war damals wirklich sehr lieb.« Irgendwie endeten Carolines Erinnerungen stets bei Patrick, genauso wie sie selbst es zweifellos tun würde.

Es wurde kälter, und mit langen Nebelschleiern kroch die Dämmerung heran. Ich schlug meinen Kragen hoch, und wir gingen über die Rasenfläche zurück.

»Morgen werde ich es wissen, Angela!« verkündete sie, als wir an ihrer Gartentür anlangten. »Eamonn hat mir versichert, daß alle Daten über Patrick gespeichert sind. Also mal sehen, was Cupido meint.« Sie lachte auf. »Du lieber Himmel, hoffentlich ist die Frau nicht mit einem Freund von mir verheiratet. Wär ja peinlich, wenn der Ehemann an Weihnachten bei uns auftauchen und Patrick mit dem Schürhaken bedrohen würde. Armer Patrick!«

Am nächsten Vormittag sah ich nicht viel von Caroline. Die

Vorweihnachtshektik war ausgebrochen, und unsere Bestände nahmen rapide ab.
»Keine Sorge!« beruhigte mich Gail. »Im neuen Jahr ändert sich das wieder. Dann räumen die Leute gründlich auf. Machen einen neuen Anfang. Kaufen neue Kleider. Und mit den Ehen geht es genauso, du wirst sehen.«
Es war Mittag, als Caroline von nebenan herüberkam, aufgewühlt und mit zwei Blättern in der Hand. Der Laden war voll, ich hatte Quittungen zu schreiben, und sie konnte mir die Papiere nur rasch in die Hand drücken.
Nachdem meine Kundin gegangen war, warf ich einen Blick darauf. Das erste Blatt schien ein Datenprofil zu sein; die Überschrift lautete nur »Patrick Uppingham«. Dann folgte dessen Persönlichkeitsbeschreibung, die Caroline mit Eamonns Hilfe so sorgfältig vorbereitet hatte. Ich hielt mich nicht weiter damit auf, sondern nahm gleich das zweite Blatt zur Hand. Es begann mit den Worten »Partnermerkmale«, gefolgt von einer Anzahl Fragezeichen. Unterhalb der Fragezeichen fand sich eine kurze, etwas wirre Beschreibung einer Frau, die eine Reihe ziemlich ungewöhnlicher Eigenschaften aufzuweisen schien. Sie waren gesondert aufgelistet, so als hätte es Cupidos Fähigkeiten überstiegen, sie zu einem erkennbaren menschlichen Wesen zusammenzufügen. Die Frau wurde als »unter einen Meter fünfzig groß«, »mißgestaltet«, »Alkoholikerin« und »spitzbrüstig« beschrieben.
Immer wenn ich einen Moment keine Kundinnen zu bedienen hatte, dachte ich über dieses seltsame Wesen nach, das mit keiner der Frauen in unseren Unterlagen übereinzustimmen schien. Aber wenigstens bestand so auch keine Gefahr, daß Patrick es zu Weihnachten geschenkt bekam. Die ungewöhnlichen Merkmale der Frau ergaben erst dann einen Sinn, als ich mir das wenige vergegenwärtigte, was ich von Patrick wußte: die Größe seines Schwanzes, seine Trinkgewohnheiten und seine Leidenschaft für Golf (obwohl »mißgestaltet« mir auf ein ziemliches krasses Mißverständnis hinzudeuten schien). »Spitzbrüstig« konnte ich mir nur als eine Mischung aus seinen se-

xuellen Neigungen und seiner Vorliebe für Rennveranstaltungen aller Art vorstellen. Cupido mußte irgend etwas von »Spitzenpositionen« herausgepickt haben.

Ich schüttelte den Kopf. Gut, daß wir Caroline nie an den Computer ließen, wenn es ein ernsthaftes Datenprofil zu erstellen galt.

Die letzten beiden Stichworte auf dem Ausdruck verblüfften mich am meisten: Patricks Partnerin wurde als eine Frau beschrieben, die »Zeugin Jehovas« und »Astronautin« sein müsse.

Nichts, was ich je über Patrick gehört hatte, deutete darauf hin, daß ihn danach verlangte, Zeuge Gottes auf Erden zu sein oder diese Erde in Begleitung einer alkoholisierten Liliputanerin mit spitzen Brüsten zu verlassen. Ich stand vor einem Rätsel, das ungelöst blieb, bis wir den Laden am Abend schlossen.

Caroline war inzwischen kreuzunglücklich. Sie verstand nicht, was schiefgegangen war, und flehte uns an, ihr zu helfen. Gail und ich setzten uns also hin, überprüften Patricks Profil noch einmal mit größter Sorgfalt und suchten nach Hinweisen, die dieses offensichtliche Verlangen nach einer sowohl zu den Sternen als auch zu Gott emporstrebenden Partnerin erklären konnten.

Gail als gute Katholikin hielt sich an Gott.

»Caroline-Darling«, sagte sie, »hier steht, daß Patrick bei einem Nachbarschaftswachdienst mitmacht. Stimmt doch, oder? Er sei da als ›Koordinator‹ tätig.« Sie hielt inne, und ein Lächeln huschte über ihr Gesicht. »Aber das Blättchen, das die Polizei ihm regelmäßig schickt, heißt doch bestimmt nicht ›Wachturm‹, wie du behauptest.«

Caroline schwieg unwillig. Dann war ich mit meiner Stellungnahme an der Reihe. Ein Stichwort war mir besonders rätselhaft erschienen.

»Was ist denn das für ein Verein, in dem Patrick da Mitglied ist, die ›Gesellschaft für Ballistik‹?« fragte ich.

»Ach, ganz einfach!« Schon war sie wieder obenauf.

Sie erklärte, daß Patrick schon immer von Raketen und der-

gleichen fasziniert gewesen sei. Sie führe es auf Penisneid zurück, weil Patrick doch so klein sei, lachte sie. Auf den Broschüren, die er mit der Post bekomme, stehe immer in großen Buchstaben »GB«. Sie habe noch nie in so ein Heft hineingeschaut – es sei ein so kindisches Hobby, und sie hasse alles, was mit Kriegführung zu tun habe.
Ich dachte einen Moment nach. Ich erinnerte mich, daß Ralph einmal eine Broschüre von genau der gleichen Art mit nach Hause gebracht hatte. Er hatte chronische Magenschmerzen gehabt und war beim Arzt gewesen.
»Caroline«, sagte ich vorsichtig, »›GB‹ steht für Gastritis-Berichte.«

Es kam so, wie Gail gesagt hatte: Im Januar und Februar quollen unsere Kleiderständer über von Designerkleidern, die die Kundinnen vor Weihnachten gekauft hatten, und nebenan quollen unsere Akten noch mehr über von den Profilen der Ehemänner, die diese Frauen loswerden wollten.
Wir hatten die Übersicht verloren, wie viele erfolgreiche Kombinationen Cupido bereits zustandegebracht hatte, aber wir waren stolz darauf, daß zwei Bischöfe darunter waren, ein griechischer Patriarch, ein Minister, zwei weitere Parlamentsmitglieder, vier Mitglieder des Oberhauses, zwei Richter und drei Geheime Räte, nicht zu reden von mehreren Schauspielern, Rechtsanwälten, Staatsbeamten, Industriebossen und einem Professor für Moralphilosophie an einer der altehrwürdigen Universitäten des Landes sowie – ein ganz besonderer Leckerbissen – dem Vorsitzenden der Londoner Eheberatungsstelle. Auch ein Polizeihauptkommissar war dabei – ein besonders guter Fang für Caroline, die jetzt mit ihrem Mercedes keine Parkprobleme mehr haben würde. Caroline selbst war noch stolzer darauf, den Intendanten von BBC 1 verkuppelt zu haben, der sich zunächst geweigert hatte, sich von seiner Frau zu trennen, mit der Begründung, daß keine andere Frau, die nur halbwegs bei Troste sei, ihn würde haben wollen.
»Kein Katholik dabei«, kommentierte Gail selbstgefällig. Ihren

Glauben mochte sie vor langer Zeit verloren haben, ihre Loyalitäten nicht.

Caroline zog sie mit der Bemerkung auf, Katholiken lebten eben lieber in Sünde, davon verstünden sie ja auch am meisten, und Gail regte sich auf. Und überhaupt, beharrte Caroline, wie komme es, daß Gail zum dritten Mal verheiratet sei? Gail sah sich zu dem Geständnis gezwungen, daß sie es die beiden ersten Male gar nicht gewesen sei, worauf Caroline lachte und die Richtigkeit ihrer Behauptung für bewiesen erklärte.

Ich trennte die beiden Kampfhennen mit einem Drink, und die anglo-irischen Beziehungen waren wiederhergestellt.

»Verdammte Protestanten!« schoß Gail noch einen letzten Pfeil ab.

Mitten im Neujahrstrubel erschien eines Spätnachmittags Rick und winkte mich mit einem Kopfnicken heran. Da Kundinnen im Laden waren, folgte ich ihm nach draußen. Ich wußte stets, wann Rick wichtige Nachrichten zu überbringen hatte, denn dann war für ihn jedesmal die Straße der einzig mögliche Ort, um sie loszuwerden, so als lebten wir in Breschnews Rußland und alle Gebäude seien verwanzt.

Es schneite, was Rick aber nicht abschreckte; er zog den Schirm seiner Mütze tiefer in die Stirn und sah mich darunter hervor an.

»Also, Schätzchen«, verkündete er, »diese Claridge-Lady – da werden Sie Probleme kriegen.«

Ich wollte wissen, was für Probleme. Ein unbehagliches Gefühl beschlich mich.

»Also erst mal treibt sie's gern mit Stars. Ziemliches Kaliber, würd ich sagen. Läßt nicht so schnell locker. Hat was mit PR zu tun – Film und Fernsehen hauptsächlich. Zweimal geschieden. Sechsunddreißig, will aber aussehen wie sechsundzwanzig. Soll beide Ehemänner ausgenommen haben wie Weihnachtsgänse. Hat gerade was mit diesem Typ gehabt – wie heißt er noch? – Sie wissen schon, der den jungen Detektiv spielt, in dieser Serie – wie heißt sie noch? –, Sie wissen schon, mit Oxford und dem ganzen Kram. Hat ihn ganz schön über den Tisch gezogen. Sieht aus wie 'ne Puppe, benimmt sich aber wie ein Hai – ein verdammt gefährlicher weißer Hai.«

Rick nickte, als wollte er sagen: »Das war's dann so ziemlich.«

»Und Ralph?« fragte ich beunruhigt. »Was hat er mit ihr zu tun?«

Die Frage klang so schüchtern. Warum sagte ich nicht: »Vögelt mein Mann das Luder?«

Rick gab keine Antwort. Er schnippte den Schnee von seinem Ärmel, faßte in seine Brusttasche und gab mir einen Zettel.

»Kennen Sie die Schrift?«

Und ob ich sie kannte. Ich starrte sie an, und meine Hand zitterte. Schnee fiel auf das Papier und verwischte die Tinte. Nur drei Worte waren daraufgekritzelt, aber sie sagten alles: »Schlaf gut, Darling!«

Ich faltete den feuchten Zettel zusammen, murmelte ein »Danke!« und ging in den Laden zurück. Mir fiel ein, daß ich Rick nicht einmal gefragt hatte, wie er zu dem Papier gekommen war. Hatte er bei der Dame eingebrochen?

Ralph vögelte sie also. Ich war verwirrt. Es gab so vieles, was ich nicht verstand. Zum Glück war es fast Zeit, den Laden zu schließen. Ich verabschiedete mich früh und ging, ohne zu wissen weshalb, in ein Pub in einer Seitenstraße des Platzes. Ich bestellte einen großen Gin-Tonic – den ich sonst nie trinke –, setzte mich an die Bar und stützte das Kinn in die Hände. Nach einer Weile ließ sich ein junger Mann neben mir nieder, musterte mich eingehend und fing ein Gespräch über das Wetter an. Ohne aufzusehen, sagte ich ruhig, er solle Leine ziehen. »Wie du willst, Süße«, versetzte er beleidigt und ging zu seinen Freunden zurück.

Der Gin-Tonic setzte in meinem Kopf einiges in Bewegung: Meine Gedanken jagten einander im Kreis herum, wenn auch wie der Lahme, der den Blinden führt, und ich fragte mich, ob ich nicht Blindenschrift lernen sollte, um meine eigenen Gedanken lesen zu können. Ich mußte lächeln, als ich daran dachte. Der Barkeeper bezog das Lächeln auf sich, wollte mir nachschenken, und ich mußte die Hand über mein Glas legen. Es

war der falsche Moment für einen Schwips. Oder vielleicht genau der richtige Moment, aber der falsche Ort. Ich sah in den still niederfallenden Schnee hinaus.
Die Wirkung war hypnotisch. Irgendwann merkte ich, daß ich bestimmt fünf Minuten hinausgestarrt haben mußte, und als ich den Blick wieder auf mein leeres Glas richtete, schien alles klarer geworden zu sein. Nein, ich war nicht einmal besonders unglücklich. In gewisser Weise war ich erleichtert. Daß Ralph eine Affäre hatte, war irgendwie in Ordnung: Es machte nur noch deutlicher, daß wir auseinandergedriftet waren und daß wir beide unseren eigenen Weg gehen mußten. Solange nur ich ein Doppelleben geführt hatte, hatte ein schöner Schein über unserem Dasein gelegen; es war eine Art schmerzloser Scharade gewesen. Jetzt aber hatten wir beide unser Doppelleben, der Schein war mit einemmal dahin, und die Barrieren waren eingestürzt. Wenigstens konnten wir einander jetzt auf gleicher Stufe gegenübertreten. Wir brauchten nicht länger so zu tun, als hätte sich nichts geändert. Wir konnten uns darauf einigen, unsere Ehe zu beenden – »Ralph, du gehst hier los, ich dort, und in der Mitte treffen wir uns und sagen Lebwohl.« Die Vorstellung erschreckte mich nicht einmal besonders. Wir würden einen Waffenstillstand schließen, ohne zuvor Krieg geführt zu haben. Ja, es würde zivilisiert zugehen, ohne Anklagen und Gegenanklagen. Wir würden einfach »Schluß machen«. Hin und wieder würden wir uns sogar zum Lunch treffen – als Freunde. Wir würden von unseren guten Zeiten reden, davon, was wir einander verdankten, was wir gemeinsam erreicht hatten, wofür wir gekämpft hatten. Wir hatten es wirklich nicht schlecht gemacht, oder? Besser als viele andere.
Ja, das hörte sich alles ganz gut an.
Aber würde es wirklich so sein? Jetzt wollte ich doch noch einen Gin-Tonic, und der Barkeeper sah mich argwöhnisch an, als wäre ich eine Prostituierte.
Ich zahlte und ging in den Schnee hinaus.
Ja, würde es wirklich so sein? Einiges von dem, was Rick gesagt hatte, kam mir wieder in den Sinn. »Sie treibt's gern mit

Stars. Ziemliches Kaliber. Zweimal geschieden. Hat beide Ehemänner ausgenommen wie Weihnachtsgänse.«
Und wenn sie auch Ralph ausnahm wie eine Weihnachtsgans? Was würde das für mich bedeuten? Und für Rachel? Plötzlich kam ich mir vor wie die Dutzende verheirateter Frauen, die sich um Hilfe an uns gewandt hatten. Jetzt war ich in genau der gleichen Lage. Wie oft hatte ich es gehört: Meine Ehe ist am Ende; mein Mann hat etwas mit einer anderen Frau. Sie will ihn ganz für sich allein haben. Sie will nichts zu tun haben mit seiner Frau, den Kindern, der Hypothek (»Sie kann ja in ein kleineres Haus ziehen«), dem Schulgeld (»Es gibt doch auch gute staatliche Schulen«), notwendigen Renovierungsarbeiten (»Sie arbeitet doch schließlich«), Autoreparaturen (»Wofür gibt es denn Busse?«), Besuchen der Kinder in den Ferien (»Mein Gott, es gibt doch Ferienlager!«) oder Anrufen nach Feierabend, wenn eines der Kinder erkrankt war (»Du lieber Himmel, kann man denn nicht *einmal* Ruhe haben?«)
O Gott! Und jetzt ich!
Plötzlich erschien mir eine gütliche Einigung als eine sehr fragliche, wenig wahrscheinliche Perspektive.
Der Schnee dämpfte das Geräusch der Reifen. Die Schneeflocken wirbelten durch das Scheinwerferlicht, hingen wie ein Vorhang über dem dunklen Fluß und verdunkelten die Laternen auf den Brücken. London versank in Weiß.
Und wie zum Teufel konnte ich Mrs. Heather Claridge in der Versenkung verschwinden lassen? Plötzlich wußte ich es. Outfit Enterprises! Warum sollte ich nicht für mich selbst tun, was ich für so viele andere Frauen getan hatte?
Diese geniale Idee ließ mich die ganze Heimfahrt über nicht mehr los. Die Grünanlage wirkte geisterhaft bleich, und die Bäume standen still im Schnee. Die Autos der Nachbarn waren wie häßliche weiße Beulen am Bordstein aufgereiht. Ein paar Pendler stapften vorsichtig über den Bürgersteig. Der Ort hatte nichts Anheimelndes mehr.
»Mummy! Wo ist denn Daddy?« fragte Rachel, als ich ins Haus trat.

Ich schüttelte den Schnee ab und lächelte.
»Im Theater, nehm ich an, Darling.« Ich log; ich konnte ja nicht sagen: »Bei seiner Geliebten.«
Ich umarmte sie.
»Morgen bau ich einen Schneemann«, verkündete sie aufgeregt.
Ich fragte mich, wohin sie die Karotte diesmal stecken würde. Wie sehr ich dieses kleine Geschöpf liebte! Und im Moment war ich froh, daß sie Ralph überhaupt nicht ähnlich sah.
»Sag mal, Darling«, fragte ich in meinem Überschwang, »soll ich dir heute vielleicht mal was Besonderes zum Abendessen kochen?«
Rachels hübsches Gesicht verdüsterte sich ein wenig, und sie sah weg.
»Magdalena hat mir ein *Teckweh* versprochen«, sagte sie verlegen. Dann sah sie mich wieder an und lächelte. »Aber du kannst ja mitessen Mum, ja?«
Das schien mir auf einmal eine gute Idee.
»Okay«, sagte ich.
Ich konnte dieses berühmte portugiesische Gericht ja einmal probieren. Wer weiß, wie lange Magdalena noch hier sein würde. Dann sah ich Rachel an. »Aber sag mal, Darling: Was ist denn *Teckweh* eigentlich? Ich hab immer noch keine Ahnung.«
Rachel schien verwirrt.
»Wieso?« Sie sah mich mit einem Blick an, als merkte sie plötzlich, daß ich verkalkt sei. »Man ruft doch nur beim Chinesen an und bestellt es.«
Jetzt war ich verwirrt.
»Beim Chinesen?«
»Oder beim Inder«, erklärte Rachel gönnerhaft. Ich fühlte Ärger in mir aufsteigen.
»Oder auch beim Russen«, versetzte ich. »Laß doch die Albernheiten, Rachel. Sag mir einfach: Was ist *Teckweh?*«
Rachel begann zu kichern.
»O Mum«, lachte sie. »Essen zum Mitnehmen! Du sprichst es

genau wie Magdalena aus: ›*Teckweh*‹.« Sie machte meinen Akzent nach, schwenkte die Hände über dem Kopf und kicherte erneut. »Warum sagst du nicht ›Take-away‹ wie alle Leute?«

Ich schrieb »RM« auf die Diskette, um wenigstens den Schein der Diskretion zu wahren, und legte sie in den Safe. Es war noch nicht viel darauf, aber ich konnte Cupido nur dann benutzen, wenn seine Dienste nicht »geschäftlich« in Anspruch genommen wurden, wie Gail es auszudrücken beliebte.

»Ich kann nur sagen, Darling: Hoffentlich machst du's mit Ralph besser als Caroline mit Patrick.« Ihr rotes Haar war noch aufgelöster als gewöhnlich, als sie aus dem Februarsturm in den Laden rauschte und die Regentropfen von ihrem voluminösen Mantel schüttelte. »Wir können schließlich nicht riskieren, daß du Ralph mit einer trunksüchtigen Astronautin verkuppelst. Ich weiß, er ist jetzt ein Star«, sagte sie, ihren eigenen Redeschwall genießend, »aber vielleicht will er trotzdem noch nicht so bald da oben landen.«

Sie hatte recht: Ralph war ein Star. Die Proben für die große Fernsehserie hatten bereits begonnen, und man hatte dafür gesorgt, daß in den richtigen Zeitschriften strahlende Fotos von Ralph Merton in Begleitung der richtigen Leute erschienen, auf denen er aussah, als könnten hinter diesen forschenden Augen die Geheimnisse eines ganzen Lebens gelöst werden. Irgendwo sah man sogar den Intendanten von BBC 1, jetzt glücklich mit einer unserer unglücklichen Kundinnen verkuppelt, unter Ralphs Ellenbogen hervor zu ihm aufgrinsen, was geradezu einem päpstlichen Segen gleichkam. Ich freute mich für Ralph, freute mich, daß seine Jahre in der Wüste endlich vorüber waren, freute mich, daß Ruhm und Blitzlichter ihn von allem, was man noch »unser gemeinsames Leben« hätte nennen können, entfernten. Ich hatte Heather Claridge mit keinem Wort erwähnt. Wir bewegten uns auf getrennten Umlaufbahnen, und zumindest im Moment war ich froh darüber. Das gab mir Zeit zum Nachdenken und – wenn überhaupt – Zeit, mich der Fra-

ge zuzuwenden, was Cupido unbedingt über Charakter und Bedürfnisse meines Ehemannes wissen mußte.
Das allein erwies sich schon als weit schwieriger, als ich mir vorgestellt hatte, und allmählich verstand ich Caroline. Die Fragen, die wir unseren Kundinnen normalerweise über ihre Männer stellten, wußte ich auswendig. Es waren ganz direkte Fragen, die man fast ohne zu zögern beantworten konnte. Das hatte ich zumindest geglaubt. Jetzt aber, da ich sie selbst beantworten sollte, sah die Sache ganz anders aus. Es ging noch, solange die Fragen seinen Geschmack in Sachen Hemden, Krawatten und Socken betrafen, in Sachen Musik (schlecht), Bücher (anspruchsvoll), Kunst (nicht vorhanden), Essen (wahllos), Wein (reichlich) und Unterhaltung (ernst) sowie eine Liste harmloser Aversionen: Dinnerpartys, Gottesdienste, Gartenarbeit, Hunde, körperliche Ertüchtigung, Cilla Black, den Papst.
Doch das alles brachte mich nicht viel weiter. Cupido sah mich an, als wäre der Bildschirm ein einziges großes Gähnen. Ich versuchte mir also Ralphs sexuelle Gewohnheiten zu vergegenwärtigen – vielleicht würde Cupido dann nicht ganz so gelangweilt wirken. Wenn ich die perfekte Frau für Ralph finden wollte, mußte ich diese Dinge ohnehin genau unter die Lupe nehmen.
So saß ich lange Zeit da, starrte auf den Bildschirm, dachte über Ralph und Sex nach und fragte mich, was Cupido am meisten interessieren würde. Verdammter Computer, sagte ich zu mir selbst, wenn er doch nur sprechen und mir ein paar Hinweise geben könnte! Was gab es auf diesem Gebiet Besonderes über Ralph zu sagen? Nun, er bevorzugte die Missionarsstellung, am liebsten spät nachts, und danach fing er jedesmal an zu schnarchen, wenn auch nicht, ohne mich vorher zu fragen, ob es »okay« gewesen sei, was mich ärgerte. Oralen Sex mochte er nicht – oder vielleicht doch? Ich hatte es nie probiert (warum nicht?). Hatte er Phantasien? Ich wußte es nicht. Ich hatte ihn nie danach gefragt. Masturbierte er? Anzunehmen. Laut Caroline tat das jeder; ich selbst allerdings nicht (entging

mir eine der größten Freuden des Lebens?). Welche Teile der weiblichen Anatomie reizten ihn am meisten? Er mochte Brüste – aber vielleicht ging ich hier von einer falschen Annahme aus, denn Heather Claridge hatte keine. Und er mochte Haare, über ein Kopfkissen gebreitet. Aber was für Haare? Meine waren dunkel und glatt, Mrs. Claridges blond und gelockt – was sollte ich damit anfangen? Und wie stand es mit Augen, Zähnen, Händen, Beinen, Stimme, Parfüm, Make-up, Kleidung? Worüber redete er gern mit Frauen? War es ihm lieber, wenn sie forsch oder wenn sie zurückhaltend waren? Dominierend oder unterwürfig? Mochte er es, wenn sie auf Partys mit anderen Männern flirteten? Mochte er es … Ich stieß einen langen Seufzer aus. Ich hatte nicht die leiseste Ahnung.

Ich stellte fest, daß ich auch nach mehr als zehn Jahren nicht viel mehr über Ralph wußte als Caroline über Patrick. Inzwischen war ich ziemlich deprimiert. Und Cupido wirkte immer noch gelangweilt.

Da kam Caroline herein. Sie habe in fünf Minuten ein Interview, sagte sie grimmig, und was zum Teufel ich da täte. Ich nahm rasch die Diskette aus dem Computer und steckte sie in meine Tasche, weil ich sie nicht vor ihren Augen in den Safe einschließen wollte.

In den nächsten Tagen versuchte ich es wieder und wieder. Ich zermarterte mir das Hirn. Ich rätselte herum. Ich erinnerte mich an Dinge, die ich glaubte vergessen zu haben, Kleinigkeiten, die plötzlich von größter Bedeutung zu sein schienen und mir bestimmt den Schlüssel liefern würden. Und endlich hatte ich das Gefühl, daß ich weiterkam. Schließlich nahm ich mein Herz in beide Hände und gab Cupido den Befehl, mir ein Profil von Ralphs perfekter Frau auszudrucken.

Cupido summte und brummte. Ich befürchtete, Caroline könnte wieder hereinkommen, aber zum Glück tat sie es nicht. Ich schaute dem Computer bei der Arbeit zu. Ich stellte ihn mir als eine Art göttlichen Schöpfer vor, der Ralphs ideale Gefährtin aus Lehm formte, die dann vor mich hintreten würde, strahlend und dankbar, eine Kreatur in vollkommener Übereinstimmung mit allen meinen Wünschen und Bedürfnissen einer angehenden Ex-Frau, ein Wesen, das in bezug auf Hypotheken, Schulgeld, Sommerferien oder Weihnachten niemals Schwierigkeiten machen würde. Sie würde eine Freundin sein, deren Dankbarkeit für das Geschenk, das ich ihr mit Ralph gemacht hatte, wie ewiger Sonnenschein über mir leuchten würde. Cupido hatte bereits Dutzenden unzufriedener Frauen geholfen – jetzt würde er mir helfen.

Plötzlich tat sich auf dem Bildschirm nichts mehr. Ich wartete. Nichts geschah. Ich glaubte, er würde alle meine Daten akribisch kombinieren, alle seine Fähigkeiten spielen lassen, sich Zeit nehmen, um die unfehlbar richtige Lösung zu finden. Ich war ungeheuer gespannt. Jetzt würde der Augenblick der Wahrheit kommen.

Endlich erschien auf dem Bildschirm eine einzige Zeile: »Eingabe ungültig«.

Ich starrte sie an. Ich begriff nicht. Am liebsten hätte ich den arroganten kleinen Kasten durchgeschüttelt. Ich wollte ihm befehlen, es noch einmal zu versuchen – vielleicht war er ja eingenickt. Frustriert drückte ich auf verschiedene Tasten, um ihn wieder aufzuwecken. Das Ergebnis war ein leerer Bildschirm. Was sollte ich jetzt tun? Ich schluckte meinen Ärger hinunter und verlegte mich aufs Zureden, drückte die Tasten etwas sanfter, liebkoste sie geradezu – Computer sind mit all dem raffinierten, unbegreiflichen High-Tech-Kram in ihrem Innern ja zweifellos empfindliche Wesen. Wieder trat eine Pause ein. Ich wartete. Dann erschienen von neuem die Worte: »Eingabe ungültig«.

Entnervt griff ich zum Handbuch. Ich fand darin den Hinweis, daß man den Computer fragen könne, warum etwas nicht klappte, aber wie, wurde nicht erklärt. Hätte ich doch nur den Mut gehabt, Eamonn um Hilfe zu bitten! Statt dessen schlug ich das Kapitel »Fehlersuche« auf und drückte auf die angegebenen Tasten. Wieder trat eine längere Pause ein, in der gewichtig klingende Geräusche zu hören waren. »Komm schon!« sagte ich leise. »Was hab ich denn falsch gemacht? Sag schon.

Sag schon! Sag schon!« Endlich drangen ein hoffnungsvolles Summen und ein energisches Klicken aus Cupidos Gehirn hervor, und dann blitzte eine ganz neue Meldung auf dem Bildschirm auf, diesmal nur ein einziges Wort.
»Fehler.«
»Verdammt noch mal!« rief ich. Du lieber Himmel, als ob ich das nicht wüßte! Wäre meine Ehe kein »Fehler« gewesen, würde ich doch jetzt nicht diesen idiotischen Computer um Rat fragen.
Hilflos vor Frustration starrte ich das Gerät ein paar Minuten an. Am liebsten hätte ich es an die Wand geworfen. Dann schaltete ich es wütend ab und holte tief Luft. »Angela«, sagte ich zu mir selbst, »bleib lieber bei deinen Secondhand-Kleidern.«
Eine Weile saß ich noch da und fühlte mich gedemütigt und elend. Wie kam es, daß wir die gescheiterten Ehen anderer Frauen mit einem Zauberstab berühren konnten und ich mit meiner eigenen keinen Schritt weiterkam? Das schien mir schrecklich unfair. Ich wünschte, ich hätte mich nie auf dieses absurde Unternehmen eingelassen.
Dann hörte ich irgendwo in meinem Innern eine Stimme: »Und warum *hast* du es getan?« Ich wußte keine Antwort. Warum hatte ich es getan? Ich stand auf, ging in dem leeren Raum umher und bombardierte mich mit immer derselben Frage: Warum hatte ich es getan? Noch immer wußte ich keine Antwort. Das verwirrte mich – vielleicht hatte ich den Grund vergessen. Nein, sagte ich zu mir selbst, du hast ihn nicht vergessen. Es gab nichts zu vergessen. Plötzlich schien alles ganz klar. Ich hatte dieses ganze alberne Manöver mit Cupido in der falschen Annahme unternommen, ich sei genauso wie all die verzweifelten Frauen, die mit ihren Problemen zu uns kamen. Aber ich war nicht wie sie, ich befand mich in einer völlig anderen Situation. Diese Frauen saßen in der Falle: Sie waren nicht unabhängig, hatten kein eigenes Leben, und jedes mögliche künftige Leben war von der neuen Frau im Bett ihres Mannes bedroht. Nichts von alldem traf auch nur entfernt auf mich zu.

Ich saß nicht in der Falle. Ich war bereits unabhängig. Ich hatte ein eigenes Leben. Ich hatte sogar eigenes Geld. Und außerdem gab es in meinem Leben einen Mann, den ich liebte. Was Ralph auch tun mochte: Es war allein seine Angelegenheit, nicht meine. Wenn es eine andere Frau in seinem Bett gab, dann kümmerte mich das nicht sonderlich. Und wenn Heather Claridge ein gefährliches Luder war – nun ja, er würde es schon merken. Mit mir hatte das nichts zu tun. Rachel würde bei mir bleiben. Ralph war ein guter Vater, er würde nie zulassen, daß man ihn von ihr fernhielt. Und wenn die nächste Mrs. Merton noch Kinder in die Welt setzte – warum nicht? Dann würde Rachel die Geschwister haben, die sie sich immer gewünscht hatte. Und mich würde deren Erziehung keine Mühen und schlaflosen Nächte kosten. Was wollte ich mehr?
Es war, als wäre der Winter vergangen. Ich trat ans Fenster: Auf den kahlen Ästen glänzte die Sonne, und an den Mandelbäumen auf der anderen Seite des Platzes brachen die ersten Knospen auf.
Ich drehte mich nach dem Computer um. Dieses gemeine Miststück, dachte ich. Warum mußte es »Eingabe ungültig« sagen? Warum konnte Cupido nicht einfach sagen, was er dachte: »Angela, du brauchst mich nicht?«
Aber wenigstens hatte ich das jetzt begriffen. Dafür war ich Cupido dankbar und wollte es ihm auch mitteilen. Es war albern, aber was tat das schon. Ich schaltete das Gerät wieder an und tippte »Danke« ein.
Der Bildschirm wurde hell. Ein einziges Wort erschien.
Ich brach in Lachen aus.
Ich fühlte mich, als hätte ich einen Berg erstiegen und würde endlich den Weg überblicken, der vor mir lag. Und er war hell und klar. Keine dunklen Wolken lagen darüber. Doch, eine: Josh war für fast zwei Monate im Fernen Osten. Er würde ständig unterwegs sein, hatte er gesagt, aber wenn ich ihn brauchte, solle ich eine Nachricht im Mandarin Hotel in Hongkong hinterlassen. Und jetzt brauchte ich ihn. Ich brauchte ihn so sehr! Vor seiner Abreise hatte er mir einen Ring mit

einem Feueropal geschenkt. Eine Welle der Sehnsucht überkam mich, als ich ihn betrachtete, und ich steckte ihn mir an den Ringfinger. Nur jetzt, dachte ich, solange ich allein bin. Dann setzte ich mich hin und schrieb ihm einen Brief: »Darling Josh, ich liebe Dich. Komm gut zurück«, begann ich. Gab es nichts Originelleres, wenn man liebte? Was konnte ich sonst schreiben? Ich fügte noch eine weitere Banalität hinzu und zeichnete ein lächelndes kleines Gesicht auf das Papier. Und dann schrieb ich: »Ich weiß nicht mehr, ob Du mich einmal gefragt hast, ob ich mit Dir zusammenleben will, aber ich möchte es gern. So bald wie möglich!« Dann gab es nichts mehr, was ich noch sagen konnte. Ich unterschrieb mit »Angela (die mit dem langen dunklen Haar, die den Looping gedreht hat, falls Du's vergessen hast)« und fügte tausend Küsse hinzu.

Jetzt war nur noch die Frage, wann ich mit Ralph reden sollte. Ich sah ihn kaum noch, seit Monaten schon, vermutlich sehr viel seltener als Mrs. Claridge ihn sah. Was sollte ich ihm sagen? Und die viel schwierigere Frage war: Was sollte ich Rachel sagen? Ich hatte nach wie vor Angst davor. Vielleicht war es feige von mir, aber ich beschloß, mich erst einmal an den Gedanken zu gewöhnen, daß ich Ralph verlassen würde. Ich war mir sicher, daß der Moment, es Rachel zu sagen, dann von selbst kommen würde.

Es war aufregend und beängstigend, in diesem Zwischenstadium zu leben.

»Was ist los mit dir, Angela?« fragte Caroline mich eines Tages in der Mittagspause ärgerlich. »Du bist ja völlig daneben.« Natürlich nahm sie wieder einmal an, ich hätte einen neuen Liebhaber. »Gräßlich«, schnaubte sie. »Kannst du dich nicht ein bißchen zusammennehmen? Mein Gott, was bin ich neidisch!« setzte sie hinzu.

Ich hatte wochenlang kaum ein Wort mit Caroline geredet. Wir hatten mehr zu tun gehabt als je zuvor, sowohl im Laden als auch im Büro. Heute aber schafften wir es, uns zu einem schnellen Lunch bei Renato davonzustehlen, nur wir beide. Gail murrte, sie werde sich nie wieder mit zwei arbeitsscheuen Spießerinnen zusammentun, die sich vollaufen und sie die ganze Arbeit allein machen ließen. Caroline drehte sich beim Hinausgehen noch einmal um: »Ich bin *nicht* spießig, Gail.«

Und wie zum Beweis bestellte sie Champagner.

»Angela«, sagte sie und betrachtete nachdenklich das Risotto mit weißen Trüffeln, das Renato eigens für sie zubereitet hatte. »Hast du schon mal daran gedacht, daß wir alle diese Ehemänner anderen Frauen andrehen und sie dann sich selbst überlassen?«

Ich sah von meinem Meeresfrüchtesalat auf und fragte mich, worauf sie hinauswollte.

»Was sollen wir denn sonst tun?«

Caroline begann in ihrem Risotto zu stochern, als suchte sie nach einem Grund, sich zu beschweren.

»Eine Art Folgeservice. Wie bei einem neuen Auto.«

Ich lachte.

»Wir haben's aber mit Gebrauchtwagen zu tun«, warf ich hin.

Caroline runzelte die Stirn.

»Ich mein's ernst, Angela. Wenn es nicht klappt, dann gibt es keine Scheidung und auch keine Provision für uns.«

Manchmal, dachte ich, sind die Reichen erstaunlich geldgierig.

»Also, was schlägst du vor?« fragte ich. »Sollen wir sie anrufen und sagen: ›Hier ist Ihre Scheidungsagentur – wir wollten nur mal hören, wie's so geht?‹«

Caroline schnalzte verärgert mit der Zunge und fuhr fort, argwöhnisch in ihrem Risotto zu stochern.

»Wir müßten ihnen etwas anbieten«, sagte sie. »Etwas Romantisches, irgend etwas, wo sie hinfahren können. Ich weiß auch nicht – ach Gott, Angela, *du* hast doch immer die guten Ideen!«

Ich hatte jedoch keine und betrachtete die Wände ringsum. Renato hatte Luftaufnahmen von Rom und Venedig aufgehängt und dazwischen künstlerisch gestaltete Fotos von toskanischen Weinbergen, die zweifellos weiteren Onkeln von ihm gehörten.

»Wir können ja ein Reisebüro aufmachen«, sagte ich ohne nachzudenken.
Carolines Augen weiteten sich.
»Genial!« rief sie. »Himmel, das ist *die* Idee! Ein Reisebüro! Angela, trink noch ein Glas Champagner.«
War es wirklich eine so geniale Idee? An Reisebüros herrschte ja nicht gerade Mangel. Wozu noch eines mehr? Doch Caroline war bereits voll in Fahrt. Ihre Augen hatten jenen bohrenden Blick angenommen, der schon Polizeikordons, Zollschranken und die Türen reiner Herrenclubs durchdrungen hatte. Sie ließ sogar ihr Risotto stehen.
»Hat's nicht geschmeckt heute, Signora Caroline?« fragte Renato traurig, als wir gingen.
An diesem Nachmittag bekamen wir sie kaum zu Gesicht. Sie belegte das Telefon im Outfit-Enterprises-Büro mit Beschlag, und wir mußten mehrere Kundinnen im letzten Moment umdirigieren. Karen saß eine Stunde lang untätig herum und fragte dann, ob sie den Rest des Tages freinehmen könne, denn solange Mrs. Uppingham da sei, gebe es für sie praktisch nichts zu tun. Auch Eamonn tauchte hin und wieder lustlos und verstimmt im Laden auf.
»Sie hängt immer noch an der Strippe«, seufzte er. »Sagt mal, gibt es irgend jemanden, mit dem Caroline nicht verwandt ist?«
Kurz vor halb sechs tauchte sie dann mit selbstzufrieden triumphierender Miene auf.
»Das war's! Outfit, Phase drei!« verkündete sie laut. »Wollt ihr's hören?«
Und sie warf sich in einen Sessel, ohne zwei Kundinnen zu beachten, die noch im Laden standen.
Wir hörten zu, noch lange nachdem die letzte Kundin gegangen war und wir den Laden geschlossen hatten. Sie habe sich überlegt, erklärte Caroline, daß unsere erfolgreichen Kunden einen goldenen Start in ihr neues Leben verdient hätten und daß wir in der Lage sein müßten, einen entsprechenden Service anzubieten. Sie habe ein bißchen herumtelefoniert – von Eamonn

wußten wir bereits, daß es mindestens zwanzig Anrufe gewesen waren, darunter mehrere in Länder, von denen er noch nie gehört hatte. Und das Ergebnis, so versicherte sie, sei sehr vielversprechend, falls es uns interessiere.

Ein Onkel von ihr – »irgendein Herzog«, sagte sie – war Mehrheitsaktionär einer in Guernsey registrierten kleinen Fluggesellschaft. Durch die Rezession war das Geschäft mit Auslandsreisen in letzter Zeit nicht gerade lebhaft gewesen, und einige der kleineren Flugzeuge sollten zu beträchtlichen Kosten eingemottet werden. Der Onkel dachte sogar daran, Land zu verkaufen. So reizte ihn die Idee, in das von Caroline beschriebene außerordentlich exklusive Pauschalgeschäft einzusteigen, natürlich sehr, und überdies war er mit einer ganzen Reihe seiner potentiellen Kunden vom Parlament oder auch von Schloß Balmoral her höchstwahrscheinlich persönlich bekannt. Caroline hatte ihn über alles ins Bild gesetzt. Sie lachte, als sie es uns erzählte, und gab zu, vielleicht etwas übertrieben zu haben. Aber das war noch nicht alles. Für Kunden, die ihre neue Beziehung in ruhigerer Umgebung genießen wollten, fuhr sie fort, habe sie einen Cousin, der Geschäftsführer einer Passagier-Schiffahrtsgesellschaft sei. Auch er bekomme die wirtschaftliche Lage zu spüren, besonders im Bereich der Luxuskreuzfahrten. Die Schiffe führen halb leer zu den Westindischen Inseln, und bei den griechischen Inselkreuzfahrten sehe es nicht viel besser aus.

»Alistair ist ganz wild darauf«, versicherte Caroline. »Er findet die Idee glänzend, obwohl er ein langweiliger alter Spießer ist. Ich liefere ihm den perfekten Slogan – ›Scheidung durch Joy-Kreuzfahrten‹ –, und wißt ihr was? Er ist so dumm und findet das vulgär.«

Gail und ich wechselten einen Blick, und ich betrachtete angelegentlich meine Fingernägel.

»Aber«, fuhr Caroline fort, »Alistair hat einen Bruder, der sehr viel toleranter ist. Er besitzt eine kleine Hotelkette – Kanarische Inseln, Marokko, Kreta, Santa Lucia, Hawaii und dergleichen – alle einsam gelegen, ganz auf Hochzeitsreisende abgestimmt, und dazu noch Spezialbauweise mit besonders dicken Wänden, damit man nicht hört, wie sich die Paare in den Zimmern nebenan bekriegen.«

Caroline sagte das so selbstzufrieden, daß ich das Gefühl hatte, bei ihrer eigenen Hochzeitsreise mußten extrem dicke Wände nötig gewesen sein.

Aber sie war noch nicht fertig. Jetzt komme die entscheidende Schaltstelle, erklärte sie, öffnete den Getränkeschrank und überlegte, was sie trinken sollte. Zufällig habe ein Bruder von ihr ein kleines Reisebüro und sei bereit, alles zu organisieren und zu koordinieren – Kreuzfahrten, Flüge, Hotels, was immer gewünscht werde. Und für jedes Geschäft, das wir ihm vermittelten, würde Outfit Enterprises einen Anteil von zwanzig Prozent erhalten.

»Und das ist gutes Geld, dafür, daß man praktisch nichts zu tun braucht«, setzte sie hinzu und schenkte sich einen gewaltigen Wodka on the rocks ein. »Und jetzt kommt's: Er sucht größere Räume für sein Reisebüro, und ich hab ihm gesagt, daß der Zeitschriftenladen neben dem Enterprises-Büro zumacht und ob er nicht hierher an den Pimlico Square kommen will.« Caroline sah Gail und mich triumphierend an. »Dann hätten wir ihn direkt vor der Tür, versteht ihr? Und wißt ihr, wie sein Reisebüro heißt? ›Adult Tours‹! Also nur Reisen für Erwachsene, keine Familien-Strandferien für die Kleinen.« Sie nahm einen zufriedenen Schluck von ihrem Wodka. »Also hab ich zu ihm gesagt, das sei ja wunderbar, da brauche er nur drei Buchstaben anzuhängen, und schon habe er den neuen Namen. ›Adultery Tours – Ehebruch-Reisen‹! Wie findet ihr das?«

Stille trat ein. Dann sagte Gail: »Herr im Himmel!« Ich selbst schenkte mir einen Wodka ein, der es fast mit Carolines aufnehmen konnte, und schwieg. Ich wußte nicht, wieweit ich ihr glauben sollte. Aber bei Outfit Enterprises hatte ich anfangs auch meine Zweifel gehabt, und innerhalb weniger Monate war es ein Riesenerfolg geworden. Vielleicht hatte Caroline recht.

»Also, auf Adultery Tours!« sagte sie und hob ihr Glas. »Und auf dich, Angela, es war ja deine Idee. Du bist wirklich ein Genie!«

Ich hob mein Glas ebenfalls und fragte mich, auf was ich eigentlich trank.

Schon bald wußte ich es. Hatte ich geglaubt, Carolines »Folgeservice« sei nur eine Laune, die sich in Luft auflösen würde, so hatte ich mich geirrt. Am nächsten Vormittag – und überhaupt den größten Teil der Woche – schuftete Caroline wie ein Galeerensklave, um ihr neues Imperium aufzubauen. Sie erkundigte sich für ihren Bruder bei dem Zeitschriftenhändler nach der Pachtsumme. Sie rief der Reihe nach unsere erfolgreichen Kunden an und bot ihnen Kreuzfahrten nach den Westindischen Inseln an, »Honeymoon«-Flüge ans Mittelmeer und auf die Kanarischen Inseln, Luxushotelaufenthalte auf einsamen Inseln, und alles zu Preisen, die kein anderes Reisebüro biete, wie sie versicherte. Es war sogar von einer »Lover-Safari« nach Kenia die Rede, die sie noch nie erwähnt hatte. Anscheinend besaß ein weiterer Verwandter von ihr einen Wildpark mit einem Hotel auf Stelzen, wo die Gäste ihren Abendtrunk genießen und währenddessen zuschauen konnten, wie die Dickhäuter sich im Schlamm suhlten.

»Törnt unheimlich an, die Nashörner zu beobachten, kann ich euch sagen«, erläuterte sie. »Wahrscheinlich wegen der Hörner. Kein Wunder, daß die Einheimischen sie als Aphrodisiakum verkaufen.«

»Na, ich weiß nicht«, wandte ich ein. »Nashörner hab ich bisher nur im Zoo gesehen, und ich kann nicht behaupten, daß sie mich besonders angetörnt hätten.«

Caroline erklärte, ich hätte eben keine Phantasie, und wandte sich wieder dem Telefon und ihrem Adultery-Tours-Projekt zu. Vielleicht hatte sie recht, und ich besaß wirklich keine Phantasie. Oder meine Phantasie war anderweitig beschäftigt. Ich hatte noch immer nichts von Josh gehört. Seit meinem Brief waren Wochen vergangen, und ich hing völlig in der Luft. Natürlich konnte ich mir sagen, daß er wahrscheinlich Tausende von Kilometern weit fort im Dschungel Burmas oder an der Chinesischen Mauer war, aber die große weite Welt erschien mir so gefährlich. Heckenschützen gab es nicht nur in Beirut und Sarajewo, und hielt man Fotografen nicht in allen totalitären Staaten für Spione? Und waren nicht alle Staaten in Fernost totalitär? Ich wünschte mir, er würde zurückkommen und mir sagen, daß er künftig nur noch Werbeaufnahmen für Kontaktlinsen und Nachthemden machen werde. Lieber würde ich auf magersüchtige, in seine Kamera schmollende Models eifersüchtig sein als ständig in der Angst leben zu müssen, daß irgendwann mitten in der Nacht das Telefon klingelte oder eines Tages ein stotternder Polizist vor der Tür stand: »Es tut mir sehr leid, aber ich muß Ihnen sagen …«

Es war schon fast Frühling. Ich kannte Josh jetzt ein ganzes Jahr, und fast genauso lange waren wir ein Liebespaar. Ich fragte mich, wie lange Ralph schon Heather Claridge kannte. Es war ein rein theoretisches Interesse, aber ich hätte gern gewußt, wer den anderen zuerst betrogen hatte. Ich hatte da einen gewissen Ehrgeiz. War Ralph der erste gewesen, dann wertete das meine eigene Untreue ab. Mir gefiel die Vorstellung, es sei nur mir zuzuschreiben, daß mein Verlangen nach Ralph abgekühlt war, und meine Leidenschaft für Josh sei purer, durch nichts provozierter Ausdruck der Lust – ohne jegliche moralische Rechtfertigung; sie sei nichts anderes als nacktes, egoistisches Bedürfnis. Ich weiß nicht, ob ich stolz auf diesen Gedanken war, aber ich wußte, daß es so war. In den vergangenen Monaten hatten mir so viele Frauen ihre armseligen kleinen Affären gestanden, die sie nur angefangen hatten, weil sie so einsam waren, so verlassen, so eifersüchtig auf die Geliebte ihres Mannes, so ungeliebt. Ich hatte mir vorgestellt, wie sie in ihre ehebrecherischen Kissen weinten, wie sie sich mit Schuldgefühlen und Selbstvorwürfen quälten, daß ihnen an dem Mann, mit dem sie gerade geschlafen hatten, nicht allzuviel lag und daß sie es vermutlich nicht sehr genossen hatten. Wenn man schon sündigte, fand ich, dann doch gleich richtig.

Josh fehlte mir schrecklich. Ich kam mir verwaist vor. Ich wollte seinen Körper und sein Lachen, seine Liebe und seine Fürsorge. Ich wollte, daß er mich berührte und mich festhielt, ich wollte das Wunder, das immer wieder Neue des Zusammenseins mit ihm. Ich wollte *nicht*, daß er an dieser verdammten Chinesischen Mauer war!

Nach wie vor machte ich mir größte Sorgen wegen Rachel. Was sollte ich zu ihr sagen, was würde sie zu mir sagen? Der Gedanke an ihre Tränen brachte meine eigenen zum Fließen. Das liebe kleine Gesicht würde sich vor Schmerz verzerren. Aber es mußte sein; ich war mir jetzt ganz sicher. Wieder dachte ich an die Frauen, die uns, grau vor Resignation, um Hilfe baten und uns traurig erklärten, daß sie ihre Männer schon vor Jahren verlassen hätten, wenn die Kinder nicht gewesen wären, und daß dieselben Kinder, wenn sie schließlich erleichtert aus dem Haus gingen, zu guter Letzt noch sagten: »Warum bist du nur mit ihm zusammengeblieben, Mum?« So weit würde ich es nicht kommen lassen.

Aber es kam kein Brief.

Wieder betäubte die Arbeit meine Angst und Sehnsucht. Frühlingsgefühle schienen die Bedürfnisse der Frauen nach Neuen Horizonten zu verstärken. Mein munterer kleiner Slogan »Bis daß der Tod euch scheidet? Lieber gleich!« erschien sogar als »Zitat der Woche« im Londoner Tagebuch des *Evening Standard* und wurde sogleich zum Gegenstand eines empörten Artikels im *Daily Telegraph*. Der Autor machte sich für die traditionellen Werte der Ehe stark und beklagte den »krankhaften Zynismus« dieses »schändlichen Spruches«. Es folgte eine gepfefferte Tirade gegen »sogenannte emanzipierte Frauen, die an den wilderen Gestaden des Feminismus nur Unfrieden stiften«, und am Schluß hieß es, einem Gerücht zufolge führten die Spuren solch diabolischer Regungen zu einer skandalösen kleinen Agentur am Pimlico Square, die, so sei zu hoffen, in Bälde behördlicherseits geschlossen werde.

Der Artikel wirkte Wunder. Er heizte das Geschäft kräftig an, und nach einem besonders hektischen Nachmittag setzten wir uns zusammen, um ernsthaft darüber zu beraten, ob wir weiteres Personal einstellen sollten. Aber wen? Wem konnten wir vertrauen? Wir kamen zu keinem Ergebnis. Schließlich schüttelten wir die Köpfe und beschlossen, wählerischer zu sein. Wir würden Kunden abweisen müssen.

Aber welche Kunden? Das war das eigentliche Problem. Gail war grundsätzlich dagegen, überhaupt jemanden abzuweisen. Geschäft sei nun einmal Geschäft, und man dürfe nicht an dem Ast sägen, auf dem man sitze, sonst töte man das Huhn, das die goldenen Eier lege, erklärte sie, unbekümmert die Metaphern durcheinanderwerfend.

Ich versuchte ihr zu erklären, daß ziemlich viele von unseren Hühnern voraussichtlich gar keine Eier legen würden, schon gar keine goldenen, und daß wir ohne sie sehr viel besser fahren würden.

Caroline war keine große Hilfe. Sie steckte inzwischen viel zu tief in den Adultery Tours, um noch an andere Dinge denken zu können als an die Notwendigkeit, Kabinen auf Mittelmeer-Kreuzfahrtschiffen und Hotelzimmer mit Blick auf Elefanten-Wasserstellen zu belegen. Ich befürchtete allmählich, daß für sie das heikle Geschäft des Verkuppelns treuloser Ehemänner nur noch das ermüdende Vorspiel zur Hauptbeschäftigung des Lebens war, nämlich abendliche Drinks hinunterzukippen und dabei Nashörner zu beobachten, die sich im Schlamm suhlten. Kurzum: Carolines Oberschicht-Langeweile schien sich wieder zu melden. Ihr Enthusiasmus konnte die Welt bewegen, aber er war nur von kurzer Dauer.

Wir saßen bei Renato beim Lunch und waren noch zu keinem Ergebnis gekommen, als die miniberockte Karen über den Platz auf das Restaurant zugeflattert kam. Sie wirkte so aufgeregt, daß ich schon befürchtete, Eamonn hätte versucht, sie zu vergewaltigen.

Die Tür flog auf, und das Mädchen eilte an unseren Tisch. Es sei ein Herr da, der uns sprechen wolle, sagte sie atemlos. Es sei von größter Wichtigkeit, lasse er ausrichten. Er habe seinen Namen nicht sagen wollen, aber ihrer Meinung nach sei es jemand, den man nicht warten lasse. Sie schien sich ziemlich unbehaglich zu fühlen.

Wir winkten Renato herbei, um zu zahlen, und Karen hastete in den Laden zurück.
»Was glaubst du, Darling?« fragte Gail und sah beunruhigt aus dem Fenster. »Polizei?«
Sie schien zu befürchten, daß Rick zu guter Letzt doch noch geschnappt worden war.
»Steuerfahndung«, sagte ich.
Caroline schüttelte den Kopf.
»Nein, Waschmittelvertreter. Ist doch klar: Die ziehen sich immer so an, daß sie möglichst wichtig wirken. Nur keine Eile.«
Sie nippte gedankenvoll an ihrem Champagner und gab Renato dann lässig ihre American Express Gold Card.
»Alles auf meine Rechnung«, sagte sie. »Und übrigens: Wenn der Waschmittelvertreter weg ist, gebe ich Patrick neu in den Computer ein. Und diesmal mach ich's richtig.«
Gail hatte es eilig zu gehen, und ich ebenfalls. Wir brachen auf und ließen Caroline in ihrem eigenen Tempo folgen.
Der geheimnisvolle Herr stand im Enterprises-Büro und schien sich zu schade, mit Eamonn zu sprechen, der mit vor Abneigung verzerrtem Gesicht den Rücken des Mannes betrachtete. Als Gail und ich eintraten, schob er mit dem Zeigefinger seine Nasenspitze hoch. Der Mann drehte sich um und sah es gerade noch, worauf Eamonn sich tief über den Computer beugte. Durch das Fenster sah ich Caroline lässig über den Platz schlendern.
»Guten Tag!« Gail streckte dem Mann die Hand hin. »Können wir Ihnen helfen?«
Der Mann ignorierte die ausgestreckte Hand. Er warf Eamonn und Karen einen Blick zu und rümpfte die Nase. Er trug einen dunkelblauen Anzug von tadellosem Sitz, mit einer Art Regimentskrawatte, und aus seiner Brusttasche sah ein hellblaues Einstecktuch hervor. Seine Schuhe waren so glänzend poliert, daß ich mich fragte, ob das ganze Regiment daraufgespuckt hatte. Die Frisur über dem rötlichen Gesicht legte die Vorstellung nahe, daß auf seinem Frisiertisch Haarbürsten mit Monogramm lagen. Er war um die Fünfzig.

Wir stellten uns vor. Er stellte sich nicht vor.
»Kann ich Sie unter vier Augen sprechen?« waren seine ersten Worte, begleitet von mißbilligenden Blicken auf Eamonns Haar und Karens Minirock. Gails Haar sah nach ihrem Spurt über den Platz aufgelöster aus denn je. Meines war glatt und zigeunerhaft, und ich trug Jeans.
Gail hustete. Sie bat Eamonn und Karen, den Laden aufzuschließen und den Kundinnen gegebenenfalls zu sagen, sie möchten sich eine kleine Weile gedulden. Nachdem die beiden gegangen waren, schnippte der Mann sorgsam mit dem Handrücken über die Rückenlehne eines Sessels und wollte gerade Platz nehmen, als Caroline eintrat. Sie lächelte, nach einigen Gläsern Champagner mit sich und der Welt zufrieden. Sie warf einen Blick auf den maßgeschneiderten Herrn und zündete sich eine Zigarette an.
»Was verkaufen Sie?« fragte sie, hart an der Grenze zur Unhöflichkeit.
Der Mann gab keine Antwort und setzte sich auch nicht. Gail stellte Caroline vor. Zum ersten Mal nannte sie sie »Honourable Mrs. Caroline Uppingham«. Es klang lächerlich, und Caroline zuckte zusammen.
»Sei doch nicht albern, Gail, verdammt noch mal«, sagte sie ärgerlich. »Was ist denn los mit dir?« Sie wandte sich wieder dem maßgeschneiderten Herrn zu. »Also, was verkaufen Sie? Wir haben nicht viel Zeit.«
Er verzog keine Miene, nahm jedoch Platz und rückte sein Einstecktuch zurecht. Dann blickte er zu Caroline auf, die Wolken von Zigarettenrauch in seine Richtung blies. Er faltete die Hände, räusperte sich, und zum ersten Mal erschien die Andeutung eines Lächelns auf seinen dünnen Lippen.
»Der Hof schickt mich«, sagte er.

12 KÖNIGLICHES SPIEL

Herr im Himmel!« Gail vergrub das Gesicht in den Händen und stieß ein langgezogenes Stöhnen aus. »Herr im Himmel! Und das mir als Republikanerin!«

Ich sagte nichts. Nicht einmal Caroline sagte etwas. Ich sah erst sie an, dann Gail, und ließ dann den Blick durch das leere Büro und aus dem Fenster schweifen. Es war ja möglich, daß der Abgesandte des Hofes noch draußen herumschlich und unser Ladenschild mit meinem reißverschlußöffnenden Konterfei betrachtete, wobei er sich zweifellos bereits zurechtlegte, was er seiner königlichen Herrin berichten würde. Bei dem Gedanken zuckte ich zusammen. Wir wußten nicht einmal seinen Namen. Mein einziger Trost war die absolute Gewißheit, daß wir nie wieder etwas von ihm sehen oder hören würden.

Aber er war nicht mehr da. Mein Blick wanderte zu Gail und Caroline zurück. Sie sahen aus, als hätten sie einen Überfall hinter sich. Wir schwiegen noch eine Weile, dann verspürte Gail ein unwiderstehliches Bedürfnis, sich zu kratzen. Caroline zündete sich eine weitere Zigarette an. Von nebenan hörte ich Eamonns und Karens Stimmen und fragte mich, was sie wem verkauften. Warum um Himmels willen waren wir nicht beim Secondhand geblieben? Wer hatte denn die hirnverbrannte Idee gehabt, sich in anderer Leute Ehen einzumischen? Da fiel mir ein, daß ich es selbst gewesen war.

Ich riß mich zusammen.

»Also, ich glaub das einfach nicht«, sagte ich energisch und sah erst Gail, dann Caroline an. »Ich meine, es ist doch klar, daß das Ganze ein Scherz ist. Was denn sonst? Natürlich ist es ein Scherz!« Ich hielt inne und wartete vergeblich auf eine Reaktion. Ich nahm einen neuen Anlauf und fing an zu lachen. »Sogar ein ziemlich guter, wenn man sich's überlegt. Schon allein

die Idee. Mein Gott, und eine Zeitlang sind wir wirklich drauf reingefallen! Caroline, sag nicht, daß du nicht auch drauf reingefallen bist!«
Caroline schwieg noch immer.
»Stellt euch doch mal vor«, fuhr ich fort, ohne das lastende Schweigen um mich herum zu beachten. »Was meint ihr, was der seinen Freunden jetzt erzählt? Wahrscheinlich sitzen sie um die Ecke im Café und platzen schier vor Lachen. Bestimmt haben sie eine Wette abgeschlossen: ›Wer traut sich in diese Eheberatungsagentur, über die dauernd was in der Zeitung steht? Er sagt, er kommt vom Hof und die Herzogin braucht Hilfe für ihre Ehekatastrophe mit dem Sohn der Queen?‹ So was würden die Royals doch nie tun, das ist doch vollkommen absurd. Aber gut hat er's gemacht, nicht wahr? Ganz schön clever. Ein Ausbund an Diskretion. Habt ihr gemerkt, daß er keine Namen genannt hat? Hat nur das Terrain sondiert. Bestimmt hat er alles auf Band aufgenommen, zum Beweis, daß wir ihm auf den Leim gegangen sind. Also, was glaubt ihr, was er in Wirklichkeit ist? Immobilienmakler? Journalist? Wahrscheinlich ist er von *Private Eye*.«
Caroline sah mich böse an.
»Jetzt hör doch auf mit dem Geschwafel, Angela! Er ist vom Hof.«
»Caroline, du hast ihn doch für einen Waschmittelvertreter gehalten«, fuhr ich auf.
Sie gab keine Antwort. Gail sah sie stirnrunzelnd an.
»Und woher willst du verdammt noch mal wissen, daß er vom Hof ist?« Gails Ärger machte sich in ihren Haaren Luft.
»Ach, er hat so ein paar Sachen gesagt, die er sonst nicht hätte wissen können«, erwiderte Caroline ausweichend.
»Zum Beispiel?«
Eine kurze Pause trat ein. Caroline wandte den Blick ab und zog heftig an ihrer Zigarette. Sie mochte es nicht, wenn man sie ausfragte.
»Ihr könntet ja doch nichts damit anfangen«, sagte sie leise.
Vermutlich war es gar nicht als Abfuhr gemeint; sie sagte nur

auf ihre unnachahmliche Art die Wahrheit. Doch jetzt fuhr Gail auf.

»Das ist doch wirklich das Letzte! Das Allerletzte! Und wieso weißt *du's?* Wieso tust du so, als wüßtest du alles?« Gail warf sich in ihre Waschfrauenpose, stemmte die Hände in die Hüften und starrte Caroline zornig an. Dann verzog sich ihr Mund zu einem höhnischen Lächeln. »Weil du dich bei Hofe so gut auskennst?«

Caroline schaute zum Fenster.

»Ja ... ziemlich gut.«

Damit nahm sie ihre Umhängetasche und schlenderte in ihrem typischen wiegenden Gang in den Laden hinüber, als gebe es nichts, was Eile habe. Gail und ich wechselten grimmige Blicke und folgten ihr, wobei Gail vor Ärger mit den Füßen stampfte.

»High-Society-Schnepfe!« murmelte sie.

Den ganzen Nachmittag hatten wir zu tun. Caroline flatterte ein und aus. Kundinnen, die sich allzu lange zwischen den Kleiderständern umsahen, überließ sie despotisch Gail oder mir und erklärte, sie hätte nebenan ein Interview zu führen oder etwas mit Adultery Tours zu klären. Die Worte »Adultery Tours« sprach sie besonders laut aus, zum Erstaunen mehrerer Damen, die still nach Kopftüchern gesucht hatten.

Ungeachtet Carolines Insiderwissen, daß der Mann tatsächlich ein Abgesandter des Hofes war, konnte ich mich wenigstens damit trösten, daß er nach dieser ersten Bekanntschaft mit uns dreien bestimmt nicht wiederkommen würde. Von unserem unprofessionellen Aussehen einmal ganz abgesehen, hatte er vermutlich innerhalb weniger Minuten zweifelsfrei erkannt, daß wir nicht ganz der Ehereparaturdienst waren, den sich Ihre Königliche Hoheit vorgestellt hatte – ganz im Gegenteil. Himmel, der Mann hatte sogar eine von unseren kleinen Karten mit dem Aufdruck »Neue Horizonte – Bis daß der Tod euch scheidet? Lieber gleich!« mitgenommen. Ich stellte mir vor, wie er in seinem Savile-Row-Anzug vor der Herzogin stand, gewichtig hüstelte und dann sagte: »Verzeihen Sie, Ma'am, aber ... äh ... vielleicht doch nicht ganz geeignet für die Zwecke Eurer Ho-

heit … äh … eher ein Kleidergeschäft, Ma'am. Secondhand-Kleider. Möglicherweise waren Eure Hoheit schlecht beraten … Wenn ich vielleicht diesen äußerst diskreten Psychiater am Devonshire Place vorschlagen dürfte, den Ihre Majestät, die Königin, durch ihre andere Schwiegertochter und deren Verdauungsprobleme kennengelernt hat?«
Ich mußte lächeln, als ich darüber nachdachte. Und an dem finsteren Gesicht, das Gail machte, sah ich, daß auch sie darüber nachdachte. Caroline dagegen schien die ganze Angelegenheit nach dem ersten Schock auf ihre gewohnte zuversichtliche Art aufzunehmen. Sie rauschte weiterhin ein und aus und summte ab und zu vor sich hin. So wie ich Caroline kannte, trainierte sie bereits für das Interview mit Ihrer Königlichen Hoheit und legte sich die Exocet-artigen Fragen zurecht, die sie ohne jede Hemmung abfeuern würde. Fast wünschte ich, unser »königlicher Auftrag« würde zustande kommen, um des Vergnügens willen, Caroline bei ihrem dritten Wodka-Tonic die königliche schmutzige Wäsche waschen zu sehen.
»Was lächelst du denn so, verdammt noch mal«, knurrte Gail und kritzelte so vehement auf ihren Quittungsblock, daß das Papier zerriß.
»Ich habe gerade überlegt, ob wir berechtigt wären, eine Königlicher-Hoflieferant-Plakette über der Tür anzubringen.«
Zumindest hatte sich jetzt eine Lücke in der Wolkendecke aufgetan, die den ganzen Nachmittag über Gail gehangen hatte.
»Und wo würden wir das verdammte Dinge hinhängen?« Sie brachte ein Lächeln zustande.
»Unter das Schild mit deinem halbnackten Konterfei? Wär doch der richtige Platz dafür, was? Vielleicht kann Rick ja irgend was Geschmackvolles malen und die Plakette als Feigenblatt einbauen. Die Form stimmt doch in etwa, oder?«
Zum Glück hatte sich Gails Laune wieder gebessert. Nur gelegentlich, wenn keine Kundinnen in Hörweite waren, kam sie wieder auf die Fragen zurück, die der Mann uns zu stellen für nötig befunden hatte, und ihre Miene verdüsterte sich von neuem.

»Verdammte Unverschämtheit, mich nach meiner Ausbildung zu fragen. Wo ich studiert hätte! Herr im Himmel! Ich hab in Liverpool Beatles-T-Shirts verkauft, du bist auf einer Bank begrapscht worden, und Caroline hat Mittlere Reife in anderthalb Fächern. Ausbildung! Am liebsten hätt ich ihn gefragt, was er für eine Ausbildung gebraucht hat, um einen königlichen Arsch zu lecken.«

Immer wieder wurden diese kleinen Tiraden durch Kundinnen unterbrochen, bis es endlich Zeit war, den Laden zu schließen. Caroline war bereits gegangen, entschlossen, bei der Cotts Bank Krach zu schlagen, weil man ihr dort die Genehmigung verweigert hatte, ein Konto auf den Namen Adultery Tours zu eröffnen. Eamonn, der das Telefongespräch mitangehört hatte, schwor, er habe noch nie jemanden so mit einem Bankdirektor reden hören. Karen wirkte noch ganz schockiert, obwohl mir der Gedanke kam, daß daran auch Eamonns vertrauliche Aufmerksamkeiten hinter dem Computer schuld sein konnten.

Ich fuhr nach Hause. Es war ein milder Frühlingsabend, und ich machte einen langsamen Umweg den Fluß entlang, um die Absurditäten dieses Tages im Anblick des ruhig dahinfließenden Wassers zu ertränken. Ein Reiher stand im Schlamm Wache, und eine Entenflottille paddelte zielstrebig auf kein bestimmtes Ziel zu. Der Fluß beschrieb einen Bogen nach Westen und färbte sich im gleißenden Licht der untergehenden Sonne silbern. Ein paar Skullboote glitten wie schwarze Wasserinsekten darüber hin. Da und dort kauerten Angler reglos am Treidelpfad.

Wie konnten sich so viele zufällige Dinge zu einer so unendlich friedlichen Szene zusammenfügen? Ich merkte, daß ich sie gerade deshalb als so wohltuend empfand, weil in meinem eigenen Leben fast nichts mehr friedlich war. Es war ein höchst seltsames Gefühl. Wäre in meinem Innern alles in Ordnung gewesen, hätte ich vielleicht nur die ruhige Alltäglichkeit dieses Anblicks aufgenommen, weil mein Denken mit einfachen und ebenso alltäglichen Dingen beschäftigt war: was ich zum Abendessen kochen sollte, was Rachel für den Sommer zum

Anziehen brauchte, wohin wir in Urlaub fahren würden, was für Frühlingsblumen ich im Garten pflanzen sollte. Banalitäten eines zufriedenen Alltags. So aber überwältigte mich die schiere Schönheit des Abends. Ich wollte ihn in mich aufnehmen, ihn mir zu eigen machen, ihn festhalten als ein Licht auf all den neuen Wegen, die ich in meinem Leben schon bald würde gehen müssen. Das Hochgefühl des Augenblicks ließ diese Aussicht aufregend erscheinen: so viele einmalige Chancen, die ich nutzen mußte, so viele Risiken, die ich nicht scheuen durfte. Ich war in einem Alter, so machte ich mir klar, in dem das Leben allzu vieler Frauen sich verdunkelt, in dem die Hoffnung ihren Glanz, das Glück sein Aroma verliert. Verlier keine Zeit, sagte ich zu mir selbst. Mach dein dreißigstes Jahr zu einem Traum und nicht zu einem Trauerspiel.

Die Jogger auf dem Treidelpfad hätten sich wahrscheinlich gewundert, wenn sie gewußt hätten, warum ich lächelte und daß mein Mann in diesem Augenblick vermutlich seine rauschgoldengelhafte Geliebte vögelte, während mein Liebhaber sich irgendwo an der Chinesischen Mauer herumtrieb. In ihren Augen hätte ich wohl keinen Grund zum Lächeln gehabt, aber ich selbst wußte ja, daß mein Liebhaber bald zurückkommen und mein Leben mit mir teilen und daß mein Mann es für immer verlassen würde.

Caroline saß nebenan vor dem Computer, als der Anruf kam. Zuerst dachte ich, jemand hätte sich verwählt oder mit der Leitung sei etwas nicht in Ordnung, denn es kam nur ein Klicken, dann endlose Stille und schließlich weit entfernte Stimmen, die miteinander zu sprechen schienen. Ich wollte gerade wieder auflegen, als plötzlich eine abgehackte Männerstimme fragte: »Ist dort Lady Uppingham?« Ich lachte und sagte, ich hätte gar nicht gewußt, daß sie schon in den Adelsstand erhoben sei; hier sei nicht *Mrs.* Uppingham, sondern Angela Merton, und ob ich etwas für ihn tun könne.

Keine Antwort. Gail, mit der ich gerade in unsere Buchhaltung vertieft gewesen war, sah entnervt auf und fragte laut: »Wer

ist denn das, verdammt noch mal?«, genau in dem Moment, als die abgehackte Stimme sagte: »Ich verbinde, Mrs. Merton.«
Jetzt war eine Frau am Apparat.
»Mrs. Merton?«
Sie sprach meinen Namen so atemlos aus, daß ich geneigt war, den Anruf nicht weiter ernst zu nehmen.
»Ja, allerdings, jedenfalls im Moment noch«, antwortete ich schnippisch.
Am anderen Ende erklang ein peinlich berührter Laut, dann fuhr die atemlose Stimme fort:
»Mrs. Merton, ich bin Hofdame bei …« An dieser Stelle begann sich in meinem Kopf alles zu drehen. Plötzlich war das Ganze kein Scherz mehr, und ich war zutiefst beunruhigt. War es möglich, daß es sich hier keineswegs um ein Mißverständnis handelte und Outfit Enterprises sich einen solchen Ruf erworben hatte, daß man unsere Dienste jetzt bereits für die Beendigung einer königlichen Ehe benötigte? Himmel, wie sollten wir hier lebend wieder herauskommen? Ach, warum war ich nicht zu Hause, briet ein schönes Huhn für Ralph und Rachel und machte einen ruhigen Spaziergang in der Grünanlage? Ich hätte doch als Halbtagssekretärin Briefe für den Pfarrer tippen können. Ich hätte an der Volkshochschule einen Töpferkurs belegen können. Statt dessen würde man mich gleich um meinen Beitrag zum Niedergang des Hauses Windsor bitten, und mein Name würde auf ewig in das Register der Verräter eingehen, neben Pontius Pilatus, Guy Fawkes und Lord Haw-Haw. Ich schauderte, während die atemlose Stimme mir erklärte, daß Ihre Königliche Hoheit von unserem Etablissement Kenntnis erhalten habe und unsere Kollektion an Designerkleidern zu sehen wünsche, sofern sich ein solcher Besuch außerhalb der üblichen Öffnungszeiten arrangieren ließe. »… Vielleicht läßt sich das einrichten, Mrs. Merton.«
»Wann immer Sie wünschen«, hörte ich mich sagen. Wir haben eine große Auswahl an Kleidern.« *Kleider!* Das Wort »Kleider« summte in meinem Kopf, als ich den Hörer auflegte. Du lieber

Himmel, darum ging es also! Eine Welle unendlicher Erleichterung überkam mich. Natürlich! Jetzt begriff ich. Nach all den kritischen Medienkommentaren zum extravaganten Lebensstil der Herzogin und ihrer Sucht nach glamourösen Urlaubsreisen wollte sie demonstrieren, daß sie im Grunde ihres Herzens ein bescheidener Mensch und es keineswegs unter ihrer Würde sei, Secondhand-Kleider zu tragen. Mit anderen Worten: Sie wollte sich ein passenderes Image für eine Frau zulegen, die sich zu Wohltätigkeitszwecken auf den Mount Everest plagt und dem hungernden Äthiopien – oder wo sonst die Kameras sie ständig im Visier hatten – wohlmeinende Besuche abstattet.

Natürlich! Es ging um Secondhand-Kleider!

»Es war *doch* der Hof, Gail«, sagte ich, froh, daß gerade niemand im Laden war. »Caroline hatte ganz recht, es war kein Streich. Es war sogar ziemlich real. Aber mit den königlichen Ehen hat es überhaupt nichts zu tun. Das einzige, was die Herzogin interessiert« – ich mußte lachen, als ich es aussprach – »sind Kleider!«

Gail schien halb erleichtert, halb verwirrt. Sie wandte sich fragend an Caroline, die von mir unbemerkt die Hintertreppe heraufgekommen war. Sie stand da, eine Hand am Geländer, und sah mich mit einem eigenartigen Gesichtsausdruck an. Ich kannte diese Miene.

»Kleider!« wiederholte sie. Und dann lachte sie. »Secondhand-Kleider! Angela-Darling, wo lebst du eigentlich? Hinter dem Mond?« Sie strich sich das blonde Haar aus der Stirn, ließ sich auf der Tischkante nieder und baumelte mit den Beinen. Noch immer sah sie mich ungläubig an. »Das ist doch kompletter Blödsinn!« rief sie. »Ihre Königliche Hoheit und Secondhand-Designerkleider? Um Himmels willen, Mädchen, die Frau bezieht über dreihunderttausend Riesen aus der Privatschatulle, sie lebt in Schlössern und Palästen, sie jettet ständig um die ganze Welt, sie trifft Könige und Präsidenten, und du erzählst mir allen Ernstes, sie will von Madame Mitterrand im Elysée-Palast in einem Kleid empfangen werden, das man zuletzt an irgendeiner alten Schachtel beim Epsom Derby gesehen hat?

Was glaubst du, was die Presse dazu sagen würde? Angela, das ist doch lächerlich!«

Gail nickte zustimmend.

»Hmmm«, war alles, was ich darauf zu sagen wußte. So gesehen, schien es darauf keine Antwort zu geben.

Caroline schwang sich von der Tischkante und schenkte sich einen großen Wodka-Tonic ein. Jetzt wurde sie geschäftsmäßig. »Glaubst du im Ernst, dieser Typ vom Hof hätte uns all die Fragen gestellt, um herauszufinden, ob wir uns mit Chrissie-Clyne- und Janet-Reger-Slips auskennen? Die Sache ist doch sonnenklar: Sie muß so tun, als ginge es um Kleider. Ist doch logisch. Wahrscheinlich hat sie das sogar der Queen gesagt. Aber das ist nur Fassade. Der Hof lebt von Geheimnissen, das war schon immer so. Nur so kann die Monarchie überleben. Nein, wir sollen die Frau nicht anziehen, wir sollen ihr ihren Mann vom Hals schaffen.« Sie lachte. »Oder genauer: ihm eine andere auf den Hals schicken.«

Ich konnte nur noch eines denken: »Um Himmels willen, hoffentlich kommt Caroline damit klar.«

Der Laden begann sich zu füllen, und wir konnten erst nach Ladenschluß weiterreden. Wir warteten, bis Eamonn und Karen gegangen waren, und hielten im Enterprises-Büro eine Dringlichkeitskonferenz ab. Gail war in düsterer Stimmung und murmelte etwas davon, daß sie auf der Stelle nach Wicklow zurückkehren und Hühner züchten wolle. Ich selbst hatte tausend Ängste und mußte Phantasien von königlicher Vergeltung unterdrücken, von Hochverratsanklagen und Einkerkerung im Bloody Tower, wo wir ähnlich den kleinen Prinzen auf mysteriöse Weise enden würden. Du lieber Himmel, bestimmt gab es ein Gesetz gegen das, was wir taten, im zwölften Jahrhundert erlassen und nie außer Kraft gesetzt. Caroline dagegen war inzwischen bester Stimmung. Ganz damit beschäftigt, Patrick neu einzugeben, erklärte sie, sie sei fest entschlossen, es diesmal richtig zu machen, und mußte fast mit Gewalt vom Computer weggeholt werden, um sich wieder auf das Problem ihrer königlichen Kundin zu konzentrieren.

»Ach, das ist doch auch nur eine unglückliche Frau mit einem Idioten von Ehemann«, erklärte sie vage. »Sie hat ihren Prinzen geküßt, und er hat sich in einen Frosch verwandelt. Aber was Patrick betrifft: Meint ihr, ich muß auch eingeben, daß er's mit ›Peniswachs‹ versucht?«
Gail wurde ärgerlich und schüttelte ihre Mähne. Ich bat Caroline, die Sache etwas ernster zu nehmen.
»Aber das tu ich doch!« versetzte sie leichthin.
»Alsdann!« Gail nahm ihre Waschfrauenpose ein. »Erst einmal: Was machen wir mit unseren beiden Youngstern, Eamonn und Karen? Es geht ja nicht, daß sie die Sache in der ganzen Stadt rumtratschen. Wir sind eine ehrenwerte Scheidungsagentur und haben einen Ruf zu verlieren, um Christi willen. Und jetzt, wo wir mit der königlichen Familie zu tun haben, können wir mit Leuten wie meinem Neffen und diesem kleinen Flittchen mit ihrem Superminirock keinerlei Risiko eingehen.«
Wie immer wurde Gails irischer Akzent breiter, wenn sie ihre eigene Beredsamkeit zu genießen begann. Die düsteren Schleier hatten sich gehoben, und die Idee von der Hühnerzucht in Wicklow schien sich in Luft aufgelöst zu haben.
»Am besten, wir sagen ihnen gar nichts davon«, schlug ich vor. »Es passiert sowieso alles nach Ladenschluß.«
Ausnahmsweise waren wir uns einmal einig, bis Caroline darauf hinwies, daß wir Eamonn brauchten, um den Computer zu programmieren. Wie konnten wir die Identität eines Paares der königlichen Familie geheimhalten, wenn jedes intime Detail seines Zusammenlebens in dieses verdammte Ding eingegeben werden mußte?
Sie versetzte Cupido einen kräftigen Klaps.
»Ganz einfach!« sagte ich vertrauensvoll. »Wir geben ihnen falsche Namen. Ganz normale Namen.«
Carolines Augen weiteten sich, und sie schnaubte leise.
»Du meinst, Namen wie Gary und Debbie? Ja, das wäre natürlich absolut idiotensicher. Also, spielen wir das mal durch: ›Sagen Sie, Debbie, warum haben Sie ausgerechnet jemanden aus der Thronfolge geheiratet?‹ Oder: ›Als Gary zum ersten

Mal mit Ihnen geschlafen hat, Debbie, war das auf Schloß Balmoral oder im Buckingham-Palast?‹ Eamonn käme natürlich nie im Leben drauf!« Caroline sah mich an und schnalzte mit der Zunge. »Mein Gott, Angela!«
Ich fühlte Ärger in mir aufsteigen.
»Wie wär's mit etwas mehr Zartgefühl, Caroline?« versetzte ich scharf. »Falls du überhaupt weißt, was das ist.«
Caroline wollte gerade explodieren, als Gail mit der Faust auf den Tisch schlug.
»Schluß jetzt, ihr beide, verdammt noch mal!«
Es war die Stimme der Mutter Oberin. Caroline holte tief Luft und wandte sich wieder dem Computer zu. Ich fürchtete, Patrick würde nichts zu lachen haben.
Da klingelte das Telefon. Ich nahm ab.
»Mrs. Merton? Donnerstag achtzehn Uhr dreißig würde Ihrer Königlichen Hoheit passen«, sagte die wohlbekannte weibliche Stimme.

Joshs Brief war in Singapur abgestempelt. In der Hoffnung, Post von ihm vorzufinden, hatte ich fast täglich meinen Schlüssel zu seiner Wohnung benutzt. Doch nach so vielen Wochen hatte ich die Hoffnung fast aufgegeben, und die Leere der Wohnung entsprach der Leere meines Lebens. Es kostete mich große Mühe, weiterhin daran zu glauben, daß er mich noch wollte, daß er zurückkommen und alles wieder so sein würde wie vorher. Ich dachte an den BH, den ich einmal neben seinem Bett vorgefunden hatte, und fragte mich, wie viele BHs in all den Wochen in seinen Hotelzimmern in Fernost herumgelegen hatten. Du lieber Himmel, dachte ich, China hat tausend Millionen Einwohner, und die Hälfte davon müssen Frauen sein. Rechnete man all jene, die wie Schrumpelpuddings in Overalls aussahen, nicht mit, blieben immer noch furchtbar viele dunkeläugige Streunerinnen, die es kaum erwarten konnten, einem einsamen Mann aus dem Westen einen Gefallen zu tun, einem Mann, der sie vielleicht in eine Welt entführen würde, wo sie sich anständig kleiden und so viele Kinder haben dürften, wie sie wollten. Ich war auf sie alle eifersüchtig, auch wenn ich deshalb über mich selbst lachen mußte.

Ich sehnte mich so sehr danach, daß er zurückkam. Ich sehnte mich danach, damit unser Leben beginnen konnte.

Normalerweise war niemand in der Wohnung, wenn ich kam. Da die Post jedoch, zum Teil geöffnet, säuberlich gestapelt auf Joshs Schreibtisch lag, wußte ich, daß seine Agentin Stella regelmäßig hierher kam. Ich ermahnte mich selbst, nicht zu schnüffeln, und tat es doch immer wieder. Es gab Zettel von Stella, auf denen stand, daß dieses oder jenes erledigt sei, daß Schecks eingereicht, Rechnungen bezahlt, Aufträge abgelehnt, andere Aufträge noch zu überlegen seien. Bei einem davon ging es um Badeanzüge. Stella hatte den Namen eines bekannten Models und den zur Debatte stehenden Ort notiert – Tahiti! Du lieber Himmel, ich mußte dafür sorgen, daß er ablehnte: Erst die Hälfte aller chinesischen Frauen und jetzt das schönste Model Englands – warum hatte ich mich ausgerechnet in einen Fotografen verliebt?

Ich fragte mich, ob Stella ihn noch liebte. Ich studierte ihre hingekritzelten Notizen Wort für Wort, um intime Details zu entdecken, Hinweise auf ihre gemeinsame Vergangenheit. Immerhin hatte sie ja nicht nur eine, sondern gleich zwei Affären mit Josh gehabt. Ich fühlte mich fast betrogen, als ich nichts fand.

Eines Tages kam ich ziemlich früh, und Stella war da. Sie drehte sich um, lächelte leise und schien nicht im geringsten überrascht. In der Hand hielt sie einen Stapel Briefe; einen davon hatte sie gerade gelesen. Ich sagte ein wenig verlegen »Hallo!« und fragte sie, ob sie von Josh gehört habe.

Sie lachte.

»Nein, natürlich nicht!« Sie legte die Briefe auf den Schreibtisch. Auch diesmal gab sie mir deutlich zu verstehen, wieviel besser sie ihn kannte als ich. »Von Josh hört niemand, wenn er unterwegs ist. Möchten Sie einen Kaffee?«

Ohne die Antwort abzuwarten, ging sie in die Küche, als wäre es ihre eigene. Ich fragte mich, ob diese Wohnung Schauplatz einer ihrer Affären gewesen war – oder sogar beider! Stella

stand mit dem Rücken zu mir und machte in aller Ruhe den Kaffee, und ich stellte mir vor, wie oft Josh sie so betrachtet und ihre Haltung, ihre Figur, ihr schönes, rötlich schimmerndes Haar bewundert haben mochte. Sie wirkte ungeheuer selbstsicher, wie sie so dastand, ohne jegliches Bedürfnis, etwas zu sagen, und in dem Bewußtsein, daß ich darauf brannte, ihr alle möglichen Fragen zu stellen, die sie alle beantworten konnte.
»Leider ist keine Milch mehr da«, sagte sie, ohne sich umzudrehen.
Ich faßte mir ein Herz.
»Haben Sie einmal hier gewohnt?«
Sie gab mir meinen Kaffee, und ihr Gesicht zeigte einen leicht amüsierten Ausdruck.
»Nein.« Dann fügte sie etwas spitz hinzu: »Keine Angst, die Wohnung ist nicht verseucht.«
Eine Weile war nur das Klappern der Kaffeetassen zu hören. Ich fühlte mich zutiefst unbehaglich. Irgendwie wirkte sie weniger freundlich als vor ein paar Monaten. Ich war mir nicht darüber im klaren, ob sie eifersüchtig war oder kritischer als damals, oder einfach unzufrieden, weil Josh nicht da war und sie nicht mehr die untadelige Stella sein konnte. Ich fühlte mich jung und etwas töricht neben ihr. Wieder faßte ich Mut.
»Stella, darf ich Sie etwas fragen? Glauben Sie, daß ich das Richtige mache?«
Sie sah mich einen Moment an und zog dann die Augenbrauen hoch.
»Dazu müßte ich wissen, was Sie machen«, erwiderte sie, ließ sich gelassen auf der Armlehne eines Sessels nieder und schlug die Beine übereinander, um mir zu zeigen, daß sie Zoll für Zoll genauso schön waren wie meine. Dann fügte sie noch immer mit ausdrucksloser Miene hinzu: »Ihr Mann ist im Moment ja sehr gefragt. Das muß das Leben für Sie doch sehr viel leichter machen.«
Ich spürte, wie ich errötete. Plötzlich war mir alles klar. Ich wußte genau, was sie dachte.
»Für *ihn* vielleicht«, erwiderte ich entschieden.

»Für Sie nicht?«

Ich sah sie nur an. Ich wollte, daß sie weiterredete. Sie hatte noch nicht ganz begriffen, was ich meinte. Ich spürte, daß ich die Oberhand gewann, und das schien ihr zu mißfallen.

»Aber wahrscheinlich gibt es mit einem erfolgreichen, gutaussehenden Mann immer Probleme«, fuhr sie sehr viel weniger kühl als zuvor fort. Sie war jetzt gezwungen, selbst auszusprechen, was sie lieber von mir gehört hätte. »All die kleinen Versuchungen ... Männer widerstehen da ja nicht so leicht, nicht wahr?« Miststück, dachte ich. »Aber Sie halten sich ja durchaus schadlos.«

Jetzt war es Zeit, zum Angriff überzugehen.

»Ich werde ihn verlassen.«

Ich sah ihr an, daß sie nicht wußte, ob sie mir glauben sollte. Sie stellte die Beine nebeneinander und schlug sie dann wieder übereinander.

»Tatsächlich?«

Ich warf ihr einen kurzen Blick zu. Dann lächelte ich.

»Was glauben Sie, warum ich Sie gefragt habe, ob ich das Richtige mache?«

Jetzt schien Stella verwirrt und fast beschämt. Und als sie mir ihr Gesicht wieder zuwandte, wirkte es weicher.

»Und Ihre Tochter?«

Sie schlug offensichtlich eine andere Strategie ein.

»Sie kommt mit mir.«

Ich staunte über mein Selbstvertrauen. Stella erhob sich und ging quer durch den Raum zum Schreibtisch, auf dem Joshs Post so ordentlich gestapelt lag.

»Tja«, sagte sie und ließ den Stapel wie Spielkarten durch die Finger gleiten. Dann sah sie mich aus den Augenwinkeln an. »Möchten Sie wirklich wissen, was ich denke?«

»Natürlich!«

Sie stützte sich mit den Händen auf die Rückenlehne eines Stuhles und beugte sich zu mir vor.

»Etwas ganz anderes als noch vor fünf Minuten. Jetzt denke ich, daß Sie sich ein bißchen beeilen sollten.« Sie hielt inne, wandte sich um und ging zum Fenster. »Josh ist auch deshalb verreist, weil er Sie vergessen wollte. Und ich habe ihm gesagt, daß er genau das tun muß.«

Ich war entsetzt. Mir war übel. »Warum?« stotterte ich. »Was meinen Sie damit?«

Stella drehte sich um, trat zu mir und setzte sich neben mich. »Ich habe geglaubt, Sie spielen mit ihm. Zu Hause hatten Sie Probleme – eine abgenutzte Ehe und so weiter. Sie hatten einen Job gefunden, Sie hatten einen Liebhaber gefunden, und Josh eignet sich dafür ja wirklich gut: Er ist sexy, und er ist romantisch. Und er war frei – im Gegensatz zu Ihnen. Sie konnten sich also bis zum Verrücktwerden vögeln lassen, wenn es Ihnen gerade paßte, und danach zu Ralph zurückkehren und glückliche Familie spielen. Ein bißchen bedauernd vielleicht – Josh war so gut im Bett, wie Sie's noch nie erlebt hatten, und so weiter. Aber es hätte nicht funktioniert. Eines Tages hätten Sie der Realität ins Auge sehen müssen. Und Ihre Tochter konnten Sie nicht opfern, nicht wahr? Und dann hatte Ralph wieder Erfolg – erstaunlich, wieviel das bei einem Mann ausmacht. Und er war nett zu Ihnen – und nie zuvor so schlecht im Bett, nicht wahr? Jedenfalls mußten Sie Ihr Leben wieder in Ordnung bringen. Kein Durcheinander mehr. Keine dummen Träume mehr. Bei Männern sagt man, sie stoßen sich die Hörner ab. Sie waren damit ein bißchen spät dran ... Das war's, was ich geglaubt habe. Sie hatten mich danach gefragt.«

Ich lehnte mich erschöpft zurück.

»Herr im Himmel!« sagte ich. »Jetzt brauch ich einen Drink.«

Stella lachte und stand auf.

»Warum nicht? Es ist immerhin schon halb zehn.«

Und sie ging zum Getränkeschrank und nahm eine Wodkaflasche heraus.

»Tonic?«

»Egal was! Und eine Menge davon!«

Sie gab mir ein Glas, hob dann die Aktentasche auf, die sie neben dem Stuhl auf den Boden gestellt hatte, öffnete sie und nahm einen Zettel heraus.

»Nehmen Sie das«, sagte sie und hielt mir den Zettel hin. Eine Telefonnummer stand darauf. »Dort ist Josh am Freitag. Es ist ein Hotel in Bombay. Im Moment ist er noch in Singapur, aber ich weiß nicht, wo.« Sie ging zur Tür und nahm ihren Mantel. »Und jetzt muß ich gehen.« Sie drehte sich noch einmal um und sah mich an. »Tut mir leid, daß ich Sie angelogen habe, Angela. Josh ruft ziemlich oft an, und er spricht jedesmal von Ihnen – was Sie beim besten Willen nicht verdient haben.«
»Geht es ihm gut?« fragte ich. Ich fühlte mich ganz schwach.
»Natürlich, bestens. Wann geht es ihm nicht gut? Sie kennen ihn doch.«
Ich saß da und umklammerte mit beiden Händen mein Wodkaglas, während Stella sich ihren Mantel um die Schultern legte und schwungvoll ein paar Papiere in ihre Aktentasche warf. Ich beobachtete sie. Ich empfand eine fast ängstliche Dankbarkeit gegenüber dieser Frau, für die ich keine Zuneigung aufbringen konnte.
Stella stand an der Tür, die Hand auf der Klinke, und sah mich mit einem leisen Lächeln an.
»Nun ja«, sagte sie, »wengistens werden Sie dank Outfit Enterprises keine Probleme haben, eine passende Partnerin für Ralph zu finden, nicht wahr? Sie waren ja schon immer eine sehr unternehmende Frau.«
Volltreffer, dachte ich. Ich fragte mich, ob sie mich im Grunde haßte. Vielleicht. Aber ich wußte, daß ich sie noch etwas fragen mußte.
»Würden Sie mir noch eins sagen? Waren Sie in Josh verliebt?«
Sie mußte lachen.
»Natürlich!«
»Zweimal?«
Es war eine dumme Frage. Vielleicht auch eine gehässige Frage. Sie beantwortete sie nicht.
»Eigentlich müßten Sie doch wissen, warum ich jemand anderen geheiratet habe, nicht wahr?«
»Natürlich!« machte ich sie nach.
»Weil ich Angst hatte. Ich bin davongelaufen und habe einen

Mann geheiratet, bei dem ich mich geborgen fühlte. Ein schrecklicher Fehler. Aber das Problem werden Sie nicht haben, wenn Sie mit Josh zusammenleben.«

»Und beim zweiten Mal?« fragte ich und ignorierte die spitze Bemerkung.

Sie lachte erneut.

»Nach drei Jahren Ehe hatte ich große Sehnsucht danach, mich nicht mehr geborgen zu fühlen.«

»Und dann?«

»Nun ja, genau so hab ich's empfunden. Josh hat jemand anderen kennengelernt. Ich zum Glück auch. Und danach konnten wir plötzlich ganz leicht Freunde sein.«

»Und wer war die andere Frau, die er kennengelernt hat?«

Stella warf mir einen Seitenblick zu, als sie schon fast in der Tür war.

»Sie.«

Die Tür fiel ins Schloß, und ich blieb mit meinem Wodka und dem Gefühl zurück, soeben die ungemütlichste halbe Stunde meines Lebens verbracht zu haben. Ich war erleichtert und niedergeschlagen zugleich. Ich mußte unbedingt mit Josh reden. Ich wollte ihm mein Leben anbieten. Ich wollte ihm alles sagen, was ich ihm bisher nicht hatte sagen können.

Aber er würde nicht vor Freitag in Bombay sein, und heute war erst Dienstag. Ich hatte schreckliche Angst, alles könnte sich einfach in Luft auflösen.

Und dann, am Mittwoch, kam der Brief. Er lag auf der Fußmatte im Erdgeschoß. Ich riß ihn auf. Er war sehr kurz, nur ein paar Zeilen.

Darling, ich habe Dir Briefe geschrieben, die länger waren als die Chinesische Mauer, und alle wieder zerrissen. Ich wollte fort von Dir, aber ich kann es nicht. Das bedeutet wohl, daß ich Dich liebe. Bitte lebe mit mir und sei meine Liebe. Okay? Komme zurück am 19.

Josh

PS: Wo wollen wir wohnen?

Gail hatte den Vormittag damit verbracht, ihre republikanische Seele zu verraten und sich für den königlichen Besuch das Haar zurechtmachen zu lassen. Über das Ergebnis äußerte Caroline sich wenig schmeichelhaft – nicht ohne eine gewisse Berechtigung: Gails Haar sah aus, als setzte es sich bereits zur Wehr und würde sich binnen kurzem noch wilder aufbäumen als zuvor, zweifellos genau in dem Moment, da Ihre Königliche Hoheit einzutreffen geruhte. Caroline hatte keinerlei Konzessionen gemacht, aber das hatte sie auch nicht nötig. Sie hätte auch dann erstklassig ausgesehen, wenn sie sich in einem Oxfam-Laden eingekleidet hätte. Auch ich hatte nichts Besonderes unternommen, nur war mir kurz vor dem Weggehen noch eingefallen, daß ich unter meinen Butler-and-Wilson-Sachen die Imitation eines Hosenbandordens hatte, und ich hatte ihn mir an das Revers meines Blazers gesteckt. Rachel hatte große Augen gemacht, weil sie glaubte, es seien echte Diamanten, aber Caroline hatte nur einen Blick darauf geworfen und mir dann befohlen, das Ding wieder abzunehmen. Es sei grauenhaft geschmacklos – »einfach ordinär!«

»Zum Teufel mit dem ganzen Theater!« lautete Gails Verdikt.

»Wir sollen der Frau doch nur ein paar Kleider zeigen«, versuchte ich abzuwiegeln. »Das ist alles!«

Caroline lachte. Gail schaute mißmutig drein.

»Privilegierte Ziege«, murrte sie. »Bestimmt erzählst du mir jetzt gleich, daß du mit ihr auf der Schule warst.«

»Nein«, erwiderte Caroline vage, »nicht direkt. Als sie kam, war ich schon weg.«

Gail versuchte, sich ihre Überraschung nicht anmerken zu lassen, konnte aber ein Lächeln nicht unterdrücken.

»Herr im Himmel!« murmelte sie und schüttelte heftig den Kopf, was ihrer Frisur nicht gut bekam.

Im Laufe des Tages konnten wir uns wenigstens auf eines einigen: daß unsere königliche Kundin unbedingt ein Pseudonym brauchte. Wir konnten ihren Namen nicht ständig nur verstohlen flüstern, damit uns im Laden niemand hörte. Und wenn Caroline recht hatte und es bei diesem Besuch um mehr ging

als nur um Designerkleider, dann würde auch Seine Herrlichkeit, der Prinz, ein Pseudonym brauchen. Außerdem mußte die Angelegenheit um jeden Preis vor Eamonn geheimgehalten werden, der das königliche Datenprofil erstellen würde. Wir warfen ein paar Namen in die Debatte, bis Caroline daran erinnerte, daß sie ja bereits Debbie und Gary vorgeschlagen habe, und was Gail und ich dagegen hätten.
Also blieb es bei Debbie und Gary. Jetzt hieß es nur noch warten. Um halb sechs begleiteten wir Eamonn und Karen vorsorglich zur Tür, schlossen Laden und Büro und machten uns daran, eine Auswahl von Kleidern zusammenzustellen, die Debbie möglicherweise zusagen würden. Torquemada wurde von mir noch einmal tüchtig gewienert, da er meiner Schätzung nach den ganzen Abend zu tun haben würde. Als Kaffee für die Lady schien mir Harrods Founder's Blend angemessen, obwohl Caroline meinte, nach den jüngsten Fotos in der Boulevardpresse zu urteilen wäre Blue Mountains vielleicht passender. Gail konnte längst nicht mehr darüber lachen.
Inzwischen war es Viertel nach sechs. Wir warteten weiter.
»Wer ist für einen Drink?« fragte Caroline.
Ich meinte, man sollte Mitglieder des Königshauses vielleicht nicht unbedingt in halb betrunkenem Zustand empfangen.
»Quatsch!« gab Caroline zurück. »Die saufen doch alle wie die Löcher. Was glaubst du, was die Queen in der kleinen Handtasche hat, die sie ständig mit sich herumträgt?«
Sie schenkte sich einen Jumbo-Wodka-Tonic ein, lehnte sich lässig in ihrem Sessel zurück und legte die Füße auf den Tisch. Ein nachdenklicher Ausdruck glitt über ihr Gesicht.
»Ich bin gespannt, welche von den Damen in unseren Akten die ideale Frau für Gary ist«, sagte sie. »Hoffentlich nicht dieselbe wie für Patrick.«
Gail schnalzte mit der Zunge.
»Herr Jesus, wir haben doch keine Prinzessinnen in unseren Akten!«
Caroline schwenkte fröhlich ihren Wodka-Tonic.
»Ach, das ist doch piepegal. Durch die Heirat mit ihm wird sie

Angehörige des Königshauses. Es handelt sich ja nicht um den Thronfolger. Sie braucht nicht das blaue Blut von fünfzig Generationen in den Adern zu haben – da könnte ich mich ja gleich selbst zur Verfügung stellen. Gar keine so schlechte Idee eigentlich, nur würde mir die Schwiegermutter nicht so liegen.«
Gail sah nur noch ärgerlicher drein, aber Caroline amüsierte sich köstlich.
»Aber egal, wer sie ist – meint ihr, ich könnte die beiden für Adultery Tours gewinnen? Eine hübsche Karibik-Kreuzfahrt vielleicht? Er ist doch Segler. Dann könnten wir auch seine Tante besuchen.«
Ich ging ans Fenster, um nachzusehen, ob ein königlicher Wagen in Sicht war. Es war halb sieben. Waren die Royals immer pünktlich oder nie? Ich dachte an Rachel, die sich auf ihr *Teckweh* freute. Dann fragte ich mich, ob Ralph in diesem Augenblick gerade Mrs. Claridge bestieg. Wann sollte ich die Falle zuschnappen lassen und ihm seinen Zettel »Schlaf gut, Darling!« unter die Nase halten? Aber wichtiger – viel wichtiger – war Josh. Morgen konnte ich ihn anrufen. Himmel, da legte ich mich ins Zeug, um einer umherschweifenden Herzogin Harrods Founder's Blend anzubieten, und dabei wollte ich nichts anderes als einem noch mehr umherschweifenden Mann mein Leben anbieten!
»Ob ich ihm gefallen würde?« spann Caroline ihre vergnügten Phantasien weiter. Gail ging mit angewiderter Miene auf und ab. »Ich bin etwas älter als er, ich weiß«, fuhr Caroline nachdenklich fort, »aber nach Debbie legt er ja vielleicht Wert auf einen Hauch von Reife, nicht wahr? Außerdem hab ich viel schönere Beine, einen schöneren Busen und eine Menge Geld. Wie wär's mit einer Doppelscheidung? Tolle Idee! Patrick wäre bestimmt einverstanden. Ein anständiger Kerl ist er ja, auch wenn er nur zehn Zentimeter hat.«
Offenbar tat der Wodka seine Wirkung. Ich hoffte inständig, der königliche Wagen würde kommen, bevor Caroline vollends ausflippte.
Und plötzlich war er da.

Königliche Wagen, so stellte ich fest, sehen immer aus wie königliche Wagen, auch wenn sie sich die größte Mühe geben, nicht so auszusehen. Das liegt zum Teil daran, daß ihre Hochglanzpolitur die Vorstellung vermittelt, Scharen von Dienern hätten den ganzen Tag nichts anderes zu tun, als sie zu wachsen und zu wienern. Hauptsächlich aber liegt es an der Art, wie sie gefahren werden. Es ist das gerade Gegenteil von Carolines Fahrstil: Eine antimagnetische Kraft scheint allen untergeordneten Fahrzeugen einen gewissen Abstand aufzuzwingen. Auf Menschen schien sich dieses physikalische Gesetz allerdings nicht auszuwirken, nach dem zu schließen, was draußen vor sich ging.

»Heilige Maria, Mutter Gottes, der ganze verdammte Platz steht da und glotzt!« rief Gail aufgeregt. »Es soll doch ein Geheimnis sein!«

Caroline zuckte die Schultern.

»Ach, Gail, du weißt doch, wie es mit königlichen Geheimnissen ist«, meinte sie lakonisch. »Was du jeden Tag in der Zeitung liest, das sind die königlichen Geheimnisse.«

Gail wandte sich abrupt und mit beleidigter Miene vom Fenster ab.

»Ich? Ich bin die letzte, die das Zeug liest!« protestierte sie empört. »Ich pfeif auf deine königliche Familie. Mit mir haben die nicht das geringste zu tun, Gott sei Dank. Ich komme aus einer vernünftigen Republik, die mit diesem ganzen Blödsinn nichts am Hut hat. Hochnäsige Nichtstuer, das ganze Pack.« Sie drückte sich die Nase an der Fensterscheibe platt. »O Gott, da kommt sie!« rief sie aufgeregt. »Da kommt Debbie!«

»Gail«, sagte ich nervös, während ich zur Tür eilte. »Denk dran, daß du sie um Himmels willen nicht Debbie nennst!«

»Wie soll ich sie denn sonst nennen, verdammt noch mal?« flüsterte Gail eindringlich, als ich mich anschickte, die Tür aufzuschließen.

»Ma'am!« murmelte ich – und setzte mein gewinnendstes Lächeln auf.

Unsere königliche Besucherin trat ein und ließ zwei gewichtige

Männer in Zweireihern draußen auf dem Bürgersteig warten. Ich dachte noch daran, daß ich wohl einen Hofknicks hätte machen müssen, als Gail zu meiner Überraschung drei entschlossene Schritte vor Caroline trat und fast auf die Knie sank.

»Also wirklich, Euer Gnaden, es ist uns eine Ehre und ein Vergnügen, Sie bei uns begrüßen zu dürfen – Sie haben doch tatsächlich Augen wie meine, da können Sie ja nur Irin sein«, begann sie atemlos. »Mein Name ist Abigail O'Connor, zu Ihren Diensten, Euer Gnaden, und wenn Eure Heiligkeit mir erlauben würde, Ihnen den Mantel abzunehmen, würde ich mich glücklich schätzen, Ihnen alles zu zeigen, was Ihrem königlichen Geschmack zusagen könnte. Zum Beispiel ...« Und Gail tauchte zwischen Caroline und mir durch, um ein Kostüm von einem der Kleiderständer zu nehmen. »Bei Ihrem wunderbaren Teint, Euer Ehren, wäre dieses elegante Ensemble ...«

Aber da hatte Caroline schon eine feste Hand auf Gails Schulter gelegt. Sie lächelte unserer Besucherin in vollkommener Gelassenheit zu und streckte ihr freundlich die Hand hin.

»Ich bin Caroline Uppingham, und das ist Angela Merton«, sagte sie herzlich. »Vielleicht zuerst eine kleine Erfrischung?«

Es war Caroline nicht entgangen, daß die königlichen Augen weder auf die Kleiderständer zu beiden Seiten noch auf uns gerichtet waren, sondern auf etwas, was am anderen Ende des Raumes ungewöhnlich hell und einladend glänzte wie ein Schrein aus glitzerndem Chrom und Messing.

»Wissen Sie, was mir am liebsten wäre?« erwiderte sie voll gespannter Ungeduld und lächelte uns dreien zu. »Eine Tasse von Ihrem Kaffee.«

Wir wechselten einen Blick. Es ging los.

13 GEWITTERWOLKEN

Unendlich erleichtert übertrugen wir Caroline die Aufgabe, das königliche Interview – oder auch mehrere – zu führen, was in erster Linie ein Tribut an ihre Fähigkeit war, auch aus Kundinnen, von denen man es am wenigsten erwartete, die erschreckendsten Wahrheiten herauszuquetschen. Ein weiterer Grund lag in ihrer sozialen Stellung, denn Caroline war der königlichen Familie um Lichtjahre näher als Gail und ich. Zu meiner Verwunderung fühlte sie sich durch diese scheinbar klar auf der Hand liegende Tatsache gekränkt. Sie warf mir einen eisigen Blick zu und erklärte, ihre Vorfahren hätten alle ernstzunehmenden Kronen Europas getragen, wohingegen Debbie nichts anderes als ein Emporkömmling sei, dessen Vater zufällig ein paar königliche Polopferde gestriegelt habe. Ich murmelte eine Entschuldigung und rief mir in Erinnerung, daß der Schlüssel zu Carolines anmaßendem Umgang mit der ganzen Welt ihre Überzeugung war, daß sie von weit vornehmerer Geburt sei als jeder andere Bewohner dieser Welt. Ihre despektierliche Behandlung Patricks, so war mir klar geworden, hatte mehr damit zu tun, daß er der Erbe der *kleinsten* Grafschaft Englands war als mit dem entsprechenden Format seines Schwanzes. Daß beides zusammenkam, fand sie doppelt beleidigend: daher der mörderische Blick, wann immer sein Name erwähnt wurde.

Mit anderen Worten: Wenn es unbedingt sein mußte, war sie bereit, Ihrer Königlichen Hoheit einen Gefallen zu tun.

»Okay, ich mach's«, sagte sie und lehnte sich müde gegen Torquemada, nachdem Debbie an jenem ersten Abend endlich in der königlichen Limousine entschwunden war. »Aber eins sag ich euch: Wenn sie mich zu Tode langweilt, schick ich sie zum Teufel.«

Weder Gail noch ich hatten daran den geringsten Zweifel.

Die darauffolgende Woche nahm bald einen ausgesprochen unwirklichen Charakter an, hauptsächlich deshalb, weil es jetzt einer beträchtlichen geistigen Anstrengung bedurfte, um sich zu merken, wer was wissen durfte. Die Herzogin stattete uns drei Besuche ab, jeweils am Abend. »Konsultationen« nannte Gail diese Anlässe feierlich, nachdem ihre republikanische Gesinnung bei der ersten Berührung eines königlichen Handschuhs wie Schnee in der Sonne geschmolzen war, auch wenn sie Debbie nicht mehr »Eure Heiligkeit« nannte.
Die Presse, von der ich angenommen hatte, daß sie die Dinge in Minutenschnelle durchschaut haben würde, erwies sich als erstaunlich leichtgläubig. Anfangs wurden wir regelrecht belagert. Bleichgesichtige Reporter bombardierten uns fast den ganzen Tag mit Fragen, versuchten uns zu bestechen, flehten uns an, ihnen zu sagen, was für Kleider Ihre Königliche Hoheit am Abend zuvor zu welchem Preis gekauft habe, wann sie sie zu tragen gedenke, wem sie einmal gehört hätten, was sie veranlaßt habe, zu uns zu kommen. Auf diese und andere, ähnlich uninteressante Fragen antworteten wir lächelnd, daß die königlichen Besuche streng vertraulich seien, was sie ja zweifellos auch waren. Wenn diese teigigen Dummköpfe gewußt hätten! So kam es, daß die Besuche Ihrer Königlichen Hoheit in einem Secondhandgeschäft einen gewissen Medienrummel hervorriefen, für kleine Neuigkeiten sorgten und in den meisten Boulevardblättern ein oder zwei höhnische Seiten füllten. Als aber klar wurde, daß die ganze Sache – wie man glaubte – keinen Skandal hergeben würde, legte sich die Aufregung wieder. Woanders fanden interessantere königliche Spiele statt, und die bleichgesichtigen Reporter wandten ihre Aufmerksamkeit wieder den anderen zerrütteten Ehen des Königshauses zu.
Ermüdender als die Presse waren die königlichen »Gorillas«, mit denen wir im Laden Smalltalk machen mußten, während Ma'am erstaunlich viel Zeit damit zubrachte, mit Mrs. Uppingham nebenan Kleider anzuprobieren. Sie lehnten jedes angebotene Getränk ab, sahen alle Augenblicke auf die Uhr, fast so häufig wie auf meinen Busen, und starrten ansonsten mit

ausdruckslosen Mienen die Kleiderständer an. Nur ein- oder zweimal zeigten sie etwas Neugier, als Carolines Stimme durch die Wand drang und man hörte, wie sie ihre königliche Kundin mit Fragen bombardierte: »*Wie* groß, sagten Sie?« und »Wirklich? Sie meinen, mit überhaupt nichts an? Auf der königlichen Yacht?« Gail und ich lächelten den verwirrten Gesichtern freundlich zu und redeten vom Wetter.

Dann war da noch das Problem mit Eamonn. Für ihn durften die persönlichen Aufzeichnungen, die er am nächsten Tag in den Computer einzugeben hatte, nichts anders als die verzweifelten Ergüsse einer jungen Frau namens Debbie sein, ihren Mann Gary betreffend, der sich ständig auf See oder auf dem Golfplatz zu befinden schien.

»Stinklangweilig, der Kerl. Warum hat sie ihn überhaupt geheiratet?« brummte Eamonn und schaute durch seinen Haarvorhang hindurch auf den Bildschirm. »Aber einiges ist da schon komisch. Ich bin gespannt, wen Cupido für ihn ausspuckt.«

Darauf waren wir alle gespannt.

»Mein Freund heißt auch Gary«, schaltete Karen sich munter ein. »Wenn der sich auch nur einen Teil von dem erlauben würde, was unserer hier macht, würd ich ihn umbringen.«

Eamonn machte ein Gesicht, als würde er ihn auf jeden Fall umbringen. Unser junger irischer Adonis, der jedes Model, das den Laden betrat, anmachte, hatte bei der wohlgeformten Karen offensichtlich nicht landen können. Ihre Miniröcke waren immer kürzer geworden, und wenn sie ihn noch weiter reizte, fürchtete ich, würden seine Jeans explodieren, und Cupido und alle unsere königlichen Notizen würden mit in die Luft gehen.

»Wer ist diese Debbie eigentlich?« fragte er mürrisch.

»Ach, eine Frau, die tagsüber arbeitet und nur abends freihat.«

»Eine Frau, die arbeitet? Die meiste Zeit scheint sie Urlaub zu machen, soweit ich sehe.«

»Sie ist beruflich viel unterwegs«, erklärte ich vorsichtig.

Eamonn sah mich spöttisch an.

»Ja, von einem Swimmingpoolende zum anderen, oben ohne. So wär ich auch gern unterwegs.«

Keine von uns sagte ein Wort.
»Kommt mir fast vor wie eine Nutte«, setzte Eamonn mit einem wehmütigen Blick auf Karens Beine hinzu.
Gail und ich sahen uns an.
»Könnte man fast sagen«, stimmte ich zu.
Gail sah mich streng an.
Den ganzen Tag warteten wir geduldig, bedienten im Laden und interviewten Kundinnen, bis Eamonn und Karen gegangen waren. Dann schlossen wir rasch ab und studierten die Notizen, die Eamonn eingegeben hatte.
»Will Debbie überhaupt eine Scheidung?« fragte ich Caroline eines Abends gegen Ende der Woche. »Oder sollen wir nur eine Frau finden, in die er sich verliebt, damit sie als die Geschädigte erscheint?«
»Letzteres wahrscheinlich«, sagte Caroline müde. Sie hatte sich bereits mit einem Wodka-Tonic in einen Sessel fallen lassen. Wir hatten soeben den dritten königlichen Besuch hinter uns, und in der Dämmerung am Pimlico Square sah man den königlichen Daimler in Richtung Sloane Square durch den Verkehr gleiten. »Ja, letzteres«, wiederholte sie mit etwas mehr Nachdruck. »Aber vielleicht will sie danach die Scheidung, wenn sie blitzsauber dasteht und Gary sich völlig unmöglich gemacht hat.« Sie kippte den Rest ihres Drinks hinunter und stand auf. »Und jetzt laßt uns um Himmels willen nach Hause gehen.«
Allmählich wünschte ich, wir könnten ein für allemal nach Hause gehen. Carolines lässiger Umgang mit der ganzen Angelegenheit und Gails plötzliche naive Bekehrung zum Royalismus bewirkten, daß die apokalyptische Katastrophe, die ich auf uns zukommen sah, nur verschleiert wurde. Ich sah keine Möglichkeit, uns da herauszuhalten. Es war *eine* Sache, eine diskrete Botschaft unter unglücklich verheirateten Kundinnen zu verbreiten – »Bis daß der Tod euch scheidet? Lieber gleich!« –, aber es war eine ganz andere, wenn eine Kundin, die zwecks ehelicher Erlösung zu uns kam, mit dem Sohn der Königin verheiratet war. Hätte ich mir nur einreden können,

das Ganze sei ein verrücktes Spiel, das keinerlei Folgen haben würde! Aber ich konnte mir noch soviel Mühe geben, es funktionierte nicht. Unsere Trefferquote bei der Suche nach geeignetem Ersatz für unglückliche Ehefrauen war erschreckend eindrucksvoll – unter anderen Umständen hätten wir einen königlichen Preis dafür verdient gehabt. Ich mußte lächeln bei dem Gedanken, aber mein Lächeln verlor sich bald wieder. Ich hatte das unbehagliche Gefühl, daß Cupido es auch diesmal schaffen würde, so wie Torquemada unsere königliche Besucherin auf wunderbare Weise dazu gebracht hatte, schon beim ersten Hauch von Harrods-Founder's-Blend-Duft ihr Herz auszuschütten. Was für ein Zauber es auch sein mochte, den wir uns da erworben hatten: Es war unbestreitbar ein mächtiger Zauber.

Noch schlimmer wurde das Ganze dadurch, daß die Idee zu alledem ursprünglich von mir stammte, eine Idee, die zunächst völlig harmlos ausgesehen hatte, oder wenn vielleicht nicht völlig harmlos, so doch allenfalls ein wenig mutwillig – dem Geist meiner neuentdeckten Freiheit entsprungen. Jetzt aber lag ich oft schlaflos in der Stille der Nacht und fragte mich, ob irgendein göttlicher Spaßvogel mein Schicksal in die Hand genommen hatte und mich auf einen furchtbaren Abgrund zutrieb. In diesen Momenten sagte ich mir, daß ich ja eigentlich nur eine bescheidene Beschäftigung gesucht hatte, die meinem Leben einen Inhalt geben, seinen grauen Zonen Farbe verleihen und jene Regionen meines Gehirns, die durch mein Ehefrau-und-Mutter-Dasein brachlagen, wieder in Schwung bringen sollte. Und wohin hatte das alles geführt? Ich hatte einen Mann, den ich demnächst verlassen würde, eine Tochter, die ich kaum noch sah, und einen Geliebten, der so weit weg war, daß das Telefon mir ungefähr soviel nutzte wie ein Tritonshorn. Und jetzt, von mir mitverursacht, der unmittelbar bevorstehende Zusammenbruch eines beträchtlichen Teils des Hauses Windsor. Kein Wunder, daß ich nicht schlafen konnte.

Ich sehnte mich nach Josh. O Gott, wie ich mich nach ihm sehnte! Ich sehnte mich nach seinem Körper, seiner Liebe, seinem Lachen, seinem gesunden Menschenverstand. Ich wünschte mir, er würde in schimmernder Rüstung hoch zu Roß zu mir kommen und mich von alldem forttragen – und wenn schon nicht auf einem weißen Hengst, dann eben in jenem kleinen gelben, von Bindfaden und Siegellack zusammengehaltenen Flugzeug, wo ich einen Orgasmus nach dem anderen haben würde, während er auf dem weiten Bett der Wolken seine Loopings drehte.

Das war das Leben, das ich wollte, nicht dieses hier. Himmel, ich hatte seit zwei Monaten nicht mehr mit ihm geschlafen!

Es war der erste Mai. Die Morgendämmerung kroch in das Schlafzimmer, obwohl ich hätte schwören können, daß es noch tief in der Nacht war. Ich hatte wieder kaum geschlafen. Es war fünf Uhr – eine furchtbare Zeit, um wach zu sein. Ich lag da und fluchte innerlich. Und schließlich – als hätte mein Fluchen eine Art Schranke durchbrochen – beschloß ich, an diesem Tag aktiv zu werden. Ich würde aufhören zu träumen und statt dessen meine Zukunft planen. Ich würde sie in Bewegung setzen, ihr einen Schubs geben. Der erste Mai – ein guter Tag für einen neuen Anfang.

Ich drehte mich herum und betrachtete im Halbdunkel Ralphs Umrisse in dem Doppelbett. Ich war empört. Wieso zum Teufel teilte ich das Bett mit einem Mann, den ich nicht mehr liebte, der mir nicht mehr gefiel? Seit Monaten spielten wir nun zur Schlafenszeit die gleiche Komödie: ein höfliches »Gute Nacht«, worauf wir uns wie weit auseinanderstehende Buchstützen voneinander wegdrehten und von unseren anderen Partnern träumten, nach denen wir uns sehnten. Es war kränkend und absurd. Es mußte ein Ende haben.

Nach Monaten des Zauderns handelte ich rasch. Da Magdalena im Moment bei ihrer kranken Mutter in Portugal war, nahm ich meinen Morgenrock und ein paar Kleider und zog in ihr Zimmer um. Was nach Magdalenas Rückkehr sein würde, darüber dachte ich gar nicht erst nach. Für ein paar Wochen oder Monate würde die kleine Kammer mir gehören. Vielleicht würde ihre Beengtheit wenigstens meine Träume von erotischen Nächten beenden: Ein Liebhaber hätte sich darin an die Wand quetschen müssen oder wäre im Eifer des Gefechts im Flur gelandet. Ich drehte mich in dem winzigen Raum um, legte meine Sachen auf einen Stuhl und fischte dann in meiner Handtasche nach Ralphs Nachricht an Heather Claridge, die Rick aus deren Wohnung entwendet hatte. Die Worte »Schlaf gut, Darling« waren im Licht der Morgendämmerung gerade lesbar. Ich schlich mich ins Schlafzimmer zurück, glättete sorgfältig mein Kissen, legte den Zettel darauf und beschwerte ihn mit dem Kondompäckchen, das Ralph immer in der obersten Schublade der Frisierkommode aufbewahrte.

Ich fand, ich konnte mit mir zufrieden sein, aber ich war es nicht. Ich hatte Angst. Ralph und ich waren immer so peinlich wohlerzogen miteinander umgegangen, daß ich gar nicht wußte, wie es war, Krach mit ihm zu haben. Was sollte ich sagen? Wie würde er reagieren? Und wie sollte ich ihm meine Affäre mit Josh beichten? Ich ging auf Zehenspitzen nach unten, machte mir eine Tasse Kaffee und versuchte mir vorzustellen, wie unser Gespräch verlaufen würde.

Zuerst malte ich mir eine theatralische Szene aus: »Ralph, du Scheusal, du hast mich betrogen! Wie konntest du nur? Nach all den Jahren, nach allem, wofür wir gekämpft haben, nach all dem Vertrauen, das wir aufgebaut haben. Ich hasse dich! Und damit du's weißt: Die letzten acht Monate hab ich's zwei- oder dreimal die Woche getrieben, im ersten Stock über dem Laden. Tut mir leid.«

Nicht allzu überzeugend. Ich versuchte es noch einmal, mit einer Version, zu der ich vielleicht nach Jahren kluger fachlicher Beratung gelangt wäre: »Ralph, laß uns ehrlich sein und zugeben, daß wir uns auseinandergelebt haben. Wir haben andere Bedürfnisse, andere Träume, andere Schicksale. Wir müssen einander loslassen. Laß uns in Harmonie und gegenseitiger Achtung auseinandergehen. Ich bin bereit, es zu respektieren, wenn du diese blonde Stabheuschrecke bumst, die allen auf den Wecker geht, und ich möchte, daß auch du es respektierst, wenn ich mich in jeder Mittagspause bis zum Wahnsinn vögeln lasse, auf dem Boden, im Bett, auf dem Eßtisch und kopfüber in einem Flugzeug, auf fünfzehnhundert Metern Höhe.«

An dieser Stelle verließen mich die Worte. Ich nahm einen neuen Anlauf, diesmal mit der tränenreichen Variante: »O Ralph, das ist der schlimmste Tag meines Lebens. Ich habe dagegen angekämpft, und ich weiß, daß auch du es getan hast. Aber irgendwann kommt der Tag, an dem man sich die Niederlage eingestehen muß, und dann heißt es tapfer sein und Abschied nehmen. Ich werde dich immer lieben, unsere gemeinsamen Erinnerungen immer in Ehren halten. Aber im Moment erinnere ich mich am deutlichsten an dieses blonde Biest, dem du Liebesbriefe auf den Nachttisch legst, und an meinen Liebhaber, der mir mit einer Riesenerektion Pfirsichsaft von den Brüsten leckt.«

Das ging natürlich auch nicht. War es Ehrlichkeit, die sich hier Bahn brach, oder nur mein üblicher Rückzug ins Absurde?

Die Antwort erfuhr ich nie, denn ich schlief auf dem Küchenstuhl ein. Es war acht Uhr, als Rachel mich weckte.

»Alles in Ordnung, Mum?«

Ich murmelte irgend etwas Unpassendes und machte ihr dann schuldbewußt ihr Frühstück, das sie jedoch verschmähte. Dann nahm ich sie fest in die Arme, was sie ebenfalls verschmähte.

»Ist wirklich alles in Ordnung, Mum?«

Draußen hupte es. Rachel raffte ihre Schulsachen zusammen und stürmte mit einem »Bis später dann« zur Tür hinaus.

Es war wieder still im Haus. Ich machte mir noch einen Kaffee und wappnete mich für den Moment, da Ralph aufwachen würde. Ich sehnte mich nach einem Bad, aber die Vorstellung, daß Ralph mit dem Zettel in der Hand hereinkommen könnte und ich unter dem Badeschaum Zuflucht suchen mußte, ließ mich schaudern. Ich sehnte mich danach, mich anzuziehen, aber in Slip und BH überrascht zu werden schien mir als Rahmen für ehebrecherische Bekenntnisse doch gar zu unpassend. So blieb ich in der Küche sitzen und wartete. Ich klammerte mich an den Gedanken, daß ich es einfach hinter mich bringen mußte und daß ich das auch schaffen, daß ich es überstehen würde – und daß in drei Tagen Josh zurück sein würde und wir anfangen würden, uns in unserem neuen Leben einzurichten. O Gott, wie sehr ich ihn begehrte! Die Warterei war unerträglich. Ralph, um Himmels willen, WACH AUF!

Als der gute Schauspieler, der er ist, kam er genau aufs Stichwort in die Küche – in dem Moment, als das Telefon klingelte. Ich nahm den Hörer ab und bellte: »Ja!« Es war Caroline. Sie legte sofort los.

»Angela, ich muß dir etwas sagen –« Ich wollte erwidern, daß sie mir überhaupt nichts sagen müsse, aber meine Worte gingen in einem empörten Redestrom unter. »Ich muß es dir aber sagen, bevor ich einen Schreikrampf kriege«, fuhr sie fort. »Du wirst es nicht glauben, Angela. Wenn du meine Freundin bist, wirst du es nicht glauben. Es ist das Schlimmste, was mir in meinem ganzen Leben je passiert ist. In meinem ganzen Leben!« Es folgte eine kurze Pause, in der ich Caroline heftig an ihrer Zigarette ziehen hörte. »Also, ich bin gestern abend noch dageblieben und hab Patrick neu eingegeben. Ich dachte, es wird allmählich Zeit, daß ich weiß, wer die ideale Frau für ihn ist. Und was glaubst du, was Cupido ausgespuckt hat? Rate mal! Na, mach schon, rate! O Gott, also okay, ich sag's dir. Aber du wirst es mir nicht glauben; es ist schändlich, demütigend, absolut widerlich! *Ich* bin diejenige!«

Ich hätte nicht lachen sollen. Caroline schwor, sie werde nie wieder ein Wort mit mir reden. Wie ich so herzlos sein könne! Es sei doch meine eigene idiotische Idee gewesen, dieses verfluchte Gerät anzuschaffen, und da sei es doch wohl das mindeste, daß ich etwas Mitgefühl zeigte. Ob mir nicht klar sei, daß ich ihr Leben ruiniert hätte?

Sie knallte wütend den Hörer auf, und in der Stille, die darauf folgte, stand ich nur da, den Hörer noch in der Hand, und schluchzte fast vor Lachen. Alles ringsum schien unwirklich. Hier stand ich, im Morgenrock, übernächtigt und zerzaust – und dort stand Ralph, barfuß auf dem Küchenboden, in einer Hand den Zettel, mit der anderen das Handtuch zusammenhaltend, das er sich um die Hüften geschlungen hatte. Das also war unser Augenblick der Wahrheit, unser Gladiatorenkampf, unser großes Finale, das Ende unserer Ehe. Und was tat ich? Ich lachte! O Caroline, du bist ein Engel. Dafür hast du den größten Wodka-Tonic deines Lebens verdient, auch wenn du nie wieder ein Wort mit mir redest.

Ralph und ich sahen uns an. Je länger wir schwiegen, desto stärker hatte ich das Gefühl, daß im Grunde gar nichts gesagt zu werden brauchte. Carolines Anruf hatte alle großen Reden, alle Vorwürfe und alle Geheimnisse überflüssig gemacht. Ich wußte es, und Ralph wußte es ebenfalls. Es war, als würden wir uns am anderen Ufer wiederfinden, ohne die lange Überfahrt und ohne einen Sturm.

»Liebst du sie?« brachte ich schließlich heraus.

Zuerst schien Ralph überrascht, doch dann lächelte er. Und als er lächelte, sah er gut aus, selbstbewußt, genau wie ich ihn in Erinnerung hatte, als er an jenem ersten Tag in die Boutique in Chelsea gekommen war und mich angesehen hatte – bevor ich ihn vollgeniest hatte, bevor er mich zum Essen ausgeführt hatte, bevor ich wußte, daß ich mein Leben diesem Mann weihen würde. Ein paar Sekunden lang war es wie damals: der gleiche Blick, nur das Gesicht war älter, und der Blick galt nicht mir.

»Ja«, sagte er, »ich liebe sie.«

Einen Moment lang hatte ich ein schlechtes Gewissen, weil ich so erleichtert war. Dann fragte ich mich, was ich getan hätte, wenn er nein gesagt hätte.

»Und wie lange kennst du sie schon?« fragte ich kühl.

Ralph ließ sich auf der Tischkante nieder und sah mich unverwandt an.

»Ungefähr so lange wie du Josh.« Ich merkte, wie ich zusammenzuckte, und begann instinktiv ein Dementi hervorzustottern. Aber schon bei den ersten Worten überkam mich erneut eine Welle der Erleichterung. Ein Vorhang der Geheimniskrämerei wurde vor meinen Augen weggezogen; demütigende Beichten würden mir erspart bleiben. Aber wer konnte ihm davon erzählt haben?

»Woher weißt du davon?« fragte ich vorsichtig.

Ralph lachte und stand auf. Er ging zum Herd und begann sich seinen Kaffee zu machen.
»Wieso glaubt man nur immer, man könnte ein Geheimnis wahren, wenn man verliebt ist?«
Ich wartete darauf, daß er weitersprach, und war gespannt, was als nächstes kommen würde.
»Erinnerst du dich an die Party? Eure Shop-warming-Party vor etwas über einem Jahr? Da hab ich dich gesehen – euch beide. Es waren Laserstrahlen, Darling. Laserstrahlen. Ihr habt euch gegenseitig die Kleider vom Leib gebrannt. Und von dem Tag an hast du dich verändert.«
Ich war verlegen. All die Monate hatte ich geglaubt, es sei mir gelungen, ein Doppelleben zu führen.
»Und du?« fragte ich. »Wann hast du sie kennengelernt?«
Ralph warf mir einen bedeutsamen Blick zu.
»Heather war auch auf der Party, aber daran erinnerst du dich sicher nicht mehr, du warst viel zu beschäftigt.«
Entrüstet hüllte ich mich fester in meinen Morgenrock und holte tief Luft.
»Du meinst die Frau, deren Titten du im Dunkeln begrapscht hast? Und am nächsten Morgen hast du behauptet, du seist zu blau gewesen, um dich an irgend etwas zu erinnern.«
Ralph nickte.
»Das war gelogen.«
Sein Gesichtsausdruck blieb unverändert ruhig. Ich schnaubte ungehalten.
»Du lieber Himmel! Und wann hast du sie gevögelt?«
»Am nächsten Tag.«
Jetzt war ich allmählich ziemlich empört.
»Das ist ja wohl das Letzte! Ich habe Monate gewartet!«
Ich hätte gern gesagt: »Wetten, du hast sie noch nie während eines Loopings in einem Flugzeug gevögelt«, aber ich blieb ernst.
»Ralph«, sagte ich und zwang meine Stimme zur Ruhe. »Das hier könnte die zivilisierteste Beendigung einer Ehe in der Geschichte der Scheidung werden. Bitte sag mir eins, bevor wir

darüber reden, wer wo wohnen und wer das Vogelbad von deiner Mutter nehmen wird: Was gibt dir diese Heather, was ich dir nicht gegeben habe? Regt sie dich geistig an? Kocht sie besser? Ist sie unglaublich aufmerksam? Ist sie besser im Bett?« Einen Moment lang schwieg er, dann nahm er einen Schluck von seinem Kaffee.

»Also, um ehrlich zu sein«, sagte er schließlich, »sie ist nicht so nett wie du.«

Ich war verwirrt.

»Was soll das heißen?«

Ralph zuckte die Schultern.

»Genau das. Sie ist nicht annähernd so nett wie du.«

Ich sah ihn eindringlich an.

»Willst du damit sagen, daß sie ein Luder ist und daß du das toll findest? Du meinst, ich hätte dich in all den Jahren verprügeln, ein Riesentheater machen, dir das Leben zur Hölle machen, Dutzende von Affären haben sollen?«

Jetzt schaute Ralph verwirrt drein.

»Nicht direkt. Heather ist nicht die Art von Luder. Sie ist eine Kämpferin. Wir streiten ziemlich viel. Wir haben Riesenkräche.«

»Und du behauptest allen Ernstes, das gefällt dir?«

Er gab keine Antwort, aber ich begriff. Ich war sprachlos. Ich hatte also alles falsch gemacht. Wieso hatte ich immer angenommen, Ehe hätte etwas mit Frieden und Harmonie zu tun? Man müsse die Dinge glätten, eine liebevolle Atmosphäre schaffen, seinem Mann eine Stütze sein und dergleichen mehr? Man müsse sich gegenseitig das Leben leichter machen? Allmächtiger! Die ganzen Jahre war ich eine rücksichtsvolle, aufmerksame Ehefrau gewesen, die alles getan hatte, was in den schlauen Büchern steht. Und was wollte mein Mann? Er sehnte sich danach, in einem Minenfeld zu leben. Plötzlich kam ich mir lahm und bieder vor, geistlos und langweilig – und dabei war ich nichts von alledem. Josh würde da anderer Ansicht sein – zumindest hoffte ich das aufrichtig. Josh fand mich gefährlich und herausfordernd, wollüstig und unberechenbar –

eine Frau voll Glut, eine Frau, an der sich ein Mann verbrennen kann. »Und das bin ich auch! Das bin ich!« sagte ich zu mir selbst.

»Du meinst also, ich bin zu nett, Ralph, stimmt's?« Ich warf ihm einen wütenden Blick zu, als ich aus der Küche rauschte. »Aber ich sag dir eins: Ich bin alles andere als nett.« Ich sah von der Treppe auf ihn hinab. »Kein bißchen. Ich will die Scheidung, und zwar SOFORT! Ich will, daß du hier ausziehst, und zwar SOFORT!«

Es war ein schlechter Tag, um zu spät zur Arbeit zu kommen. Gail kochte vor Wut, weil bis zum Mittag weder Caroline noch ich aufgekreuzt waren. Es war zwecklos, ihr zu erklären, daß wir beide gute Gründe hatten – daß ich deprimiert war, weil ich gerade meinen Mann hinausgeworfen hatte, und daß Caroline deprimiert war, weil sie ihren Mann wieder würde willkommen heißen müssen. Gail fand das alles überhaupt nicht lustig und rief mächtige gälische Heilige zu unserer Vernichtung an.

Caroline hörte gar nicht zu. Der einzige Mensch, mit dem sie Kontakt wünschte, war Eamonn, dem sie grimmige Vorträge über »Computerfehler« hielt. Doch Eamonn hörte ebenfalls nicht zu. Was ihn viel mehr beschäftigte, war der Umstand, daß in der Nacht jemand in das Enterprises-Büro eingebrochen war und sich an Cupido zu schaffen gemacht hatte. Er saß kopfschüttelnd vor dem Gerät und tätschelte es liebevoll.

»Mein Gott, das muß man sich mal vorstellen! Das Liebesleben der halben Regierung hätte auffliegen können!«

Zum Glück hatte er, wie er erklärte, alles gut gesichert, so daß keine wichtigen Informationen gestohlen worden sein konnten.

»Das war die verfluchte Presse – garantiert!« tobte Gail.

Als erstes warf sie Caroline vor, am Abend zuvor die Alarmanlage nicht eingeschaltet zu haben. Dann warf sie mir vor, mehr mit meiner eigenen Ehe als mit der königlichen beschäftigt zu sein. Dann fiel ihr wieder ein, daß Eamonn von unseren königlichen Verbindungen ja nichts wissen durfte, und in ihrer Ver-

wirrung warf sie der ganzen Nation vor, ein Haufen von »verfluchten protestantischen Heuchlern« zu sein, die alles verdienten, womit die IRA sie bewarf. Caroline nannte sie daraufhin eine klimakterische irische Bäuerin, und Gail rauschte hinaus. Erst am Nachmittag, als sich der Sturm wieder gelegt hatte, geriet ich in Panik. War dies unser Watergate? Oder zumindest unser Waterloo? Wenn sich jemand so für unseren Computer interessierte, dann zweifellos deshalb, weil der eigentliche Zweck der königlichen Besuche durchgesickert war. Irgend jemand hatte zwei und zwei zusammengezählt.
»Wer sagt denn, daß es die Presse ist?« fragte ich. »Wer könnte sonst noch ein Interesse daran haben, sich als Hacker zu betätigen?«
»Oh, alle möglichen Leute«, meinte Caroline. »Zum Beispiel eines von unseren Opfern, das mehr über seine ideale Partnerin wissen möchte. Wir hatten ja noch ein paar ganz schöne Rohdiamanten in unseren Akten.« Sie lachte. »Vielleicht war's Patrick. Himmel, dann hat er einen Schock weg! Oder es war jemand vom Hof.«
Je länger wir darüber nachdachten, desto weniger glaubten wir, daß es die Presse gewesen war, denn sie würde uns nicht in Ruhe lassen. Man würde uns permanent belagern, uns den Fuß in die Tür stellen, die Herzogin würde auf Schritt und Tritt belästigt werden, die Regenbogenpresse wäre voll davon. Eine solche Story war wie Dynamit – Prinzessin Dis kleine Kümmernisse waren nichts dagegen.
Es mußte also jemand anderer sein.
»Ist doch egal, wer's war!« rief Caroline. »Es geht doch sowieso nur um die Royals.«
Und damit war, soweit es sie betraf, der Fall erledigt. Sie begann wieder über Patrick zu murren und wie sehr es sie kränke, die perfekte Frau für ihn zu sein. Mir aber war das Gefühl, beobachtet zu werden und nicht zu wissen, von wem, äußerst unangenehm. Es war, als würde man von unsichtbaren Geistern heimgesucht. Jedesmal wenn das Telefon klingelte, schrak ich zusammen und erwartete, eine tiefe drohende Stimme zu hö-

ren. Und dann war es nur irgendeine Dame der gehobenen Mittelschicht, die sich erkundigte, ob sie ein Saint-Laurent-Kleid vorbeibringen könne. Das Leben bestand darauf, so zu tun, als sei es normal.
Das Schlimmste war, daß Caroline das königliche Datenprofil fast fertig hatte. In wenigen Tagen würden wir wissen, wer die Nachfolgerin der Herzogin sein würde, oder wir würden zumindest eine klare Vorstellung davon haben, was für ein Typ Frau das Ideal für den Prinzen war. Der Countdown hatte begonnen. Ich schauderte und fragte mich, wie schnell es ging, wenn man auswandern wollte.
Am Nachmittag tat ich nur *eine* vernünftige Sache. Ich rief Ralph im Fernsehsender an, entschuldigte mich für meinen Wutanfall und schlug vor, daß er im Haus wohnen bleiben solle, bis wir uns überlegt hätten, wie und wo wir alle leben würden. Danach fühlte ich mich sehr viel besser, besonders als Ralph sagte, es tue ihm leid, daß er mich provoziert habe, und es sei furchtbar wichtig – nicht wahr? –, daß wir für alles eine saubere Lösung fänden, vor allem in Rachels Interesse. Da wurde mir klar, daß Ralph derjenige war, der immer »nett« gewesen war, nicht ich, und daß ich mich deshalb in Josh verliebt hatte, der überhaupt nicht »nett« war. Nachdem ich den Hörer aufgelegt hatte, dachte ich den Rest des Tages an nichts anderes mehr als an Josh. Ich träumte davon, wo wir leben würden, daß ich jeden Morgen neben ihm aufwachen, mich jeden Abend an ihn kuscheln würde, daß wir uns lieben würden, wann immer wir Lust dazu hatten – bis Rachel in meine glühenden Träume einbrach, mir einen Zettel vor die Nase hielt und wissen wollte, wieso Daddy mir neuerdings schriftlich »Schlaf gut, Darling!« wünsche.
Ein benutztes Kondom hätte man wenigstens erklären können.

Ich war gerade mit einer besonders anstrengenden Kundin beschäftigt, als Josh einfach in den Laden spaziert kam. Ich erstarrte. Dann warf ich der Frau das Lanvin-Kostüm zu und mich selbst in Joshs Arme. Die Kundin sah bekümmert drein,

Caroline rief »Na, hör mal, Angela!«, und Gail knurrte sie an, sie solle den Mund halten.
Es war typisch für Josh, daß er mich immer wieder überraschte. Ich hatte ihn erst zwei Tage später in England zurückerwartet. Er war abgemagert, tiefbraun und wirkte älter, wie alle Leute, wenn sie dünner werden. Zum Teufel mit den Kundinnen und Caroline – ich vergrub mein Gesicht an seinem Hals, und als er die Arme um mich schlang, war es wie die erste Berührung meines neuen Lebens. Ich habe keine Ahnung, was ich sagte oder was er sagte. Er war da – das genügte. Er roch nach Wärme und nach Reisen.
Überall in Joshs Wohnung lag sein Gepäck verstreut: Koffer, Pakete, Kamerataschen, Umhängetaschen, ein Mantel, eine Brieftasche. Er habe einfach alles hingeworfen, erklärte er, und sei schnell nach unten gelaufen.
»Um zu sehen, ob du noch da bist.«
Ich streichelte sein Gesicht. Es fühlte sich rauh und unrasiert an.
»*Du* bist derjenige, der weggegangen ist, weißt du das nicht mehr?«
Ich nahm seine Hände und legte sie auf meine Brüste. Dann berührte ich die lange Narbe an seinem Halsansatz. Meine Hände glitten unter sein T-Shirt, und ich drückte ihn an mich. Ich wollte lachen. Ich wollte reden. Ich wollte mit ihm schlafen.
»Ich hab dir was mitgebracht«, sagte er mit einem leisen Lächeln und schob mich sanft von sich. »Etwas zum Anziehen.« Er setzte eine ernste Miene auf. »Aber leider ist eine Bedingung damit verknüpft: Du darfst nichts anderes anhaben.«
Ganz sanft knöpfte er meine Bluse auf, hakte meinen BH auf, meinen Rock, streifte mir Strumpfhosen und Slip ab, nahm meine Schuhe fort. Er war kaum fünf Minuten zurück, und schon stand ich nackt vor ihm. Nun denn! Dann löste er mein Haar, so daß es mir auf Schultern und Brüste herabfiel. Ich zitterte. Alle möglichen Wesen führten in meinem Innern einen Tanz auf.

Josh betrachtete mich einen Moment, griff dann in seine Tasche und brachte ein winziges Lederetui zum Vorschein. Er öffnete es und nahm mit Daumen und Zeigefinger einen Ring heraus. Wieder sah er mich ernst an, streckte die Hand aus und zog meine Linke zu sich heran.
Er steckte mir den Ring an den Finger.
»Gut so?« fragte er leise.
Es war ein goldener Ring mit drei dunklen Opalen.
»Feueropale«, sagte er. »Für dein Feuer. Und meines für dich.«
Ich blickte auf den Ring hinab. Dann sah ich Josh an. Meine Tränen ließen sein Gesicht verschwimmen.
»Ich will dein Feuer«, sagte ich und berührte sein Gesicht. »Jetzt gleich!«
Meine Hände und Lippen waren ihm im Weg, als er sich entkleidete. Dann zog er mich mit sich zu Boden, und wir liebten uns mitten in all dem Durcheinander.
Ich hatte ganz vergessen, daß es für Liebende eine Sprache des Schweigens gibt. Sie füllte die intimen Zwischenräume zwischen uns aus: eine unendlich einfache Sprache, eine Sprache der Augen, der Berührungen, nur ab und zu ein kleines Wort, ein Murmeln ins Ohr des anderen, kaum mehr als die Laute des Atems. »Ja.« »Ganz sicher?« »Ja.« »Bald?« »Ja.« »Schön!«
Schließlich stützte ich mich auf den Ellenbogen und ließ meine Finger über seinen Bauch gleiten.
»Josh, sag …«
»Was?«
»Alles.«
»Alles?«
»Alles!«
»Verdammt unbequem ist es hier auf dem Boden.«
Ich lachte.
»Ich liebe dich, Josh!«
»Schön!«
Ich beugte mich über ihn und berührte mit den Fingern seine Lippen.

»Es ist nur deshalb so verdammt unbequem, weil du zu ungeduldig warst, um ins Schlafzimmer zu gehen.«
Er umfaßte meine Brüste.
»Ich war hungrig. Zwei Monate! ... Über zwei Monate!«
Ich forschte in seinem Gesicht.
»Ehrlich?«
Er nickte.
»Und du?«
»Ich auch. Ehrlich.«
Er schlang die Arme um mich, und wir lagen schweigend da, bis eine Uhr in der Ferne drei schlug. Die Gewohnheit der Mittagspausen-Geliebten machte mich munter, und ich stellte mir vor, wie es sein würde, nachts bei ihm zu sein, nackt, jede Nacht. Einzuschlafen und wieder aufzuwachen, zwei Körper zusammen. Himmel, dachte ich, ich liebe diesen Mann, und ich begehre ihn. Wie herrlich und wie gefährlich!
»Ich muß gehen«, sagte ich.
Josh blieb zwischen dem Durcheinander seines Gepäcks liegen und sah mir beim Anziehen zu.
»Zwei Monate, und schon verläßt sie mich wieder«, lächelte er. »Du setzt mich auf halbe Ration!«
Ich beugte mich zu ihm hinab und küßte ihn.
»Du wirst alles bekommen. Und ich muß dir alles erzählen.«
Er faßte mich an den Armen, als ich aufstand.
»Wie wär's mit einer kurzen Zusammenfassung für den Anfang?«
»Okay, eine Übersicht über zwei Monate. Bist du bereit? Erstens: Ralph und ich trennen uns. Zweitens: Ja, ich will mit dir zusammenleben, so bald wie möglich. Drittens: Ich möchte, daß Rachel dich kennenlernt, aber ich hab furchtbare Angst davor. Viertens: Ein Stockwerk tiefer geht demnächst die Hölle los; wenn ich dir sage, wer unsere neueste Kundin ist, verstehst du, warum. Fünftens: Ich bin rettungslos und lächerlich in dich verliebt, und wenn es dir nicht genauso geht, bring ich dich um. Ach so, ja, und sechstens: Du ziehst dich jetzt besser an, sonst kommt diese blöde Stella Neale hier herein und meint,

zwei Affären mit dir seien noch nicht genug; und dann bring ich dich *und* mich um.«

An diesem Nachmittag und den ganzen nächsten Tag brachte Caroline ihre Zeit teils mit Cupidos königlich angeordneter Feinabstimmung zu, teils damit, daß sie mich wegen meines Schweigens über Josh kritisierte.

»Eine falsche Schlange bist du, Angela!« fauchte sie. »Die ganzen Monate! Und du als verheiratete Frau!« (Ich mußte lachen.) »Warum hast du kein Wort gesagt?«

»Weil ich nicht von dir hören wollte, daß ich verrückt sei zu glauben, die Sache könnte länger dauern, und auch nicht, daß Josh alle deine Freundinnen vernascht hat.

»Aber das hat er doch!«

»Danke, Caroline. Ich sehe, du hast begriffen.«

Es war immer schwer zu sagen, was Caroline begriff und was nicht. Wie so viele Leute, die sich gern unkonventionell geben, war sie für Konventionen enorm anfällig. Die Entdeckung, daß sie Patricks ideale Frau war, hatte ihren Panzer der Geringschätzung für ihn glatt durchbohrt. Ich sah es an ihrem schmollend-ergebenen Gesichtsausdruck, wenn ich sie mit dem Thema neckte. Sie hatte sogar aufgehört, über seine zehn Zentimeter zu spotten, an die ich ohnehin nicht recht geglaubt hatte, ebensowenig wie an die drei Eier des römischen Rennfahrers. Caroline schwang ihre haarsträubenden Reden gern aus einer sicheren, privilegierten Position heraus. Was sie an Josh und mir so ärgerte, war, daß wir es ernst meinten, daß ich meine Ehe tatsächlich seinetwegen beendete, mein Leben über den Haufen warf, ein ungeheures Risiko einging. Carolines Risiken waren eher theatralisch als real. Es würde immer jemanden geben, der ihr, wenn alles schiefging, aus der Patsche half. Und wenn man so gute Beziehungen in höheren Kreisen hatte wie sie, dann konnte man die verrücktesten Dinge tun: Irgendein Mitglied ihres ausgedehnten Clans würde schon ins Rettungsboot springen und sie mit einem Wodka-Tonic in der Hand wohlbehalten ans Ufer bringen.

»Josh ist wirklich schrecklich sexy«, räumte sie grollend ein. »Leihst du ihn mir mal – nur für eine Nacht? Für eine Freundin würdest du das doch tun, Angela, nicht wahr? Du kannst auch Patrick haben, wann immer du willst.« Dann lachte sie. »Aber vielleicht würde dir das überhaupt nicht gefallen.« Sie seufzte. »Ach, ja!«

Wir saßen in ihrem Garten. Sie rauchte Haschisch, was sie nach eigenem Bekunden nicht sonderlich genoß. Aber ab und zu mußte es eben sein, nicht wahr? Es war schließlich verboten.

»Und was ist mit Rachel?« fragte sie träge.

Ich sagte, ich würde sie morgen mit zu Josh nehmen, damit er sie kennenlernte, und ich hätte furchtbare Angst davor. Wieso man, setzte ich hinzu, in den Scheidungshandbüchern Antworten auf alle nur denkbaren Fragen finde, nur nicht darauf, wie man seine Tochter mit seinem Liebhaber bekanntmacht.

Caroline lachte.

»Das mußte ich zum Glück nie tun. Nur einmal, als Samantha früher aus der Schule kam und mich mit meinem Arzt im Bett erwischt hat. Ich hab ihr ziemlich atemlos erklärt, er müsse mir den Puls fühlen, aber das hat sie mir wohl nicht geglaubt.« Caroline sah mich durch einen Schleier von Haschischrauch hindurch nachdenklich an. »Aber Kinder sind viel zäher als wir«, fuhr sie fort. »Wir brechen zusammen – sie springen wieder auf.«

Bei Caroline, sagte ich mir, mußte schon viel passieren, ehe sie zusammenbrach.

Am nächsten Morgen bereitete ich mich schon in aller Frühe auf die gefürchtete Begegnung vor. Was würde ich tun, wenn Rachel Josh nicht mochte? Auch darüber stand nichts in den Scheidungshandbüchern. Da Magdalena noch nicht zurück war, übernahm ich den Schulfahrdienst und schnappte mir Rachels Lehrerin, um ihr zu sagen, daß meine Tochter am Nachmittag fehlen werde, weil ich sie in eine Theater-Frühvorstellung mitnehmen wolle. Ich hoffte, das würde hinreichend bildungsbeflissen klingen, und zuerst sah die Frau mich auch weniger mißbilligend an als sonst. Als ich dann aber ankündigte, ich würde Rachel von einem Taxi abholen lassen, setzte sie sofort wieder ihre antibürgerliche Miene auf. »Wenn Sie sich so etwas leisten können«, sagte ihr Gesicht, »warum schicken Sie Ihre Tochter dann auf eine staatliche Grundschule?«

Ich war nicht in der Stimmung für diese Art Snobismus mit umgekehrten Vorzeichen und erklärte schelmisch, ich sei eine berufstätige Frau und keine Sklavin. Daß Rachels kultureller Ausflug das Ziel hatte, ihr meinen Liebhaber und dessen Tochter Jessica vorzustellen, sagte ich nicht. Voll Angst davor verließ ich die Schule und übte meinen Text: »Rachel, das ist Onkel Josh.«

Dann fuhr ich zur Arbeit. Als ich in den Laden kam, war es halb elf, und Gail war außer sich. Ihr Haar war selbst für ihre eigenen Maßstäbe wild bewegt, und ihre Kleider sahen aus, als wäre ihr Traum von der Hühnerfarm in Wicklow wahr geworden.

»Herr im Himmel! Ein Glück, daß du da bist«, sagte sie atemlos.

Es waren nur wenige Kundinnen im Laden, die uns nicht weiter beachteten, und ich begriff nicht, weshalb Gail in einem solchen Zustand war.

»Geh nach nebenan, um Himmels willen«, fuhr sie fort. »Es ist wegen Caroline.«

Ich hatte Horrorvisionen. Caroline hatte eine Überdosis von irgend etwas genommen und halluzinierte. Sie hatte Patrick umgebracht, nur um nicht seine ideale Frau sein zu müssen. Sie mußte für die gesamten Schulden von Adultery Tours aufkommen und stand jetzt mittellos da.

Ich stürmte durch den Hintereingang hinein und die Treppe hinauf ins Enterprises-Büro. Caroline saß seelenruhig vor Cupido, in der einen Hand eine Zigarette, in der anderen den Telefonhörer. Von Eamonn und Karen war keine Spur zu sehen. Sie schaute auf, lächelte mich strahlend an und setzte ihr Telefongespräch fort, wobei sie hin und wieder mit ernster Miene an ihrer Zigarette zog.

»Dann sagen Sie ab!« hörte ich sie sagen. »Sie müssen kommen, unter allen Umständen. Nein, heute vormittag. Der Empfang ist ja schon morgen abend, und wir müssen dafür sorgen, daß Sie absolut phantastisch aussehen. Kommen Sie gegen Mittag, dann zeige ich Ihnen alles. Danach können wir zusammen essen gehen und alles Weitere besprechen. Was Sie anziehen müssen und so. Es gibt jede Menge zu tun. Wir brauchen einen Friseurtermin bei Nicky Clarke, wir müssen das richtige Outfit aussuchen ... Ja, okay, ich bring Ihnen den Hofknicks bei, wenn Sie meinen, das muß sein ... Gut. Bis nachher, und seien Sie pünktlich.«

Sie legte den Hörer auf, tat noch einen tiefen Zug an ihrer Zigarette und wandte sich dann mir zu.

»Puh! Was für ein Vormittag, und dabei ist es noch nicht mal elf!«

»Was ist denn los, um Himmels willen? Gail dreht da drüben schier durch. Und wo sind Eamonn und Karen?«

Caroline machte eine wegwerfende Handbewegung.

»Ich hab sie für heute weggeschickt. Jetzt hör zu und halt dich fest. O Gott, es ist ja noch ein bißchen früh für einen Drink, aber jetzt brauch ich einen.« Sie ging zum Getränkeschrank, besann sich dann jedoch anders. »Nein, heute bleib ich besser nüchtern.«

Ich setzte mich und betrachtete Caroline. Sie schien hochzufrieden mit sich, trommelte mit den Fingern auf dem Computer herum, summte eine kleine Melodie und genoß es, mich auf die Folter zu spannen.

»Also«, sagte sie und sah sich gebieterisch um. »Was sagst du dazu: Cupido hat seine Arbeit endlich getan und die ideale Frau für den Prinzen ausgespuckt. Jetzt rate mal, wer es ist.« Caroline sah mich mit einem spitzbübischen Lächeln an. »Eine einszweiundachtzig große schwarze Rastafarifrau!«

Sie bog vor sich Lachen. Ich blinzelte nur.

»Und das nimmst du ernst?« fragte ich ungläubig.

Caroline schien perplex.

»Natürlich. Hat sich Cupido schon jemals geirrt? Das heißt, in meinem Fall schon.«

»Aber …«
Plötzlich verließ mich alle Energie. Es war zwecklos, mit Caroline zu diskutieren. Wenn sie entschlossen war, diese verrückte Eskapade fortzusetzen, dann sollte sie es tun.
Und sie hatte sie auch bereits fortgesetzt. Sie hatte umgehend die Privatnummer der Herzogin gewählt und war so früh – es war erst halb zehn – auch gleich durchgekommen. Sie hatte die Dinge ohne Umschweife beim Namen genannt und versicherte, es habe keinerlei Probleme gegeben. Die Herzogin hatte sogar äußerst positiv reagiert, besonders als Caroline erwähnte, daß eine junge Frau, die vor einiger Zeit, als Gail und ich nicht da waren, ein paar Kleider gebracht hatte, perfekt zu dem Datenprofil passe, das Cupido uns geliefert habe. Sie sei Jamaikanerin, Anfang Zwanzig. Eine ungewöhnlich schöne Frau. Eine schwarze Göttin. Mindestens einsachtzig groß. Wilder Rasta-Look. Das Mädchen sei zwecks Förderung ihrer Karriere als Model nach England gekommen, aber das Königshaus tue es wohl auch, hatte Caroline der Herzogin erklärt, ziemlich taktlos, wie sie lachend zugab.
Sie hielt inne, rekelte sich wie eine zufriedene Katze und zündete sich eine neue Zigarette an.
»Und weißt du was, Angela?« fuhr sie fort. »Sie hat einen tollen Namen: Delilah! Ist das nicht phantastisch? Ich seh's schon vor mir: Ihre königliche Hoheit Delilah, Herzogin von … Wär schön, wenn es etwas Exotischeres wäre als eine englische Grafschaft, was? Herzogin der Westindischen Inseln zum Beispiel. Sie könnte Wunder wirken für die königliche Familie, meinst du nicht? Könnte unheimlich Leben in die Bude bringen. Stell dir mal vor: Breakdance in Balmoral statt dieser gräßlichen schottischen Reels. Steel Bands im Windsor Great Park. Volksfeste in Sandringham. Dröhnender Reggae im Buckingham-Palast. Überall Marihuana. Und denk bloß an den Nachwuchs. Sie würde das dünne Hannoversche Blut ganz schön auffrischen. Mein Gott, Angela, vielleicht würden wir sogar einen zweiten Edward, den ›Schwarzen Prinzen‹, bekommen!«

Die Vorstellung entzückte Caroline so, daß der Getränkeschrank sich schließlich doch als unwiderstehlich erwies und sie hinübereilte, um sich einen großzügigen Wodka-Tonic einzuschenken.

»Eigentlich bräuchten wir jetzt jamaikanischen Rum«, meinte sie nachdenklich. »Aber wir haben keinen.«

Dann kehrte sie mit dem Glas in der Hand zu ihrem Sessel zurück, lehnte sich mit einem Ausdruck reinster Freude zurück und genoß das vollbrachte Werk dieses Vormittags.

»Also jedenfalls«, nahm sie den Faden ihrer Geschichte wieder auf, »habe ich die Herzogin gefragt, wie wir den Prinzen mit diesem göttlichen Wesen zusammenbringen könnten, und ob sie nicht eine schlaue Idee habe. Und sie hatte eine! Sie ist Schirmherrin irgendeiner internationalen Basketballgeschichte – frag mich nicht, was für einer. Und jetzt der Glücksfall: Anscheinend ist im Moment eine Mannschaft von den Westindischen Inseln hier, und morgen abend findet im Savoy ein Empfang für sie statt, zu dem die Herzogin sowieso wollte. Ideal, was? Der Prinz ist ein sportlicher Typ; er spielt Golf – ist das sehr anders als Basketball? Wahrscheinlich schon. Aber egal, jedenfalls will sie ihn mitschleppen. Sei meint, er wird sich freuen, wenn er gratis einen heben kann. Und wer wird die jamaikanische Fahne schwingen? Die herrliche Delilah; in einem atemberaubenden Kleid. Ich bin ebenfalls da und übernehme die Vorstellung, dann kann Ihre Königliche Hoheit den richtigen Moment abpassen und das Mädchen mit ihrem Mann bekanntmachen. Du weißt schon: Hand reichen über den Ozean hinweg, Geist des Commonwealth und so weiter. Bingo! Zum Teufel mit dem Basketball. Und Cupido hätte es wieder mal geschafft – mit etwas Glück.«

Caroline schien äußerst zufrieden mit sich. Nichts an ihrem Verhalten ließ vermuten, daß die Sache vielleicht doch etwas zu heiß sein könnte. Caroline war eine Frau, die sich alles zutraute, wenn sie es sich einmal in den Kopf gesetzt hatte, und meiner Erfahrung nach schaffte sie auch alles. Ich stellte mir vor, daß einige der französischen Königsmätressen in der Zeit vor der Revolution das gleiche unerschütterliche Selbstvertrauen besessen hatten. Diane de Poitiers zum Beispiel oder Madame Pompadour, Frauen, die die Krone in der Hand hatten, ohne sie je auf dem Kopf zu haben. Ich ging in den Laden zurück und dachte mir, daß mein Problem mit Rachel, die Josh kennenlernen sollte, im Vergleich dazu ein Klacks war, obwohl es mir immer noch groß und bedrohlich genug erschien.

Zu meiner Überraschung befand sich Gail jetzt in einem Zustand der Ruhe nach dem Sturm und sah nachdenklich drein. Es herrschte eine unwirklich friedliche Atmosphäre, als wir beide uns ruhig um unsere Kundinnen kümmerten, die uns Kleidungsstücke brachten oder sich zwischen den Kleiderständern umsahen.

»Es ist schrecklich«, erklärte sie, als einmal für kurze Zeit niemand im Laden war. »Ich bin mit einem Ladendieb verheiratet, und mein voriger Mann war ein verdammter Einbrecher. Trotzdem geht es mir nicht aus dem Kopf, daß es so etwas wie Achtung vor dem Stand der Ehe gibt, und ich glaube nicht, daß der liebe Gott allzu glücklich über das ist, was wir die letzten Monate hier getrieben haben. Ganz und gar nicht!«

Ich sah bei diesem unerwarteten Geständnis wohl etwas überrascht drein, denn plötzlich trat Gail zu mir und legte mir beruhigend die Hand auf die Schulter.

»Ich mach dir keinen Vorwurf, Darling. Überhaupt nicht, ich schwör's. Wir wissen ja, daß so was einfach passiert. Das sind nun mal die Wege des Schicksals. Das Problem ist nur, daß diese Wege manchmal dahin führen, wo wir verdammt noch mal lieber nicht hinsollten, das ist alles.«

Jetzt war ich vollends verwirrt.

»Was ist denn plötzlich los, Gail?«

Sie zuckte die Schultern und schwieg einen Moment. Dann trat sie ans Fenster und schaute nachdenklich auf den Platz hinaus.

»Also, verstehst du, ich hab ein bißchen nachgedacht, und das ist eine Rarität bei mir, kann ich dir sagen. Ich sehe die Sache so: Du läßt deine Ehe mit Ralph platzen, und unsere Lady Caroline tut alles, um ihre Ehe mit Patrick platzen zu lassen. Und

die ganze Zeit lassen wir anderer Leute Ehen platzen, so schnell wie wir die Sektkorken knallen lassen. Und trotzdem ist da draußen in der Welt ein schöner Frühlingstag mit aufbrechenden Knospen und Blüten und Vogelgezwitscher und allem.« Sie hielt inne, drehte sich dann um und sah mich an. »Und ich glaube verdammt noch mal, ich bin schwanger!«
Ich hatte kaum Zeit zu schlucken, da ging die Tür auf, und die Vision einer golden gewandeten Königin von Saba schwebte herein. Ich hätte schwören können, daß die Beine des Mädchens dort begannen, wo der Nabel hätte sein müssen, und nach einer langen Reise irgendwo weit unten in einem Paar Schuhe mit Plateausohlen endeten. Ihr schimmerndes Kraushaar war zu einem Knoten zusammengefaßt, durch den sie eine lange Schildpattnadel gesteckt hatte. Ihre Gesichtsknochen sahen aus, als seien sie um ein Paar riesiger dunkler Augen herum geschnitzt, die den ganzen Raum in sich aufzunehmen schienen. Auf ihre Jochbeine hätte man Kaffeetassen stellen und an die Säule ihres Halses eine Feuerleiter lehnen können. Die Leggings, die man durch die Schlitze ihrer goldenen Tunika sah, waren von oben bis unten mit drohend aufgebäumten, fauchenden Leoparden bedruckt. Mit einem Wort: Sie war atemberaubend.
»Mrs. Uppingham?« fragte sie mit einer wie in Melasse getauchten Stimme.
»Sie müssen Delilah sein«, sagte ich und kam mir vor wie eine fette Zwergin. »Mrs. Uppingham erwartet sie nebenan. Gehen Sie einfach hinüber.«
Ich sah ihr nach. Ich hatte einmal einen Reiher auf diese Art durch seichtes Wasser stolzieren sehen.
»Und wer in Gottes heiligem Namen war das nun wieder?« fragte Gail, als das Mädchen verschwunden war. Selbst der Gedanke an ihre Schwangerschaft schien von dieser Vision schwarzer Schönheit verdrängt worden zu sein. Und plötzlich weiteten sich ihre Augen, und sie stand mit offenem Mund da. »Doch nicht ... Du willst doch nicht etwa sagen ... Das kann doch nicht ... Oder doch? O heilige Maria, Mutter Gottes!«

Und Gail hob die Hände, fuhr durch die Mähne ihres roten Haares und hob die Augen zur Decke, als sei es der Himmel. »Heilige Maria!« rief sie noch einmal, schüttelte den Kopf, und einen Moment sah es so aus, als senkte sie ihre Hände langsam zum Gebet auf ihre Brust herab. Doch die Hände wanderten weiter abwärts und falteten sich über ihrem Bauch, wie um den Embryo zu schützen, der darin zappelte. Dann warf sie mir einen Blick zu und verkündete feierlich und unpassend: »Verflucht noch mal!« Und brach in Lachen aus.

Es war unendlich erleichternd, ihrem Beispiel zu folgen. Und dann strömten von neuem Kundinnen in den Laden, und ich konnte sie wieder nicht fragen, ob sie wirklich schwanger sei oder ob sie es nur glaube, weil sie ein paar Wochen überfällig sei. Während ich Kleider hervorholte und das übliche ermunternde Geplauder abspulte, ertappte ich mich dabei, daß ich über uns drei nachdachte – Partnerinnen in einem Geschäft, das eigentlich nur ein etwas anspruchsvollerer Zweig der Kleiderbranche hatte werden sollen. Ich fragte mich, welche von uns ihre jetzige Lage anfangs am allerwenigsten erwartet hatte. Da war Gail, die Expertin, eine Frau in mittleren Jahren, die offenbar im Alter von weiß Gott wieviel noch Mutter werden sollte. Da war Caroline, die nur aus Langeweile beschlossen hatte, sich nebenbei ein wenig im Kleidergeschäft zu betätigen, und die sich in diesem Moment bereitmachte, eine Exocet-Rakete auf das Haus Windsor abzufeuern. Und schließlich ich, eine Ex-Bankangestellte, Ex-Boutiqueverkäuferin und Ex-Starmieze, pflichtbewußt zur Ehefrau und Mutter geworden und jetzt im Begriff, ihre geliebte Tochter mit ihrem Liebhaber bekanntzumachen.

Es war, wie Gail gesagt hatte: »Das sind nun mal die Wege des Schicksals, und manchmal führen sie uns dahin, wo wir verdammt noch mal lieber nicht hinsollten.«

Ein Taxi fuhr auf der Suche nach der richtigen Adresse langsam über den Platz. Im Fond erkannte ich Rachel, die auf den Laden zeigte. Ich zitterte.

»Wird schon werden, Darling«, sagte Gail leise. Sie legte mir den Arm um die Schulter. »Du bist eine tolle Frau. Du hast es verdient, glücklich zu sein. Und wenn du glücklich bist, dann ist Rachel es auch.«

Ich umarmte sie. Ich hatte mir nie bewußt gemacht, wie sehr ich Gail mochte.

»O Gott, hoffentlich hast du recht«, murmelte ich und ging zur Tür.

Ich hatte es Josh überlassen, die Theaterkarten zu besorgen. Wir wollten in das neueste Lloyd-Webber-Musical, weil ich hoffte, es würde Rachels schlimmste Unglücksahnungen zerstreuen. Zum Glück brachte Josh Jessica mit. Das Mädchen sei übers Wochenende vom Internat nach Hause gekommen – ein letzter Ausflug vor der Abschlußprüfung, sofern man sie überhaupt soweit bringe, daran teilzunehmen. Ihre Anwesenheit würde dem Nachmittag wenigstens eine Note häuslicher Normalität verleihen: Mutter und Tochter, Vater und Tochter – ein gemütlicher Familienausflug. Würde Rachel ahnen, daß es mehr war? Ja, natürlich: Kinder haben Antennen für so etwas. Danach würde ich ihr alles sagen müssen. O Gott, wenn mir nur jemand hätte raten können, wie.

Ich holte Rachel in den Laden. Sie war erst ein einziges Mal dagewesen und wirkte verkrampft und schüchtern. Gail zeigte ihr die Körbe mit den Halstüchern und Gürteln, und ich rief unterdessen Josh an. Ich war verlegen, weil ich mich so förmlich gab. Ja, Jessica sei hier, sagte er ebenso förmlich, und sie kämen sofort. Ich war froh, daß er uns nicht in seine Wohnung bat. Es war schon schlimm genug, daß Rachel Josh kennenlernte, da mußte sie nicht auch noch den Ort sehen, an dem wir uns liebten.

»Bist du fertig, Darling?« fragte ich, so ruhig ich konnte. »Sie können jeden Moment kommen.«

Mir wurde bewußt, daß Rachel mir nie auch nur eine einzige Frage über Josh gestellt hatte. Ahnte sie nichts, oder wußte sie bereits alles? Ich betrachtete die hübsche dunkelhaarige Miniaturausgabe meiner selbst, wie sie dort wartend an der Tür stand, und fühlte Liebe und Angst in mir aufsteigen.

»Da kommen sie«, sagte ich.
»Viel Spaß!« rief Gail uns nach, als ich Rachel hinausführte.
Josh strahlte. Jessica sah bezaubernd und unordentlich aus. Ich machte alle miteinander bekannt. Rachel senkte die Augen und schwieg. O Gott, haßte sie die beiden schon? Ich warf Josh einen flehenden Blick zu.
Er sah auf die Uhr. Dann begegneten sich unsere Blicke, und er zwinkerte mir zu.
»Wie wär's«, fragte er, »wenn wir unsere Pläne ändern würden?«
Ich erschrak und gab keine Antwort. Rachel sah auf ihre Füße hinab. Jessica warf lachend ihr Haar zurück – O Gott, würde ich damit fertigwerden, eine so hübsche Stieftochter zu haben? Um Joshs Lippen spielte ein verschmitztes Lächeln.
»Ich habe einen Vorschlag: Es ist Frühling, das Wochenende wird schön, und ich habe ein Haus in Cornwall – da könnten wir doch hinfahren!« Er blickte auf Rachel hinunter und berührte ganz leicht ihr Haar. »Bist du schon mal geflogen, Rachel?«
Sie nickte verwirrt.
»Schon zweimal«, sagte sie fast flüsternd.
»Aber du hast bestimmt noch nie neben dem Piloten gesessen.«
Ich war wie betäubt. Jessica sagte: »Das wird toll! Das wird dir bestimmt gefallen, Rachel!«
Und plötzlich dachte ich: Was für eine phantastische Idee! Ich brauchte nicht einmal jemandem Bescheid zu sagen. Ralph war übers Wochenende weg, und für Fatwa hatte ich genügend Futter hingestellt. Es gab nichts, was uns hinderte. Rachel sah mich fragend an.
»Josh hat ein kleines Flugzeug«, erklärte ich. »Jedenfalls eines, das er manchmal benutzt«, verbesserte ich mich. »Er kann uns hinfliegen. Hättest du das gern?«
Rachel sagte nichts und sah wieder auf ihre Füße hinab. Ein verlegenes Schweigen entstand. Ich wagte Josh gar nicht anzusehen. Dann streckte Rachel die Hand aus und zog ungeschickt meinen Kopf zu sich herab.

»Mummy«, flüsterte sie, »ich hab keine Zahnbürste dabei.«
Ich lachte und war unendlich erleichtert.

»Rachel macht sich Sorgen, weil sie keine Zahnbürste dabeihat«, sagte ich.

Jessica beugte sich hinab und klopfte auf eine kleine Tasche zu ihren Füßen, die ich nicht bemerkt hatte.

»Daran haben wir schon gedacht«, sagte sie. »*Zwei* Zahnbürsten. Und *zwei* Nachthemden!«

Rachel blickte dankbar zu ihr auf. Ich sah ihr an, daß sie sich fragte, wer dieser Schutzengel sei, der plötzlich in ihr Leben geschwebt war.

»Aber was ist *damit*?« fragte sie, schon etwas zutraulicher, und zupfte an ihrer Schuluniform. »Ich kann doch nicht das ganze Wochenende dieses doofe Schulzeug tragen!«

Jessica lachte und legte ihr den Arm um die Schultern.

»Weißt du was, Rachel, da, wo wir hinfahren, ist in der Nähe ein Kinderkleidergeschäft. In Newquay. Freitag abends hat es länger geöffnet. Wir könnten dir doch Jeans und ein paar tolle T-Shirts kaufen! So wie meine.«

Jessicas Jeans waren dunkelblau und hauteng, mit Schlitzen an beiden Knien und über ihren Doc-Martens-Boots stark ausgefranst.

Rachel schaute mit großen Augen zu ihr auf. Dann sah sie mich fragend an. Ich nickte.

»Natürlich! Warum nicht?«

Ich warf Josh einen Blick zu, und er zwinkerte erneut.

»Gehen wir?« fragte er ruhig. »Wir fahren besser in zwei Autos, dann mußt du danach nicht hierher zurück.«

Ich hätte ihn so gern umarmt. Statt dessen umarmte ich Jessica und dann Rachel. Ich war so glücklich! So würden wir es schaffen. O Josh, du und deine Überraschungen – ich liebe dich!

Rachel drückte meine Hand und zog mich zu sich herab, um mir noch etwas ins Ohr zu flüstern.

»Kann er wirklich fliegen?«

Ich nickte. Josh lächelte ihr zu.

»Ich zeig dir auch, wie das geht.«
In diesem Augenblick entdeckte Rachel, was Heldenverehrung ist. Schön, dachte ich und betrachtete das strahlende Gesicht meiner Tochter, das ist als Anfang so gut wie jeder andere.
»Wir fahren hinter euch her«, sagte ich. Und während ich Josh zeigte, wo ich geparkt hatte, murmelte ich: »Getrennte Schlafzimmer! Und keine Loopings! Versprochen?«
Er lachte leise.
Wir fuhren in den Frühlingsnachmittag hinein, und ich fühlte mich, als würde ich schon jetzt in ein neues Leben katapultiert. Ich hatte keine Ahnung, was wir an diesem Wochenende besprechen würden. Vielleicht gar nichts. Vielleicht würden wir es nur genießen. Aber es war ein Anfang.
Und vielleicht war es auch ein Ende. Ich dachte an Caroline und an das, was morgen abend geschehen würde. An den westindischen Empfang, den Plan, den sie mit »Debbie« ausgeheckt hatte. Und je weiter London hinter uns zurückblieb, als wir in Richtung Westen zu dem kleinen Flugplatz fuhren, desto unwahrscheinlicher schien es mir, daß die Sache klappte. Ich erkannte, wie sehr ich mich von Carolines unerschütterlichem Selbstvertrauen hatte verführen lassen. So war sie nun einmal: Man ging mit ihr, oder man ging fort. Dieses Mal aber war es offenkundig, daß sie den Bogen haarsträubend überspannt hatte. Caroline verfügte zwar über erstaunliche Fähigkeiten, aber Wunder konnte auch sie nicht vollbringen. Ringsum dehnten sich unvergängliche englische Wälder und Felder; die Wahrscheinlichkeit, daß Carolines Plan funktionierte, war nicht größer als die, daß sich die ganze Szenerie über Nacht in schwankende, aus einer Fata Morgana von Kamelkarawanen aufragende Palmen verwandeln würde.
Nein! Die Welt – auch Carolines Welt – stand im Begriff, wieder normal zu werden. Ich fragte mich, wie sie mit ihrer Niederlage fertigwerden würde.

14 SCHACHMATT

Den ersten Hinweis, daß etwas nicht stimmte, erhielt ich, als ich Caroline anrief. Es war am Samstagabend um acht. Rachel hatte gerade ihr abschließendes Urteil über unser Wochenende abgegeben – »Fatwa nehmen wir aber mit, ja, Mum?« – und saß jetzt gemütlich vor dem Fernseher, den ich ihr nach langem Sträuben schließlich für ihr Zimmer genehmigt hatte. Noch immer wollte sie sich nicht von den hautengen Jeans trennen, die Jessica so sorgfältig mit Schlitzen versehen hatte. »Natürlich, Darling!« sagte ich. »Wenn du unbedingt darin schlafen willst – mir ist es recht.« Mir war alles recht. So wie sie sich an diesem Wochenende verhalten hatte, hätte ich ihr auch erlaubt, sich die ganze Nacht Videofilme anzusehen, ihre Madonna-Kassetten in voller Lautstärke zu spielen, Pot zu rauchen oder was immer dem kleinen Engel gerade einfiel.

»Und Fatwa nehmen wir natürlich mit«, versicherte ich ihr und fragte mich, was für neue Schlachtfelder wir dem bösartigen Tier wohl würden bieten können.

Dann ging ich zum Telefon und wählte Carolines Nummer.

Hätte ich nicht so oft mit ihr telefoniert, hätte ich nichts Ungewöhnliches bemerkt. Da ich sie aber seit einem Jahr mehrere Male in der Woche anrief, machte mich das kaum hörbare Klicken stutzig. Und während wir sprachen, war ein dumpfes Geräusch in der Leitung, so als wäre irgendwo leise eine Tür geöffnet worden.

Zuerst dachte ich mir weiter nichts dabei; ich war viel zu gespannt, wie der berühmte westindische Empfang am Samstagabend verlaufen war, und konnte es natürlich auch kaum erwarten, Caroline von meinem triumphalen Wochenenderfolg zu erzählen.

Doch so weit kam es nicht. Caroline war völlig ausgeflippt.

»Ob es geklappt hat?« kreischte sie. »Ja, weißt du's denn noch nicht? Gibt es denn in Cornwall keine Sonntagszeitungen, um Himmels willens?«
Dann berichtete sie. Delilah hatte absolut umwerfend ausgesehen. Caroline hatte den größten Teil des Samstags damit zugebracht, ihre Fähigkeiten am Outfit des Mädchens zu erproben. Schließlich hatte sie sich für ein schlauchartiges Kleid entschieden, das alles, was an Delilahs gut Einsachtzig der Rede wert war, eng umschloß, hatte ihr knallbunte Bänder und Perlen in ihre Kraushaarzöpfe geflochten und ihr dann noch einen gigantischen goldenen Armreif gegeben, um den sie jeder römische Imperator beneidet hätte. Das Kleid selbst war leuchtend rot – wie eine Flamme, wie Caroline versicherte. Eine hohe Flamme, die geflackert habe, wenn Delilah sich bewegte. Und wie sie sich bewegt habe, und wie die Flamme geflackert habe!
»Und die Augen der Leute auch«, kicherte Caroline. »Ich kann dir sagen, die Männer haben keine andere Frau mehr angeschaut. Ihre Königliche Hoheit natürlich auch nicht. Der arme Kerl hatte keine Chance.«
»Also, was war denn jetzt?« fragte ich etwas verwirrt. »Hat er mit ihr geredet?«
Ein Schrei ertönte am anderen Ende der Leitung.
»*Geredet*? Du machst wohl Witze! Er hat sie entführt! Zum Teufel mit dem königlichen Protokoll – er ist einfach gegangen, mitten in dem blöden Empfang. Sogar die Herzogin war ein bißchen pikiert; sie hatte wohl wenigstens nach außen hin etwas königliche Reserve erwartet. Eine gewisse Zurückhaltung. Du weißt schon, Hände auf dem Rücken, ganz Marine: ›Das ist ja hochinteressant, ja, Jamaika kenne ich ein wenig. Aus welcher Gegend kommen Sie denn?‹ Dann vielleicht eine diskret notierte Telefonnummer und weiter zum nächsten königlichen Händedruck. Aber nichts dergleichen. Ein Abbeizmittel-Blickkontakt und im nächsten Augenblick – ab durch die Mitte! Er ist mit ihr in der Nacht verschwunden. Wer weiß, wohin. Nicht einmal sein Bodyguard war schnell genug. Es war unglaublich. Alles ging so schnell, daß sie sogar der Presse ent-

wischt sind, obwohl es heute morgen nicht eine einzige Zeitung gab, die kein Foto von ihrem Abgang gebracht hätte. Sogar der *Independent*, aber natürlich auf der Sportseite, unter ›Basketball‹.« Caroline lachte heiser. »Bevor ich ging, hab ich Debbie noch gesagt, sie soll ihm, falls er zufällig anrufen sollte, von Adultery Tours erzählen, aber das fand sie wohl nicht besonders lustig.«

»Du meinst, sie sind einfach abgehauen?« fragte ich.

»Tja!«

»Aber …«

»Kein Aber. Sie sind weg. Verschwunden! Ist das nicht herrlich? Cupidos größter Coup! Liebe auf den ersten Blick. Und noch dazu bei beiden. Kaum zu glauben, daß ein Mädchen wie Delilah bisher Probleme hatte, den richtigen Mann zu finden, nicht wahr? Aber es ist so; sie hat es mir selbst gesagt. Und kaum zu glauben, daß sie sich in einen alten Langweiler von einem englischen Prinzen verliebt. Aber so war's, ich hab's ihr angesehen. Vom ersten Augenblick an! … Und wie war dein Wochenende? Erzähl mal.«

Ich erzählte ihr nichts. Plötzlich war mir klar geworden, was das Klicken in der Leitung bedeutet haben konnte.

»Caroline«, sagte ich. »Ich hab das Gefühl, mein Telefon wird abgehört.«

Erneutes Schnauben.

»Das ist doch lächerlich, Angela, wir sind doch nicht in Rußland! Komm auf einen Drink rüber, um Himmels willen, ich kann's kaum erwarten, von deinem Wochenende zu hören!«

Ich erklärte ihr, daß ich Rachel nicht allein lassen könne, daß Ralph auch bald komme und wir eine ganze Menge zu besprechen hätten.

»Aber es ist alles geklärt«, sagte ich. Ich wollte noch hinzufügen, daß Rachel und ich mit Josh zusammenziehen würden, sobald wir eine andere Wohnung gefunden hätten, aber dann hielt ich es für besser, möglichst wenig zu sagen, für den Fall, daß das Telefon tatsächlich abgehört wurde.

»Was meinst du mit ›Es ist alles geklärt?‹« Es klang gereizt. »Angela, ich find das wirklich gemein von dir, daß du mir nichts davon gesagt hast. Stellst mich einfach vor vollendete Tatsachen. Du bist vielleicht eine falsche Schlange! Was fällt dir denn ein! Und jetzt ziehst du bestimmt in irgendein schreckliches Nest in Gloucestershire, und ich kann hier versauern unter all den Bankern und Börsenmaklern – wie Patrick. Ich hasse dich!«

Ich überließ sie ihrem Haß und legte mit einem »Bis morgen« auf.

Erst als ich Rachel gute Nacht gesagt hatte und mich mit einem Glas Wein hinsetzte, um auf Ralph zu warten, realisierte ich allmählich, was Caroline mir erzählt hatte. Eine unglaubliche Geschichte. Der Sohn der Queen verschwand mir nichts, dir nichts mit einem jamaikanischen Model in der Nacht. Die Zeitungen waren voll davon. Und jetzt wurde – höchstwahrscheinlich – mein Telefon abgehört. Aber warum gerade meines? Gails und Carolines Telefone wurden bestimmt auch abgehört. Ich begann mich fürchterlich unbehaglich zu fühlen. Ich konnte mir gut vorstellen, wie man von Verfolgungswahn befallen wird – dieses Gefühl, von unsichtbaren Kräften beherrscht zu werden. Und wer konnten diese unsichtbaren Kräfte sein? Das Telefon klingelte, und ich fuhr zusammen. Es war Ralph, der mir sagen wollte, daß er später komme. Nichts weiter – nur, daß er später komme. Ich machte mir klar, daß wir einander keine Erklärungen mehr schuldig waren. Ich fragte ihn nicht einmal, wo er sei. Im Grunde interessierte es mich auch nicht. Wahrscheinlich bei seinem blonden Rauschgoldengel, mit dem er zusammenziehen wollte, wie er erklärt hatte. Die Frau ohne Titten. Seltsam! Meine hatte er immer gemocht. Anscheinend gab er sich jetzt mit den nichtigeren Dingen des Lebens zufrieden. Meine Gedanken drifteten von Ralph fort. Ich fühlte mich wieder einsam und schutzlos. So gern hätte ich Josh angerufen, aber wenn das Telefon abgehört wurde …! Nein! Ich durfte ihn da nicht hineinziehen.

So saß ich nur da, allein mit meinem Glas Wein. Und einem

zweiten Glas Wein. Warum auch nicht? Der Abend war genau richtig, um sich zu betrinken.
Ich dachte wieder an das Telefon. Abgehört! Was hatte das zu bedeuten? Immer wenn ich in der Zeitung von Abhöraktionen gelesen hatte, waren sie mir wie ein kindisches Spiel erschienen. Dieser ganze Unsinn von wegen Sicherheitsrisiken; wer konnte solche Dinge noch ernst nehmen, so als lebten wir im Kriegszustand, als gäbe es noch einen Eisernen Vorhang? Warum wurden die Menschen nicht endlich erwachsen und hörten auf, so zu tun, als wäre das Leben ein John-Le-Carré-Roman?
Jetzt aber, da ich selbst betroffen war, erschien es mir durchaus nicht mehr wie ein kindisches Spiel. Ich empfand es als hochgefährlich. Caroline hatte zwar gemeint, wir seien doch nicht in Rußland, aber genau so fühlte ich mich im Moment. Und zwar in Breschnew-Rußland, in bedrohlicher Nähe des Archipel Gulag. Ich fühlte mich völlig isoliert in diesem Haus – im Dunkeln, getrennt von Rachel, die oben schlief. Ich konnte nicht einmal weggehen und jemanden besuchen oder Freunde anrufen.
Und wer hörte mich ab? Die Presse bestimmt nicht, soviel Macht besaß sie nicht. Oder doch? Aber das war nicht ihre Art. Sie würden das Haus belagern, mir auflauern, wann immer ich auch nur einen Laib Brot kaufen ging, mir Mikrofone unter die Nase halten. So machten diese Typen das doch, oder? Aber es war kein Laut zu hören. Vorortschlummer. Gin-Tonic-Schweigen.
Wer dann? Der Hof? Nein, unmöglich! Das britische Königshaus würde sich nicht zu so etwas hergeben, da mochte die Empörung über Carolines kleinen Geniestreich noch so groß sein. Nein, nein! Unsere Royals hielten moralische Werte hoch, auch wenn sie in ihren Ehen genausoviel Mist bauten wie jeder andere auch.
Also …? Es war äußerst beunruhigend. Ich beschloß, meine Nerven mit einem weiteren Glas Wein zu beruhigen und dann etwas ganz Normales zu tun, mir beispielsweise ein Omelett zu machen. Ja, das war eine gute Idee. Es war ein langer Tag ge-

wesen. Am Vormittag mit Josh, Jessica und Rachel am Strand, am Nachmittag der Rückflug von Newquay – England ein Frühlingsteppich unter Wattewolken. Dann die Fahrt von dem kleinen Flugplatz irgendwo hinter Basingstoke nach Hause. Und schließlich das Gespräch mit Rachel.

So lange hatte ich Angst davor gehabt – vor dieser schwersten Schuld, das eigene Kind zu verraten. Ich hatte mir ein Dutzend Möglichkeiten überlegt, diesen Schritt zu umgehen: Sie reichten von dem Plan, alles abzublasen, bis zu dem, vor Rachel zusammenzubrechen, in der Hoffnung, daß meine feigen Tränen ihren Schmerz fortspülen würden. Schließlich wurde meine eigene Verzweiflung so unerträglich, daß ich einfach damit herausrückte. Es war eine ungeheure Erleichterung. Ich wußte, daß ich die Wahrheit sagte, und ich traute Rachel zu, daß sie sie verstand und daß sie mich verstand; daß es um mein Leben ebenso ging wie um ihres; daß mein Glück ihres einschloß; daß nichts meine Liebe zu ihr schmälern und daß auch Ralph sie immer lieben würde.

Sie weinte, aber nur ein bißchen. Sie hatte soviel mehr gewußt, als ich geahnt hatte, das kleine Biest. Sie hatte beobachtet, sie hatte gelauscht, sie hatte ihre Schlüsse gezogen. Sie habe sogar in der Schule davon erzählt, sagte sie. Jetzt würde sie zwei Daddys und ein doppeltes Zuhause haben, erklärte sie. Und dazu noch die ältere Schwester, die sie sich immer gewünscht hatte. Sie betete Jessica an, das hatte ich sofort gesehen. Und mit Josh hatte sie doch tatsächlich geflirtet. O Gott, hatte ich gedacht, Rivalität beginnt mit neun!

Ich fühlte mich erschöpft, als ich an den Tag zurückdachte. Soviel war geschehen! Dann fiel mir das Omelett wieder ein. Ja! Womit? Käse? Champignons? Schinken? Ich entschied mich für Käse – den ich vergeblich suchte, bis ich sah, daß ich die Platte mit dem Cheddar aus irgendeinem Grund aufs Fensterbrett gestellt hatte. Ich griff danach … und sah draußen vor dem Fenster ein Gesicht.

Ich ließ den Käse fallen und unterdrückte einen Schrei.

Ich schlief miserabel. Wann Ralph kam, weiß ich nicht. Am Morgen fuhr Rachel zur Schule und konnte es kaum erwarten, ihre Neuigkeiten loszuwerden: Sie würde die Heldin des Tages sein. Ich ließ Ralph schlafen und fuhr mit dem Bus zur Arbeit. Ich wollte unbedingt unter Leute – normale Leute. Ich wollte das Gefühl haben, zu ihnen zu gehören. Ich wünschte mir sogar, jemand würde mich ansprechen, über banale, langweilige Dinge plaudern: Hunde, Enkelkinder, irgend etwas. Sogar Krankheiten wären mir an diesem Morgen ein Trost gewesen. Aber niemand sprach mich an. Immer wieder fragte ich mich, ob möglicherweise jemand im Bus war, der mich beobachtete. Ich sah mir die anderen Fahrgäste genau an. Ein bläßlicher junger Manager im Armani-Anzug schien mir am ehesten in Frage zu kommen, aber er stieg an der Chelsea Town Hall aus und ging rasch davon.

Ich dachte daran, daß Detektive ohnehin nie wie Detektive aussehen und es daher jeder X-beliebige sein konnte, sogar das Ferkel da vorn, das hinter seiner Zeitung in der Nase bohrte. Dennoch war ich ein ganzes Stück ruhiger, als ich am Sloane Square ausstieg. Ich sagte mir, daß ich gestern abend ziemlich überreizt gewesen war. Himmel, wie oft passiert es einer Frau schon, daß sie in einem Privatflugzeug nach Cornwall fliegt, mit ihrer Tochter, ihrem Liebhaber, dessen Tochter und einem ungeheuerlichen Geheimnis, dessen kurz bevorstehende Enthüllung verheerende Folgen haben konnte? Und dann noch die halbe Flasche Wein. Kein Wunder, daß ich angefangen hatte zu phantasieren. Vielleicht war der Mann am Fenster ja nur am Haus vorbeigegangen und hatte zufällig genau in diesem Moment hereingeschaut. Und das mit Delilah und Seiner Königlichen Hoheit war ausschließlich Carolines Angelegenheit. Wenn der Sohn der Queen tatsächlich mit einem Rastafari-Model untergetaucht war, dann hatte das absolut nichts mit mir zu tun. Caroline hatte die Sache angezettelt, also sollte sie sich auch damit befassen.

Ich fühlte mich besser. Es war ein herrlicher, nach Frühsommer duftender Morgen. Ich dachte an Josh, und eine Welle der Erleichterung überkam mich, weil ich ihm in Cornwall alles hatte erzählen können, was in den Monaten seiner Abwesenheit bei den Neuen Horizonten geschehen war. Wir hatten die beiden Mädchen für eine Stunde sich selbst überlassen und einen Spaziergang über die Landspitze gemacht, nur wir beide. Josh hatte schweigend zugehört, bis ich zu der Geschichte von Seiner Königlichen Hoheit und Delilah kam; da hatte sich ein belustigt-ungläubiger Ausdruck über sein Gesicht gelegt. »Wie konnte ich je glauben, du wärst nichts anderes als ein nettes Mädchen, das Secondhand-Kleider verkauft?« Er lachte leise. »Neue Horizonte! Bist du auf diese Weise auch Ralph losgeworden?« Ich schüttelte den Kopf und klärte ihn darüber auf, daß Ralph sich von sich aus empfohlen habe. Josh sah mich an, und sein Gesichtsausdruck veränderte sich. Ich fragte mich, was ihm durch den Kopf gehen mochte. Dann legte er mir die Hände auf die Schultern. »Rachel wird es bestimmt schaffen«, sagte er sehr ernst.

Ich liebte ihn für diese Worte.

Heute brachte er Jessica ins Internat zurück. Er werde erst morgen zurückkommen, hatte er gesagt, er habe einiges außerhalb Londons zu erledigen. Wie dringend hätte ich ihn heute gebraucht, um ihm zu sagen, wie sehr ich ihn liebte, um ihm von meinem Gespräch mit Rachel zu erzählen und ihm zu sagen, daß wir es schaffen würden, so wie er es vorhergesagt hatte.

Am Pimlico Square angekommen, sah ich nach, ob sein Wagen noch dastand, was aber nicht der Fall war. Ich schaute auf die Uhr. Es war halb zehn. Wie hatte ich es bei all der Aufregung nur geschafft, so pünktlich zu sein?

Ich wollte gerade den Zebrastreifen überqueren, als ein Hupen mich zurückschnellen ließ. Unmittelbar vor mir schoß ein Wagen vorüber. Ich erhaschte einen kurzen Blick auf die Fahrerin, die die Arme schwenkte wie ein Buchmachergehilfe auf der Rennbahn. »Blöde Kuh!« schrie ich, doch meine Worte wurden von zwei, drei, vier weiteren Wagen verschluckt, die mit quietschenden Reifen hinter dem ersten herjagten. Mir zitterten die

Knie. Ich hätte tot sein können. Zu meiner Überraschung bog der erste Wagen scharf nach links ab, raste über den Bürgersteig und geradewegs über die Verkehrsinsel in der Mitte des Platzes, wobei er einen Pfosten, mehrere Geranientöpfe und den unteren Teil der Herrentoilette mitriß. Vor dem Laden kam er schleudernd zum Stehen, und erst jetzt erkannte ich Carolines dunkelblauen Mercedes. Die anderen Autos, die eine etwas konventionellere Route um den Platz genommen hatten, standen plötzlich überall ringsum – auf dem Bürgersteig, auf gelben Doppelstreifen, in zweiter Reihe, zwischen andere Autos eingezwängt. Männer mit Notizblöcken, Mikrofonen und Kameras sprangen heraus, kamen mit schleifenden Kabeln angerannt und riefen: »Mrs. Uppingham! Mrs. Uppingham!«

Doch Caroline war zu schnell für sie. Sie schwang sich aus dem Wagen, stürmte mit drei Schritten in den Laden und rief »Verpißt euch!« über die Schulter zurück. Sie verriegelte die Tür, und die Meute blieb draußen, schreiend, gegen die Fensterscheibe trommelnd: »Mrs. Uppingham! Mrs. Uppingham!«

Verblüfft und noch etwas unter Schock machte ich einen vorsichtigen Umweg um den Platz, um mich von dem Tumult fernzuhalten, schlüpfte dann unauffällig in den schmalen Durchgang und gelangte durch den Hintereingang in den Laden. Gail stand, eine Hand auf dem Bauch, mit bestürzter Miene an der Kaffeemaschine. Von Caroline war nichts zu sehen.

»Heilige Maria, Mutter Gottes!« rief Gail, als ich hereinkam. »Was für ein Tag für einen Schwangerschaftstest! Das gibt bestimmt eine Fehlgeburt oder Drillinge, Darling.« Sie lächelte grimmig. »Und dann hat auch noch Conor angerufen. Er weiß alles, sagt er. Er weiß ganz genau, daß Debbie nicht hier war, um Secondhand-Kleider zu kaufen, und daß wir bei der ganzen Sache mit diesem Rastafari-Lampenständer die Hand im Spiel hatten. Aber er wird es nicht publik machen, sagt er, unter einer Bedingung: daß wir ihm das ganze übrige Material zugänglich machen, das wir in Cupido gespeichert haben. Die schmutzige Wäsche von allem, was Rang und Namen hat. Herr Jesus, stell dir das mal vor! Was machen wir denn jetzt? Aber wir sind sowieso erledigt. Angela, *dafür* hab ich mich nicht mit dir zusammengetan. Ich geh zurück nach Irland, laß dir das gesagt sein!«

Bei diesen Worten wurde heftig gegen die Tür gehämmert, und ich sah Ricks kleine Gestalt mit dem Rücken zum Laden draußen auf dem Bürgersteig stehen. Breitbeinig und in geduckter Boxerhaltung wehrte er wie Horatius an der Brücke mit Hilfe einer Eisenstange die vordringende Meute ab und schnellte hin und wieder herum, um Einlaß zu fordern.

»Er will mich unbedingt zum Arzt bringen«, sagte Gail hilflos. »O Gott, jetzt bin ich mit dreiundvierzig zum erstenmal schwanger, und was passiert? Ich glaube nicht, daß der liebe Gott mich zur Mutter bestimmt hat. Vielleicht sollte ich mich einfach betrinken und die ganze Sache vergessen.«

Ich ließ Rick herein und verriegelte die Tür rasch wieder. Blitzlichter flammten auf, und Stimmen riefen: »Wo ist Mrs. Uppingham? Mrs. Uppingham! Eine Erklärung bitte!«

Von Caroline war immer noch nichts zu sehen. Im Rücken der drängelnden Reporter betrachteten zwei Polizisten neugierig die Geranien, den zertrümmerten Pfosten und das noch über den Mercedes drapierte Herrentoilettenfragment.

Ich fand Caroline im Enterprises-Büro, mit höchst selbstzufriedener Miene gemütlich in einem Sessel sitzend, ringsum verstreut zahlreiche Zeitungen. Ein paar Schlagzeilen sprangen mir ins Auge: »Seine Königliche Hoheit – Abwesend ohne Urlaub!« »Zauberei! Prinz verschwindet!« Caroline betrachtete ein Foto in einem der Boulevardblätter, das den Prinzen zeigte, wie er sich mit der atemberaubenden Delilah am Arm in Richtung Ausgang durch die Menge schob. Und genau hinter dem Mädchen stand mit triumphierendem Lächeln Caroline. Selbst wenn niemand sie mit dieser flammenfarbenen Vision aus dem Taxi hätte steigen sehen, hätte allein schon ihre Miene kund getan, daß Mrs. Caroline Uppingham den Schlüssel zu diesem neuesten und größten königlichen Skandal in der Hand hielt. Kein Wunder, daß die Presse sich auf sie gestürzt hatte.

»Ja, heute morgen standen sie vor meiner Tür«, sagte sie leichthin, »und haben einen geradezu lächerlichen Wirbel gemacht. Ich hab ihnen nur gesagt, daß die Herzogin eine Art Freundin von mir ist und daß ich auf ihre Bitte hin zu diesem westindischen Empfang gegangen sei, ohne mich besonders für Basketball zu interessieren. Und daß ich Delilah mitgenommen hätte, da sie schließlich von den Westindischen Inseln komme und außerdem so groß wie ein Basketballspieler sei, und daß sie dem Prinzen vorgestellt worden sei. Das war alles. Aber die Presse glaubt, das sei *nicht* alles; ich müsse doch wissen, wohin sie gefahren seien. Aber ich weiß es nicht. Woher auch? Wirklich zu dämlich, das Ganze. Haben die nichts Besseres zu tun?«

Sie wirkte völlig gelassen, als handelte es sich um ein kleines Mißverständnis, das mit etwas gesundem Menschenverstand leicht auszuräumen sei. Vielleicht würde auch ein Wörtchen mit einem hochgestellten Mitglied des Uppingham-Clans genügen.

»Furchtbar lästig, das Ganze«, setzte sie hinzu. »Sollte man nicht denken. Mich so zu verfolgen. Keine Manieren.«

Ich sagte, es sei sehr viel mehr als nur lästig, und erinnerte sie daran, daß sie immerhin dazu beigetragen habe, den größten königlichen Skandal seit der Abdankung Eduards VIII. auszulösen: Der Sohn der Queen, dritter, vierter oder wer-weißwievielter der Thronfolge, machte sich mit einem schönen jamaikanischen Model aus dem Staub, das er erst fünf Minuten zuvor kennengelernt hatte und bestimmt alsbald vögeln würde.

»Caroline«, sagte ich, »die Sache ist ernst! Das ist kein Spiel! Verstehst du denn nicht? Das kann das Commonwealth ins Wanken bringen, das kann das Ende des Königshauses bedeuten!«

Caroline blieb unbeeindruckt.

»Ach, da finde ich schon ein anderes«, meinte sie gelangweilt. »Es gibt doch jede Menge. Ich könnte ja mal Juan Carlos fragen. Ich mag ihn sehr, und bestimmt hat er noch irgendwo einen Sohn in petto.«

Allmählich brachte sie mich zur Verzweiflung. Ich erklärte ihr, daß nebenan die Leute von der Presse fast die Tür einschlugen.

»Sieh mal, Caroline«, sagte ich, »vielleicht ist es besser, du gibst eine Erklärung ab, darauf warten sie nämlich. Vielleicht verziehen sie sich dann.«

Ihre Augen leuchteten auf.

»Eine Erklärung! Au ja! Du hast immer so gute Ideen, Angela. Aber erst mal brauch ich 'nen Drink.« Sie streckte die Hand nach dem Getränkeschrank aus und griff sich, ohne überhaupt hinsehen zu müssen, eine Flasche Wodka. »Für die Nerven, verstehst du?« lachte sie, goß sich einen halben Whiskybecher voll und tat Tonic und einen Eiswürfel dazu. »Ach, übrigens, ich hab Eamonn und Karen bis heute nachmittag weggeschickt. Kann an so einem Morgen ganz gut auf sie verzichten. So! Jetzt meine Erklärung! Was soll ich denn sagen?«

Sie dachte einen Moment nach. »Okay«, meinte sie dann vergnügt. »Ich könnte ihnen ja ein bißchen was von meiner Lebensphilosophie erzählen. Was ich wirklich denke. Vielleicht mögen sie das. Ich könnte ihnen erzählen, daß diese ganze königliche Ehegeschichte im Grunde nur Schrott ist. Daß die Royals ohne Kleider auch nicht anders sind als wir: Sie wollen ihren Spaß im Bett, genau wie ich; und deshalb hätte ich Patrick nie heiraten dürfen, genau wie unsere Herzogin Debbie nie Seine Königliche Hoheit hätte heiraten dürfen. Kein Wunder, daß sie heilfroh ist, ihn an eine andere abtreten zu können, und daß er es gar nicht erwarten konnte, diesem jamaikanischen Prachtstück das Höschen auszuziehen. Welcher Mann würde das nicht tun? Ich versteh nicht, was daran verkehrt sein soll: Es ist kerngesundes männliches Brunftverhalten, und wir sollten Gott danken, daß die Royals noch einen hochkriegen, ganz im Gegensatz zu so vielen anderen Männern, mit denen man heutzutage gesellschaftlich verkehrt. Kleine Schrumpeldinger! Bei der Hälfte weiß man nicht mal, ob sie Männchen oder Weibchen sind.«

Caroline schien mit sich und ihrem Wodka zufrieden.

»Meinst du, die Presse würde das gern hören, Angela? Sag ehrlich!«
Ich erwiderte, das Beste sei vielleicht doch, wenn sie der Presse gar nichts sage. Sie schien enttäuscht.
»Also, ich glaube, wirklich wichtig ist nur eins«, meinte sie. »Niemand darf erfahren, daß wir das Ganze mit Hilfe unseres kleinen Freundes hier arrangiert haben.« Sie gab Cupido einen liebevollen Klaps mit dem Wodkaglas. Ich sah sie ernst an.
»Einer weiß es aber schon. Unser Freund Conor. Und er schlägt einen nicht besonders feinen Deal vor, dafür, daß er es nicht publik macht.«
Erst jetzt schien Caroline wirklich beunruhigt.
»Verdammt! Was für einen Deal?«
Ich erzählte ihr von Conors Anruf und davon, daß er Zugang zu unserem gesamten in Cupido gespeicherten Material forderte. Caroline schwieg. Dann wurde ihr Gesicht starr, und ihre Augen funkelten böse.
»Da kann er lang warten«, schnaubte sie heftig. »Allmächtiger! Stell dir doch mal vor, was in dem kleinen Kerl da alles versteckt ist!« Sie versetzte Cupido einen etwas kräftigeren Klaps mit dem Glas. »Das Liebesleben von drei Ministern, mindestens zwanzig sonstigen Parlamentsmitgliedern, acht Richtern, fast der gesamten BBC-Führungsetage, der halben City, zwei Bischöfen und einem Erzbischof. Ganz zu schweigen von den intimen Enthüllungen über Seine Königliche Hoheit und die Herzogin.« Sie hielt inne. Plötzlich sah sie ganz entsetzt aus. »Und alles über Patrick – daß er Fellatio nicht mag und nur zehn Zentimeter hat. Und über mich! Die ganzen streng vertraulichen Informationen über mich! O Gott, nein! Nein! Nein! Nein! Nur über meine Leiche kommt dieser fürchterliche Kerl da ran!« Ihre Augen verengten sich zu Schlitzen, und ihr Mund wurde zum Strich. »Den werd ich mir vorknöpfen, diesen Mistkerl. Ich weiß noch nicht, wie, Angela, aber der kann was erleben!«
Ich überließ Caroline ihrem Sturm der Entrüstung und ging in den Laden zurück, um zu sehen, wie Gail und Rick mit der Be-

lagerung fertigwurden. Der Arztbesuch sei verschoben, bis sich eine Gelegenheit ergab, unentdeckt hinauszukommen, erklärte Gail düster. In der Zwischenzeit hatte sie einen Zettel mit der Aufschrift »Geschlossen« ans Fenster gehängt. Die meisten Reporter hatten sich davongemacht, aber einige waren noch da und wanderten rauchend und mit gelangweilten Mienen auf dem Bürgersteig auf und ab. Ununterbrochen hatte das Telefon geklingelt, bis Gail schließlich den Hörer danebengelegt hatte. »Zum Teufel mit den Leuten!« schimpfte sie. »Wie soll man da einen verdammten Laden führen? Und wie soll man da schwanger sein?«

Wir setzten uns und beratschlagten, was als nächstes zu tun sei. Aus Neugier schalteten wir ab und zu das Radio an. Alle Nachrichtensendungen begannen mit dem beunruhigenden Verschwinden des Prinzen, wenngleich auf BBC der Umstand, daß er in Begleitung einer geheimnisvollen Lady verschwunden war, heruntergespielt wurde. Bald war sie eine persönliche Freundin des britischen Hochkommissars in Jamaika, bald eine Delegierte des Weltkirchenrates, bald eine berühmte Basketball-Trainerin – als ob irgendeines dieser Etiketten eine vollauf befriedigende Erklärung dafür hätte liefern können, daß sie seit mittlerweile sechsunddreißig Stunden oder, was nach Ricks Meinung sehr viel bedeutsamer war, bereits volle zwei Nächte mit dem Sohn der Queen verschwunden war.

Die kommerziellen Sender warfen sich mit weit mehr Phantasie und Begeisterung auf das königliche Drama: Sie verbreiteten sich in leuchtenden Farben über die Schönheit und den exotischen Reiz der Frau, wiesen darauf hin, daß der Prinz nicht das einzige Mitglied der königlichen Familie sei, das dem Ruf der Karibik gefolgt sei, und mutmaßten, daß das durchgebrannte Paar sich zur Stunde nackt, wie Gott es schuf, in den smaragdgrünen Gewässern Mustiques tummelte.

Den Vogel aber schoß French Radio ab, das wir um die Mittagszeit zufällig hörten. Man habe Beweise, hieß es da, daß das Mädchen gar nicht von Jamaika, sondern von Haiti stamme und daß jeder Mensch mit einiger Voodoo-Erfahrung das Verschwinden des Prinzen ohne weiteres erklären könne. Es sei ja allgemein bekannt, daß die Leute immer nach Haiti verschwänden. Außerdem sei es kein Zufall, daß das Mädchen Delilah heiße. Die Briten täten gut daran, ein paar Lektionen aus dem Alten Testament zu lernen, und speziell Ihre Majestät solle sich darauf gefaßt machen, daß ihr Sohn einen Kopf kürzer zurückkehren werde. Das sei allerdings kein Grund zur Beunruhigung, betonte der Reporter, denn der Prinz werde dann mit anderen männlichen Mitgliedern der königlichen Familie auf gleichem Fuße stehen.

»Skandalös!« murmelte Gail verärgert. »Keinerlei Respekt, diese verdammten Franzosen!«

Gails republikanische Gesinnung, so anfällig für einen königlichen Händedruck, war doppelt anfällig für jegliche Kritik von seiten der Franzosen, die sie leidenschaftlich verabscheute und verachtete, seit sie einmal mit dem Hovercraft nach Boulogne gefahren war.

Es war ein seltsam unwirkliches Gefühl, sich auf der Abschußrampe einer Interkontinentalrakete zu befinden, wenn ringsum absolut nichts geschah. Um ein Uhr waren die letzten Presseleute verschwunden, und wir legten vorsichtig den Hörer wieder auf. Es geschah immer noch nichts. Ich beschloß, mich hinauszuwagen und bei Renato Nudelsalat zu holen. Gail murrte, sie habe es satt, darauf zu warten, daß man ihr sagte, ob sie schwanger sei oder nicht: »Zum Teufel mit dem blöden Arzt!«

Rick, der sie den ganzen Vormittag über besorgt umschwirrt hatte, erklärte, dann werde er in die Apotheke gehen und einen Schwangerschafts-Schnelltest holen, den Gail bei uns auf der Toilette anwenden könne. Eine Viertelstunde später kam er mit einer Papiertüte von Boots zurück, in Begleitung von Eamonn und Karen, die er niedergeschlagen in einem Café hatte sitzen sehen, wo sie über den Platz hinweg die mysteriösen Ereignisse beobachtet hatten. Sie sahen sich argwöhnisch um und gingen dann ins Enterprises-Büro hinüber, aus dem Caroline noch nicht wieder aufgetaucht war.

Bald kamen Kundinnen in den Laden, und der Nachmittag nahm einen beklemmenden Schein von Normalität an.
Etwa um drei Uhr klingelte das Telefon. Als ich abnahm, wurde am anderen Ende der Leitung aufgelegt. Das gleiche passierte zwanzig Minuten später noch einmal. Solche Anrufe regen mich auf. Plötzlich stiegen alle Ängste von gestern abend wieder in mir auf, die durch das Chaos dieses Vormittags verdrängt worden waren.
Ich beschloß, Rick von meinem Abhörverdacht zu erzählen. Es war zwar nicht gerade der ideale Moment, da Rick damit beschäftigt war, die Anleitung für den Schwangerschaftstest zu studieren und Gail zu überreden, sich auf die Toilette zu begeben. Doch anstatt meine Ängste als Verfolgungswahn abzutun, wie ich es erwartet hatte, legte er die Anleitung beiseite und warf mir einen scharfen Wieselblick zu.
»Sie könnten recht haben, Schätzchen – nach allem, was passiert ist … Sie könnten verdammt recht haben.« Er sah zum Telefon; dann begannen seine Augen durch den Raum zu wandern, und es war, als wäre in ihnen ein Licht aufgeleuchtet. »Angenommen, es stimmt. Immerhin hat neulich jemand eingebrochen und versucht, in den Computer reinzukommen. Der Milchmann wird's wohl nicht gewesen sein.«
Ricks Blick schweifte weiter umher und blieb bald an den Kleiderständern, bald an den Kleidern im Schaufenster, den Wandleuchten, der Kasse, den Stühlen und Torquemada hängen. Die einzige Kundin, die noch im Laden war, begann nervös zu werden, ging ohne ein Wort hinaus und sah, als sie die Tür schloß, noch einmal beunruhigt zurück. »Und wenn Sie recht haben, Schätzchen …« fuhr Rick fort, »egal, wer der Kerl ist: Er hat bestimmt nicht beim Telefon haltgemacht.«
Und er fing an, durch den Raum zu tigern, verschwand zwischen den Kleidern, fuhr mit den Händen die Fußleiste entlang und über die Lampenhalterungen, stieg auf Stühle, kroch auf allen vieren. Ich hatte nicht die leiseste Ahnung, was das sollte, und warf Gail, die mit ihrem Schwangerschaftstest in der Hand

noch immer in der Mitte des Raumes stand, einen unbehaglichen Blick zu.
»Was machst du denn da, Rick, verdammt noch mal?« rief sie. »Soll ich das Zeug jetzt ausprobieren oder nicht? Ach Gott, da steht, ich muß in irgendwas pinkeln. In was denn? Du bist doch schließlich der Vater!«
Aber Rick hörte nicht zu. Er benahm sich weiter wie ein eingesperrter Wolf und pfiff die ganze Zeit leise durch die Zähne. Plötzlich hörte das Pfeifen auf, und ein lautes »Ha!« ertönte. Kleider raschelten an einem der Ständer, und mit triumphierender Miene tauchte Rick wieder auf und präsentierte uns einen winzigen Gegenstand.
»Sie hatten recht, Angela! Verdammt recht!« Er knallte den Gegenstand vor uns auf den Tisch. »Abgehört und verwanzt!« Er sah sich verstohlen um. »Jetzt ist die Frage: Wie viele von den Dingern sind *noch* da?«
Einen Moment lang dachte ich: Passiert das alles wirklich? Passiert es wirklich mir? Und dann fand Rick noch eine Wanze und noch eine und noch eine. Wie ein Apportierhund kam er immer wieder an und legte sie vor uns hin. Ich betrachtete sie: winzige Mikrofone an abgerissenen Drähten. Wer konnte sie gelegt haben und wann?
Besonders beunruhigend war, daß niemand von uns etwas geahnt hatte. Nichts im Laden schien berührt oder von der Stelle bewegt worden zu sein.
»Klarer Fall«, sagte Rick. »Das waren Profis.« Nicht ohne Stolz fügte er hinzu: »Hab zu meiner Zeit selbst welche gesetzt.« »Und gesessen hast du dafür auch«, murmelte Gail und beäugte voll Abscheu eines der kleinen Mikrofone.
Rick überhörte ihre Bemerkung.
»Tja, Schätzchen«, wandte er sich an mich, »Sie haben da ein größeres Problem.«
»Das kann man wohl sagen!« erwiderte ich. Mein Magen krampfte sich heftig zusammen. Ich merkte, daß ich Rick flehentlich ansah, und bat ihn, mir zu sagen, wie ich aus diesem Schlamassel wieder herauskommen könne. »Wer kann das

sein?« stotterte ich. »Wer macht so etwas? Der Hof? Das gibt's doch nicht! Nur wegen … wegen … dieses Mädchens und …« Rick lachte gereizt.

»Wegen der ganzen Daten, die ihr in eurem netten Maschinchen da drüben habt. Deswegen. Das ist 'ne H-Bombe, verdammt noch mal! Hören Sie zu, Schätzchen« – Rick beugte sich vor, und sein scharfgeschnittenes Gesicht rückte ganz nahe – »Sie glauben vielleicht, nur weil die Royals dauernd lächeln und winken, machen sie keine krummen Touren. Lassen Sie sich's gesagt sein, Darling: Die gehen über Leichen, wenn es ihnen paßt, und im Moment paßt es ihnen scheint's gerade. Natürlich alles ganz unauffällig und sauber. Ein kleiner Wink an einen Privatdetektiv; als nächstes hat dann die Staatssicherheitspolizei ein paar alte Kumpels an der Strippe, alles ganz inoffiziell: ›Fünfzig Riesen sind da für dich drin, okay?‹ Klar ist das okay. Es gibt Agenturen, die warten nur auf solche Jobs. Alles Ex-M15-, Ex-M16-, Ex-CIA-, Ex-SAS- und jetzt auch Ex-KGB-Leute.« Rick tippte sich kennerhaft an die Stirn: »Ich weiß Bescheid, hab lang genug damit zu tun gehabt. Ganz Heimliche sind das. Echte Profis. Aber wenn sie geschnappt werden – der Hof weiß von nichts. Natürlich nicht!«

Ich empfand ein äußerst unangenehmes Gefühl der Hilflosigkeit. Es war, als wäre jemand an Bord meines Lebens gesprungen und hätte es entführt.

Die Rettung war Gail. Sie hatte vermutlich nur mit halbem Ohr zugehört. Sie spielte noch immer mit einem der kleinen Mikrofone, und in der anderen Hand hielt sie angewidert den Schwangerschaftstest.

»Rick«, erklärte sie grimmig, »wenn du glaubst, ich pinkle hier auf der Toilette, die bestimmt verwanzt ist, in ein Weinglas, so daß es der ganze Buckingham-Palast hört, dann mußt du dir was anderes einfallen lassen.«

Caroline, die aus dem Enterprises-Büro herübergekommen war und die ganze Zeit mit ihrem Wodkaglas in der Hand ruhig im Hintergrund gestanden hatte, sah Gail an und lächelte.

»Kein Problem«, sagte sie gelassen. »Wenn die Queen eine Veranstaltung in der City besucht, wird immer jemand abgeordnet, der das Klo mit Papiertüchern auslegt, damit niemand das königliche Plätschern hört. Hat Patrick mir erzählt. Das könntest du doch auch machen.«

Gail machte ein saures und dann plötzlich ein dankbares Gesicht. Sie griff sich eine Kleenexschachtel und schritt zielstrebig in Richtung Treppe. Caroline gab ihr das Wodkaglas, als sie an ihr vorüberkam.

»Hier, nimm das.«

Gail betrachtete es freudlos.

»Na gut!« rief sie. »Der Augenblick der Wahrheit. Und wie weiß ich, ob es Zwillinge sind?«

Aber Rick hatte nicht zugehört. Seine Stirn hatte sich in tiefe Falten gelegt, und seine Wieselaugen huschten weiter durch den Raum.

»Schätzchen!« wandte er sich an mich. »Als erstes müssen wir den verfluchten Computer da rausschaffen, bevor wieder jemand einbricht und ihn dieses Mal nach allen Regeln der Kunst knackt.«

Und noch ehe Caroline oder ich etwas sagen konnten, war er schon die Treppe hinunter und auf dem Weg ins Enterprises-Büro. Wir hörten die Tür zuschlagen und dann das Geräusch eiliger Schritte.

»Meinst du, er haut mit Cupido ab?« fragte Caroline entsetzt. »Einfach so? Mitsamt den Geständnissen der halben Führungsschicht dieses Landes, ganz zu schweigen von den süßen Geheimnissen meines eigenen Lebens? Um Himmels willen, Angela – wohin denn?«

»Zu neuen Horizonten!« Ich brachte mühsam ein Lächeln zustande. »Damit werben wir ja schließlich.«

Wenn jemand einen sicheren Ort wisse, so fügte ich hinzu, dann sei es Rick. Caroline schien etwas beruhigt. Dann vernahmen wir aus dem Souterrain schwache Geräusche: ein leises Stöhnen, gefolgt von einem »Heilige Maria, wie zum Teufel soll ich nach Vorschrift pinkeln? Das ist ja zum Verrücktwerden!«

Ich schaute aus dem Fenster und sah gerade noch, wie Rick und Eamonn unseren Computer in Ricks Transporter hoben. Dann fuhr der Wagen davon, um den Platz herum und an der Kirche vorbei, bis er vom Nachmittagsverkehr verschluckt wurde. Ich stieß einen Seufzer der Erleichterung aus. Jetzt würden diese Ganoven, wenn sie heute nacht bei uns einbrachen, nichts anderes vorfinden als Kleiderständer voller Kleider und eine Maschine, mit der sie sich Kaffee machen konnten, wenn sie wollten. Vielleicht war unser Alptraum vorüber. Ich segnete Rick, dachte an alles, was ich Josh morgen erzählen würde, und fragte mich, wie Gail mit dem Schwangerschaftstest zurechtkam. War das Pinkeln denn so schwierig?

Nur wenige Minuten schienen vergangen, als die Tür aufflog und Rick fast in den Laden fiel. Sein Jackett war zerrissen, und von seiner linken Augenbraue tropfte Blut. Caroline und ich eilten ihm zu Hilfe. Er keuchte.

»Scheißkerle!« war alles, was er herausbrachte. »Scheißkerle!« Er schüttelte den Kopf und betupfte seine Augenbraue mit einem blutverschmierten Taschentuch. Dann stampfte er heftig mit dem Fuß auf und schoß einen wütenden Blick in Richtung Straße. »Jesus! *Ich* bin derjenige, der Sachen klaut. Diese Blamage! Diese Schande! Verflucht noch mal! Er ist weg! Der Computer ist weg! Sie haben uns gerammt und sind abgehauen. Scheißkerle! Verfluchte Scheißkerle!«

Wir führten Rick zu einem Stuhl und wuschen ihm das Blut vom Gesicht. Er atmete schwer wie ein Boxer in seiner Ecke, ballte die Fäuste und öffnete sie wieder. Eine Weile brachten weder Caroline noch ich ein Wort heraus. Das war also das Ende. Outfit Enterprises war weg. Alles war weg. Und zu meiner Überraschung machte mir das nichts mehr aus. Fast erleichtert sagte ich zu Caroline: »Na, dann haben sie ja bekommen, was sie wollten.«

Caroline sah mich einen Moment an und fing dann an zu lachen. Sie lachte und lachte, wandte sich von uns ab und vollführte einen kleinen Tanz durch den Raum bis zu den Kleiderständern, die sie, noch immer lachend, umarmte.

»Nein!« keuchte sie. »Nein! Haben sie nicht! Haben sie überhaupt nicht!« Sie schüttelte den Kopf, so daß ihr das blonde Haar ins Gesicht fiel. Sie warf es zurück und sah Rick und mich triumphierend an. »Als du mir heute morgen von Conor erzählt hast«, fuhr sie fort, und ihre Stimme bebte noch vor Lachen, »da wußte ich, daß ich etwas unternehmen muß. Ich wollte auf keinen Fall, daß er Cupido in die Finger bekommt. Und dann kam Eamonn, und ich hab ihm gesagt, er müßte unbedingt etwas unternehmen. Und das hat er getan. Genial!« Sie sah erst mich an und dann Rick, und ihre Augen strahlten. »Angela, wir haben alles gut versteckt!« Sie hob beide Hände, wie um den Beifall der Menge entgegenzunehmen. »Ohne das Paßwort bekommt ein Hacker nur das totale Kauderwelsch auf den Bildschirm. Und dann verschwindet alles. Wort für Wort! Cupido ist leer. Tabula rasa. Alle Aufzeichnungen weg.« Sie hielt inne, und ihr Gesicht nahm einen Ausdruck kindlicher Freude an. »Außer einem kleinen Satz, den ich Eamonn noch hab reinschreiben lassen. Er erscheint in Goldbuchstaben auf dem leeren Bildschirm: ›Pech gehabt!‹«

»Machen wir uns doch nichts vor«, fuhr sie mit einem spitzbübischen Lächeln fort. »Nach einem so triumphalen Erfolg weiß man nie, ob uns nicht bald wieder jemand aus der Königlichen Familie konsultieren möchte.«

O Caroline! war alles, was ich denken konnte. Und in der verblüfften Stille, die in dem leeren Laden herrschte, hatte Gail ihren perfekt getimten Auftritt. Sie erschien oben an der Treppe, das Glas wie einen Kelch vor sich hertragend. Und darin schwamm ein rötlich-organgefarbener Tropfen.

»Also entweder«, verkündete sie, »ich verblute, oder es ist Carolines Wodka, oder ich bin schwanger!«

»Können wir uns das denn leisten, Josh?« fragte ich.

Wir standen in dem leeren Raum, der unser Schlafzimmer werden sollte. Josh hatte die Hände in den Hosentaschen vergraben und machte ein zweifelndes Gesicht.

»Wohl kaum … Aber das wird uns bestimmt nicht hindern. Ich

muß eben viel mehr nackte Models fotografieren, und du arbeitest bei Marks & Spencer.«

»Aber es ist so schön«, beharrte ich. »Ich hab schon immer von einem Haus am Fluß geträumt. Und Rachel hätte einen unglaublich günstigen Schulweg. Hörst du mir überhaupt zu, Josh, oder hat dich die Panik gepackt? Und übrigens« – ich schob meinen Arm durch seinen und zog ihn an mich – »die einzige Frau, die du nackt fotografieren darfst, bin von jetzt an ich. Und noch mal übrigens: Was ist eigentlich aus dem Buch geworden, für das du mich fotografieren wolltest?«

»Das Buch?« Er sah mich an. »Damit wollte ich dich doch nur ins Bett locken.«

»Gemeinheit!«

»Ich weiß. Aber es hat funktioniert.«

Wir setzten uns mit einem Stück Papier zwischen uns auf die Dielen und stellten ein paar grobe Berechnungen an: soundsoviel – mit etwas Glück – für Joshs Wohnung, soundsoviel für meine Haushälfte, obwohl ich versucht war, mehr zu verlangen, da Ralph in Heather Claridges Villa zog – zumindest hörte es sich nach Villa an, nach dem, was dieser Glückspilz mir erzählt hatte. Das ergab ein Defizit von – o Gott, konnten wir uns eine so hohe Hypothek überhaupt leisten?

»Wohl kaum«, wiederholte Josh. Doch diesmal lachte er.

Zwei Sicherheiten hatten wir immerhin: das Haus in Cornwall, das Josh liebte und das auch ich bald lieben würde, und meinen Erlös aus dem Verkauf des Outfit. Ich würde meinen Notgroschen zurückbekommen und wollte ihn für das verwenden, was ich als nächstes mit meinem Leben anfing – was immer es sein würde. Jedenfalls nichts in der Kleiderbranche, soviel war sicher. Und auch nichts mit Computern, Kaffeemaschinen oder sonstigen Dingen, die Frauen ermuntern konnten, Tränen über ihre Scheusale von Ehemännern zu vergießen. Und nie wieder etwas mit Caroline, auch wenn ich sie immer gernhaben würde.

Ihre Erklärung war ebenso spontan und beiläufig erfolgt wie alle ihre Entscheidungen, die ich miterlebt hatte. Sie langweile sich, sagte sie. Nach Cupido sei das Leben uninteressant geworden. Sie überlege sich, ob sie nicht Urlaub machen solle. Vielleicht eine Kreuzfahrt; Adultery Tours könne sie bestimmt noch irgendwo unterbringen. Sie wisse nur noch nicht, ob sie Patrick mitnehmen solle. Es sei ja wohl nur fair, jetzt, da sie seine ideale Frau sei. Aber andererseits: Adultery Tours mit dem eigenen Ehemann? Vielleicht sollten sie sich schnell scheiden lassen und noch einmal von vorn anfangen. Sie war erschöpft. Es war weniger die Belästigung durch die Presse und die Schergen des Hofes als vielmehr der Ruhm, der ihr zuteil geworden war, nachdem der Prinz und Delilah sich glücklich im Buckingham-Palast niedergelassen hatten und der Erzbischof (nicht der, dem Cupido so wertvolle Dienste geleistet hatte) sich hinsichtlich der Scheidung äußerst kooperativ zeigte. Es sei alles ein bißchen viel für sie gewesen, klagte Caroline. Sie könne ohne Beruhigungsmittel nicht mehr schlafen; und aufstehen könne sie ohne Beruhigungsmittel auch nicht mehr. Sie werde also nicht mehr in den Laden kommen, erklärte sie. Sie umarmte Gail herzlich, fragte sie, ob sie Taufpatin werden dürfe, und wanderte leise vor sich hinsummend hinaus.

Das war alles. Sie lud uns zu einem Abschiedslunch mit weißen Trüffeln bei Renato ein, warf danach einen Stapel Strafzettel in den Papierkorb und fuhr davon.

Für den Rest der Woche führten Gail und ich den Laden allein weiter. Karen hatte uns bereits verlassen und Eamonns Augen mitgenommen. Eamonn selbst blieb noch ein paar Tage, in tiefer Trauer um ihren Minirock, aber mehr noch um Cupido, dessen leeren Platz er mit der Trübsal des abgewiesenen Liebhabers anstarrte. Am Mittwochvormittag wurde sein computerloses Leben so unerträglich, daß er in den Laden geschlendert kam und erklärte, er habe so viele Monate lang anderer Leute neue Horizonte in den Computer eingegeben, daß er sich jetzt auf die Suche nach seinen eigenen machen müsse.

Am selben Nachmittag fuhr Rick mit seinem Transporter an der Rückseite des Ladens vor und lud ein halbes Dutzend Pampers-Kartons aus, mehrere Kartons Babylotion und drei Baby-

Tragekörbchen. »Nur für eine Stunde oder so, Schätzchen«, erklärte er. »Ich muß noch schnell zu Mothercare.«

Am nächsten Morgen kam Gail später und berichtete, daß der Arzt ihr geraten habe, ihre Arbeit aufzugeben, sonst sei das Risiko für das Baby zu groß. Sie war traurig und sagte, sie werde mich vermissen. Sie werde sogar Caroline vermissen. Es sei eine wunderbare Zeit gewesen. Wie ich zurechtkommen werde? Ich wich aus und fragte sie umgekehrt, wie sie selbst ohne das Geld, das sie im Laden verdient habe, zurechtkommen werde. Sie zuckte die Schultern und erwiderte, Rick sei ein sehr liebevoller Ehemann, der sie nie im Stich lassen werde. Er verstehe sein Handwerk soviel besser als ihr erster Mann, der es nie weiter gebracht habe als bis ins Gefängnis. Ein guter Ladendieb habe immer Konjunktur. Ich solle mir keine Sorgen machen, sie werde es schon schaffen.

Das war am Donnerstag. Am Freitagmorgen, dem Tag, bevor Josh und ich das Haus am Fluß besichtigten, nahm ich unsere Geschäftsbücher und ging damit zu Anstruther und Pratt. Mr. Anstruther, durch die Rezession etwas schlanker geworden, hatte unsere frühere Begegnung, als Caroline ihm das benutzte Kondom in die Hand gedrückt hatte, freundlicherweise vergessen. Er lächelte mich vergnügt an. Die Preise hätten wieder angezogen, meinte er, und ich würde einen ganz ordentlichen Gewinn machen, zumal ich ein florierendes Geschäft anzubieten hatte – daß es so sei, entnehme er unseren Büchern. Er habe da einen Kunden, der mit Sicherheit brennend interessiert sein werde. Er werde mich anrufen, um einen Termin zu vereinbaren.

Und wenn er recht behält, sagte ich mir, dann geht ein Teil dieses Gewinns an Gail. Ohne sie hätte ich nichts hingekriegt – gar nichts.

»Ich gebe den Laden auf«, sagte ich am Abend zu Rachel. »Und morgen schaue ich mir ein neues Haus für uns an.«

Sie sah mich mit großen Augen an und zwinkerte ein paar Tränen fort. Ich kämpfte gegen das Bedürfnis an, sie zu bestechen: »Du bekommst ein schöneres Zimmer; du kannst Daddy se-

hen, sooft du willst; du hast es genauso nah zu allen deinen Freunden; du wirst Jessica viel öfter sehen – wär das nicht schön? Wir könnten uns auch einen jungen Hund anschaffen, wenn du willst.« Doch ich umarmte sie nur. Sie schniefte.
»Fliegt Josh bald wieder mal mit uns?«
Ich nickte dankbar. So war es wenigstens eine Bestechung ihrer eigenen Wahl.
Ich erzählte Josh davon, und er lächelte.
»Du hattest soviel Angst wegen Rachel. Was glaubst du, was ich hatte?«
Der Gedanke war mir nie gekommen. Ich küßte ihn. Er legte den Arm um mich, und wir gingen noch einmal durch das leere Haus. Unser Schlafzimmer. Jessicas Zimmer. Rachels Zimmer. Joshs Arbeitszimmer. Ein kleiner behaglicher Raum für mich. Ein Wohnzimmer, das auf den Garten hinausging. Die Küche – o Gott! Wer hier gewohnt hatte, konnte nicht gern gegessen haben.
»Der Immobilienmakler sagt, sie hätten einander gehaßt«, sagte Josh. »Ob sie Gary und Debbie hießen, was meinst du?«

Der Interessent werde um elf Uhr im Laden sein, kündigte Mr. Anstruther gewichtig an. Es sei eine Frau, setzte er hinzu, und sein Ton ließ keinen Zweifel daran, was das für ihn hieß: daß sie bestimmt zu spät kommen würde – im Gegensatz zu mir natürlich; ich als erfolgreiche Frau war aller Ehren wert. Arroganter Bursche!
Ich war allein. Es war wie am Tag nach einer langen Party; der Laden schien plötzlich gähnend leer. Sogar die Kleiderständer hingen nur noch halb voll. Ich hatte keine neuen Sachen mehr angenommen, und unsere Bestände schrumpften allmählich. Mein Blick fiel auf eines von Dante Horowitz' Spinnengewebe, und ich dachte an den Abend zurück, als ich es für Josh angezogen hatte. Vielleicht nahm ich es besser mit, falls es Josh zu sehr danach verlangte, eine kleine Stabheuschrecke mit Bambiaugen zu fotografieren.
Es war halb elf. Ich ging in das Enterprises-Büro hinüber, das

noch leerer war als der Laden. Kaum zu glauben, daß dies der Schauplatz so vieler Ehedramen und erfolgreicher Neukombinationen gewesen war. Schwer vorstellbar, daß hier eine Palastrevolution angezettelt worden war. Ebenso schwer, dachte ich, wie wenn man in einem Zürcher Café sitzt und sich überlegt, daß an einem der Tische Lenin die Oktoberrevolution geplant hat. Am Pimlico Square hatten wir zwar keinen Lenin vorzuweisen, aber doch eine Lady von unbarmherzig gesundem Menschenverstand, die im Moment auf dem Mittelmeer schwamm, in Begleitung ihres Ehemannes mit seinen zehn Zentimetern oder vielleicht auch eines Rennfahrers mit drei Eiern – Caroline hatte es nicht verraten.

Ich sann noch über diese Dinge nach, die inzwischen alle so weit weg waren, als jemand laut an die Tür klopfte. Ich sah auf und sah zwei gutgekleidete junge Männer vor der Scheibe gestikulieren, von denen einer einen großen Karton trug. Verwirrt schloß ich auf.

»Für Mrs. Uppingham«, sagte der mit dem Karton.

Ich sagte, ich sei Mrs. Uppinghams Partnerin, worauf mir der andere wortlos ein Blatt Papier und einen Kugelschreiber in die Hand drückte.

»Bitte hier unterschreiben, Madam, da, wo ›Lieferung erhalten‹ steht.«

Ich stand vor einem Rätsel und tat wie geheißen.

»Sollen wir's für Sie reintragen?«

Ich gab ihm ein Zeichen, den Karton irgendwo auf den Boden zu stellen, und ohne ein weiteres Wort verließen die beiden den Laden.

Ich betrachtete das Paket. Es klebte kein Zettel daran. Nichts. Vielleicht war es eine Weinsendung? Von einem Verehrer von Caroline? Einem dankbaren Kunden nach der Rückkehr von seiner Adultery Tour? Nein, dafür war der Karton zu groß. Und warum stand nichts darauf? Es schien mir sinnlos, ihn einfach dort stehenzulassen, und da Caroline noch wer weiß wie lange mehrere tausend Kilometer weit fort war, machte ich ihn auf.

Ein einziger Gegenstand war darin: Cupido!
Von den beiden Männern war nichts mehr zu sehen. Eine schriftliche Erklärung lag auch nicht bei. Ich war zu verwirrt, um nachdenken zu können. Ich ging um den Karton herum und fragte mich, ob ein Trick dabei war. Vielleicht würde er irgendwann in die Luft gehen, oder eine Phythonschlange war darin versteckt. Wenn nur Eamonn hiergewesen wäre! Oder Rick. Schließlich faßte ich mir ein Herz, hob den Computer heraus und stellte ihn an seinen alten Platz auf dem kleinen Tisch an der Wand.
Ich betrachtete das vertraute kleine Gerät, als es nebenan klingelte. Ich eilte die Hintertreppe hinunter und in den Laden zurück. Durch das Fenster spähte eine junge Frau. Es war fast elf – wahrscheinlich meine Interessentin, meine potentielle Käuferin.
Lächelnd öffnete ich die Tür. Wir gaben uns die Hand. Sie war etwa in meinem Alter, vielleicht etwas älter: schick angezogen, langes dunkles Haar, große, weit auseinanderstehende Augen und ungefähr so groß wie ich. Alles in allem sah sie mir verblüffend ähnlich.
Sie stellte sich vor. Sie war nervös, lebhaft, voller Fragen. Ihre Kinder gingen jetzt zur Schule, erklärte sie, sie besitze einen kleinen Notgroschen, den sie von ihren Eltern geerbt habe, und sie finde es an der Zeit, etwas Konstruktives damit anzufangen. Hausfrau und Mutter zu sein sei nicht genug, ob ich das nicht auch fände. Und in einem Laden wie diesem würde sie sich unabhängig fühlen, ihr eigener Herr sein, so viele Leute kennenlernen, soviel lernen.
»Ja, man lernt allerhand über das Leben, kann ich Ihnen sagen«, erwiderte ich und merkte erst dann, daß dies genau Gails Worte waren, damals, als wir uns bei Carolines Garagenflohmarkt zum ersten Mal begegnet waren.
Ich lächelte und zeigte auf Torquemada.
»Die Espressomaschine sieht zwar alt aus, aber ich garantiere Ihnen, sie macht den besten Kaffee in ganz London. Die Kundinnen plaudern gern ein bißchen bei einer Tasse Kaffee. Es ist

anders als in einem normalen Laden; sie kommen nicht nur hierher, um Kleider zu kaufen.«

Das klinge gut, fand die Frau. Und ein schöner Kaffeeduft gebe einem Laden doch eine besondere Note, nicht wahr? Ich stimmte zu und führte sie nach nebenan.

»Das war unser Büro«, erklärte ich. »Hier kann man gemütlich unter sich sein. Manche Kundinnen lernt man sehr gut kennen. Und der Getränkeschrank kann auch ganz nützlich sein. Und hier«, setzte ich hinzu und zeigte auf den Computer, »hatten wir alle unsere Daten gespeichert.«

»Oh, ein Computer!« rief sie. »Ich hab noch nie einen benutzt.«

»Er gehört Ihnen, wenn Sie ihn haben wollen«, sagte ich.

Sie war ganz durcheinander vor lauter Dankbarkeit.

»Phantastisch! Sehr freundlich von Ihnen! Meinen Sie, ich kann lernen, damit umzugehen?«

»Natürlich! Wenn man den Dreh erst mal raus hat, geht es ganz von selbst.«

Und in einem plötzlichen Anfall von Heimweh steckte ich den Stecker ein und schaltete Cupido zum letzten Mal an. Ich war traurig; es war, als nähme ich Abschied von einem alten Freund, mit dem ich gemeinsam viel erlebt hatte. Die Vorstellung, daß Cupido jetzt nur noch irgendein Computer mit nichts darin war, schmerzte mich.

»Ich zeig es ihnen. Am Anfang ist der Bildschirm leer. Sehen Sie?«

Aber der Bildschirm war nicht leer. Große, dicke Buchstaben formten sich vor unseren Augen und schlängelten sich, wie von unsichtbarer Hand geschrieben, elegant über den Bildschirm.

»LECK MICH, UPPINGHAM! WINDSOR.«